◆潘鍾瑞《香禪日記·光緒十三年》《香禪日記·光緒十四年》《香禪日記·光緒十五年》《香禪日記·光緒十六年》

蘇州博物館 編

文物出版社

卷叁

蘇州博物館藏
晚清名人日記稿本叢刊

香禪日記·光緒十三年

（清）潘鍾瑞　撰

光緒十三年

六十五歲

光緒十三年丁亥香禪日記

正月初一日己丑辰刻起身候合家兄弟暨侄輩姪孫輩會齊已晌午矣拜天地神及各處 先容前向各房賀喜是時雨住飯後無事仍觀陸氏家譜夜早睡

初二日庚寅中夜又聞點滴雨聲迨曉則風聲晨起雨止天陰不出飯後街頭漸乾乃閒步迤西北善福方直出中市繞東鎮東鋪巷見天仙園有書場步往吃茶遇倪聽松同坐敘談少年事聽何蓮舟說珍珠塔男九春泉演戲法散歸天暮

初三日辛卯晨有霽色乘轎出賀結向南自西而東凡四十餘家在

傍中午飯傍晚歸家午前反頗見晴日
初四日壬辰曉窗又見積雪瓦屋一白但俄頃即消耳閭街路尚溼
未申之間漸乾乃出存五天仙樓書觀戲薄暮歸夜接財神
初五日癸巳又雪積者已多於昨而紛紛猶下本擬出門未能遂既而變
雨浪浪竟欲將雪衝去且以入夜混堂巷植士弟保楨來
初六日甲午傾注大雨凡一晝夜嚮晨乃止作歲杪賦雪絕句六首欲
出又不果檢家譜族中今歲屆正壽者諸人一一摘出
初七日乙未不晴不雨乘轎出至東北繞南賀禧三十餘家凡親友族誼
之又宜到者約略已徧在敬德吃飯座有小卿之內姪王琴齋箐並法閏生敘

談歸尚早。

初八日，丙申，陰。曉微雪，晨氣甚寒，雖不晴，已不雪。起，出具衣冠至近處四五家賀禧。作札致辛甫，附姪復邀。作札致王侑三叔，附范梅壽信，皆寄到錫署。補送手啟一函，即携信至君秀家，告其事，偕出至濬泉寓談片刻，至嘯翁公館談良久，返至鳳池吃茶，踏遇姚衡齋，同坐少談，久之返。路經余一灣平陽館中，抵暮歸。松兄告余，將來有速客單邀於十二日巳集，余以平陽已約定是日開館，燈下作札辭之。

初九日，丁酉。晨寤見初日杲杲，喜極。起即出門，為開歲第一好天色。往南一直至梅家橋蘧庭家，候其起，同至老萬園茶話良久，先行至新橋巷沈寓，見漢泉問藻卿，已於昨回滬，來蘇僅二日耳。飯後少時至心蘭家（司前街），不值，乃到館中午飯。檢清容集，爲潘仲德所作冬窩賦，遂覓素紙携至君秀家，求其録冬窩二字，坐移時，偕出至察院場前，至玉壺仙吃茶，益前途游觀，在擺擠之至，遇花步昆仲同坐，迫暮散。

初十日戊戌，陰。晨至鳳祥春尋茶，卻葉亭笑指，皆不值。與小坪少虞茶敘，移時至敘慎見蔣炸方去，大壽字下署時年八十，侍坐移時歸家午飯。飯後靜坐無事。申刻散步至太平橋南，遇調伯，因至鳳雲樓茶敘，入老場中坐，晤君秀偕其弟季良，亦至，並坐聽錢玉卿說描金鳳，正是除夕過年事。聽畢散歸，上燈時。

十一日己亥嫩晴晨撰對聯到館令館僕磨墨余暫至涇閣家約略
同出至儀鳳茶話散回館寫祝沈旭初五十壽聯一副晤小坡於壹園
設次觀新得扇面五頁又並易實甫唱和新詞稿時館僕請吃午
飯飯後寫聯上款稍稍晚擱乃至樂橋堍吉祥春茶室赴趙君希之約偕
貫到同爲帽即戲聽小曲場小人擠散出至鳳雲臺再飯錢玉卿張步
雲書到則恰好上場遂趕了兩齣歸亦昨時
十二日庚子平湯開墊晨乘轎往一出文題丁壬生書略坐片時即歸館出
至大石頭巷拜旭初壽不得入至顧家巷尋歲可弟話不值至莊祠
爲春朝展拜即行至蘇慎齋林招飲陪其親家吳培卿漢卿也先在

楚窗觀近日所書大壽字四五幅並須靜齋設席邀客徐來入席爲吴氏
昆仲秦氏居常佩鶴吟蓮昆仲主翁與余六人也良久撤席觀清卿
去年在琿春定中俄界址所立銅柱柱上有銘作篆書搨本裝卷
索詩并題客散余亦返返至清嘉坊舍轎與君秀步行再往聽說描
金鳳是日錢玉卿未到張步雲并上座又改座有年少者代之
十三日辛丑晨晴俄陰並風詣春吃茶難得與翼庭小坪少廣茶聊話
人相遇敘設署還家對門尤氏來邀飲謝之爲議王酉山像之良久屢
催乃至入席已將申刻爲酉山王仙根秦石卿吟蓮與余及主人春畦將
南喬梓七人也酉末席散歸已天暮　先客替設茶果上燈

十四日壬寅晨起雲氣沉沉欲雪姑出至祥符寺巷錢翁家偕之出至茶敘于雙和樓逐小坪談良久雪下霏微始入觀中步盤旋閒静大異前幾日之熱閙遂至吳亭芝廬笑指訪人笑指不見幾三月矣旋出至文樂園約同人小飲續會同象之局有酉山常爲新園加參麐穀甫亦七人也談笑歡謔久之不覺雪已大下散時街上爛泥雪益以雨歸而天黑

十五日癸卯夜來微雪已釋陰雲猶厚濕也踏泥至莊祠見族中人有補賀新喜者歸時携本支下錢贍各戶錢換到寄恭接　竈神並　先容首展拜飯後作致偉見弟一函信又作復謝梅孝信傍晚地稍乾至雷甘谷翁家拜賀談少頃携歸像面加跋一幅

十六日甲辰晨晴收拾物件停當先魏自到館即遣人到家挑運以來余
坐定半日至申刻君秀來問余今夜異亭招飲必欲赴約請即同行
余已喚有轎夫令其入夜備轎接取遂與君秀至調鹽巷其時尚早
候諸客陸續而來入席凡八人不相識者一金姓一李姓餘則笑拈與曹
肅齋少齋昆仲及主人也亥之方散乘轎趁月返館已闃寂矣
十七日乙巳昨睡已遲今起亦晏晉課之間札致君秀還其書畫卷冊
等件午間銅士設飲補開館日之缺與席者薇函陵翁舜祥亦有還件
傷晚錢翁來少時君秀來偕至東園茶話
十八日丙午竟日陰〻其中微雪飄揚嫩日摩盪晨即出至心蘭家過

諸塗同往倉石處，昨知女來蘇，吳潯晤並昭茶坊邀定明日之約，余
至漫堂卷懷德堂，為君秀郎、成伯從張纓纓附塑於彼，代為致意
先見子樂姪，入見鍾弟婦，各坐談，出，裝轎觀前入鳳祥春，尋君秀，復
言已散，未值，而時已晌午，匆匆歸家。　歷代祖先神像前設祭，收容
並為。　先考忌辰，作饗一一禮畢，吃飯，飯後返館，着課半日
十九日丁未，放晴。理晨課，已晌午，往文樂園，約同人小飲，為吳玉青在玉壽
仙吃茶，俟之乃會齊茶坊，巽亭、倉石、君秀邀到文樂，催請錢翁不
至，良久，俟汐心、蘭洪琢來入席，共七人也。設筵間，多不能飲者，大之數
出，進觀巷，迎春臺吃茶，敘晤小坪，笑指杏坡春晴移時，與君秀由午角

浜擺渡向西至邑衙前由湯家巷向南返館上燈後

三十日戊申晴 札致昌石爲八尺六尺對兩副飯後偷空往晤侯鷹因昔前日來我館不值也至彼問知已於今早赴東鄉返係晚君秀來遣人招溥叔赴鳳雲臺茶話兩人先往候之招者因言他出不能致之兩人茶罷分手返館得鄭抹札並題鐵尺樓一冊

廿一日己酉早出街路湖滑至鳳祥春吃茶後家中人來此會齊拈香良久仰永爲姪銘悌爲姪孫徒近處各廟以次拈香而來四人復吃茶少息乃自倚泰房司而入觀先東而中而西歷進各殿稍羅窗閣余以力疲未冬遇璧垣姪乘轎亦來拈香事畢皆至雅原家又吃茶与点

心泉菊生尋來，又談頃，乃枝偕仰蓮至敏德，清邁將午飯，余为不餞，姑啜粥而行。忽洒雨返館，知茶邨倉猝在儀鳳往，与防談移時散，雨大作，遂入夜。燈下作陵厰丞一函。

廿二日庚戌。枕上為闐雨聲，醒來已霽，且日出矣。为筱凡房作陵清卿一札。略理晨課。時近午，備衣冠出至五昇，闐賀厰艾生郎晬盤之喜，街猶餘溼。已則聲妹以下諸弟姪輩咸在，留共吃喜酒，叢房中一席，为聲祥、柳波、春疇与余及佩崔、茶邨六人也。談頃，賜出，我分道。香席已散，遂行，街道已燥，直至君秀家，以厰丞信託女袖交，邀出茗飲，以話別。適濟永來，招遂集於鳳雲樓，談至六下，振暮分手。仰姪來，云將往申江告別也。

廿三日辛亥晴。以改削半年尾年頭所課詩文諸作付弼生臣刻新圖未設跋。昌石所撰詹顧銘幅尾百餘字。傍晚潘宗維(端城)來。宗維亦歙人而非我族，其家歙西鄉𠆸(地名)子上，距大阜十餘里。余識之及今幾三十年。往余在歙，伊亦歸里，曾承其訪我郡中，適游黃山未遇，亦閱七年矣。設次，甚庭來，宗維邀去。甚庭坐少時，偕與晚飯，同往東園茶話，移時返。衡齋來告余，性初身病有老熟之危，今年七十有七矣。

廿四日壬子。晨出至倉碩屬書詹顧銘一幅，適已起程赴滬，至蔡郵家，亦已他出不值。自東而西，真至移館，沿路設返至館，知笑拈曾來談，在儀鳳邀往尋之，不見。返館，硯銘來云，笑拈先到伊寓，約在儀鳳，不見

疑在此處也我則笑指連約為友而已獨不等候午刻得金署范梅
壽去飯後調伯來又移時竹蓀弟來得叙義堂來知目志性初外亮
象去世邀親族於西晨議事也晚和錢翁除夕告存詩
廿五日癸丑晨歸家並為性初弄事至叙義見衡齋並話移時旋返館
適清卿來在小坡處進見之談次承許為篆畫件去後遂向紙店覓
得英貢牋作札遣人於飯後送去課暇寫四言小對一副小坡以近作詞
錄示為掃花游徵招齊天樂三調皆與易實甫唱和作也
廿六日甲寅晨茶村來以欲寄昌石一緘託之偕至東園茶話移時花農
尋來知其出吳稚之幕而返也茶村先去又談移時散後入館辛甫來

辛弟去而徐子雲來長談留午飯而去濟弟來略談既而錫弟來接連迎送幾無間隙而小坡屢以疊韻詞出示賜我屬和余以帖店送來爨寶子爨龍顏兩碑及碑陰拓本交小坡鑒定因以伊蔭寶子碑拓本一冊見示遠不及余[illegible]見者之寳藏而還之

廿七日乙卯晨夢梅來有觀劉之約同出余探性初赫之喪少坐歸家見松兄筱兄談頃赴夢梅之約於大觀樓共花傑先後來吃茶少停同出城至大觀園坐下恰開場觀至完場乃起進城後至大觀樓吃茶少停各散歸是日吃了三次點心所至不出大觀兩字

廿八日丙辰雨自來小坡屢以齊天樂唱和詞付示並看侶和筆乃

擬倒用廿韻拉雜湊集勉成三解錄出送去調伯洪泉先後來談
傍晚莢庭持來相見後言昨曾來過余竟未知也邀余出茶話良
久散時余以調伯所屬訪吳穎芝不值是午得君秀信
廿九日丁巳早至敏德偕元吉到宅詢伊近事同至觀前買小帽丹鳳樓
吃麵鳳祥春吃茶還茶館同坐移時散余至雷甘翁詢吳穎芝所屬為調
伯所屬學徒從師事也返館知査子伊曾來留下一函屬有交小皈件
即送去得廿回字
三十日戊午夜來閔雨晨陰已而濛濛不斷矣栝雨中來言前日失約因
偕至東園茶敘以補前缺返時街上大溼矣寫一短跋於居庭銘跋之

後偶晚悅叢殘見著殘末設燈下作寄黔伯兄信為二月上函

二月初一日己未天陰路為溼暑出至福德與宗卿元吉設至莊祠見族中諸人仲淡株新任老三房支總出到余興霞客少霞為修譜事在莊午飯辛芝弟同坐設既而偕行至敏慎見尊株侍語少時至錢公家出設片刻出又累而遂返館猶替課至晚燈下作復梅舫信

初二日庚申夜將半而雨來向曙尤猛乃復飒蕭竟日課暇餘歷年鄧尉探梅詩於小手卷後自丁巳年始燈下坐雨又填齊天樂一解積雨殢寒想山中梅花消息更遲矣同小坡韻而避重押字

初三日辛酉昨臨睡雨已猛既而澎湃之聲向曙暫止晨歸昨作詞

送小坡閱課題仍寫探梅詩入手卷午後茶邨著屐來談昔時寄旦現
初四日壬戌夜間未雨向曙又來乃復終日課題仍錄探梅詩昨曹
嘯處以前明吳邑侯宋公傳贊及祠記等件鈔本來屬撰祠中楹聯
匾額宋公名儀望字望之江西永豐人嘉靖丁未進士明年來令吳吳民
苦輸糧京師撫臣破家公勸諸區各出公田計役授田由官督役輸糧民
困以紓又創建言子祠并書院諸政官至應天巡撫入為大理卿有生祠在今縣
署直街始為塑像後鐫石像嘯處因其遠址而修葺之故有是屬余為
撰聯曰文江布澤文江在江西吉安府擬踵周文襄以綏猷肇啟公
田報功崇俎豆承言夫子以學道肅臨遺象隆禮仰風規接君秀信

清帥已於廿七日起行
赴粵東任

信中屬爲代撰贈人之聯亦即擬的爲聯一曰佩蘭香擅無雙美玉笛
班推第一仙一曰思結三秋佩香在收成百寶玉情多
初五日癸亥早出天陰地溼勉強至茶郵家曾有約而已他出但留話与森
卿同至對門蔣家看房屋閱其要遷去以此屋放租也看畢即与森卿分手
將近館中遂至侯招至儀鳳茶話移時乃返督課昨小坡又出示与寅甫
唱和荷天樂亦同調異前韵者爲閱余又倒用其韵和之寄後南倉橋
吳氏送來清卿爲余壺藏匳款爲紙一曰二魚倉盉一曰饑鳳雙虎戟硯齊皆
作古篆文銅柱銘拓本手卷屬題先題者爲西園作長盦文俞曲園
贊此懷四家傍晚微雨入夜特寒

初六日甲子，仍陰，晨歸家，君松兄坐少時返館，有微雨即止，午後蔡邨來有事，欲嫁姪，邀作一札，余姪以圖卷求秦氏三甥題，亦作札，併付館僕送去。際晚，心蘭來，攜改七薌畫山水小冊一本，余觀之，謂即其手筆，託名於改也。談頃去。是日仍錄探梅詩入手卷，將跋而未及竣。

初七日乙丑，晨起錄跋，探梅詩並綴跋數語於後。衡齋姊來屬作挽惟初姊聯，語入伊口氣，改次硯銘來，言花侯在儀風約晤，衡姊去，即赴之，花侯以有章海樓經年不見，其談良久，散，習課間即撰成衡姊輓性姊聯，梓樹接分枝，一脈延本大宗，惟願從今增鬱茂；荊花摧老幹，八旬上壽，完傷自昔歷艱難。小坡又以次余韵、奇天集一解來，并嵌詩

作錄出。傍晚查子伊來，談陳鼓甫札來，以八尺大對屬書，係送人
壽聯。其人年八十，住洞庭山，生平愛種花，遂爲擬成一聯云：大壽八千春
瞻椿陰百尺；澄波三萬頃，養花氣四時。
初八日丙寅。晨微雪，陰寒殊甚。俗稱張大帝誕辰，喫陳狗肉，天氣近是。
茶時冒雪來，略談即去。濟弟札來，屬爲四拜父墓志篆蓋，即爲書之。晌
午放晴，已而仍陰。校新刻文譜二十餘頁。傍晚至姚慵翁處談片刻。（昨無錫西山東林歐別墅看梅大白）
初九日丁卯。晨起，即校卷。包生題君子之至於斯也二句，春生輕寒
輕暖中來。及晨一卷，雨樓梅來偕至東園吃茶，點勿遂茗庭斐庭
昆仲從吳來，早茶蓋尋人說話於養育巷茶館也。坐頃，二人往別館

去尋三人遂散各歸館少時燕庭來爲余於程伯陶畫石上錄其舊
作十三贊之四遂補其空時已晌午留之吃飯稍稍沽酒爲飯後又坐
少時偕出至茶肆家茶肆看戴文節山水卷屬爲背撥一跋即
援筆成之三人偕出至時景園吃茶點久之散與燕庭至護龍街分
路返館發短札知其婦自界綏燈下作致君秀信
初十日戊辰晨從起錢翁來出見和詩四章並有花朝之約同至東園
吃茶點談時天陰有微雨錢翁遂去返館以雨後事送來刻譜害
撥對校以後即付上板飯後遣人送與調伯飯時來義侯殿發傍晚來
皆留兩殿發招余出茶敘余以久別作逢不忍卻之同至鳳宮茗暢吃

茶占。又聽說者數時，辛雨已止。是日小坡爲余齋天架押入夢一詞來

十一日己巳。飯後來閱卷，[illegible]甚多，今日必須認真。晨起即日吟手披草

爲之揮毫。日略及百卷。狀辛雨甚連綿，禁足不出，而傷晚花，係

自對門汪康來。談頃，雨稍大，遂去。晌午後，鄭弟信（正月十八發）即撥忙作一復。

十二日庚午。花朝。宜晴。晨起微雨，[illegible]閱卷理朝課。晌午出街，既泥

濘殊甚。勉強至錢公翁家，伊孫女爲女婿吳曉滄中舉設飲，曉滄亦

我之表姪婿也。俟其至，時稍未正，遂入席。坐不肯上首席，余勉占之。

餘有錢翁姪、繆養民，各者（佳少卿，從卷行醫）及喬梓凡五人。曉滄以附貢捐通

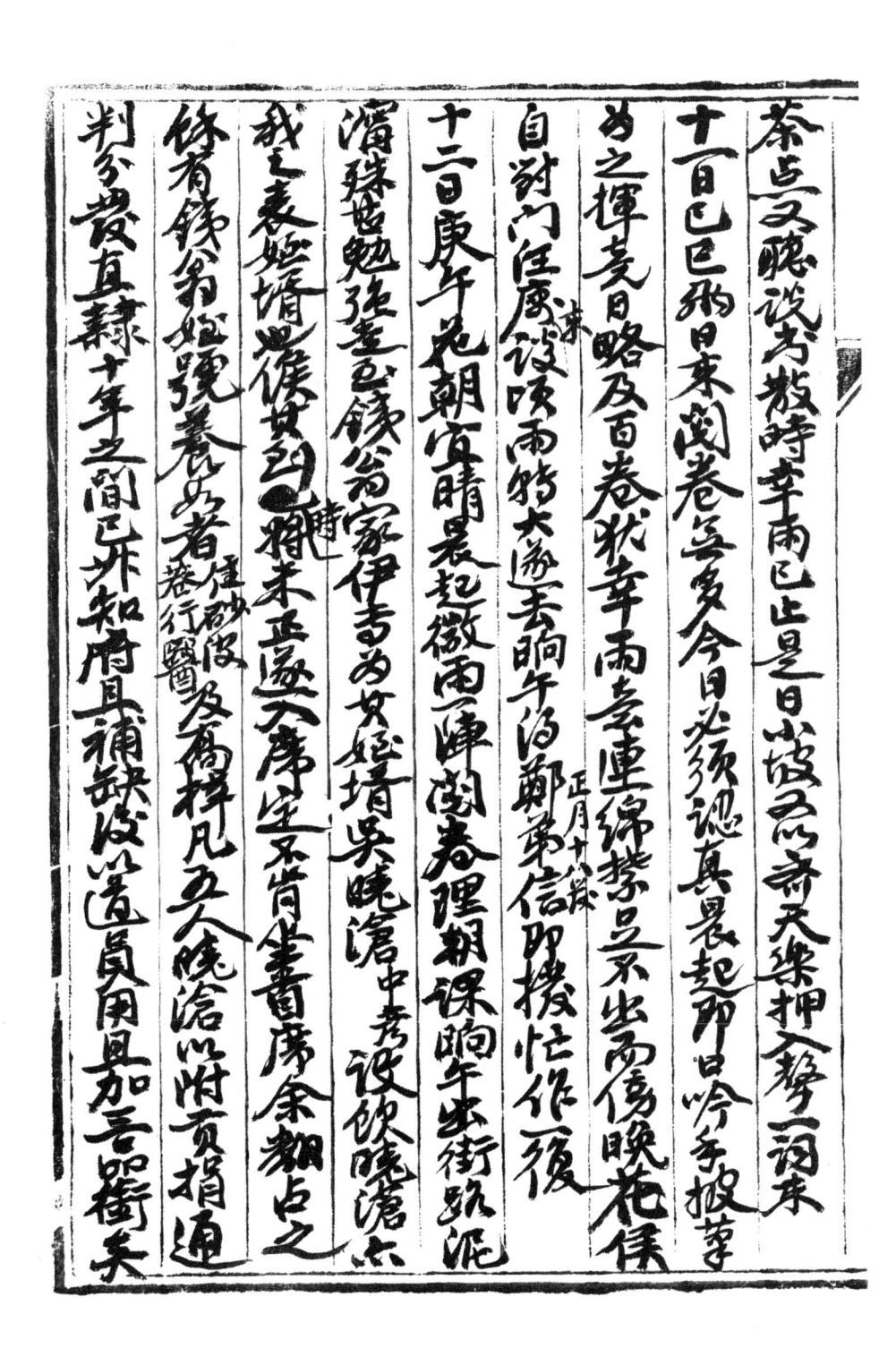

判，分發直隸，十年之間，已升知府，且補缺後以道員用，且加三品銜矣

即席所談亦多伊犁往事，良久散。伊先去，余亦辭出，至敬慎兄齋并及
辛和談片刻返館。往時台灣敏德兄子宜自平湖來，略坐返，則一徑行
街上滑滑，依然總，幸未雨。燈下又取閱卷。
十三日辛未。晨見天色頗青，晚而仍陰。課暇埋頭閱卷，中間小坡調
伯來談，迫暮，心蘭來，總偕至東園茶話，上燈後散。
十四日壬申。向曙又雨，辰刻乃停，奄陰狀未散，逌閱卷，卷之間昔翁去一
人。課飯後作致鏡弟上海信，心蘭來，預日擇來領夢薌畫那軸一兩
并一出，攸哈崇售者少時，花侯來邀余出，余屬其先往，以鏡弟信託
首姬帶歸，又極見其課事略了，乃赴花侯之招於風雲宣台場中同

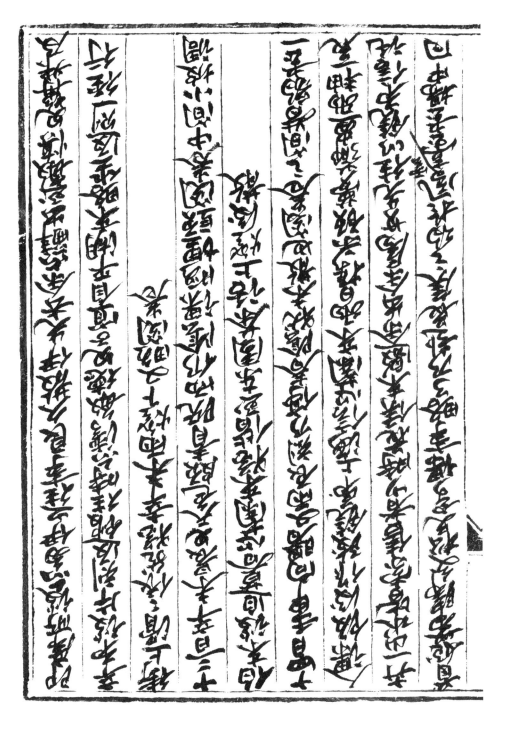

談竟晚歸燈下作致偉見黄如信

十五日癸酉天色晴明乘轎出先至承天寺東海島退居里拜吴曉滄蒼生如晤談少頃至莊祠族中到者已多而霞客弟未來移時少霞來云老父入山觀梅未返仍与辛弟議修譜事並喚手民陶姓南來當面屬付之三人在莊午飯余先行至仁孝里弔汪介石母陸氏之喪至顧家巷預祝甫田弟五十壽並補賀其娶媳又至帶城橋弄闊街頭巷巷拜蔣殿丞不值路甚遼遠非坐轎竟不能也返館穩甘課寫話甫屬書之大壽對迫暮溥泉偕夏吉士來曾在金匱与溥泉同事余亦曾晤竟不相識矣

十六日甲戌晴大蔚上落好款徽歙甫屬撥梅吾信云初六日余
發一函直至昨日方到可詫之至閱東林生卷既編為排次加圈評申
刻花侯甥孫同來借出聞裕米花抵暮而散
十七日乙亥課脈將生卷排次加評午後將發嚴丞來談須同出訪
硯銘不值至徵雨在鳳雲春茶敘雨止又行至朱家園石皮衕之間又
洒雨至姚嘯翁屬談少時蔡出衛上衖遇入夜雨大作
十八日丙子夜闌大風怒狂似虎晨起開霽生卷料理畢凡超等二
十名特等三十名壹等六十名備取四十名餘聽出次卷一百六十三本又次
卷五十三本通共三百六十六卷飯後茶卯倉石來倉石返自申江敘談

並至東園茶敘良久方散歸而茶磨來出其近作快談少時夢梅來
茶磨去而夢梅談至抵暮去
六日丁丑晴晨歸家一視松兒即返館招披閱東林童卷文題斐然二字
訪題冈已刻殿丞來略談去未刻又來久談有東園之約去後余徐之赴
之伊已邀同雪樓在敘茶稍時硯銘等至冈坐余少憩先辭出適遇
悠淵偕之返館以陶池和為屬其畫梅幅託余入山交諾瞿和為蕃甫其
號求之坐片刻去
七日戊寅巳刻晚滄步行來邀余同訪茶磨余知其今午必他
出遂偕往至則已出矣惟晤其斐庭於老萬園坐息茶敘良久行與

晚滄於辮蓮巷口分手同飯課畢認真閱卷至晚花侯借海樓章來談少時即去天暝矣燈下又閱卷幾許

廿一日己卯閱卷於替課之間自辰至申不輟殿臣來邀同往雪樓寓雪樓遣人邀硯銘至旌少時四人會齊至本家月老處令備小酌並招墨靜二君同坐上燈入席良久散

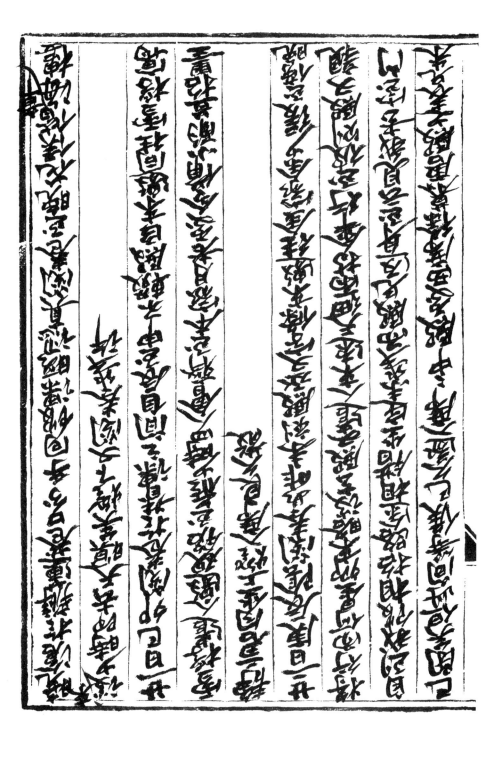

廿二日庚辰陰閱卷如昨未刻殿丞又字條來邀往金家余少緩至傍晚將行而何星卿來略談去殿丞遣人來速天細雨持傘行至後則殿又親自出我處相招路途相錯坐定未幾而殿兄返身至云見我去宅門已閉矣但此間等候已久遂入席上中殿及西席徐某唐殿之表兄朱

繼甫爲先生并主人四人而已席半上燈因酒良久散散坐啜茗微雨轉密
余偕促行出見紅光閃逢人言藩台衙門內失慎終之不一段遂返歸乃知
竟是藩署二堂兩屋起火二堂陰甚衙路滑漣厥見送至余館乃別燈火
下仍閱卷少許是日午後李劍泉來
廿三日辛巳陰雨雨移止而風驟作有山崩騰澎湃之勢晌午李弟
來談後出譜稿相商飯後調伯來傷晚茶磨珍香同來談啖米因
調伯有約將至鳳雲處吃茶之罷乃見好與雪樵一同韓老乃議茶
香二公先行留與雪調二公談至散場各散是日閱卷約六十本
廿四日壬午晴而無風晨至錢翁家翁傷於風與余同病略談待

浩劫溯當年
巍然存弱歲

出吞劍承于安徽會館坐敘片刻返路至廣大房候其起乃見之啟
為溥泉購水盂一幅出遊進敬德後門先見師竹斗酒於書樓設
頃至帳房又略談有汪閏生房為統房出啟以行返館籍檢與閱卷以
為送溥泉廣申刻游弟來前日星卿之來為他友轉屬撰肥婦換拜
聯語援書喋喋今姑就其意為之云懷（昔歲）往日流離處毀巢傾逆重
歸餘燼撫孤樸斷曾教綿力助痛弱齡孤苦門衰祚薄自一脈
連枝分接棋聊更望本根措蕃凡廿三字一聯是日閱卷約五十本
廿五日癸未晨莫子梅來偕至東園茶話久之伊近日學家擬來所
作版已入款返其衣冠祝鑑見例應六十款備有午席延客凡三

痵良久散天氣晴明余遂步散出步怡園觀梅ミ綻五六分花小憩閒玩久之傍晚返仍坐定閲卷至於臨睡

廿六日甲申幾起既之九姪來告松兄昨夜吐血甚多遂歸家視之方偃卧無他甚是近春分節始耳移時返課賬閲卷傍晚濟翁來招往鳳雲處茶敘先後往談久之同至貴古齋裝潢店濟翁有安屏付裱迴予跡返是日自晨至燈下將童卷一律過目

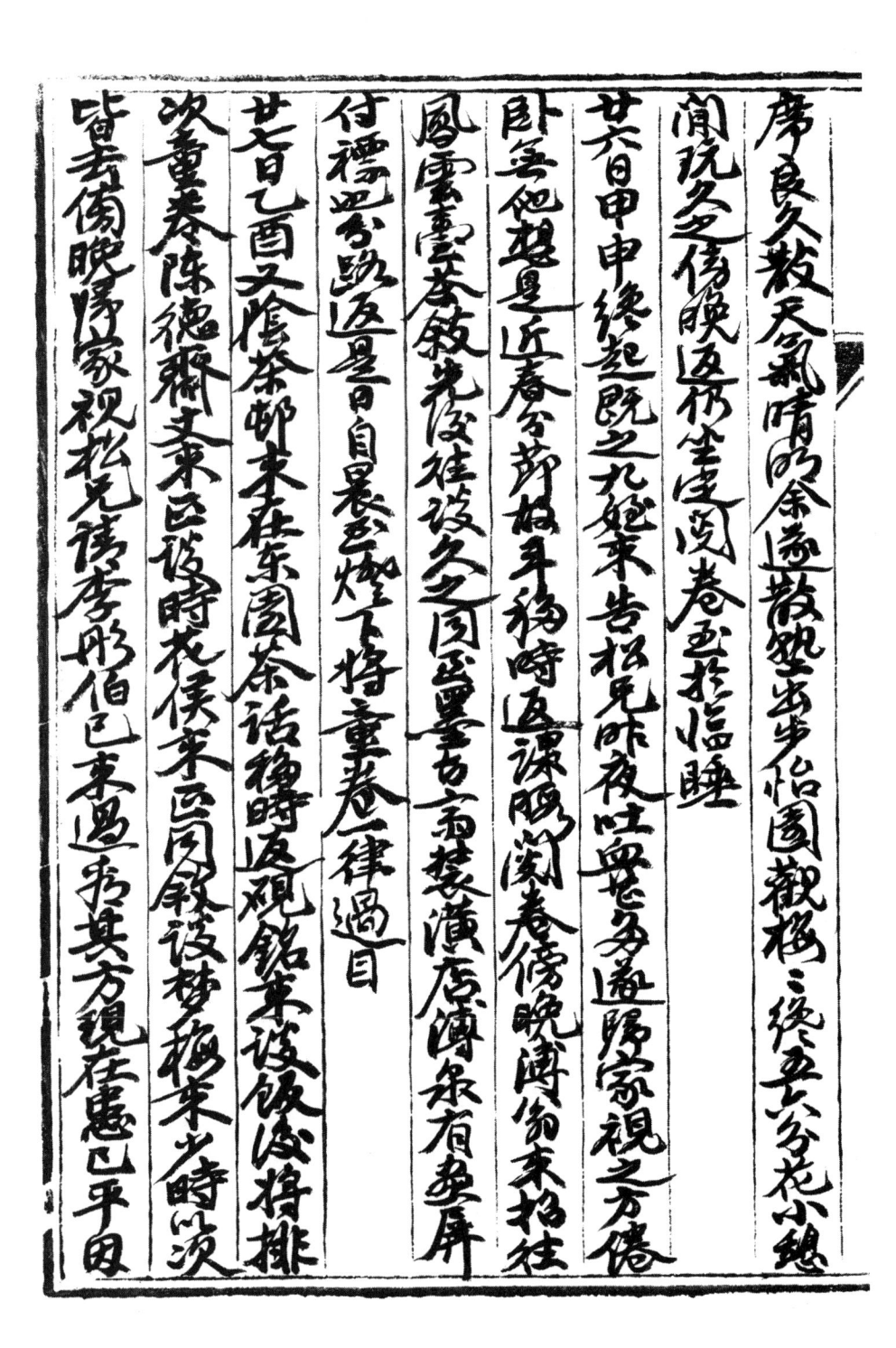

廿七日乙酉又陰茶鄉來在東園茶話移時返硯銘來談飯後將排次童卷陳德齋丈來正談時花侯來正同敘談梅杏來少時以次皆去傍晚歸家視松兄請李彤伯已來過云其方現在恙已平因

至筱兄處多日不見談至抵暮返飯
廿六日丙戌　蚤起出齊門至舟次會齋桐弟錫弟首之閏生庚符承之
四姪承博姪孫八人放舟往支福山中天氣晴霽風又大順晌午至宋讀信
山橋西東廣永青姪暨承博坐〻至上沙祭掃汪氏祖太姑丈墳餘人赴
西待之一時許返舟復放行八人同午飯申正西山先就近泊黃泥頭祭掃
曾祖妣孫氏三嫂兩墳務樟澗上復祭掃叔嫂與亡室墳又奠華之三姪
天歸故乃近暮回至舟次與本家先後來到諸人敘談夜余宿舟中餘
七人皆宿墓廬是日鎮上失慎延燒十餘椽余等已入山矣
廿七日丁亥　黎明起族中人皆赴會齋同詣　六世祖墳祭掃合以四

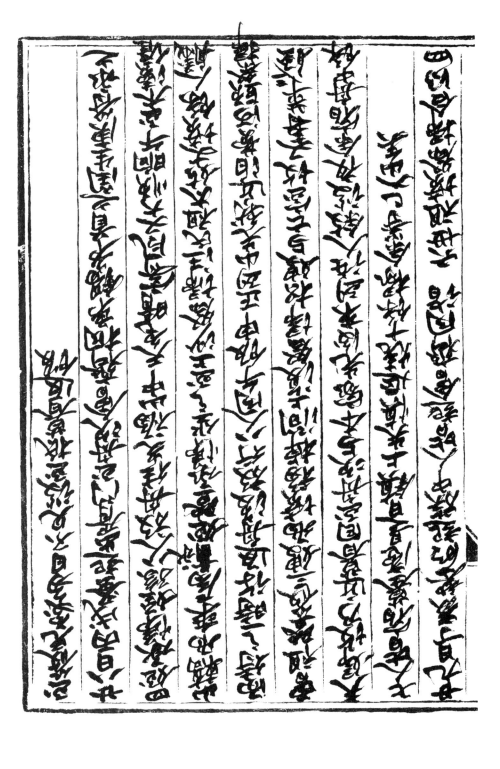

十一人先志承家四行耳返洄上諸舟俱散祇留諸桂延支二四舟又木
瀆陸千春良方蘭裳与孫仲陶來覲梅之舟诸人朝既畢復集五
五世祖及 高祖墓發埽於星千餘人復散各自祭埽余偕桐甫至
從叔祖 三伯父 大伯父叔父及三兄墓又詣 祖考 先考墓一
展視既畢返舟余因天晴未乘輿拄杖行數里間已覺疲憊午飯
後偃睡舟中一覺醒而間步别墅中梅花正當極盛山路经行所
见無不枝堆滿晴雪香風時挹衣袂惜不獲与方陳二君同游
傷晚二君返述所歷為之神往也入夜仍飯于舟中早睡
三十日戊子清早岸上七人起身返舟二即放出泊鎮上買湯餅為

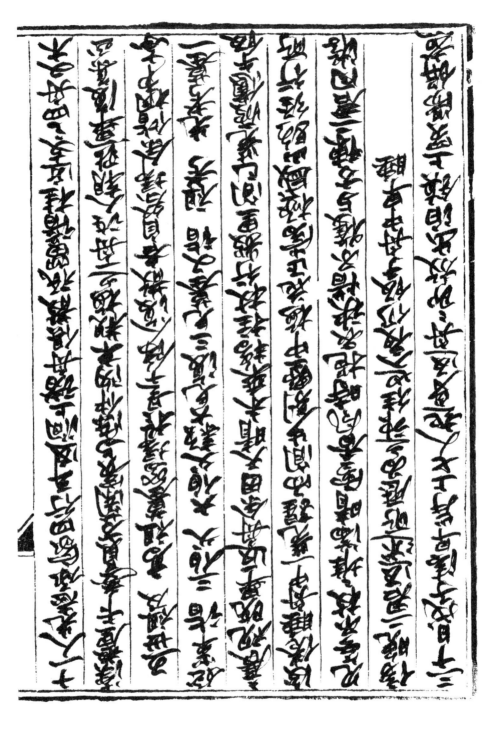

雨陵之東西兩崎波平如鏡無風雨順流來午抵木瀆散步鎮市良
編魚巷姑丈舟發行未末申初已抵胥門進城余徑至復興橋梅
館中伊属兄權飲政者余去及汪基庭遂偕至梅宅橋北晤基庭
於嵩園茶室丙梅申所請伊應允焉復繞設少時散梅偕
余至梅館復偕余出至本家月老處乃招观館海梅及花妹明來同小
酌又招墨靜二人同坐燈後入席初更而散

三月初一日己丑晨即出還蘇繞山坐乃謁莊祠仍与弟登霞弟
喬梓在熾術商參訂支譜更有增修以歸于是飯後散余徑歸家
問蔭松兄病體日來稍平而夜兄又因肝氣舉發其勢上衝故多嘔

塞文延醫畢坐頃返館時已傍晚路爲二生講解作課事

初二日庚寅甫起梅梅來即往視銘彦邀之同在儀鳳茶館敘余寫完寄

伸兄信是補昨日朔爲香春上香遂返遂至敏泊乃與視梅二公會談肴午

後之約午後梅又來拉余出至濟泉寓并邀之先後至金家未暝入席

爲孫濟泉朱子範張硯銘與余陪周氏花萼昆季并指李少卿及月老

同坐迨暮余先起一路已燃火歸行至館方復吃夜飯

初三日辛卯彀出不入塾課畫于畫卷上加圈點加評語排次序凡

上取二十名中取三十名次取六十名備取六十名又酌出三百七十二卷

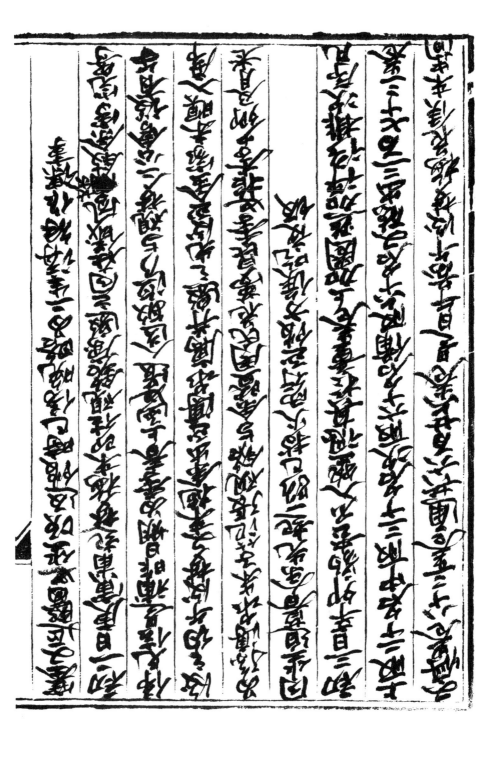

又備卷八十二卷通共六百廿六卷是日午前午後梅梅花侯來寓

衡甫姊來知姓初丹崩弟已定日期

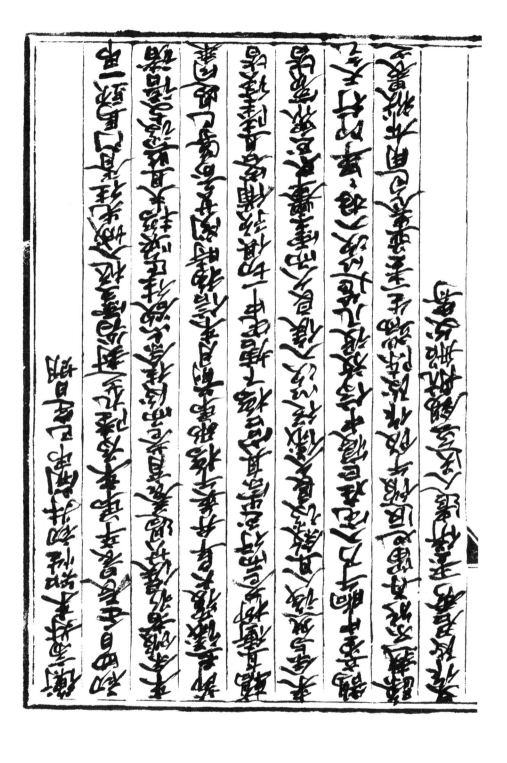

初四日壬辰晨平弟來為陸九芝封翁雪抵入城先往胥門馬頭一弔來余飯者孫俟其過養育巷而後往余亦欲往弔嗅糕夫且照其設文譜諸節並議覆大身舟要午橋弟前月來信稱時閱廿前事已過同乘轎直衝柳巷而行至崇真宮橋下塘宅中一切俱預備客具陸續皆來余與熟識之人且敘談良久儀從以次入候良久而靈輦及衆親家皆鶴至堂中晌午乃入宅在內寢中停放設几筵以次入拜拜畢即行天氣酷熱不能再留也返飯午飯作致陳端生一書並寄包用布裱裹之又作致君秀書併遣人送至錫航船交寄

初五日癸巳，晴。黍成雨，夜闌始作，瀟瀟竟日。以弄璋圖賀梦梅，完姻於
易堂上，鬲若干第八章餘。空處多，乃作駢體跋語百餘字補之，即遣人送
與鷹洲兔侯回字，移時梦梅來，為談慈庭權安館，改視送之往也。飯後
寫十言小對一副、四行條屏一幅，皆由洪氏來者，傷晚。心蘭來，為屬
寫園式燈片绡幅，余以漢瓦當文應之。偕之東園茶話而散。
初六日甲午，晨至敬叢堂弔性初拜之喪，遇微雨，歸家少坐，乃返館。藉
課暇校支譜稿本，為族庭插圖，繫用大印字樣。小坡以新購汲古閣毛氏
舊鈔本書兩冊，曾為汪氏阆源所藏者，謂分韵漢隸，余觀之
殆半即劉球表進之隸韵，而稍有參差，前半摘洪氏隸釋碑

錄中亦有增減且雜取諸家論隸各條其可疑者欲纂成書者而
未完者惟舊鈔本不易得耳當校訂近刻隸釋諸書可寶也
初七日乙未晨陰午晴以先校邑志譜稿及硯庭處觀金石拓本兩冊與
印篆樣送敏慎殿丞來談頃同出買小對付局余寓之遂留同飯飯
後徐子雲偕一友來余不識伊伊甚識余余不便問談少時而去對上署
既乾殿丞遂拉余出閒步至晚返由原路過硯銘處問之他出遂散
初八日丙申四鼓時聞隔牆叩門聲甚急晨起問之因松署內失慎火延
下人報女主遂往探慰也相隔半月前月廿二日藩署失慎今在松署書塾
于縣戒去藩署之前先有臬署中小失於別三處遂衙門皆偏矣又此月

四五六日三處連有失慎三更亦屬可駭昨硯墨有餘潘季況芳衍所
屬書對聯顧耕隱莊春祭鶴方去其祭余刻歸乃入塾文校文譜稿本
雨自晚至半日傍晚大風轉寒去初四日如酒月初生景
初九日丁酉大風狂吼終夕破曉開霽矣晨出天寒風猶未息至顧德
芥與張仲略元吉與元吉兩身男四人至觀東在鳳祥春選茶部問以務
試事在三元閣晚茶散出至玄妙觀寺季莪將為兩家孫於趨前
奠別與諸親族到者尤多家設至午後雲聚上坐六席他更為有盛
席撤客大半散余亦出至敝慎貝簃尋孫於松窗陽共北向大半將為
季孫第閣房留其玄軒角向為沐總坐天遂地隘物多殊難安頓並坐

姑容孫沈氏女長
子名金生

吹鮮出至錢翁家略坐偕至觀西玉壽仙茶話良久散又至敏德不見
一人至吳署西甘翁家談談後路過鳳雲樓進去聽書遇陳敬甫並
坐敘闊晚散返館燈下改課作是日得鄭盦書
初十日戊戌晴風稍定作字招白雲客弟來偕出胥門僱夏三壽船
至横塘崔家灣祭掃張硯孫墓硯孫為霞客之妻兄亦並展拜祭
畢返舟即令煮飯消此祭餘菜時纔及午回舟進翠雲橋韓家浜泊
舟登岸過渡桐橋偕至詣季玉四琛墓道恰值靈柩到山墳某停放
排設几筵以後展拜畢至丙舍又至眾客敘坐之廠先後到者同坐設
午飯三席散周覽墓地徘徊移時又坐談移時客有後來余與楓

舫處辰刻回舟歸城日高後風仍大發作書候水儀抵胥門進城訪駘

余至姚晴鋤寓晤梅琴鄭同敘吃晚點後頃出猶至鳳壽堂以及晚

去場散返館得吳錫范梅蕃書書中有君秀一函附到錫金兩縣童試

前十名等三中姪名於書院前列者中吳二三人

十一日己亥晨至醋庫巷吳硯農處皆不值遂至觀前尋見恭甫恭敘並

見熟識人允設冬至與恭甫向老同春前後面三處歸家後各房備辦

祭品祀　先過節時已未初以後飯吃飯後遂至道前街同泰日昇

棧昨遂還朱濟卿收賓高此也相見略設約風地之敘余返館換衣

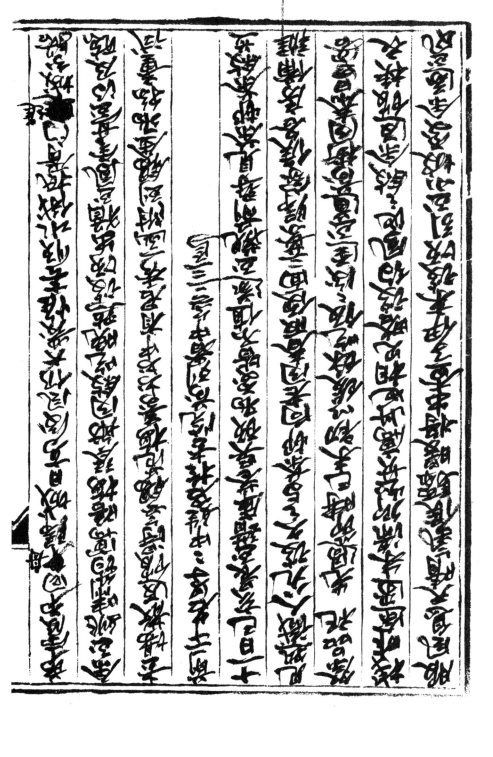

服風息天晴氣候驟暖將出查子伊來後頃引至小坡處余遂至鳳

迎謝卿未到論茗候之快談移時先行至風雲聽書仍與顏甫同坐

返時抵暮舍弟以歸安陸存齋心源所編金石萃編補一書見貽

十二日庚子凌晨清明節前日顧丞曾來相約晨間果至云所備小舟已在

乘驄橋下艤待推所約同遊須至硯銘雲樓兩君寓至之時硯銘來同

至雲樓寓候其起身並候其約他友因知尚有一舟從石家橋放來須

候同行既至舟中又候彼舟良久時至午刻乃得放行兩舟共有十數

人認識者為章海樓周純舫放出閶門小路滸橋蓋西遊船其數

節次信教勉強至冶芳浜口過去恐步步不能進遂泊定午飯

後方將乘擺渡之小船登岸游覽而前面游船已散帮放歸勢又大

飛遂因之亦歸，而節次信哉人語喧嘩，篙櫓相擊，再而三，塞所幸時候尚早，暫泊三擺渡，各船之先後來，列成雁行，天色漸暝，渡船畢集，以數百計，則有先放進城者，我舟亦隨之渡，至城門口泊定，晚飯，飯已乃放，仍由原路至乘騮橋下，余先登岸，猶有月光，返館，夜尚未深。是日若為飛會，而船中進者僅見零星幾艘而已，又怪岸上人不知會而飛水中游船，兩邊皆如堵牆，甚至橋面亦擁擠如山，我船晚返，惠閣星橋石闌被其擠坍，打壞行舟，并跌下游人許多，不知傷斃幾人，可驚可歎，於此則隨俗為閒，市之游，可不知所戒乎

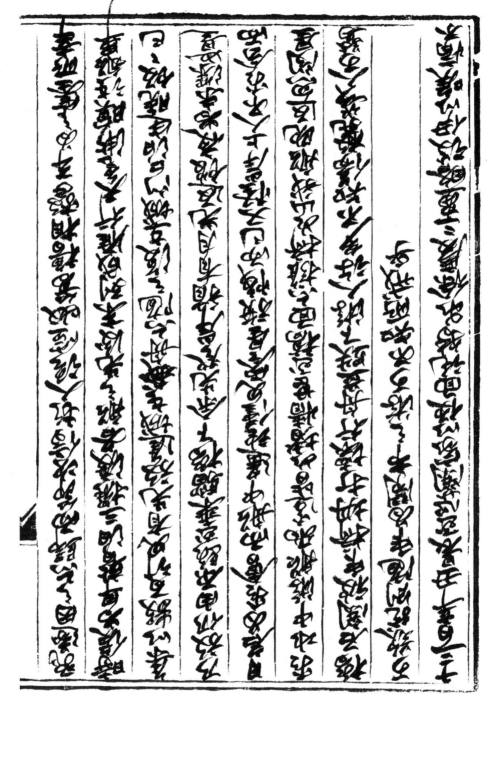

十三日辛丑，晨至迎蘭家，以使函託轉致徐慶三，並略設伊以吳濤不

飯皆出余遂返館飯中鶴書送羹未歸飯後患病未愈今年春替
課遂又出直至錢翁家邀同觀劇乃由祥符寺巷出城直至普安橋
塊金桂茶園時正午刻戲已開場有新來腳色皆有名者旋觀之
後晚歸至大觀樓坐憩吃茶點稍時與錢翁分路返館至戲園選
周萬臣姪婿首永飛姪返知姚儀翁曾來余館不值
十四日壬寅晨寫輓林母沈太安人聯一副句云恩報三春寒暉頓二
月春秋八衰慈蔭永千秋林朕般李玉之妙也又寫書云哀歎一
篇郎亭王仙根處也又寫四尺軸心一副館僕所求即以除播作
之硯銘厳丞來偕至東園少坐作致佛兒暨陽信又致并英千橋

弼臣大阜信再有餘閒校支譜稿是日弼臣偕入塾
十五日癸卯晨到莊祠先灣敏德又灣風祥春蕚茶村見以昨
接君秀信付觀元吉亦尋來遂同茶話少時到莊時稍遲與仲
溪並處客辛芝弼臣硯庭延緒彙譜稿而畢之是日莊中舉行
生會課共到九人午飯分席飯後余等先散余至玉壽仙昨與硯殿
有約也適君俊之閱一時以外支不至獨坐悶極詣眼都穿乃出就排
徊於觀前過徐家衖賃獄店家坐談片時分手余再至玉壽仙仍不
見二人悵悵返路過怡園從主游滿園桃李齊開矣盤旋久之行
過風雲甚盛入吴場以將開說遂留聽之而返

十六日甲辰，鶴書不入塾，恐感冒也。摹翁覃谿名印二方，款甫所
屬。陸韵樵來，久不見，自述蹤跡，有婚宦逼人之慨。以紈扇屬余与小
坡各寫其半，即寫之，交小坡。又寫摺扇一全面一半面。申刻，調伯來，
久不見，因赴縣試（四場），茲已完畢矣。談少時，同出閒步，抵暮返。小坡已將款
摺扇寫好交來。是日得伯兒稟，省今年第一書。
十七日乙巳，晨至饒林巷林氏弔喪。天氣燥熱，至歐家巷譜弟丞商
量設西圃杯酒，豫備錦屏事。返，逕至敏德知單，白
李豎信，為未發遞，加一股併封之。返館，約老掃墓去，遂又出至復興橋
周家卯茶，磨權館之所，以明日讀頌，返館午飯，飯後歸家，省視兩兒，至

濟之弟來謝

對門九家蘇圃飯中設少時雷聲隱隱遂行始僅飄洒繼而密布
衝雨衣溼就虎丘茶飯暫坐雨過雨漸止方回家飯天已開霽不一
刻許日杲杲出矣又起風雷坐聽錢張談故事時忽復飄洒歸
途復密幸備以轎甫一登回飯天已暝也 心蘭來不值
十八日丙午雨後天陰微熱涼除昔 生課晌午調伯來傍晚茶磨來同
至東園茶敘倉石尋來設良久散是日蘇圃札來亦以三松公水雲留
譜刻本有工尺旁譜命余覆校課畢寫汪闰生姪婿紈扇一
十九日丁未晨至房東第家以便面託龔兆陸芝庭畫略坐出至通然有道
場為四縣英設齋雲雲前一拜晚譜弟又設十七日所商之事少時欲

歸家過瑞弟許，以西首屋宇方集匠修理，屋甚高敞，直至後面園內。過而出，到家與松兄敘兄話，即返館。背課。午後殿丞來談，傍晚至姚嘯翁處，嘯翁正開琱設，至抵暮返。

二十日戊申。晨又以送緝之妹去□序稿商於譜弟，坐移時。字句略有改易，至伊妻弟仲書種者將行，又過濟之弟，復少留，辭出。乃從朝點至鳳祥春一局，至小坪笑拈，略談往返，皆過敏德，皆不見一人，但知錢如小卿，兩弟將返里，又同飯。首好來，到背課。至晚校水雲角譜後跋，手設

廿一日己酉。昨夜有雷雨，曉來開霽。飯後轎出，至大石頭巷賀況芳衡完姻，至大井巷賀屋吉士嫁女，即敏慎坤宅也。邀至敏慎處賀誠華，伊完姻見

葬圃非於三松老兵柳波韶良先生諸人飲設移時遂就此設午席吳設
讌良久散席午芝弟招至擷芳亭有要語談至余邀過出吳至崇真宮
携陸九芝封翁閑步諸壺茶肆候錢鈍夫來後同赴余邀出飯
翁老往訪吳吾只課鶴方作後樵老君秀兩信併封發去傍晚
又出往鳳雲臺尋濟和不見晤錢玉卿張步雲坡方
廿二日庚戌晨出訪茶邨倉石先至倉石處知茶村已歸尋余遣人覘之已
行矣余遂返跡所至尋於東園不見回飯又知錫翁曾來因不值亦未停
留返督課未幾調伯來邀往觀劉先生因至姚寓請備箇並請衡甫嘯
翁處作跋視金臞壽壽啟其夫人七十也就彼寫之因頌渙小船調伯先

出城去晌午余与姚氏拱𡌫下船移出高橋遲ゝ抵灘河埸登岸入大觀
園已閒埸看畢完埸而起天氣頗熱街上行走倒覺踈散議二姚登舟返
余与調伯步行進城喫茶點暮散
廿三日辛亥上午課兒生下午約書出門只課鶴書送葬圃孫赤屏劃出
安幅格式方可定稿傍晚心蘭來同出茶敘移時同至其蘭閣議定用
泥金箋裱屏八幅並界畫朱絲闌以十日為期
廿四日壬子黎明起詣松鱗莊祠春祭行禮至別內祠已開祭余旅節孝
祠代主祭女像隨班行禮未午祭畢合族共到七十三人食飯而散天氣更熱
至懷德堂少坐至廣大房談移時至玉壽仙像孫絢之同人少時錢公南來

敘久之去余又獨坐久之調伯不至覓腹枵行在護龍街吃點心乃見調伯

遂同游怡園特未開遊少時心蘭來同坐吃茶鄧林逸三胡琴安諸君

出園三人同行閒步至心園本家處返路又吃晚點回館

廿五日癸丑夜來甚風氣候頗暖晨至研銘處同出在東園茶鄧心蘭共敘

久之返館吾尤癸甫寄與郎君數房所用鑑照名篤福禄男字午後乃伊來

傷晚心蘭來茶應贈庵夫詩橫幅旁有餘空爲書二詩補之

廿六日甲寅以舊作太元博沿心東塔塼沿摘録拓本上一條幅一

冊頁觀銘笑拈同來有與船游留園之議午後倉石來略談飯時觀

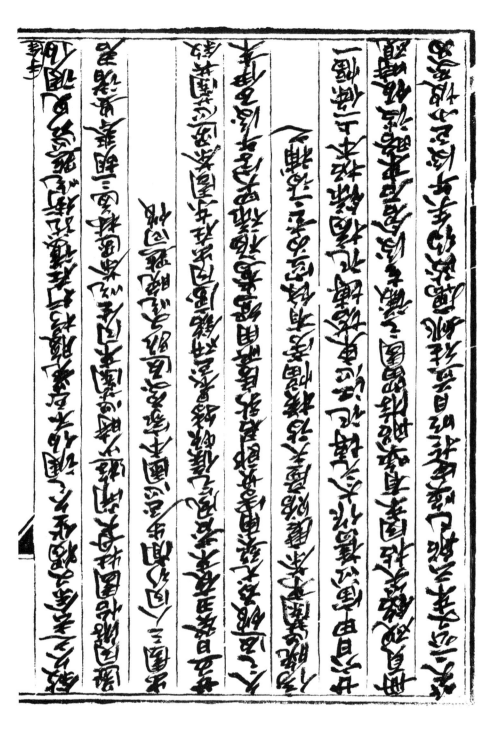

笑二公又來云船已喚定於明日並往姚廟改約矣午後至小坡處爲

子伊詩遠吳子述來敍談間出所著詩詞稿屬校去後雪樓調
伯因來拉余偕游怡園至園門若邏神之再遊有四人進園見熟人甚
多又与陳嘯樓蕉伯尚梓同坐吃茶少時笑拈來會君亦來且遇仲英
小坡冷甫諸君傍晚出惟与雪樓同途至鳳雲處見款甫慕萱諸
君一室茶話良久散回館知子伊又來不值
廿七日乙卯預約同人公請姚嘯翁泛舟嬉春理晨課俟泊調伯來偕
行至船廠巷公館見雪樓觀銘先在少時笑拈亦至遂共同行出胥門登
舟舟子吳姓又梅時舟子來齊解維由歸涇橋轉西至白蓮橋浜樣舟人
培德掌觀壯舟正盛開盤旋于花間各之返舟舟中鋪席飲酒吃點心

撤席解維，放至長善浜艤岸，游留園。園亦畫舫聯行，園中觀人接

踵而壯丹不及，諸德雖有之，叢花獨少也。隨便涉足，凡回廊曲折

深窈，不感趣益。吳中名園，以此爲最矣。移時坐定，啜茶，同伴六人，或聚

或散，良久乃集，歸。余先返舟中，餘人亦漸返。園西永善堂，構造一新，

庭中叠石甚工，亦可觀。坐周覽而出，舟即放棹歸，隨衆泊于方基錢

炮舟漸次亦泊上，燈後艙中鋪席，圍坐左右，諸妓燃燭，爲明遺有

從鄰船來備，爲招之入坐，琵琶歌唱以助歡，少時即遣去，人散深闌

僱小舟入城，同人各就歸，路遠近，以次登岸，余返假中

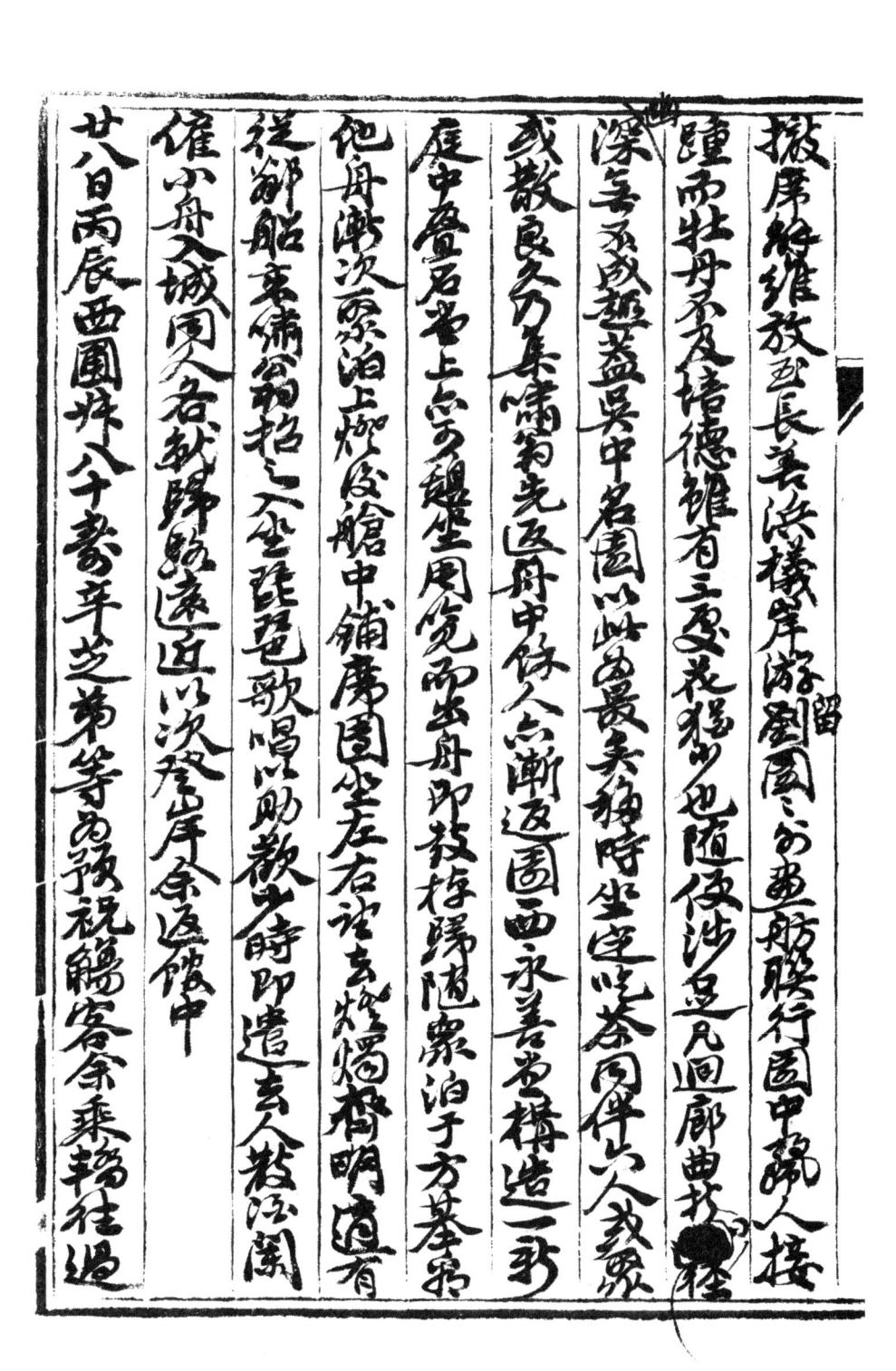

廿八日丙辰　西園拜八十壽，辛芝弟等爲預祝，觴客，余乘轎往過

敏德昨餞如弟略設邀其偕到敏慎叩視其中知瑤姝已於前日適
入西山草堂矣雨視其雲集嘗道皆聞風而至午間坐于席余與瑞卿
餞如處看畢至前往三松堂坐一席既暮登客乞維設樂集良久席散
諸君皆散余亦出至吳拈家中聊於間望江東廟同至天偶巷南弄浴堂
中敘談待看谷香浦其文至瑞弟此處地甚幽靜余詢吳拈家何昨日返
滬公今即行遂西行歸家飛視松見後見梅時出至吳署看浦來府借
至風雲叢恭敘良久分手天暮風急入夜甚寒睡下聞雨
廿九日己巳雨勢達旦乃止晨起氣候頗寒内子香君棉衣裁廿三四
閱天瀾吳韵书讀左傳畢午余竟日不出亦無客至惟新舊其叢竹居

法帖兩店皆有人來張𢖍二爨碑又得銅瓶拓本十餘紙

四月初一日戊午晨出先至敏德以昨日寫就之啟偉臣信交為併寄

少坐至莊祠到者先後十餘人亭弟出所作往答稿議及刻譜事余

與霞弟皆散出後過敏德又進去少坐取月貼款以行返館時課前

書閱卷讀古文申刻又出前日與笑拈約於怡園也至則小坪香浦笑

拈皆在未幾調伯亦來相會於石聽琴室茶話移時散出余至廣文

屬文詩橫幅不值遂歸家派月貼又至片刻返館

初二日己未前日法帖店携來石墨有晉駙都尉楊陽基碑及光

福寺半截石刻今為考訂各題一跋晚飯後與首延同出至安慧

寺巷試院前因今日府試長元吳三縣童生也在聖考[?]店上徘徊觀覽少時入怡園啜茗憩坐移時散歸迫暮

初三日庚申晨課之暇收拾詩文稿往年所作俱訂成編數段陳德齋來談作致鄭弟信傍晚以蘭來知有吳江同里友任筱峰寄在巷口茶寮往見之年與余齊而抱宿學精於算法談移時乃散小坡以遣懷五律出示即次其韻座之閒復作場中題長洲月星辰縣載華未冠所以載物也高明元和載而不重縣草未冠所以覆物也悠久吳木生之縣黿未冠所以成物也博厚直場次題為欲君四句通場詩題要藥如雲麥始花得雲字

初四日辛酉。晨，太倉石虞已往滬，至茶邨家，已他出，竟不值。觀森卿考
作而返。欣之、花農來談，前月歸杭，李少時去。欣之、調伯來談，前日場中
李少時去。飯後又來，云嘯翁有邀集同人酒樓小飲之約，往還，遂因洪春
江來要，覓酒喜甫書云遲，即去赴，遂調伯之約，於鳳雲處敘談，盡歡飯
僕來，云鏡如弟到滬，返，見之。談時，張留仙來，出近談去院題目紙同出
典及題中所云說文解，討有此書否，余答并不知何人所著。榴仙即去
鏡如來，吃晚點，遲而去。葉禄卿來，同吃粗飯
初五日壬戌。早晨，茶邨來，同到東園茶話，移時，到九華蘭紙鋪，壽屏、稼雲
匯閱，款之，令其送我飯。中與茶邨分手，至道前街客棧訪住徠峰，晤于怀

隔帳雨談少時至心蘭家略談至新橋巷洪泉處候其起略談欲同余出去閒
游余因館中掃墓兩生皆去正得暇遂偕行返館脫換衣服會洪泉於吳學
前僱小舟放至閶門洪泉尋見吳潤卿潤卿遂來小舟中扯余游行又拉潤兩
与洪訪蓉湖舊談存彼午飯邀之同往小舟至留園又遇潤卿遊覽移時彼
潤卿扯至伊所坐舟飲酒昏甚小坐移時返小舟歸仍至吳學前登岸天暝
初六日癸亥雨甚於晨晌午止初有霽意傍晚硯銘來問前日調伯為佛翁
約今晚酒樓之集余言調伯未來恐其不果硯銘以雪椁笑拈皆在茶室相
候奴之即去去而雨又大作矣作致仰妃信託銅士帶滬
初七日甲子晨陰漸霽見日寫將妹壽屏晌午銅士動身往滬午

後子伊來小坡以乞鶴詩見示迨晚寫屏五幅竟
初八日乙丑寫壽屏二幅一堂乃全午前叢亭來談午後作復
午橋弟信初五接其來信知詩庭姪言志濟庠改名桂馥因賀之
即送啟慎託其圖寄歙並呈餘拜孔母安回札知松窗娑羅花
開矣傍晚出尋苑俟於館中寫中均不值過書肆購得前明永豐
宋公像屬題其眉携之返過茶磨於東園談至燈昏散
初九日丙寅晨起即題畫象之眉曰明大理寺卿前應天巡撫永豐宋
公遺象綠篆書十六字茶邨偕吾姪姚芝生來携以拓本古畫兩紙邨完
白篆書十一種見贈談及同至東園吃茶移時返館飯後作改君秀信啟

丞偕艾西席徐慕唐來適遇錢翁亦來云因掃墓歸進省門留遇從蘭云訪徠峰約艾同至儀鳳廖於是錢翁先往慕嚴二公與余繼之復集東園所約三人之外又有姚衡甫彼此敘談少時余與慕嚴二公先起欲有所訪至西艾森巷適雨遂散不復相晤雨入夜密

初十日丁卯夜名聽雨晨已放晴擬宋公象贊一篇至甘翁家就正之並為錢翁取艾雷刻四種一部設須返館替課有暇即寫象贊於畫幅下方又寫前日所作漢晉甎雜記八條屏四幅倦晚畢事出遊訪侯同行至徠峰處不值以贈伊壺翁籍搨本等留下回至鳳池園與衣侯坐定啜茗乃尋見徠峰彼此敘談移時散

十四日戊辰，杭筠甫禄庭札來邀至雲錦公所午飲，昔日遇穉薌已代爲面達
今又遣人申言不能不去，出至觀東茶室候曹氏昆弟，欲偕送宋公象之
不至，乃雅債他人錢，又余至敬慎則將來已往雲錦公所矣，與辛芝弟設
頃出至錢竹翁家，交其雷刻四種略談，至雲錦則先至之客過半，杭翁乃
作議面也，候諸人齊，設兩席，席各八人，爲耆英尾會，首座蔣斗楣年
八十八，余舅氏也，汲浦映輝年八十七，第三君論年為主人杭禄庭年八十，第
四西園叔，第五吳介石，年皆八十，第六蔣心香年七十八，第七孝穀
泉，第八陸芝庭，年皆七十五，第九程均承年七十三，第十吳語樵年
六十八，第十一蔣穉薌年六十七（心香、穉薌皆余表兄），第十二錢韵晉軒年六十六，第

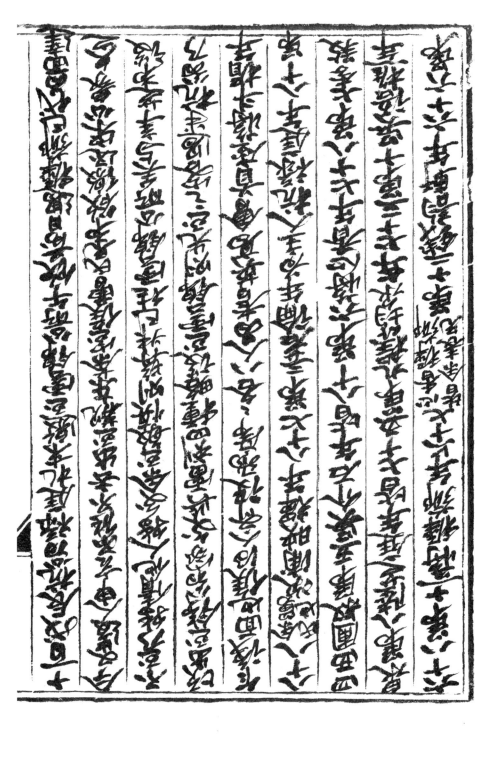

十三孫春岩歲余在第十四與春岩年皆六十五第十五張琴齋年六十二宋廛為主人之孫杭小軒先生尊拜為伊主諸翁齒而總計之凡十五人得一千一百有九歲而小軒不自列諸翁使之手蓋三十三矣雨席設謹甚歡久之方散散而去者客復過乎余亦拳出再至觀前又入觀中遇碩庭姪茶話半時起行向西散步至曾相後復見十二齡女郎施朱傅粉花滿兩鬢與蒼顏白髮之諸老真天壤相懸仙凡相隔矣而余皆一日間並見之亦妙哉少時歸家與松筱兩兒談至抵暮返館小坡之胞兄秉彝夜有謙飲緣竹肉齊發

十三日己巳早出至茶邨家為梓皆不值留字而行至花侯寓同出吃

點心叙談移時分路返館習課竹巖弟來晌午硯銘來晚寫摺扇一條屏一楼幅一莊祠送來支譜稿須校傷晚至巷口北刻裝潢店南則紙店晚返片刻返習晚課

十三日庚午早晨茶郵來同至儀鳳茶叙散歸習課有暇校支譜稿飯後調伯來稍坐復談文字伊言今晚能請翁在泰白樓酒樓設席邀諸公時方下雨調伯坐候片時去未及雨暫止傍晚又同裴庭來云諸公到矣抵寓偕往至則請翁已至餘人先後集惟裴庭為東庭雪樓硯銘調伯及余姚請翁之衖孫拜姪也快談之際夜雨大來席散各返六句鐘息

十四日辛未，是日寅刻立夏，適值呂祖師聖誕，吳諺謂神仙生日。
皆圍拜數條三松堂，虞山婆羅花再舉者，共之會。余晨出至周
氏，年廣賀夢梅，紅玩杭城，今譙歸蘇。廣至後，覘館西樓整
絡續至，略設新人，進門與女同入洞房。余先出至虞夫廣有新房承
茲設飲，至觀東唐拜春。昨茶村有約，乃不能已去。返舟由觀西至錢
府家，偕往敬慎又壽拜客，先後至寓時設兩席，各八人。首座壽
升栖，次浦映輝，次杭禄庭，次吳介石，次蔣心薌，次顧子山，次彭訥生，
年皆七十有七，壽拜自陪之。二席李養辰、陸芝孫、程伯容、吳語
樵、沈錦卿，年七十一，蔣樵香、洪柳波，年六十四，余陪坐之，壽拜命

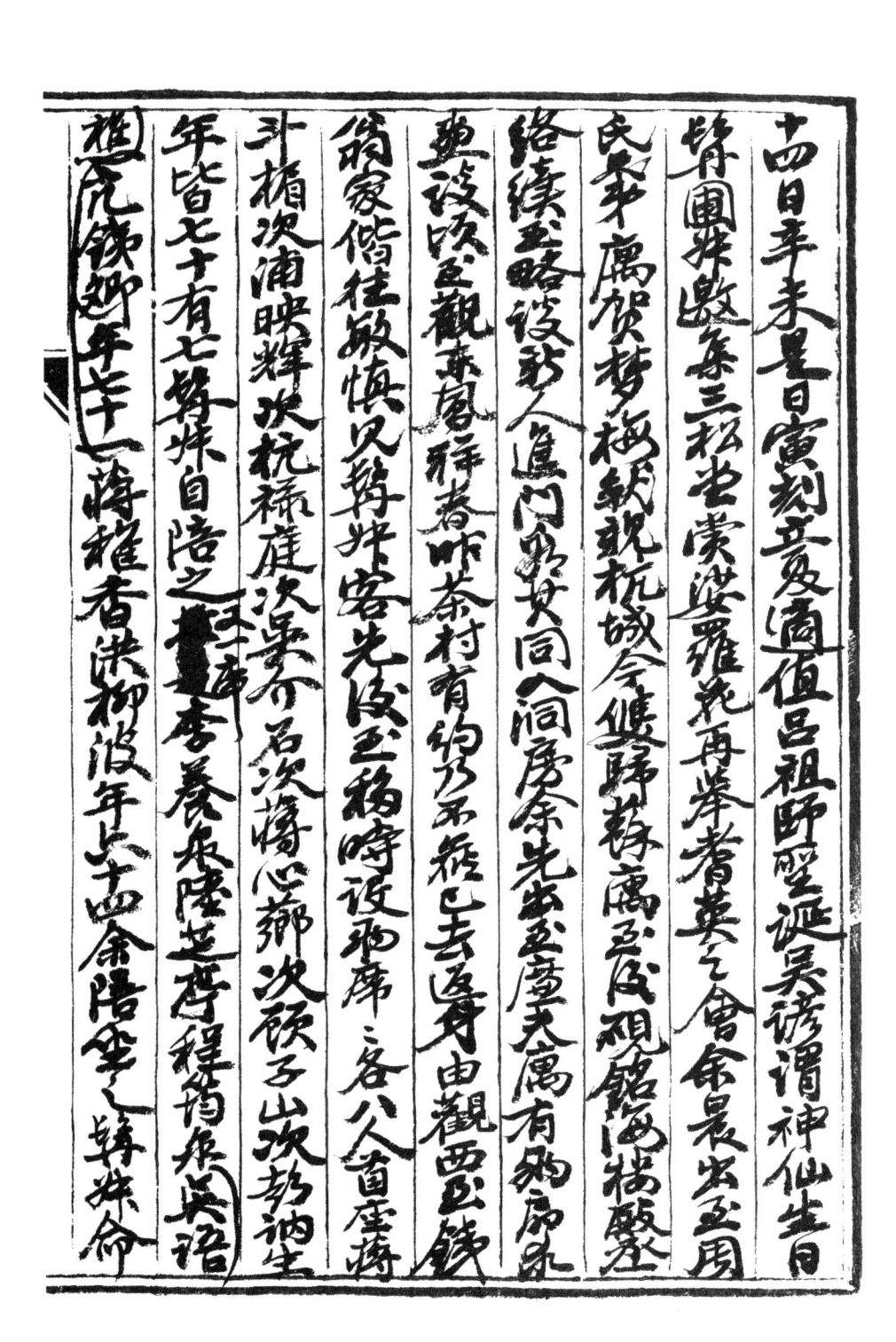

余開單而總計共齒凡十六人得一千二百有五歲於前日者九十六歲歡讌良久散時拜殊命僕剪花十五枝每人各贈一枝遂唱封花而散余以齋夫吖觀婆羅花以雪照耶樣贈之於是再至有穎庭如文子及怡園主人顧鶴逸在座出頤逸游怡園園中甚熱閒閒走而坐頃即出歸家薦新于 祖先前展拜畢又私從酒又設吃晚點返館得君秀昨日發信煒大作書佛見信夜館中例有夜節之飯

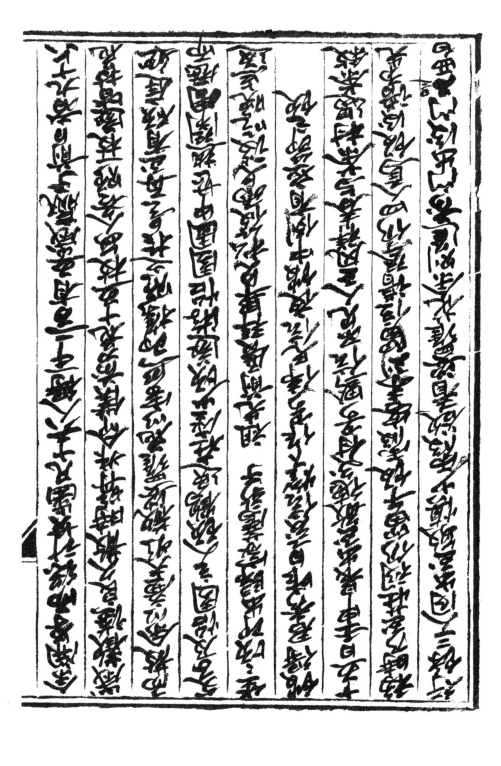

十五日壬申晨出至敬德堂付書點信不見人至鳳祥春與茶村遇茶敘移時乃至莊祠仍留午飯霞客來即留住譜琴作四人局飯後譜琴先行餘三人因出至敬慎堂少霞欲看婆羅花余則從前門出後門是西白

塔子巷因閲看宋氏三姊身故之耗，出往略詢身後一切，我只預備坐談，移出再過敬德，進去仍不見人，留字條於賬桌，遂返。飯後將督課半日，以稚蘅札，又有十七日再集雲錦之約，只索罷之。

十六日癸酉。前日小坡之胞兄行第七號卓峰者來謁，今日具衣冠答之，晤談出。飯前元吉來。飯後夢梅來，談良久，同出，閒步返。徵甫齋法帖店人來，添積古金拓本成並，以晉騎都尉楊君碑售于我。

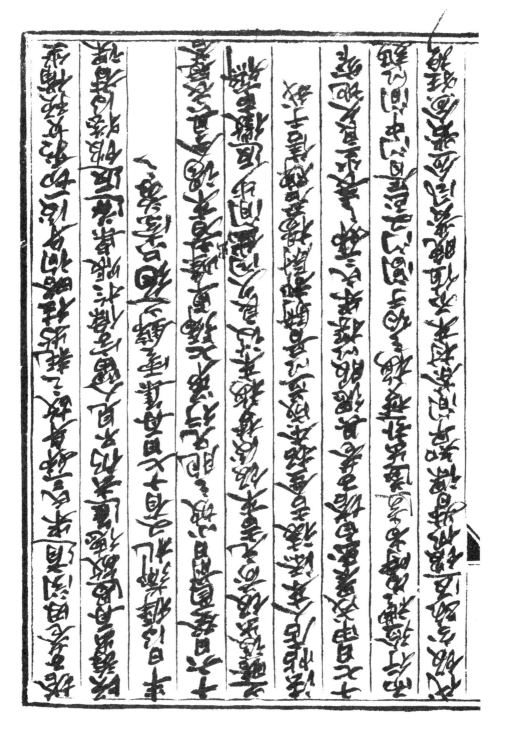

十七日甲戌。晨出，由塔子巷具緦服以探宋氏三姊之喪，坐良久，炮穿而行，踰禮，為時尚早，遂出赴夢梅之約于閶門，又至居門中間以趣代飯，公路返，飯後督課。知卓峰閒茶村來，不值。晚發風，益覺愈狂挾

如虎吼雁字吹笑揺動震盪窗啟併拔了島而出其勢如此

十八日乙亥睡下雨來淄泊泊向曙卷乃止晨起放晴茶鄰來訪

郭森卿又來談頃偕至東園茶話散歸替課飯後寫八言對一直幅

四大字横幅四大字各一紙蘭來去時往訪徠峯余少停哥耶往

光後會面談良久散

十九日丙子晨倉石赴約來茶磨絲舟亦來余與倉石父女舟同泛出金昌

至眾就橋与辛甫雅蔡舟值及之錢翁与潘吟香先在六人約皆前游

數椊往虎阜暫樣清節堂余進謁坊忠董陳子成有事相商談移時出返舟

飲良久午放子斟酌橋中過塔影橋而泊六人聯步及山至錢花叢下見有摩崖新刻

殊饒好事。循此石壁拾級去，遂陟五十三參，達佛殿。繞殿後而右而左，有新築之屋，東向，窗盡玻璃，望外空曠，上下一碧，平蕪無際，遠則山色微茫，而人烟四起，當城堞之西北，城中浮屠可以指數，城外闤闠，俯視錯落隱現，極目頗似惠山雲起樓光景。坐定，僧人印濤茗果款設，問歡喜無量，句留久之，乃行。既下，復歷臨水走石級，入靈瀾精舍，後有綠篆亭，盤桓片刻，乃由千人石之左下山，轉下過顧德祠，入新建之大德庵，未落成，返舟。回桴至方基上，為船客集處，今日齊門外有賽會，買舟往觀者甚多，至是皆會於此。左右顧盼，目不暇給，移時放回，城中錢會橋浜，乃泊。從上燈夜讌，錢翁先發，余與五人暢談至二鼓，散。茶磨倉石與余仍從小舟返。

銅士隣自滬上

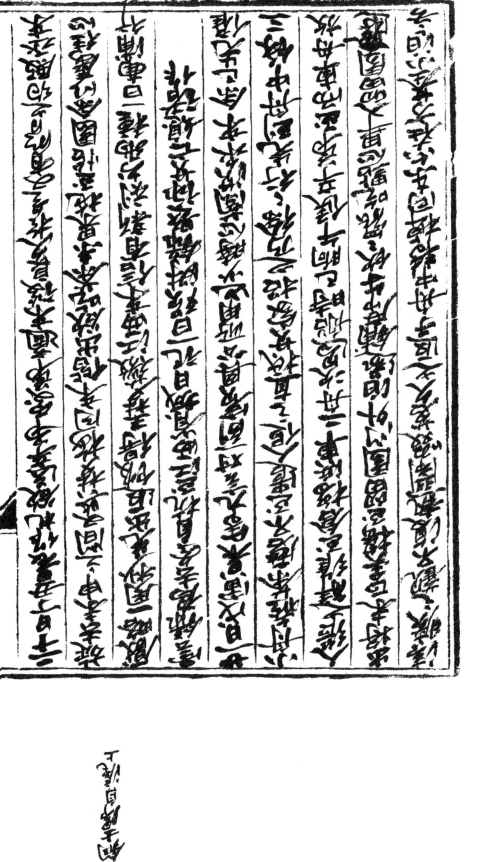

二十日丁丑晨作札欲送辛峯處弟適來談良久於是又有明日之約殷丞來
旋去未申之間又與梦梅同來偕出欲吃茶未果拖至怡園余以屢往心
厭略一周即先出返飯得壽蘅江西來信有新刻書兩種一日南浦行
雲錄為去冬自杭至江西省城日記一日殘淵餘墨詩其亡媳諸作
廿一日戊寅晨寫九言對一副實與公所用也少時心蘭從東來余已先催
小舟旋茶磨不至遣人促之直抵其家招之乃徐徐行先到舟中候三
人繼之解維至倉橋濱覓二舟次為船時已晌午候辛峯至而東舟放
出將來至美操至留園門外泊遂鋪席坐飲飲罷吃點心畢入留園遊
清曠之觀不復執甜聞啜茗久之返于舟中梓樗同來亦在方基小泊言

綬復翁邀進城歸，女孩來，夜舖席，雜設讌，極歡，散時鐘鳴仍四人，偕滕小舫返我館中，三公乃散。

廿二日己卯，甫起，心蘭來，同至東園茶話，余又邀宋鶴生來，有事面談，移時返。元吉來，知昨曾來不值也，告我羅麗亭五嫂病甚，將為籌畫去。後替課，暇為陳仲陶屬書王芸莊款摺扇一面。秋姪來，告我伊妻父張榴仙嘉庭事，余令其徑詣桐生，免致我之手。飯後至梦梅館中，不值，稍時梦梅來談，頃去。傍暮唐少棠甥來，告我宋家要用文缺，珠甚據，到辛弟贈我書房中時文正宗八冊，拜祖文恭公選本也。苗託銅士到滬買書，并得數種：曰說文聲讀表，河間苗仙麓夔纂；曰說文新附攷，曰逸字，鄭子尹珍著；曰說文經典異字釋

吴高第堂先生翔麟著向有刻本今重雕昔說文繫聲譜鄧嶰
筠尚書廷楨韓日說文分均易知錄華亭許密齋並行編余只合之分韵
易知一種餘皆兩之鈕玉之爲余購顯微鏡一柄截紙刀一把
廿三日庚辰晨欲出因洒雨而止晌午冒之歸家爲先恭人忌辰設
供已而雨止庭階漸乾飯後欲行無又雨少停遂之滿微又冒之返復中
途轉密遲以候之已而到館竟乃大降入夜聲頗緊
廿四日辛巳雨聲一夜晨起寔閱雨有見灑之竟日課暇錄楊陽
碑跋于拓本寔更又作溪州銅柱跋吳子述來云將有滬上之行
卓峰來辭行云將之安粵東小坡送之同往滬上傍晚啟程夜候來

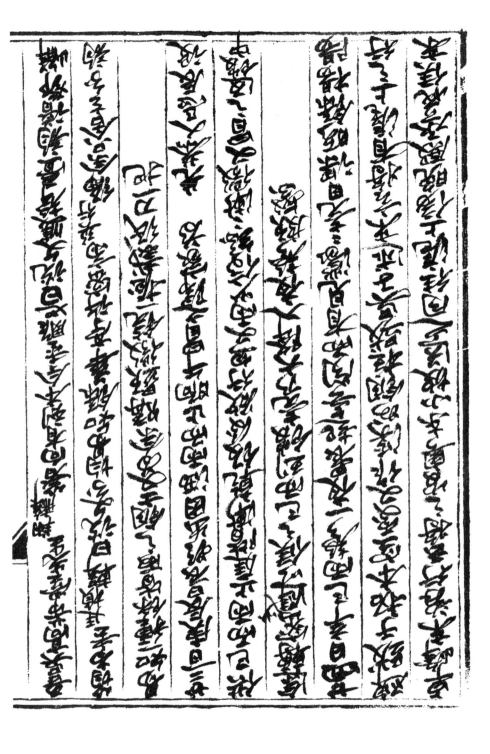

同至巷口茶話倉石尋來同坐移時往還皆踏溼也
廿五日壬午雨竟夕向晨乃停既而開霽杲杲日明少棠又來假
次去銅柱記跋午後錄上拓本無暢之遊半途而止倉石獨次來
偕至東園云約心蘭俄而至者有徠峰茶磨移時又邀坐與各
出所攜書畫各件互相玩賞迫暮乃散
廿六日癸未晨起先至花農處父与倉石倩補銅柱詩次至敏德父還
仲陶處留之扇次至錢翁家父与梅薇書來信件次至敏慎侍詩
赴十三松堂偕幸弟至水芝仙館各坐少時次至曹胡徐巷八姊新遷之居
問訊而入坐少時同行再至敏德吃午飯畢由後門至廣大處適飄雨

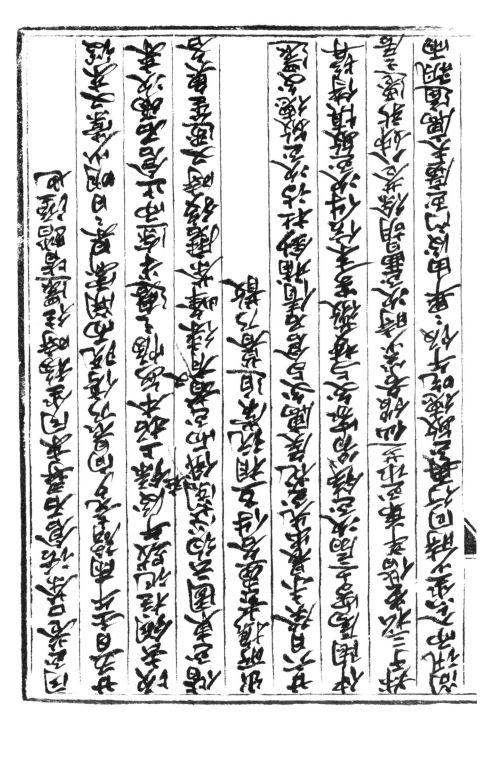

逕返飯，昔課循半日，爲曉窗摺扇各一柄，雨止地燥，養竹居錢老大
來，携示金石拓數十種，硯銘，朱少霞經來，是日清早茶鄉來
廿七日甲申，雨，又竟夕及晨未停，巳午之間開霽。饒溪如鋼耘跋來，
爰又從十駕齋養新錄撮取數語增入之。飯後洪承來，傍晚心蘭
來，云有朝鮮人來蘇，屬道於衛客棧，余正欲尋傑峰，遂同出，穿
鳳池茶園，望見一外國人，而傑峰未到，閱倉石在樓頭見之，与伊同鄉
同寅童姓者同坐，遂亦坐下，敘談。余係窺窗見傑峰已到，即下見之，
強其題圖，云明日行矣，當題詩寄來也。又談頃刻，樓上三人欲散，又見
衛爾雪樑，又執彼談，衛云近得漢塼數十盎來，我屬觀乎，余許之

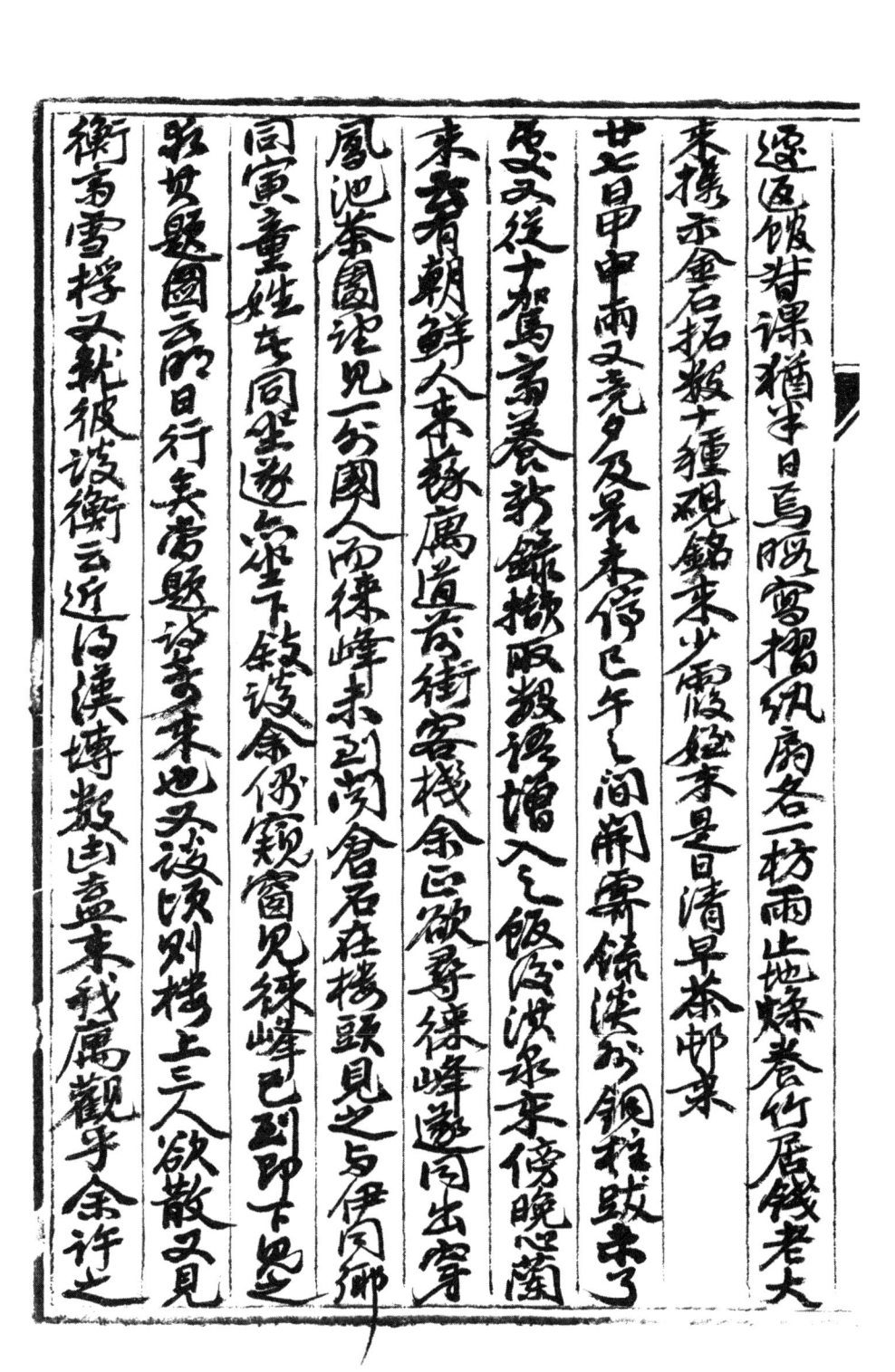

乃皆散。返館理晚課。閱朝鮮來二人，一尹姓漢石字，一李姓損名

廿八日乙酉，晴。課暇觀吳曉滄退思齋詩，佳者紀以朱圈，及綴以眉評。潤伯來談府試事，今日出四案矣。傍晚往姚嘯舫寓，遇其竹林子鳳池，余隨衛前先返。其房中觀新得塼硯四五方，惟赤烏八年一由家佳，翁後返，余聯出至館談。抵暮回，倉石聯後遣人以宣茶來。

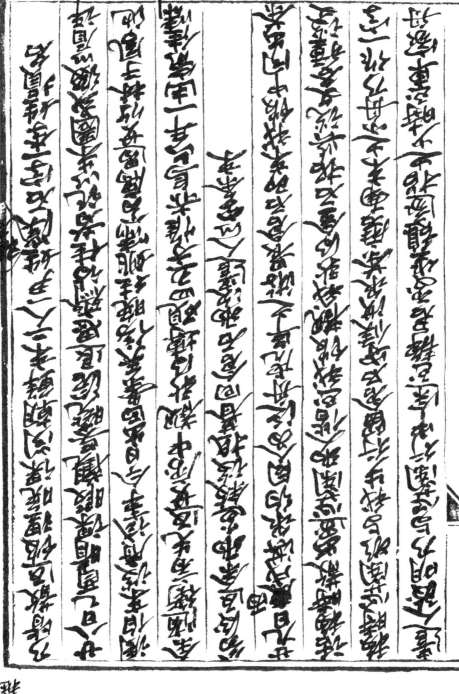

廿九日丙戌，淡泉約同人為泛舟虎丘之游。晨倉石邵來我館中，同出茶話，移時散。出訪心蘭，聯人偕至我館，觀我新得金石拓片，談文各種。談文移時，心蘭邀與我步行留倉石寓，候淡泉來，遂雇來之小舟，乃作一字遣人致明，乃與心蘭行中途，至靜君處坐，邀與遣指也。少時至阜家舟

次東新在岸上艘人屋為家因至其新屋樓頭靜君既至恭洪一舟
亦來令東船放出至屋後就近登岸馬泳承又招後沈伯雲及倪姓又
同至舟乃解維向虎阜小舟徑坐人頗擠擠既而泊吉勇烈公祠下入
祠遊眺覺若身中存藥澤池桃實滿樹綠陰幽草絕勝花時返舟
已設席午飲歐弦心時已申刻席撤後登岸散步茶磨心蘭屋余
行入張忠敏公祠有心蘭鄉居往人同坐閒談出寺向步返舟解維溯
進城路復泊屋後登其樓泳承又去借一客曰朱根甫者朱隨有姚
姓又上燈設席伯雲先將召某姓一人久之乃來梅戲院闌酒場將
散失散後伯雲心蘭與余趁小舟而返在乘驢橋登岸倉君有僕在

我館中守候於燈停去余即就睡時交子刻

三十日丁亥　昨有無錫署幕王君私甫柏齡來訪不值今晨遣人以安陽書院甄別卷及春季脩羊來詢知泊舟西盤門小倉口答之訪得其舟而私甫已他往步過橋至老嶌園與茶磨昆季談館主人之返皆課俗間作談俾見貴如信畢乃披閱安陽卷傷晚倉石來談

閏四月初一日戊子　晨出至敬德堂坐至鳳祥春不見魏人至莊祠候伯辛弟霞弟少霞旋來仍與恭訂支譜餘人皆無意少待去四人仍共午飯乃行余至稚卿家以便面託錯米書畫談頃出至屋天庽不值由敬德堂門再至帳房不見人遂返館督課半日餘閒閱卷

初二日己丑。晨得家信，問初兒並本月貼稿時返。又出訪李子明、宋苑生，皆不值。回館督課。晚閱《蒼午俊徐子雲妻弟陸錢夫》，案以周莊諸元簡福坤父母七十雙壽徵詩啟來。元簡善古文，余亦慕其名，翁閬輪香文潤婿徐氏，又云孫子長之孫。收得其祖考贈銳如弟畫一軸，屬加題跋，皆名。

孟之孟子伊來，談晚，又出訪恭仍不值，遇王少薌杓立談。

初三日庚寅。閱《安陽卷》。王少薌來，同至東園茶敍，因覓屋。屬同宋芝舲光裕以話余，孟之稼時返。午刻，花侯來，有來中間恰園之約。余屆時至花侯處，適孫出，遂同往怡園。園中蕭閒殊甚，吸煙啜茗，筋齋良久。而出，遇朝鮮人於門，有其同伴偕來，余因同身隨之坐定。因其同伴偕語，其人亦能中國話，音近山

西院有兩三分可聽蓋李姓也為彼武職中國游擊官其尹姓者則文職 在唐館出
能詩善工書畫云少時出返館仍閱卷迫暮調伯來
初四日辛卯昨大風向晚尤緊入夜遂雨緯、亦絕閱安陽卷至午後一律
告竣生題子曰泰伯一節四月南風大麥黃得黃字共六十二卷取趙等四名
特等七名壹等九名備取十六名童題言必有中子曰由之瑟四月清和雨乍
晴得晴字共一百十八卷取上取五名中取十名次取十五名備取二十名蓋取
與舍弟半之數也既畢遣人尋新甫之船不得想已去乃作札改之明日付航
煙下又作陔君秀信是日得伯兄三月朔日黟陽來書
初五日壬辰雨又一夜晨欲出街路泥濘不果改兩生課作校昇雲兩姓文

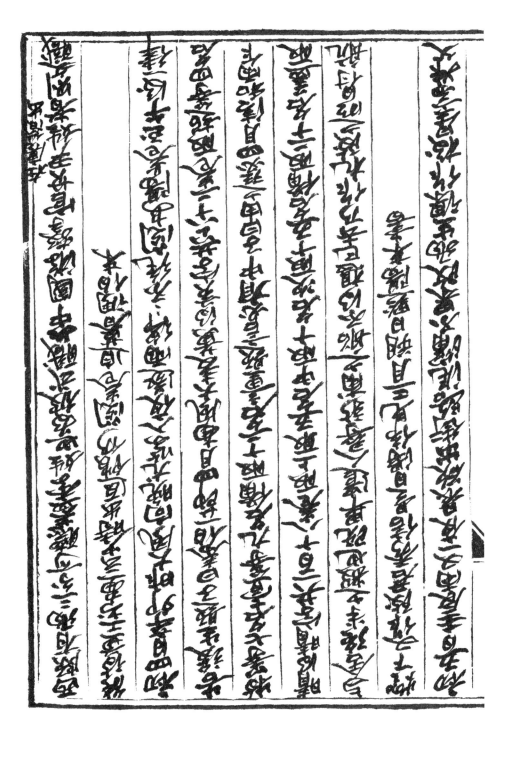

行述稿將刻入暨江陰王頌波尔度來談斥刻傷晚心蘭來談遂適
程聲準札有春晚心蘭扇即客與之少時偕出茗飲于來園快談而
散是日地乾而後飄雨雨住地乾則又雨如是者數次
初六日癸巳天陰如暮走訪頌波於張廣橋不遇微雨濛濛途
遇頌波乘輿南行折回尾之伊至家與公所而上相見閒談戴小
琴殿撰頌波兄長冠備香燭往通聖寺玉四群之靈少時登來文
談与余先後出余返館課飯寫便面一頁為少棠挽女娩印宋氏三姊作跋語云
旌節花開五十年孑影窮嫠承世換孫培玉樹畫荻冷六七
蓽門堂從母葬遂偕隊待金萱又作木瀆鎮我公所關帝神

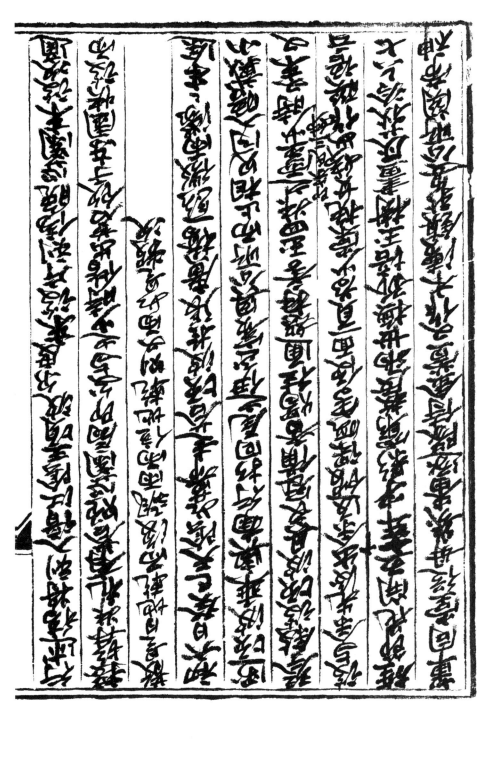

前聯云帝爽有昭明大義所歸衆士同心聯歙浦神功無代謝
至誠之道千秋佳氣鎮靈巖傍晚至朱家園西弄姚公館賀遷
也遇雪樓亦來賀共清翁衡甫敘談良久散午間潤寄日出旋
隱去雲停藹藹然飯後復雨
初七日甲午晨寄日曈曈既而雲起不晴不雨茶鄰來作坐速去椒來
偕至東園余往訪茶將約共來茶敘少時心蘭亦至茶罷先後散招茶村
舟至館中適崇園孫來老人星現五年而至於此恰好共茶村敘話移
時乃去雅杖柱人扶而精采甚康強也是時已買小舟茶磨先往舟次
卯與茶村共同坐放棹出卷坊中心蘭鐘至而後登舟放至閶門鵝頭橋

之之下午至蔦茶村作札邀次波，不推者人尚早，芝之不來，候之良久，不來，札催之，仍不來，乃五人入席，數行，多時撤席，後波乃下樓分途而行，茶磨心蘭與余仍坐小舟回至乘鶴橋下，登岸，余由西巷進行，過陳𢽾甫寓門見德高文指余入，貫庵告余，每月瘦氣上衝，撲跌傷腰，幾乎不保之年，大可為余齊年，書來，強健無之無疾，何以至此，談移時返館。

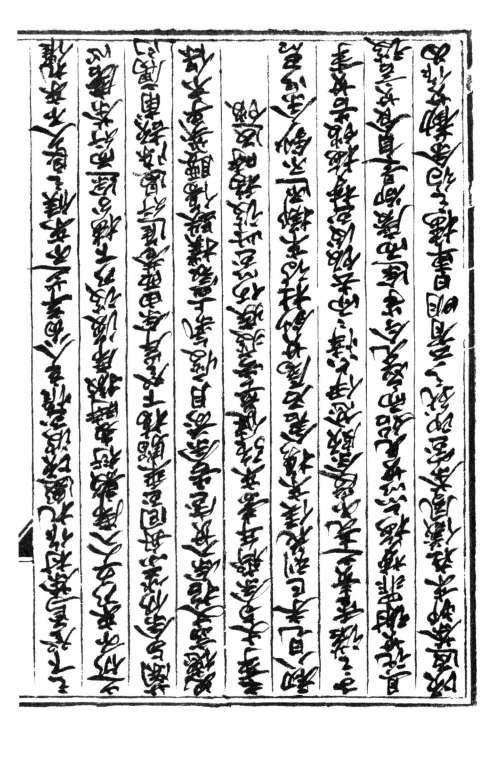

初八日，乙未，巳刻，花佚來樓，詹石屬其鈔杜詩來，擲還不鈔，余以君子之諾，責之甚，不受，余頗怒，伊亦悻悻而去，飯後至梅樓，梅館告其事且託其謝罪，梅樓亦以其先始而終，今半途而廢，御是自食其言，談次，適茶卿來，杜儀風來，寓即飲之，云有明日畢樓之約，余勸其作為

罷論伊邀往彼回絶余至西美巷程成甫丈家晤見語稍時返再
至儀鳳則茶磨在敘談我也就作詩心蘭亦至同坐俄而茶邨亦來
又談余返館等至巫茶磨之件与託茶邨曉頌波之子再發嚴家
即返愓甫遣人以楞伽心印畫柏軸來
初九日丙申晨至敏德至歷夫處皆婦早未見乃至觀東大茶樓小時茶
村曩亭調伯硯銘請人來元吉亦來与之先行回至歷夫處晤見成一
庵孫之處与元吉返敏德俊門略坐返館松見字條來傷晚歸家見
松見並見那變談出已抵暮是日課間成六幅尋硯跋即乙酉春間余
贈得蔡銘鏡刻者今茲裝成六幅圖招牢故須跋之

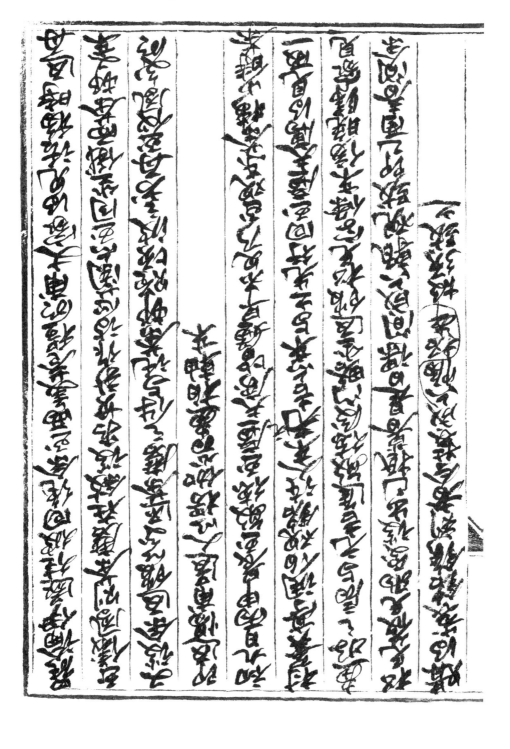

初十日丁酉晨赴心蘭家調停前日誤服之扇借出吃茶照移時散館課已晚復出據單閲紙店需送之紙至道前街謹吉恒客棧訪朝鮮客人李尹二君適值其大醉而卧不得見將所需之紙留下至心蘭家不值途遇服丞並設闲適值心蘭三人錯立略談而散得君香信

十一日戊戌尊園來請客擬往陪晨乘轎至鳳石家謝殉次等步並問辛來別後情事九芝翁病原一切移時辭出先至表擬見蘋妹子水芝仙館候得鳳石明甫語仰為聆至前入席并辛芝亦而七後談良久散席余先至後行行復返館知錢翁曾來索取其跋詒退思齋詩稿余意擬作跋今即録出遣人送錢處晚心蘭來同出茶敘

十二日己亥晨洒雨旋止心蘭來偕至道前街客棧內存訪朝鮮人徐見尹
溪石烟谷通款曲藉紙墨作問答乘書之件遂爲伸紙一西園款一瘦
羊款楹聯兩副又横幅晚翠二字只寫字款共贈以滬華洋銀
一圓略偵墨乾即卷而歸出寓心蘭分手余返飯自午而後雨大作
申酉間尤甚寫對付紙摺扇各一面得鄭盦弟信
十三日庚子天氣陰寒時時洒雨寫新安公所中八尺楹聯一副仍接壽
信即作復並附復君秀函并發飯後陳德齋丈來屬寫扇即面繳
之酉時去燈下録作註日陰偉先信寫廿二月朔偉也
十四日辛丑晨起茶村來先在東園邀飲之吃茶點數時余至墨香古齋伊訪

許友亭皆同行，渠將六舟硯跋寫入六幅屏。申芝弟來，劉子庚來。子庚
卿生之子，新自其鄉衢州來蘇，詢知前歲考而去列一等第二名，行將
補廩矣。飯後養竹居錢氏兄弟先後來。芝錫書到，東林書院朔
課卷來，合一大包，計共一千有三十卷。余寫完六幅，上跋，然後啟封披閱
先陵前月朔生辰，鄉人皆好之，寫白詩題櫻桃子纓小珠紅
十五日壬寅，晨出至郡，候子書，與信，又以郡後山中茶絲年成，云鄉農人家好
多不一，而伊亦得利。傍晚一月來，散步至鳳祥甚久，又余郁子山許人坐談，至莊祠
先陵到，共不及廿人，余是處復半兩弟少霞，仍為校譜，午飯後散，在閶門洪柳
波家閱其節，茶陵之病少差，返，飯，閱卷

十六日癸卯晨以六軸𨍏硯拓本小屏懸掛由杌上桌杌忽翻踏仰面失跌傷及肩背始僅痠継而痛令雜頭者按摩之不效貼上海衎澤堂膏藥亦不效午後朝鮮尹溪名來与之筆談以左手提右腕而寫甚苦勉力酬應之本擬擬閱東林院課卷只好擱起矣

十七日甲辰右背痛甚就胡元龍之子號劬龍者醫治元龍本傷科老醫有名今其子矣時殿丞來出与同行同至胡家劬龍謂余鎖子骨已動用手夾背還左臂下扎縛起來云須百日方愈一百二十日乃復元也歸後濟之弟辛生皆來心蘭來知其故謂余決非動骨只錯其筋耳然宜服藥及用藥末調敷並藥水熏洗為開方而去

十八日己巳 承之姪來談起昔年家中有老嫗跌傷請保城外孫姓老醫
治甚好乃由首姪寄信至蘇寓醫園豬請伊強醫來之者乃其子孫余
云傷甚輕無妨為余按摩之後之附骨之文開一方一服一洗一敷錫侯弟心
蘭來皆值孫醫在是日仍用心蘭方並服用孫醫方敷與洗
十九日丙午 查閱課卷不能閱又不便久擱乃以童卷倩首姪閱文題晉
文公譎而不正詩題孫帥眠桑葚稀以滿月生童卷併交銅士閱生文題士見危
致命見得思義詩題項王垓下聞楚歌童文題雖萬鎰必飛日錢園鮮
皆有札來勉強擱置後之小坡亦有札及新詞來桐弟平和俱來問
二十日丁未 屏除筆硯惟有觀畫梅樹東承之壁臣駉姪譜琴錫侯駉

弟皆來問視子常姪勳穀來平陽墻鄉六到右房中問我伯君秀信

廿日戊申祜孫孫書來問視者心蘭小坡滄孟永之

廿一日己酉來問視者德甫大少崇甥丈巖及來知余並未折骨亦喜

廿二日庚戌晨來趙海秋姪元吉姪孫同來告丽農亭五太太身故於女壻唐恩壹家旌往蘇理其後事商議而去君秀信又來因伯嚴發信囑余失跌折骨急來問也余即緘復之 永姪來

廿四日辛亥晨茶娜來余乘輿入城為孫傷科家後胗其家在馬路李王廟前轎夫不識路錯走了許多既至乃在閶胥兩門之間由北濠一直望北乃是小孫公孫為按摩而熨之另開一方許余一月可愈返路之近進城到家

閱廿一晚聞筱漁兄又有中風之象，當時頗驚惶，今視之已平安，甚慰

返。飯午飯。傍晚心蘭來，同至東園茶敘，遇文永調伯，返得劍巖信

廿五日壬子。劍巖信中為余題圖，有一詞。又致茶農一信，未封，為滬上新聞機所

書局主事者皆蘇人，屬茶農急謀挽救，勸一席。余欲送茶農處，又因思不如

先為道地，留為次代。送年來受懸，見即為說項

廿六日癸丑。午後文永、子周先後來，子周去。殷丞來，同赴文永之約於東園。設

次因殷丞筮仕浙江，茲將赴部驗看。文永則浙人，而需次江蘇者

廿七日甲寅。乘轎至汪振民家，賀得孫之喜，鶴舫姪壻之子也。至程明甫丈

家，賀娶媳之喜，為其完姻也。少坐即歸。德甫丈又來閱視，蓋同病相憐也。得

君秀信言午後邗蓉湖競渡勝於上年約姚嘯翁與余往觀因送姚恋
廿八日乙卯自定美校時戲有雨亟至大作錫弟雨中來
廿九日丙辰雨寫步伟兄信昨文洲蘭來銅表代余閱東林書院月課卷竣
連圈點評論都全大省余之心力
五月初一日丁巳晨乘轎出至敬德交付實堅信至莊祠坐頃即出至敬慎兒
鈴妹略談返館
初二日戊午雨飯前承姪來飯後瀞弟來得君秀信知亦有尾脊骨傷
痛之事信中云百里之間後先一轍不爲前車之鑒翻作後塵之步等
語見之且驚且笑

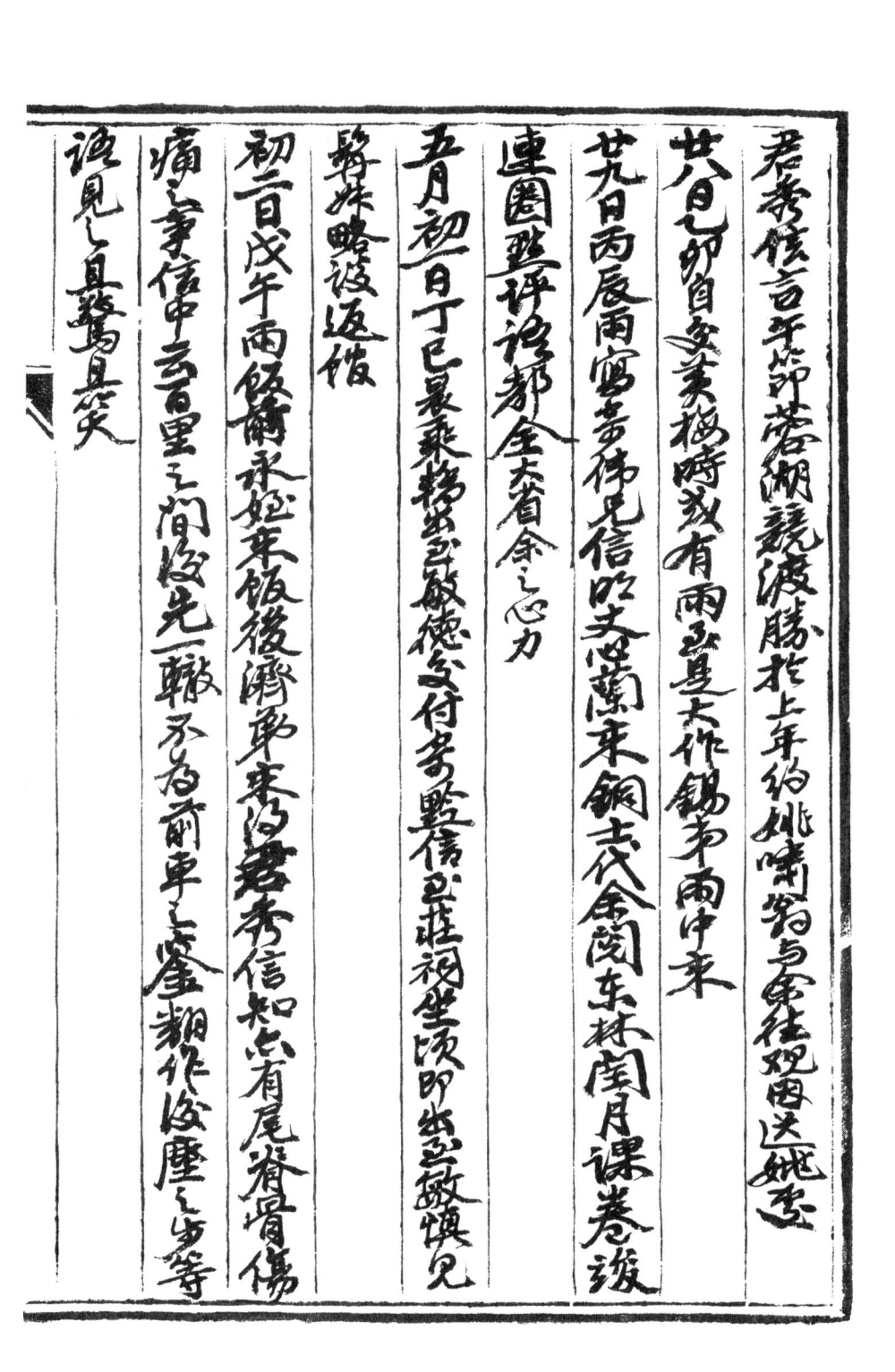

初三日己未，雨連晝夜。作復君秀信。手腕稍能運動，始復閱卷。
初四日庚申，閱卷。雨稍止。心蘭來，携紈扇兩柄，伊弟求一臨小坡一贈，
余惟有感荷而已。同出茗飲，街路爲滯。
初五日辛酉，雨浪浪不止。歸陽節例敬塾，余僅遣兩生去，而獨自坐
雨窗，作二三信，只能閱卷。小坡送余杭魏玉岩孝廉熙元新刻《傳
奇》，蓋形容作教官之窮，自隱其姓名，曰平朗山，其傳者
華紫君、鄭板橋、文昌、蔡嚴、夢良、周蝶仙、和子鶴詩人，皆教官，同
寅兩白家駒，則文昌帝君案騎白騾，所謂化六作教官，兩家極富，
能爲諸生吐氣，故亦不分手發而已。調侃教官極矣。晚得石信。

初六日壬戌晨雨午止首之姬救節飯罷日平到余閱生春跋

初七日癸亥晨作復昌君信天寧波來吃午飯去昌君信中囑淡泉

之言交添入晚夜前姬受童子卷畢奔西加圈點評語右腕今方甚自勉

張潤伯錢卿來晚心蘭來同至鳳雲處晚茶招鴻濤來不見人矣

殿丞亦至同往良久乃散

初八日甲子東林院課考後罷開生童卷一律閱竟計共一千零四

十本飯後寄重之札起草作跋多錫署張彥衙一函傍晚文航因子作

跋君弟一函併發晨齋來午元房若木偕梅來

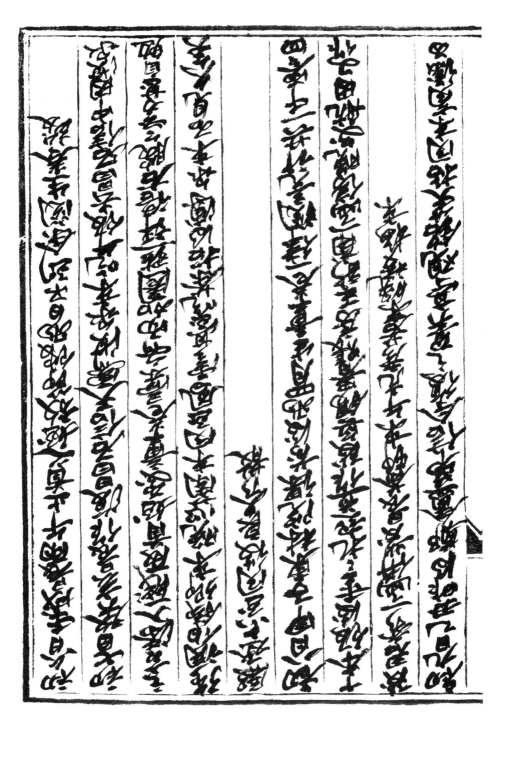

初九日乙丑昨得鄭盦尚書信今復之曩莫寧觀銘笑招同東蘭儀為

姚晴翁祝六十壽余作詩眷之命星從弟弟來午飯後茶磨來坐良
久候鏡蘭不至復酒酌後渡海孫善繼蘭來鄭鏡蘭將為茶磨謀館伯
冀所謀上海機器書局之事未成局名大文云
初十日丙寅雨又自夜至晨為不入塾弟來告茶磨之事成矣
晚鏡蘭雨中來饋服鏡蘭所開養膚補氣活絡之方
十一日丁卯雨竟晝夜蔣叔梁來送到小白采祖鏞循四聲句辨抄稿屬
為錄副其稿極叢雜字有不可識者[illegible]為徐之為之矣亭字來云公
祝姚晴翁壽已定帽兒戲一部因札致殿丞殿丞不與
十二日戊辰霽鈔四聲句辨三四頁得君秀信即復之傍晚歸家

十三日己巳晴豹丞入塾辛甫來為昨日是駱母誕八十壽辰當邀公
送壽屏將往各衙門叩賀偕該子做而去命嫂輯先生文石題簽賀
沈芝衙不受未刻乃至朱家園觀姚嘯翁壽誕僚皆到買帽兒戲是
仇如意之部最為著名少時合部腳色少長咸集三點鐘時開演二四
齣停上燈時即鋪席二桌此十餘人主人亦在席中又演數齣幾僕今
撤席後即行回館時尚早
十四日庚午昨茶郎以金壺屬閱即披覽見為吳地文所記者亦本縣刻
已竣明甫文來心蘭來與相談卷談少時晚寄家僕兒信
十五日辛未卷出致德文暨信知自駱至蘇已有電報可通甚快乃已

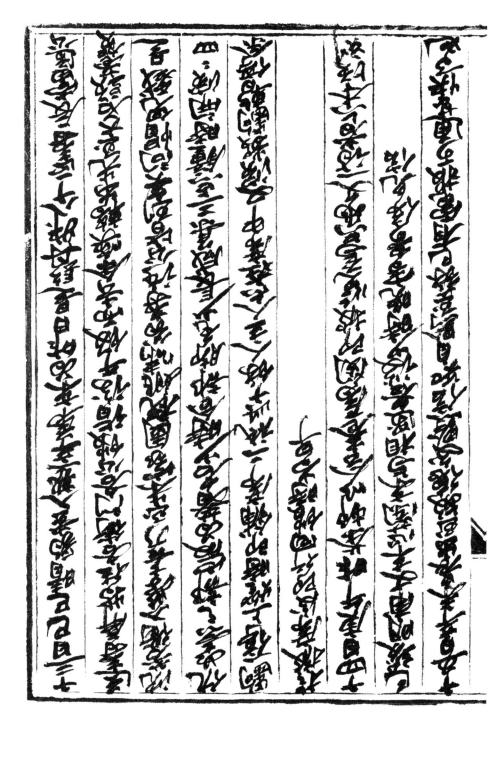

至鳳祥春候蓉卿來，坐言會考直隸祠仍如期日定，午後亦較早，午飯，余因
至毅慎兄晤，殊談，又至錢吟齋處略談，返館得鄭盦弟信，即復。
十六日壬申，又雨，心蘭朝暮來。
十七日癸酉，心蘭至早，有客來約至天泰棧，余邀鳳局祥春哥蓉卿同
至文學園，又至酒葉吉，客答錢吟齋，為年先至菊卿弟欣庭紋
返至茶館，小卿兄吉皆來，又登樓見小坪，晤其調伯及發庭張人
又下樓見吳謹林竹齋，晤又至張人盤桓久之，借蓉卿至護龍街吳氏
李春泉處，屬其至文學園帖子，午刻候錢吟齋，為午康洪泉心蘭年
弟欣庭到齊，入席談甚樂，九點鐘起，因雨即至久之，撤席後歸

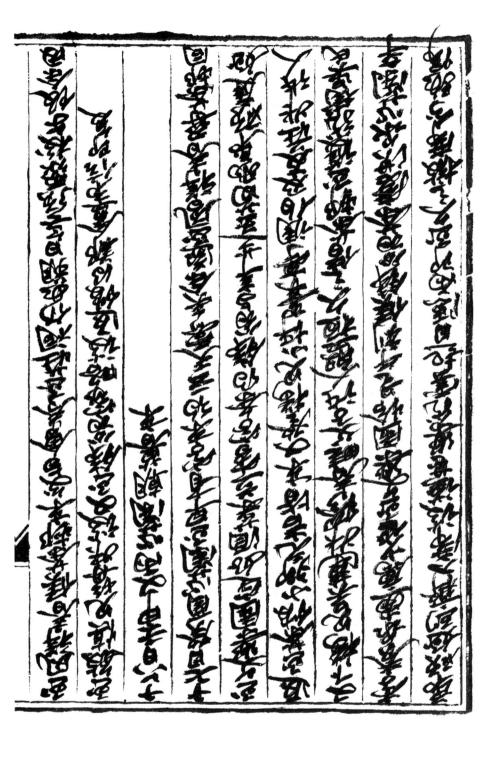

余偕忍蘭、莘農同遊西怡園，於簡略坐，雨稍息，同至儀風吃茶，晚散
是會，過公錢蓮庭公祝辛弟二容而去焉
十八日戊戌。上午永錫來，調伯來。午後閔莘農在許友石處，往尋之，不
值，向晚歸家，往返皆由養育巷。於許處三哥、莘農三次不見
十九日己亥。晨出遊，旋復於途，同往忍蘭寓，同忍蘭至莘農處，又會於老
嘗園，設良久，余先行，暴日中甚熱，返館覺傷風，頭腦暈，似受暑，天
氣驟變。湖夫曾來，晚往答之，看李見孚，在老劉門陸德甫夫敦
道，談設少時，返，接偉兄函，函附新刻李同契、壓封季宮保六十
壽序稿一篇，李次青方伯元度所撰

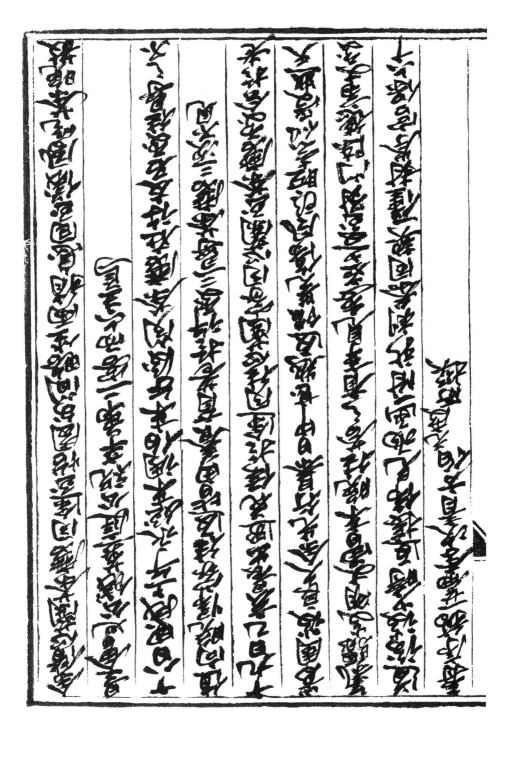

二十日丙子自晨至午晴晚日又陰去上午承姪來告余明日將往光福
山中 下午範甫來索去年房題之件為未動筆也傍晚還蘭來
同至東園茗敘並晤顧生盧雅伯相廖文泉拱香諸君於敘
廿一日丁丑昨花侯來約至湖絲會館觀劇余辭以非游人不宜遊觀
深暖錢小白姪祖四書句辨清稿謝以運脫矣
廿二日戊寅蚤出至嚴德不見人由女廠門至寓遠入寓以紈扇求書題略設
至鳳祥春尋吳茶卿天氣驟暑略坐息偕至文樂園還十七日賬余手即
返知族長子城姪祖于昨日身故今日大殮時已晌午天熱憚行不往
廿三日己卯仍蚤出至護龍街李蓉女泉寓叩門應者云李翁未來至清嘉

坊石君秀寄呼于樓下，應者云行人未歸，遂返館，覺盛暑矣

廿四日庚辰，交初伏，暑氣已熾，潛謀之餘，惟録四書句，雜數行，腕力究不健也。永姪自來福山歸，知毛姊洞墓地上坟，殉晝夜而退

廿五日辛巳，晨夢梅來，自杭應試也，設頭又至東園茗，設片刻散。午後得滌卿陽巷來信，即作復，又去小坡於東園，喬夜不能鶴已散，月矣。今忽說出至余去看，婦在庭階，有人郵之，遂遂非宜入室，瞥瞥。時雨去，余因戲作鶴逸篇以贈鶴之主人，索和

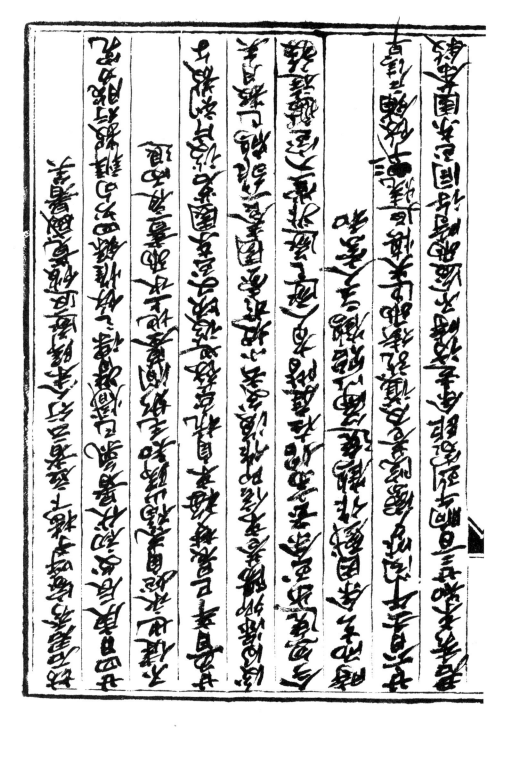

廿六日壬午，閱味學齋院卷，及謹說街礙也，夫惧返焼，三于碗鋪，君住早君秀來，知廿三日晌午到家，距余去訪時不遇，殆時許，同至東園茶敘

招湯澤慕留當來厰本亦從澤嘉坊歸來相與快談問以金署近事
及蓉湖競渡之觀閒話時散永如來課賬代年芝弟作重修支譜
序傍晚至心蘭家不值留字而返是日暑益甚晚有遠雷而不雨
廿七日癸未清早至君秀家候其起而敘談良久返飯課如常雨後閒惟
倦卧暑太甚也傍晚心蘭來談頃之
廿八日甲申天甫曙駭悉鍾如九弟婦於昨日戌刻去世遣役以報條來
遂往混堂巷慰候並詢知病終七日初起本寫熱蓋帶有病也
無如天氣太甚羸弱身子難支病不住竟以越閏不返一切已連夜雇轎
大殮已備有張緩之朱椒卿諸人經理余惟屬報親族援家及屬費

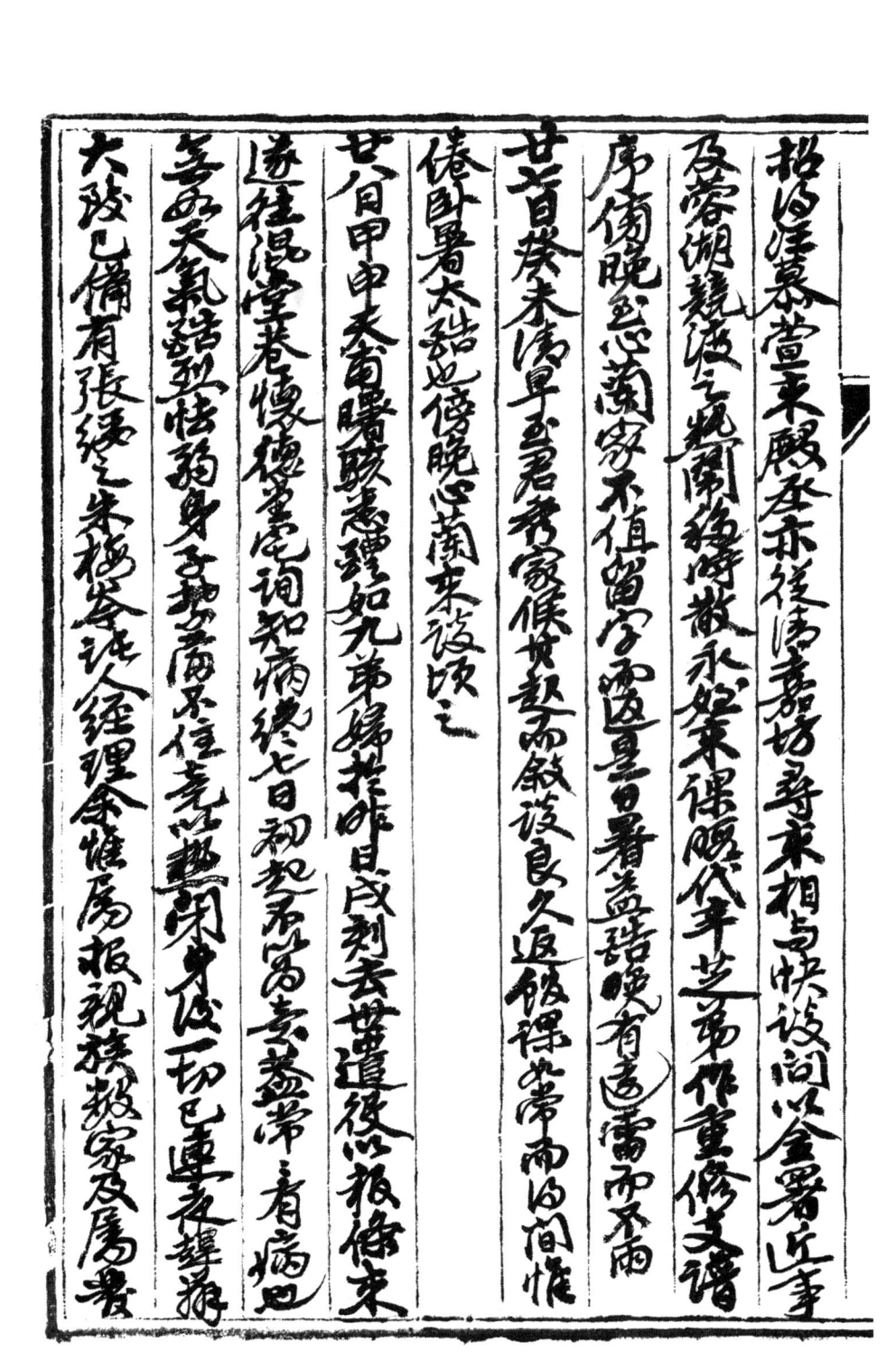

上海貴州致文電報坐篛時趕早書寄滌甥遂返館
廿九日乙酉晨起喚轎至懷德堂送孫子宜係姻服姪本在家中特於辰刻
動身赴杭鏡蓉弟昨晚得電報即連夜乘小輪船來家以應功服夫兄名宅
殉人相去縣遠矣午刻舉行大殮事畢復少坐乃返是日多風吹暑略退傍
晚至心蘭家乃賠有小病不出至春稼館同出隨行隨談亦略散
三十日丙戌早出過敏德偕元吉至圓妙觀方丈吳升之妹夫關帝少坐出至
風祥春瘦大奈部甘子森鄉亦在偕至老同春吃扇余又至廣大寓取扇畫子宴
羅花紈扇少候之乃得攜返館有風頗涼寫致偉兄信
六月初一日丁亥清早出至敏德交偉信託寄至莊祠坐轎時各房皆有人到而

辛弟來，與余不俟雨行，至觀裡王萬昌茶室，見小坪、蓂亭、觀銘、笑拈、謂伯

琥人同飯，從返路又至程寶南家，送行略，從返飯。謀將族譜中支總照君

有增添更換處，繞行易錦一通，復晚錫信，弟來。

初二日戊子。札致辛弟，以支總照名錄送去。午刻殷君來，留同飯，去。申刻又偕

君秀至殷，送同至觀中三萬昌吃茶，約有裕俟笑拈同往。後風吹雨來，茶畢已

飄酒數陣，至是急陣大作，俟其過後，笑即復去，乃行街上，買乾返飯，抵暮。

是晨約錫弟至王天井巷壽板棧看定板兩副，價洋五十四元，板係大

阜本家販來，其人名道，字行，小名金東，函送濟川弟。

初三日己丑。巳刻君秀、笑拈同來，約余偕往姚公館二公，先至鳳池園，余

料理課事。片刻諸往會前茗飲，至朱家園見嘯翁，談片刻出。時以天暑午飯，不能歸，雨既乃出胥門，買姚舟次，偕其小舟放至閶門，北窗風來頗好。片霎而雨驟，雨陣半在舟中，欲登岸吃點心，又恃在行，乃令舟人煮素湯索麵吃之。放至山塘吉公祠，移儀舟入祠，觀荷，荷有含蕊，惟本下即陰，好風頗來，坐而啜茗，擁絲簾，外荷葉翻波上下，一路而綠雨收曦，飄映其間，憩兩時許。登舟，移棹就閶門登岸，閒步少時乃分路散。

初四日庚寅。元吉來，商懷德堂事。諾伯來，有以漢殘碑五種翻本及張壽碑、高植墓誌銘（拓本攜來求售），高植墓誌與金石萃編所載迥異，頗疑之。漢碑拓甚劣，令並還之。晚，梧梅來。

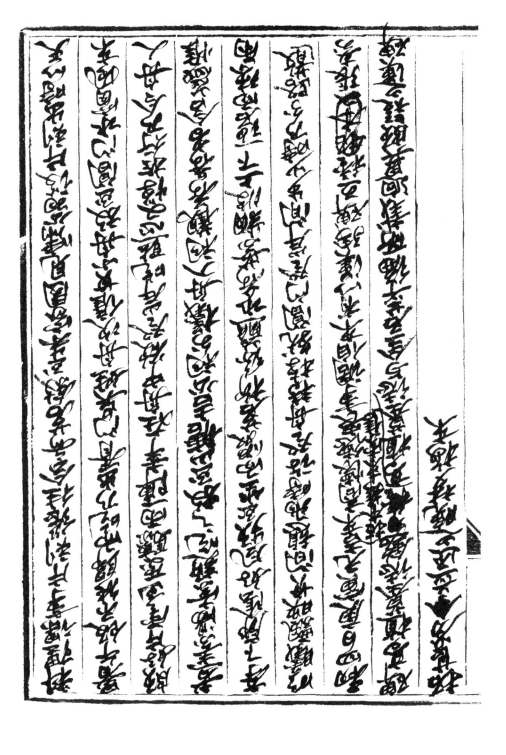

初五日辛卯。為姚嘯翁撰吳翠芙孝女節婦傳，共成一篇，洎鄭盦年
信附寄所書說文建首一通。即作復信，交通郵局。傍晚止齋來，茂倘粉
愈談，次錫年來，同至東園吃茶，散時遇楚孫于塗
初六日壬辰。大風，晨至護龍街尋陸芝庭，晤談少頃，至楚孫處，問其
兄夜來病還厰否，同談少頃返，飯。午刻香一蕉培來，留飯，長談。午後風
益狂，雨驟至，奔騰澎湃，以至於夜，氣候陡涼
初七日癸巳。夜來晚時聞雨聲破曉，急叫陸起，時盼旭在窗矣，寄紈扇
一柄，徵遂吳介石丈作，以朱拓大士象又以自製二百兩錢八千番及小
帽四墨拓大士象送陸芝庭，飯後親至護龍街晤芝翁，託其轉交介

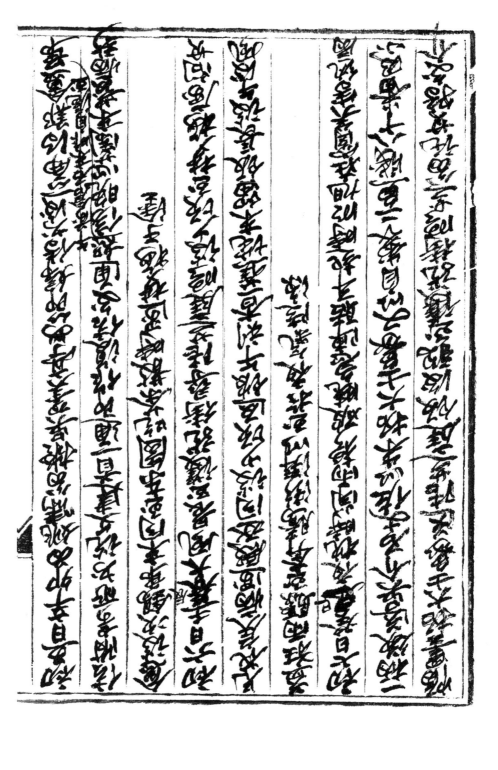

翁廸恕又陣雨歸途稍滑陰惕甫來傍晚又寄摺扇一柄欲以書贈
詩庭姪頗覺佳力盡肩背間究未大好也連番雨洒涼風涼
初八日甲午寄湯晨歸家先至畢家并錫侯家到家盤桓移時又至定
光寺見沁耕和尚見贈內薪目前購壽板將發回也又擬渡至君秀家談頃返
館作致章弁英弟信以扇面君發致賀詩庭姪入泮晚甫丈來明日起程
赴粵東矣傍晚倉石來招至儀鳳茶話有康天蘭舟衆同飲
初九日乙未辛弟邀往莊祠商校文譜寫樣早出過敦德一談至風
祥春一湧遂到義莊莊內辛弟家後客弟芳霞抵到猶即將手民寫
來之樣校校頗庭姪亦至五人互相參訂午間設席并邀程唐二君同

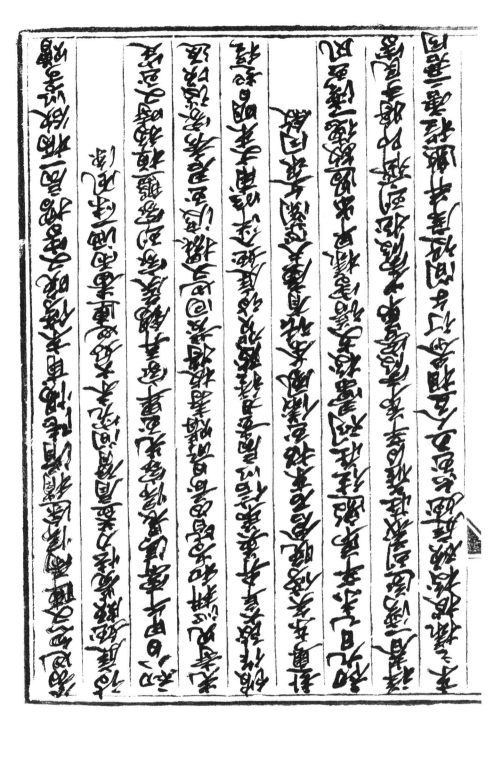

裳七人飲酒而余與少霞捐甫良久席散復將篆額修改之三簽後貝
瑞臣卓文開設侯至三鼓鐘時回至觀中尋見魏八李雅琴張茗飲於
是廣大倉石茶肆辛甫叔延與余炎圃坐快談散出倉石拉余至諸坊
橋畔談家訪伊秋畬小篆任柏年手華山余遂由顧家巷返過僧弟之
門入見間設片刻街上大縣同歸抵暮
初十日丙申晴午後秋來言將往虞山傍晚夢梅來偕出閶門至護
龍街徵古齋法帖店取前見張壽高植碑付歸而細審之字跡不古印（高植墓志）
文中幾字亦甚多為修贗品
十一日丁酉早出卷倉石至其寓尚未起乃至茶肆家已往南倉橋茶館

逕揚州珊瑚在吳縣署處
徽收席與松兄舊誼，蓋君在
重備倉同事也

尋於東寶樓略談片刻，與茶邨再至倉石處，得晤文談片刻，出返館

以倉石行將赴滬，作札告君秀。自午後時雨時晴，風雲迭變

十六日戊戌，晨具衣冠至寶積寺，張季五嫂陳氏約串也，見小卿、元吉及元吉妻

舅朱菊生先生，朝默得佛光。豎陽五月十五日來書，携之出至君秀家閒談

良久，有出殯之約，歸家為　先考生辰作饗。午後酒雨，與果日相間。申刻再

至君秀家，遇方周同談，望而刻，與君秀偕出至溥泉處談移時，偕至儀鳳

茗飲，是時雨又飛三陣矣，天且暮，雲又合，散時適審雨

十七日己亥，上晝多晴，下晝多雨。午後茶邨來坐，汲道大雨一陣，候其住

同赴倉石之約於東園，倉石明日將返滬，話移時散

十四日庚子晨往敬德逸園謁伯言君壽約於鳳雲墓相叙余由敬德
至元吉家為元吉畫真弟婦及閒話返敬逸園君壽於慈悲橋同至鳳
雲閣觀錫瓚伯皆往少時陸芝庭邀余亦來同叙移時返飯君壽借
余取馬江香畫卷歸織雲而劉詠詩偕鄭來以其先人寫詩酒詩文稿
屬校謄付刊也嘉極鄭老余教承之為課務畫不入塾的瞰作致復
偉兒書於吞梅梅來略談匆匆去
十五日辛丑晨出返敬德不見人留託壽偉兒考即行至鳳祥妻殯子山
茶鄭少逸諸莊觀到去已午飯人人叙談高華錫瑞同行余湾曹胡徐
卷小錦家話少時至敬慎謁蔣拜侍語片時由其後門出一直到古市

巷從錫作內人姊傳語乃返飯午後殿丞來談頃又至東園茶敘而散迫
暮君秀來復拉至東園吃茶因有罷會過巷有巷樣至上燈時
十六日壬寅晨至心蘭家因數日不見特尋之晚勝乃知有同里之行昨
晚歸也快談並由鳳池園過王少商到飯貂表亦入塾傍晚心蘭來同
至儀鳳茶話過廖文泉湯伯鎔
十七日癸卯晨錢省來同至鳳雲茶話過調伯霞寓未歸而
湯伯鎔來談鄭北都中書事後即作復送通照
十八日甲辰清早至君秀寓已往禪興寺矣余遂亦往因果巷中大
寺兩林拜殿之喪見君秀敘談及餘客人甚夥坐不少時返飯天

气自十六日起又復发熱作札致滄香
十九日己巳卯正初刻立秋今年於純陽祖師誕日入夏於觀音大士誕
日迎秋皆巧遇也晨元吉來同晚飯後歸家　祖先前薦新先潔君
秀家少坐後至甘翁家詢其疾愈矣少坐返飯心蘭晉來不值向
暮梅來夜飯中例有應節之飲
二十日丙午早晨至心蘭家亦不值留字返元吉偕逵秋姪來吉悦見
例室謝氏於昨午身故今日檢袖出遺帛歸余作訃客目余為刪其可刪
壻安可魯塘偕晚君來借張敬翔來談移時余出會客款後招本丽
册付觀同吃晚点又偕丕來園吃茶敘亭弟來同坐心蘭亦來至人

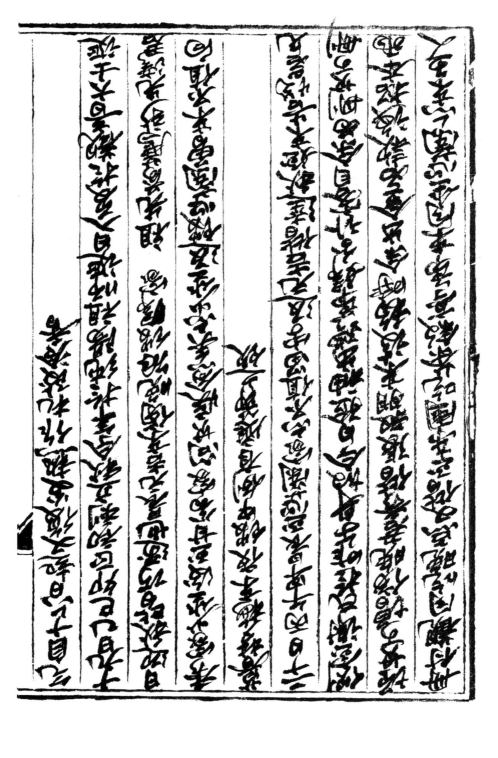

敍設因與暹來書過楊徐何會船於廿五日用之
廿四日丁未 晨至蘇德文處還客，自及見人，遂至觀中三茅閣爲小坪蒙
尊笑拈敬承延（喫茶）余先行，回至鷹揚巷，過廖文泉、湯伯繁處，入
訪之，見文泉亦設席，時回館，皆課。晌午，啟丞來，爲君孺笑拈在
巷口儀鳳喫茶，約余往，又設片刻散。
廿五日戊申 清晨楊梅來，偕至半園，從尖頭接家中字，係歐志春樹館於
昨夕戌刻去世，今日大殮，並屬余至廣仁坊爲之護法，遂偕楊梅返館，下告
遂至敏德中，[illegible]日說過之，諸兄告我云於內得書，偉兄之亡，承贈楷分
十洋，遂於歸，身後一切經錫侯承之，蕙卓雖有，又得少棠輩之相助，因秋

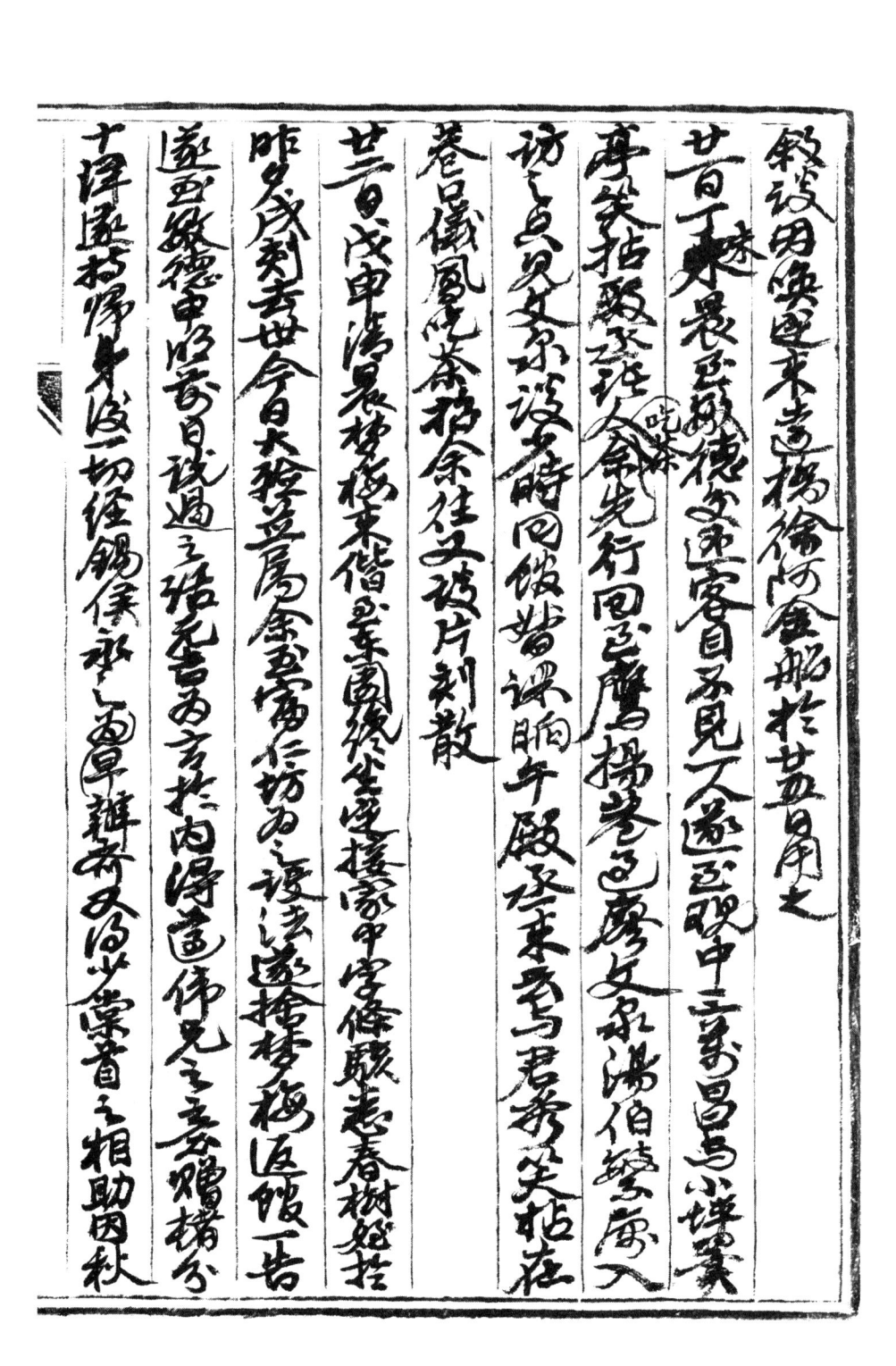

暑甚熾親族來者甚少午刻即行成殮事畢乃飯飯後亡事從日均可畏
不能行雖興雲動雷雨不下雨候至酉初返館至鳳雲甚豪君秀有約而
不值遂至芝翁處久談將来要商設少時返館洛閩征甫直信
廿三日乙酉早起至本擬進香觀中畏暑不行接得謀翁書云不出竹巖亦來
晌午駭悉春晴弟於昨日戌刻去世今天子時大殮春弟病瘵年三十三
春姪病殯年甲九旬殁也相去只一日傷哉泊鄭弟京都信十四十五日兩
函小坡以呈彭雪琴宮保詩三十四截録副見示宮保現在蘇州傍晚與
鋼士及春乘轎先後往花橋一探春晴之喪即返
廿四日庚戌中夜電雷風雨併集新驅震耳駭心繼而明來已晨遂涼快為生

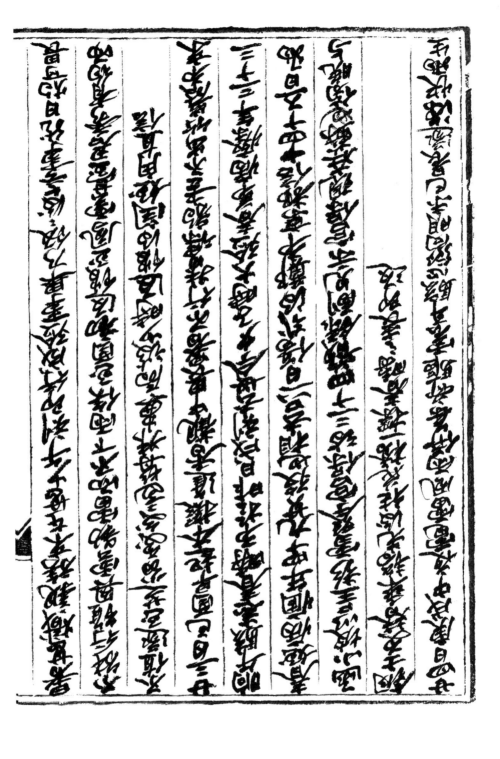

皆不入蝕獨坐溪閣傑成七律一首作箴鄭弟信送通懸天老嫂晴
飯後趨乾三君寄家閒談移時同出看霜菊鶴於範莊芥益巷同居異
户之林道三家叙談少時與菊朋同出東行於舊學前巡蔣侯雄會觀
單再東則趨金擔賽同行在同春園吃茶歇息出由大成坊巷進太監弄
尋調伯於老義和後巡偕之往後西行在嵩象臺再吃茶樓上倚窗晚涼
抵暮乃散是日觀中有會女擠甚故避之
廿五日辛亥雨生未入蝕候後心蘭至同往竟觀銘寄伯伊同游余與心蘭
至七襄公所先觀白荷花開尚少之坐茗飲即至閶門外倚城茶樓見君
香調伯先在一同茗飲候久之至午刻四人先登舟又候移時觀銘乃來五

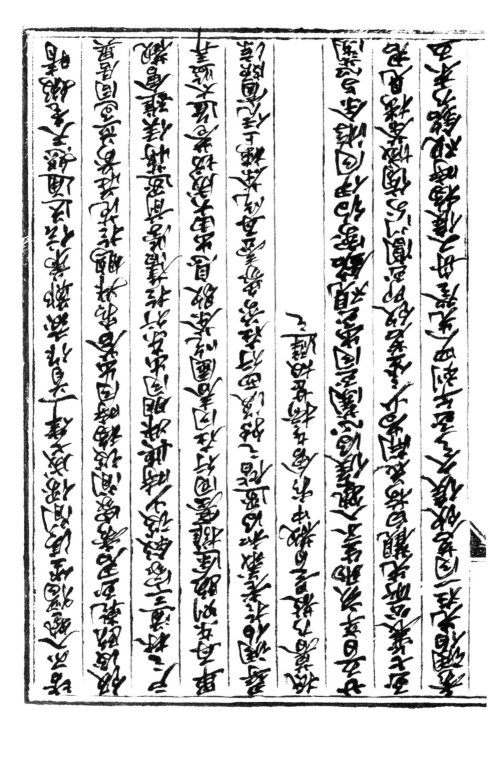

人坐設放榜至山塘暫泊下岸大樹陰下登岸略步返舟設午席設讌
余獨茹素撤席放至上岸泊張公祠下入祠觀荷嗅荔數上堂後風來
頗爽香撲泡茶遍看陳會卿先代為給茶資而去其時墨雲推于南面雷
聲隱隱同舟陳雨飄飄移泊言公祠下入祠觀荷三夏荷花均未盛惟此
受池寬花稍多又嗅茗家濃之移時出外坐西明雲收雨歇徐徐放棹
歸是日遊船少擁初三更進城暫泊五人會舟復登岸各自散行余偕硯
銘行至其家而别返館知朱滌卿陸韻樵曾來
廿六日壬子晨至敬德與宗卿略話返遇元吉在又同以懷德之話方後入
毓鈞書塾來課之秦膺雨來其自江西回至上海逗留多時茲須歸

久不相見，敘闊別後務時乃晌午至小坡處，談出值陳德甫丈來，又談移時。傍晚尋添卿于同泰昌客棧，見之，偕出尋曆函家于呂學士街，不得，回至鳳池樓上吃茶敘談。懷德之家人尋昭至，并安主命請余到彼。

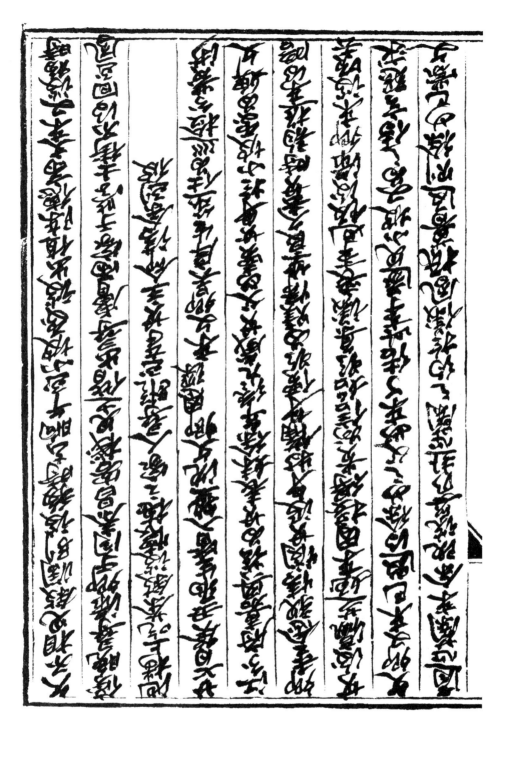

廿六日癸丑，晴。午後入盤，沈文卿恩琛來。文卿吳庠生，笙仕爲巡檢，分發浙江，分府嘉興人。指爲其表妹徐，年纔九歲，其父以賣其身於小坡處為婢。文卿重念親情，憫其後身，特備身價欲爲贖歸，并良久費時，詞推來得暗。其後瀛芝姪來，因接得貴州信，始聚集議妻事。迨飯後，瀛卿來談，頃去。文卿又來，邑邀同徐女之父女來了結此事，遂見小坡孫氏之信，言懇求道心藏來。余既談畢，乃赴心藏之約於儀鳳樓，茗後則徐女已帶父

處費數歇，出贊父如雲一等，擬了卻此段公案矣。

廿八日甲寅，與鶴有約晨先至君秀家，同往在張家吃早點，偕其西席俞佐卿四人同由范莊前登舟，望東而南，梅豆薪溪泊紅板橋下登岸，訪劉詠詩家，入見余春步三人則皆詣之，復須出申十全街，轉濶街頭巷訪蔣殿丞，適他往，留字而出。午日當天，秋炎如虎，乃投園通寺，暫避入其水月樹窗，俯池流，有嘉樹奇石，其分回廊繞於三面，廊畔又各有房櫳，東西一亭，高聳中間，洞戶窗牖，窺之頗因錯落意趣，一碧徽露，雜堞好風自此中來。四人各據繩牀，頹然適然，不足他去，移時令舟人携菜與飯至寺，啖之既，而殿丞尋來，欣然敘談，伊有靈而沒浙江之行，行有日矣。

遂与汀初二兄同飲之集既而殿丞之表兄姚慕唐舜來益与快談殿
丞属傅廚煮湯餅作晚点蘭油味佳日衡西下乃出寺游滄浪園不
果慕唐諸君偕入西南舍橋茶室君秀殿丞往東禾小橋招得姚丹卿
來同茶話丹卿亦在金匱幕中者又移時散三人送舟余步歸
廿九日乙卯晨作書備見信巳刻笑指來知昨日曾來失迎之因商偕
錢殿丞一局天暑人多宜催寬大之船議以香山之吳船伊遂去少時
復來云吳船因通不空而前月坐過之小船徐舟子遂覓令其隨來及
問之亦言初二不空笑指云香山舟有張阿慶船亦寬大乃令僕
出城喚之既來當面說明作定笑指吃飯而去不一時張舟子又來

回絶。余留字條，合其送笑拈家闈了半天，依然故我。陣柏弟來。傍晚夢梅來，同至東園茶敘，並言遂鄉以此事泥首，真可令見贈。

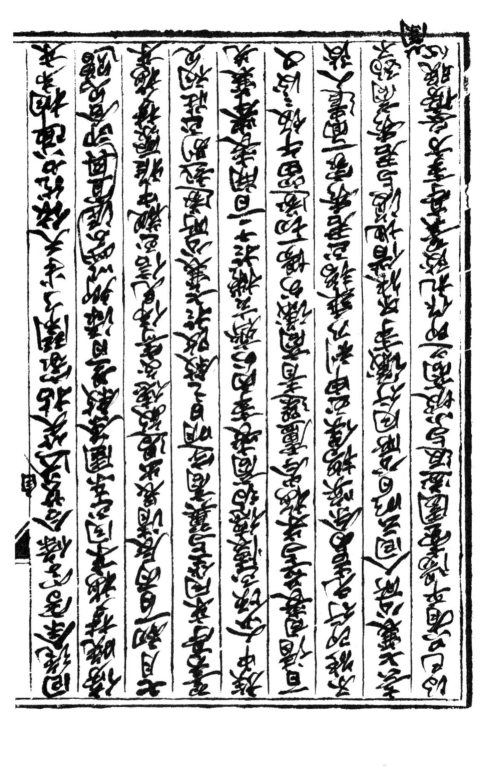

七月初一日丙辰，晴。晨出，過叔德，交寄佛見信，至觀中唯晤夢梅來。翠亭亦來同坐，與冀商定明日之敘，改於七襄公所。遂邀別，至莊祠見族中大少頃至，懷德約商喪事，內子齋亥撥於十二日開喪，舉襄先百清司喪，並與宋梅岑、盧選青商議分場一切，遂留午飯。飯後文不能即行，允吉為余唤楊僕至申刻乃乘轎至君秀家一面，遣人往喜七襄公所人回云：明日公所同行議事，不能借地。復與君秀商，勁不得已，只有平陽會館，遂復與不坡商之，即作札致翠亭，事方妥。傍晚心蘭

來余已將尋君秀於浴堂因往見之約於鳳麐書室茶敘遲至良久
時君秀亦告余已將與雲局儒門助款事已妥
初二日丁巳清晨偕家兄松友祠弟商議春樹姪開弔出殯安葬事
稍時返復偕壹園留桂軒內擺設鋪席地候諸友亭君秀硯銘
笑拈心蘭祝伯昇亞谷儀殿丞益仕浙江也殿爲亞集于壹園東坡
已他出午間設席八人圍坐軒名留桂因近來雙桂合得十人歡
飲良久秋暑未支或起或行以散之席撤亞谷羅花飯取其稍涼
諸人快談延接日下漸散又与君秀心蘭殿丞出至富郎中巷鳳雲
樓吃茶客甚擠仍在儀鳳吃茶迫暮方散

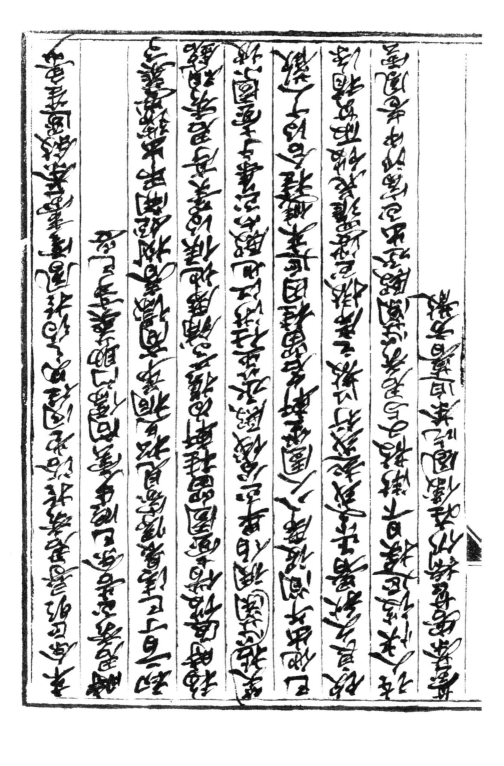

初三日戊午畏暑息影静坐不出貌者不入塾課畢偶閱代偉人錢弟挽禮弟婦作對聯文糙通用映諸備大廳上用併交元吉傍晚瑛伯來邀偕余出示未應之（自作挽春晴弟對聯兩大略而未成）

初四日己未貌書亦入塾（燕栞）以月茹書寄玉樞經一部又寫道德經一通據吳州原本章作注本亦是正義閣以存之是日亦竟日不出（時）

初五日庚申清早出指香來亞觀中回亞清嘉坊晚畢到君秀家過姚鳳生與談返飯知以蘭殿丞存儀鳳遊待見並有莫聚萱談頃散少時殿丞偕君秀來君秀留余飯午飯殿丞飯于慕萱處再來再談之至申刻同出茗飲于鳳雲樓茶坊中唤殿風涼良久乃散

初六日辛酉晨悉蘭家一談即歸夏三壽之子閑林來即与說定明日開
其船作札約君秀峰硯銘來談少時去子俊同餘并札並求雲笛譜
重刻本備晚歸家合黄梅先在間壁鄭衡之家不值返館吃夜飯適
梦梅來略談又作自挽聯并婦挽聯語
初七日壬戌七夕節散塾至紡約心蘭由葑溪南蕩觀荷之游清早舟子
來同出齊門心蘭已在彼同上夏三壽之船候三壽買物來即開行東南
風富頗來背縴至荷花蕩已清香遍溢出則翠蓋翻風無見
其背花之夭放者雖披若嫵渺行渺者花亦渺嬌豔泊其中如身
入香國有攜作皮艇唤賣蓮蓬者買得十來個又令其采新鮮者並

荷葱五六枝併買之過徐〻將棹帆風容與午正行至閶門賭于樹月
樓君秀來到余与心蘭啜茶俟少時至三人同登舟放至山塘暫泊午飯
略有酒菜三人不能吃既撥文移棹摩訶菴船之首而過進泊吾公
祠入祠觀荷來此于廿五日前見矣操扇像要呼茶並觀遊人之來往
良久出返舟移棹抵閶門際晚登岸步回館
初八日癸亥晨至心蘭巷子城叔祖開吊一拜還知錫予曾來儀而德
齋來談良久乃去而辛弟來正談時陳子儀同姪來告云其女有
病携第方藥授余其甚至子儀先去辛弟留午飯又談移時去秋患病
幾死不作書有兩載其家後雷拯之後肩及俟作癡此事將療矣

初九日甲子。清早偕銅士平生至寶積寺拜星斛，拜母八十冥誕。少坐至敬德少坐，至金安巷問益甫舅嫂之疾，仍如昨所聞也。杲家有來前香玉同拜和莊，坐少時返。飯別吳蓮洲莊，蓀余有言略敘良久去，督課至兩點鐘後爲蓮洲言。與羯至懷德見鈕如冰，排解貸事，移時偕蓮洲來，西霞亦來，少坐，了了焉遂返。是日未申間雲陰，祇微雨而多風。

初十日乙丑。晨庸甫來，至東園茶敘。逕至東林出，逕殿丞丹卿少時，殿丞來。傷晚。曹少農來，課事畢，假宮碧蓮弟婦，春時弟輓對兩副，題佳山寺周鄉惠所拓本二百餘字。是午錫署寄到東林書院六月分課卷，生童合四百六十餘本，未及披閱。

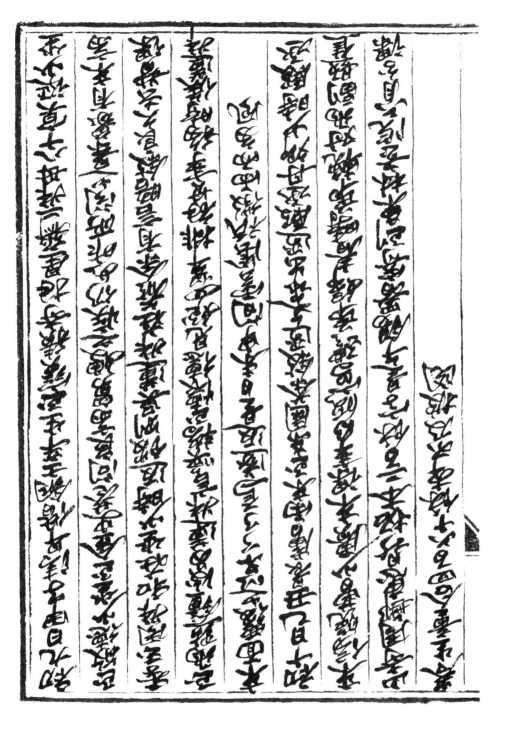

十一日丙寅晨至君秀客略談至硯中雅原晤小坪少廣寒亭笑指諸人談頃至硯堂巷謁九弟婦明日開喪今日請題喪覆應至傍晚未候堂祭而返抵館已將晚飯

十二日丁卯清早乘轎至懷德秋暑猶甚弔客到者皆早晌午而歸其午席嘗上設開弔併內外共坐九席飯後收發瑞麟費引申和諸事齊備乃擡喪奠別約及申正余送殯至門還而少坐乃返已酉刻矣殿叔東云其叔行也已發行裝到舟而舟猶須夜方行當得盤桓一日適心蘭來同談

十三日戊辰晨舟人來云夏函林來云已艤舟胥江即令其邀君秀君秀因謁中小不適而來余遂邀心蘭家已他出候久之不返留約而行出胥門登舟

又看人少頃仲維過年穆雨北心蘭追及遂促坐放至閶門泊月樓上尋
見殿丞吳賢表兄朱少垣於是四人登舟竟放山塘風自北來天氣驟涼至張
公祠啟扃而入稍看好齋萊亭別無他人移時出同行至怡賢寺訪登
僧雲閒近自廣陵西泠行腳甫歸茶話片刻出舟已移至吉公祠前登舟
午飯朱蔣六公皆張飲其時畫舫兩三來賤飯畢入祠則先後來游者頗多花
衣紛藏於前六叟蓋對之有撲稽堂中布列陳評花喧雜殊趣移時返舟
放至野芳濱口賤船不多徐徐放回則見畫船銜尾而來方將往游而余舟歸矣
擬至杭州莊船邊送之殿丞登船殿丞猶欲與少垣往心蘭與余仍促坐至是月
門登岸進城返飯未暮

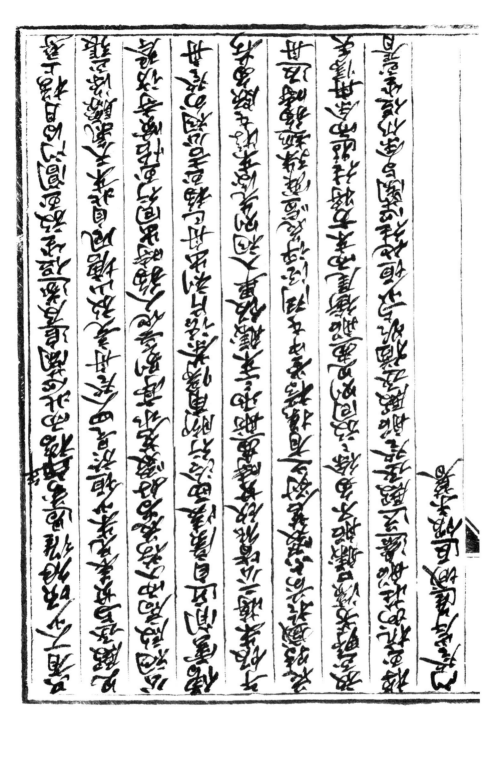

十四日己巳，夜間風雨交作，晨起未止，始披閱東林課卷，出題爲問擇其善者
而從之二句，帖有新秋一味涼，得涼字，閱二十餘卷，並將昔晨課爾上，歸家爲中
元節祀。先候登品齊備行禮，乃午飯，飯後返館，寄寄傳見信，小雨濛濛一日。
擬次兒履校水雷局譜備札終篇昇殊。
十五日庚午，雨甚風狂，乘轎至敦德莊祠，覺天氣驟涼，衣薄不能勝，遂歸
添衣。中元佳節，欲不能出，遂在家守之，背誦書，披閱卷子。午後雨住，濟弟來談。傍
晚心蘭來，方閒談時，何金安來，字出舅嫂病危，邀往，至則家有在彼診
視，候其開方，現在無慮，余歸過儀鳳，入瞰之，則心蘭與君秀在焉，即同坐甚
談，抵暮而散。是日在敦德伊傳見六月十五日發抄書。

十六日辛未，夜仍有雨，晨益不雨，歸家即至定生寄春樹舫，約弟設供於此，客來無多，傍晚至鄭衛芝家，訪黃梅先，談移時，午飯仍歸家吃飯，後再往候至葦甲，正等備出殯一切，乃歸而車馬裁到，有掌禮吹手鳴鑼喝道等，及和尚送之唪去，余遂出至君秀家，不值，即返飯，未幾即暮，益家中行事已畢刹矣。夜深返燈閱卷幾許。

十七日壬申，天霽日朗，而氣候尤涼，茶卿來，告余久不相見之故，卧病二十天也，談頃去。鄒秉甫入塾，旋因小恙去。雲間僧見過，略談去。是日事閒，於院課卷頗多，得鄭盦弟此月八日書。

十八日癸酉，清晨至井儀坊巷祇園禪院，拜雨田兄九十冥誕，本係此月初一日

乃補做並光坐，已，茶邨家同至對門答陸藕樵，不值。同至觀東戲祥春，途
遇常熟姚先生程友行，同行到彼吃茶。返，蕖英亭春畦藕樵，時余先起，同至敏
德先生，乃返飯。驗志陳四舅嫂黃氏之柩已到，身故後往桐市，已先至，與朱
甫德甫議人，商議一切，桐市先行，余出舊出返，飯。晡課畢，閒步。申刻，君
秀來招余同出至心蘭家，不值。留字約伊夙池相敍，乃到彼吃茶，久之不至，數後
心蘭偕繆先初來余飯，少頃本郡城繆氏殿撰公形之後，其曾祖行醫，遷居
常熟，少初名[illegible][illegible]，聯曾官中書，縣令，解組歸，僑居君家侍，其巷清蔭堂舊宅
頃偕心蘭過訪，不值，尋於養育巷茶室，又不見，逢君秀，乃知已設頃去
十九日甲戌。平旦已至金太史巷，送四舅嫂小殮，出即催集各項人役，奉行殮事，事畢，一

拜列出經過家遂至定去寺伯父中議公百齡冥誕拜懺至傍晚返館得茶
村札有廿日之約事多神倦悶暑避人仲妹自滬上來
二十日乙亥晨心蘭同至東園茶話片刻約以傍晚分手出余至金史巷
送大殮秋岩猶未識儀返至午撰飯三席之撤牽事候過暑氣悶行遲
留申刻乃出至三多橋如意樓心蘭已到吃茶少時同至侍其巷繞步初
家吾步脩設稼暑甚出與心蘭分路返館猶閱卷少許得林鵬札亦有廿
百之約是日吾乘騎橋有底作狸瘋子持所用刀誤傷匠人一案
廿一日丙子晨茶村來偕至范莊前字家隆置旅店訪姚芝生為儀余以
家刻若種十冊贈之芝生即搜同虞山遂之出至德園茶飯茶村略坐即去

余以桂朋之約候良久，望眼將穿，桂朋乃偕佐卿、何壽朋、江建霞、江元伯至，一一問姓名，同坐談，又候君秀至。於是七人同至寶蘇局前登舟，放出閶門水窗，敘話壽朋、建霞，皆遠遊萬里外，道其行蹤，頗多奇異，移時抵山塘，仍泊三茅宮岸，傍午間設飲，設謎合席，歡暢既撤，鼓棹治芳浜口盤旋，而復泊吉公祠，入祠，風甚爽，而荷已殘矣。仍擬前日之席，茗話久之。建霞、桂朋皆治許氏之學，言尤契洽，賦詩返舟，向棹進城，在中街路口登岸，時已上燈，諸人以次分路，余與佐卿至廟堂巷口乃別。

廿二日丁丑。昨雨生皆病，今余坐從而雨生不入塾，獨自閱卷，生卷來閱，即加圈評，傍晚君秀偕毋、吳鏡人來，余為鏡人作函致陳鼓甫，已請

就即付之借出數武可見心蘭迎面來遂合四人至鳳雲臺樓上吃茶當風而坐久之始散

廿三日戊寅晨方園評卷子硯銘笑指同來招至東園茶話韵樵尋來共談移時散返飯料理生卷告竣凡二百三十餘卷傍晚再訪膺雨於學士街得門而入則膺雨已復往申江矣

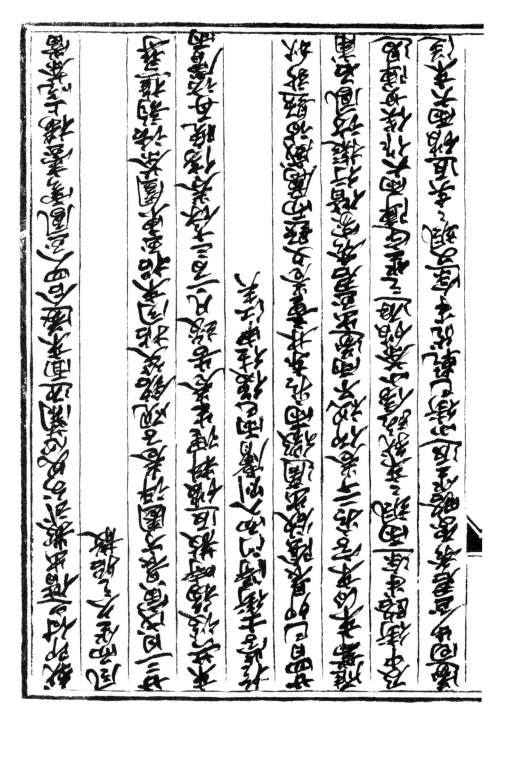

廿四日己卯晨陰欲出適微雨飛來袁董卷文題而屬擬詩題新秋雁帶來白東字兩二千卷仰視不雨遂出至君秀家偕行擬訪鳳石甫及中街路半途雨颯颯來就路傍小茶館避之坐定陣雨大作俟其陣過遂同出至君秀處略坐返小街巳乾從半途又颯颯矣返飯雨大來送

此連陣不止專於閱卷幾及百本
廿五日庚辰大雨一夜及晨稍減而未止獨坐閱卷竟日
廿六日辛巳秋畔猶閃雨聲淅瀝晨起看朗齋業重卷閱跋即加圈
評申刻訪殿丞杭州書居於龍脚手版睦教應官吳暇鶴運使河下
中附段君秀一函云語略同傍晚至心蘭家不值至梅梅段喚於門偕其
同行至鳳池吃茶恰遇心蘭同設振暮散
廿七日壬午晴暖卷特童卷批點排次俱了凡二百三十卷遂出至君秀
家後偕訪鳳石至崇真宮東首適鳳石他出不值留片而行然崇真
宮橋茶樓吃茶歇息返路有午後約會之插余同饭午饭因前兩日皆

遲見錫令陳端生之子靜甫知其現寓道前街聚星客棧即將生壷
卷併包札遣人送其處徽去遣事畢而君秀來偕出街上盛興昌蘭
盒會觀者若狂而人就羅寶紙店因求了一幅在鳳鳴臺吃茶歇息
少時又在道和坊求求了一幅至步雲家茶歇息又偕步雲郎君三人至觀前
會東過而人極擠在瑞源珠寶店坐息余以時晚先行返遇懷德又少想同飯
知瀛之姪陳靜甫曾尋君氏有人偕友來尋君秀言招伊赴程赴錫山也
廿八日癸未晨至心蘭家知其昨日亦來尋余其在儀鳳等候也指其有鳳
池之約余至聚星客陳靜甫不值至鳳池候伊心蘭同茶話移時返擾飛
生皆病余入塾照常督課午刻笑指來前日屬作輓聯詩寫与改歴
瀛之姪又來為懷德事
談少頃去

改課作燈下乃了晚飯後有無錫播姓來求見延與語為書堂之姪号
佼甫因爭執祠堂地基事涉訟受枉欲謀轉圜之法余謝以不諳
諳
愛莫能助力辭而去因知書堂患病卧床
廿九日甲申作復厰丞函即寄杭城作復仲兒書備明日寄出課晚寫
大小對三付皆夙債也傍晚笑拈又來有訪桂留園之約
八月初一日乙酉晨至莊祠先遇敏德又經觀禮於茶室少坐到莊祠見
蔡子人談頃至敏恒見舜姝久不侍茲坐多時適吴培卿來又共談
命余送培卿出余亦辭出至錢翁家亦久不見又談移時返館午刻
矣午後鼓楼來傍晚復出至心蘭家不值歸路遇至姚公館見情

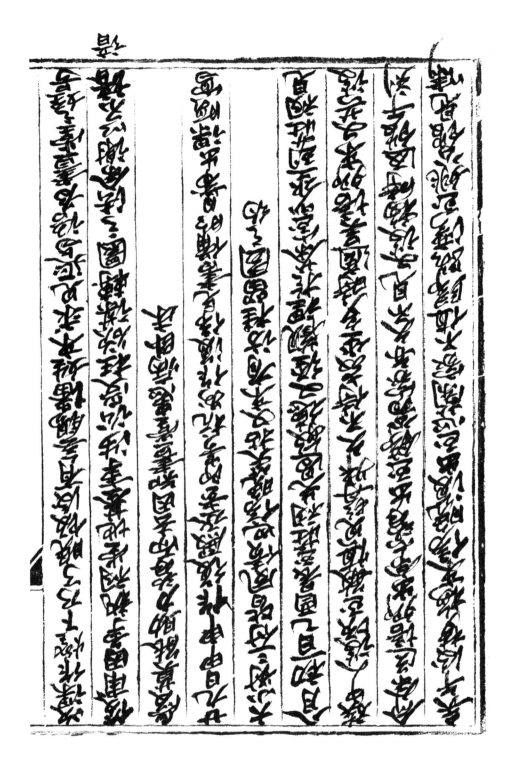

爲止吾時不見間故務晷遑暮返飯知心蘭曾來又接蓉姝示

件論書兒仲遺返呈哀啟一稿於下由刪節之忽聞伯姪自閩來

歇巷慶生弟於今日上午去世病與春樹相似匆匆即去

初二日丙戌晨歸家因松生連患寒熱問視之又與篠兒話又與承姪

登姪話移時返飯往延諸選示雨俄而少棠與閻姪來少棠承姪正命

以慶弟殮費付介緒叟余又贈以四番餅而去昨晚嫂送來新刻

水雲樓詞十本今以兩本送瘦碧午後雨又作且大瘦碧旋以彩

詢見示雨且入夜是日課題寫大小對兩付條屏三幅

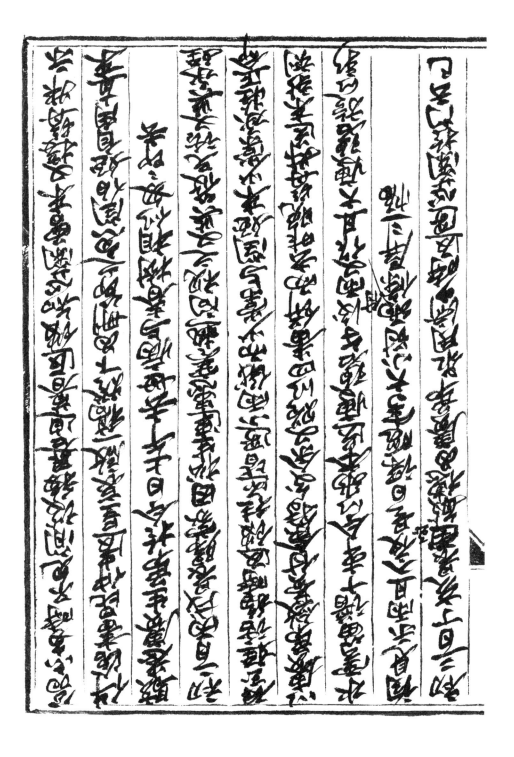

初三日丁亥晨畫敏穗爲慶弟殮開祭少時返選心蘭於門去已

在蔡宮壽候不到第二次來此矣作致庚符六姪信子肯直房女
探視慶弟身後情形并促元吉來傷晚易家甫來在壽園小酌請
見余就之後至上海善出伊留壽園夜飲也
初四日戊子陰晨至心蘭家街路湖滑不值尋至鳳池巷遇焉邀吃茶
心蘭歸吾少時海來茶罷偕出胥門至吳姓舟次笑梅花梅先後至
四人預約泛舟留園為探桂之遊移時解維閶門上塘湖中遥山東望殘
大船銜尾而下遂以待之到彼議遂先入永善堂眺覽屋宇蓋教佛
山亮木蔬加上遊卷點返舟午飯四人皆不能飲水窗凝望晴旭天氣暑熱
庠撤乃遊於園桂花消息尚早遊人亦寥寥惟門外環波方舞艇艸通路

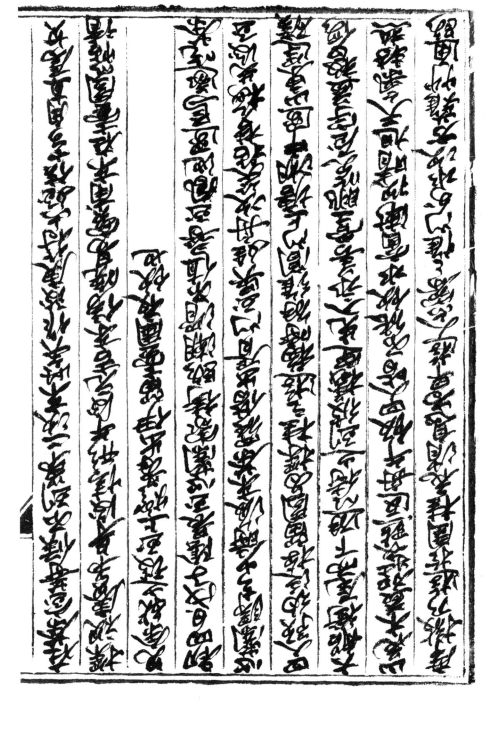

園中山顛一亭將圮正在修整乃就臨水小亭啜茗坐憩有董思翁書清風起兮池波漾七字頗恰合時景而日光波光搖漾屋梁窗檻間別有佳趣四人周行各處逕而後題者殊之次良久回顧人稀乃出觀水畢又有小舟先後來去載游者一二而已豬搭而乘夾岸桔在園門登岸餘人仍由舊路登岸進城換轎隨余至飯店正值書院課題者論張敞孫寶何並三人優劣燈下擬漢書孫之晚飯而去

初五日己丑　母難日摘齋君稼梅之屬為作漢三臣優劣論飯後錄出小舫弟朱翔生先後來同談晚飯心蘭來偕往東園茶敘移時散返得君秀到無錫信燈下即助復殊殘

初六日庚寅昨熱而今凉相去遠甚余患于風嚏嗽交作德齋丈
來取隔書對去得鄭盦弟昔日即作復濟弟來設即去復信寫成
遣人送與濟弟侗晚洪泉來新自上海回蘇也上燈後無錫安陽書
院卷寄到端生信中迫余速閱緣彼代在即耳
初七日辛卯晨起披安陽卷正欲閱眉調伯來月餘不見偕之鳳雲
處喫茶云鈞硯銘在彼茲同坐候之良久不來遂散之歸而硯銘來余飯
後至鳳雲不見又設後去晌午至甘兌家少坐遂歸家爲　先妣生辰設
供與松兒後見聞話仰蘇二十天假滿將回滬飯後返飯途遇姜庭稼時來
余飯偕至鳳雲處喫茶遇孫溥泉施芝裳臣同坐抵暮返乃閱卷

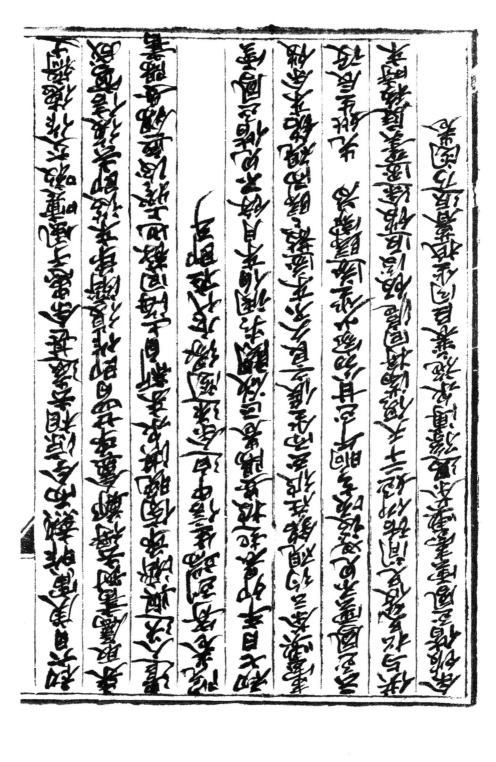

初八日壬辰晨乘轎先至敏德少坐即至寶積寺預棣園先生設幕開弔少坐至藩署答易實甫並拜其弟由甫不見遂返閱安陽卷午前子樂姪來午後至小坡處略談雨深晚雨甚

初九日癸巳雨止天陰閱安陽卷都了生題人皆可以為堯舜有諸孟子曰然夜深燈落螢入帷以螢字童題有友五人焉樂正裘牧仲其三人詩葉齋鳴雨一池以齋字合計只六十九卷耳遂作履信飯後遣寄因作致君秀箴同文航船訖昨俔莊濤送來會課詩卷一集題名欲正已也有知無詩遂接連閱去傍晚洪叔來偕入靈園便路他出寨頭有號盤銘石印本覆其一紙出段榮卿與閩伯姪來備述處弟身後料理一切至夜時適姚嘯公翔來二人去後與雷翁至風雲

臺出遊溥泉有陸博泉者近在隔座与叙談而忘其為善盦

初十日甲午早撝三邑貢孝節到公祠率行秋祭晨往巳官祭過後展拜而出至茶邨家偕出遊菊潭三人同至鳳儀春茶叙即舊名景園茶館時新偕敷齋蘅坐良久散返飯天色在陰晴之間訪思孅倦 鶴書晨出通盤堂送殮昨日仲珍姑病故

十一日乙未晨出敏德文還袁安狀元莊記一本託為李次青方伯作不知何人書令剪褾墨本成册余為題簽並綴一跋敬下即赴茶邨之約於轍前風雨祥春文還春畦袁祥扇求詩少時元吉來同坐余偕茶邨向扇鋪取便面乎張又出觀中雖眾見笑拈又遇蓬洋并見小坪翼亭曼雲硯伯諸人略坐取翼亭手中鑒菊第二盆以歸將日課之賬將今卷二十七本批閱了事分上取八卷次取十六卷鮑甫

屏東託寄甯波賀分為趙氏分姪孫女出嫁余亦應送以分邊併致於兄處復作
日君秀信知吳次衍丁憂閱訃即日將事伊又將覓館矣蓉舫暮心蘭來偕西儀
風茶話談起幼年舉春時有以糯米汁吹成晶泡等物市上賣與小兒為戲其貌上有
管如長半寸吹之能動冰綳作聲者是物名鼓璫見琉璃志
十二日雨申晨欲出恐雨未果又得君秀昨日信並錫金孫志送譜弟在師
加札遣余送顧家巷飯後因近日松兄病後不安歸家視問之已冒微雨而
既雨密甚余聞諸於鶴兄間並見求婚稿時雨猶止返飯後鞋襪皆淫濕
後雨又密作復君秀信不及發是日在役兄處見戶間貼朱書黃紙
一方書儀方二字云可辟蛇蛇何以忌儀方二字云見通天曉

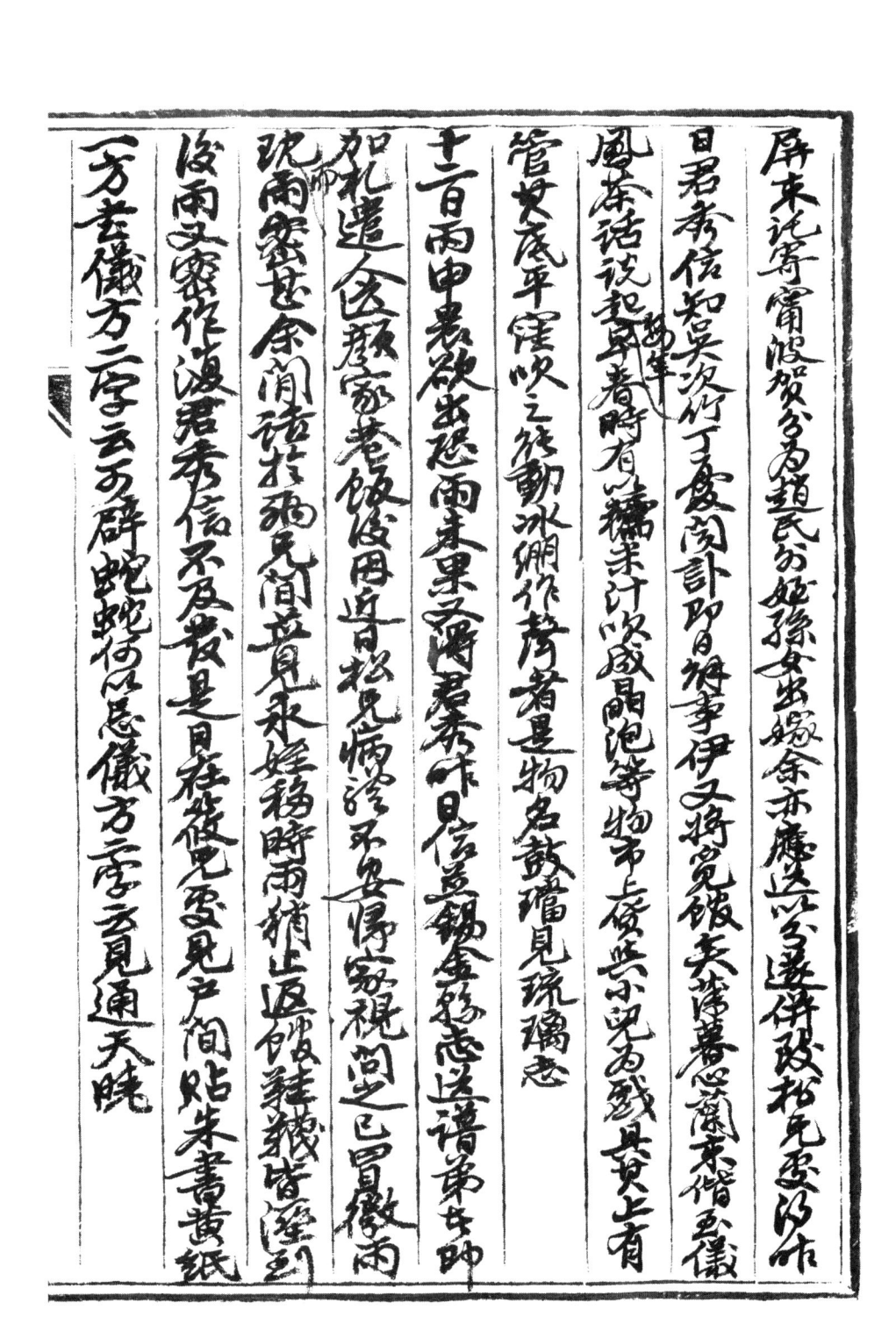

十三日丁酉晨至心蘭家診其病情心蘭為擬一方付余借至儀
鳳堂茶敘返館即將心蘭方遣人送回寓俄而彬梅來邀往觀劇說
定即去同其妻弟葉硯卿來余略理晨課即借之出閶門過大觀園不入
至金桂園坐定未幾即開場至天半余心懶欲行周葉二人不行乃
先行進城微之飄雨過屢至施云心蘭方松兄未服余屬其就吉家中
明晨當約心蘭到家與松兄診脈定方也
十四日戊戌昨晚以字條訂心蘭晨間果來少坐同行至我家診松兄
脈另定一方先後出返館赴課至飯後因彬梅約游怡園余因一生他出
并邀一生去邀至周家見其郎第二人尚未午飯候之又有他客來余

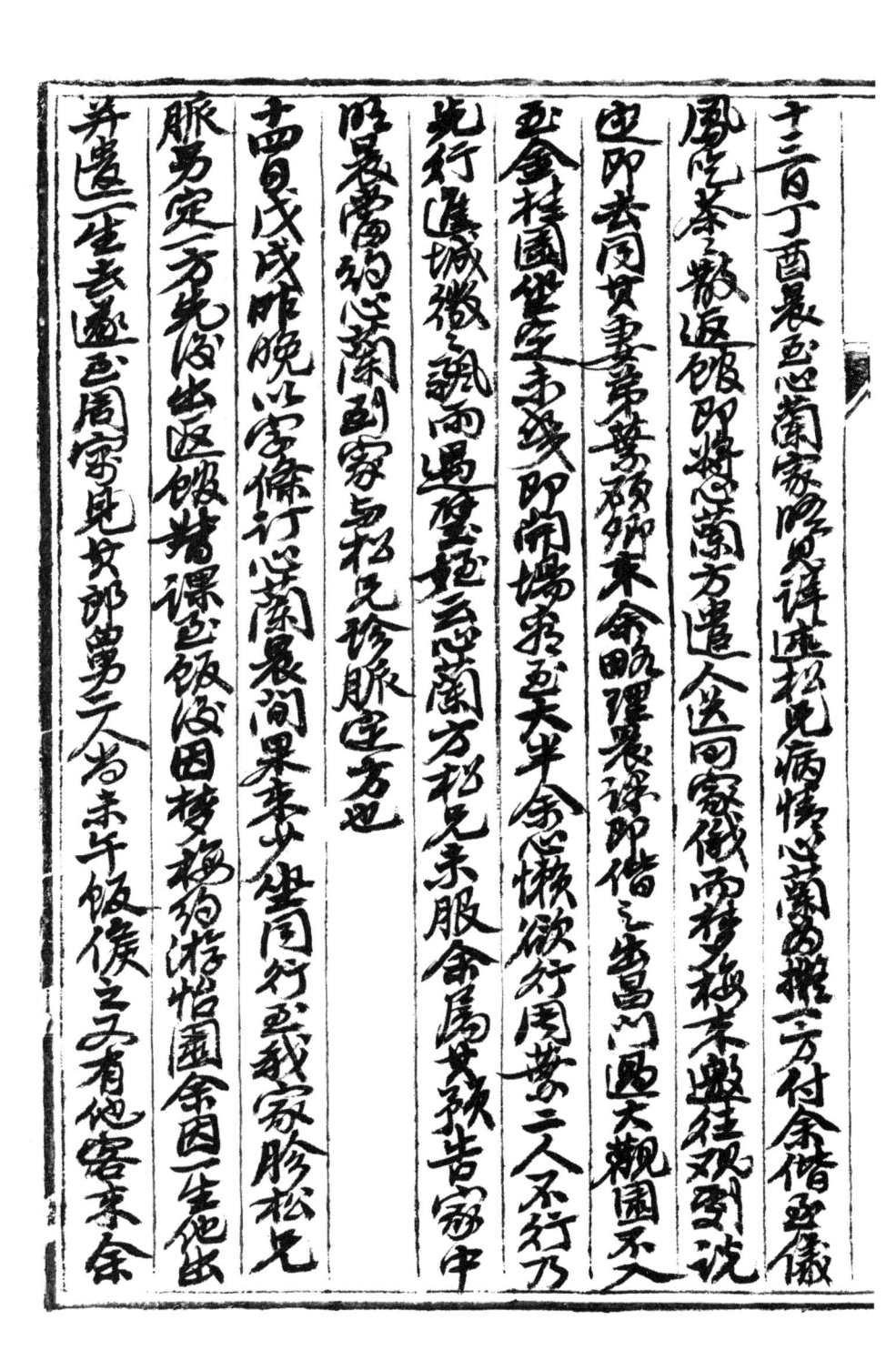

遂送出至敏德少坐片刻乃至怡園則周蔚三人已來尚在我後進園桂花微香猶嫌早也選李劍泉敏設亮夷越付季東足蘭亦至設起鬆兄方上用鮮草藥草因而指示於竹籬之下一名蝦蟆草又名打官司草即手拔數本余以手巾包之出之遂別三人再歸家適因此草免取再多藥尚未蒐遂添入少坐向飯抵暮矣

十五日己亥清晨詣莊祠拜　祖並見族中諸人道賀又以名片遣人往洪家道謝步既出卻在間壁尋沈江逢霞家從見之快談得福觀其所收金石拓本可云富有又見清卿中丞寄之適札皆作古篆沈未嘗有良久出至顧翁家亦稱羨設數出尚有半段之約

寄寄傳兄信為八月
下函又寄寄鄭弟信
賀仲山弟生子

余與敏德午飯觀屈氏昆弟與人作竹園遊良久到觀中錢翁已在
啜茗與姜孩冬之傷晚乃散歸家內 祖先前薦新展拜畢返館
抵暮晉日知都中仲李弟子舍伯雄名曰樹藝字孟多号字甫
十六日庚子晨三壽來余付以字條約攝秋頌卿不至遂遣三壽去已而
綢伯來招至鳳雲處並有姜庭觀錢翁敘片刻時已不早遂散返館飯
後香子伊來余一至芸蘭閣一至琴墨堂皆買呈甫之畫屏幅也是
日從以新詞見示祥都春詠雁來紅又鴉晚易實父詩合集曰出都
詩錄曰吳蓬詩錄曰樊山沌水詩錄曰蜀船詩錄曰巴山詩錄
十七日辛丑晨至留心君幅來招至花橋巷拜春曉弟喪開在彼午飯之

後至吳家巷探張玉松喪殯於前日也即返飯時日課之間又寄函心四
幅傍晚至利橋巷答洪永年步談少時返至心蘭家不值遇於途
十八日壬寅晨歸家視松兄病情未減屬其今日但服金匱腎氣
丸明日請心蘭覆診返飯則心蘭來過不值余即作札遣人往約明日
因札伊有今日石湖之興但未有船姑往與商伊遂拉余同出胥門在萬
年橋一帶覓船得一圈棚小船於板橋頭說定催價買些點心等去放
棹已是正午時書泊舟小櫓遂又張片帆駛至石湖出上泊定煮麪
食之以代飯擬再前行則他舟已陸續轉棹前則勢逆退則順流乃
亦退但見畫舫衝接篙櫓如沸誠為良辰盛事蓋向來行春橋外串

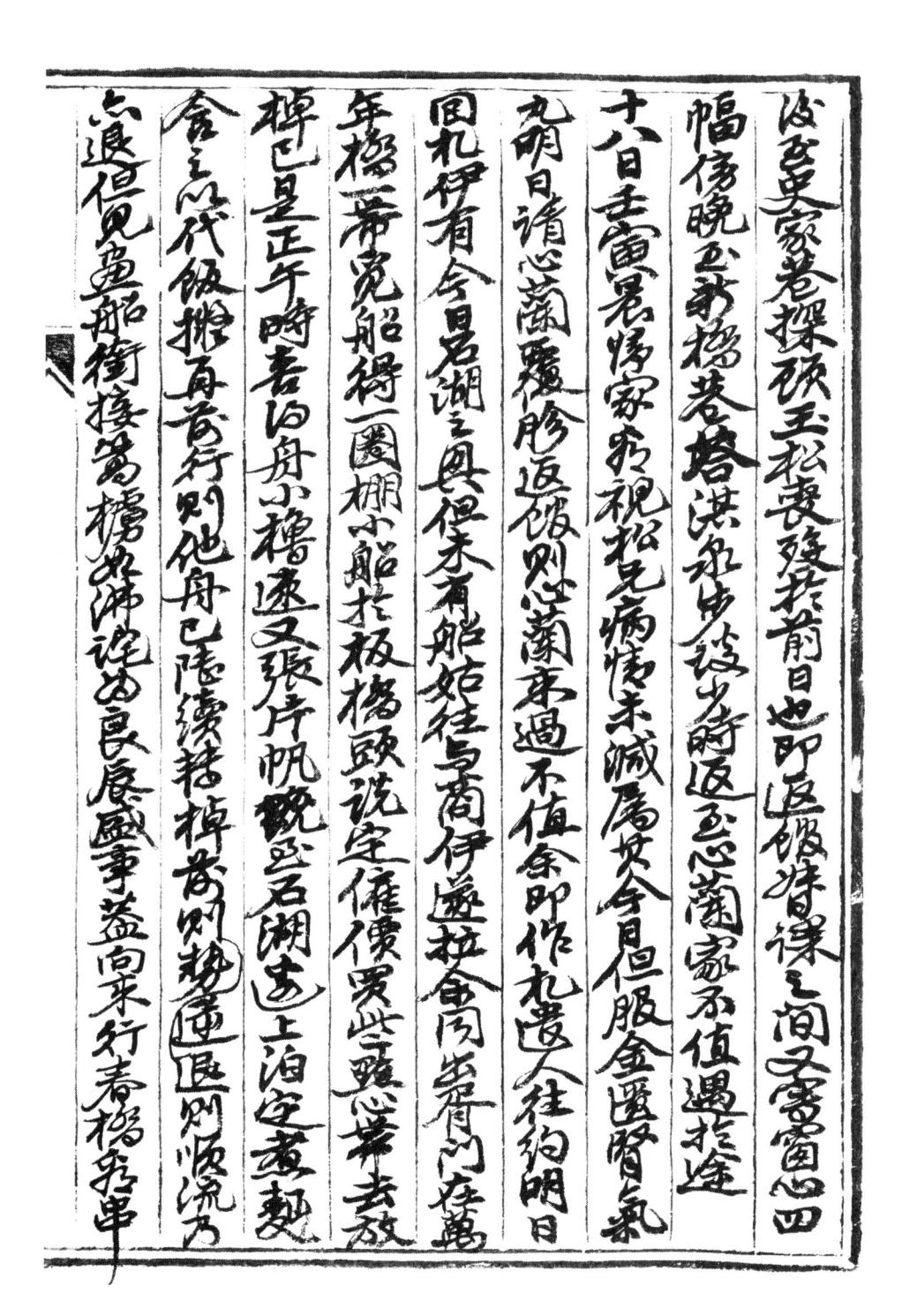

月為吳中闤市今大小快船借此為名作酒地花天之會而絕無傳待
丞夜歸過月井而歸其時夕陽正好已無可轉棹余亦隨他歸去而
在橋邊登岸進城就來遠橋小茶館茗飲歇息片刻散
十九日癸卯晴下晚上石湖棹歌數首寄君秀信候心蘭來同
行適遇舟子夏三壽力請留園歸桂不得已應之令其放船至閶門余
先到家心蘭他往卯來診視據云老年肺脾腎三陰皆虧亟宜健
脾補氣案開方為余服幾劑以冀得力同余出至閶門吊橋望見夏
舟繞到橋渡就之遂放棹而出西時尚早浜中停舟無幾少時舟中午
飯後飯甚適又出坐茶罷方進園園中桂樹不少樹樹皆花花皆極盛

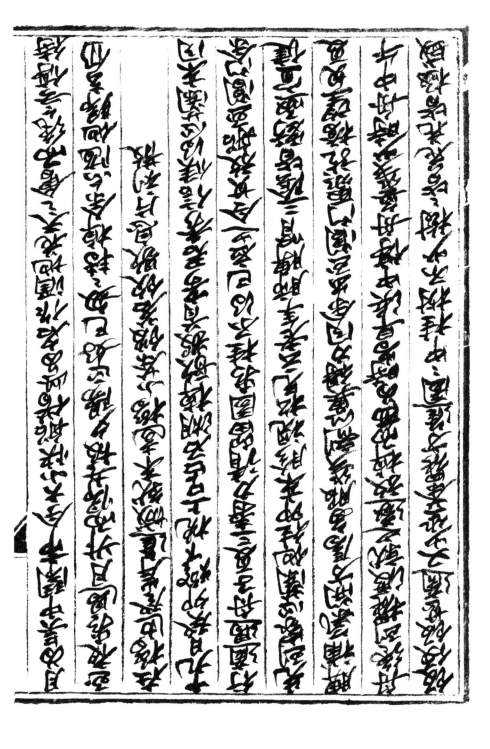

香溢亭畫舫遊人亦衆，前遊時隔半月，風景迥殊矣。兩人周覽，臨眺茗飲，坐观良久，人來益衆，復行，復坐，又良久，乃出。見濱河一帶及塘岸舟停皆滿，惟迴棹已向暮，仍在閶門登岸，与恩蘭同步返，宋瞑也。

昨風石來，今錢翁調伯皆來，皆不值。燈下艸成棹歌十首。

二十日甲辰。晨寫八分對一程，適甫所屬。午前，調伯來，傍晚錢翁來，皆為昨日未見之故。調伯吃午飯，錢翁吃晚點。又偕錢翁至東園茶敘而散。

是日得君秀信、得閏姪信。康弟擇於廿五日安葬。

廿一日乙巳。松鱗義莊舉行秋祭，清早乘轎往，合族共到七十一人，余充分獻。祭次畢，食餕散，至洪文卿家，又不值，至陸風石家略談片刻，歸家。

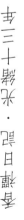

余已約玉苗弟來診松兄脈候少時果至開方與心蘭大同而小異同是純
是氣虛異者謂心包有暑熱也既去家中終是飯時余輩傳聞知果私
署令有人因為君秀事至請琴弟家弟緣小病未與祭祖故特候問
之談次出過怡園遂匯去看桂花之盛亦如留園遇心蘭鶴逸共談
見一西洋裝束之東洋人原籍暹羅前日聞女眾說已知其人與廖湯
六公同寓今與伯齡同來游園其人久寓武林能為武林人語略與之談皆
能領對且知其善書畫也傍晚出園返館旋出至墨古齋及漢賓店即
返是日濟之弟以鄭庵弟信特付啟視余信中之言皆置之不答奇矣
尋檢以香禪精舍圖橫幅見賜

廿二日丙午陸芝庭來談片刻錫侯弟來小談片刻飯後寄仲姪
上海信告以老父病情適茶坪來知倉碩亦自上海約在東園伊先
往余封發信後又往伊與倉碩皆難頭也談次眷竹居錢老大來議
兩調伯來議兩滙泉來議兩笙魚來先後敘談先後散出
廿三日丁未錢翁約游虎阜晨後芝翁來余已代催盛家洪小
船偕丕舟次余仍步行至家為視松兄病情稍減並頃出至寶
蘇局尋則芝翁已邀嚴姓大船錢翁共辛弟皆在矣登舟後從
鳳石到獅維五人但坐水窗敘談至半塘泊就壽山房門外進
玄觀善繼和尚血書經為華嚴經共法華經乃部藏僧十七匣

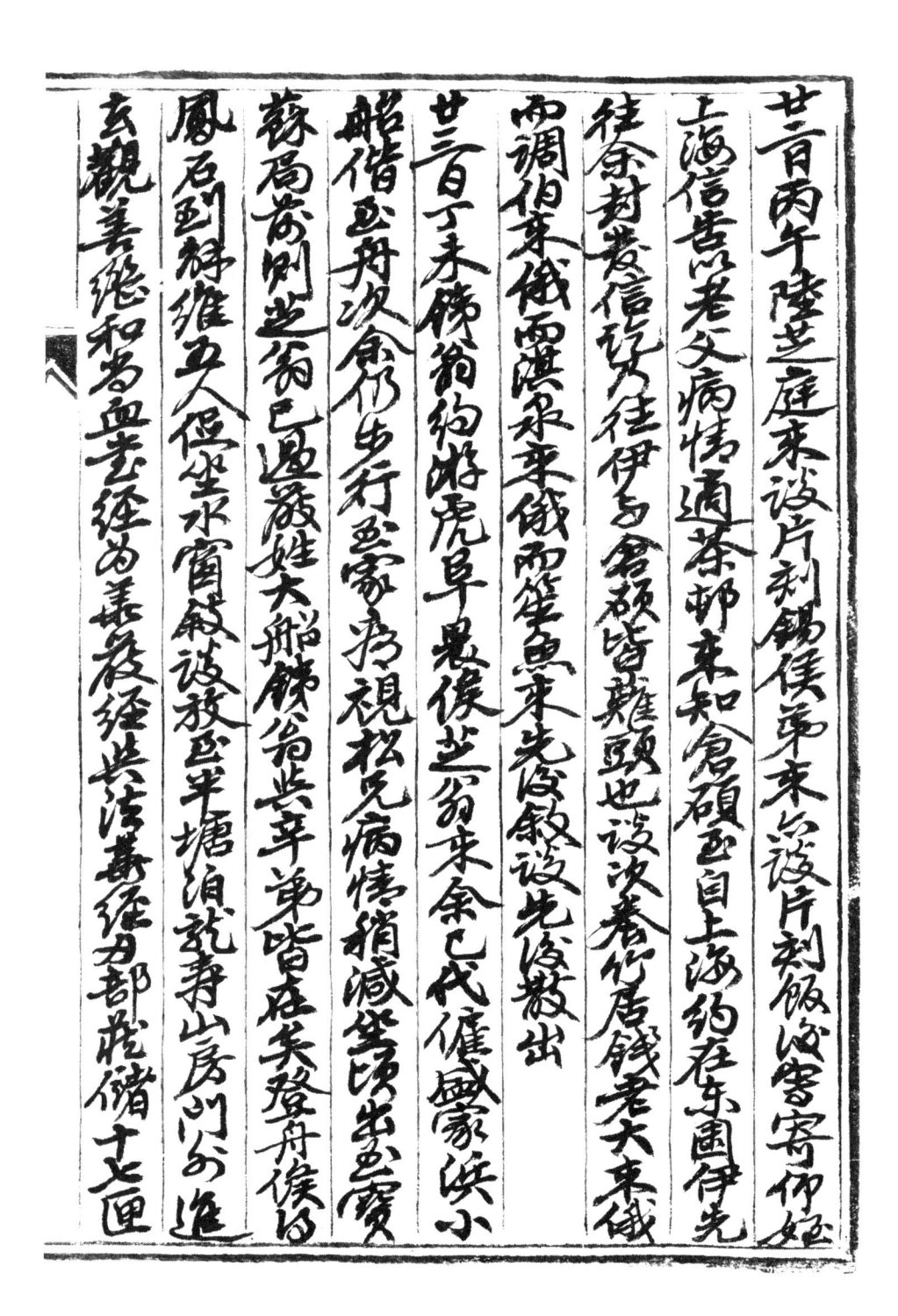

置榭中，榭門扁額甚㪅，啟榭略觀首尾，見余十餘年前題款，恍
如夢矣。出渡登舟，放至元氏家祠河頭，同人之各處瞻仰並游後園，
又至周瑞李氏祠一觀，少坐。貢閣出，登挹秀樓，返在花廳設席。此
處名缺匾額，辛弟為擬，名曰表德堂，錄其所屬風后董之。席間
談設良久，擬去。風石欲他往訪人，辛弟陪之，餘三人至張公祠啜茗，閒
坐庭中，有桂千餘株，花皆盛開，五人會齊坐，稱時返舟，搖櫓進水關，天
暝，逕至寓，發局書並寄與余別三人，各回小舟，抵盛家濱，步回館。
廿四日，戊申。同人又有留園看桂之游，已刻候諸詡伯至，同出，先後至
胥門會齊，姚嘯翁為心蘭硯銘，笑拈凡六人，登吳阿金船，時已午矣

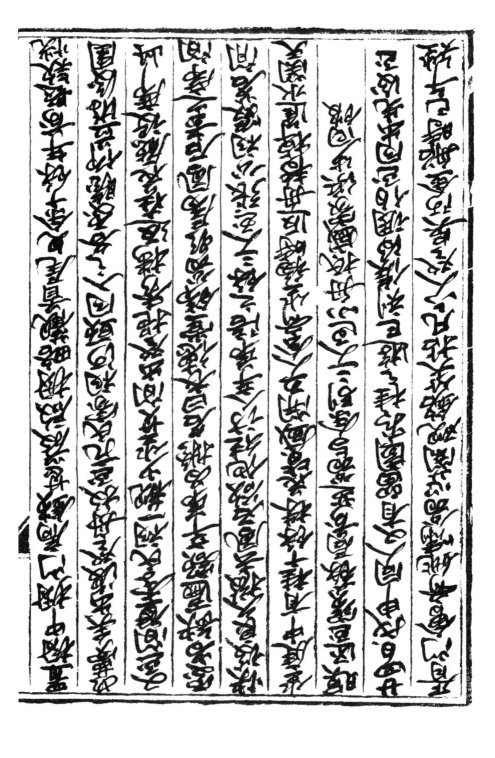

放棹自胥門閶和風吹帆天气爽晴抵滸關泊游船络繹而来舟
中吃午點設酒飲既甜食亦飽乃進園園中仍熱鬧遊勢設人不少
夕陽將下乃出返舟移棹泊方基泊舟甚多或相比或相望羊角
燈澈澈如星上下零飛水面設席开叙迭峯抄戯良久撤放棹
回晚風送水陸洛调笑二君進閶門餘四人進胥門分路各返是日
得鄭弟都中信附有致陳嵩佺信兩封即飭寄無錫
廿五日己酉晨歸家候視松兄病昨王荀卿覆脉方並頃返館作
復鄭弟信交通運照去傍晚偕蘭偕少初來談片刻又同至東園茗
談永姪來云蕃孫已將示署金匱令爲何芝齡不知其人少初云载

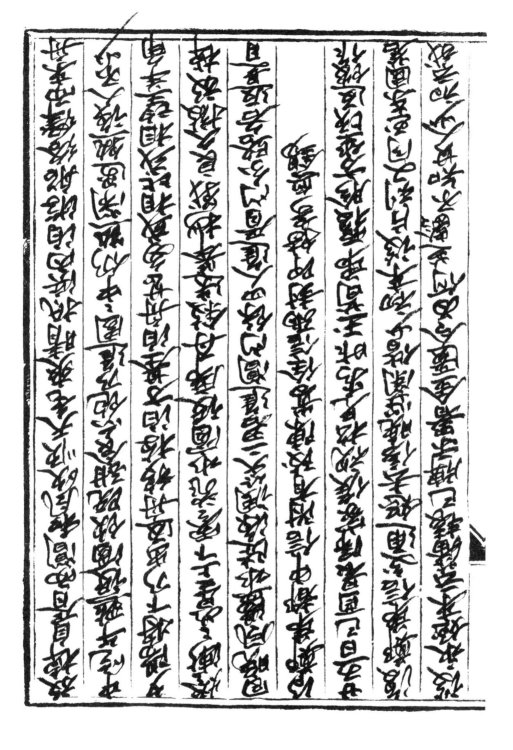

知之此雲庵師宗弼人号瑞生諸生也其太翁与曾文正有舊因來
江蘇需次蓋二十年矣燈下過作幽跋君秀
廿六日庚戌硯銘來談及何瑞生亦云熟識者也少也余理晨課畢赴少
和之約於石巖橋徐仲舟次皆未到登橋邊酒樓候之候良久鐸有
家人來視接云將到請少待又候良久乃到邦同登舟有二客一為錢秋舫蘇
省候補縣一為許紫庭本地醫生皆与少和熟習者又候何心蘭來遂解
維過北轉西出閶門一直至留園泊舟同遊五人園坐午飲席撤登岸入園
桂花將落餘香在空游船雖多而游客甚少已闌珊余探桂已第四回矣
屬之味猶嚴甚久之出返舟轉棹所吉求窗敘談少和尤洶洶不休仍抵

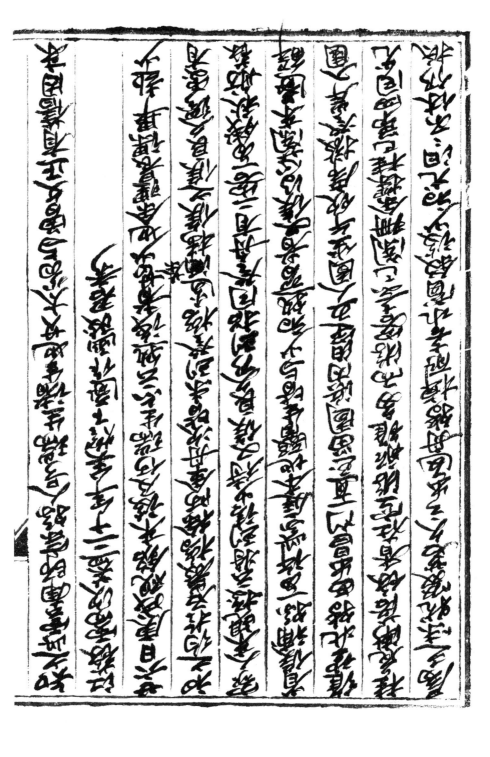

石麟散携一同登岸各路散
廿四日辛亥晨偕家尚視松兄遂以玉荀弟殤方携至嚴湞晤伊未甚改
换設法為見皆非設法等出返路在敦德至逗館得調伯第卿館信字條云姚衛
甫大約就有酒預備時已正午余略理課事吃了午飯乃到姚衛甫
寓美亭觀銘笑拈調伯皆在已往映唐寓如數法備有夜席余當留此
調伯拉余同游怡園乃同至心蘭家併約之先後至怡園園中亦甚清靜坐移
時出余回至館中適接君秀信承其函切又作跋王新甫一函即囑再至姚
處寓如已到嘉興開場俄而諸人再集聽書數戲法至夜設團桌八人團坐
良久席散又看戲法一套館僕持燈照歸同二教各矣

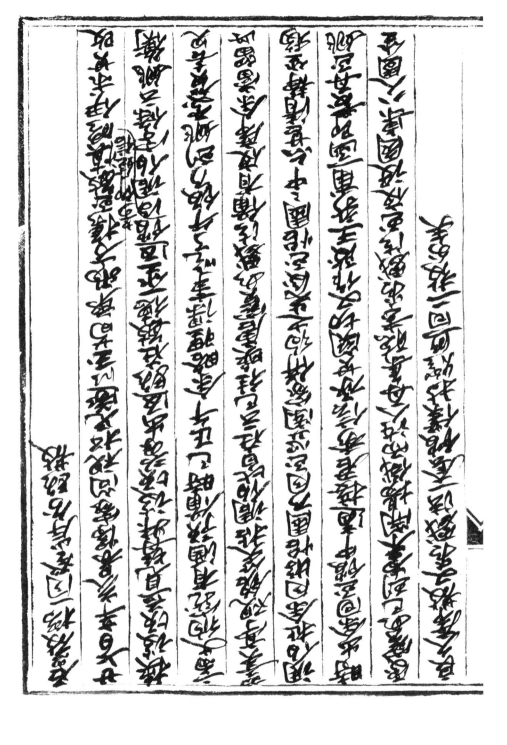

廿八日壬子　昨倉石來不值，晨起即往苍苍，因偕其赴茶邨家，則已他出。適遇頌波自常熟來，同訪茶邨，余遂返。同至倉石處，茶邨亦閲信而來，四人敘談移時，出。余返館，督課作啓君秀信，來姪來飯，後梅梅來，又接君秀信，接伊蓮信，是日余廿二日所發信已於廿六日伊方接到也。

廿九日癸丑　晨茶邨來，同至石巖橋南訪頌波，登其舟敘談，偕之登岸，至凤池吃茶，倉石尋來，同談。余先行返館，則譜弟來過，為蔣討門張公館遣人請來談。頌去，祠弟來，亦談。頌去，沈旭初來略談，承之姪來，亦略談，乃督課。鶴書不入塾，寫旭初譜弟屬寫件並作札送去，寫頌波屬聯，錢第一函，將鄭某廿一日信，校其譜九派世系圖列，據竟，迫暮，心蘭來，上燈後去。

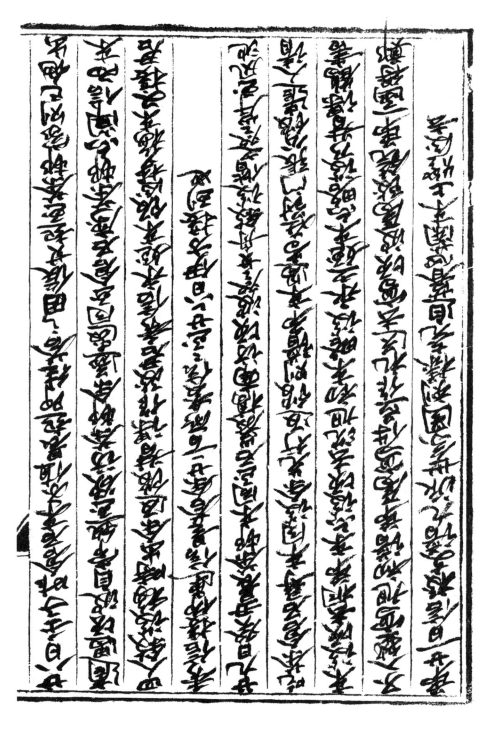

三十日甲寅晨得家問視松兄返館作致君秀信適得其來信因成長
函一首半述此後半答彼適又得譜弟札又於紙尾加注數語午後出去
作致伸兄函得茶邨札即答之鶴書因目疾請眼科
九月初一日乙卯晨出在敏德少停又寄黔信又觀東茶室約晤茶邨於
森卿塲中賦略談出莊祠定稿時出至八姊家話片刻返天陰至是微雨
急返館督二人課傍晚殿丞來自杭緣其姊去世與成伯來心蘭來同
至東園茶飲還硯銘至後時君秀遣專丁送信來與談事未成為
朔已促駕來探問返於燈下此後以為戚
初二日丙辰夜聞雨聲向曙聞風聲晨起似有霧氣為君秀事特

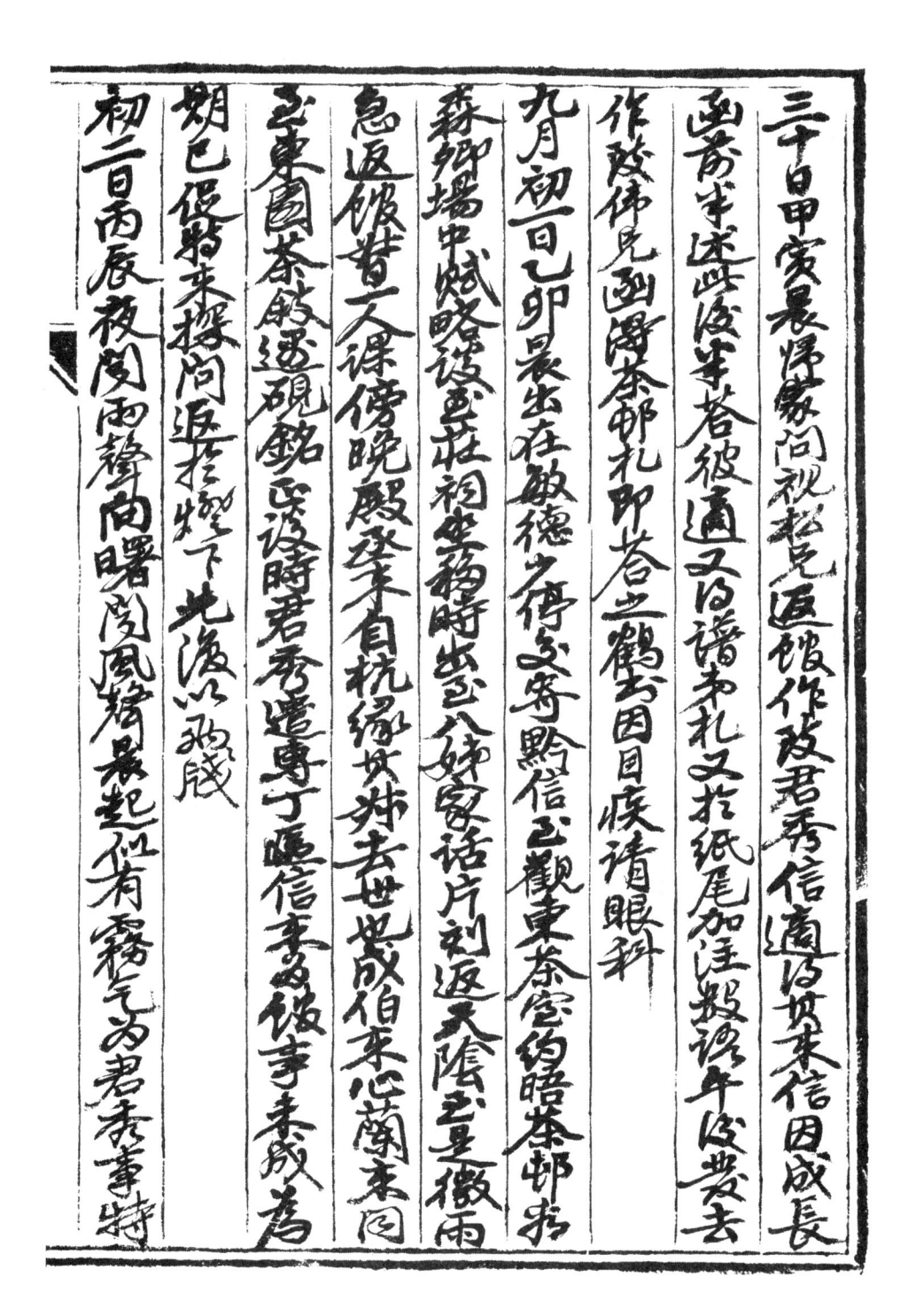

詣鳳石家託其錫覓曹郎談次返又作陸君秀一箋併封以付昨來之
人劉為他出銀宣為殿丞寄送金陵令太翁吳竹侯荅啓上字爲版
目棠陰詒莊詒高梓嗒縣令也又寫家中小窗心四幅飯後成伯來
同出余至金獅巷出坐岡昨日閑中出殯諸事至徐窺翁家三人云其
常熟趙老爺同出蓋次公也至倉石處不值至王少齋處略談至茶
邨家適自石湖掃墓歸坐息片時同至雙塔寺巷試院前王宗師按
臨科試今日為江震崑新四縣童正場排徊其間至南橋西茶室尋
兄洪柳波共談數時仍與茶邨行至柳林下路返館日暮得無錫令
陳高佺壽昌來函中為閔聘延校書院課卷也

初三日丁巳晨即具衣冠至金柳巷趨應半日三點鐘後將以華襄余於省祭後易衣即出因昨歸途遇見常熟趙次公宗建有約今日又約有竊翁在家啜茶話快敘故特赴之竊翁次公之外更有戴滄林徐翰卿四人皆到敘談移時又同步長街徘徊古玩鋪間至師竹齋出滄林家茶少坐分路余隨竊翁步至大石頭巷口散返館得君秀昨日信晚飯後草草作復

初四日戊午伯雲孫甥行聘竹嚴章之次女本是中表兄妹也余為之賀喜伯雲目疾亦漸愈作復謝鄭盦師信順道通懇傷晚從閶來偕出閒步余歸家促玉茍弟來為松兄診脈換方返抵暮

初五日己未，晨爲君秀事出，去打聽至觀中，雅叙但遇王調伯茶話片時
回至敏德堂，返飯，知成伯曾來，亦爲其父事也。得陳静甫弟述無錫
前令陳瑞生送錄季脩年飯後作吳袁題沿道題名記後跋一
通，小坡錄示送洪洞學出使泰西作《如此江山》一詞
初六日庚申，晨殿丞來，偕至道前街聚星客棧訪陳静甫，晤談片刻
出，至淨返飯，督課傍晚歸家，知仰姪已請假將歸
初七日辛酉，霧，去隨其父掃墓去，余遂出，執至敏德，知今日禮弟歸百日
忌辰，因往一拜，略坐出，至錢谷翁家意欲邀之同出閶門，顧約錢翁有小
恙，臥於內，憩坐，愛余不便談，少時出返家，在家午飯，飯後無所往，姑且心

蘭家坐看其畫扇一柄，借出至少初家閒談，夜又畫伊出所存裁件並佳妙。偕君同出至鳳池園之樓茶話，少初復往鳳生濃家，竟偶遇筆魚知許友君去世上，熾後散。是日觀祀甚盛，余與錢護龍衛驗岑之擠。

初八日壬戌，松鱗雅岑二人行秋季掃墓，清早出齊門，舟次傳而首之永之壁臣三姪、家銘孫、佛郎姪孫至閶行，往光福，辰正舉櫓，申初抵山，先祭貴家河頭兩處墓，泊澗上，又進山祭大畝頭兩處，銅井山嵛及大安里總共六處，天色昏黑回至澗上舟中，辛弟來，設餘人於河干見之，晚飯後早睡。

初九日癸亥，六人皆卧舟中，未曙同起，候墓房、別墅及各船人都起，天大明具衣冠，祭集河亭橋　祖塋，合支共到三十七人，散而返舟，朝點後又集

本房十八人詣司徒廟弄真如鳴飛處祭掃，又散而祭真如鳴、毛妙、涧香
雪海下三處。事畢時纔巳初，欲放歸舟，而西崦風波不可行。稍時舟中午
飯，飯後風未息，再待之。直至薄暮風定，放出，僅泊鎮上宿。是日本擬元
墓登高，已應佳節，亦畏風不果。以張琴一遣人送諾瞿上人。
初十日甲子。天明解維，推窗風靜日朗。舟子先供稀飯，行至木瀆，六人登
岸飽喫湯餅，返舟再前，一路挂縴，午正抵胥門，進城即返，飯適午飯也。
飯後著鶴書一人課。仰蓮姪來坐良久，初八晚自申江抵家也。
十一日乙丑。晨至試院前探聽新充日長元兩縣及今日吳縣提覆文童消
息，知元和案上顧森卿已取列。遇江子山甥聽松茂卿學詮君，知吳縣牌

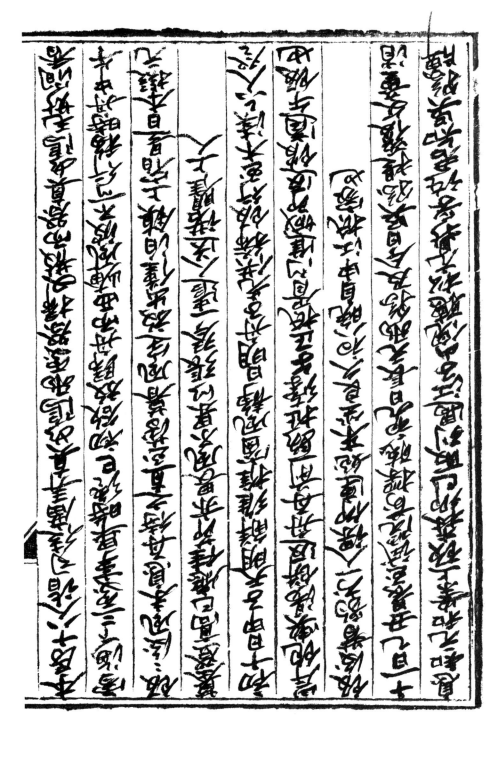

上戒家志會勳轂敬轂三姬皆握談，遂至蓉邨家送賀喬梓，皆他出，
遂返。飯後課濟之弟，以福畜姪書屏對屬書，即磨墨換白塗之，即送。綴
傍晚歸。家蒼日山中面約王茀齡視松兄亮，不至，抵暮返。

十二日丙寅。晨起乘轎，梅東偕至東園喫茶，快談移時，各到館課。賦此
昨餘墨，寫小直幅二。近日方觀陸扶照南郵隨筆，因錄其二則。天
將黑，仰姪來告，晨至敏慎請王茀，因連日有事，約於十四來。

十三日丁卯。耕蔭汪氏祭莊，晨間無從，遂至試院。蒼今日三縣新進覆
試，余因入場中，新生漸集，而點名尚早，徘徊少時，出至敏德小卿元直，乃將
出。晚朝點，遂同至觀前源興樓吃茶，燒賣果腹而散。余至鳳祥春論

茶邨伯遇并邀蓮寺与道賀因談考事移時散返飯飯後仍看一徒
課作魏象樞之三年壽天保六年孫造像跋傷晚心蘭來茶話于東園
十四日戊辰晨起天陰飯後僕告金石師翁於昨晚劉蔡堂遷至清嘉坊口
其飯地先已後聯為之悵然移時因往觀吊松鶴樓吃麵風祥春晚茶
並雅聚遇茶村子山春睢小坪葉亭笑拈調伯及夜莊此叙談甚多
追散而返已是飯時仍看一人半日課作跋偉見信與阿三孫新進案
鈔一通附入函中心蘭來談時天雨借笠而去
十五日己巳夜雨達旦晚餐息而起似有晴意但泥塗不旅不能[illegible]
莊祠一謁叙德及到莊人甚少坐後遇彭輯五加以蔣稚卿孫叙伯季孺弟

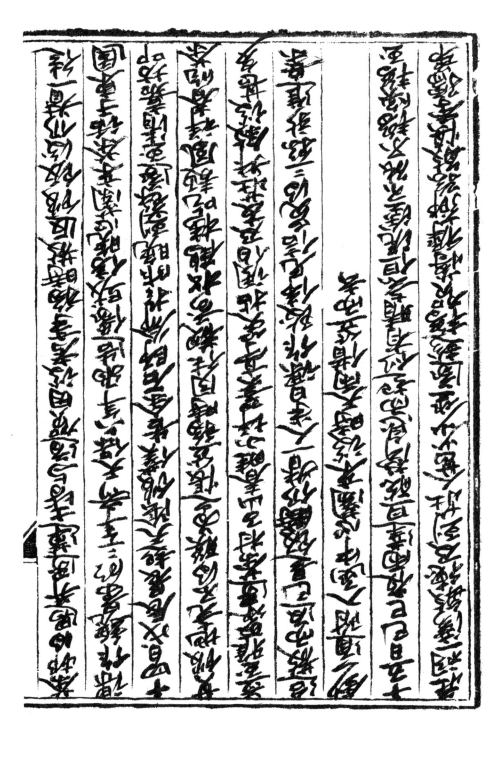

留餘稻齋繼至豪完叙書又賀吳清卿女出嫁書於蘭倉楊宅中各有
鋭擱返館已開飯飯後督課暇錄雅造象跋于雅象之幅下濟弟
來永姪來天色陰晴不定雲氣駘蕩夜見月
十六日庚午晨至晉莪卷弟式卿第婦表與瑞卿弟設同至清嘉坊與君
秀設於陳家問視松兄返館督課酉刻君秀來偕至東園茶敘候調
伯不至復偕往姚寓與嘯翁設根暮辭出覺晷刻之促矣
十七日辛未稠弟來至君秀處代季劍丞挽倪謝畦作聯語撰成即
送去補作四度留園探桂成五律四首傍晚出為藻卿自滬來昨
曾過我不值今往答之亦不值回至梅庵偕出至心蘭家亦不值

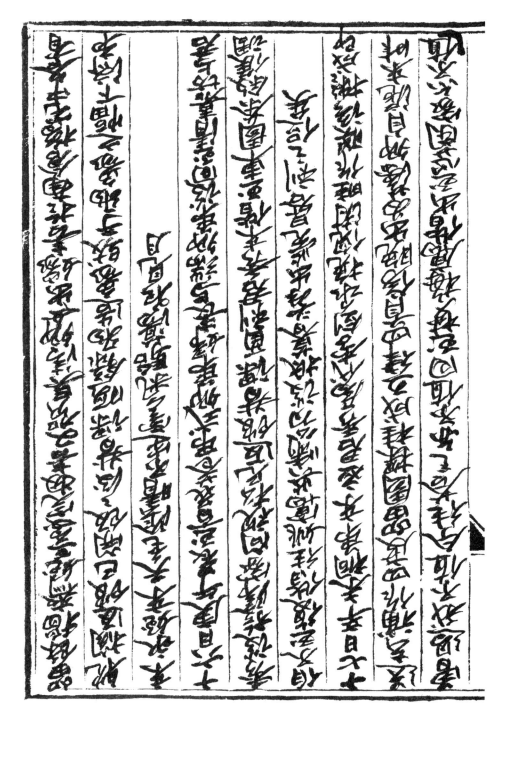

十八日壬申　昨夢樵以紈扇屬書為摹號盤銘一通　因剌穿錫等
到東林課卷　宋星陳嵩佺下車第一課乃補八月分　婿灊適接鄭
弟來信　本月初五聘于雅邀作媒仟錢兩　心蘭來同出邀夢樵至
三多橋如意樓三人茶敘　燈後乃散　心蘭以小花佛如豆者一軀又建平
元年造象拓本一幅贈余　皆希有之物也
十九日癸酉　晨披東林課卷　包生題昔在鄉邑愛人士先施識
得先宮疊題同弦歌二聲　露精葉紅於二月花得紅字　先閱生
卷竟　日燈下以目疾輟不閱
二十日甲戌　夜有雨　晨起閱夜闌　黃鸝坊橋南首失慎　酒澄路

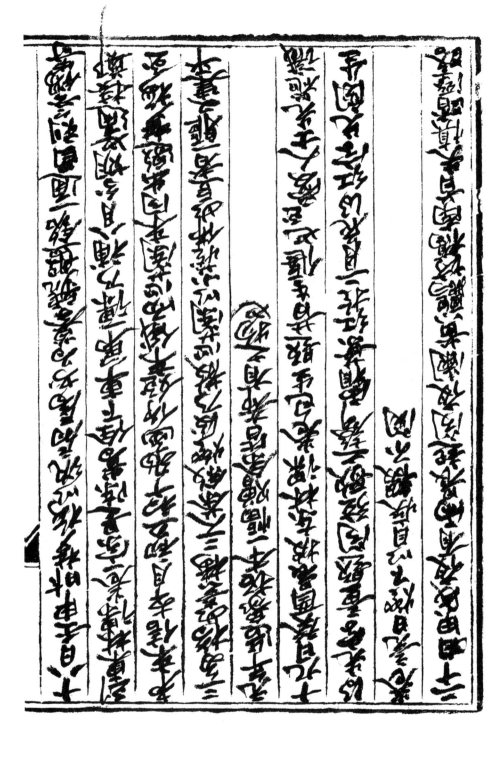

歸家由楂門楊美繞道望見煙已衝起不知其何處失火而打鑼竟有十餘鋪户少時返飯畧書他出亦不入塾惟課事惟獨坐閱卷傍晚君秀來談頃同出至茶鄉家酌少時同出君秀欲過譜琴弟特至教家卷返門不得入適遇仲珍姪出攜後同飯至於此乃至鳳祥春之同茶叙抵暮散

廿一日乙亥督課之次仍閱卷生卷一百五十本畢欲稿乃加圈點評語傍晚芙亭來

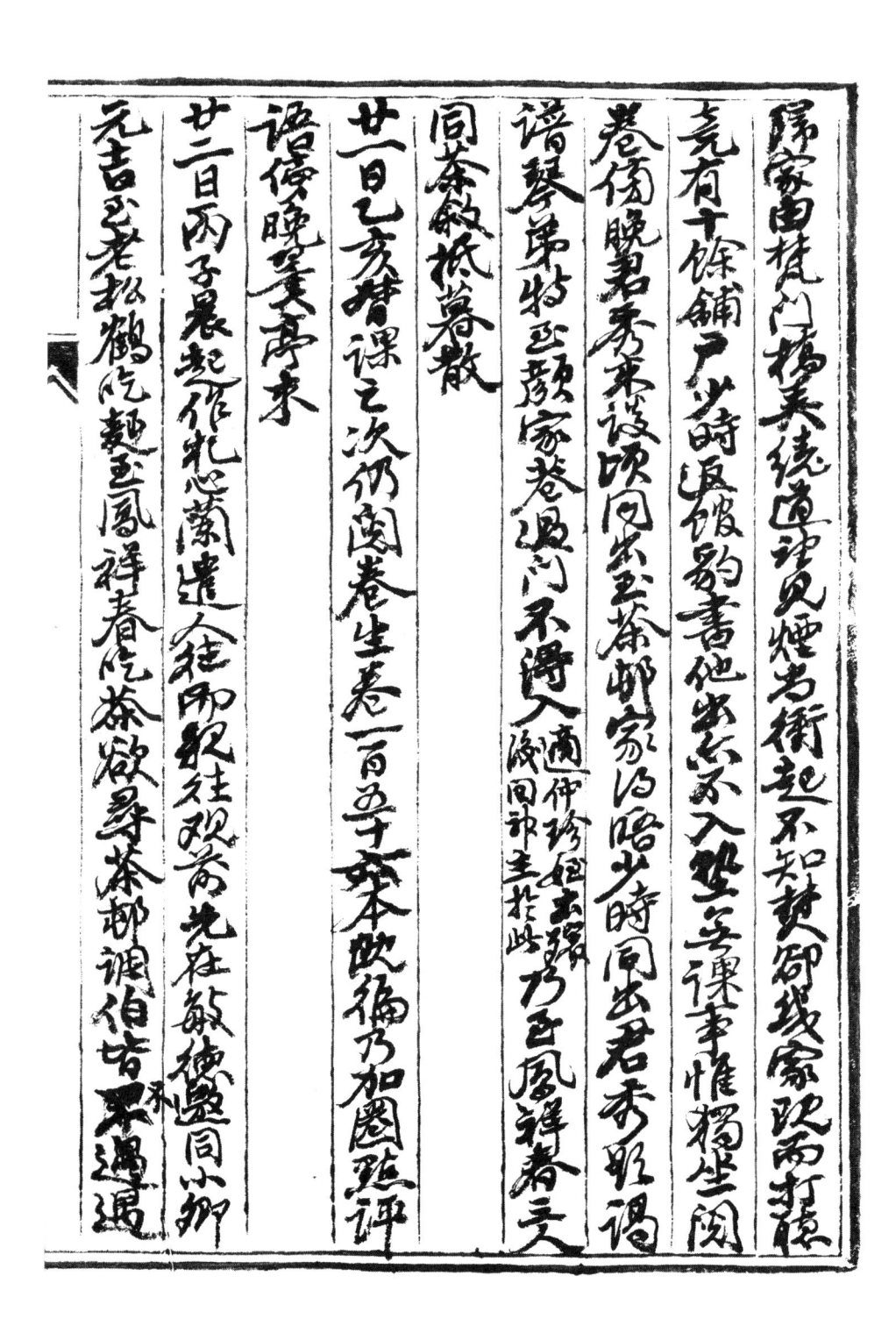

廿二日丙子晨起作札心蘭遣人往卯叔往觀前先在敏德遊同小鄉元吉至老松鶴吃麵至鳳祥春吃茶欲尋茶鄉訊伯皆不遇遇

君秀翼亭笑拈請人坐稍時余先起徑至茶鄉家又不值作札留下
而返洗之堅曾來不值亦留札屬書一聯一額額係君公時歸雲洞前
之亭額曰 御墨亭 因供奉 世祖章皇帝宸翰鐫石后已逾倣
後即為書之是晚出卷排次一律告竣
廿三日丁丑辰時立冬晨起即閱畫卷午間承姪來濟弟來餘惟伏案
閱卷總以燈下
廿四日戊寅晨風峭雲陰心蘭來同至東園茶話返而督課仍閱卷
午後避年姪札來有乞書件江陰徐子雲信來又寄到勁節樓書
十部傍晚陳韻甫來談是日微雨濛濛晚有西北風大起

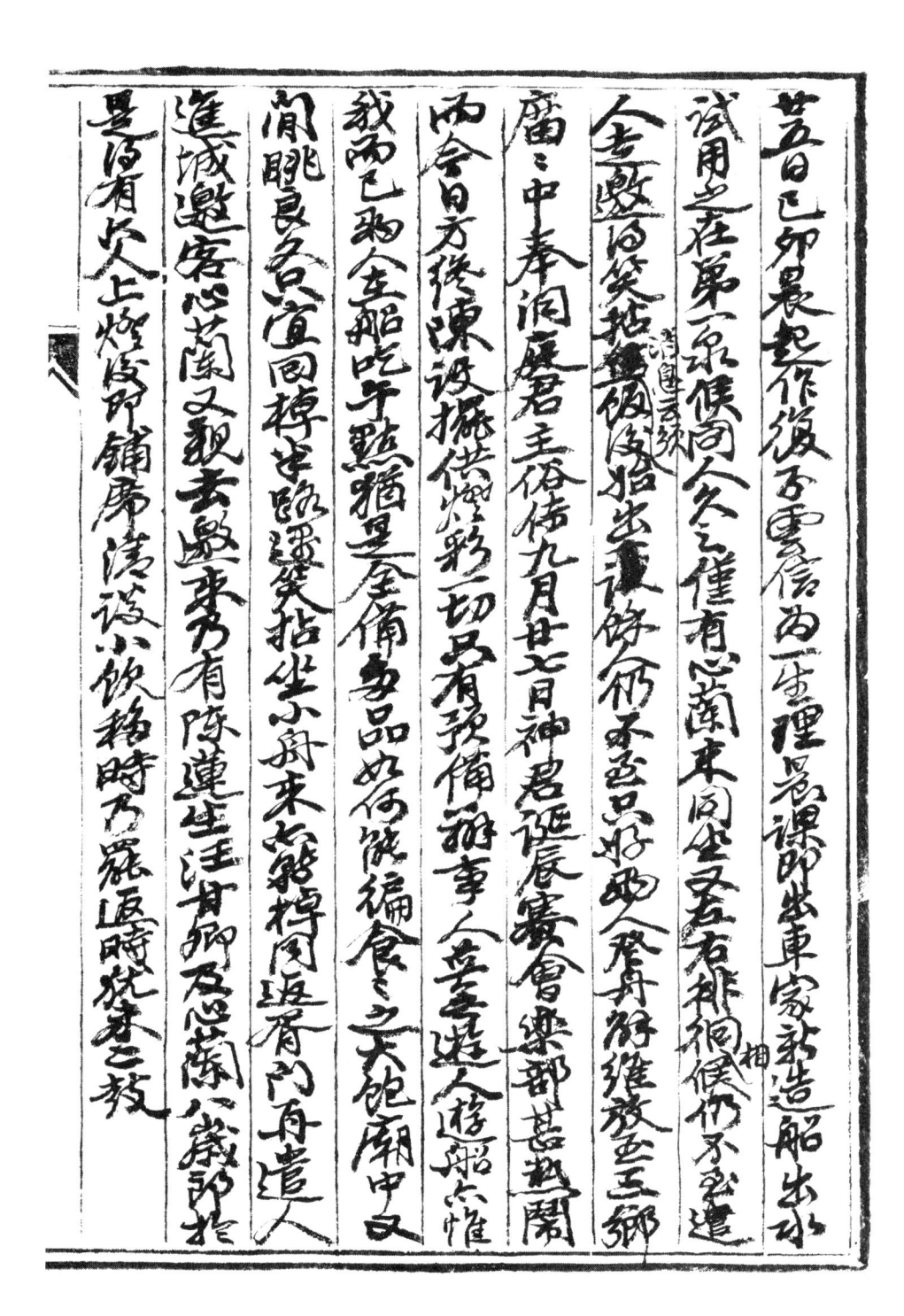

廿五日己卯，晨起，作復子雲信，爲一生理畢課，即出東寓，新造船出水試用之，在第一泉候同人，久之，僅有心蘭來同坐，又左右徘徊（相）候，仍不見遣人去邀，伯笑拈（消閒子然）飯後始出來談，餘仍不至，只好與人登舟解維，放至王鄉廟。廟中奉洞庭君主，俗傳九月廿七日神君誕辰，賽會，樂部甚熱鬧，所今日方從陳設擺供，燃燈彩，一切只有預備辦事人，並無遊人，游船亦惟我所已。所一人在船吃午點，猶是全備多品，如何能徧食之，又飽。廟中又閒眺良久，只宜回棹，半路遇笑拈坐小舟來，亦能棹同返，有門有遣人進城邀客，心蘭又親去邀來，乃有陳蓮生、汪甘卿及心蘭、八歲郎，於是何有六人，上燈後，即鋪席清談小飲，移時乃罷，返時猶未二鼓。

廿六日庚辰，汪伯雲孫甥鶴書授室于我家竹巖吉第，次女本是重重舊
姻，又係中表姊弟也，蓋自紫仙姑夫以下四世娶于我家矣。余晨具衣冠為
賀喜，旋乘轎至坤宅在水澂橋，蓋借乾宅本家靜和堂之屋。譜琴
亦為公相為賀喜，少坐至朱家園拜姚衡齋五十壽，與嘯翁公祖談頃
返。飯與之。既至申刻，發轎，酉刻合巹，恰在上燈時，進至三鼓乃參祖
見禮，待新人更衣，公執鬧，余早晚接，女喜酒兩次。
廿七日辛巳，晨出至觀東風祥春，彩茶都不值。登樓則小坪、杏浦、笑
拈皆隨，俄而夏廣亭調伯皆來，始將應次遊玩及送公禮之服分一一交
昭，交挂之，又聞渡岸，晌返，飯再具衣冠與進賀，見禮，飯後復出至徐窯

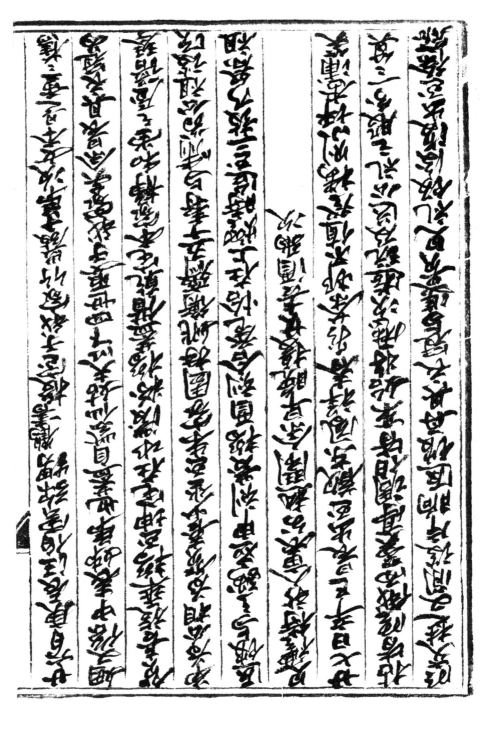

翁家取永書扇，即歸。獨自問即獨坐斗室閱卷。

廿八日壬午　童卷二百二十七本閱竟，逐加圈點評語，傍晚告竣。晨心蘭來，知昨晨六省來。晚出至錢翁家，不值。既自西而東，又自東而西，歸家問視，貂兄略談，少坐。天已暮矣，返館。

廿九日癸未　劉玉入塾，經從安來，有事相商。儀鳳吃茶細談，調伯來閒敘，少時散。作復陳高仁書，寄繳課卷也。又作陸艾幕中江聽珊一書。飯後遣人併卷包送航寄去。又作致偉九一函。春竹居新記人來，已刻成小瀛蔭湄二字，余為車二新船上所題，即遣人送去。課暇，蘇翁題閣道題名畧彥長書後，之花一幅于幅尾。

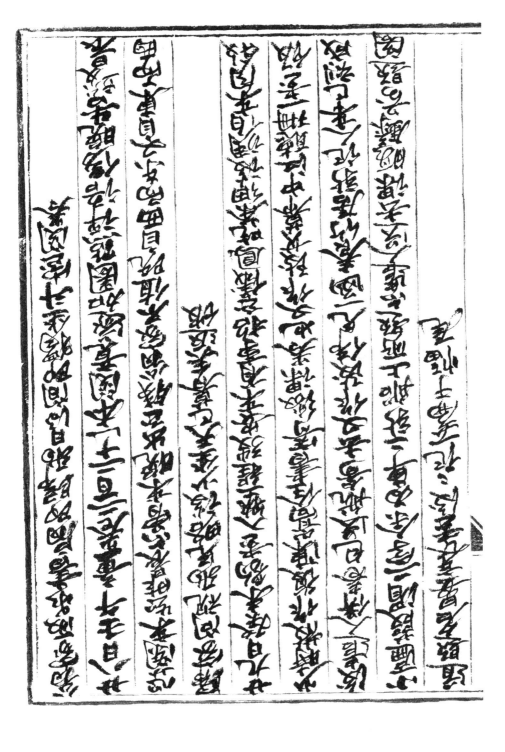

十月初一日甲申 蚤出至敏德交托寄黔信 得黔寄來八月廿日信 致
余與譜琴小卿弼弟三人同覽 律兄因病體未痊 又具摺奏請開
缺 並抄奏稿付示 余即袖至莊祠 將付譜弟閱 先至鳳祥春 因茶邨
有約也 既晤 談女郎森卿入泮 完姻事 移時方到莊 則譜琴已到 過
矣 少停與王菊莆同行 余至錢翁家 皆出 約于玉壺仙 余遂至史家
巷程筠泉寓 不值 遂赴錢翁約 茶話移時 返家午飯 飯後出至西
成橋東雷甘谷家 閒談少時 又至孫溥泉處 他出 尋于鳳雲臺 邀之
並邀姚衡翁 既而濂筠亦來 同坐茶話良久 抵暮散 燈下又作復
律兄短札 擬行及改譜弟一牋 將於明晨送與

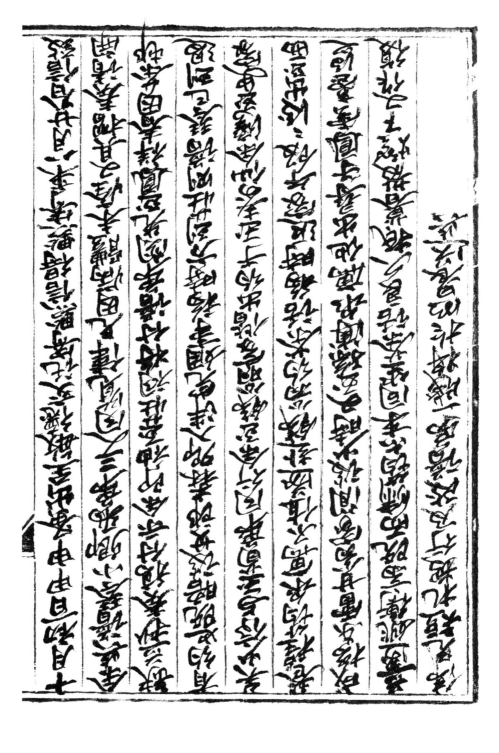

初二日乙酉晌午花侯來言女病愈矣後移時去作楞伽山民畫幅題跋並代孫杏生屬即為寫手幅上心蘭來後次適錢彥之移來碑帖數種同觀之移時棄園茶話侯廣夫不至余先行因約玉荀盼松足脈傳家則玉荀已來忽遽不及陪飲曛黃方亟返館

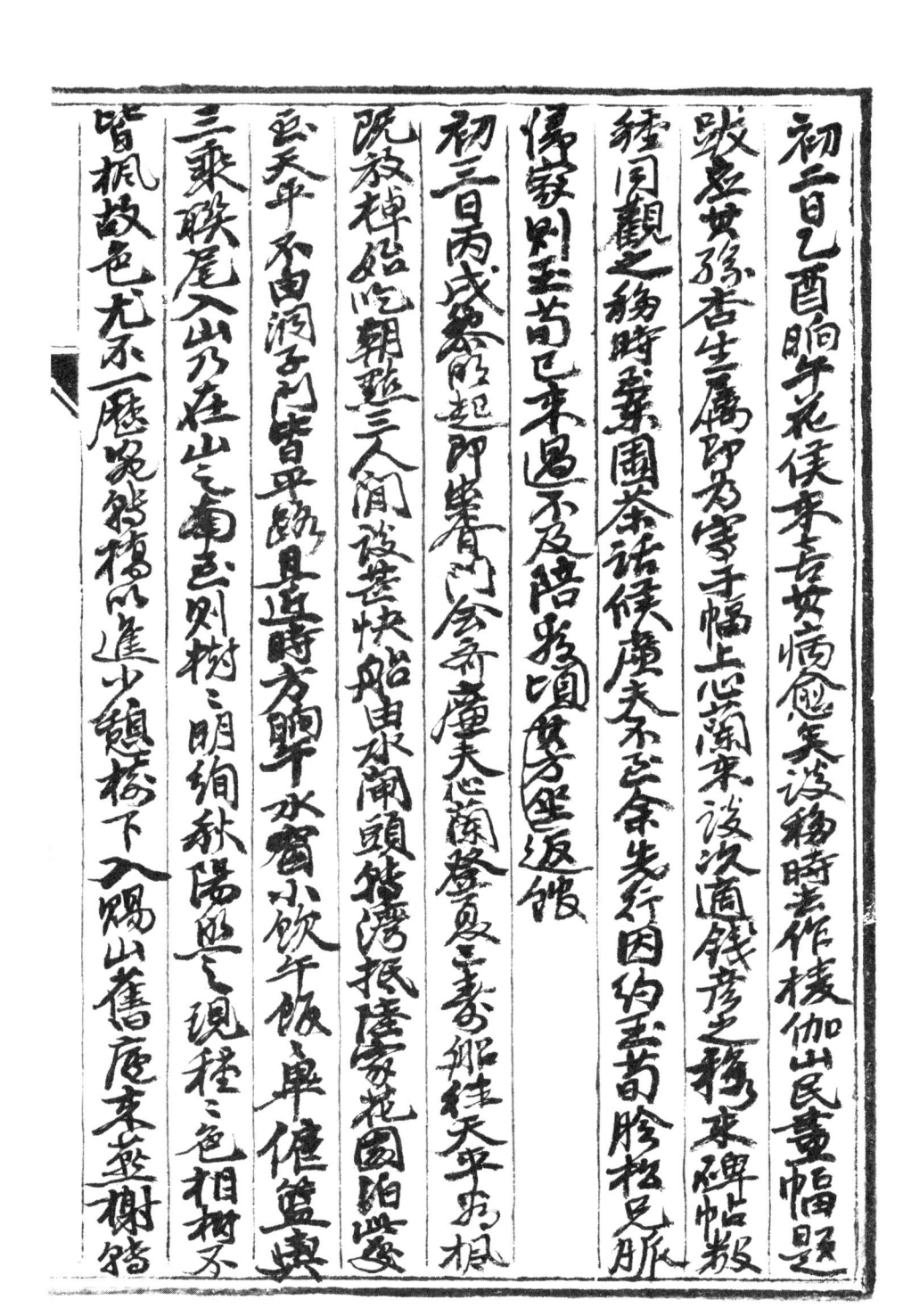

初三日丙戌黎明起即肩輿閶門會齊廣夫心蘭登夏恩三壽船往天平為楓既放棹船呪朝暾三人閒談甚快船由水閘頭彎繞陸家花園泊岸至天平不由洞子門皆平路且近時方晌午水窗小飲午飯畢俾笋輿三乘聯尾入山乃在山之南也則樹樹明絢秋陽照之現種種色相樹不皆楓故色尤不一歷覽殆遍徐徐進少憩樹下入碣山舊庵來燕樹稽

出登高義園，僧為供茶，問其名曰善慶。坐對庭前秋色猶濃，少時啟旁門拾級而上，至白雲精舍，瀹白雲泉茗話于見山閣，倚視紅葉都歸一覽。多坐片時，仍陟三折阪而下，至輕至無隱庵，推門入，老僧來迎，乃舜三也。彼此相識多年不見，問其年，曰六十七，垂垂老矣。稼堂茶話歇息，乃登四面青山一州堂，又登其旱船，又繞廊至飛雲閣下。舜三隨步閒談，因與稼堂復少坐，遂出，與從東南行，不復過花塢，返舟給錢訖，即將維。夕陽狀好，行有二十餘里之程，至胥門天暝，仍泊馬頭。舟中吃夜飯，議將游事作圖賦詩，設益暢。登岸進城，往來遠橋分路返館。是日舟中為王曉林畫小蘭舟包山泉觀潮圖冊。

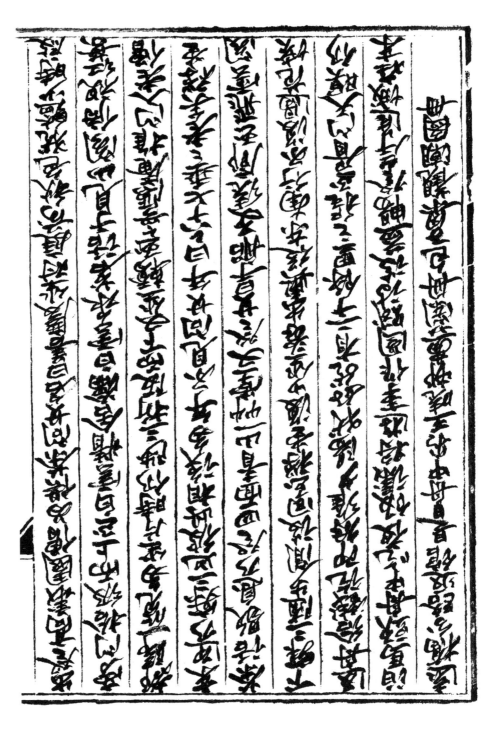

初四日丁亥　校刻朱文譜紅樣本一。至靜心庵爲石濟之夫人開弔一拜，鏡臣之母也。返，而伯雲亦入塾，飯後竹岩、濟之、桐生兄弟皆來。

初五日戊子　晨出，至敏德、略生、賈錢翁家不值。余以印泥分贈之，留下。遂至敏慎見彝生之，與萸弟、道見、贊卿談良久，又留余午飯。因柳波到，飯本有昌備飯，蓋也。余又與辛甫至水出之仙飯館設務時局，返，至敏慎堂東間共飯五人：洪師及贊卿、陸叔、惠季、孫萸弟也。飯罷，又略坐，出同敬渡至敬德見黃揚歸來，家人詢以佛兒近狀。返飯，二生皆不入塾，喚替客人雜墜道，心蘭來，談頃之，皆出至日本源藍水席，以便西席，畫不值，留下，返路遇濤泉，同在風雲茶敘，抵暮散。

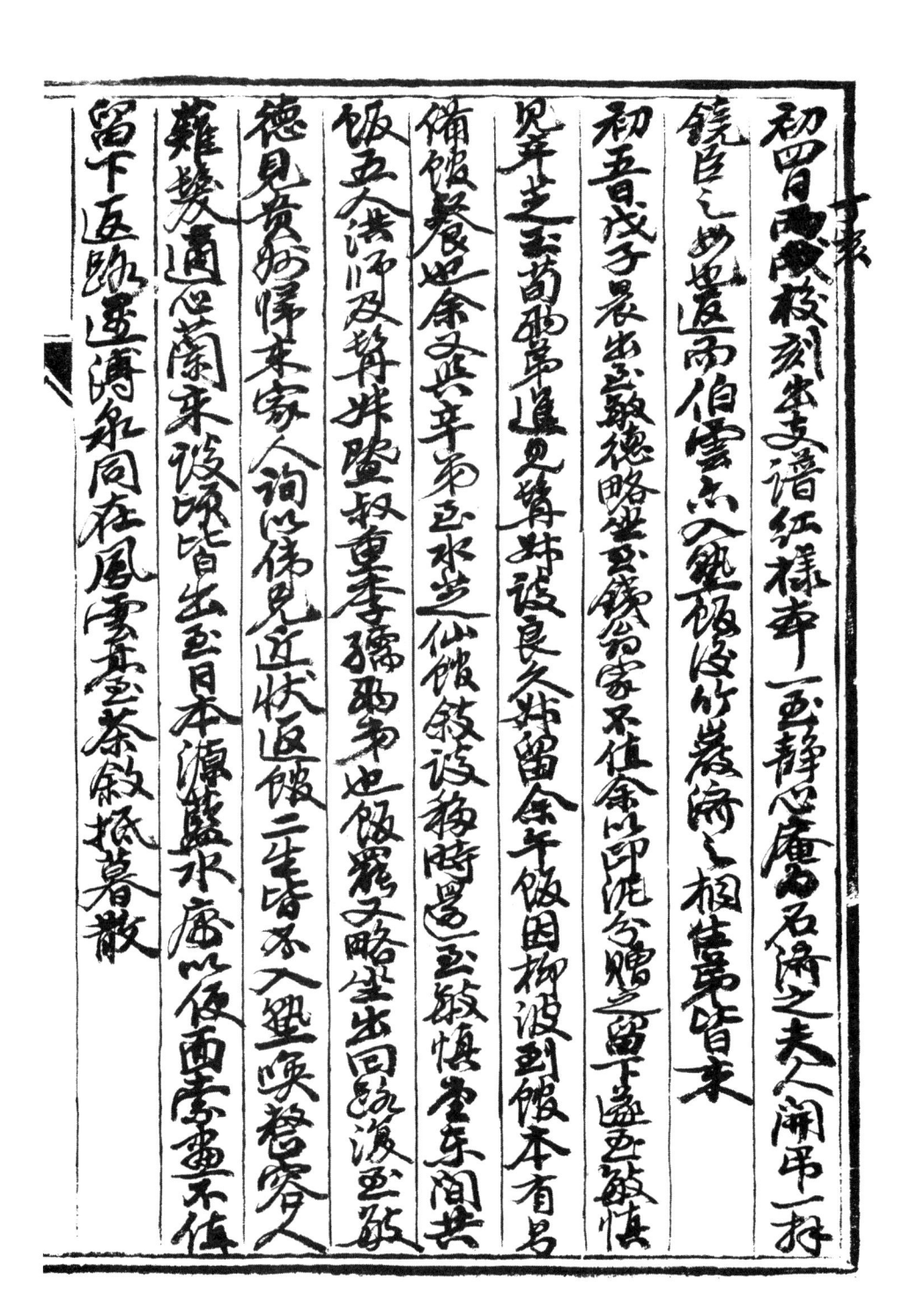

晨錢公翁來就茶敘，子
儀風甘弟與山東會
二人同出胥門去送飯

初六日己丑　一生出門謝客，一生後入塾。質甫來，設次借西東園喫
茶，移時返飯，皆課。昨由濟弟送來鄭弟家信兩封，並以玉泉四
弁自鏡南詩文集貽我，新近刊出。即今作復鄭弟信，並以三松水
雲箇請送滬弟處。飯後乃筆墨債，傍晚調伯來。
初七日庚寅　一生仍出謝客，祇課一生。了筆墨債，晚後凡四件，作建平元
年造象跋尾，傍晚甫成。艸心蘭來，嘯翁與調伯朱方伯設清士飲
歸自貴，爲來見一一，與設清士貽我普洱茶一餅去。心蘭去，乃嘯
翁招三人偕至我家對門飯樓夜飲，同坐為王桂生、彭松亭、張硯銘、
馬芝柏，陪調伯與余及主人嘯翁也。設謹間擲戲良久方散，余與嘯

翁硯銘同行，以次分路返。飯就睡，時已亥正。
初八日辛卯。覆檢去本冊，改昨作跋語，錄出一通，又另跋，擬請倚晚調
伯來閒話，移時同出，閒步分路東西，余歸家，見松筱兩兒話。
初九日壬辰。昨得君秀烏鎮來信，屬作教授去。桐弟來，即去。前月梦薇來
信乞為其母壽，有徵詩啟一通，今仿其親因就其詞以行之，遂得七古長篇
茲日閑，今乃已成，詩且擬寄，況分余已約錢翁三人合送也。
初十日癸巳。書建平造象兩跋於幅上，共有八百字，近來眼力模糊，
寫不能速，幾及一日。傍晚蓮塘來，談片時，心蘭來，蓮塘去，與心蘭同
出，在鳳池樓上吃茶，候友不至，返。及上燈，夜飯後，與小坡閒話，觀其

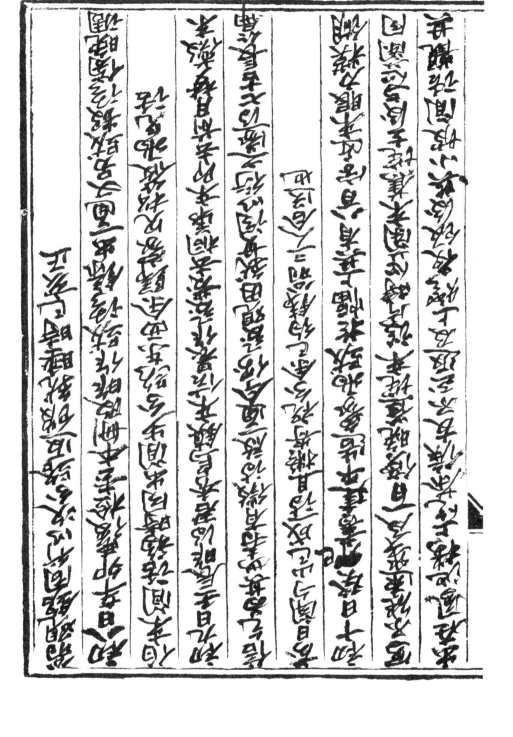

新詞又見女郎詞六闋自署熊湘青衣張婚現在易方伯署中充女

記室昔年已佐幕有名年今三十餘矣

十一日甲午致進士汝郎于氏祖鑑入學開賀送儀物去順帶茶郵一札送遞

森卿試作又作札蕉坨復話談自鏡高集備晚飯其餚極低不值遍函

貝鷹并見花侯大氅落暮略談即出途遇寂翁立談

十二日乙未鶴書去入塾督兩生課修改麥梦薇以一詩錄稿正長錢

翁頌復作札又作致程筠泉江建霞賀年紙二札遣人去取貝皆在

東路也得大阜并英弟信寄我杜傲徽式布鞋一雙

十三日丙申樹坡弟六十生辰碩庭獨在家為之慶壽晨出先灣敏

德丞見又至觀中鄰家見集亭笑拈謂伯設頃乃至敏慎先在賬房少坐候錫之輪子上第到衣冠乃至第中邀祝旋換便衣與至前中在水芝仙館設譜琴第亦來有心存姪新第到午橋第換衣視貲對八旬壽屏六幅讀其文譜第又出示洗蕉老人所作落葉四首和其韻者已有今蔭甫易石山諸作一一讀其詩午席設須靜齋席凡四并宅中人咸在矣錫時散余至錢翁家讀其近作約為茶敘余先至顧子巷安徽會館見心存姪設頃至觀東風祥春樓頭錢翁先在閒話錫晉及余至畫天寓推門恰遇錢翁扶杖而出三人同至觀西賽金閣茶話心蘭有約而來余隨錢翁先行分路返月已上矣

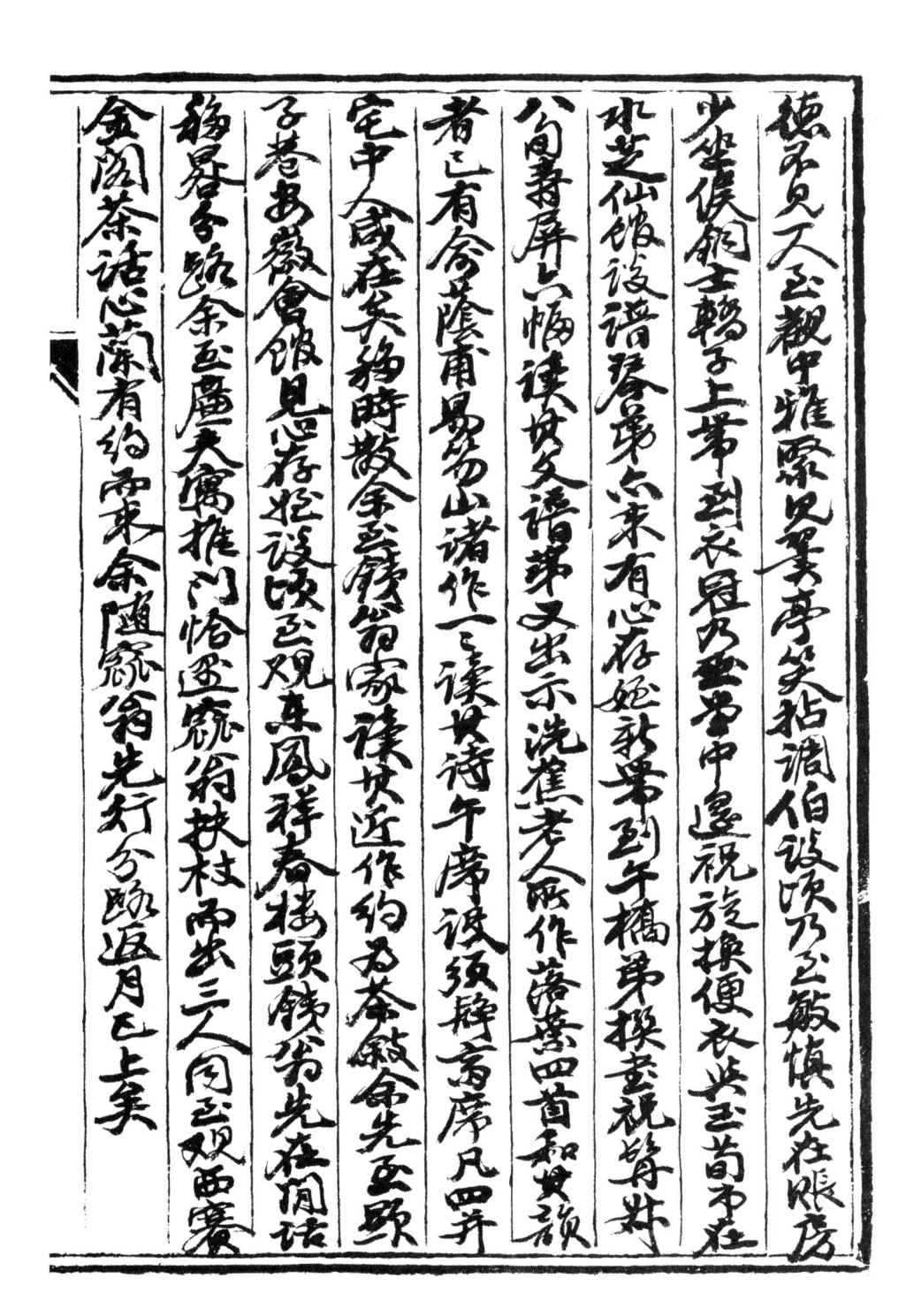

十四日丁酉晴。課之餘作復弁英弟信，作致偉見信，校支譜樣本。
傍晚尋心蘭於其家，留字其物而返。燈下作致君秀信。
十五日戊戌早出至敷德又不見，又留寄題信而出至盧庚唐叩門入留手題
扇面而行至觀東茶室，別茶村來至吃粥，與淪茗俟之，與春畦先後來，
略談先起至莊祠繳校過支譜及復弁英信，其許人間談片刻，候子荀
弟不至，遇於途，又與會方至史家巷程均泉處，取紙去之扇面亦
略談出至觀中雅聚尋潤伯不在，其笑拈小坪與谷孫飲，同略坐返，路過
徽古齋又略停，到館時及飯時，祇課畢去至晚復出至西首陳蔚甫
處不值，至吳署西溥泉處又不值，尋於鳳臺台見之，抵暮返。

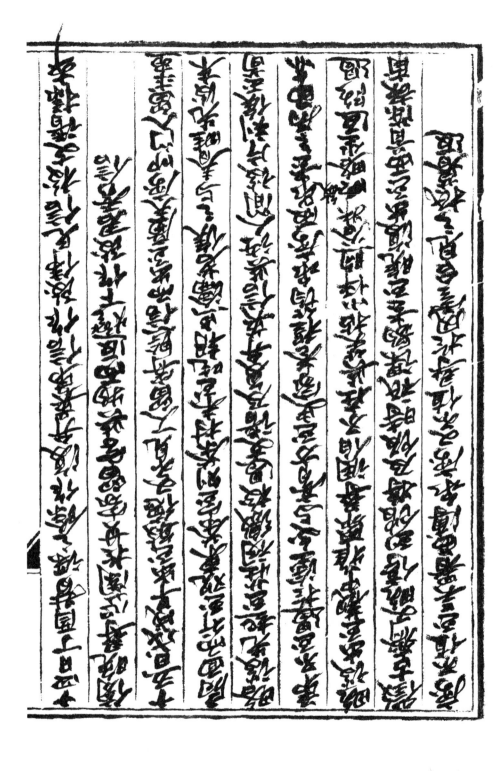

黃梅

十六日己亥　昨日多風，夜月甚皎，天氣初寒。晨歸家，問松兄備發青
谿葬事。匠飯，即遣人向玉弟取舊骨方，頗有增味，即爲預備，延合課
版校支譜樣本。晚溥泉來，同至姚廣南補翁設，至抵暮分路返。
十七日庚子　以除日又宜療病，抱梁鋪人來，並賫谿作函、江德珊信，字
刻政庭致謝壽，以校遂支譜付與弟歸。飯後至隆慶禪院，吊彝小
珊表弟之喪，出滄浪館中茶設，少時，逐傍晚，以蘭來送之，看
花偶偕人來，詢之爲宋錫生修庭視妄之子，即拉余同至鳳雲處喫茶。
姚衡甫、孫溥泉、米子蕃同坐，談至薄暮散。得鄉弟初二日信。
十八日辛丑　晨至敷德，問近事，即偕小卿、元吉至觀前樹館中吃羊麵。

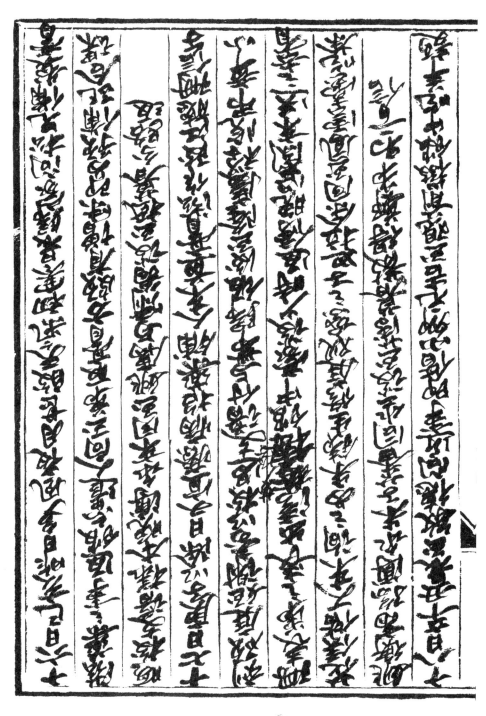

返由東頭觀音由巷新建之屋主匠某爲返飯對課以四聲辨本衣三
孫借[?]盆盎抄先芳馨滿座晚仍校支譜得君秀爲鎮來信即送
譜第閱竟燈下爲晴翁屬代擬惠山張横渠先生祠出楹聯
十九日壬寅課晤校支譜九派世系考俱竣又續增義田記一册傷
晚飽車屏借一常熟宗姓者來出見之乃月鋤也爲書局中舊相識
今隔别幾二十年矣談未暢又至東園茶話々當時舊友落々如晨
星上燈乃散是日錫著寄到此月東林課卷四百六十本
二十日癸卯晨作復鄭弟信封訖即閱東林課卷包生題君子哉若
人三句童題苟有用我者詩題三冬文史足用生童同按閱至傍晚花

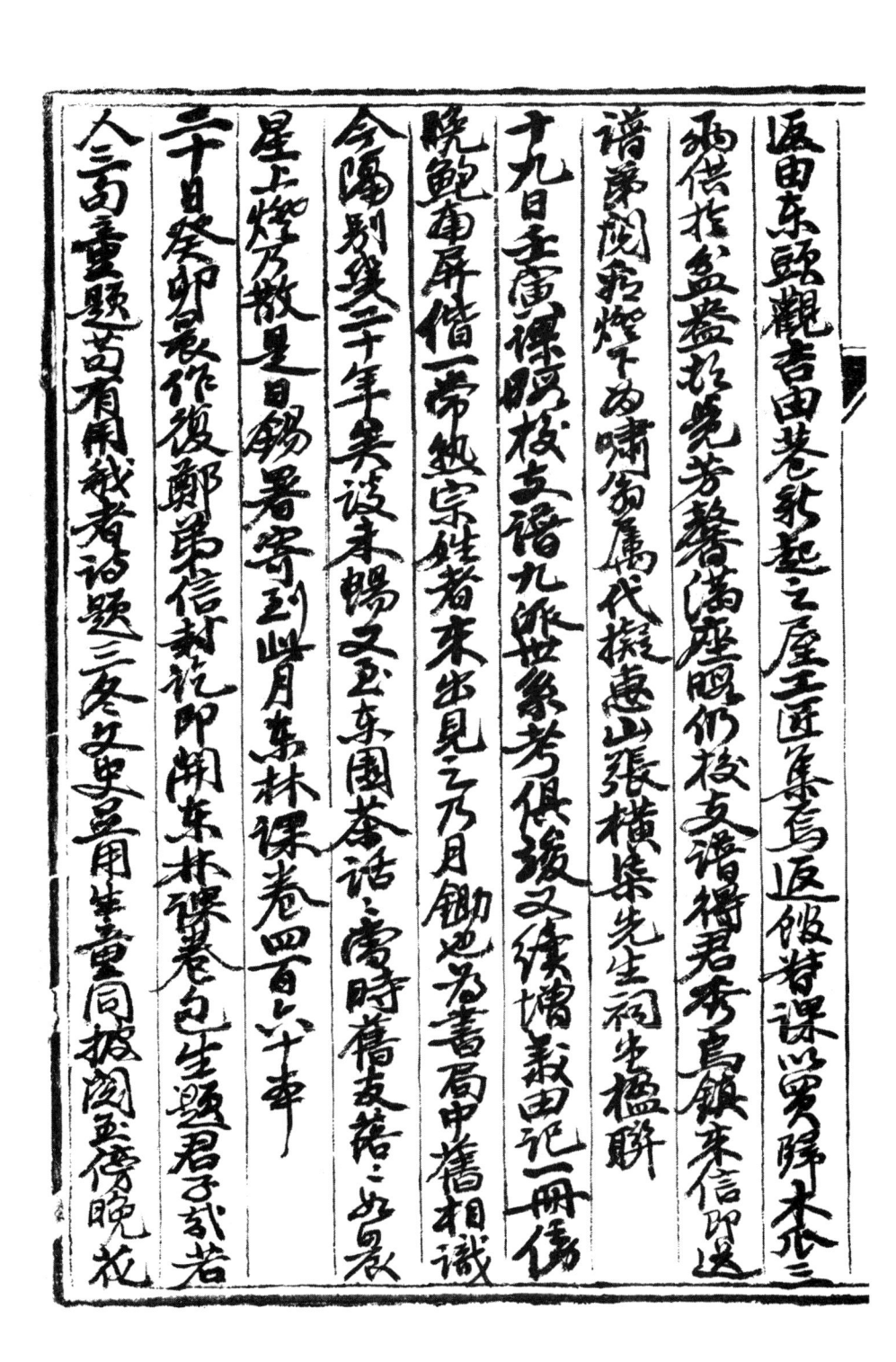

偕東坡頌周出訪日本源蔭桑不值遂至護龍街吃點心至宮巷吃
茶閒步至暮返
廿日甲辰晨起即閱卷竟日不輟惟傍晚一至莊濱店即返得
常熟姚笠生書内附劉訥詩札臨睡又通丞送來鄭弟信兩封
廿一日乙巳晨作復鄭弟信送通丞處先至敏德少坐乃至懷德拜□
姒弟五十冥誕二姪女自黟歸於十九日始到家余見之凄然見日影向午
自東而西歸家因亡婦忌日作饗一局與松兄筱兄設飯後至西對門
尤氏館中見楊薪園為其郎入泮一揖賀喜許久不見因與長談稍
時返館途遇永姪告余明日欲往西山墓上余有事屬之立談片晷既

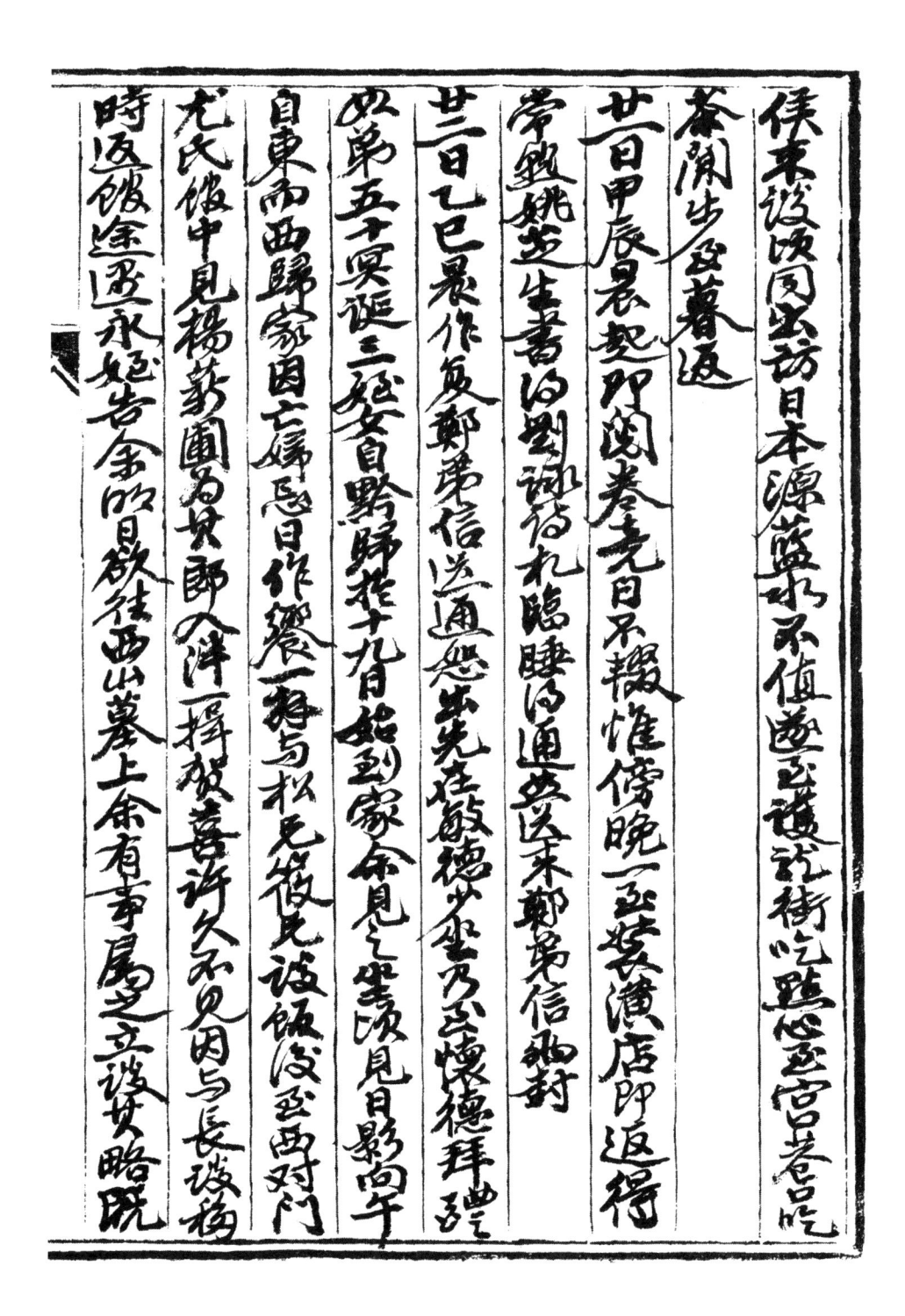

正飯方再披閱課卷

廿三日丙午鶴巢文不入塾，只課點書。得臨將生卷一律閱竣，稍第請伯光，後來以姚某某扇，撰對句，託調伯書之。

廿四日丁未，將生卷超特等五十本，上加圈點評語；壹等六十本，上各加評語。節候冬至，而天時晴暖日久，郡邑當始祈雪矣。

廿五日戊申，披閱東林童卷竟日。伏案傷晚，一正源藍本處得晤觀其畫，談少時返，始知其名曰緒，年二十有七。

廿六日己酉，閱卷竟日。傍晚，發風，始寒。

廿七日庚戌，晨札致梦梅，未復。飯後梦梅來，正談時，心存姪來，話敘中事良久出後偕夢梅出訪源藍水濤昭招之并与湯伯龢同出至觀東茶館館精美又至石琴樓看茶敘至暮遇姚丹卿屈友松晨候出人同散歸得殿丞杭州信是日童卷閱數少

廿八日辛亥昨殿信中有段硯銘一函今晨送去已作出邀返始將童卷閱竣上午程瑞庭來下午汪建霞來皆長談建霞為余為便面付來並以吉金拓本二册屬余題記

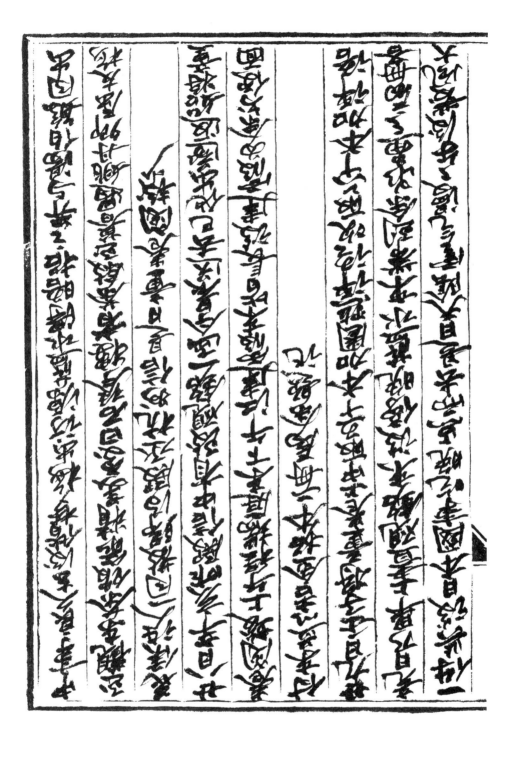

廿九日壬子將童卷上中取五十本加圈點評語次取六十本加評語竟日乃畢上書硯銘來談傍晚藍水來帶到余所畫之扇冊屬一併與設日本國事訖晚点而去是日天陰雲氣漫漫午後發風大

狂澀雨一陣御似霰雪之機望更切矣燈下作致君秀信

三十日癸丑仍晴晨作致高俭書以備考卷包去又作致伟兄信为

仲存上函西濟之弟属寫同懷試藝答條留學最閒心蘭邀至東園

吃茶並曹頌容同叙移時二公皆來余飯後至乃散傍晚夢梅偕池邦

敏來邀至觀西源興樓吃羊黄昏後叔敏同行至巷口乃散

十一月初一日甲寅早起天頗寒簡始冰地凍乘轎詣祠邑館由敏德

一湾至莊先來而已去者十餘人矣留者共談少時出至封門祖孫会

狀弟用彭訥生之喪弄弟譜弟濟弟俱見談少時出一徑按西至盤

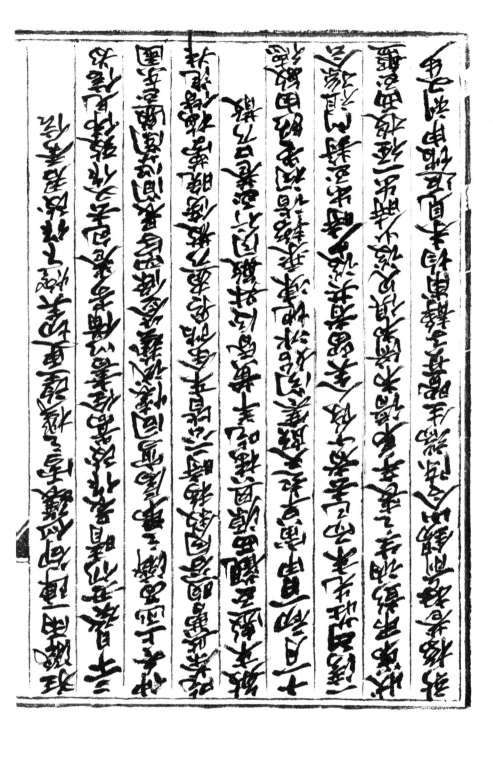

新橋巷拜前錫山令陳端生階貴子靜甫均未見返館申刻又步

行出至醋庫巷茶村新居，益還于舊居之東，對門屋宇寬敞矣。但見森卿向伊借閱登瀛袖之行，自東南直至西北，家中與松兄筱兄讀其派譜，桂月貼册々，返館暮矣。

初二日己卯，晨歸園，來已刻，茶村來談至晌午，飯後，卷以居錢老大探來銅爐一，形如方版，上有鈕可懸之，一面中鑄佛象，左右兩護法神象，其傍鐫龍環繞，其中一珠當佛座下，一面鑄佛名，兩行其字陰文，餘皆陽文疊起，不知其何用，銅色審視約二百年物，惜已稍有殘缺，而索價三十金，余撿其諸拓本取孔子見老子象一紙，永建二年造象一紙，隋造象一紙，凡三種還之，錢筠來坐談，共觀之，少時與錢筠至東園茶敘，遂了御一日，夫課。晚披閱建霞付觀之瘞鶴銘拓本兩冊。

初三日丙辰，晨至府子街賀繆春畦表姊壽。憩先至觀前茶室約吳茶邨、蔣敦復、繆雯略坐，即行往吳均甫、敬德少敘，見子宜姪。返飯。已晌午，督兩生課。衣侯來，馮補之來，說年弟來，各談，移時而去。暮矣。

初四日丁巳，建霞攜來吉金拓本二冊，屬隨便綴题，晨間為跋數處。理朝課。後出，至竇積奇擇吳南妹丈八十冥誕，並須望西行子君秀家，向之烏鎮為赤歸之家，視松見七十二歲壽，爲亡婦生辰作饗，筱元妹有周紫垣來共談，飯後返，飯後又為跋建霞兩冊，上此蘭來，敘談，暢又至東園茶話。抵暮。承伯以一刀一敲兩拓本贈余，亦吉金也。得鄭甫廿三日信

初五日戊午 辛芝弟約至松翁義莊爲彙理支譜版事，晨飯出而楊梅
來路後阻，出，余先過敏德少憩，裕偉兄前月初四日點黃來信，因手戰
只作公函交託弟兒閲，余遂與弟至莊，適與霞客、少霞同到，與辛弟編
閲新舊譜稿，並招陶廾甫及人來將舊版理出，仍舊者與須修改者
逐卷分開，飯時艮庭亦來，而先去，餘人除晚散，余灣陳廉夫處，乃返館。
昨余留至甘翁家，今錢翁來莊中尋余，皆爲永善堂之行也。
初六日己未 黎明聞窗外枇杷葉上雨聲淋漓，起而止，天陰，踏濕至莊中，
辛弟已到，少時少霞到，稍時霞客到，仍理昨事。是日洪柳波到莊中，飯，有品
三弟卿春姪承揆姪孫諸塾課文，天仍陰霽，不雨，抵晚乃散，如昨，逐路

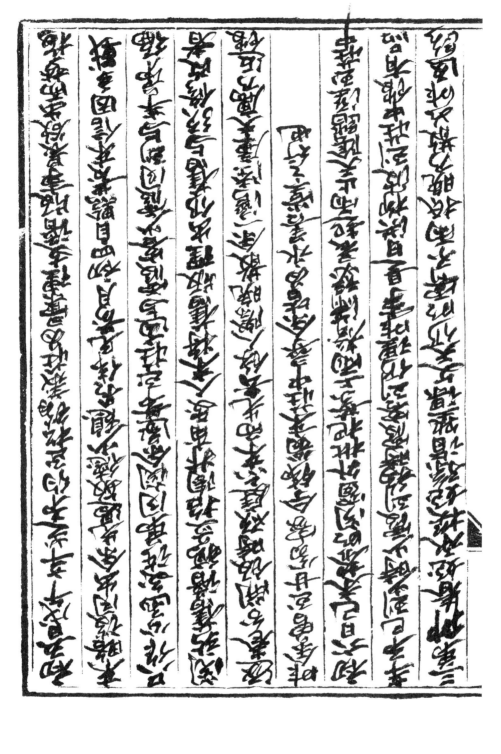

至渭圖巷吳庭家不值
初七日庚申晴是日交冬至是日俗謂冬至夜爲塾師者多散塾而余以曠
課日多仍坐定天色陰ミ氣候轉暖又似釀雪也傍晚館僮(?)灣君
秀家爲來歸里余遂歸家入夜祀　先遇節糕飯後仍回館
初八日辛酉夜半雨聲大作夜闌寐(?)晨起已復晴霽乘轎至莊
祠拜於　祖先神位前坐少時至花橋巷本家及秦氏叔(?)賀冬節也
至百花巷本家及程氏皆賀冬節也歸家拜　祖先於家廟暨各房
賀冬禧始見首(?)之姪所納妾張氏在家午飯後至君秀家昨夜到家今又
他出尋於范莊前張林兩處均不值至觀東茶樓邀友梅及子宜(?)秋(?)

秋同坐池座熟人西少良久君秀尋來飲茶坐于樓下與莊干同坐
陸芝翁來設先去散出觀前街猶鬧公路返
初九日壬戌陸九芝封翁根傳承善堂今日莫別余喚小舟邀同雷甘
翁元錫翁充農安孝彥若雷農安孫子彥會于同行晌午至長善
浜渔莊同堂中居宇新客來甚夥午間共坐十餘席散客陸續皆
散余等三人鴨棹進城春伯留樓岸余至君秀家閒話片時發程
閶銅士補請吃冬至夜飯
初十日癸亥晨至心蘭家相見知其屬至余處所皆不值觀案頭曹墨
琴歸佩珊諸女史書畫便面六皆精品過又取以大玉押一漢官印三印

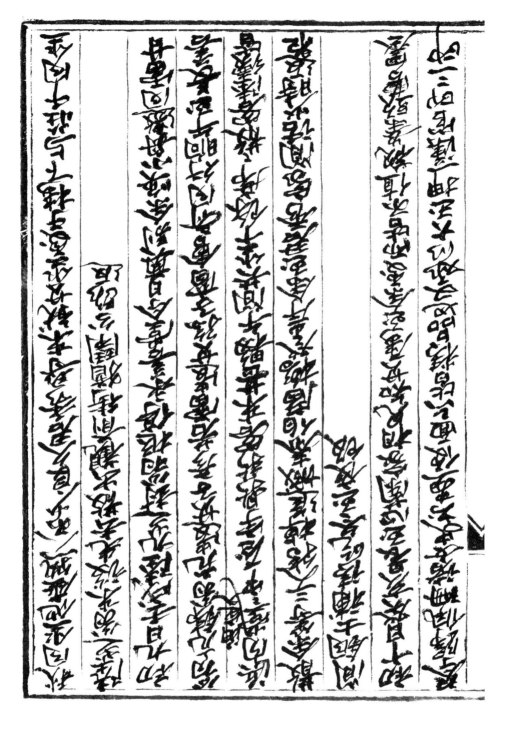

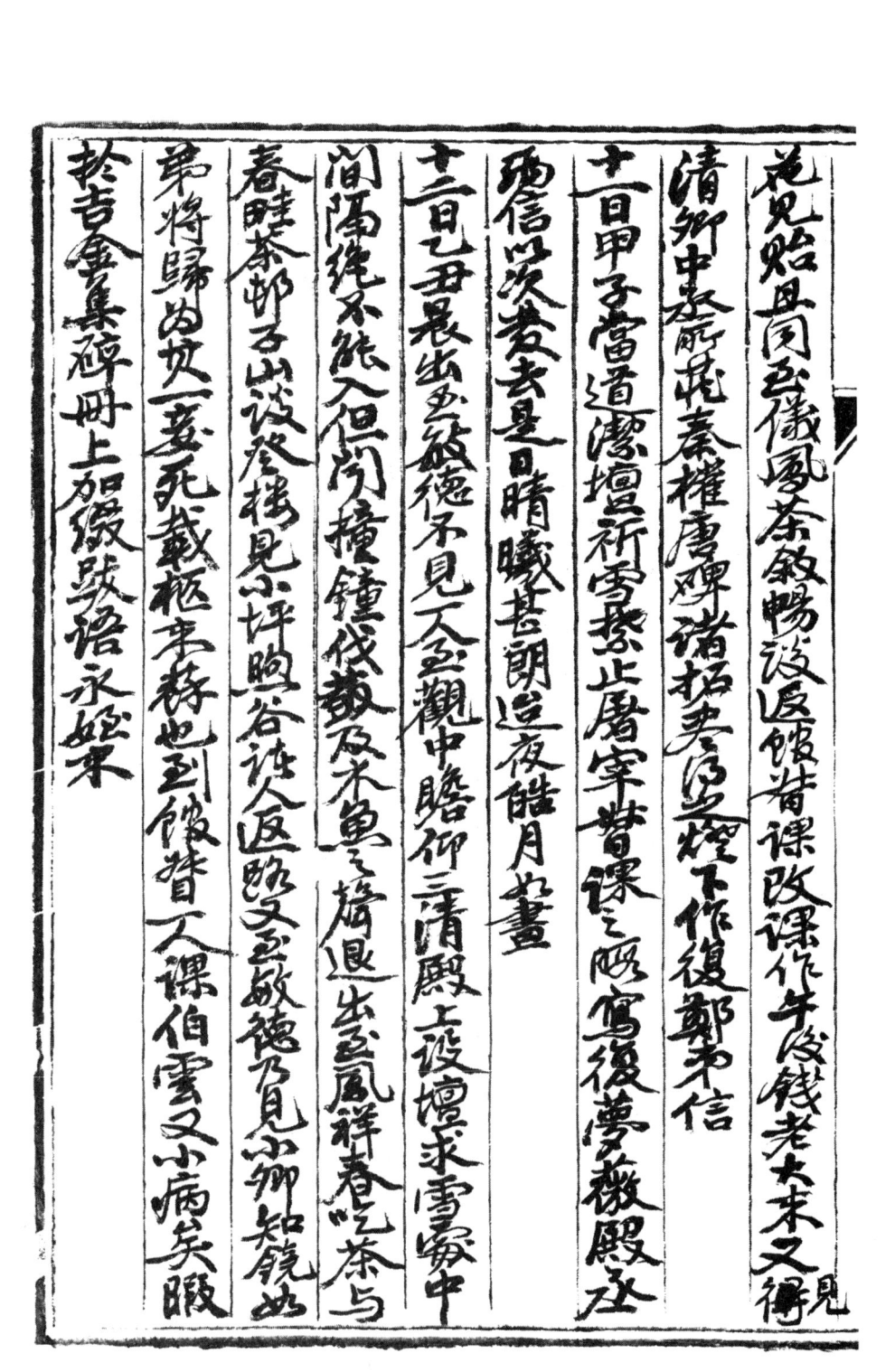

苑見貽且同至儀鳳茶敘暢談返館督課改課作午後錢老大來又得見
清卿中丞所藏秦權唐碑諸拓本返燈下作復鄭弟信
十一日甲子當道禱壇祈雪禁止屠宰督課之暇寫復夢薇殿丞
兩信以次發去是日晴曦甚朗迨夜皓月如晝
十二日乙丑晨出至敬德不見人至觀中瞻仰三清殿上設壇求雪霧中
阻隔絕不能入但聞撞鐘伐鼓及木魚之聲退出至鳳祥春吃茶与
春畦茶鄰子山談冬接見小坪晌午谷詒人返館又至敬德乃見小卿知鏡如
弟將歸因其一妾死載柩來蘇也到館督人課伯雲又小病矣跋
於吉金集碎冊上加綴跋語永姬來

十三日丙寅晨起因源致吉金册查玉常廣韵諸書正翻出滿案忽茶邨來少坐邀至東園吃茶有程友竹在同飲談移時返傍晚竹蓀弟來向余借宋于廷先生集余無之作札与甘翁錢借不識有否

十四日丁卯早起心後至穆梅館中晚後至桂舫課午後閏伯姪來傍晚錫侯弟來歸自沙上收租也是日致宣武偉兒書

十五日戊辰晨至照穀德父寄偉兒書見元吉口知錢如弟歸里後便往光福山中吳氏祠見族人諸人校支譜中補刻樣數頁至穀慎謁騎墩看松風蘿月之軒知往吳糸山中四日昨晚歸城後次出候至湾嘉石氏一徑諸西之過了轉灣至西摆吳趋坊渡歸家松見彼兄之

姊並見八姊午飯後出至君秀家不值留字而行到館督課半日
十六日己巳夜中聞風聲如吼曉更寒甚起時天陰有雪霰雪已刻君秀
來後少時又至東園後務時散歸未幾伊遂觀館笑指又被拉來敍
談午刻同至太平橋天來酒樓午飯笑指作東飯畢四散返館督課
作寸札寄御連經是日刮風不已天寒地凍
十七日庚午風極狂寒之益甚而晴尤老晨至踏庫巷壬水齋處不
值後東至茶村家又不值与森卿略談出着西北風返館甚不可當督
課飯後出訪晚又返着西北風尋笑指又不值悵悵然返
十八日辛未晨出知昨夜王桓家巷失慎遍富栽家之後至君秀家

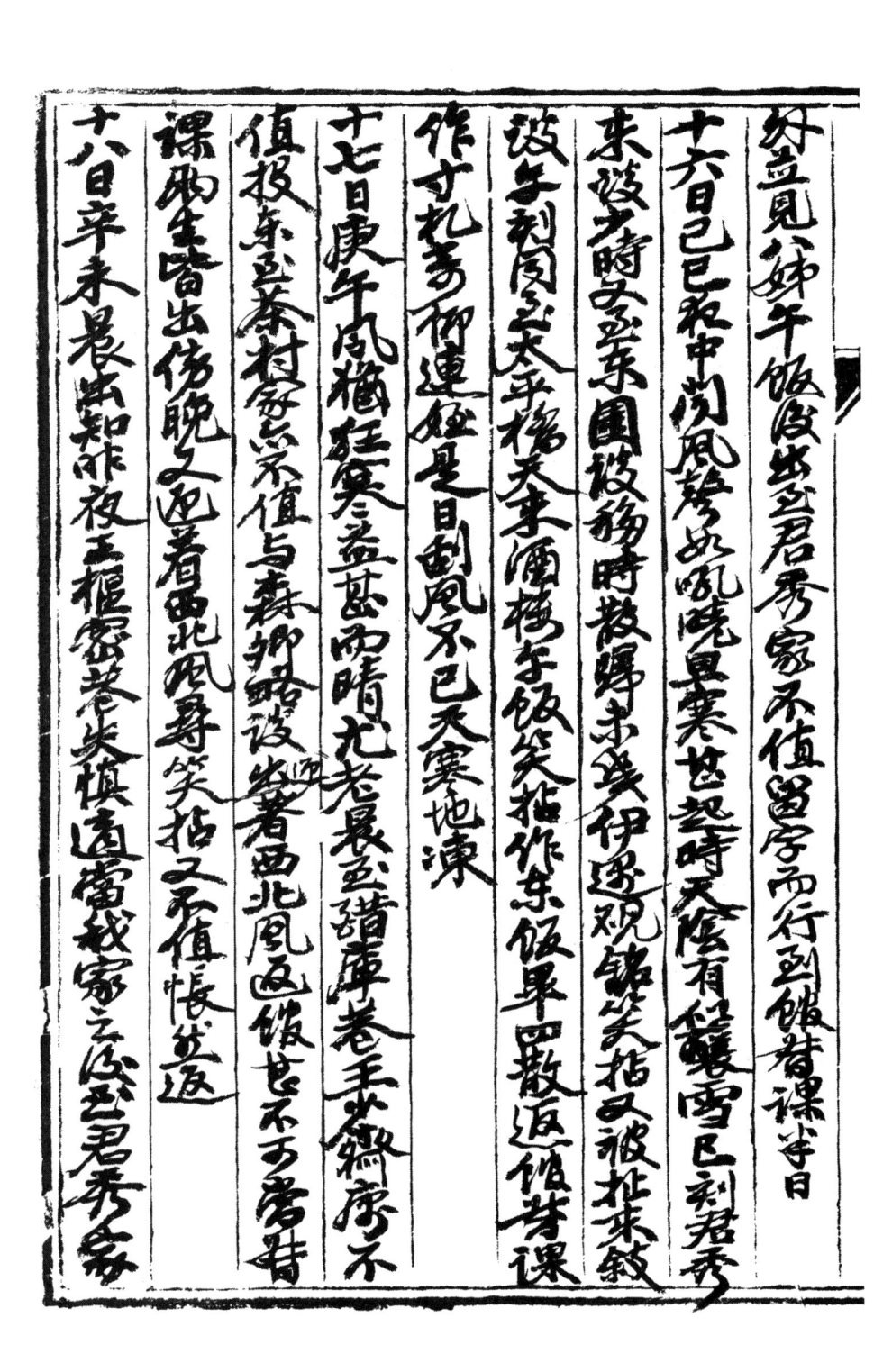

偕女同出至陸鳳石家賀女郎繁林芹香坐頌出在掌真宮橋堍
茶樓少息乃與君秀分路返午後笑拈來余作政少穉一札付觀伊
折去遣人送往也是日秀閣赴通惠招飲仍課徒
十九日壬申晨出至汪辛生家賀其姪女出嫁至顧家巷甫田先生家
賀其女郎菊墅志喜入泮坐頃至觀東亞遇見茶妹同飲望樓春林攀
桂閣先後與小坪翠芙寧笑拈觀駿君秀茶話偕君秀至譜琴弟
家談頃分手余至顧德見鏡如弟談返館則閏予女人與塾生徒皆
出矣因於午飯後復出至君秀家又同至泉香樓吃茶雜頭陸晚散
曾有翠芙寧楚梅清士姊程老偏來得楚薇杭州信

二十日癸酉，晨札致觀鏡為君秀事，即過君秀處，父王少高、清士、姪程瑞
庭皆復來館談，所以談而去。柱翼亭寅來之小坪，為題菊花橫（陸韵樵來晚去）
幅上綴題，係招吉博作畫，蓋兩樣花枝林海如作也。余既略為改定，復
用秋菊有佳色五字為韵，綴五絶句四首，後刪定完之。君秀來邀余同出訪
源藍，求借之往玉樓春吃茶，余即以橫幅寄還翼亭，追暮散。
廿一日甲戌，晨至踏庫巷訪倉石、茶邨、韵樵三君，惟茶邨未見，倉石至
韵樵寓同談，韵樵為余畫扇。既歸返館，晉謀飯後，欲了筆墨債，終
寄小對一付與蘭來。随後倉石來招往東園茶敘，既而韵樵、君秀、鏡臣
陸續來話，遂長談，暮乃散。夜承天寺前失慎。

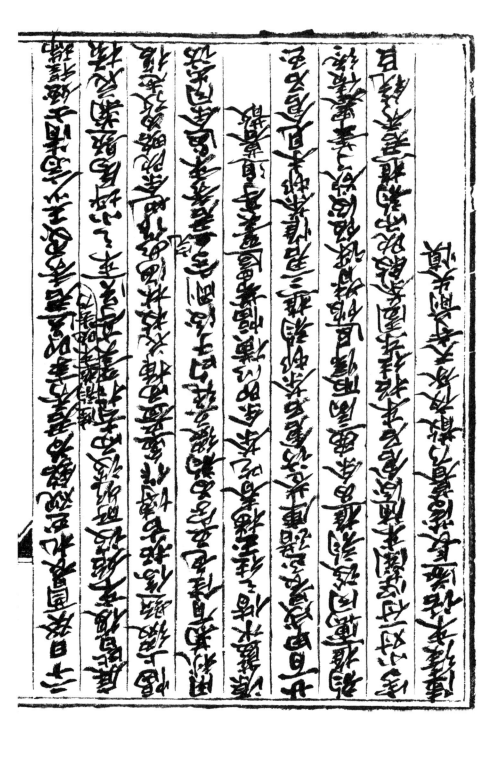

廿二日乙亥晨往賓積寺弔蔣迪甫表弟表姪並觀前日點心並鳳祥春
兄茶鄧小坪翼亭少賡笑拈坐下元吉尋來相與敘談移時先行返館
桐甫在座即去午後了債寫大小對凡四付是日天氣和暖
廿三日丙子仍晴暖晨心蘭來携示晉唐小楷冊凡樂毅論十三行麻姑仙
壇記三種值一千六餅偕至東園吃茶少時永娛尋來與之返館略談去鴻鄭
甫和合日鄒中信飯時洪泉來許久不見話乃稍時傍晚君秀饒臣來又至
東園吃茶上燈後散君秀失去手中所盤玉蓮一袋
廿四日丁丑晨歸家問視松兄俊兄即回館俄而洪泉來昨有事託之已為
籌安後少時去午間韻樵來旋訪小坡去飯後梧亭來傷晚辛甫來

廿五日戊寅，天陰，晚地震，潮濕，似有雨之意。樓已刻君秀來，設伊欲往東南，約於傍晚觀前再會。余待課畢，四點鐘時再至觀東茶樓，遇敏德宮中諸人，君秀乃在樓下，既會見伊兄弟同坐，又遇汪介石，同坐敘談，暮，余先起，不及他往，即返館。

廿六日己卯，晨至吳仲英公館，不值，返，待畢課，即出，至君秀家，邀同至萬象台茶樓，會齊井鵬，三人同入豐福戲園，觀文武合演，逐笑拈同坐包樓。開演多武少文，惟畢於京班之武戲耳，散後又至萬象台，與笑拈四人吃茶，散，返館，上燈矣。

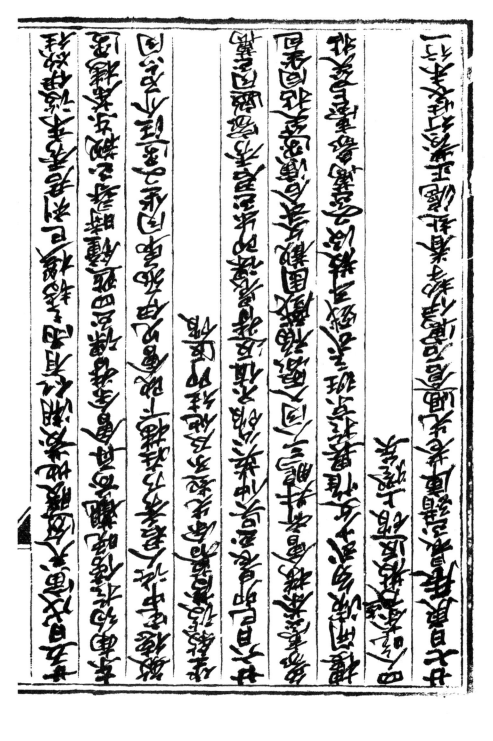

廿七日庚辰，晨至緒庫巷，先過倉石寓，伊攜眷赴滬，正發行裝，未行，一

兒又過少甫寓已他出又至茶邨家適在家招之同到倉石處并招至鳳
儀春茶點話別移時分袂返館恰君秀來知其所謀不成頗爲悵悵書窗
課頃而去午後老客浦艦亭與翁雉接續來迫暮心蘭來談至上燈
廿八日辛巳晨至仲英寓未起留言訾出至夢梅彼不值回至心蘭家觀
其畫又觀當湖戴陛山丙册頁戴公乾嘉間老畫老也又觀高滄浪山水
册十二頁縱談移時心蘭以近作梅册册頁見贈携之再到仲英處留晤
談頃其然張均某景祁所著新蘅詞兩本見貽剞劂皆極精美携之
返館瑞庭在升陽茶室候我遂往其有李敬之者爲謝松甫抵押其
塘棲坊屋業事話良久同至館中晌午乃散其課未成又爲艦亭寫詩

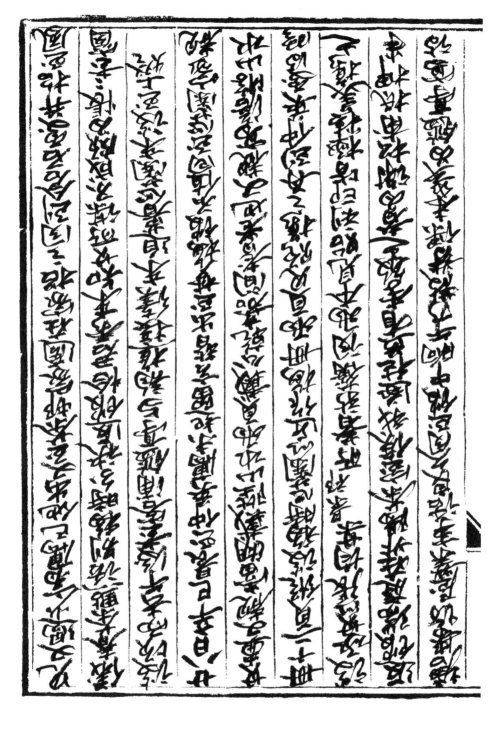

古徽封面耕鵬來談金石文字汩汩不已君秀亦有的泉共談蔫暮乃
東園茶叙乃上燈後談猶不已散歸即晚飯
廿九日壬午晨歸家先至定光寺拜渡生兄七十冥誕少坐家中見松亭從兄
天色沉陰風來峭厲大有釀雪之意前日郡邑尊已迎請光福寺銅象
觀音大士供奉於滄浪亭結壇之中矣返假遲予簡往於家者一人課
晚改課藝作改偉兄信為臘月上函
十二月初一日癸未昨晚向暝小雨入夜雨大甚魯達旦晨起見曾有雪喚轎
往莊祠雨雪交作至致德月朔之例也詣祠族中到者殷少僅亨年
譜孫弟略談徑返接拙課撥作古喜雪詩未果惟課題出蘇句欲共

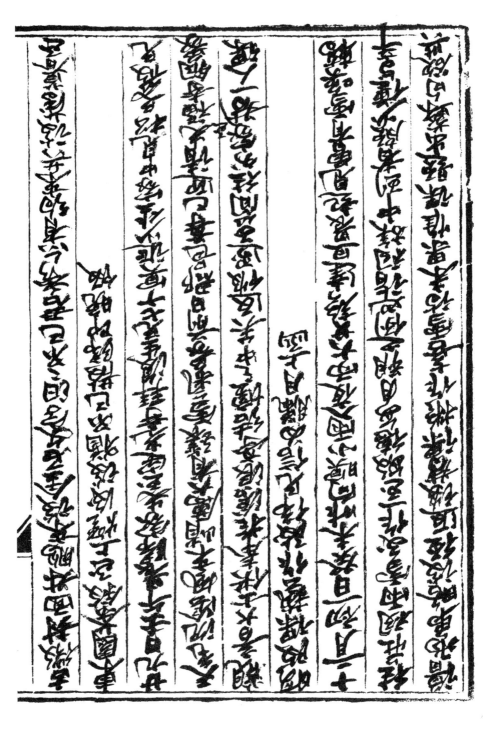

亦出爭天葩得詩字雪下幾竟日晚止

初二日甲申晨雲既雨陰晴各半作喜雪七律一首又用朱竹垞雪牕

體韻成五古一篇錫侯君秀午前來夢梅傍晚來偕出茶話而散是

日又有養竹居人來乞書榜額月樣園樂群學即揮之

初三日乙酉理晨課觀銘笑拈來略談即先往儆園余事畢乃往略談救有約

馬余亦答邨家賀入泮完姻雙喜君秀已先到與啟談午讌並邀春畦姚渊

如君秀同席散將發務即出偕君秀至書局訪香蕉坨不值至徐篠翁家

有小恙出見談移時天氣甚暖歸途遇君秀要至吳學齋張家余亦到彼歇

息先出至顧樓笑拈已到侯觀銘君秀續到吃點心小飲散

初四日丙戌夜來有雨向晨止是日天陰有人自江右來携古銅爐索售製極精美圓徑五寸餘蓋與座皆銅蓋上裝乾坤坎離四卦以透煙其頂作一獸空其腹煙自其口出手之以啟閉者其座製尤細以三獸承爐之三足而有丁字其背與足底凹凸相合毫不動移極可愛玩索值銀弍拾兩余以示小坡以價昂不得置之小坡告余近得蘭園之鶴余已聞其鳴矣

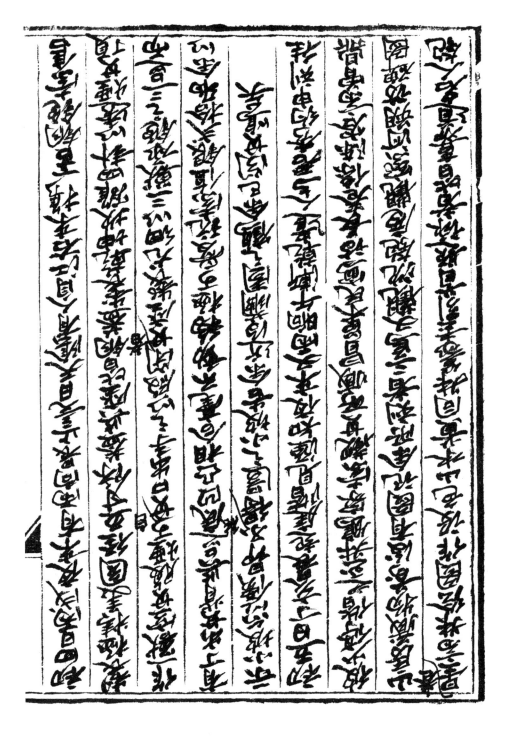

初五日丁亥晨起庭階見溼知夜來又雨晌午漸乾遣人與君秀約申刻往彼少停偕之至拜鶴家索觀其所藏冒巢民寫詩長卷像陳容畫曾鼎山房藏物卷後有圖記余所刻者三焉又觀沈匏廬觀察河朔訪碑圖卷星斎姝繪圖作設色山水黃同埒篆書引首題詠者皆嘉道名人匏

庵寓蘇尤多吳門鄉先輩余所交而與唱和者爲葉茗生陳小松劉文
泉浣花則並時朋輩餘則彼庭三株而已卷中方舟題詩者乃有三人者亦
舟達夫 青雨 達甫 叟阿 祖觀 厥爲難得又觀壁間有徐情東樹五八分
五軸爲蒙粼題之又有古塼條屏八幅凡四十餘塼其餘蕩壁圖均不能爲硯者
出又至閒壁林味飽家少坐而返已漸瀝疎雨入夜聲乃密
初六日戊子雨聲達旦晨猶沛然課暇檢新繳跋金石拓本兩冊上疏
、不已昨思存姪送來耔英弟太阜信未復雨復竟日入夜
初七日己丑雨至夜半而聲絶晨陰地潮溼不可出晌午君秀來因乘
轎往朱修庭觀察處晤談兩來略談即去傍晚試燈門街頭有乾有

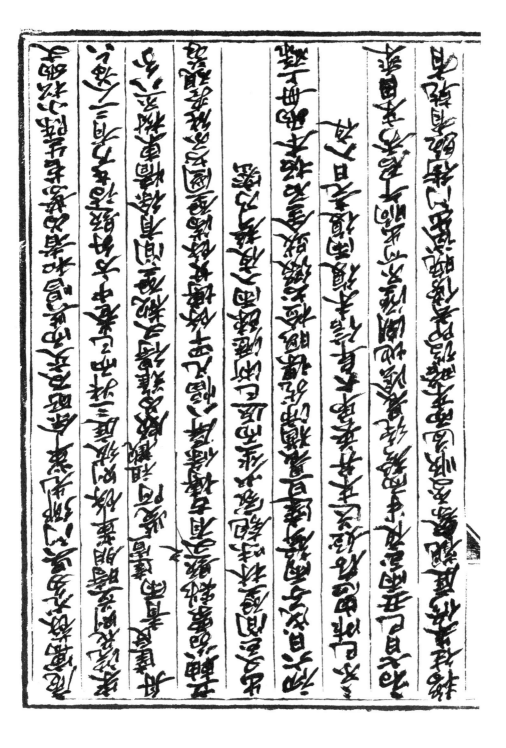

漫登半家園姚蒲舫處飯，久坐見設，移時返。

初八日庚寅，天陰。至敏德，知公卿下鄉，元吉他出，皆不值。至鳳祥看梅，春雖茶邨略談，同至觀裏買聞咸時憲書返。路再至敏德，仍不見元吉，遂飯。永姪來，知首縣到任，因患病也。午後澹如來，送來鄭箋第一函，展視只詩首數云，費諸兄弟題紀以詩云：夢中西園去，又過戢閒堂，漫與驚紅蝠，酸吟屬瘦羊，憂心費議策，病目范宣方，更憶黔陽叟，叢瓮譜竹王。余即和之，館餘女韻，臨睡遂得四首。

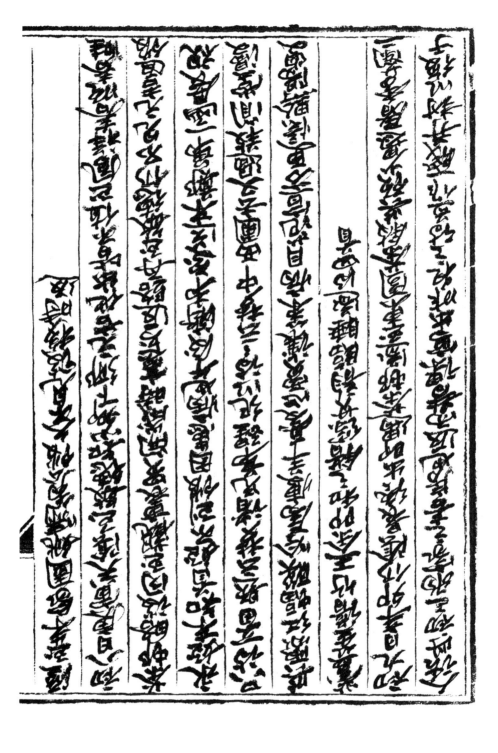

初九日辛卯，仍陰。晨出，即遇茶邨，邀至東園茶敘，共顧少愚、屠季蘭二人話此，初三所寫之書房也。返而督課，寫出非粘之語，並作一函，並封以復于

鄭弟又作復并英弟信，求姪來即去，候晚出，敬慎欲見濟弟面談
適飽出，留信俾而出，過君秀門，進去略談
初十日壬辰，晨乍起，心蘭已來，盥沐後同至平園茶，暢叙，過程瑞廷
來飯，後寫送倪謝睦盈幛大字並款，又寫春聯，又學小對一副，錫弟
來談，松椒來談，忽忽暮矣
十一日癸巳，晨歸家，為依兒收煤，謝松甫交抵押一款，商定再修，適瑞廷
已到，談片言，伊又去，要言君秀來略談，知余有事，邀去瑞廷，為番偶語
乃作函寄兒，晴，已午飯，為二生出課題，並上生去畢，即與瑞廷、桐伯、李敏
之、培之、昆仲並朱慶來之金，再偕同到司前街謝松甫家，說明由朱

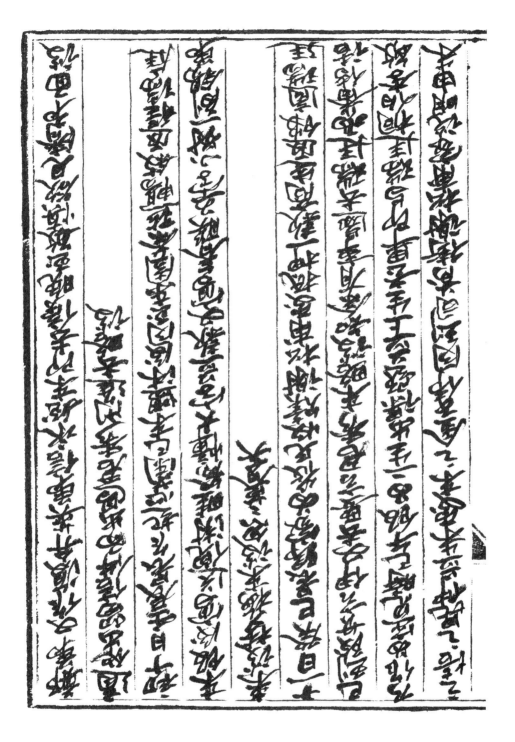

菊卿出銀向謝處抵押，而彼見前項尚嫌，余代擬甫等處抵押
據各相告，余收得銀票五百兩，當場了結。心蘭字條來云，繆少初
約在儀鳳會敘，余即剔往人兩赴之。少初又見，設論甚多。適錫未來，因
其生母病，屬余轉請心蘭診視，恰好當面約於明日，散已燈後。
十二日甲午。少初於虞山石梅勝地起建家祠，須題楹聯，擬就句子
翁，屬余修飾語，極諄諄，因為參酌數字。吃早點後，出至隆慶庵拜沈旭
初，述侄女周年，略坐歸家，以誰事告諸彼，見邀，取四洋至程瑞廷家談論
返。復又以四洋發謝賬房。三蓀君等來，談論天氣陰陰，甚覺淒冷
十三日乙未。睡醒聞雨聲，晨起見雨夾雪，以後紛紛續續，遂求亮日。仲英

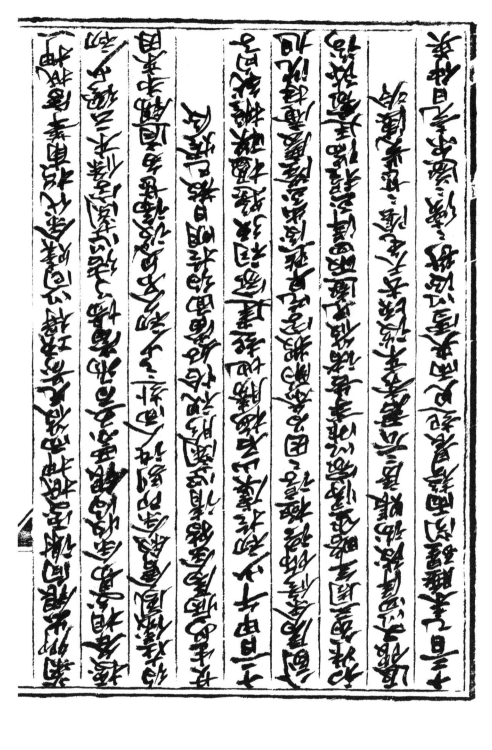

來答鋼書，昨往拜也，相與敘談，飯後遣人送倪澍畦及葉松卿夫人之弔
禮並札致義莊友芳圃，答昨來札也
十四日丙申　夜不聞簷聲，晨乃見雪，瓦溝積陰，階縫及樹葉上亦不自著作
齊偉見畫，并以近作詩六首錄呈，併封之。傍晚一出，至巷口紙店裝潢
店街上泥濘，即返。午前仲英又劫孝女次郎号子仲來，偕至畫園看鶴
因晤小坡，談相觀之，徑向暮，天氣轉寒
十五日丁酉　晨起天陰，正欲喚轎出，心蘭來，知余將出，略談即去，余出至
敏德處，伴見畫，適得冬至日來畫，慨之，至碧鳳坊巷弔倪澍畦之
喪，還，遇范梅孫、李劍泉，敘談，至莊祠族中，到已多人，看新修支譜全

部樣本譜弟以錢君研之付觀並乾隆一封屬爲文筱吳臍弟以鄭弟
寄余書及函稿文少時出度市街答蔣香生函學真宮東壁陸九芝
翁閣年譜滿平三弟先後皆到余少坐行文硯雪午後尤密際晚乃
止次芳衛以討屬爲檢案既有索書便面一頁未墨風倦也了之
十六日戊戌夜來積雪又幾及寸於窗前擁爐再賦詩適觀銘笑拈
同來邀往（東園）茶話時碑玉紛紛冒以往返因即紀事用坡翁清字韻
雪韵四七古一章午後雪更大庭中如鋪氈俄而如玉屏倒地（集）得凌子
與滬上書欲覓說文古籀補一部夜闌檐溜不知是雪消是雨下
十七日己亥夜又雪晨起止作札復心蘭君爲各有物件去永盛來雪又

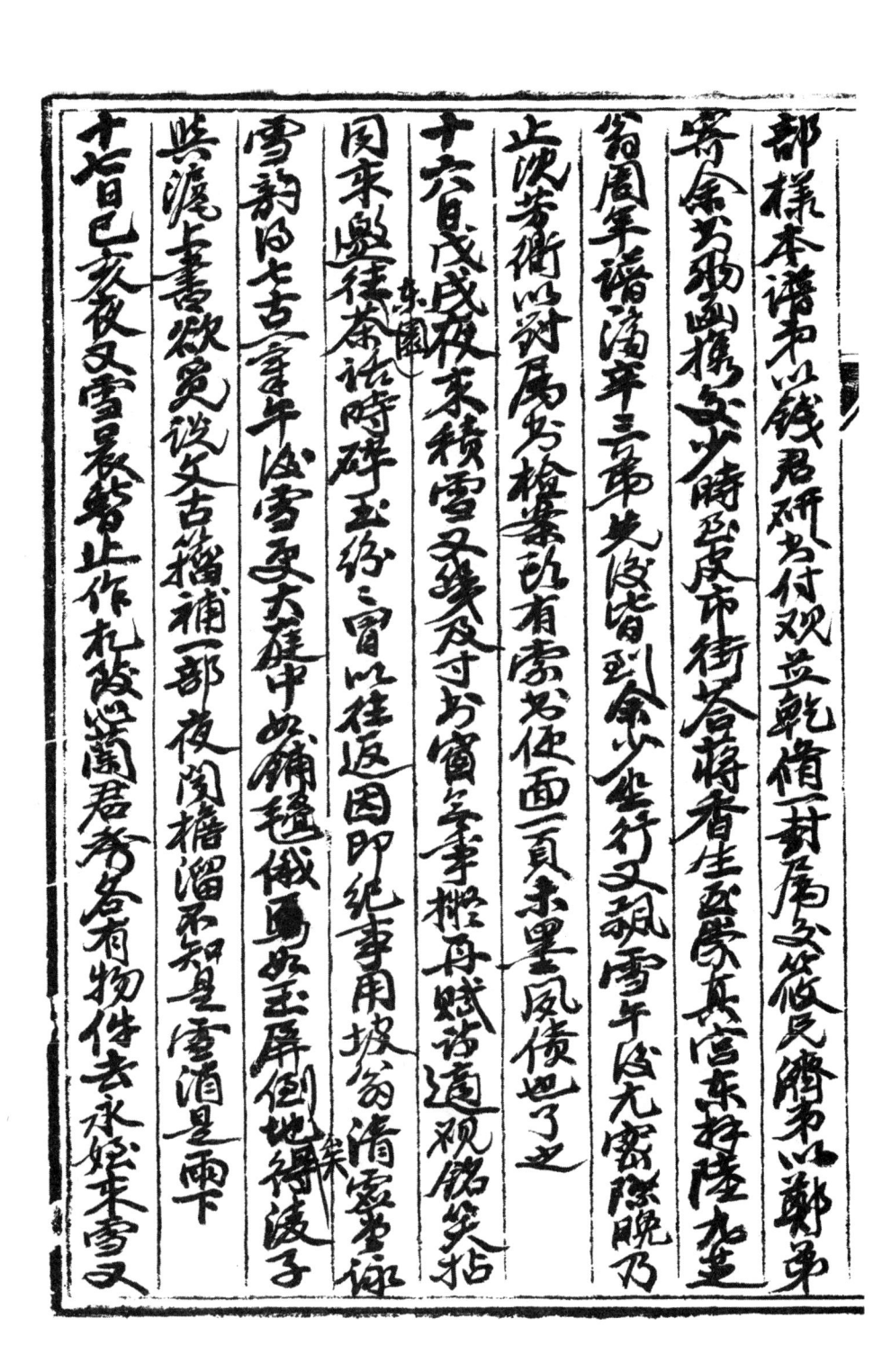

霏霏，疑言採傳西人之話，預於前月中下旬此月內有雪盈三尺，若然則今猶未及半也。瀉翁少鏊渭來，拜因其孫女設定其鄉士長子，弼名訂姻，對為桐依翁杭州人，到江蘇作宦已四十餘年，近以老退而猶居於蘇，其子聽濤為乙亥乙榜，丙子甲榜，入翰林留館，後即去世，今執娘之文也。設頃去，作答淩子與書，又作陪陳駕佺江聽珊函去，三去並發，用樊榭十二月十七日雪後寫望詩韻紀今日之雪

十八日庚子。夜雪盈大積有數寸，乃濤台階級漫漫一白，西庭枇杷一株高欲過牆，花開滿其顛，竟被雪壓折，殊悲為，因復賦之。午刻錫弟來同飯，薄暮心蘭著屐來，双邀余出，憐於行，設次去

又得子洪信余復
信未接到也

十九日辛丑晴寒日晃晃如此月中所未有惟增寒雪不遽釋耳課寫
石庵春聯店對三副沈芳衢屬寫對一副適陸鳳石送來貓紙屬寫
作窗心六幅寄之京出示吳客丞張炳鵬贈其所刻許學叢書三種凡
二十四本大觀四略繙一過
二十日壬寅晨起錫弟踏凍來述其婦病情余使耕綿為時分集丞奉
入衙巷寫少叢設片刻丞心蘭家換衣冠即赴義莊莊丞莊副與霞
客商榷成集交譜吉成統觀一過午飯有酒看飯後與弟先行余又
先霞弟硯臣少霞兩姪行衢路消雪泥淨萬分慎過丞段德兒子
宴文帰与屈家略姪婿訪吳元吉在竹園中略坐返館

廿一日癸卯晴雪大釋街道不可行校昨帶回之支譜爲志錦傳述卷爲墳墓記卷爲文詩鈔卷遂竟日惟作致莊用札帶去搨招屏一幅得曹少康無錫來信梅殿丞杭州來信

廿二日甲辰晴凍出由柳巷而北轉朱何寺前而西一路皆可行至君秀家未起約於馮子山處定今開春聯店者余先往候見膚雨之過呼之入知昨日纔自上海歸君秀到遂同至時景園樓頭與人者說移時余先起返館校支譜新刻之頁飯後作復殿丞信即寄硯銘調伯來說少頃約往鳳雲處不克赴收拾物件預備辭年飯

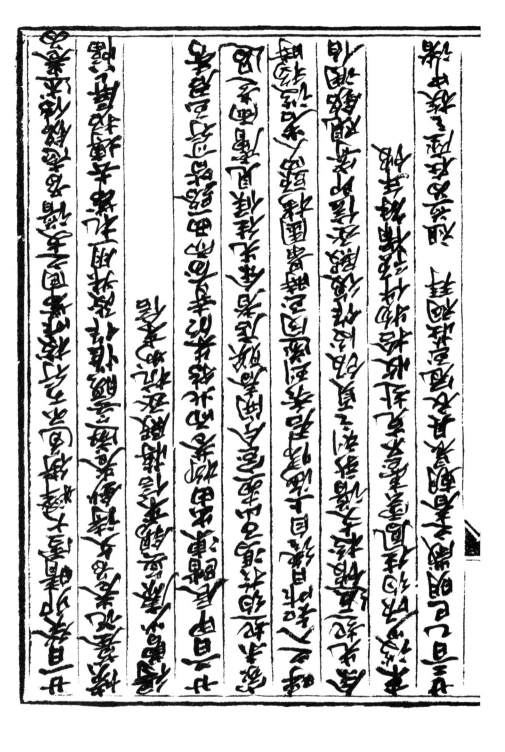

廿三日乙巳明歲之春朝晨具衣冠至莊祠拜　祖並爲在座之族中諸

人賀春禧務時得家亦有拜　祖賀禧事余即飭館已收拾物件
候館中遣人送來飯後無事至君秀家街道稍滑偕君秀出至溥
泉處有朱子萬朱少庭周梦梅諸客在座略談出陪君秀至春育巷
洗澡遇楊恂卿張硯銘共談散歸未暮
廿四日丙午晨理陽年帳目已刻出至恐蘭家不值留字而行至平
陽館中是日承鈞姪孫甡（姪氏）行五之孫甥女締姻到門余因路滑於昨
在彼歇息至飯後天色又陰徐步而歸：未幾忽又飄雪向暮即止而
已為春雪矣觀錢伊臣送來敏肅公奏疏
廿五日丁未霽晨欲出而膚雨來談少時去余與永姪至寶積寺弟婦

英殘安靈延道去往佛寺做道場設供奠衣冠禪以祖寄鈔佑仍又見偕至禪龍街吃茶長談同至寶積寺吃飯飯只二席皆本家人飯罷至太監美老義和聽會去談者凡四人晚歸過一濤君秀處略談

廿六日戊申昨由曹受之送來無錫陳為伶去並備金四月今日因至飯中了結各賬又得溦泉來札並還我洋三元即作復遣僕送去遂至梅麗芬處有約也而竟不值途遇王少安翁敘談並至懿德留午飯後又往老義和聽會書遇潤伯同坐晚散雨白雪大作地泥濘甚街道難行是日雨天陰會齊合宅大夜數終遍年

廿七日己酉晴未吃點出笑氣甚寒街上冰凍可行至盧君秀家偕出至

茶点詖片時余再至夢梅處告以俟並見詖稿時夢梅所約老成宦
話適覲銘來同出茗飲於儀鳳詖良久時已晌午余至館中始一切賬
結明少停午飯、後又至老義和告君秀約也余至尚早漱、人集至三
下點君秀乃至同坐聽會書畢同行至春暖居少停散
廿八日庚戌晴暖謀錄翁示我今年勝稿於佳處加以圈並決其成
暮述懷韵詩二首以贈翁一以自贈午飯罷即出至老義和適遇錢
翁拉余同坐啟詖聽書者濟濟良久詖書者五人接連上下臨了通明
會書團團徐散問之共有三百十四人為十日中最多之數挨出門外
恰遇盧大悲蘭于和二人來後面者為許子振鏞四公欲來聽書則

太遲矣，乃同至壽仙吃茶。子振善寫山水，余先見其盈面，慕名者屢矣。明日將歸笠澤，談移時，余怯於天暮地滑，先辭歸。盖午後天又和暖，殘雪都消，街上泥塗迴非昨之乾矣。

廿九日辛亥。心蘭約於儀鳳，余到彼，先遇庸甫，已而心蘭至，三人同坐茗談，良久散。余一灣飯中，即出，消雪後簷溜猛下，歸而午飯。飯後出難頭遊，復閒步至君秀家，見成伯，知在春聯店中，因到彼見之，偕至袁氏松頤書院品茶。蓋屋毀於兵燹，今就遺址築屋數間，放租為茶館，名如意軒，而簷外猶署舊額，地極清幽。話移時散，余出轉北歸，則撥南皆行道遠兜，以避泥濘也。天氣和暖又甚。

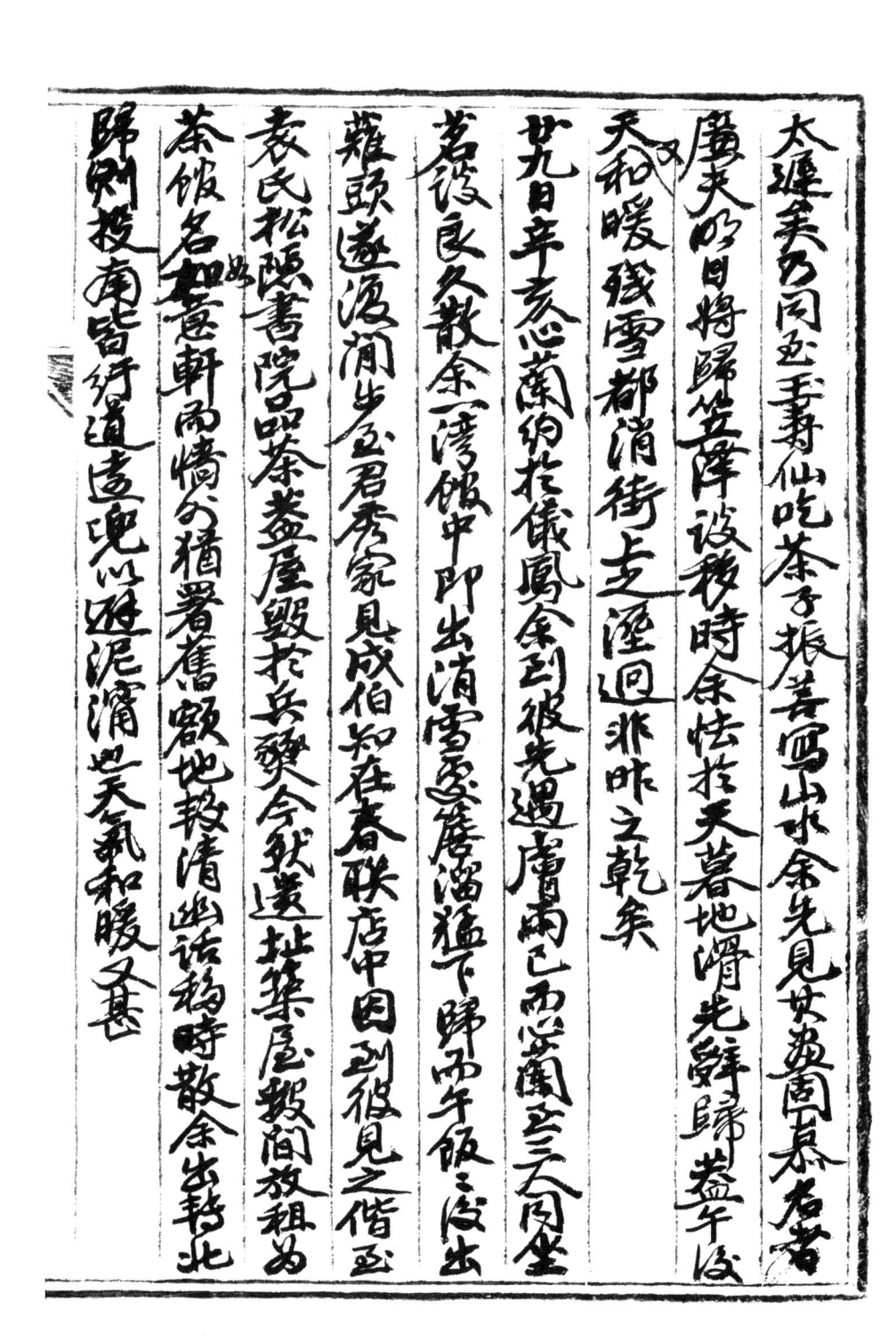

三十日壬子是爲大除夕夜來雨晨而雪飄飄揚揚其勢頗大遂以竟日料
理歲事之外輒復觀書錢敏肅奏疏一函公更有其父伯瑜中丞厥考
老人全集一大函皆伊孫部郎以貽筱見者徧觀之厥考老人詢是著作
手其集統名存素堂稾分爲文稾詩稾手摹志稾奏疏稾附自訂年譜
於後共十二冊係吟蘇公共文韵詩即成除夕大雪次韵爲首寄積雪抵暮
乃止燈後得道熙付來都中鄭弟信兩函初九十四兩日所寄併費迅信中屬
拓虎阜山所有摩崖題名及普門品經務要精拓周徧岂易易乎祀
先行暖容神各房禄賀畢合坐華饌歲進良久然睡夜將半矣

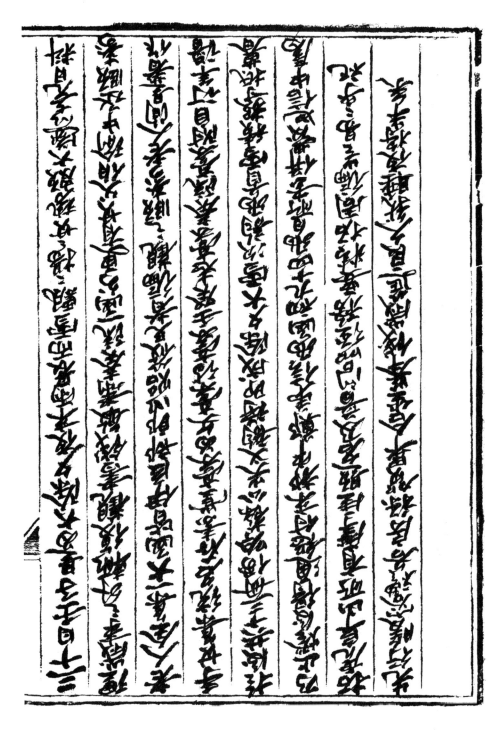

韓園醫學六種全函

付洋六元
用药笺共八帖

承燮　伯和　閬臣

承甲　弟石　乙舟

承宣　蕃國　楚屏

承灝　仲慶　養園

承賢　仲良　興齋

承福　爾綏　備庵

承棨　建森　于門

承寓　襄濤　壽廬

承曜　日華　斗南

承廖　容飛　觥堂

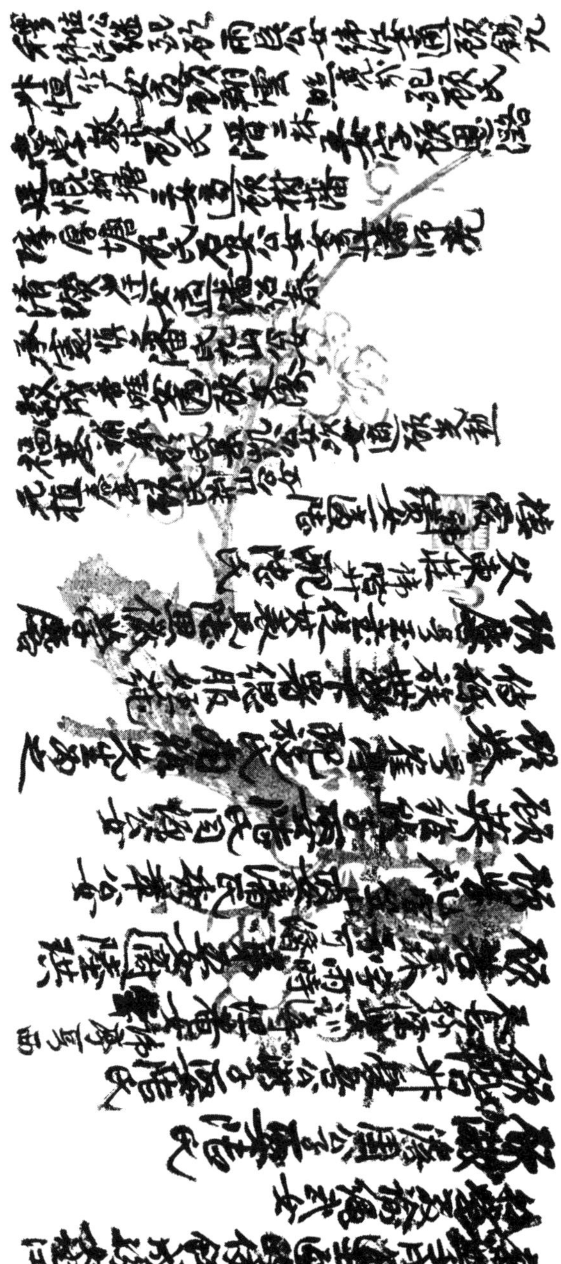

澧 香浦 次女適潘曾瑩[illegible]潘睿綬
廷傑 松庭 女適潘祖保
濬 桂枝 繼配殷氏崑邑庠生綺霞公女
洪 斐園 娶潘氏潘畏堂公女 女適潘筐澇
煥文 蘭士 配潘氏竹珊公女
徵 小園 聘潘氏吟齋公女
鴻第 塘 繼配潘氏曉塘公女

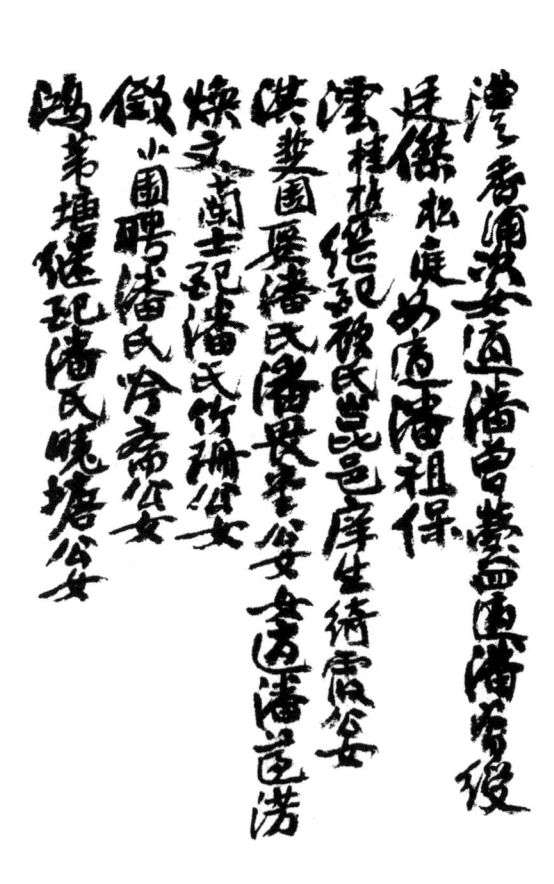

秋季脩金
就城延陵兩處另脩
年底節敬
以上三項照譜
補送寄下以應歲需

張熊寫

[illegible]

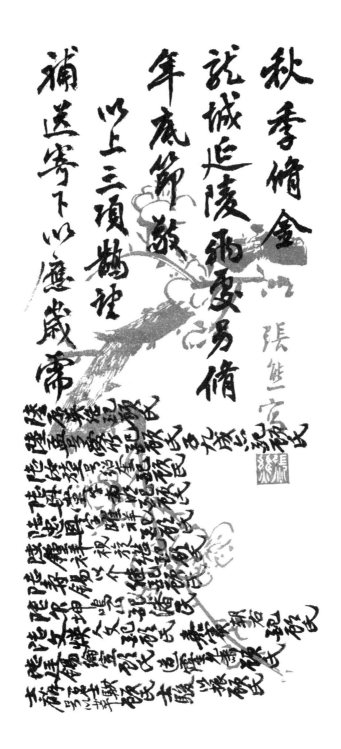

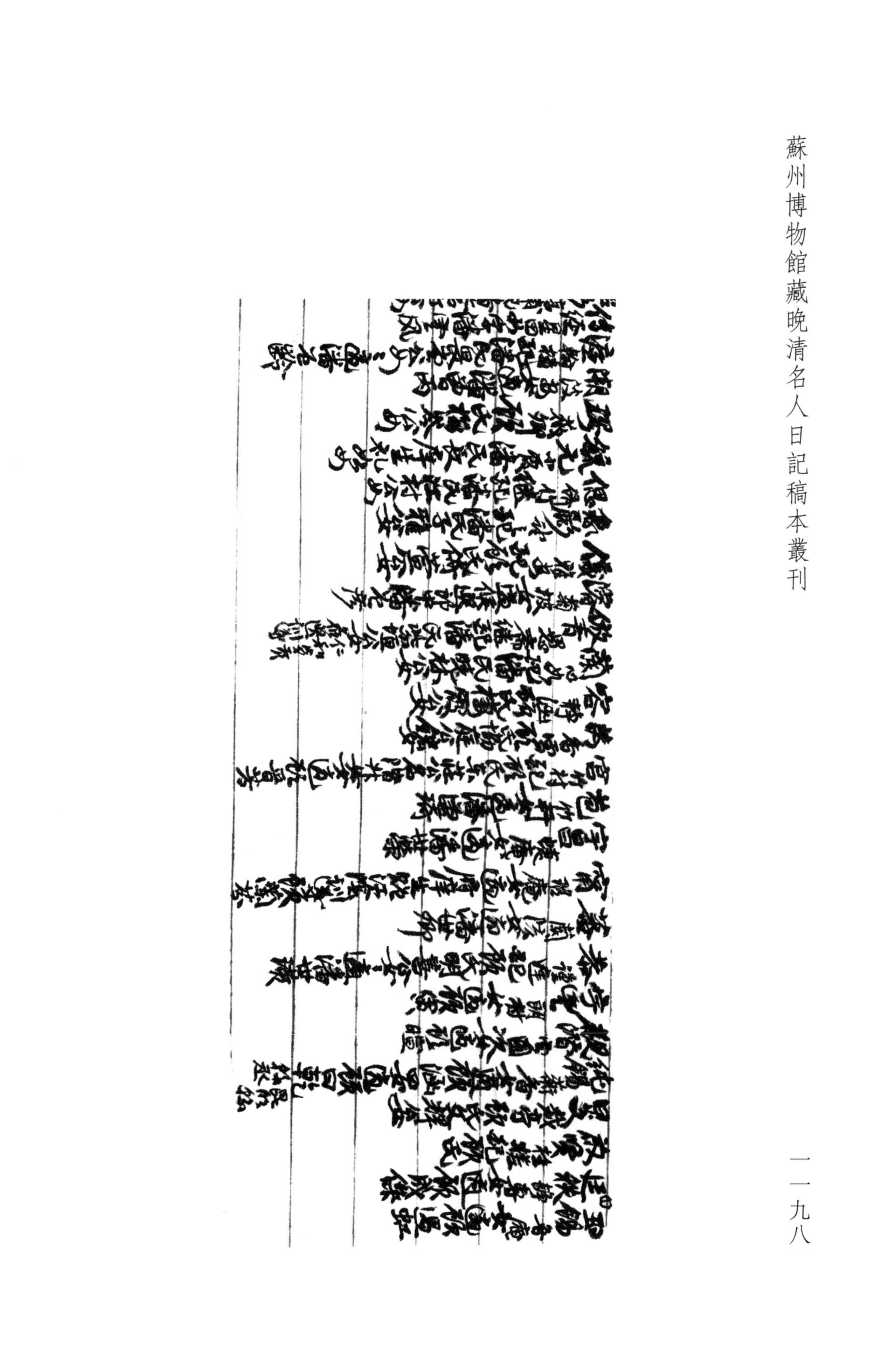

[illegible]

老伯大人閣下送呈抄摺壹扣並梁坊租至陸元又灰店洋壹元計

台收陸素借店去過兩次現約下半夜銅器店約今日送来五今

未見来此大約失信矣所存莊洋其數抄附摺上其洋業經交明琴

房洋九百元另洋錢暫放賬房内又恐盼望故特奉

達專泐敬請

歲安　　姪宋溉

蔣斗翁 八十八
浦映綠 八十七
杭禄翁 八十
吴介翁 八十
蔣心翁 七十六
彭䌹翁 七十七
顧子翁 七十七
袁養翁 七十五
張芝翁 七十五
程箔翁 七十三 沈筱翁七十五
吴諾翁 六十八
蔣林翁 六十七
洪柳翁 六十四
鄭翁 八十
庚年 六十五 原式

許應鑅率男炳杰 炳琳 炳暐 炳瑶 炳恭 炳璈 孫崇德 崇灝 崇翰 崇文 崇科 崇慶 崇恩 崇鑑 崇元 崇廉 崇厚 崇福 崇儉 崇憘 曾孫錫紳 錫綸 錫綜 錫絧 等仝頓首拜

貴老爺
徐全璵
手示敬悉列朝詩傳謹當
遵命想能跋前
諱〻丞其價可不必送
選六卷異之也稀〻贄
來明後日便中走領
可也肅復敬請
唐生尊丈大人即安
世晚沈鏜頓

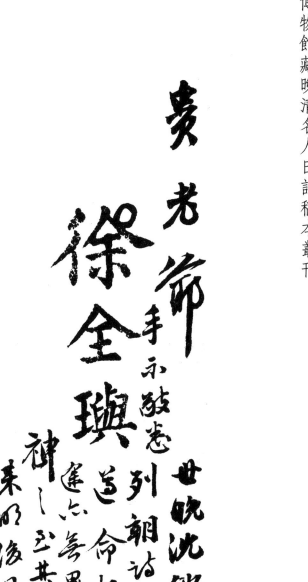

新年藤杖力資健，叔照梅花春，繞舍中庭遍屏帷，迎暖喜，咲向绮筵

老親[illegible]代移舍

吉[illegible]大[illegible]收來服[illegible]人[illegible]

兆

[illegible]兆

信段移到雜鳴上十二

珍[illegible]雲[illegible]看[illegible]屬雲城[illegible]擁當[illegible]人[illegible]

[illegible]儀是[illegible]尊日雲

已書生

藏[illegible]收信初收上去招[illegible]

求頒

[illegible]

[illegible]

[illegible]

[illegible]

用之刈行

書[illegible]而[illegible]之

蒸[illegible]

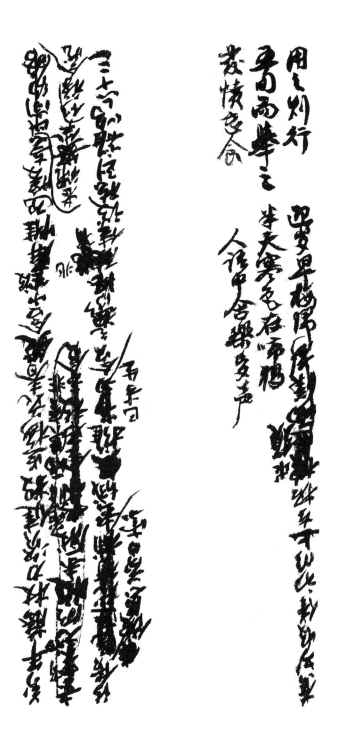

生長鄉村，偶到縣城之謂也。噫！若此者，上年吳氏居吳舊族，與余家世姓近隣[illegible]

自其祖敬庵先生以來，累世敦文學。甫翔先生與仲父子雍公易子而教，余少從[illegible]

[illegible]

[illegible]

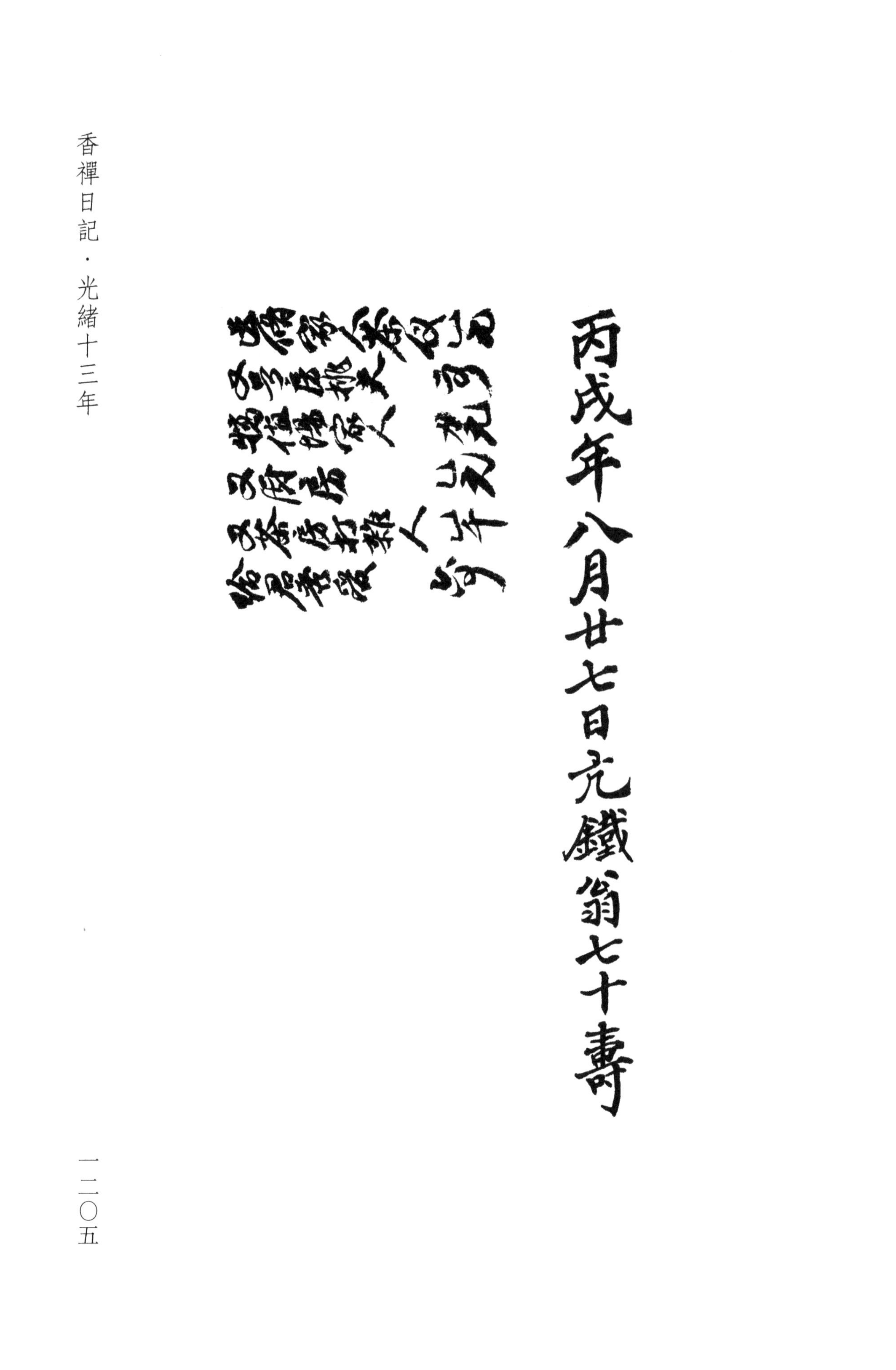

丙戌年八月廿七日亢鐵翁七十壽

[illegible]

昨日玉弟來診視適已稍有傷風咳嗆痰多據云尺脈嫩硬寸脈
軟弱似宜調理毋庸與煎劑俟霜降前後擬膏方以資家適擔得
昔年弟失血時有抄把膏方大棗 蓮肉 川貝 柴云加鮮藕汁膏先服亦有方 太冬 白蜜
略加溫補耳聞痰溫亦宜化痰滲溼云云昨日申刻得中行述覺長門太加憊
劇人心為快前日遣今日到家帶回書兩本以清長書足供滲藥以三元益氣內
還藥一元足家以備先生修金 唐兄前云歸洋前後望恐未必有餘中元又是老
班申江首事之秋未必有有接濟也 弟早晚到家望向收拾一切如何數術最妙
倘或少一缺二煩吾弟務挪二三餘為望十一秋第三通閲至獅林寺先返至廿八何可
往相見弟東北西南經遠耶老友之宗說使十九日一行如何昔日遣人到家鳩家中兩衣帽未
忘說起一双之一提為望餘容後陳是不良兩亦錄為詢
痰年弟 文彥 史存心印

香禪日記·光緒十四年

（清）潘鍾瑞　撰

光緒十四年

光緒十四年戊子香禪日記

正月初一日癸丑開霽嫩晴雪漸消融循年例候齊諸父弟姪及姪孫輩為元旦諸事時已過午餘閒為存素堂集年間雪消甚暢已而天陰漸漸簷溜聲是日朝飯飯晏夜飯極早早睡

初二日甲寅夜又雨晨又雪一下便大遂如除夕余幸未出門檢頭枯筆為存素堂詩文稟皆編欲再詠雪詩思竭矣

初三日乙卯晨旭明甚雪見晛即消已而陰去雪之融化不能大暢為存素集中頤壽老人年譜上卷為自訂下卷為其二子追述續全也得洗漢泉札自館中來即作復令錢送去是日客來甚稀

初四日丙辰天陰俄而雪消兼以雨下自午後入夜浪浪不停作復鄭
盦弟書並伯兮所次共四函矣辛芝弟來陪之餘客皆不見閒观
錢伯瑜壬癸志稿夜祀財神
初五日丁巳夜來雨達旦晨未止巳午之間且又霏雪不可出門偶閱俞曲
園茶香室叢鈔有一二解蒙癡訂處傷晚雨止
初六日戊午晨開霽乘轎出門賀禧自南而東而北凡三四十家街上雖
泥濘而上臥者處矣在敬慎吃午飯見吳隽秋談陸鳳石嫁女於李氏為
薇生觀察之子余於歸路到彼適迎娶之表輸在中與鳳石道賀後至
女内堂稍坐飲喜酒數杯返家天尚未晚

初七日己未，天甫曙，有急叩門者，大呼穎大大去世矣。遽起往視，蓋因年尾年初未免勞動，傷肺而不寐，痰凝氣逆，昨曾延醫，不意其遽然溘逝，亦謂老逝也。於是詢家中人，會集議將喪事從豐，亦已。是日雨而雪，雪雨雨綿綿，竟日入夜。

初八日庚申，終雨達旦，巳刻方止，微見嫩日。為筱見胞兄作挽大嫂蔣恭人聯云：廿年前徧地風塵，亂定不同歸，未殫早負當初相夫志；一月餘漫天雨雪，春來將有望，猶虛未竟垂暮抱孫心。又作挽兄嫂，余挽嫂一聯云：百歲幾光陰，累我嫂瑣屑米鹽，操勞多老年心孫，一家寂寞長奈同行侵尋老病，灑淚向首稱之。初即哭竹布為聯，而書之一楷一篆

鈞士來見之因又見滄孟共駿甫姪孫蓋接連至也畢院乾耕卽慈
諸處前來申之間又大雨夜乃星月俱現
初九日辛酉穎大嫂大殮皆蚤起余始而陪賓繼而在家前接待親
友丞來劑乃午飯内外共坐六席撤乃奉殮殮時而畢是日開霽天
色晴朗是閒梅梅便衣東設傷晚余易吉服乘轎至眉州大馬頭
答陳嵩全於船上未值卽歸
初十日壬戌嫩晴是出試街上乾吞由西城橋至吳絲前過秦庸雨耕
居叩門入問未起乃留約出至敏德堂見方宜將出余與元吉至宫巷養竹
居見錢耕之問善摹碑刻手約伊至虎阜之話少停至耕如處茶室

即向之儼和樓易名也於樓假座有徽欖二務時雷雨君來並示

知效和樓之為新如意也敘談良久雷雨他往余與元吉仍至路德見

小鄉師行諸人皆新歲所未見午飯時來了薛家甥與衛宮排圍坐

一席飯後余先歸又在近處閒步家中有楊辛生胡勤夫留飯

余既歸乃往仍歸書自遣

十一日癸亥晨出街上茭潮至豬庫巷茶鄉家使衣賀喜談頃回至

觀東風得春啖茶適遇君秀至合坐茶敘移時進觀見門口有

兩人共荷一枷者問說因賭博而被發掩捕胆敢毆官故上憲命從

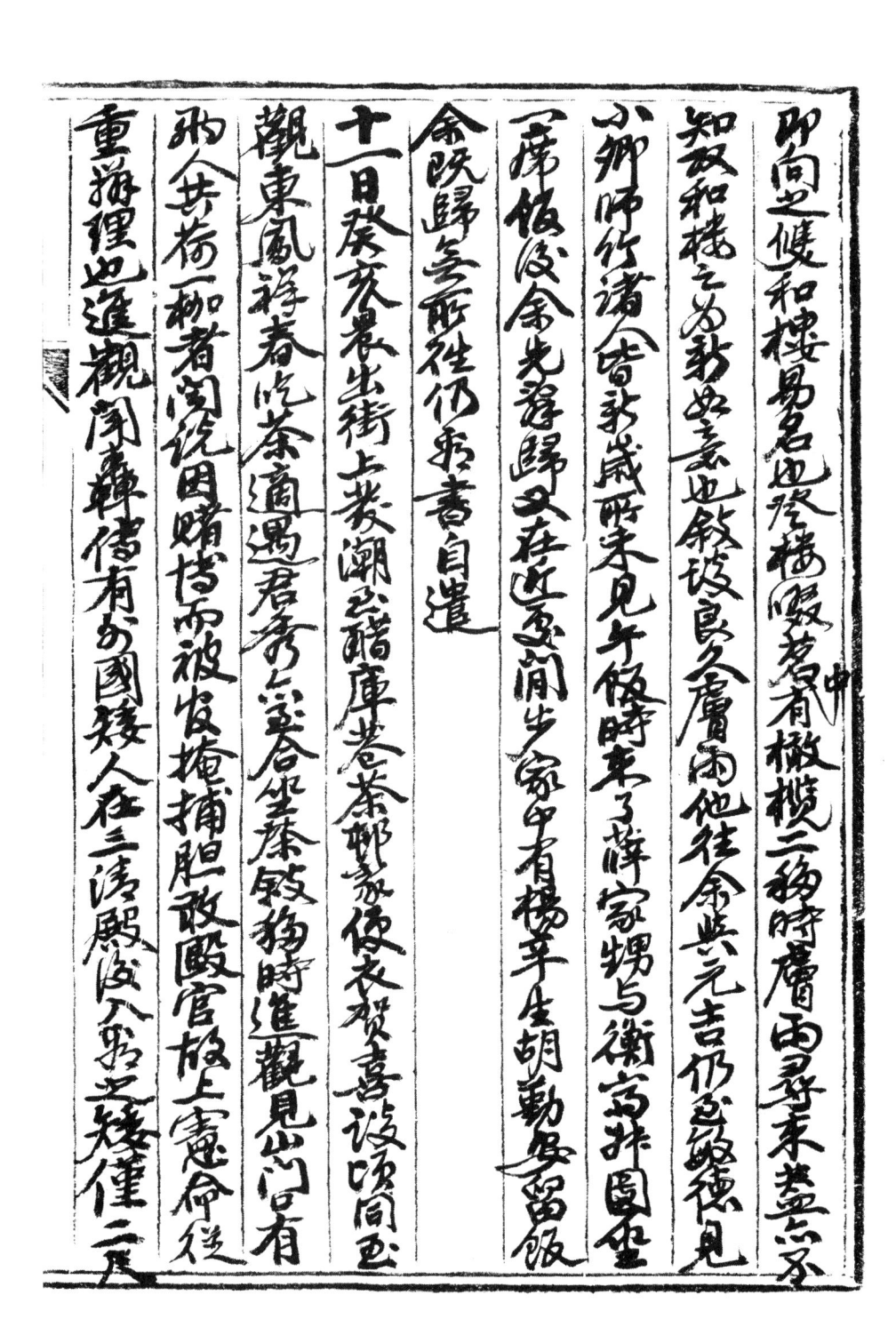

重辦理也進觀聞粵韓信有外國矮人在三清殿後入視之矮僅二尺

光景年約四旬，光景鬢髮蒲白，細眼，帶鏡，頭帶黃人帽，身穿中國衣，走則蹣跚，有丐以錢者，拱手受之，或作一揖，但未聞其言。余等周視一巡，出至丹鳳樓吃胡蝶麵，佐以蝦仁、猪腦、魚果，既而飽，乃復游觀游人，遊橋，在與春臺吃茶，遇熟識人，敘談移時，茶畢，欲歸棧，余同行君秀與陵方濃，獨留余與茶師同行，分路，意將至鳳雲臺聽書。僅至渭園，是方已疲，然此入座，聽王守梅說楊家將，返暮。

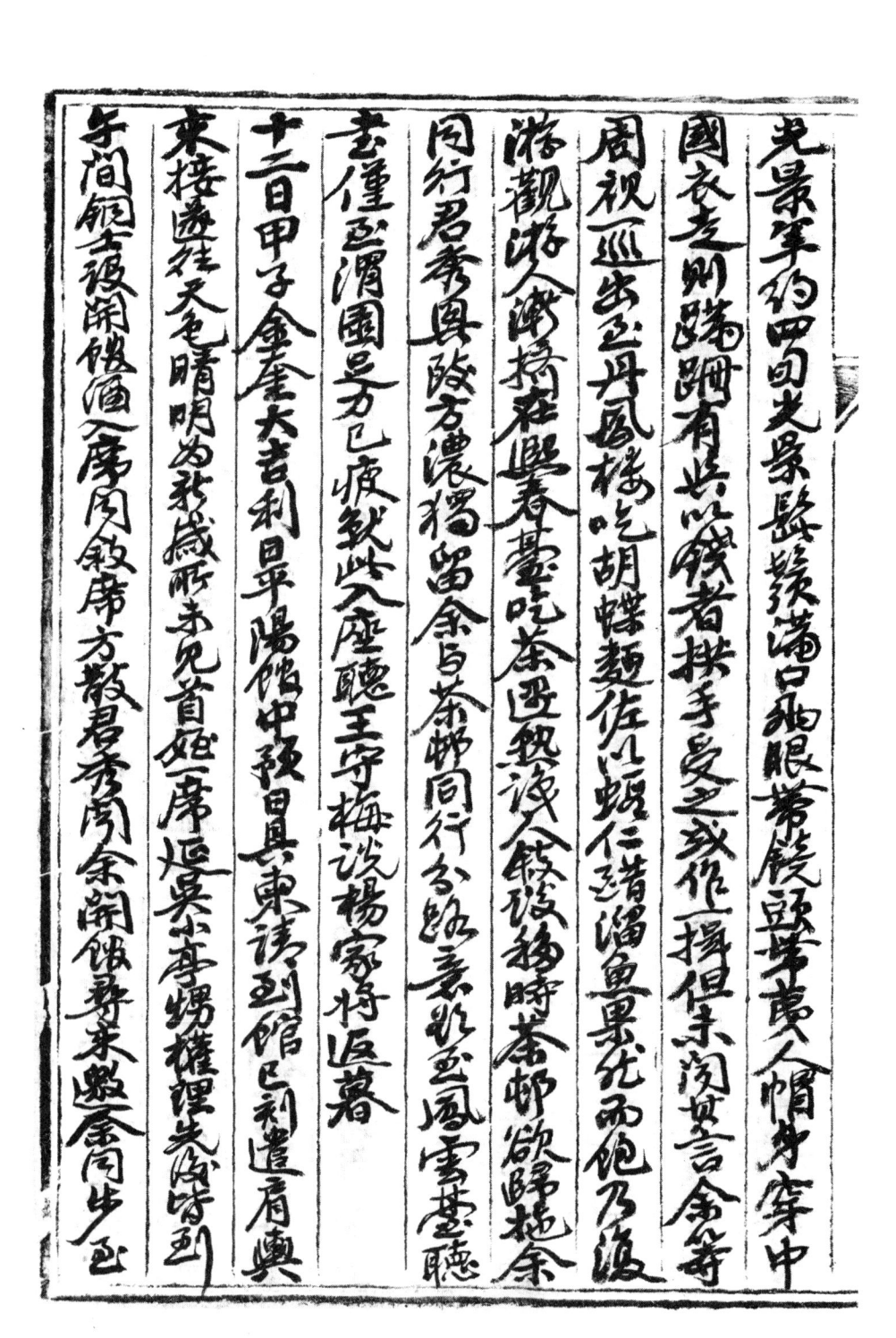

十二日甲子。今年大吉利，日昇陽館中預日具柬請到館，已刻遣肩輿來接，遂往。天色晴明，為新歲所未見。首始一席，延吳小亭、楊槿理、吳[illegible]諸時到。午間飯，又設開飯酒一席，同敘，席方散，君秀同余開飯，尋來邀余同步至

心蘭家不值，留字而出，至嘯筠館，後遇潤伯，偕出吃茶，遂巡行路，乃至
鳳雲臺聽姚文卿說真珠塔，過梅家橋汪氏訪君
十三日乙丑，晴。孩為上元日作踏伴第一幅長者了，乞劉五錫侯弟家
夜飯，後歸，一拜吾許而出，至大觀樓獨坐吃茶，後至午刻君秀乃來同出
昌門，在普安橋西新開廣風茶園觀劉五已開場人，且坐滿，僅得於東
廂憑欄添設兩位坐下，其餘一切排椅更無空隙，又不能與吸烟，至
傍晚戲尚未了，趕早走出來，不雜椅進城，仍在大觀樓吃茶點飢渴
轉行甚快，移時分路各返，歎大嫂首七之期，指霧前一拜入夜　祖先喜
容前上燭，供茶果，夜拜，夜飯後僱人做齋，十五請事，故尚早

十四日丙寅。昨晚得鄭庵弟去臘廿一日來書。今日卯刻偕屬之事至閶門月城將月茶樓會齊。同往者君秀、先到胥門，及三稀船亦到候。卷竹居錢新之、稀詩遣舟子往招，而新之偕其徒程伯玉乃至。少坐登舟，放棹直抵虎阜寺山門登岸。過憨憨泉、澗上凡有刻字之石，一一讀之，遂至壽帶借自所宜，暫憩試劍石、千人坐、生公講臺、虎邱劍池、白蓮池，閣中有第三泉。錢華岩以為方國所名，幢其唐宋之東題名皆刻而認剔焉。歷五十三級，以上直至塔下，見塔甎皆有文字，約略辨之，得千餘種，並前得四千餘種。往大雄殿後新搆御碑亭，凡碑四為康熙、乾隆兩朝宸翰，四面鐫刻，則統計五六十種矣。入擁翠

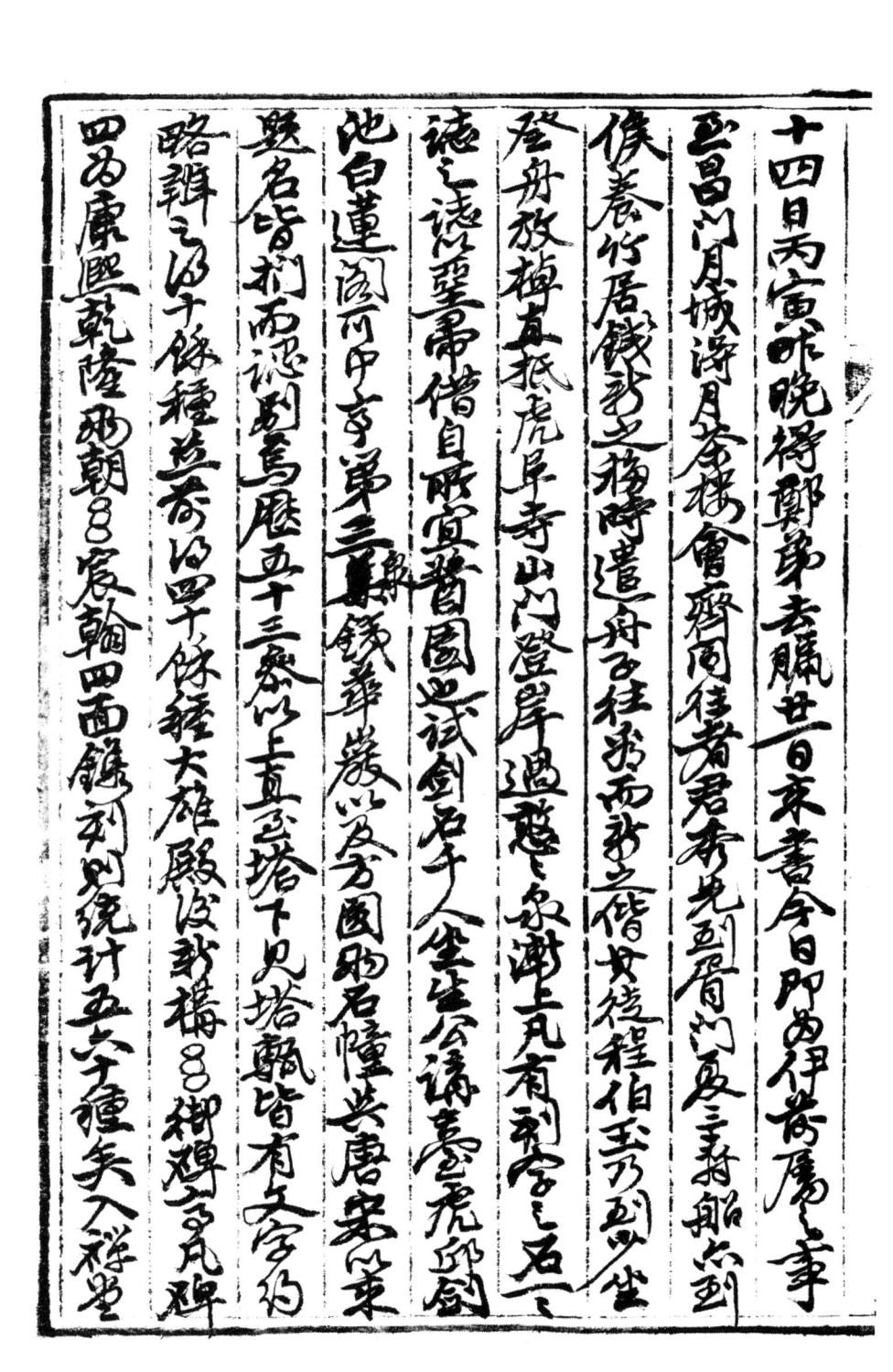

歇息山僧道成為供茗飲乃告以此事因言推招時有兵擬借宿寺中
並赴齋廚請定每日每人房飯錢若干事竣奉還道成言住持者
洪慈適他出歸告之當可照辦云云容出黄余言不當叨擾十方必思
以茶湯出寺入石觀音堂壁間有石刻普門經向來不全遭兵燹人毀
毀又半堂屋重建予為工匠所傷佛龕所掩奇零尤甚且捫壁昏
黑歸詢所謂以大來照所見稀今竟不能招矣山堂官碑殘座宗古北
為黃文獻撰書返舟午飯放舟至怡賢寺前飯畢入寺訪琴僧雪開
後遇設法以此事托之並托其就近覓木匠為豎木作架計談頃
出步至市在板橋邊登舟發風陸臨天氣轉冷仍在金回渡登岸進

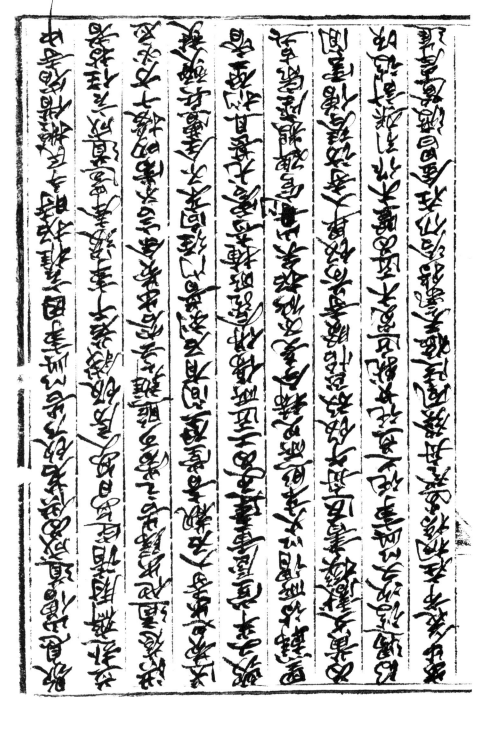

城，只偕君秀至神仙廟前聽蔡吟槎説倭袍，僅聽，以年同返。暮
矣。是日所見，以排景山莊牆外龍鳳彫飾四大字，以山西會館門
外牌坊歌聯，係所可記者。坊歌中間天地同流四字，兩邊仁至義盡
各兩字。坊聯云：冠冕載天顏，想當年鳳目龍顏，独秉英靈篤（[illegible]佳[illegible]）
生山右；關河流帝澤，望此日玉綸雲履，眷懷桑梓，遥從吳中。竟
於梓邍二字刻成歟倒，極經營，事極精緻工，乃有此誤，殊不可解。未
識自明季至今二百餘年，曾有人指其誤否，大不可解也。
十五日丁卯。夜大風，風之後繼以微雨。晨起開窗，約同仰蘇、瑾娥、孫萃元
郡進香。余先出至春申君廟拈香，一直投東，至莊祠，有族中諸人，我成

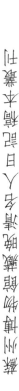

未見者。補內閣吉。並派出逛觀東鳳祥春。仰姫等已在逛之。春畦、蔡邨略
設撤。余等自傳奏司起。進觀自東面中向下面上面西凡二十餘處。屋宇
殿中擠不可言。香煙之氣眼不能張。稽拜之衆身亦無從置。或立或行
亦難自主，可云熱鬧第一日也。既畢，就閣春臺吃茶點。歇息片時，仰姫
等歸家。余到館中午飯。已過易煮湯餅食之。重備衣冠，多人隨至
壽人弄少緣預約到衙，商議締姻時所用帖式及泊禮之備。出遣子
湯及羡稽等四處，設稽時出，往至鳳雲臺。聽書，逛君秀、調伯並邵汪
氏姊妹昆弟，聽畢出，見溥泉不再坐，與君調分路歸。
十六日戊辰。到館坐定，小亭攜出到，余已打疊什物，令館中僕人取來並為

鋪設已刻茶郵來余有潘家維所送宜興砂瓶即以一壺轉贈茶郵談頃
而去飯後至壺園中步小坡談新歲相逢談論頗暢以新詞見示攜其稾
返既而小坡以所錄吳郡井闌記稾來示道錫侯弟在余坐即去以余
欲偏拓虎邱石刻故特以拓固家縣為勸也得倉石滬上信中有跋望
魚憶蘭兩幽及近作詩一大張又劍盟茶聽琴君詩
十七日己巳晨出街路頗滑蓋霜重氣暖也至彼已他出說在東園毫
尋之又尋於園池園皆不見返館則憶蘭在座亦新歲初逢以廉夫為
余畫使面攜來余以倉石信與詩付之旋至儀鳳若談亦頗暢返而
鈔錄吳郡井闌記錢新之來告余昨已同友往虎阜開工椎拓先以塔

搨本二十餘紙送來付與工料洋十元

十八日庚午夜有風雨轉晨陰錄完并闌記並理晨課將欲歸家花侯來談移時去後即行路稍滑壽莘猶三十冥誕在定光寺拜懺設供因一往還見陳益齋錫侯弟到家祀　先行收容禮並為　先府君忌辰設供逐一禮畢午飯二後即出至敏德坐移時同行至春育巷吃茶還微雨返館

十九日辛未昨入夜雨作睡後發嗽大晨起仍陰雨未已感冒不出課鶴書作文得閒作和滬上三君用東坡歲暮寄子由詩韻三首即饋歲別歲守歲還余改為分歲還歲賀歲且倒次殊韻併新歲所作一二錄出

二十日壬申用宜療病日喚藥舖人合藥君秀來談次偕至東園茶

無

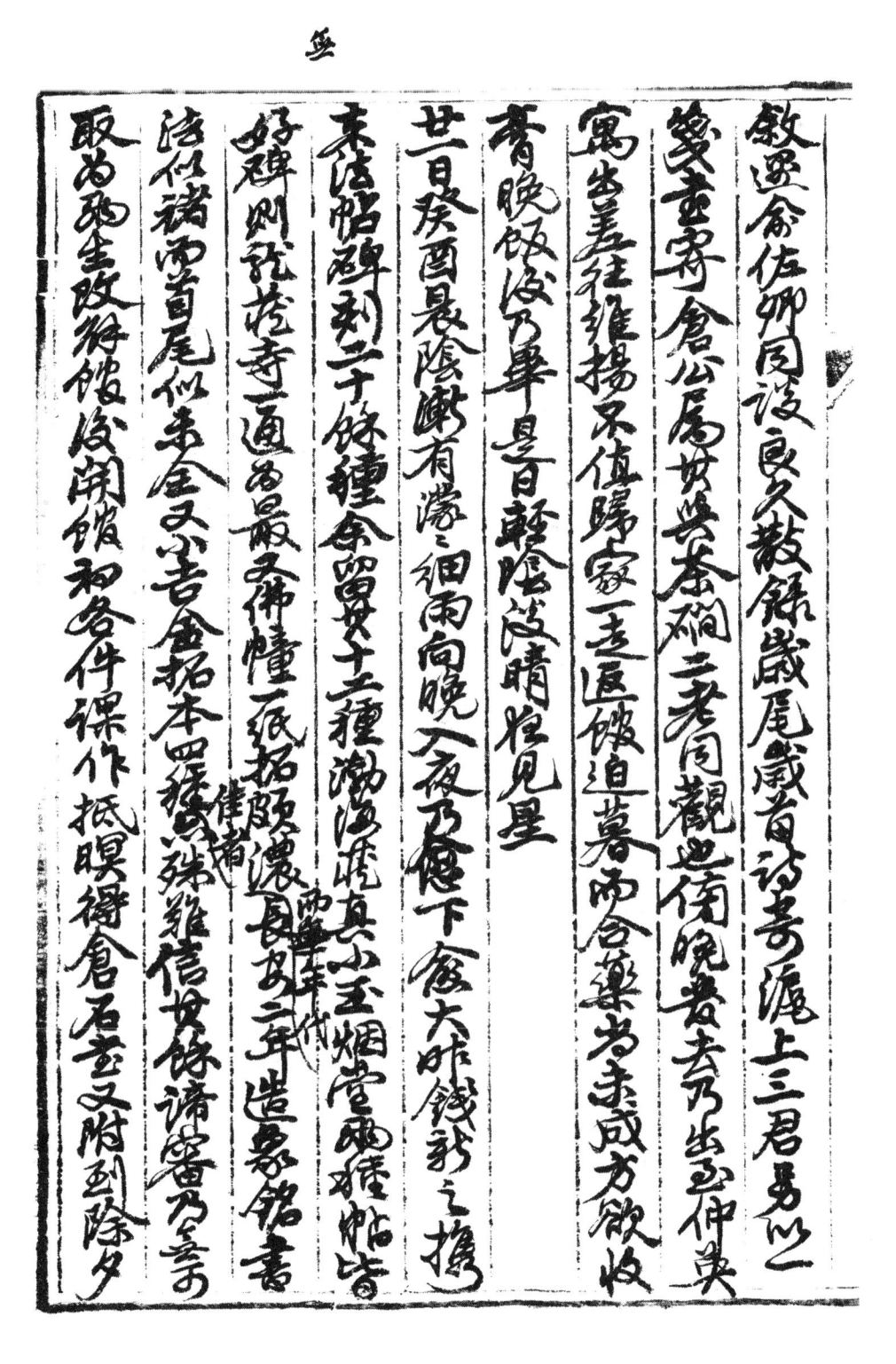

敘還俞佐卿同談良久散録歲尾歲首詩寄滬上三君易以之
箋並寄倉公屬[illegible]其茶碗二老同觀遂偕晚耕去乃出示仲英
寫出羑往維揚不值歸家一走匠飯迫暮而合藥為未成方欲收
膏晚飯後乃畢是日輕陰後晴夜見星
廿一日癸酉晨陰漸有濛濛細雨向晚入夜乃愈下[illegible]大[illegible]錢新之携
來法帖碑刻二千餘種余留廿十二種瀏覽[illegible]真小玉烟堂兩種帖皆
好碑則說[illegible]寺一通為最又佛幢一紙拓頗濃長安二年造象銘書（而[illegible]年代）
法似褚而首尾似未全又小吉金拓本四種（律者）亦殊雜信廿餘請審乃[illegible]子
取為飛生改繡餞後閑餞和各件課作抵暝得倉石[illegible]又附到除夕

所作輓及茶磨作除夕雪中漫興試燈日次倉石韵見懷余共
心蘭詩各兩首皆七律也讀之並皆佳妙

廿二日甲戌　晴時風雨大來晨密猶閟簾清起見霽色乃知夜曾霏
雪也晌午雪晝日朗寫大小對兩副午後陳德齋文來札致叔鶴欲借
虎阜志未得向其所於藥調生文所拓試劍石三字為紹聖乙亥呂升卿
題有程序伯印印川及茗文自題三跋此三字一石今不見矣傍晚一函紙
鋪返裁紙作匾字寫貼綾對一副並兔女綾上畫花卉

廿三日乙亥　晨心蘭來以倉石信付觀取茶磨詞牋去偕至東園茶話梅
時返晉課飯後往蓮與公堂中訪潘苤池由踏庫巷行未正茶邨家茶村

從竹俊追來云五哉條中知到封溪與邊五伊惠與生交倉石來信並
昨寄之對聯出係歸途再五余至鹽谷堂見燕池遺澗別敍談無已常熟錢叔蘇
與其業歐有古陶瓶一囗之伊出一瓶志拓本云伊家鄉有紫薇山山下
人家闢地為園開鑿一池得古墓先見此瓶出之究好認為朱姓諱
陽字壬中鹽官縣人卒於永貞元年改永貞為唐順宗年號順宗
在位
即位一年歲在乙酉今出於光緒丙戌適周二千甲子蓋一千一百年
矣瓶之下有瓶甚多都被鋤碎完全者僅存十之一二惜無字而即
之聲如良玉蓋久埋中土愈為堅結此為在韓蘄王冢瓶之旁益可
寶也余諦視其墓志凡十二行題首行銘詞一行中間只十行文極簡核

書法結體雋雅，刻手雖不工，猶見古趣。因託冀老錯乞拓本一紙。談良久。邀之偕出，再到歙家，晤茶邨，初相識，若益與倉石相交之語。因又偕之至鳳儀春茶敘。晚，與冀老援南、余與茶丈望北同至夏侯橋小香作觀。倉石付彼做架之晉磚兩塊：一永寧元年，一永寧三年。攷漢殤帝、晉惠帝、後趙石祇皆有此年號，皆只一年，並無三年，不知倉石何以定為晉甎。因又託茶丈留有拓本乃還之。返，飯，迫暮，治林朗札，將虎阜志付茶，告余曲得黃龍甲硯一品。

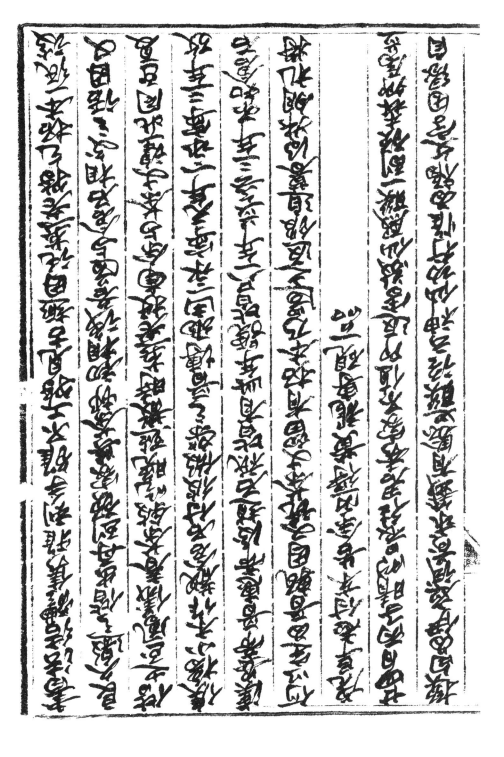

廿日丙子，晴。明日晨往君秀家，不值，即返。寓，敬仙處聯一副，硃森卿屬並撰句為伊應試者求籤有驗，四聯語云神仙功行惟為福，文字因緣自

有靈刹之來擔招白蓮池二仙亭各種先後來一一披視佳者頗少又
多不完全需移時雲閒僧來設點心後過小坡移時小坡來出劉孝山吳郡
名山不許妄人鐫刻題名並刻前舊刻名蹟湮沒意有所指也余
欲摘錄虎阜志石刻一門就其志中注存者今又不存者甚多
廿五日丁丑雨起憩蘭來偕至東園茶話移時午後君秀來坐設點心時
者有少頃之約酉初往尋於風雲臺未值旋歸路過之回至風雲聽
姚文卿書數場並又至憩蘭又與茶話散已抵暮
廿六日戊寅晨陰虎阜憩石刻一門錄竟昨約憩蘭君秀往大觀之約余
料理彼課晌午乃出至大觀茶樓君秀已候久憩蘭未至遂與人幷城至

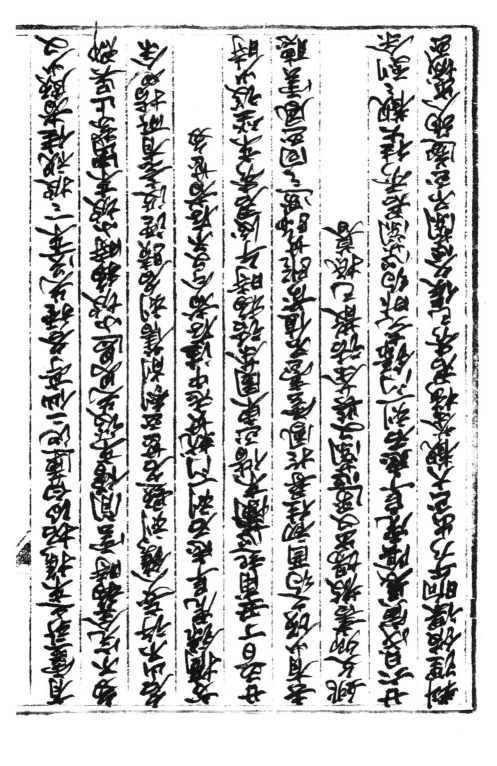

大觀戲園已開場而坐不擠坐包樓上過午喫點麵代飯吃之演極惡
真劇未完天欲暝遂起進城又吃晚點分路返館天將黑矣
廿七日己卯晴明湊成次和茶磨見寄韻四首改課作得歸鮑氏姪女耗前日
已因食病竟竟不起飯後因往探視有名說一般少芸料理諸事略坐分首見
周氏昆仲夜候同余返至館敘談後適新之來以綠招各種送來欲他去不果去
後姚嘯翁來談片時
廿八日庚辰晨至敏德不見人至蘅竹居談新之話茲付洋錢至鳳祥春
見在樓頭見小坪餓而留其母笑拈請伯皆至後頃又在樓下見春畦來託
致茶郵信遂至任蔣橋耀甫大嫂江氏開喪拜少停至板橋頭尋拜

抬至内宅相見因命人抬椅出送至是閒談留待稍時辭出返途又至
敏德家入賀集因大嫂誕辰家中備有盒麵留吃並午後返館背課
午日錄出次韻詩四首略寫數字寄昌石
廿九日辛巳晨至寧心街口鮑宅（本號）探路傳儕夢梅郎寫畢出至儀
鳳吃茶因花晨與叔安在鳥欣會同往談稍時余先行晌午叔秀來
至西邊巷拔諸人談頃去館事均閒寫並詠詩為寫之蔭字數條屏四
幅並至魚來攜到昌石一函内有劉暖見贈詩一首亦用昌石韻午箱而適
首作擬題傷朕至蔣筱園蔓歸還篆嵩於門邀入坐談少頃
三十日壬午晨余起茶郡已來同至東園吃茶照良久散午間背課申

刻君秀臣二周既仲同來又有仲英次郎君子仲者來約明日做媒
之話吳杏遜與二石二周同出訪源蔭求不見々湯伯繁略談出游怡
園觀梅々已殘大半俄而照蘭與少初偕尋丞相世嫂茗間談出而
分途返館畀間來邨為有西山觀梅之興房余僱船因靈巖我館適
硯銘來今年初見其談有時追余游怡園返舟子乃至詢之此月初頭船
皆不宜余以園中擬出中規亦殘敗因作羅論詒鄭盦信二封皆
新年所費並致濟之弟爰濟之亦送來閱皆為摺碑事也又詒缶
廬一箋燈下寫復鄭革書寫致佛見書
二月初一日癸未昨晚歸微雨入夜甚密睡下稍大晨起雨止乘轎出先至敏

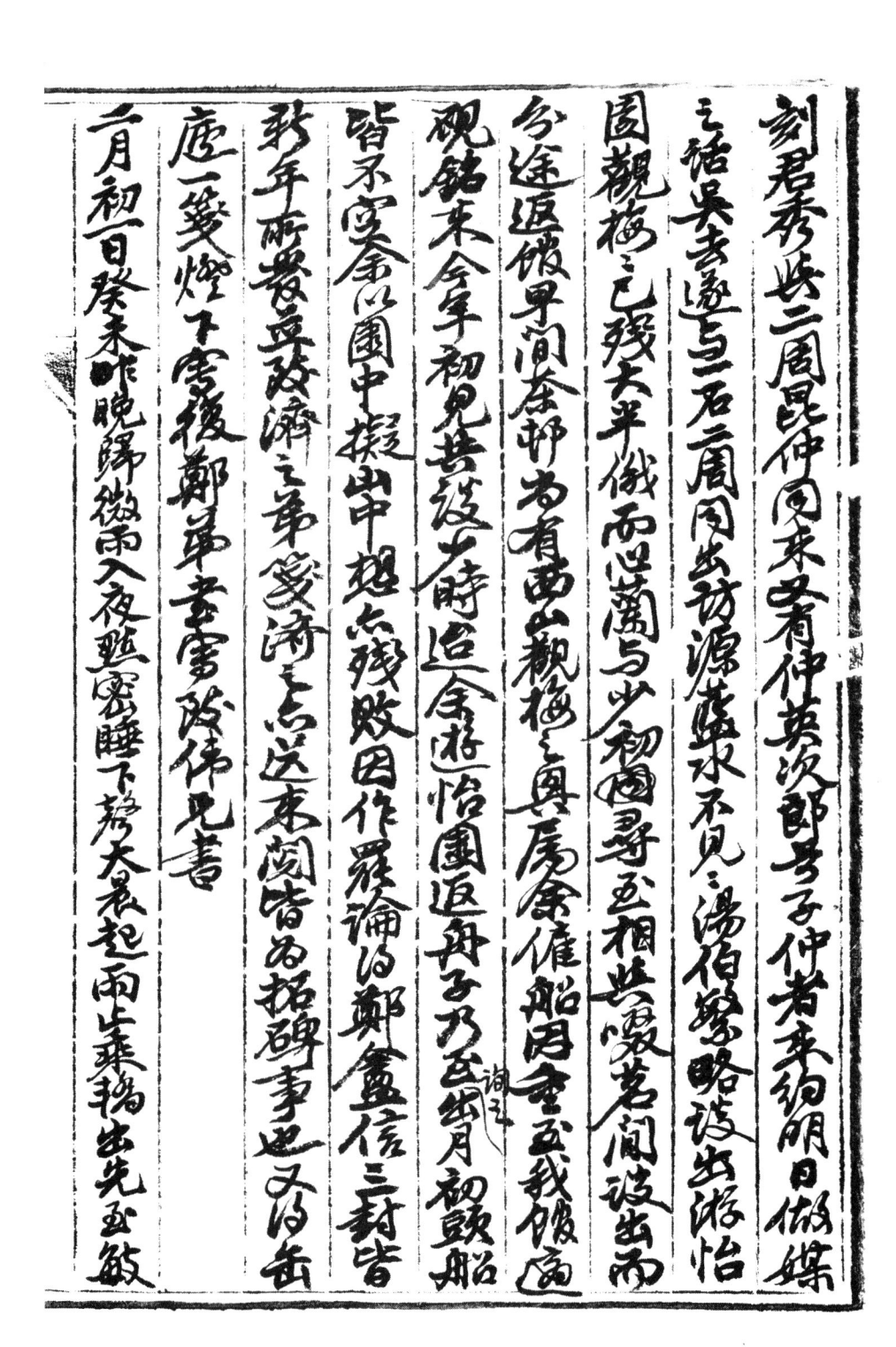

德出坐莊祠堂稍久返館為貌書表姪孫締姻於馮少岑之孫女吳仲
英出余為媒仲英現不在蘇倩其次子子仲為代返館子仲已在同坐本照
同至壽人弄馮氏老翁接見堂中具湯點三道引入書房備有乾濕點
又兩次禮意稠疊迨將同盤与子仲辭出再至汪氏事畢飯于備有午席
款媒邀同登雲峰仰山作陪余以茹素另加蔬肴數品席散又設水子
仲去余換去衣冠歸家一走午間嫩晴發風街上已燈歸見松兒筱兒前
日揚幫園到我館中不值因到其尤氏館中今年初次相見設稿時返路
一淒風霽雲甚遲溥泉略談回館知心蘭曾來
初二日甲申晨又雨綿延雲膝屏飛帽揭扇全天傍晚心蘭來其時雨

雖止臣為潽道叔鵬來論來楊吉金拓本册三叉瓦瓶拓本壹一幅留之
其僞雜出真惡相參長談迫暮去天氣又寒身子不適早睡
初三日乙酉天晴禮如常表諸清嘉坊火神廟中文昌閣拓香爐道
虞客辛芝濟之壁臣姚承壽姪孫皆我家人可謂拓矣漢君來家
面繳摺扇略談返館課既又書條屏兩幅者二蓋字數殊爲不同也
傍晚出遊過蘭于途同至少初處略談稍時觀其所藏書畫數種
返得凌子與滬上來信附寄拓本十種皆宋時物
初四日丙戌夜雨達旦不止習課之暇展錢新之拓來虎阜石刻各種一一爲
之記錄加釋焉午後雨止見霽色有風甚峭寒

初五日丁亥夜風竟晨霽心蘭來俟余吃早點偕同至東園茶話余往巷西訪
陳德齋文卿以吞之不值歸時返寓得有臣作錄石刻目傍晚筱甫遣人來屬
余代撰挽鮑氏姿之聯余前日曾爲撰就一聯本不佳兄不以爲然必要用殘而
猶視四字茲爲擬之云人事未完無怪遊殘而猶視親心難慰其奈我病莫
能興黃昏時小坡偕易由甫往游鄧尉先宿舟中
初六日戊子夜雨有聲向曙風作迨晝風多雨少旋不雨而風矣作札訂初
八虎阜之行飯後錢姓師徒二人同來徼到拓本皆大幅並及添拓各種
及經幢小幅展閱移時又付以資而去寄上海凌子與書附舍名一緘並
求刻印石具虎阜塔甎拓本凌與吳各四紙

初七日己丑。大風，已後天霽，氣寒有砭骨之意。以新之昨携來各種輯入月餘隨筆記。報說因以先日已刻君秀來，說少頃即到朱氏館去。

初八日庚寅。晴。同人為虎阜之游，用晉江東之船。請晨茶都去，設豹時在養育巷吃早點，至心蘭家，已他出，乃至少和家，候其起，敘談，等候心蘭來。去到我館中已出向去，知已到過，乃尋來。少停，四人同出城上船，即解維向閶門暫泊，令舟人到月城茶樓迎接客人。先來了錢八舅，拜鵬再去迎接，乃得君秀七人。既齊，開向虎阜，直抵山寺門，為澤下泊定，船中設席午飲。錢翁年最長，其則年最少，余居主位，暢敘快談，良久而撤，乃登岸入寺，即見招碑者在山門，招碑兩人，中一人隨我等進，步先登擁翠山

莊有新造左通亭廊亭額月駕為用舊名也廊臨通碑大書海涌峰三
字錢竹汀宫詹筆也盤旋而上送青籟中茗飲少憩由其後門出盤益
高直抵塔下向僧取鑰匙入塔中觀之塔甎除前日已拓外並無別樣
君秀更上一層亦無所見到石觀音殿内有粉壁上石經僧人承前日
之属已將什物撤開可以椎拓矣因前後觀其碑陰題名申申女匠瓜
祠甚應階而下隨處留意有無古刻並將其旁經各碑僧人匯見其之
問話遂入禪堂少憩吃茶已而下山與諸人重復會齊擬到山莊又看
興築造旱船一所俯臨大道亦頗勝覺回舟時有欲散步者同至元
氏家祠錢翁今人開窗匠坐設茗又少憩片時出乃一齊返舟敖棹歸

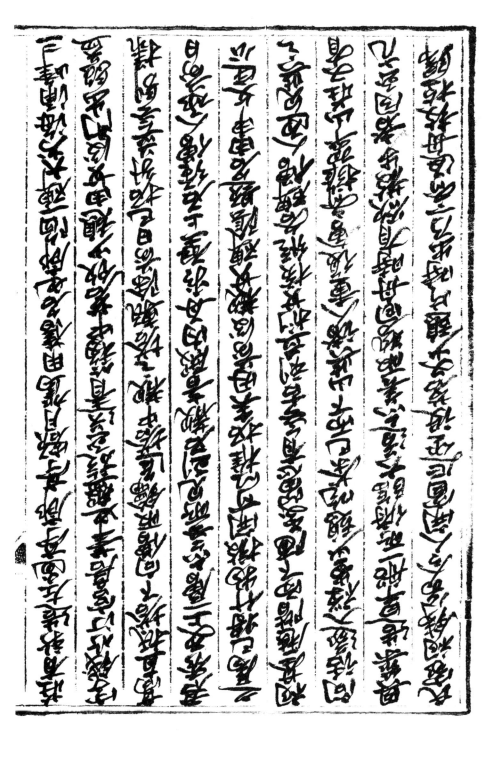

天色漸晚，追抵金閶岸頭，燈火如繁星矣。又稍憩，晚點鐘，偕君秀耕朋、光基、岸吉等四人促坐放回，胥門登岸進城，月色甚佳。返館正夜飯，余喫粥而已。是日伯雲往耕蔭義莊會課，初發題硎。

初九日辛卯，晨至敦德，不見人，遂至鳳祥春，亦不見。茶畢，同春醒孫茶敘，未幾，元吉亦卯皆來，同飲移時。茶點畢，返館至春紛居見錢新之，又入敦德新造屋內，周視而出。即返館，伯雲錄昨會課文出，午後忽花僕來邀余出，留寅住談移時，乃行至閶門，購笑拈閒談良久，返館坐寫摺扇全面，天暝矣。

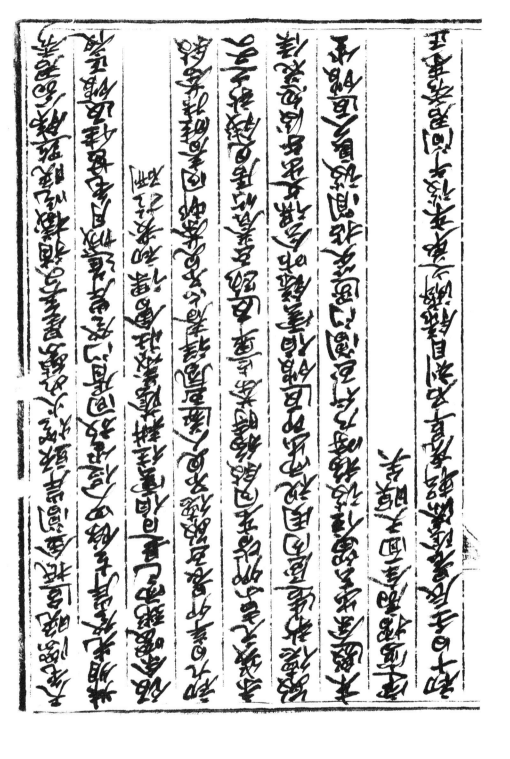

初十日壬辰，晨陰，添轎虎阜君刻目錄，瀞之弟來談，午間君秀來正

談時既之如來傍晚竹巖弟來因余有札託以事即來復也余因即往君
秀家以竹君語復之
十一日癸巳錢叟拓碑人來文徵到各種吳仲英來談去後余方雜駁君
秀來略談飯後歸家一謙通懸壽二十兩弟但賠二弟談頃到家為穎
大嫂五七之期一拜詢知姚以蘭表叔事見松筱知先藻卿之大郎來
蘇八姊母女亦在家各敘話移時出至雷甘翁家今歲未見敘談久之出
過溥泉寓又遇表兄談少頃返飯二生課文与諸狀在塾中坐頃心
蘭來談至上燈留吃夜飯談久之
十二日甲午晨陰日微陰漸〻下雨花朝過此天諺謂花果有殃也作致鄭

龕弟書作札致濟之弟託寄。傍晚以昌碩去冬刻印章已成，並惠我
楹聯一副。印曰：五百造象之藏。聯曰：六國印何如負郭二頃田，千載名不及當時
前一杯酒。信中云近作紅梅大幅，題詩其上，錄稿寄來，詩特奇崛。又附子与
復我一信，既借去古籀疏證，又頭以鄦學發爲蓋，沉浸乎貫串也。
十三日乙未。早出詣平橋節孝祠，官已祭過，具衣冠一拜，即至茶鄰家，茶鄰以昨得
蒼石附致伊之函，茶以楊藐翁新刻歷鴻軒詩文稾兩冊持贈於余，偕至鳳
儀春啜茶，旋快談而散。飯後茶鄰遣鈞與一姪來取前日虎阜所拾瓶盆花
去。天陰，時有小雨。傍晚琴趣至，謂吳雲巷赴吳筧亭招飲，迨夜入席，爲姚嘯筠、
范小珩、王根香、曹嘯虞并主人而六。席散先歸，街有月色。

十四日丙申　昨夜陰寒，夜有風，晨起又霙，旋陰，未幾又雨。作復昌石信，作致佛兒信。服將虎阜舊種拓本年代另編目録。長腳雨入夜。

十五日丁酉　雨連夜及旦，終終不已。乘轎至莊祠坐，坊出至敦德又照信。世兄東姪自滬上來，省見余，約叁竹居。飯後送虎阜方結名拓來，又其大一包付置轎上。雨行至隆慶菴，拜良甫舅兄六十冥壽，略坐返館。新之哥至遂來總賬，計拓見虎阜石墨叁九十來種，發去工料價已六十番，皮有零。課間披閱所拓來石墨各件，續算叁目録。午後濟弟來。

十六日戊戌　雨止天陰。算叁石刻目録。濟弟以鄭兼寄余函送來。紫東姪午後來，仰蘧姪傍晚來，亦自滬上歸也。向暮心蘭來，同至東園茗話。偶竹

此十九日事誤記

崧弟來札，拈眾東圖口乞之去。燈後閱聲手生來，因昨以仲英札爲

租屋事送手生閱，今來覆復我也。

十七日己亥。陰晴。殺半續編虎阜石刻目錄。濟弟札來，復之，并及昨竹

弟話。午後至君秀家，不值。

十八日庚子。晨至宫巷養所居，付拓碑價，又以圖好觀拓本。宋君家卿出

碑付我。同至鳳祥春吃茶點。移時將散，至樓上，要笑拈出，遇寀亭，因有

後日之約。返途在敏德少坐，到彼伯雲樓，以平江書院甄别卷文題皆將

輕千里詩題如癸春臺伊揭暇作（以發字）上騰，出稍爲改削，詩屬丁稿作之，

亦爲改削，乃謄上課卷，日間交去，時尚早。

此十八日事應移前

十九日辛丑。晨將歸家，知一琴甥十周年在臨慶庵設供，乃具衣冠一往。少坐，到家。穎大嫂六七之期，具服一拜，方預備開弔之事。有廳上輓聯須寫，又欲替功服外孫胡桂初泮榮撰一聯，余乃留家中先擬就桂初之聯云：荳蔭推榮，陟屺徧違齊女路；葭根接葉，報劉未奏渭陽胡。家住前門，外婆沒時外孫不及送終，桂初是嗣子，故云。飯後連書聯字三副，聯三副並六處叙。既畢，乃出至君秀家，不值。薄風雪甚，至晚姚文卿出，暮返館。

二十日壬寅。晨笑拈來，前日所約已定略。談即去。君秀約伯莊東園吃茶，往際之。返，接無錫寄到東林書院甄別卷一千文，數十本。余以編日事畢，先子返飯後，始開祓，一為生題君子喻於義兩章，嵩宮題識登科記，自科字童題，思齋為見示賢，店花春雨白春字，即分童卷四百卷，偕君秀代閱。觀樵以往道邀諸潦上卷，既與余遂歸家，為預備一切，詢齊客已有至者，盤桓移時，出至頤樓，邀同人為冀亭公餞，並答席，迴候良久，冀亭至，笑拈孫至，姚嘯翁與雪樵、硯銘聯袂良久入席，已不早，雅只二人，撤席回飯，已在亥子之交。

廿一日癸卯，黎明起，將歸家，天雨冒之行，既到家，下舟，天氣陰冷。頴大嫂棗吊出殯，親世族誼客來不少，冒雨天午席，堂中五席，賬房一席，餘則內眷與自家人也。申刻堂祭，費引理放送，旨舟次

因悮泥途送出河至荏定寺中換衣服即返待到同吉拜過天
色已暮余屬館中以夜轎來用之返館已晚飯時
廿二日甲辰始閱吉林卷紉蘭來談近作梅花冊屬余題引首先至
東園茶敘返為寫耀仙二字下跋數字託送與小坡同閱晌午歸家祀
先過清明節拜畢收飯後晚飯之後秀周紫垣帶來伊家官傅公
所藏宋元人法书勒石為紅崖館法帖者展玩移時返館又閱卷
廿三日乙巳清明節晴朗天氣雖陰寄子哥鄭弟信並目錄一本託
濟弟同寄校出之紉蘭字又承以江錢君篆幅及舊拓碑本見
惠懷之偕出至陳卿處我自上海來過談次知沈泉亦自常熟來爲伊

亦至一同敘談良久乃出余至仲英處談租屋事返館將及飯時因飯後再出至敏德處目上需用前後四大字懷之至敏德處略坐至敬慎見籌辨道弟姪輩皆往虎邱老翁正無莫侍話冬之方翁出至錢翁家不值尋於敬前茶室乃遇夢梅坐下同敘移時出過轉壇會觀之返館有錢能之送來洋清緒印之自漢迄唐古碑三百餘種

廿四日丙午夜來雨破曉乃止閱東林譯卷午後至水鏡齋訪曉曾韜我往留西園中後事漸晴而楊柳忽枯晚与君秀心蘭茶敘

廿五日丁未君秀心蘭均有約而茶市未至至東園余略坐即至硯銘處冬吉殿臣韋信皆至東園約者皆赴五人同敘君秀出

之文五峰華秋羅界畫卷兩件又心蘭文葵青居遺稿又余豁父
楊新圃錫時散返館麐安京來贈余府尹八分楹聯談頃去後
至伊莫厲談頃歸家爲穎大嫂従七都盤桓片刻至对門尤氏訪
新圃則君秀先到因与敦孚同叙談移時同行余至長春巷鴻
文堂局分局答吳吟麐不值返館吟麐名恩基杭人
廿六日戊申寫心伏案閱卷君秀早晚兩次來
廿七日己酉黎明起啜粥一盌乘轎至程鱗莊祠春行春分節恰
好開祭節孝祠余代主祭餘皆隨班中間吃長點餘祭畢吃飯飲酒
飯後又散會後出至致德禮九房三姪名陽拄砥乎山之孫鶴逸爲續

經旋中散而已彼共七八千間設席三人共一間席散途遇時客都散余
亦出已金史巷李宅開喪一拜少坐返館猶有餘間閱卷是日莊中
與試者到八千人遇濟弟出鄭弟來信
廿八日庚戌陰閱生卷卷竟將雷同各卷一一檢點又通行翻查一過自
雷同四十餘卷共抽十餘卷過午乃出赴茶坊家赴招已過小雨
至則藻卿已到並有他客并其父子四人而已設次雨止席散與藻卿同
行分路返又遇小雨首姪來館中診孝
廿九日辛亥夜雨余遇澄心蘭階徑來茶叙於東園晌午備餐來
程通甫來卷設少頃新之來算賬找清之風費招價洋五十

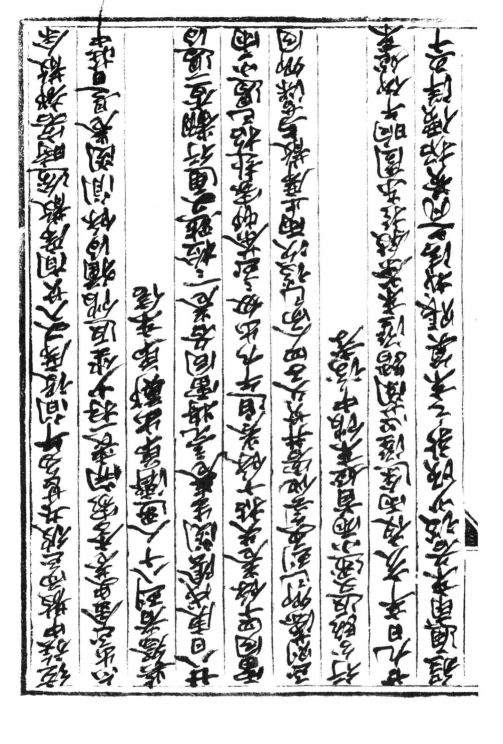

一元心還於力矣歧君錢迎福來又爲修雜隱生付其詳酌元年俊君孝來見余方閱璞生卷正排次並加圈點評語總

括損失大無々者余又捨此作跋並孝傳見函信

三月初一日壬子蚤出至敏德處寄偉見信不見一人邀至莊祠遇見之人今日皆因時早也旋還至鳳祥春候笑拈到來小亭

信茶叙少時再至敏德乃見諸人談頃返館所閱生卷排次既爲評語未全且暫擱起閱畫卷傍晚君秀來邀至東園茶話遇吳硯

庵金匱署中舊友也會了茶東而去

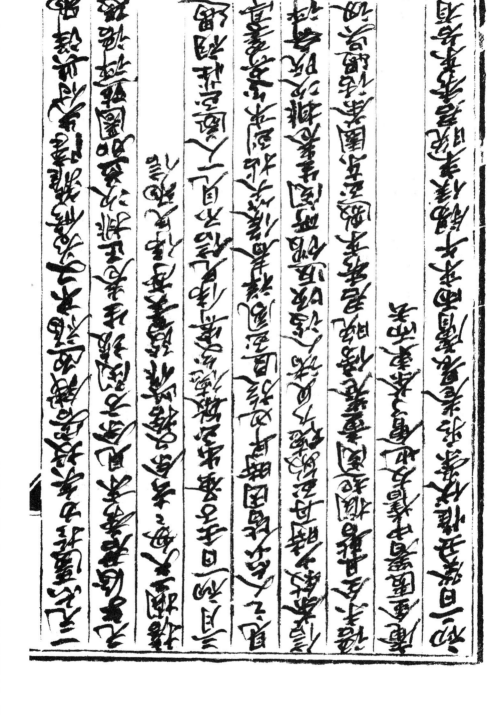

初二日癸丑惟伏案形卷晨屠雨來午錫侯來晚君秀來吾有

停頓君秀去，西文來，云遇薄泉現在儀鳳，招余往，往茶話至暮。

初三日甲寅。清晨入寶積寺謁星齋二姊，遇二外甥女隆氏十周忌，坐片刻歸家。至旋返館閱卷，竟日。迫暮童卷竣。

初四日乙卯。晨至君秀家，將伊代閱之卷取回，併於一處，始爲排次，一一閱入各等中，乃將上取者加評。午後君秀來，續付到未閱補閱之卷，略竣，即去。天雨有雷，驟大。夜加圈評卷，略得其半。

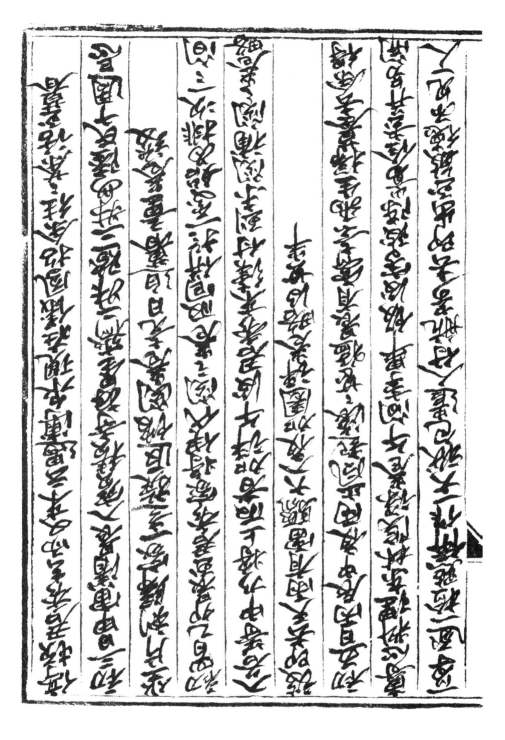

初五日丙辰。中夜雨止，風起浪浪，甚猛。晨有寄去飛生掃墓去，余得專心料理東林院課卷。午間事畢。飯後寄陸陳尚全去，并另開一單，並一檢題，併作一大紙包，遣人付航寄去。即出至敏德，不見一人

至慶夫處今年始到因与略談歸出至觀音寺人不值歸家晚餐後
兄侍与松泉永姪談移時返館還錫僕到我館中因招大談至暮
初六日丁巳耕陰晨赴春祭雨集皆往余遂出至梅藥屬貝少梅超談次
同居之鄭祥生開聲出來飯談移時偕梅孫出東城微飄雨徐行雨止至觀
前玉樓春吃茶稻香村買物天色晴午在丹鳳樓吃麵代飯返途遊
怡園時尚早絶少游人桃花正在盛開名色者鮮溢迴看映水作雨株
夜九日不給賞意行之時乃坐定呼茶飲茶久之又起徐步雲披日仕
天色晚晴並復留遂不行院出同吃晚飯分路到館得汪聽樵上無
錫來信催取書院課卷因即作覆復答寄君秀並來回信

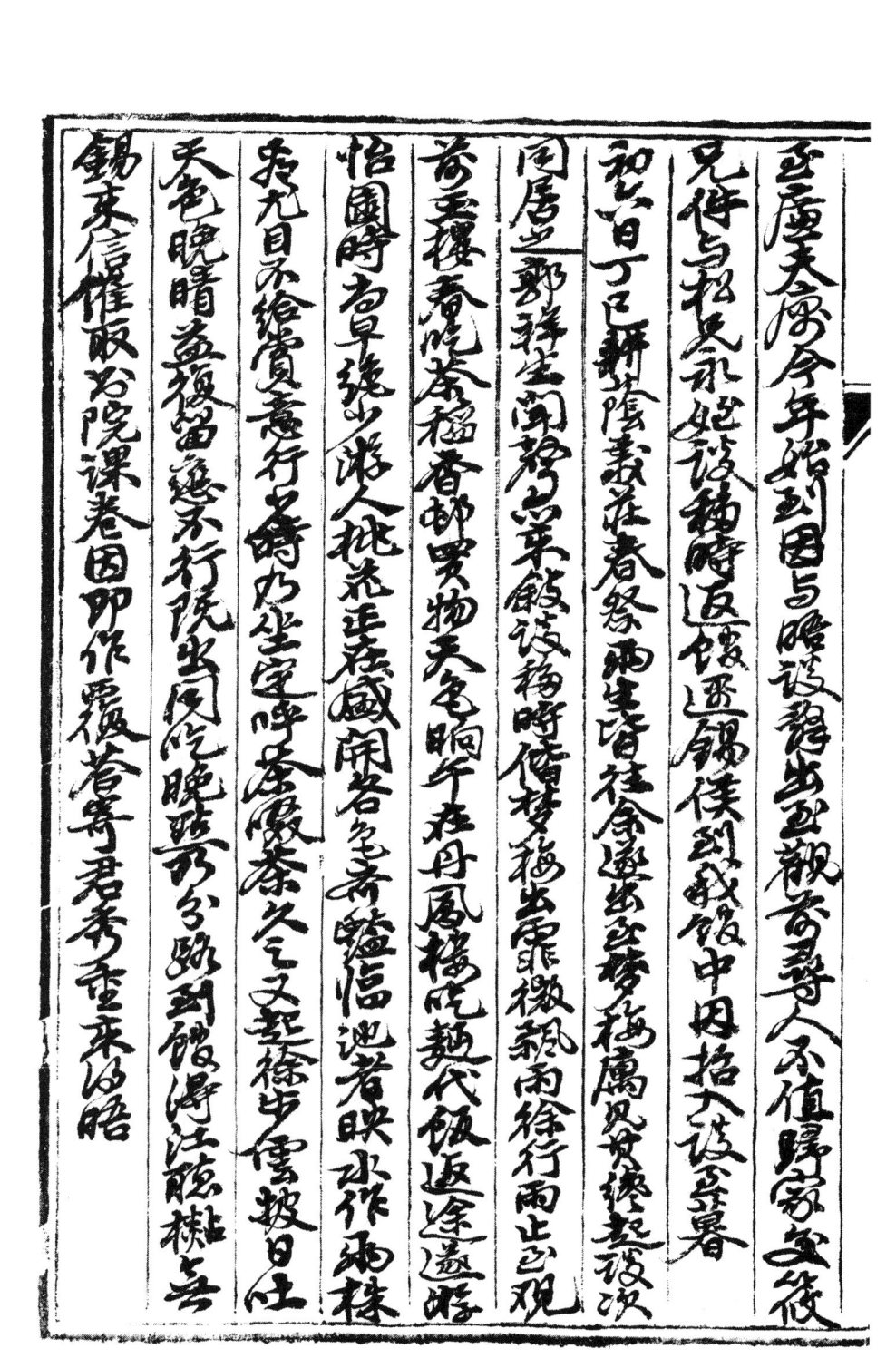

初七日戊午，晴暖。晨檢虎阜告招，取出五種，以兩種呈鎮青中丞嵩駿，以三種送田坡并父小坡。昨得甘肅濟弟來札，皆有索字件，因命僕磨墨，促後連書對三副，皆未畢，宿債也。傍晚以前所書條屏兩幅加寫求款，以報贈我極勝，携出，遇君秀於門，有東園之約，余遂往文泉處，不值，留件而出，往姚舖省屬後，路設酒出，踐君秀約，遇調伯許來同叙，余一至東園，傍之良久，君秀欲歸散，出上燈矣。

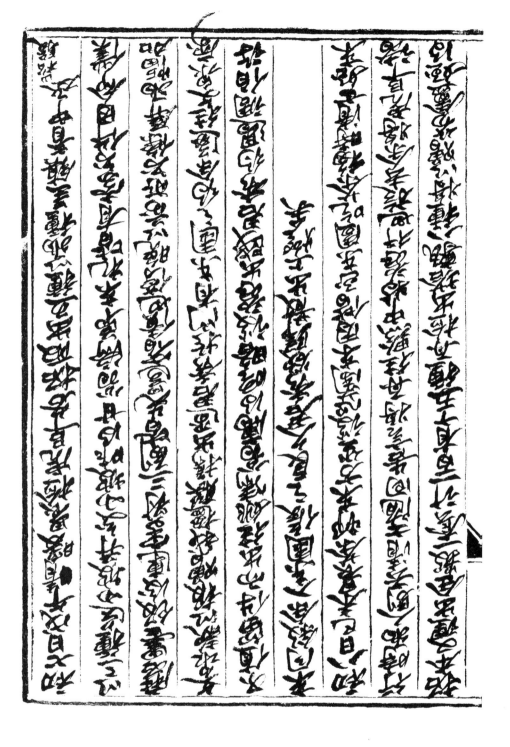

初八日己未。晨茶，邦來，方丈設心蘭來，因偕至東園吃茶，梅時濟士先來行時，兩人別去，清士隨回告言將再往黔中，將辭行也。旋去，余將虎阜諸招本又理出全數一套，計一百有十五種，再檢出塔銘八種，將以贈芬盦極好

鄭盦第廿九日信已先接到，余所編目録矣。贈余漢塼、漢馬曹題
識拓本兩種，寄次信中，贈余鄭有道碑拓，是近時重出土也。
初九日庚申。晨寄徽州族弁殷中尊垣，属寄之吉羽君秀來，云其譚
昆圃尚在儀風，因偕往先塋。汪松屋其心蘭少停，昆圃來，余久不見矣。
正啟敦設館中，今來言弈芝弟在遂返甫，見濟之弟亦來，皆往謁新
方伯黄子壽之便道也。少時彌弟皆去，余仍到儀風，与昆圃談伊与黄
方伯同鄉有世誼，故舟來謁也。談移時散。天氣早陰，至是遂雨。寄廿八日所
属大楷幅一又寄濟弟所属小密心十二幅，是預備新房中用，特皆
取吉祥文字。上燈時陳嵩佺來，亦晉省謁新方伯也，略談即去。過午雨益

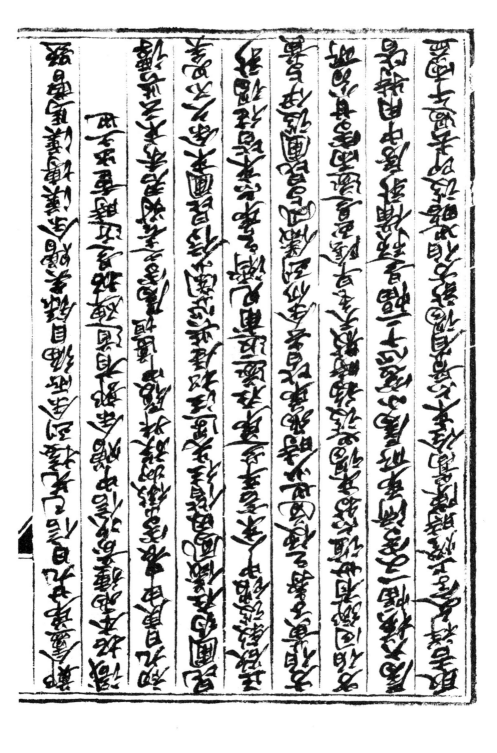

大風有雷，浪浪入夜。是日交穀雨節，即適雨。諺云：清明要晴，穀雨要雨。農政全書云：穀雨日雨，主多魚。故諺云：一點雨，一箇魚。

初十日辛酉。晨具衣冠，欲走答高，但因街道尚濕，稍停清□，來知小街可行，閏小坡來，遂同往大小倉口偏覓吳錫齡坐船，不得，蓋已開去矣。作復鄭盦信，飯後寫道士莊夜上所用小綾幅一寫三尺小對一語，為紅藥棚階衣並帶綠段，映水月攜園。道君秀來見，言明此預備送周調伯定婚者，同往綠葭巷，於四月初定婚也。少坐偕出，至雞達巷尋汪理卿，同暗看同游怡園之興，至則園中甚清靜，牡丹尚未放，桃花片片，在承中旋出，同至養育巷儀鳳吃茶，點燈後良久，上燈後散。

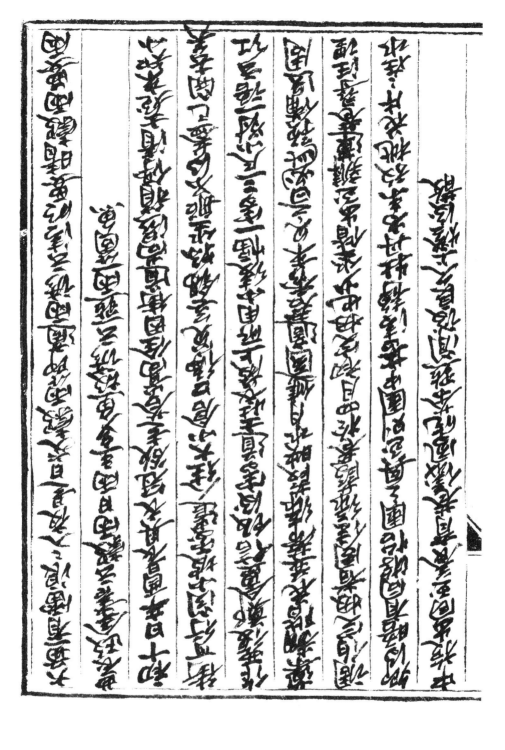

十一日壬戌晴晨至甘家吊唁屬寫朝衫并以新河江錢君先生篆幅呈
吃金設稿時返飯後源慈求湯伯繁同見過藍求易我　朝服色初次
相晤三人餘後半時去藍求以冊一頁屬書時方為計葛存生寫圖二帖
幅為石銘人寫斗方一紙晚後即為藍求書之傍晚後出錫侯來出所
經信并先還我五年間出示欲至敏德不見一人歸而尋見小卿出作先寄
我至月廿八日者展閱時元書亦歸余說起要游衣料元書云不為拆片
後至護龍街望北寺了三家取了兩件回行過華亭莊取現成夾襦
一件回至敏德少坐返已燈矣
十二日癸亥夜來雷雨大作晨天霽地濕心蘭著屐來為我購得舊刻筆

筒作山水景心蘭云酷似眉生晚年筆偕至東園吃茶遇汪甸松座談書

畫名品移時返閱小坡於和季日生一女欲遣宋所出道因往賀之午後雨

又作綿綿不已為吳翠亭寫摺扇全面

十三日甲子蚤起雨聲止踏泥出胥門細雨濛濛登舟候家中永瑩既三姪銘

操弱姪孫及錫侯弟到齊解維往光福掃墓巳午之間雲陰漸散抵木瀆

泊塘橋遊嚴家之范張家松甸偕留飯永姪銘往上沙汪太姑母墳獨舟至端

園前候之行一時許回舟復解維一面吃午飯前進天色澄霽西初到山先

掃黃河橋舟坟移泊澗上各宅舟俱前集又就近掃毛坟澗香雪海下

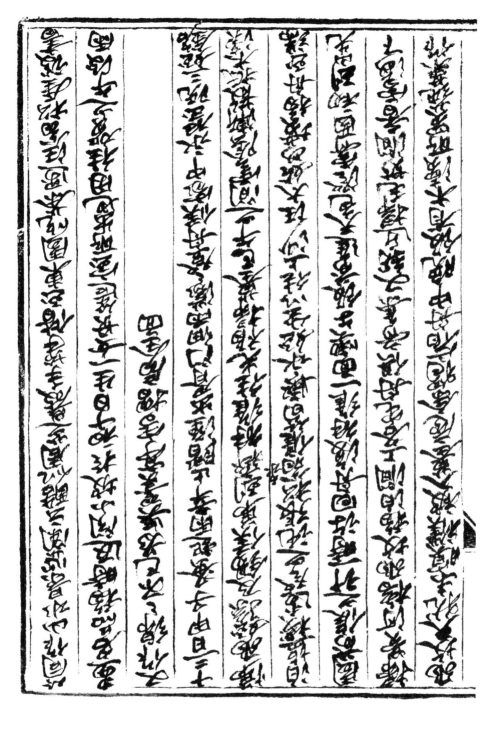

舟坟大猶未瞑襆被入墓庵余獨宿舟中晚飯有木瀆所買蒓菜鮓

蓋其香益消藏翁時六人皆上岸余遂就睡水窗射入月光

十四日乙丑黎明起盥沐所具衣冠同諸河亭橋　祖塋支下共到三十八人余與序东居第人齋與飛蹺舍中　壯舟四舟四房支諸人皆去餘人吃早飯入山余獨乘轎諸司徒廟弄真如塢殯　祖塋大房支下沒千五人散而西逕至堂奉先福掃　榛山谷紫庭公配徐太恭人錫生鵝兒祖考塋　先考諸墓返洞上路穀大嫂殯前而詣寺畢時方午即收拾墓廬襆被入舟一面開行一面吃飯出西崦風無水順抵木瀆於鎬錢園左近泊岸步至鹽橋又過昨日錢莊即登舟前進國匹已旅有余獲與永暨孫姪在界國浴堂中余亦洗浴旋時返帳夫寢春日

之長洵可愛也是日晚山雲氣滿欝而竟日不雨夜月尤皎

十五日丙寅晨起天陰拂曉偕諸莊祠出過敏德賬房無人退出天寧兩轉部應對巷知小卿弟門入座兩遂密乃同步偕至賬房視偉先前月十七日信供譜琴小卿公閱未者坐頃雨過甫遂返欲作復偉先信并致信之云云乃長午後遣人送敏德雨仍虐作或疏或密到晚入夜是日宜入學開日令鈞書試筆命題言必有中

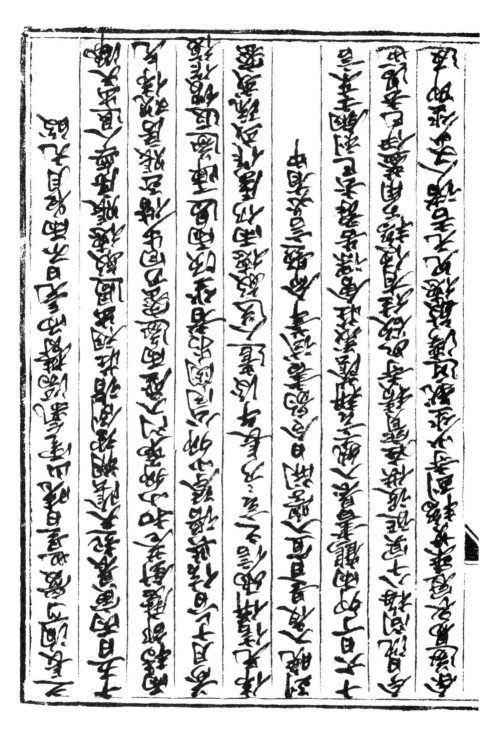

十六日丁卯雨鶴書晨入塾云耕蔭義莊會課告群去巳刻鋼士來言今日沈閔梅八十冥誕設供在寶積寺欲往有使轉可用益伊已去過也余遂易衣冠乘輿轉至寺少坐就近濮敏德晚元吉諸人又少坐即返

以蔚琳來札示我近作跋汪少山先生畫蔚琳少山之婿也午後雨歇
雲澥開偉光信中言静娵生子名承譽啟娵生子名承學
十七日戊辰晨心蘭來知夜雨街路未乾少坐同至東園啜茗聽雨調伯
先後畢來皆至余館中遂同坐移時散伯雲不大熱小病遂歸午天晴日
出地皆乾潮驟暖易衣傍晚出街路已燥游怡園牡丹大開且受雨稍摧
不甚行將前去遂與識人甚多與芝孫琴庵旭拜同坐吃茶已而雲陰
陵起今晚有陣雨先出返館湛泉亦返于怡園而曾至余館
十八日己巳晨陰至通德拜季玉叫琳除壓在彼吃早點少坐至君秀家
候其起同出在吳苑軒吃茶伊邀余明日往虞山我就船余辭之天陰地

滑余先赴返馥儂晚作札欲詒心蘭心蘭適來面致之同出為余將新買拼片兩件付秦正昌加繚說定遂至東園吃茶晚散

十九日庚午祖來電雷催雨雨遂終宵及晨益大伯雲病愈入郡始呈十六會課文即為改之又題孔子行楚之狂詩題并認新巢去後來改畢付與即為論搭截題文作法雨自午止酉見霽日

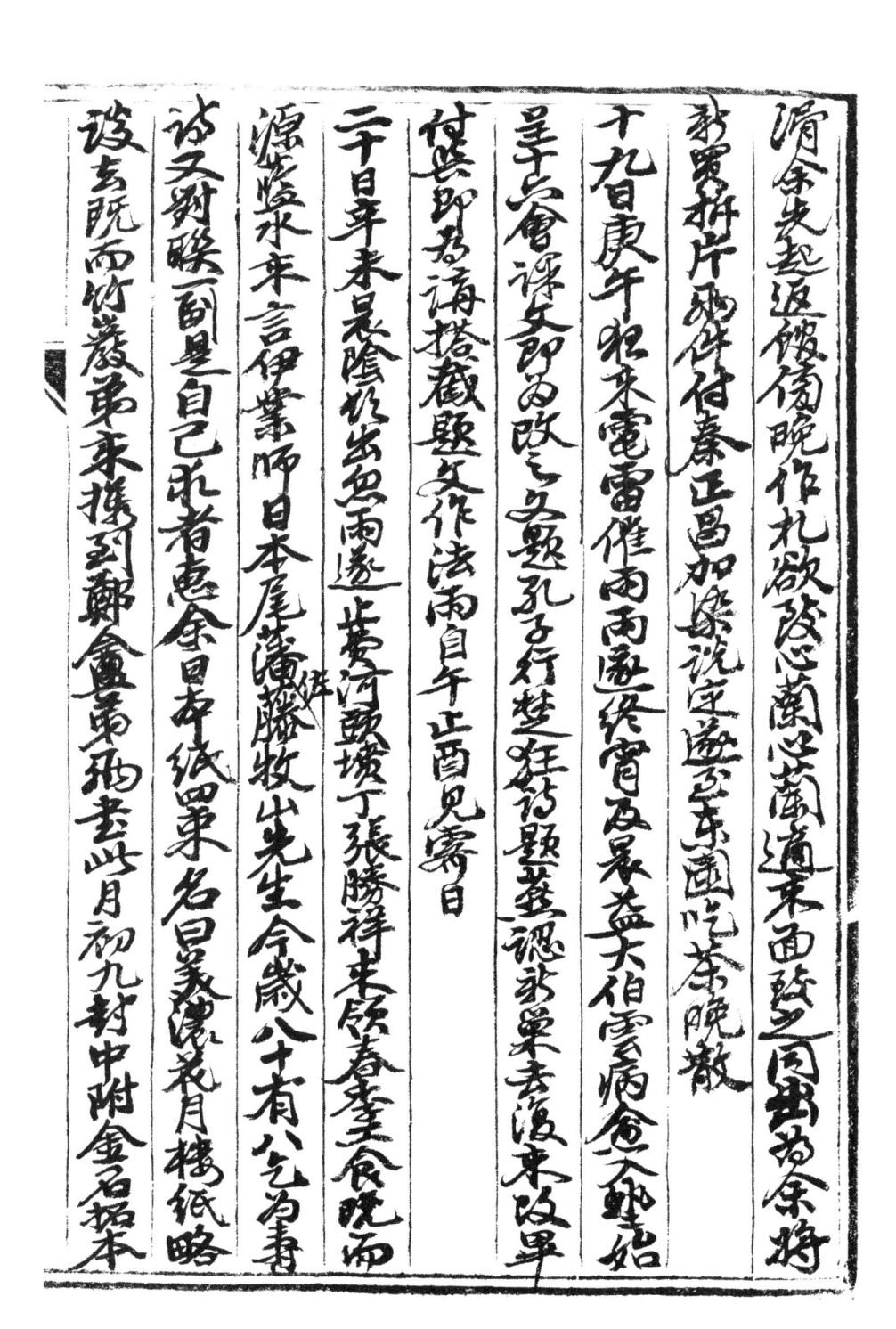

二十日辛未晨陰旋出忽雨遂止黄河頭墳丁張勝祥來繳春季米食晚而源從海來言伊業師日本尾藩佐滕牧山先生今歲八十有八乞為壽詩又對聯一副是自己求者惠余日本紙四束名曰美濃花月樓紙略設去既而竹巖弟來携到鄭盦書兩函去此月初九封中附金石拓本

數十紙皆女所捡物手披眼視錢為之瘦午後即作復書既而欲慎遣人又送到鄭盦第一函前月十九封中附漢專拓本二紙外有許滇生遺贈鏝本法帖條幅楹聯各種凡贈多品不勝欣喜遂相再啟一紙併入函中傍晚心蘭來携到錢譜之高飛參松兄所需余遂取以歸家將至又雨遣松兄復兄略談雨數密借笠返館

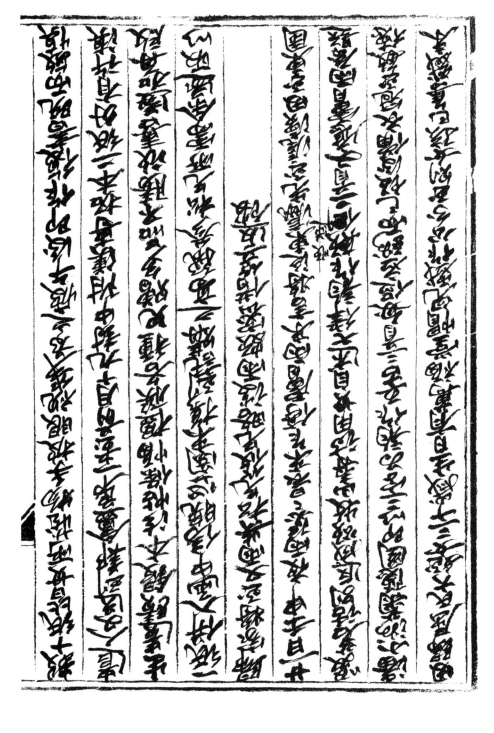

廿一日壬申夜雨達旦最來作傳膚雨來書將泛東瀛先至滬濱因至東園啜茗話別返成收牧山壽詩用其自述七律韻作敓[順逆]倒二首又應實甫屬題潘小滄菊隱圖即以三字為韻作五古三首匆促為致而已飯後備衣冠至敏德四歸屈氏大姪女三十歲生日有萬福堂帽兒戲作公分至則女孩已集戲未

開場客有師竹、連襟、妹壻諸人，潘姓親族亦有數人，觀劇時日出又晴，晚而
雲陰復進去，余留至夜戲房子十齣，設四席，添以敏德各西席，居首座，席至子
余先起，署返館，以藍亦來札催壽詩矣
廿二日癸酉 睡下雨復作，浪浪終夜，向晨乃停，氣候轉寒，磨墨寫日本
余壽詩一幅，藍亦自己對一副，蔚臣圖冊頁一幀，摺扇金面一，半面一，上午吳子
述來，設茶，亦返，作詞并譚仲修前選刻篋中詞三本，傍晚出送張子祥
廿三日甲戌 晚色大晴，春光猶明，媚如新游，與曾與忍菴有約至其家
己他出，家中人不知所往，悵然返，君秀來述，前日往常熟，看龍船情景
談頃去，天氣驟冷，不似近日夏令，復又雲起，日落時笑傍晚，錢□石來，擾

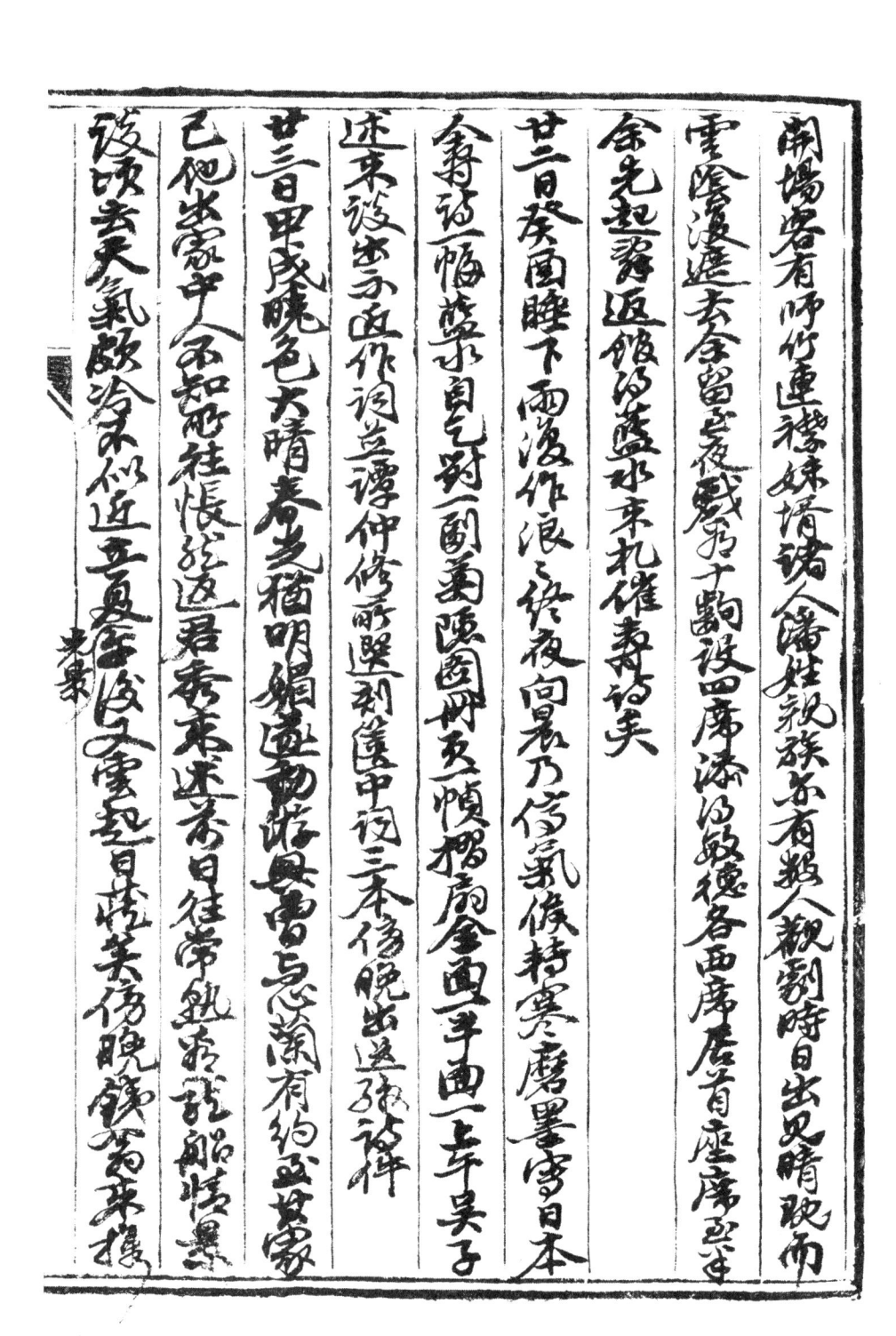

示吳清卿書伊家祠中歎曰衣德堂為伊弟勺山款余謂祠堂公處
不必有上款推當署年月耳借西東園作茶之聚至唐甫家未值見
子雍遇於行之去雨出子縝返錢以紫鵬札向憶又雨
廿四日乙亥雨勢及乎中夜晨起為陰梦梅來談云君彥約於東園
因往候之良久冒雨且又雨梦梅仍向借傘以去作隨遣老子象跋
為用牧山韻送唐甫往日本即錄出遣人送去雨大於午後返晚尤甚
小坡字來錯示曲園所刻近作爲紙以昌名書中附屬為逖蘭一函
子渠跋我一函燈下即作復函君函
廿五日丙子夜仍雨不知何時止晨地溼天陰已刻父立亭至即而春寒來退

廣甫來出示見和送別韻且云將須稍緩動身後須去余因再疊前
韻後排之傍晚錄出携以至廣甫家不值父世家老嫗即歸家舊新
于 祖先前拜畢即出至君來家亦不值遂返飯衛道濘滑不再去遂
行也是日午間現晴旋復陰去夜日雨不能日始平
廿六日丁丑夜枕後動吟思又用牧山韻贈廣甫行遂前擬陽關
三疊去心蘭來同至東園少坐余先起去出遇逢廣甫以和詩付我我即出
三疊韻面交手至錢翁家已他出至敬慎堂謁尊姊于松風蘿月之軒
庭前娑羅花已開對花敘談後遇碩庭出以昌石信付碩須心蘭贈我畫
蘭摺扇一頁即屬碩庭書之稍時歸出至宮巷秦氏居新之店中少

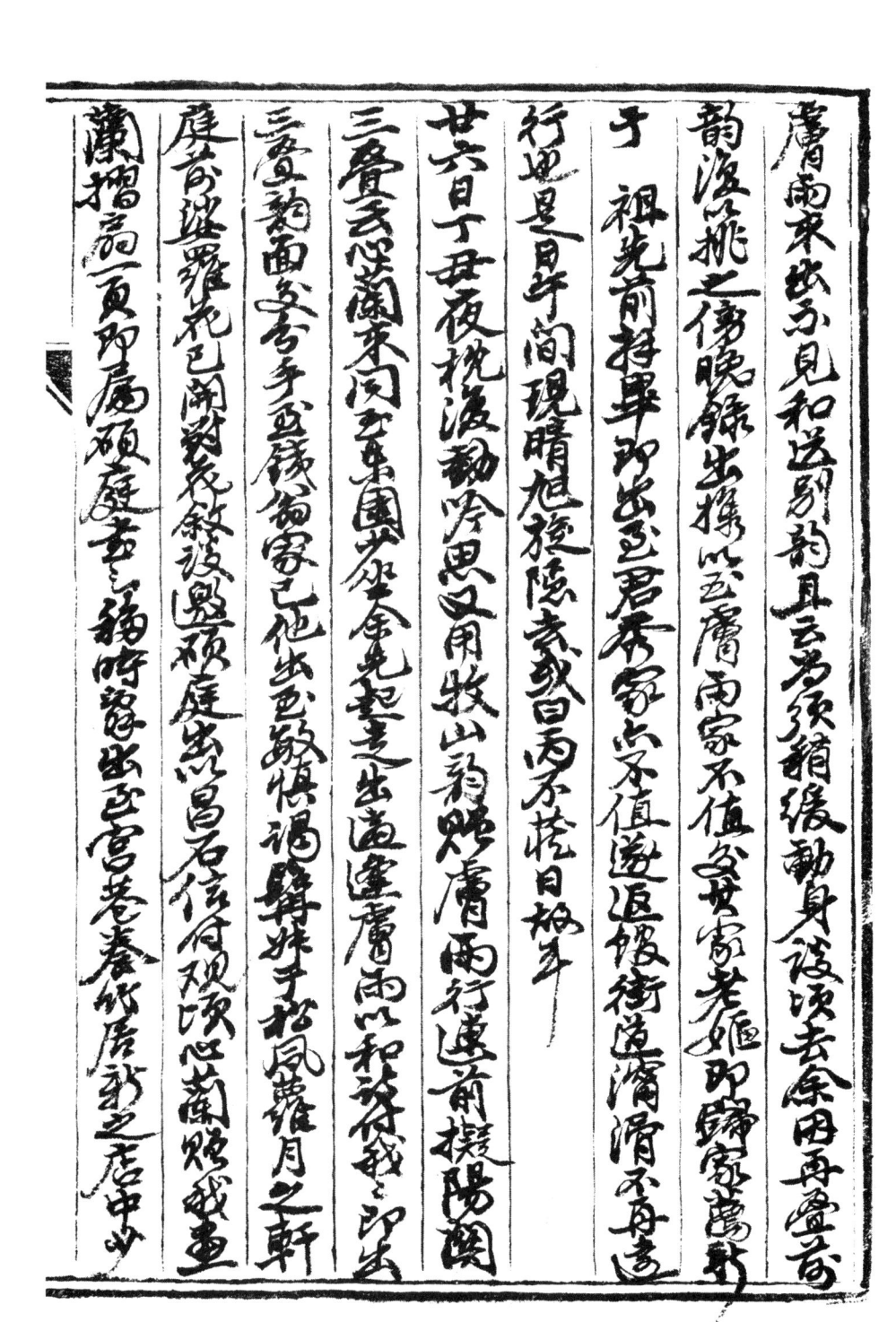

坐至敏德遇午飯遂吃之既吃飯因出後門至盧大篤閒談片時乃返
飯出碑題坐逆未幾吳君秀与梅東携漢瓶拓本三紙視之二為
本初一為晉太康時屑雨未又成疊和詩見示勿勿即去君秀又揖
余出同游怡園心蘭亦進園同梅時偕出至源盛求篤坐頃再
至東園吃茶吃晚點散返飯出詩題
廿七日戊寅昨夜又大雨晨天陰地溼雨意方濃竟日足不出戶余客
至偶檢十駕齋養新錄隨意流覽之
廿八日己卯積雨既陰天色不開檢查宋史以致虎阜題名錢戩之
來北朝趙石刻拓本售於余傍晚心蘭來談頃又至余園訪梅時散

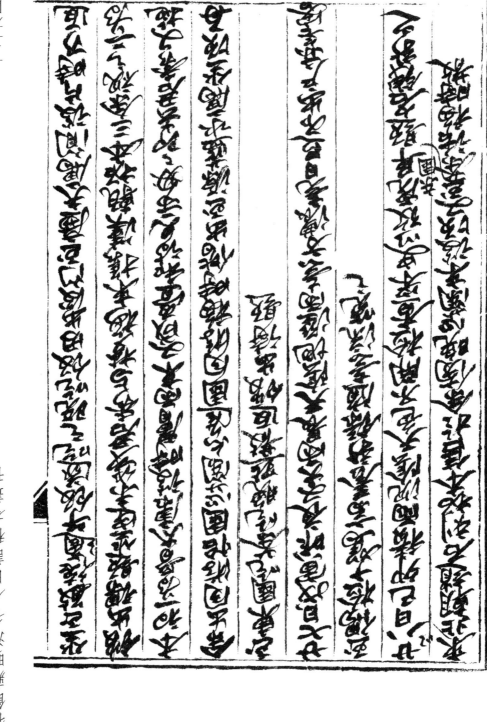

廿九日庚辰，大雨。望，庚晴。晨起果晴，游興勃發，早飯後即往約心蘭先生，登環翠樓，以横幅索臨漢碑，晤見文卿，即出，至心蘭家，即偕出胥門，適遇夏三壽舟，令子令其移船來，馬頭我等在第一泉吃茶候之，移時至，令其辦飯菜，即解維，至閶門還舟，子壽君秀於詢月樓，不見，壽至其家已他出。舟子張能返，遂邀之，兩人散至留園，分浜內登岸，先游永喜堂，花木漸佳者，有自牡丹盛枝，未剪繡球，濃甚，歷其假山層折，殊饒新色，周歷而出。返舟午飯，他舟漸之，環來，飯畢，茶罷，乃入園，亡中流泉又隔一年矣，牡丹杜鵑只有盆景，園地薔薇吐艷，芍藥含苞，游人漸集，新晴，皆勇也。周鈔之餘，息于荷花廳，震毫之上，晚茗，閒觀閣，坐時許，又起徐步於

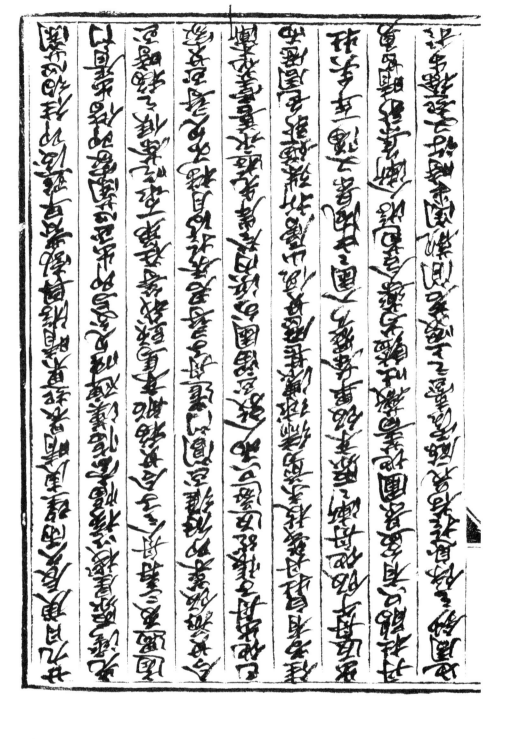

迴廊曲折，間日飛陰去，游人大半出園，遇見胡念之與海秋姪，同倚步行而
至，遂邀至舟中，四人同歸，抵閶門一齊登岸，分路。忽然洒疏雨，進城急行，幸
雨旋止，因紆道至君秀家，見之，則云鄒巷義莊遣人関照，而我以為有約
在前，只啜茗，往留月樓也，是謂兩相撥誤。後次又同出至吴署前池求
吃茶，抵暮方散，游雅樂神則疲矣。

三十日辛巳，晨書小對一副，伯雲以送李恭姪完姻者。又添送，自送调伯笑，撰
對之款。又寫小條屏四方之一。寫畢，偶見黔陽巷年後，年芝弟來，昨鶴
庭姪十週年，家中送礼，此間銀士亦去，將來謝也。傍晚君秀來，同至東園茶
叙，稍坐，心蘭亦至，攜石谷冊一頁，色工細，甚可惜絹本。後至上燈散。

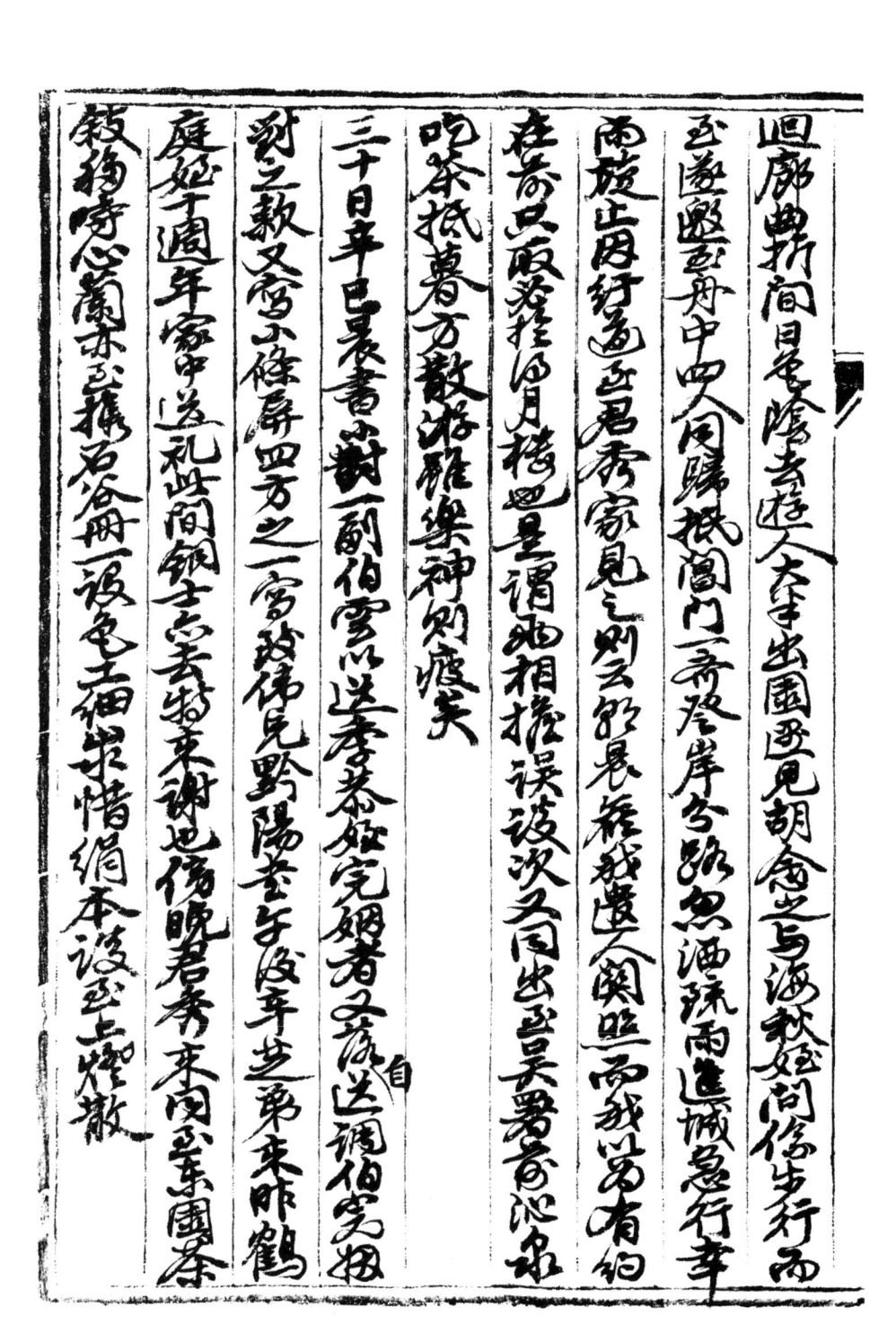

四月初一日壬午晴晨出至敏德處寫照信至莊祠途遇小坪同至鳳祥衣肆少坐略談到莊見族中諸人談少時出復至敏德處約至顧鶴逸處望觀容目即行返館未幾君秀來略坐即去傍晚調伯來小飲坐即去

初二日癸未晴暖季銖虎邱石刻目遣人喚舟子車二來面屬明日開之處寓字條知照各處同人並將廿字來數説日前佛香花並文來許觀巢近作城南拜石詞一卷即讀之晴間白石自度腔之韻傍晚心蘭來偕出茶敘返得通盤送來鄭第書前月廿一日都中發

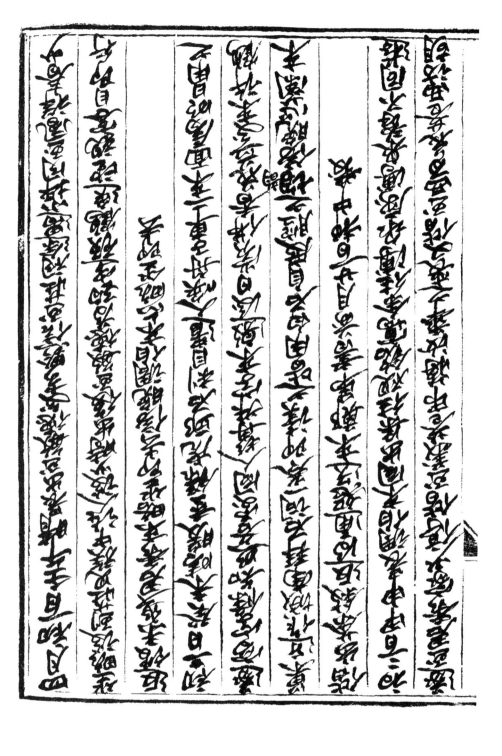

初三日甲申晨調伯來同出保往硯銘寓余往博泉處博泉辭不同游遂至君秀家少停偕至義巷即蔣汝年之喪又偕至西百花巷西訪胡

念芝之邀同出閶門月城中得月樓作茶候車二船自胥門放來船中
惟味蘭謂伯二人則姚嘯岡諸君不同遊矣放船至留園時後晌午天氣
躁熱舟子預備點心作爲午膳吃畢又停二見遊船陸續進浜乃登岸
入園遊人頗多於昔日所見芍藥猶未開也游覽既周在綠蔭水亭啜茗
西對紅蘭曲折橋行過者上下形影良久復起徐步後至水亭如是
者三夕陽西墜隨以出園又入水善堂園丁方栽芍藥皆有含蕊返
舟移棹至方基泊逐有他舟漸漸泊于此延至上燈鋪席招雛金姓
來設讌移時席撤就閶門口登岸招燈炬返館
初四日乙酉晨以蘭來同至東園茶敘俞先起歸寓少待旋出步行至

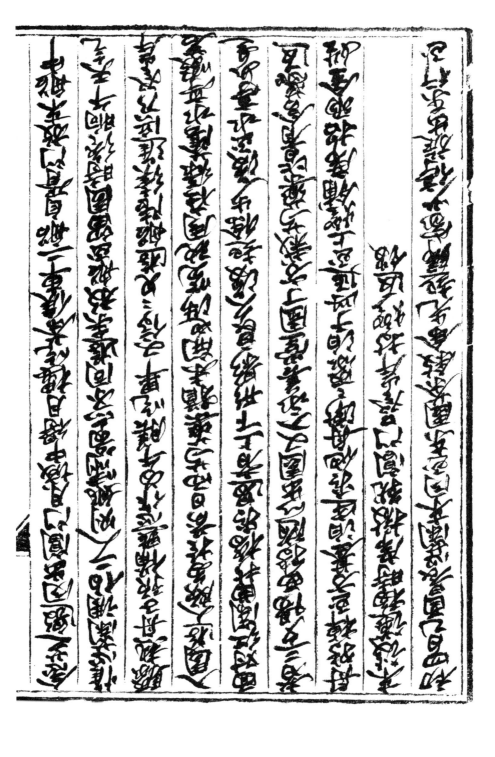

鑄翁家天氣益暖熱減衣坐談移時乃去敬慎先侍藕舲間設佛香花已殘後又去鞠裳壽佩霍到鋪庵招爲董季孺等佛春姪出庵丈人叙談良久撤席將散乞取花一枝出即携去赤霞天廣乞其丹寫照也餞心蘭有約來并偕廣天同遊怡園園中芍藥含放移遊人盛集就空座呼茗鶴逸來就談久之同出心蘭携其子及遊返歸吃點晚点乃分途返飯坐下倦甚是日心蘭贈我御家極罐拓本

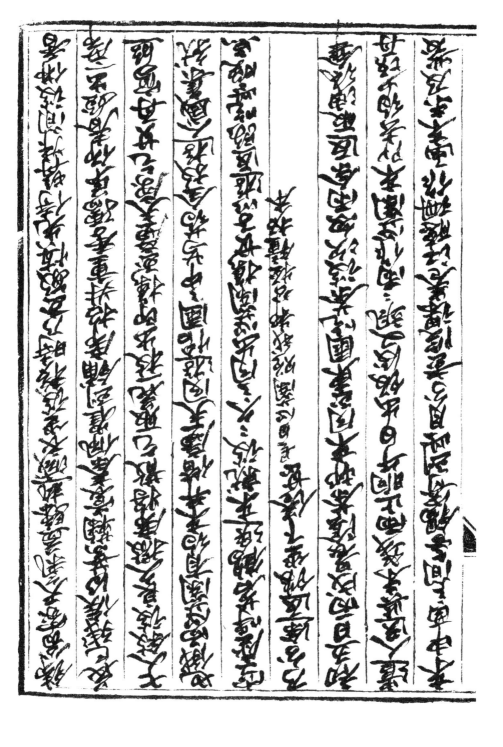

初五日丙戌晨陰茶鄉來同出東園吃茶談次忽雨余返取油紙傘遣人送其未幾雨止晌午日出飯後又晴晴雨作心蘭來所去約出喫母來中西之間台錫侍到此月分並改課卷汪聽珊作函未來及發

視悠蘭果又來同至東園吃茶迨暮始歸
初六日丁亥始披閱東林卷生題並刻見及參於前也童題所求予朋
友詩題好將連出聯句目香山看字閱合集卷胡琴庵來余約其來
為余畫小照遂返擬起春子倩其畫鳥田疏出從前諸名家為余所
作小象付觀之各有品評令畫一小獨立形徐之點染未申之間君
舜鏡人同來相與敘談移時先往東園余候琴庵畫完送之去後
遂收拾各物了乃然來東園茶話二人邀余同出閒步良久返
初七日戊子謁真閱卷不出日長事勤所閱頗多巳刻調伯來晚談
去那生作日課文明展至今日

初八日己丑謁伯云翼亭在里晨往訪之先過敏德不見又過周祥春小卿弟兄來先導小坪晌谷少處詩人說移時翼亭來與之話既畢先行与小卿分路又過敏德見元吉略談返館君秀來在儀风樓晤之少時返閱課卷向着生卷統閱過君秀又來又至儀鳳樓上饟飯先行向娱波店取得星甫茶邨札来贈我永甯專拓四紙

初九日庚寅生卷排次甲乙加圈加評竟日不了伯雲出門應酬不入塾傍晚心蘭來茶叙於東園

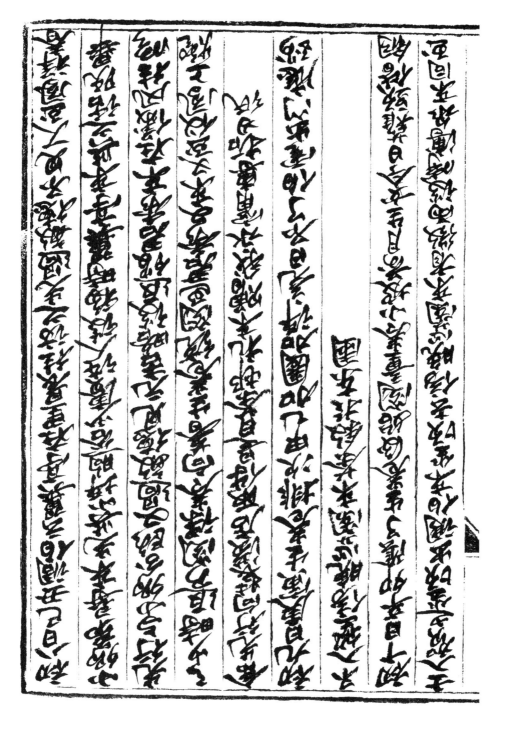

初十日辛卯陰了生卷後始閱童卷小坡於月生女今日薙頭借銅壬入賀之坐頃出謁伯来坐頃去傍晚心蘭來有微雨談時溥泉來同至

東園茶叙，是日天陰，散時雨密，壺園池上楊柳枯了，昨小坡命匠鋸兩
丈，去三尺餘，存凡四段，長約二尺許，如碑可坐可置茶盆，其根在假山
石隙，欲掘其根則假山易壞，留根猶可以其重發也。
十一日壬辰，夜大風，繼以大雨，晨起驟寒，昔日幾欲赤膊，今日必須重棉。
閱畫卷，元日至此事間之，遂逾百本。吴亭札來，爲其居停主人張
拜年，遇賢去虎阜名刹拓本全套，價十五元五角。
十二日癸巳，晨起即閱卷，已刻君秀來，拖至東園吃茶，夜仍閱卷。傍晚
心蘭偕少初來，少初自虞山赴郡，道及彼處將有盛會，勝於龍舟，好
看，特邀諸人同往，意極誠懇，談良久去。濟殿丞信，現有諸路綠稍局差

信自諸暨寄也中附來硯銘君秀函即遣人送去余擬將童卷一律閱後即行排次爲須加圈點評語

十三日甲午加圈加評至晚而畢遂寫寄陳蔭江聽珊兩信向晚君秀來同出訪少初遇心蘭家不值留字出至少初處談少時返路又至姚宗翁處又談少時分路返館天暮

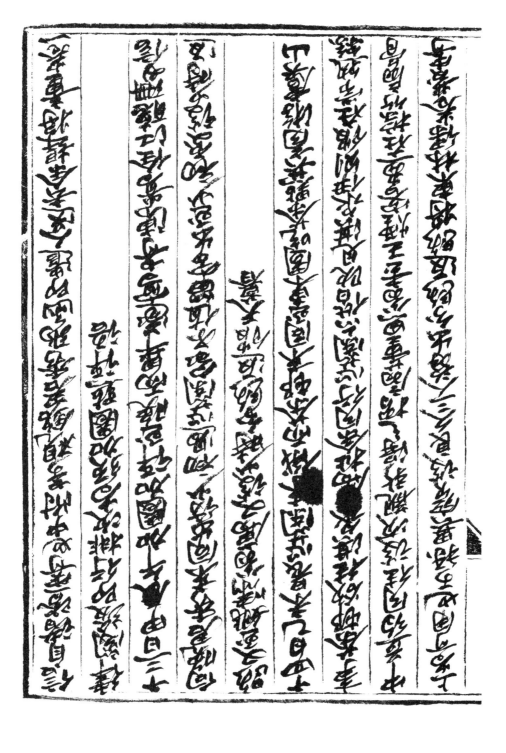

十四日乙未晨心蘭來俄而茶邨來同至東園吃茶點共商游虞山事茶邨欲往淇泉處拉余同行心蘭亦偕既見淇泉伊則館在常熟中並約同往談次觀新得之摺扇董思翁畫王煙客畫在棕竹扇骨上尚可用也不啻異寶談良久三人辭出分路返路將東林課卷費寄

錫山飯後寫家信，遍又周鄭弟信，因又作復，寫謁伯與陳唐卿
房畫摺扇二，都中仲午弟之生女於此月四日去世。
十五日丙申，晨出，先至敏德公去寄黔信，繼至鳳祥春與茶卿會話，
乃至莊祠，坐移時，出至陸家巷謁伯，家預先道明日完姻之喜，始不在
家歸，而又一釋之下，即有新房，坐談移時，遂路至養竹居，以虎阜塔
甎拓本苗紙倩裱册，又以篠力記豐四字作引首，用孔虎阜舊圖刻。
至平橋坊巷胡琴庵家，但見其老翁，嘸嚜談畫理，贊日琴安，燕畫小照
為之補景，先送以潤筆一元，遂飯，改積次課作，飯後，心蘭來，旋去，移時復來，為
商虞山游事，題去時，余偕家見松兄、筱兄，話至君壽家，不值。

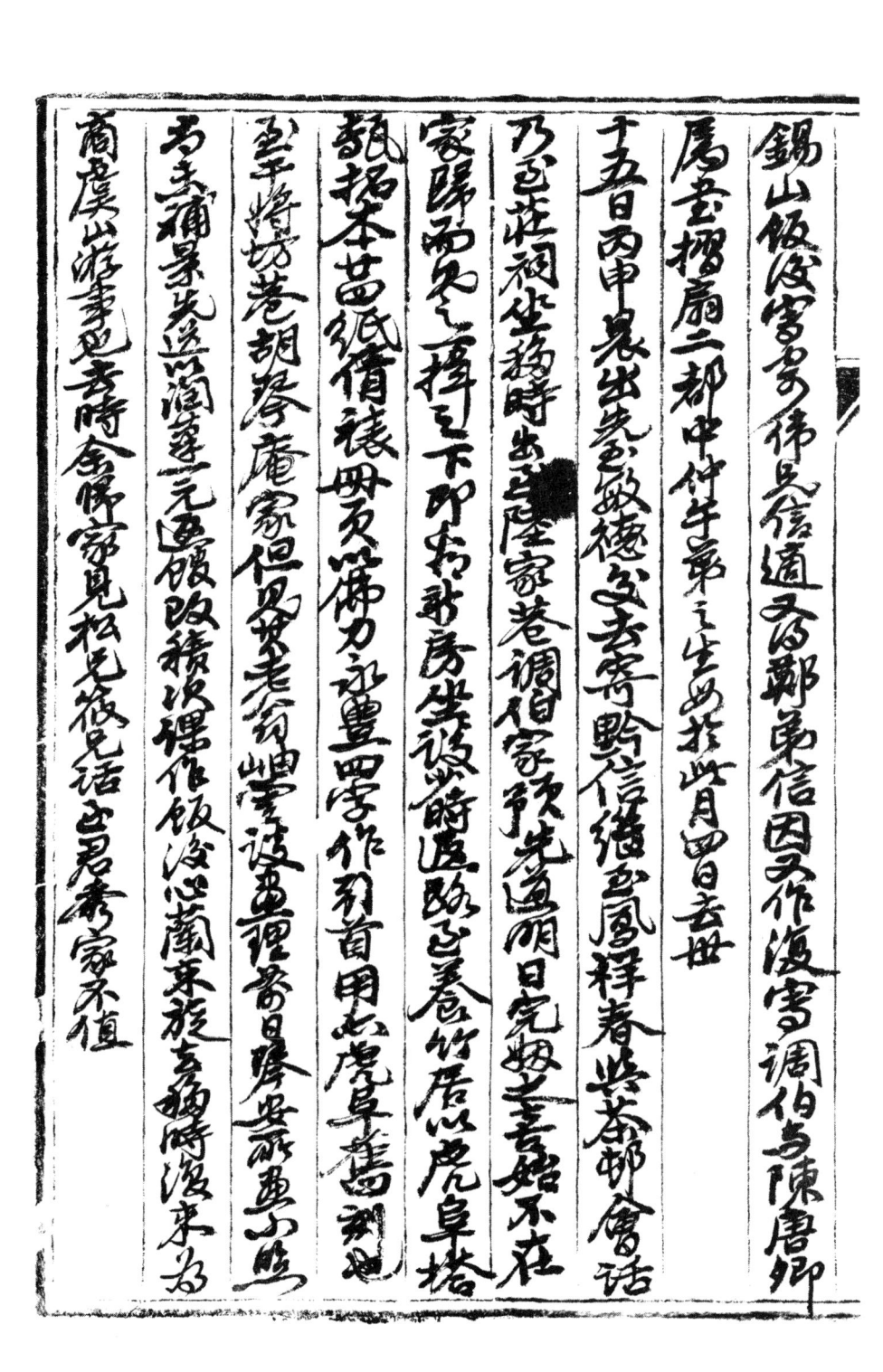

十六日丁酉。濟弟次郎季恭姪敬觳完姻平陽諸，余皆往，余先至君秀家閒談
移時乃往館，儐相衣冠者未至，候頃之，隨着雲峰領袖來，乃具衣冠為濟之
道喜，留吃喜酒，午間坐十三四席，席散，客漸去，天氣寒甚，余遂解衣少坐，歸
君秀約於長勝茶樓，赴之，並有鏡臣、吳天同步，敘談良久散。
十七日戊戌。昨心蘭曾來，不值，約余到彼處，晨赴之，告余擬虞山之行，以初已定，今
晚登舟，同伴均好，屬余先將行李預備去去。遂同出茶點而散，返館，少時又
歸家，擇穎大嫂昔日小憩，又返館，飯後收拾行李，與敏德送來傍晚，前月上旬
所發信錢，當夜余送來，吳介石丈為余去謝，並為先福石屋薦僧所寫條幅，屬
余還使，又去君秀來少坐即去，傍晚發行李，即赴心蘭家，還於途，遇知春吐茶

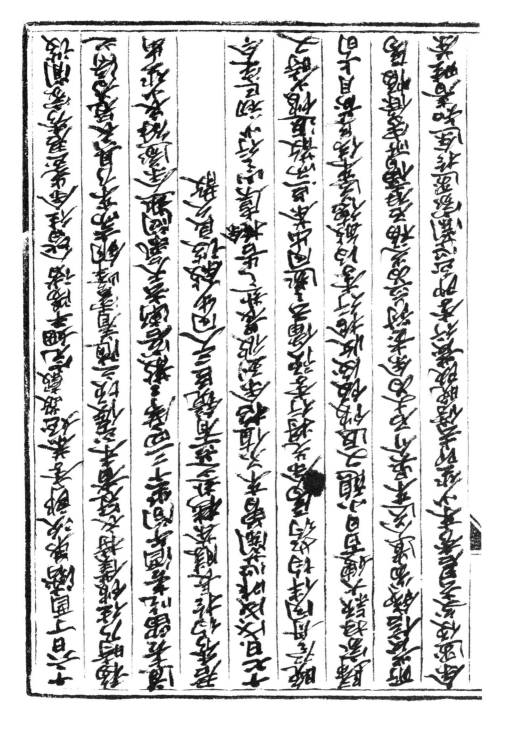

郡在三多橋畔之農樓候齋邀往臨之同至少和寓正發行李上船。船在胥門馬
頭。余與春荼兩丈先行，就城内吃炒麪代飯，即出城下船。以閩瓣晚飯後，六來四人同
一船，少和挈其郎伊生及妾居另一船，既行，舟維殺至陸墓而泊。
十八日己亥天未明開行，辰刻過蠡口鎮，巳刻抵吴塔暫泊，前行舟中午飯，午刻到
常熟南門。弁適有賽會，自鄉間來，非少和所云運出之日之會也。遂登岸就城
外觀。少和拾得其俗號琴聯者，屬其作伴琴琛，因攜其郎伊生為先導。天
氣驟熱，街路又窄，遂入一茶館脫衣，吃茶。趙生福時同至會過，因爲一遍。茶邨云
姚芝生家在南門，分雖此甚近，盍往見乎？不意齋行楊口方見遇，會敍片之塞。又行
至[?]所過壇上。會於此，排場甚盛，會去而地寬。齋有茶樓，坐之，有風方以歇，同

白衣庵旁為繆氏祠之前有池一泓名曰焦尾明嚴天池彈琴處也天然澂澈
昭明讀書臺之旁其街口讀書里今孫嚴王井
石梅東面有汛地營并署其左有烈節婦祠今稱眼光娘之殊不可解極靈驗香火之勝亞于白衣大士四月二十日為眼光娘之誕辰

子題坐片時乃徐步進城過南塘路至程伯陽家門前平在過會見伯陽之弟明生邀入書樓下甚涼爽坐頃並及登樓至伯陽畫室觀其近作並見案上有步生字孔知余等特至約伯陽同來訪也下樓出明生出琴環箸至石梅石梅之勝妙在山半繆氏所建家祠其白衣觀音庵西鄰拾石級而上曲折漸高至觀音殿其旁為文昌閣開窗遠望心曠神怡少坐即下由數其石級之數凡一百有八級少初已令人安放我等行李於文昌閣下矣下至平地路旁有茶室三四處酒館一處其前近石級而東舒其曰枕石軒遂又吃茶其額曰石梅軒集坐[redacted]伯陽來少[illegible]和亦至[redacted]少時至[redacted]茶街飯館樓頭吃飯既飯複[illegible]返宿處數其石級者有八千餘至則鋪陳具設四人皆倦遂睡

馮鈍吟墓在石梅之左，
金壽門有石坊，上鐫高
山仰止四字也，和云圓頂趙
秋谷先生服膺馮先生，自
稱私淑弟子，後秋谷之孫
來令常熟，請知之，而修
葺其墓，並建之坊。

出雨行觴於下，一日天氣爲
爽之下

還行下樓，已枕石軒

十九日庚子，茶罷起，出寺，早知閭梁鄉家祠，中有若祠人，設具留松及鄉東遊家
黃姓者，存已備茶湯，遂起盥洗畢，即到枕石軒，與笙伯俠即來茶話良久，伯俠
偕余田人登石級，因觀梁氏祠，屋凡十餘椽，爲未落成，返至文昌閣下，見初來陳靜生來
云今日之會，即在石梅，排有餘暇，極清幽，出其祠旁屋三楹，窗戶宏敞，几席已
具，同集於此，下視樹陰平敞之地，人家漸多，有名色旗旙各種，馬近香亭等
陳生頗極燦爛，少頃，即下面東，來酒飯備集，上來臨檻設席，飲讌席半，會乃
排行而去，席散，盤桓良久，下山閒步，出右爲昭明讀書臺，在游文書院中，入院
遊，左山徑灌木，披深臺，高般仍旁有石級，蔓草叢叢，未及半而退，自愧非讀
書人也，臺之下，東出有泉，滴於石梅之茶寮，皆取汲於此，還行至市，衢中天晚茶

游文昌院之前有古墓曰
朱高士碑石猶存高士生于
元末殁于明初善畫名于時
品行高潔兩次辭武徵當事
建書院時為事者欲規廢之
併其墓紳士為公呈院閱乃止
朱名楨号拙庵 祖子康
孫蒙 祇

見下接其右臨(?)云云

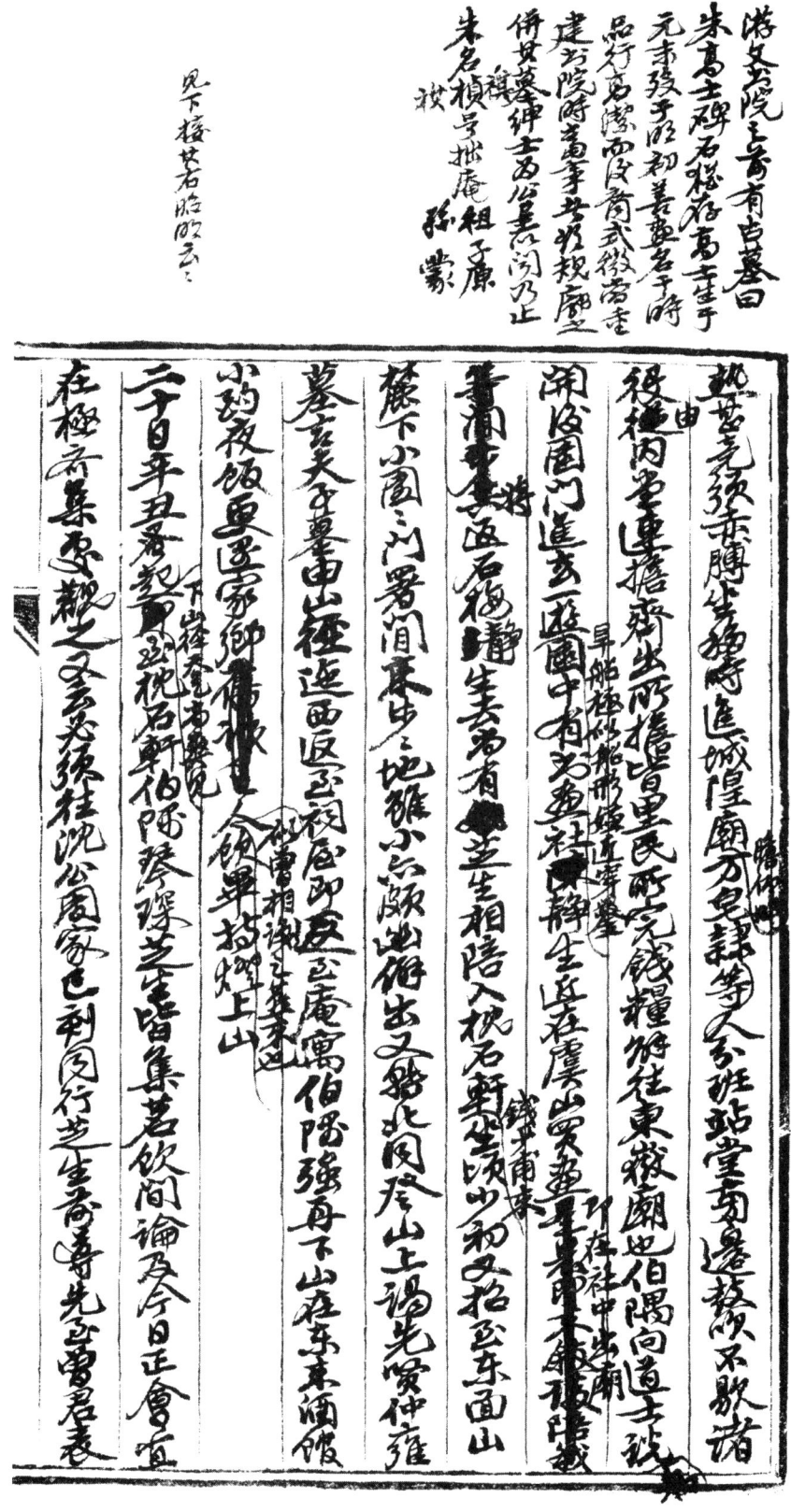

熱甚亮孫赤膊出爭時進城隍廟方見隸等人分班站堂兩邊鼓聲不歇諸（晴作）
役擁內堂車擔齊出所擔皆里民所完錢糧將往東嶽廟也伯陽向道士說（由）
開後園門進去一游園中有書畫社□靜生在虞山賣畫是年老病不能陪我（岸船極似船形錢直寧鑒）（行在社中出廟）
書潮重來同石梅□靜生去名有□芝生相陪入枕石軒坐頃少初又招至東面山（將）（錢少甫來）
麓下小園三間署曰秦步之地雖小亦頗幽僻出又歸北閱太山上謁先賢仲雍
墓去夫子墓由山徑迤西返至祠屋即返至庵寓伯陽強再下山在東來酒館（祠曾相識之茶東還）
小酌夜飯畢還家御□□人飯畢持燈上山
二十日辛丑晨起至枕石軒伯陽琴孫芝生皆集茗飲間論及今日正會宜（下山往天寧寺看燈）
在極齋集思觀之又去吳孫桂沈公履家已刻同行芝生壽先至曾君表

新築之處不郵居[illegible]境甚寬曠其臣西之廳曰歸耕課讀廬君表他出不得
入但窺見其几陳設而已旁爲露臺西山改爽遥對清風亭峰巒環翠臺
下廣池數弓遥左穿林繞堤過亭稍陟高又一方臺臺上亭臺似可以亭下
臺又有池有橋其東方疊石爲山功未竟疑有曲洞可穿磴折而登者兒輩
仍延至露臺觀公肩[illegible]芝生先生書陳臨印其書園後街命壽觀之公肩出見並及其尹
由其廳旁並高樓後某高處討室三面開窗几席淨明公肩政出數紙其畫數
種相與展玩公肩年方壯兒肥澤工詩善畫爲芝生之婿晌午設席園坐
又來其妹夫陶人略詢姓名不及詳敘席中談論方濃良久席撤其廬本係收
高爲某介弟之宅庭多老樹空處陰濃可以多坐未申之間威會遥其門出觀焉

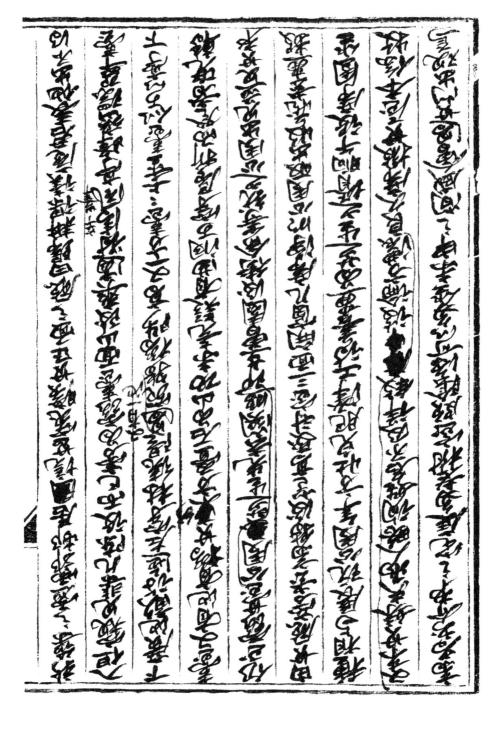

儀從之衆，排列之長，閱數刻乃了。回入書畫舫少坐，與趙惠父、靜圓有公園西首伯階其國為趙居室，有亭島例帝遊賞，無人，四千青蛙。既入，有橋三處阻不得入其內。宮止步，宜也。又曰若房止步，則可笑已。繞池岸，池通於河，其橋曰柳風橋，橋門置柵以隔內外。池波漫漾，上下天光，有小畫舫坐采蓮之艇泳游其中，亭臺廊檻多傍池而起，惟另闢一門，中有樓五楹，則與外相隔，額其戶曰清秘藏。循廊而轉，出戶有小樓三層，余懶於登，但仰望，遙見岩巔頂立一鶴，其高數尺。於閣少憩，既出至照大石當前，穿其洞，作高下螺旋勢，其實無多地耳。出其正廳一觀而出閣，途人言今夜出燈會，有龍船、彩轎、寶蓋諸物，皆以紙鏤花為之，現在某祠中，乃偕公周引往一觀，鏤紙極工細，點燈其中，想必好看。晚返石橋

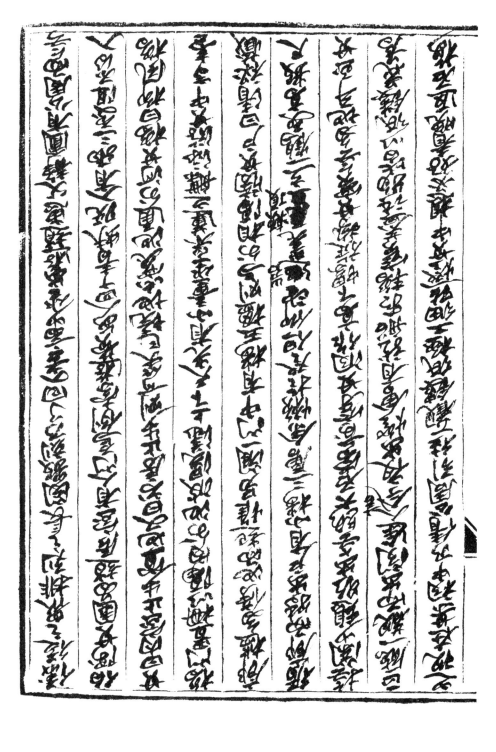

枕石軒中有趙次侯、朱保之相見，趙乃舊識，朱則新知也。余與春帆偕次侯浮

於前晨出北門奉訪次侯，云既來則宜多談些時，便飯而散。迫暮，茶塵登去山

徑窄，從遂返寓所，茸老爲煮粥啜之，早睡。

廿日壬戌寅。心蘭傷於風熱，夜不安寐，遂致喘症發動，只宜息游養靜，不

往趙處。春丈亦不肯往。余與茶丈在枕石軒少坐，即出北門，只六里許，城外有

茶寮，頗有野趣，對築曰少塵軒，爲次侯所題。坐下吃茶點，少時前行，不

半里過寶蓮橋，下趙家巷，天晚（？）嶺曰寶慈，老尼僕侯傳語主人未起，因偕

女僮轎先往三峰。次侯聞言急起，既見說定，必來午飯，遂出至地，在山之轎曰抬

山虎，與夫兩手提扛，兩引繩於肩，繩上置扁擔[illegible]，蓋兩肩兩手並着力以行

三里許過興福寺山門不入有進里許駛灘高丈三四里抵三峰秋倚山門其前添建石坊曰清涼禪寺拾級而登折而右又拾級至方丈進之庭戶寬廣上面五楹僧出指坐左邊一間問以方丈老和尚藥龕邊他出所見乃香客家仰又有飯於寺中以備燕課雜僧者曰王聘三茶罷後之因邀出殺設余問以望海之處引至右邊殿後小樓三楹登樓啟左窗極望無際其白而微黃者即海濱也惟煙霧迷遠艸木掩映萬象一綠近不可辨樓中小龕供銅佛象一夜摺閣皆嵌銀絲為文規制極古下樓編觀壁間書畫略觀展視中經典出巨原坐處乞取紙筆留札於約公辭出見大殿未建錦叢艸創處下大鐘一已裂去殿宇被賊焚燬時忽然而鐘墮地故裂也諦視鐫法華

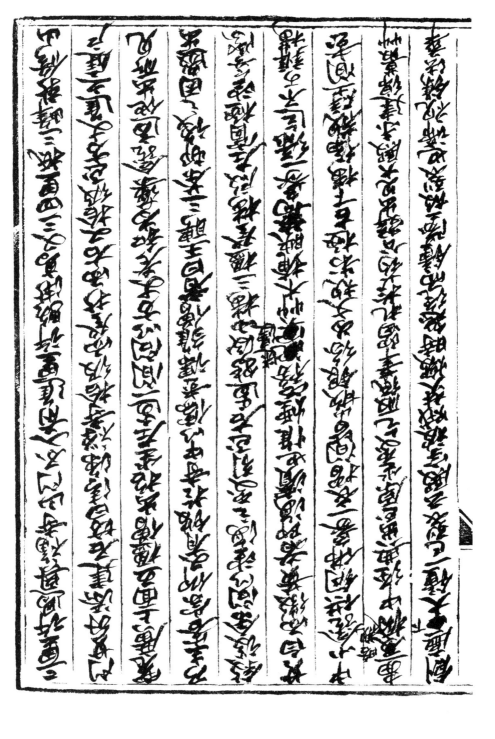

經金部寺分撥列最下一列之尾署曰大清康熙四年某月日造有督理糧儲道
及諸紳與衆姓書信士姓名書法圖整已二百年舊物矣出門一眺云長嘯一聲山鳴
谷應登高四望海闊天空則吾所以人為之登興竟去山石道樹杪旭日照臨逼人熱
甚向亞次公家閒談觀所藏書畫文五峰拔桂中以米冊為最壁間有吳錢生鄭板橋諸
名跡皆佳物散氏盤號盤並舊拓本有楊濠叟吳愙齋諸人題跋又吳灌翁
為次公畫學耕園照題詠已多常有隙處屬余題錄時且字饭伊與秦郁對酌
家釀極醇惜余不能飲也席散步余北野半中其蒔木之勝曰非昔軒曰古春書屋小雨
高四圍西環綠竹避側饒屋頭過酒四分名徑旁有二分竹徑四分黍不返于非昔軒
次公取出余佛國横幅手書以付余茶村邀伊同至步歷對吃茶適有一客至遂四人同

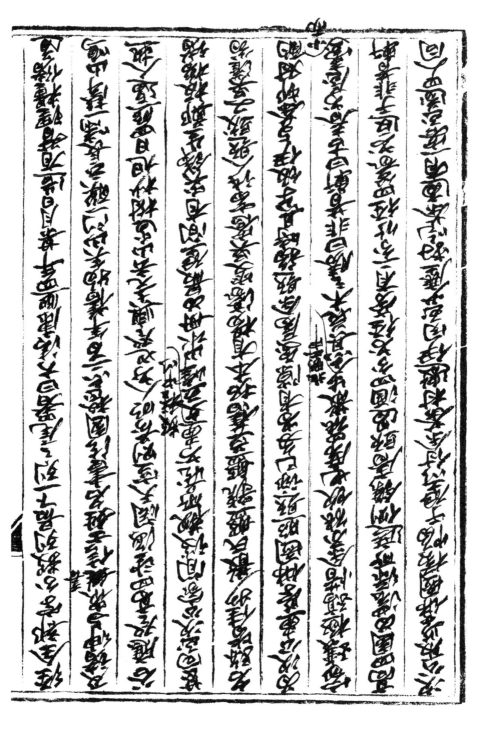

行既已坐於晨後早船上屈俯池水其上竹籬隔之外則野田錯落坐下自然隱
雲驟起雷漸動遂先步出後城雨已下從容避於道旁人家門內一老婦茶邨識
其姓蔣入其坐聽更上懸匾額曰貞松永茂門貼報單知老婦爲蔣黃氏以貞孝
旌因見所懸軸字楷书爲貞孝傲略爲其甥某所撰余朗誦一過雨漸止日又現遂出
途中潦水洞洞而日所灼更石尾已乾返至枕石軒伯隅春畦之兩丈來曹胞谷同
敘設飯谷伯隅芝蘭小蕙皆上山視之向暝人散余等畢還（夜飯于東某某）宿雯
廿二日癸卯　夜來猶涼晨起仍挽過芝蘭已愈惟疲軟耳同（默坐佛閣讀四十二章四十四回即晚入臨）下山飲茶于枕石軒伯隅
東將共赴芝生之約茶丈先行餘人由琴環峽下船在虹橋下放出西水關伯隅令其
行行至燒香浜望劍門挪水之勝暫泊片刻乃鼓棹由南而東至岸至芝生家

茶鄉先在座姚氏舊家上世已好收藏芝生所出書畫卷冊屏軸數十種互相
觀賞余觀扇冊三本畫一卷文君谷漁山諸畫軸次儀少初咸集午間設席坐
中茝生與錢少甫同作主人九人圍坐快談肴饌豐盛好客殷殷良久席撤少初
談及此間鹽公所中有山陽潘姓者與君相識乎余曰是潘漢泉向在錫山舊識
少初曰公所距此不遠少間可往訪之有河南相識二人欲往訪席散少初即
去儀兩以其轎來接至公所則少和與吾相識之河南人號璧卿皆在彼晤見漢泉相與道故
移時返至姚處仍偕三月伴與伯隱乘舟回入南水關抵虹橋旁登岸換舟歸蘇
舟至枕石軒吃茶坐息儀兩少初來儀兩漢泉來先在座者又有朱保之曹與谷
董臨之臨之福建閩縣人向在沈文肅幕府今官江蘇補授常鎮通海兵備道跡

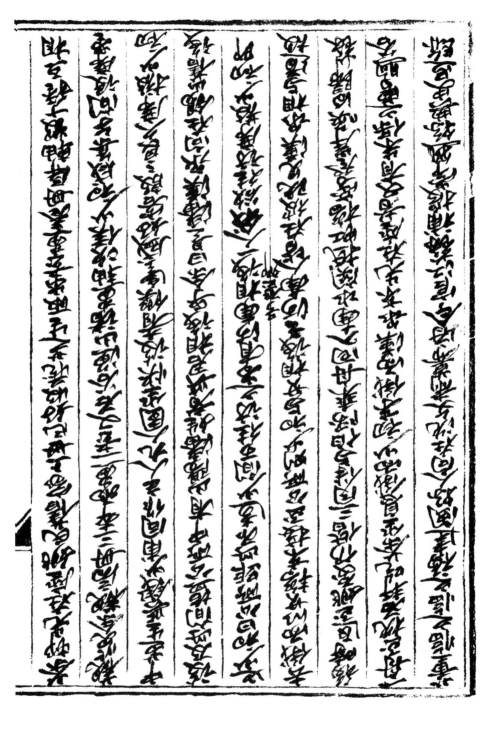

半天下工詩文於是少和諸人知余等將歸爲公餞之局又至東來酒陂備全席見
邀固辭不得惟天氣之熱酒座尤甚出貫後戶歷級而下茂樹灌莽周于荒池
之畔傍山能類湖石磊構可觀稍覺清涼乃入座凡得九人而腹猶果然不多下
箸勉承雅意而起談公散去惟少和偕余等至文昌閣下以爲話别後坐少頃乃去
方將就睡忽有蘇城信至遣者舟子信自五鼻渡顧氏來啟之係顧守梅孫春
荼丙丈者知禱人忽患類中醫云危險母命舟迎返而丈回蘇丙丈即匆匆捲收
鋪陳於燈下山以蘭與余安置就睡中夜陡起大風驚人夢寐
廿三日甲辰　蚤起陡涼頓定之舟人來費行李方將收拾少和又來送行累其
起早心更不安於我輩人吃粥起行少和送至河干揮别轉放棹出西門轉至

南門遂舉帆，風正帆飽，駛甚捷，雖不獲值此海天舟暢遊事，而得此順利，猶
後快心。過吴塔，卸帆，暫泊，買些飯菜，即發。麦牙刻摩盤口而過，冰莉已過陸
墓。舟中午飯。忽飄飄細雨，晚抵府門，轉至封門入水關，泊綫造府前，令舟人肩
行李至踏庫巷蔡邨家，留下。適蔡邨自吾昇處回，詢得病人病情已減。晚開
發來舟，遂與蔡邨至秦育老處，屬其作茶點，並與汪氏務班熟人來，遂往破受
取行李，病人遂散，移時兩害金更遂來，取行李，指點而安之。
廿四日乙巳。夜來早睡，兩甜起，視天霽晴。家一走，又至君秀家，談游事，返，假
昔課之作文稿矣。展夢微任丞葉蕙集一本，又拜鵬字條修，晚心蘭來，承
云游雖樂，身甚倦，略談即去。

廿五日丙午伯寅小恙不入塾札致湛承已刻君秀來茶敘于東園飯後調伯來以
雨便面屬録承洽香為梅破僕有東城使田字学蔡姓得其復書傳文譜印
出莊正以二部送來略披覽之不無舛誤傍晚心蘭來又茶敘于東園
廿六日丁未晨至敏德不見少卿元吉至鳳祥春不見春畦茶邨姑至雅聚
還見霞弟回至敏德乃見二人略之坐後返飯後歷次課作竟日通懇送
來鄭弟信叠連三封傍晚君秀心蘭先後來同敘於東園
廿七日戊申作復鄭弟信甫竣君秀來言大觀戲園今日演斗牛宮
盍往觀乎余遂將信封交通懇即与偕行出昌門在渡僧橋塊鳳鳴臺
吃茶憩坐移時乃至對門坐包廂樓上候其開場開演未至定場出雖有

燈戲天尚未暝進城飄雨遂多疏返館心蘭調伯來皆不值
廿八日己酉夜來雨達旦連畫作啟聽珊書並寄陳唐卿扇作復
夢薇書寄其近著詩文諸稿孜風大轉涼与在琴門時甚懸
廿九日庚戌陰轉暖令館僕磨墨寫對多覽右目昏甚日來因在廣
歲受風熱本自模糊今偏於右而患者君秀偕花侯來問其鎮洋
絡署何日來蘇已歷百日啟次君秀為余寫字条送向其朱氏館中
取古瓶凡六齒惟本初兩瓶為佳餘皆殘破矣兩君先去瓶於風雲甚
務時趁之還溥泉衡甫錢生沅人啟次皆君秀步行
三十日辛亥昨夕以桑葉菊花煎湯熏洗目疾未減而雅甚對案覌

赤珠發事遂慶卿吳林用函來勉為作復，香作跋併見信
五月初一日壬子，早出，過敏德，弟子野信，少子牧姪自黔歸，於廿九日到家
余因目疾，欲倩蔡子謙診視，偕元吉至觀西元順當內遇蔡君，返未涉家
中，去不值。至觀東風祥春兄、小坪、春畦各談片刻，乃至莊祠少坐，子牧來，余至
敏慎兄，歸併於松風蘿月軒，子牧亦到，共話移時，先後辭出，至錢宅家，問
伊目疾治法，坐頃，有至敏德，少坐，復返館。舟人夏二壽之子關林至蓬蘭
家打令舟訖，船坐去。心蘭寓宅傍來，約余至傍晚，心蘭來，面談，同出茶
歸家。遣兄雛里三姪去，患目疾，偏在左目，書請錢仁山診視
初二日癸丑，晨至君秀家略談，出至嚴岸錢仁山家就醫，先見其弟友山

少時一老翁來問之為吳紀蘭年八十有一精神筋力皆健余知其人向未
識去年于戲會中見而不返也因與敍談俄頃仁山歸為余診目謂不疼
不癢又無紅色而瞳神縮小是老年腎虛之故風熱甚輕只宜退其
青光屬服太元益睛丸及石元明粉點眼角去之退至柳巷遇王少齋邀
入東園茶敘少篤又到余館飯飯後始不值因與敍談良久散至館飯罷去隨
其安者說船去了時巳晌午午後濟和來傷晚心蘭來偕至東園送其至意
初二日甲寅有雨漢黃天陽觀競渡之約余早出至心蘭家即與出胥
門遣舟子往邀茶郵在恢風園吃茶候心蘭及君秀饒臣以次到來稍時舟子
回茶郵不至乃四人坐舟開行繞過盤門過六里塘見前面游船有於同年

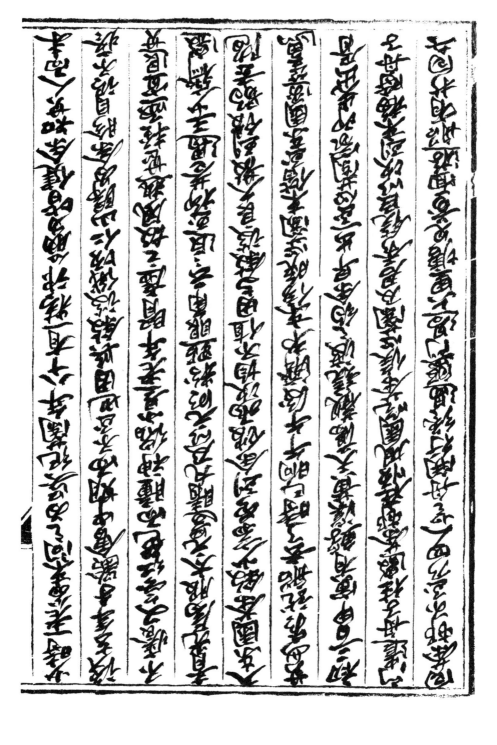

問之答云龍船渡有了遊亦折回凡在我舟後者亦各將船舟人請所往姑到閶門見遊船有坐西往留園者有往山塘者遊往山塘至鑪峰精舍門外綠樹陰底泊定天氣驟熱登岸散步向舟午飯維時有相近泊者見洪系小船放來登其船共飯余等隔船呼之解維入吉公祠呼其右祠守新修一律完整惟樹蒸亦殆遺擇殆像安然坐少時茶後亦至彼舟中人皆至又他遊人泊舟來憩在凡城皆集然坐良久不覺像乘催念勝舟打圍萬衆原觀競渡其數當增十倍來此處散步稍差勝耳又久之返舟移棹抵方基暫泊者他舟多返余等吃晚飯在閶門登岸分路各歸入夜雷電交作旋赴雨陣累日錢新之遣人來招朱氏借得之古博

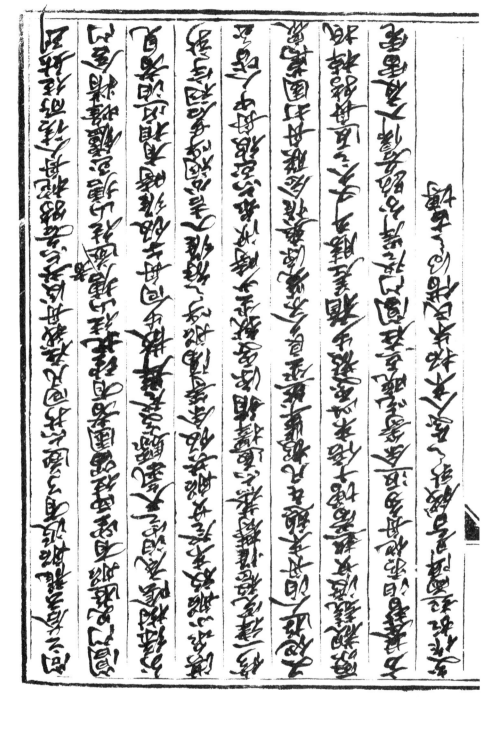

初四日乙卯　晴　早大氣涼爽　蔡卯來知藹人病情危險連日在彼不得赴約余
謂龍船已止不同遊亦可借至東園茶敘而散　傍晚至甘翁家談少時返
初五日丙辰　昨夜微雨黃昏後大來夜半稍止　晨氣天陰涼　解卯飯後出至敘德
巷子牧步霞處未出　茶談後同出欲往觀龍舟　適小雨遂改途　晉子午歸家　雨竟淋
浪　天下午間祀　先　與許吳鼐斛談　雨不止　申刻喚轎回館　雨又竟夕
初六日丁巳　晨微晴　目疾轉甚　飯後君秀來略談　到館去告以所借古培已送
人送還矣　已而少初來　知伊於初四日到蘇　談次君秀又來　三人聚談　因偕出
茶敘於鳳雲莊　談良久　偕少初至心蘭家　不值　散
初七日戊午　晨出尋春畦　蔡卯　明文在鳳祥　春畦皆見　當談次　偕蔡卯在觀前

貿物，令手余已敏德兄少穆弟子牧瀛芝姪元吉姪孫潤詒小穗子牧姪余

諸葛武侯撰書黄牛廟碑無款，而語令武侯口氣，隸書筆意流逸，懷

之返。傍晚雲閒僧亞座知女自普陀來，佛歸略談。卞申刹潘燕池翁來贈

余以唐永貞時朱陽墓磚志銘，云近年出土，字畫完全，只損兩半字耳。

余出舊藏漢裝好之金石兩冊請鑒。適心蘭、調伯皆來，四人聚談，偕出茶敘

於東園。燕池自吳衙場棹一小舟來，因其去，餘人以次散。

初八日己未，晨陰，除午漸熱。飯後君秀來借余遮陽傘，去伊寓調伯之約，飽往少

時復來，適心蘭亦至，同到東園吃茶，待得調伯至，相邀至泰昌福酒樓，姚嘯翁洪

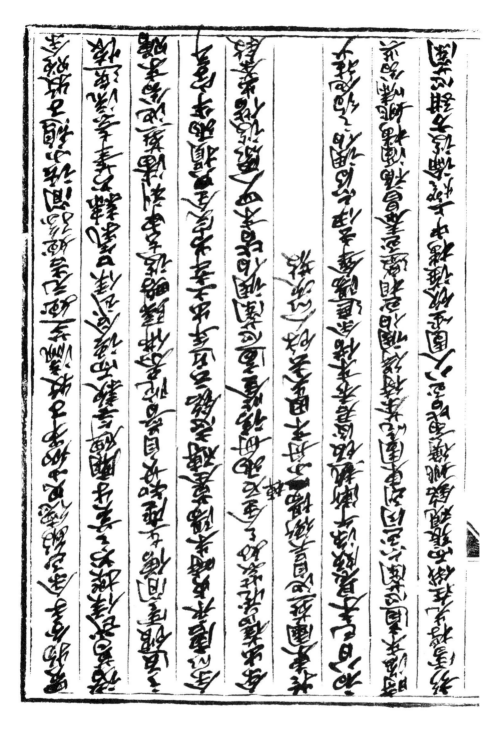

彭雪樵先在，俄而張硯銘、姚衡甫皆至，八人圍坐飲燕樓中，上燈論談，方甜心蘭

又叢鼻翁先去餘人終席乃散

初九日庚申晨偕濂正隆慶寺西鮑松孫姪壻夫婦葬後作安靈道場少坐

返館候忍蘭字條云鼻翁江大發漲泉之約不能赴矣稍時波泉來有泛舟虎邱

之約邀余同行既至顧樓少時乃至顧船客來者先有金潮生樣存閶門過午

乃至山塘泊舟普濟堂前綠樹陰下後船招同吳潤卿來四人同吃點心為午餐撥戟

一回摩擬棹回卯湖閶關少泊方基上（潤卿去）際晚進城仍以小舟擺渡返至樓郎客來（余開時）

者有吳一唐吳西子備公祖之次郎上燈後又來一余小香者共六人坐席談讌良久

陶酒讌笑散席後客以次去仍与波泉坐小舟至乘騮橋而別是日天氣陰涼林

日微晴以風齊扇船中人多極最樣惟入夜樓小人多稍覺暖耳

初十日辛酉天陰兒書小病不入塾午間湯伯述來與余在書房飯後充鐘翁來携吳谷石文贈余楹聯大兩為之句云公餘補睡續濤夢客去偷閒吟小詩傍晚歸家芗生即出過澂雨書即止

十一日壬戌天陰如昨半日靜坐飯後吳吟麞來出湯文吉扇招股分即守山閣叢書樣本因後石即書籍之事工省而價廉務時君秀皖良同來吟麞遂去偕兩石君至東園茶話良久而散

十二日癸亥辰正一刻又夏君抑之至心蘭家聞鼻衄愈否已他出乃至蘇穿心街口見周氏昆仲後偕楊梅至大石頭巷口錦鳳樓吃茶務時返飯飯後得濟甫受之送來鄭篋京信兩函並他人屬書門樓四大字余以目疾辭之

十三日甲子夜聞雨聲向晨而絕起來覺目疾有異出去欲謁周眼科玉敏㳂
知蔡子謙已來在元順當中乃偕之去至觀前聆視開方謂肾臣是主現
在有紅絲牽縛眼皮並腫卻是風熱之象與以藥末兩種余閱陳嘯樓處有
藥水並往問之遇於塗邀同至其家亦聆脈開方並索藥水一瓶眼藥兩瓶詒
之以出返於敦德後少坐返館時有雨三點而即止
十四日乙丑陰晨至心蘭家治鼻衄已止後次出治目疾方乞其書回即
鈔錄以備用傷晚君秀鏡臣同來坐頃至東園吃茶適微雨少時心蘭
亦來同敘良久散雨猶淅瀝隨步蘭屬書條屏硃樂之屬書便面皆
不能應命姑留下兩日皆服嘯樓方

十五日丙寅晨興陰重將雨始出至敏德處書黟信即至莊祠已遇小雨坐定雨密返路至養竹居新記買過張新之出眎建初元年買地記拓本攜之返路頗滑又至敏德處少坐歇力到館身上溼全甚蓋洋傘不濟事矣過午後雨益浪浪不斷黃梅時節消好雨也作致昌石書作復殿臣書

十六日丁卯天陰鬼溼枯坐竟日晚又雨

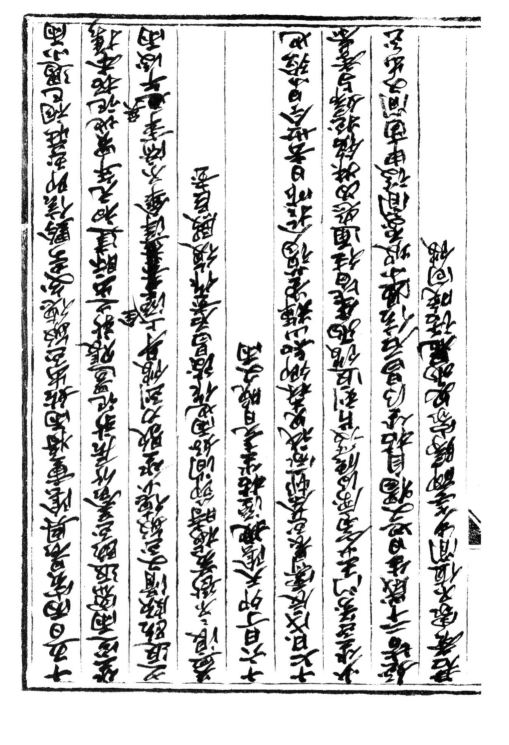

十七日戊辰霽晨至茶軒喫茶訪見林卿知山粹患病於昨日去世今日小殮也少坐至秀門王少蘭處得傳後片刻返館殘老婚往通照由殊銘抵婦与香孝姪皆二十歲生日也又獨自枯坐得昌石信盛小坡書借設申酉間又出至君秀家不值消夕至師歸家見水翁話晚回館

十八日己巳乘轎至平齋探頤蘅今妻見蒼坪枝頃至蕃家具吾吞異子述邀
赴湖不值還過陸中詞三弄至金史巷視陳滄老之病與子儀談頃至侍其巷
答少和并見琴瑛詢知前日東郡相與敍談移時返館傍晚兆蘭來詢以脉視
滄老病情談移時至東園茶敍
十九日庚午晨起至茶館東以姚芝生先生來晤我便面擬交潘子貽況公周處
余方檢舊寫字幅及姜佑仙扇本等件將分派以貽虞山諸友稼生茶館至
東園茶敍移時散返館分作九分分致今人送少和處午後兆蘭同琴瑛來斯
刻遊怡園遇君秀自其館中來早間曾來至館并偕周氏昆仲來因一齊出
除梅檻徒往小蘭往脉滄老餘四人偕入怡園園中嶺雅但見綠陰兜抄一

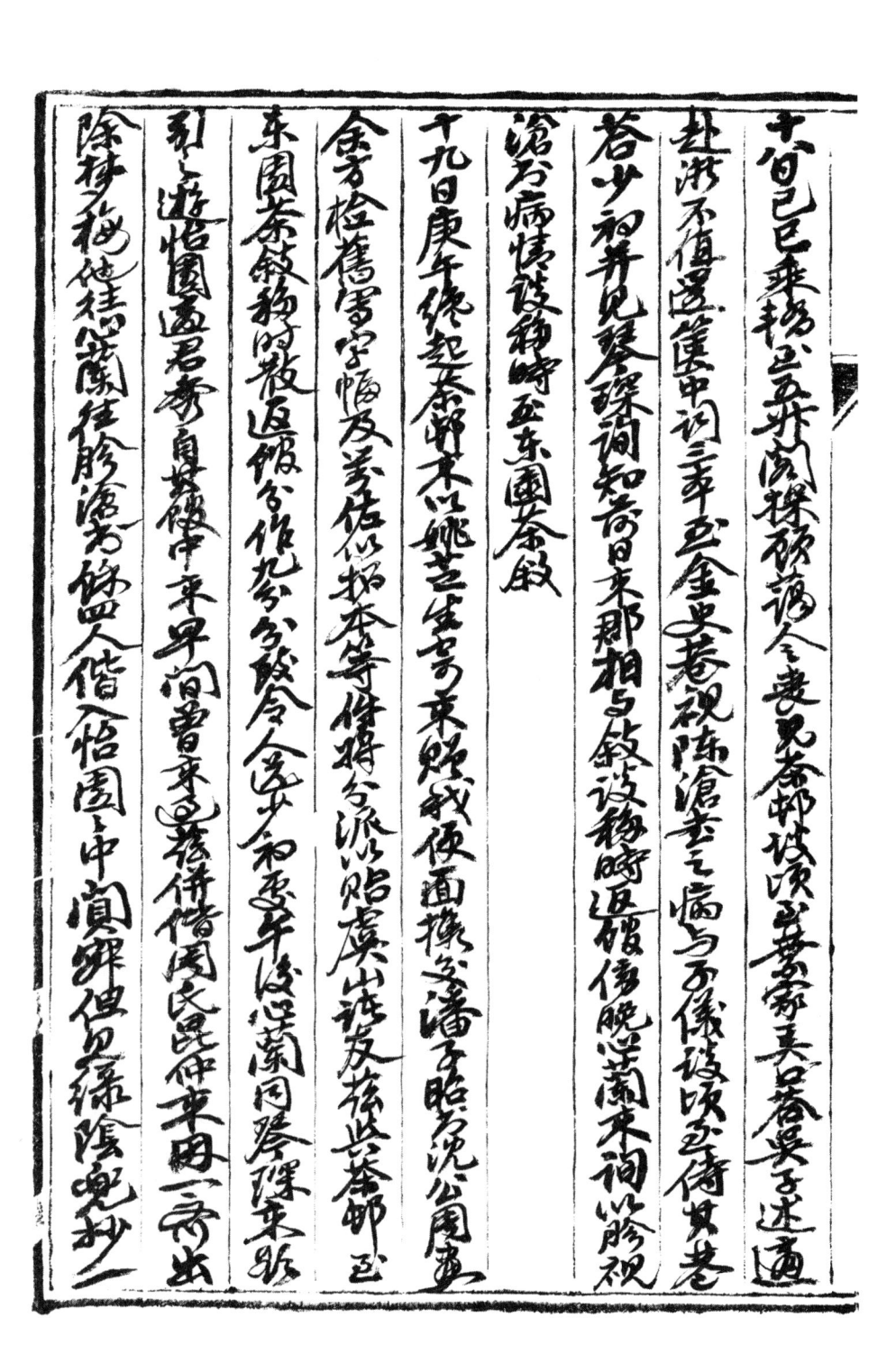

過呼茗於廊間坐憩，心蘭亦至，並坐快談，涼風颯至，乃起徐徐出園，又在樂
移吃點心，又至儀鳳吃茶，良久乃散。
二十日辛未。晨至百花巷思勤、瑞卿、勇家拜絢甫四姝廿九千實誕，略坐，擬
渡歸家。時返，館（辛芝弟來）復回石信，傍晚心蘭來，詢知今日赴視滄老大使已通閉
塞，稍減。談次云有人在儀鳳邀同往，為李益漁、朱紫仙、筆漁、李世（咸）二子在紫仙
定甫之子照經設之，餘座遊歸，屬取寒山誰隱圖屬題，移時散，同心蘭歸，其家取
泰站版拓本五張贈余，有他人寄售瑪瑙烟壺，付觀，余俱携出。又閒步至道前
街，裝潢家取石谷畫冊，上燈後返。
廿一日壬申。陰。作復十首所作題鄭盦弟信，閉目坐憩，時衍口占以題寒山

稚隱圖乞古一首即寄去來紙子後送鐵傳晚至君秀家不值回至金兌蒼閣

滄若病坐談逆館得鄭雨亭十二日來信

廿二日癸酉晴申後雨驀達旦晨興未止止後陰陰竟日傍晚心蘭來以午間所得茶

郵札付覘商量公讀少初之事同至東園品茗少時君秀競良來同敘至上燈

廿三日甲戌天曇陰地泥滑調伯來略談去少初來詳公讀之局告余事況且將赴琴

川也設片時棹舟望閶門去晌午見霽日傍晚君秀來同出還遇雨而返

廿四日乙亥大雨竟夕晨益滂沱止及時梅雨也晌午又霽傍晚心蘭來冒細雨至

東園茶敘良久散

廿五日丙子夜復大雨達旦辰巳之間漸小漸止向晚又作即住枯坐而已

廿六日丁丑晨茶，邵來談，少時至東園吃茶，移時將起，君秀來，又談，移時散。午後姚晴、吳子述、曹照谷先後來，晚去。小坡來談，適心蘭亦至，遂邀入雲園觀畫，敘談。出，過蘭偕出，伊人怡園，余至敘德約於廣廉夫處會齊，余先到，晤許子振，廣廉夫贈我所畫端午景紈扇一柄。廉夫有鄉親來，取出吃茶，余亦至觀，芳游後有約，至敘，芳邀君秀陪余至五鴻齋，觀首烏、延壽丸六兩四錢，計價洋一元。回至鴻文齋局訪吳吟薌，不值，分路，余赴廉夫之約於樂橋醉仙樓，心蘭已在。少時子振來，少時照谷來，少時琴生、嬰年來，天晚，余先起以行。

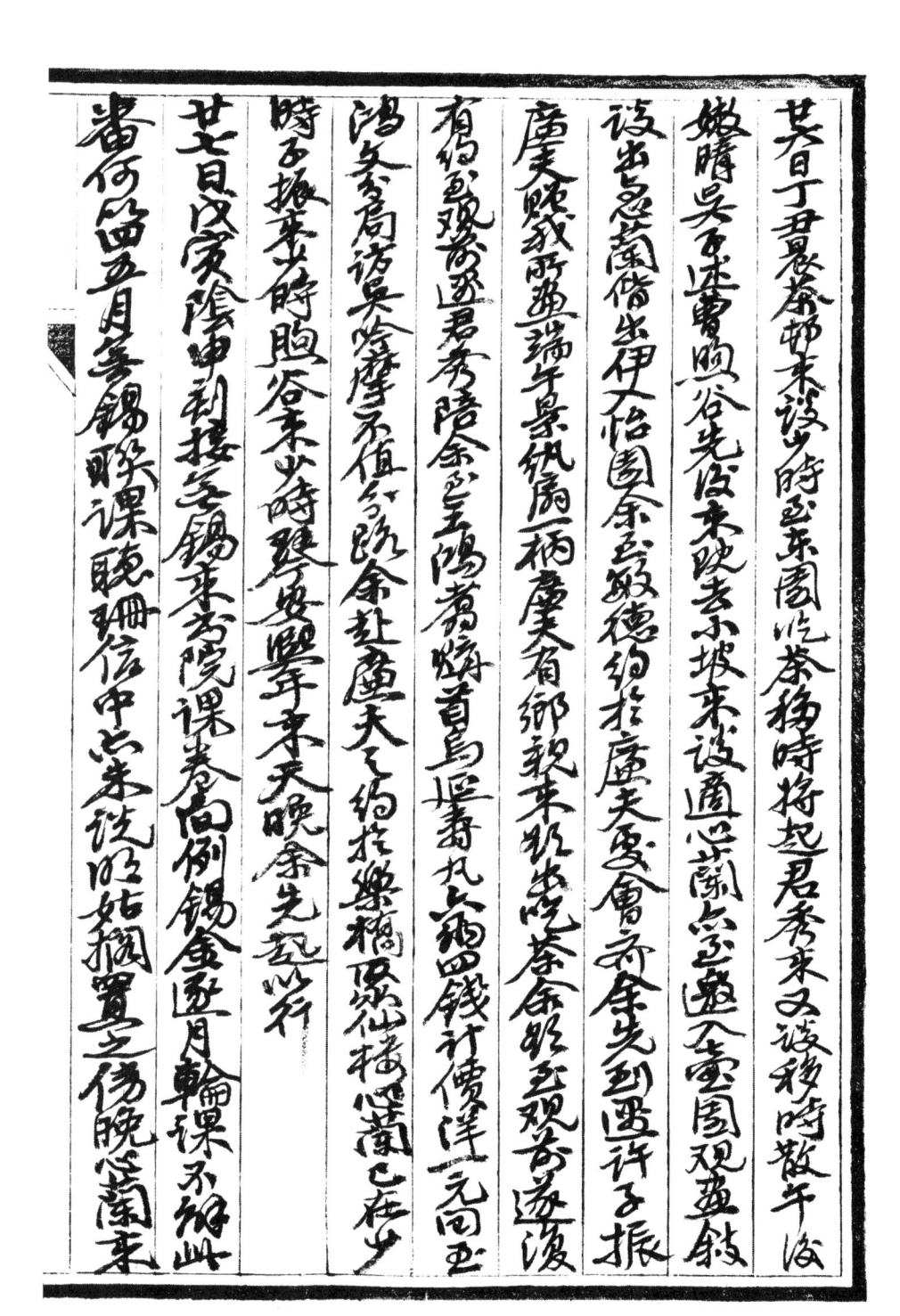

廿七日戊寅陰，申刻接蓉錫來，為院課卷，向例錫金逐月輪課，不解此番何以四五月蓉錫聯課。晚，珊伯信中亦來談，以姑擱置之，傷晚，心蘭來

昨以唐六如贈扇求其爲那一面落已畫就送來一作山水一作梅花余跂

謝之即攜以偕往東園喫茶晚散

廿八日丁卯有泛舟山塘之訂晨起心蘭家數遣人傳其意邀琴琛已他

出不得邀至順風園候其心蘭茶料庸香蘭至俄而笑拈鳳來踐兩君

季餘良公七人同到閶門馬頭登舟天晴氣熱風頗大逆水行舟摩昌

門而過直抵山塘泊吉公祠前登岸入祠先占定正廳中一席啜茗移時

乃設酒焉周行祠中廊廡憩於曲廊以迎風疊見他游人皆於舟中

攜酒而來設席平臺之上未免日爍氣熱難安良久席撤猶徘徊

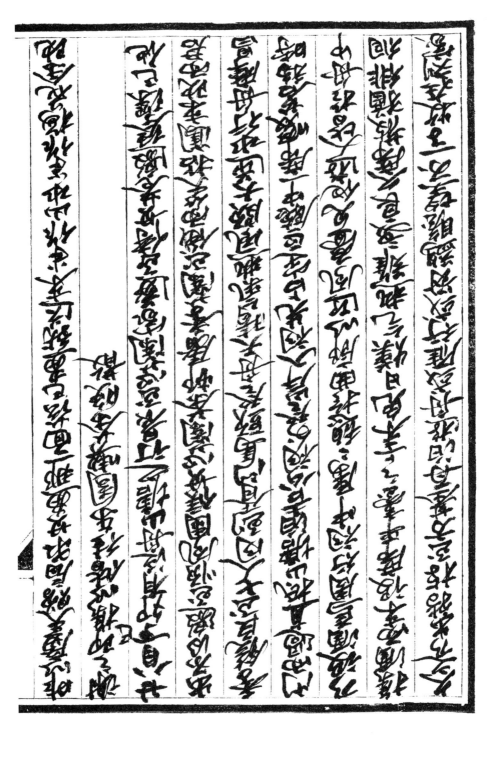

久之乃出登舟至方基舟泊游舟或雁行或對鷁縱望不一牧齋劉家

樓前望見余還遂入擊舟來招余登之遂棹歸胥門抵馬路天適暝
舟中吃晚點相與登岸余與茶帥季蘭買小擱燈照以行
廿九日庚辰天晴驟暑以東林童卷還遂入送君義懇其代閱自乃
披生卷題子曰吾十有五而志文六十而耳順詩題衆仙同日詠霓裳
得仙字閱未數本宗濟弟邀至閶門樓上四大字宗敬偉是候農
袖弟來晚歸家視咸仲姪孫病邀錫侯弟來其新覓之屋
六月初一日辛巳清晨出吳至敏德借元吉弟之舫前邀錫侯弟同往雅聚
吃茶茶帥春雅文皆至坐片刻吳起與錫弟詣莊祠與族中人相敘
少時返飯天乜大熱午後汲泉來

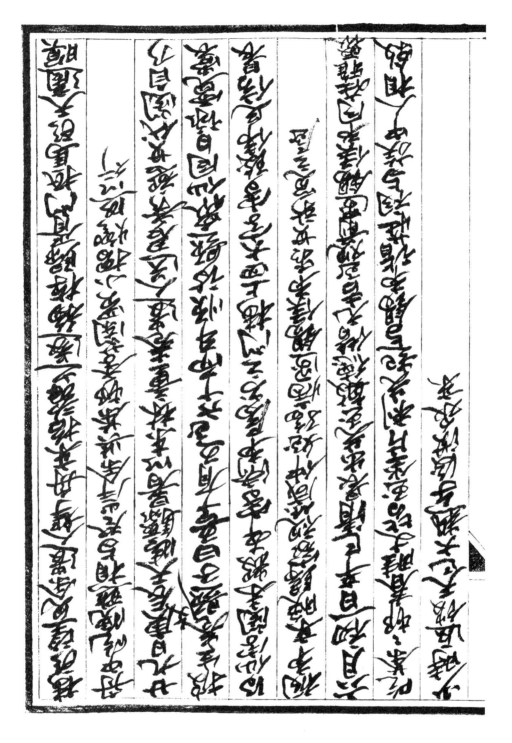

初二日壬午清晨歸家求同慶病少時攜吳趨坊渡至君秀家

夜頃返館天氣盛暑閱卷無多傍晚心蘭來偕至東園

初三日癸未揮汗閱卷又因目疾時或捉筆閉目以養息之傍晚

壹百七十餘卷居然閱備心蘭來偕至東園

初四日甲申清早至心蘭家同出胥門擺渡至夫石碑橋南觀新興之

木輪船船用桔槔法數人踏之其下輪子轉動行水鼓激於橋洩

槳風順亦可張帆艙有官艙客艙女艙之分據云踏輪時用十六人爲

一班以兩班更換另有賬房及煮茶飯諸人其人須有三十人以外矣了少時

略坐進城在鳳池吃茶歇息方散返館於生卷上加圈評

初五日乙酉　晨，君秀來告知童卷閱跋，即往儀鳳，俄而淇泉來邀，偕
至儀鳳。淇泉薦一畫符治病者，姓張，號捷三，住通濟坊，因與同往，其人是
武弁，年已七十三，而雄健。告以故，屬余正對天光，伊畫符指向眼，畫畢，
令余默默有所念誦，畫畢吹氣三口而罷。少坐，與淇泉分手，返。生卷
圈評一律告竣，遣人向君秀取乃童卷來圈評，亦全，惟評語有複
出及誤字，特換去十餘張，另紙加印畢，又作跋。江晚珊信，傍晚，以蘭
來，借去東園擬舊玉印、石谷卷來留玩。
初六日丙戌　晨再至張捷三處，畫符返，將各卷檢齊，封卷包訖，乃乘轎
出，至顏家巷譜琴處，家伦出示史以東洋印色一匣，贈之以被六日香家

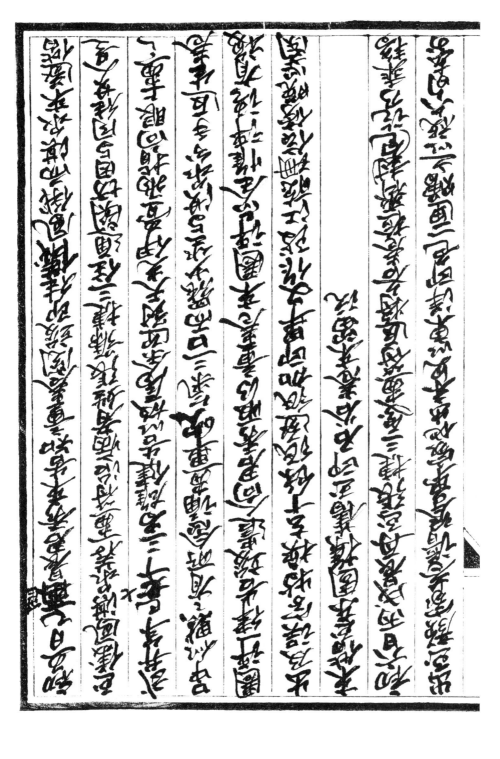

至獅林寺拜補之四姪三十周忌因留午飯寺中庭宇高深且有風趣深
靡散至花橋訪渴等姪於松風蘿月之軒侍談良久食后出鈔本醫
書兩本係三松公手蹟皆有治目疾方付余帶歸細恭之歸路又順
至敏德少坐返餘儀而錢翁來贈余手鈔之妙法蓮華經全部凡三巨
冊手作工楷首尾一律當謹藏之談次遂至東園茶敘移時
初七日丁亥晨家中遣人來告同慶病情松兄與余歸去余先往張捷三
處安將伊屬余速再三天後愈則愈如不愈三天之後不必再來今三天
矣再畢即出歸家路過吳趨坊西北行過長春巷見有慶公館字條知是家
新遷于此入見之坐談歇息片刻乃到家松兄以彤伯之言屬請曹蒼甫相助

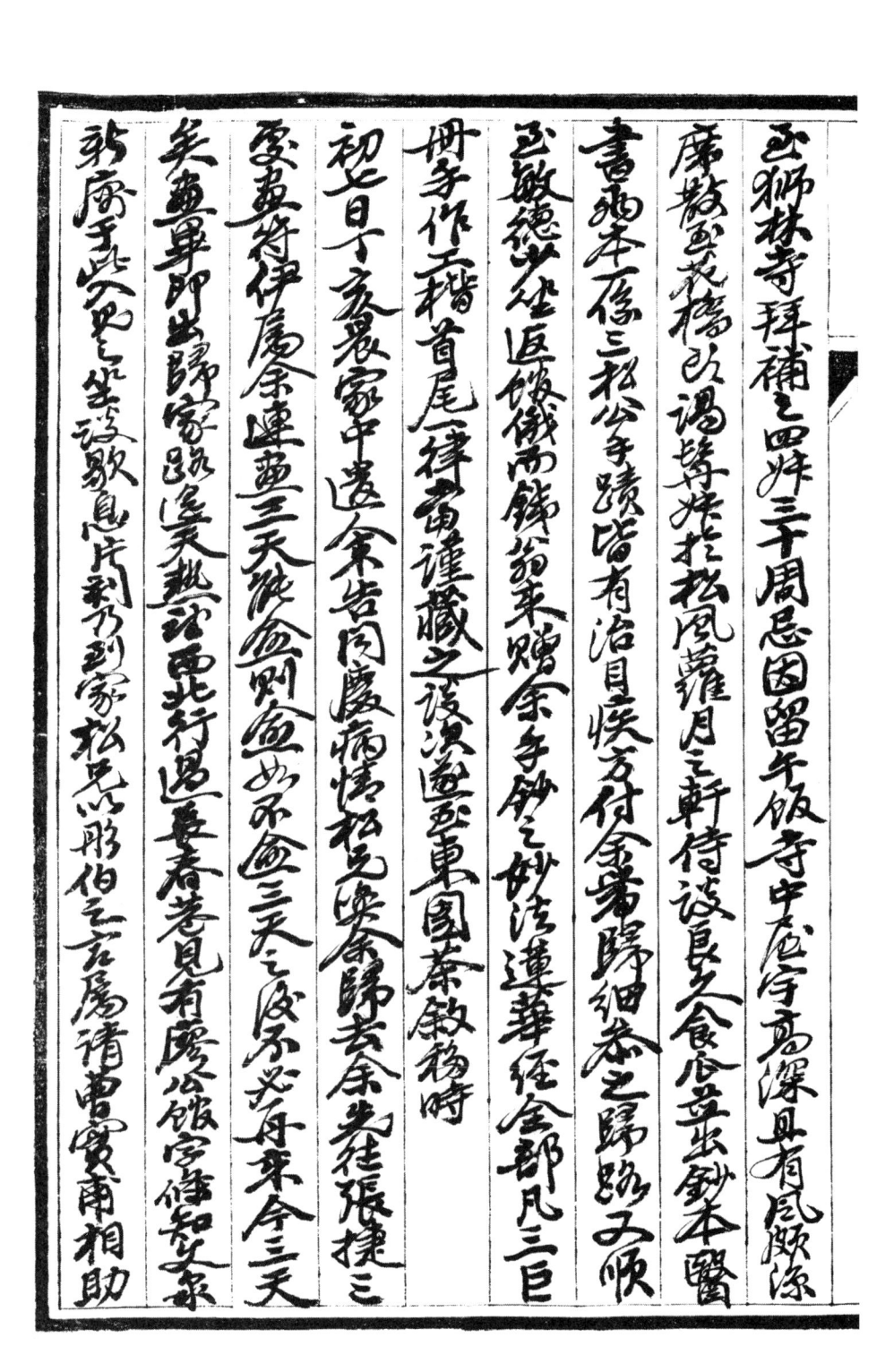

余因至梅美親邀之，吳甫因其子大病危險不欲出，余強之，乃云俟彤伯來
時，一共同商可也。余乃歸，候彤伯，邀與約午前直至，申末方到，余又親至
吳甫處邀與同行，兩醫同商定一方，先後皆去，余乃脫身，將返，帳一濟君秀
家，君秀因妻與子皆病不出。談頃刻，餞知心蘭肯來，不值。是日在家與
程紀長閒談，出江梅生澄吟秋館詩一冊見贈。得聽珊信
初八日戊子，晨除改歷次課作，目力不濟，時時作輟，傷晚。心蘭來，晚余碧螺
春茗一瓶，余以錢松壺畫贈與憶合刻一本贈之。至東園邏堂魚談良久
初九日己丑，晨昕即發腹瀉，接連五六次，汨汨皆水，雖別無所苦，而神疲矣
竟日不出，吳仁叔婿署亦無客至，得鄭盦與珊信

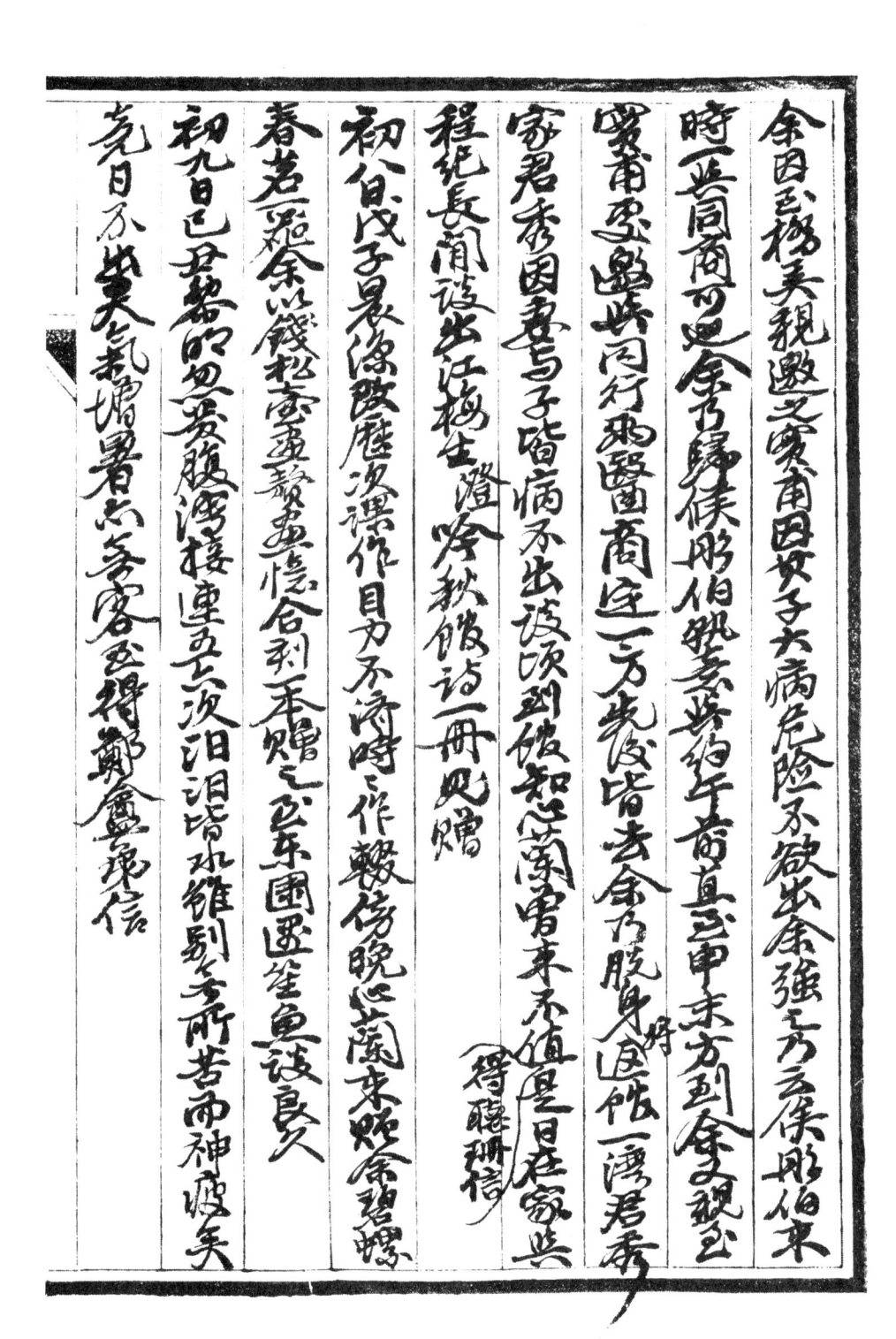

初十日庚寅冬至伏暑苦腹瀉稍減缶虎早君刻僅存餘清豪來竟以艸

豪揆入抹成錄鄭盒序一首又自作序一首亦錄出並送甘翁求政

得昌石信中言近得嵩山太室石闕少室石闕二銘本開母

廟上下銘孝廉錄各種拓是國初拓本屬爲題跋然未見其物

飯後憑窗腹瀉後迎蓉著心蘭來談傾去

十一日辛卯腹瀉未止范梅壽自無錫來久不相見談片時去余札致君

秀詢其家人之病俄出來復俄而君秀來王荀甫亦來同談先後去君

秀遂往訪梅壽余不出夜有風稍涼

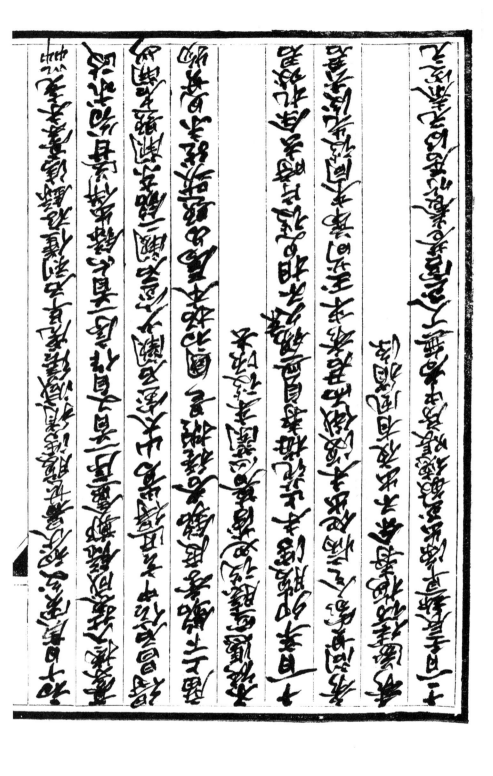

十二日壬辰勤早涼出至敏德張房中為無丁人至宮巷養小居訪元泰定元

年錢煙款後此煙捨入元妙觀東嶽行宮余指不知是否僧錢新並往拓伊墨遲遲今已破壞矣置庭階字亦殘缺矣又訪佛見寺金剛經拓本兵部遂入觀中雅琢遲坐設茶同坐吃茶少時又往照春堂見春畦茶都司文少坐將返余冒君秀受又少坐乃行天氣已熱候至申間為 先考生辰設供展拜後返寓行候至酉刻暑氣漸殺日光已斜乃出至騾馬坡巷馬家看梅將不值遂返飯少初來贈余墨拓各種皆宦游中所帶歸者惟伊闕佛龕記碑為北魏石刻上乘朱博殘碑次鈞本亦佳

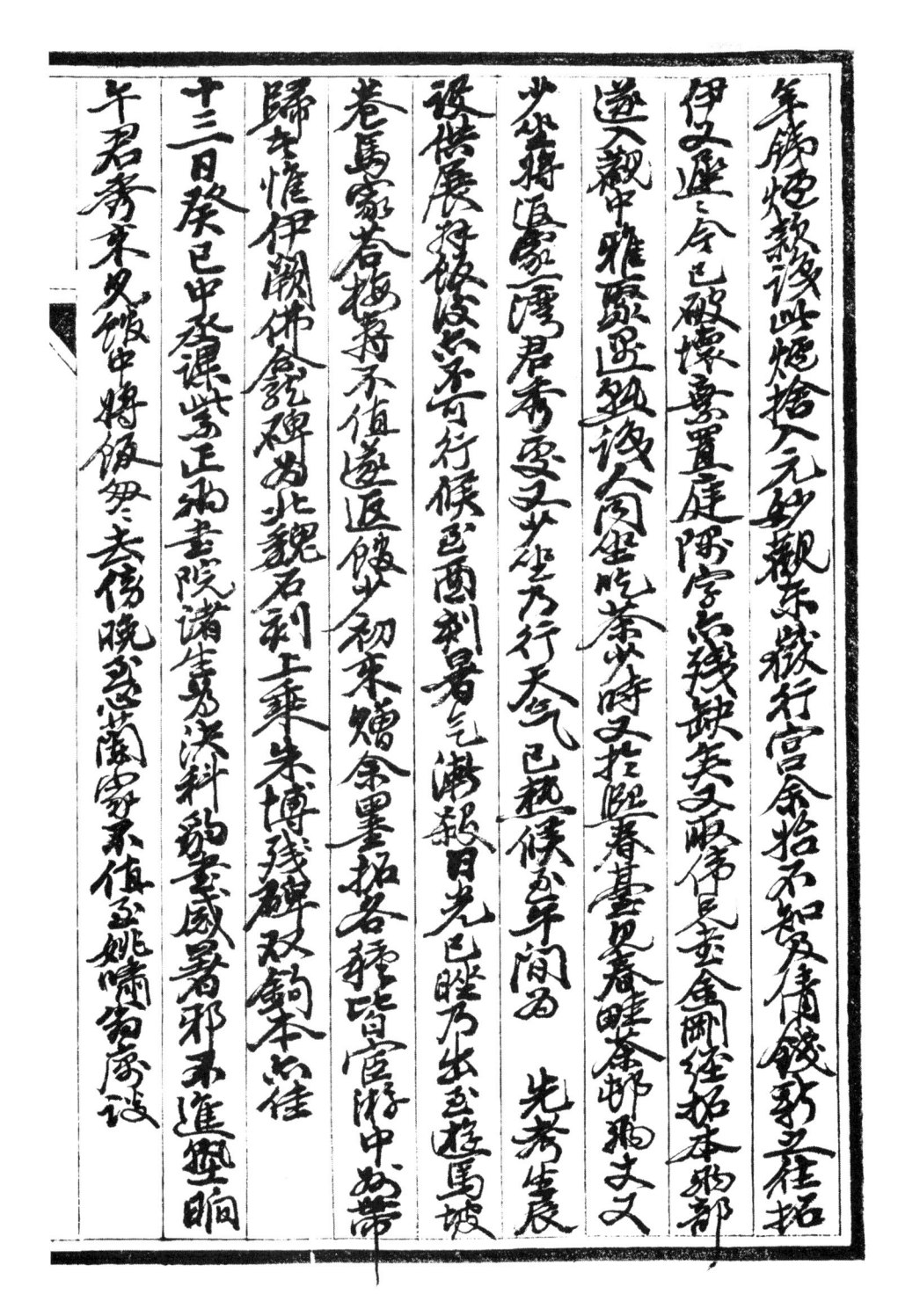

十三日癸巳申丞課紫正兩書院諸生另次科弱書盛暑邪不進經晡午君秀來又飯中將飯罷去傷晚出至蘭家不值至姚晴甫處談

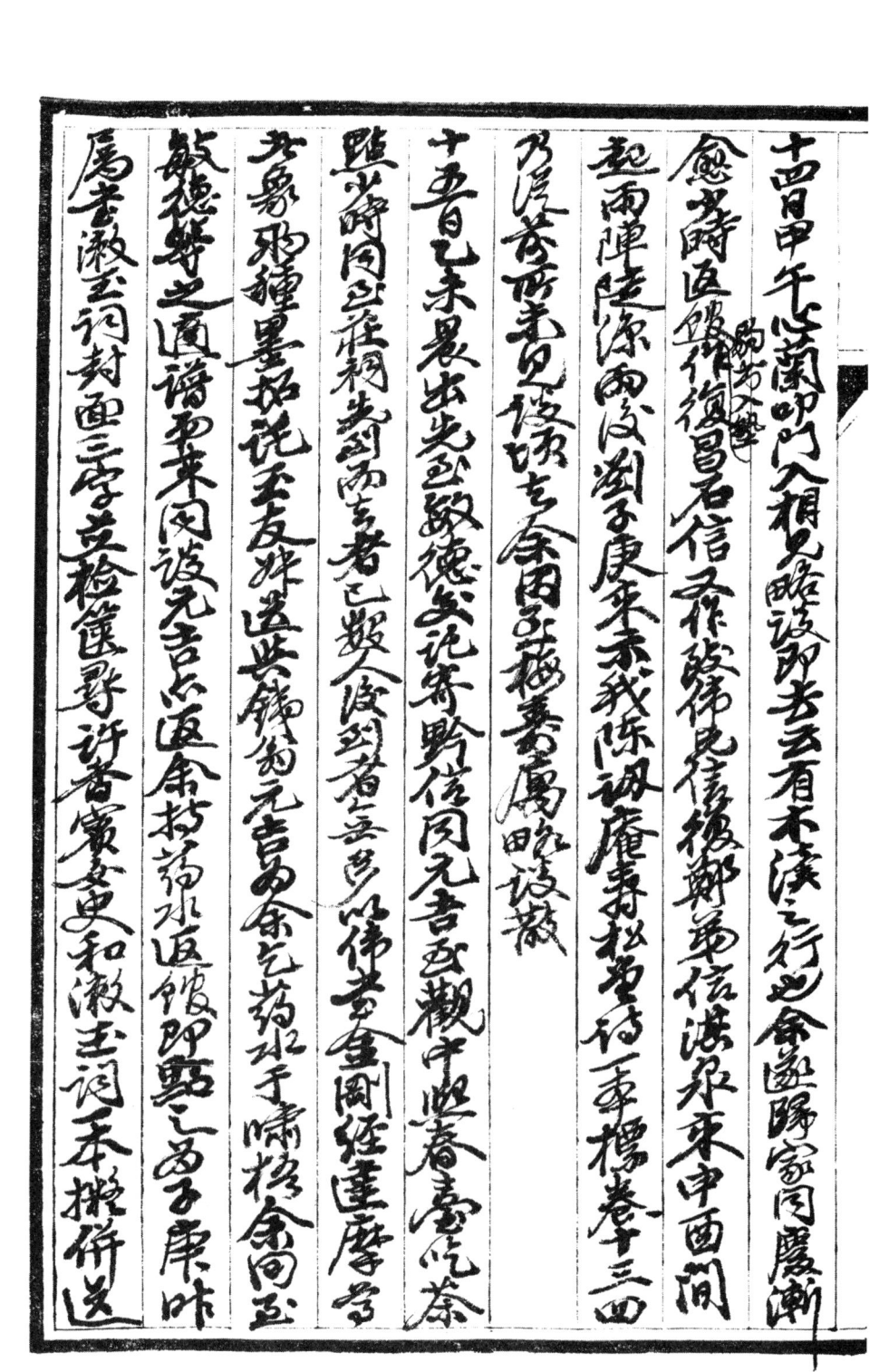

十四日甲午心蘭叩門入相見略談即去云有木瀆之行也余遂歸家同慶瀾
愈之時返 駒者入塾 即作復昌石信又作豫佛兒信復鄭苑信潘泉來申酉間
起雨陣陸源雨後劉子庚來赤我陳汲庵壽松苑詩一章標卷十三四
乃從苍所來見談頃去余因子梅壽為屬田談叙
十五日乙未晨出先至敬德處託寄黔信同元吉至觀中迎春臺吃茶
題此時同至莊祠先到而去者已幾人後到者亦多以佛書金剛經達摩等
老象兩種墨拓託友人送無錫翁元吉為余乞藥水手摘樣余同至
敬德等之遺譜來同談元吉亦返余持藥水返館即點之丙子庚昨
屬書瀫玉詞封面三字並檢策遺許省蘅女史和瀫玉詞一本擬併送

去文以前見少和所贈　至西壁先師象拓本送吳[illegible]宣德貲送入支
硎山下義塾供奉　象為明嘉靖時河南君刻本
十六日丙申晨茶邨來設翁同至東園又設翁時返飯首〻未來家
中嫗來　松兄字商同慶拂仍近形伯余以為飯後君季來問之
自姚傭翁處中來未飯也設來錢〻去銅士歸自東城來告今日
賢翁補作生辰并款吞次子志鄂二十歲也補作後十日矣　傷曉心蓮
來偕至東園設翁時反　後以呂君信第到太室石闕等拓本
十七日丁酉晨至君季家并寄饒良皆出坐未世劍來拾書　詠留下至
家院巷鴻寄局寄吟摩　不值　回至郡廟前謝文翰寫刻字店　以僮

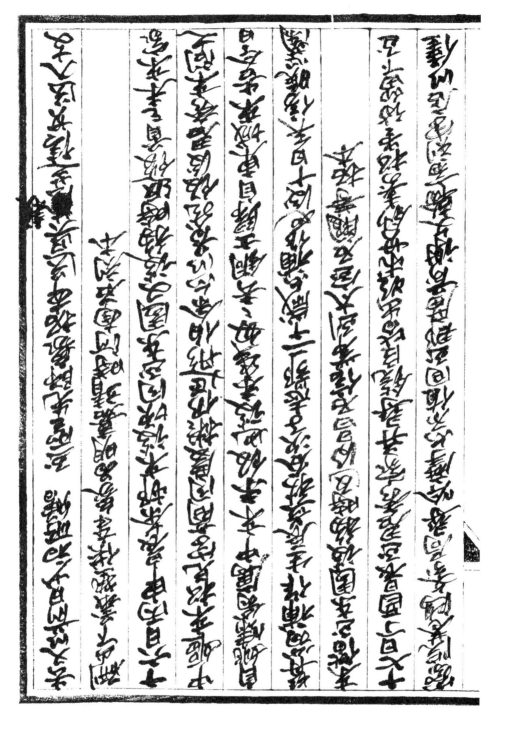

存餘稿本留下午後少和遣人來索前月付觀之詩稿同渡貝人去乃將貝
伊園詩鈔二本披覽大略即書一跋傍晚擬親自送署梅壽來致謝濟
榮亦來移時同出拿玉侍其若縈豫康且少初今晚回虞山致頃返
十八日戊戌昨得鄭第書云有洗眼方及治蜘蛛文伯武姑帶歸尚未到迺着
將到似第昨所頂服同慶方病有翻覆欲請於二先生因寫字條遣人請之回
言因昨未病多勞之不出門邀告請家中玫請玄恭參傍晚日渡風
多歸家視玉玄恭已來過少時玉君柔家略坐返飯
十九日己亥大士誕辰且佛直通利宜進香日晉出吳在舊善稿
大士前拈香并求取仙水遂至火神廟關帝廟飛雲乃進園妙觀入

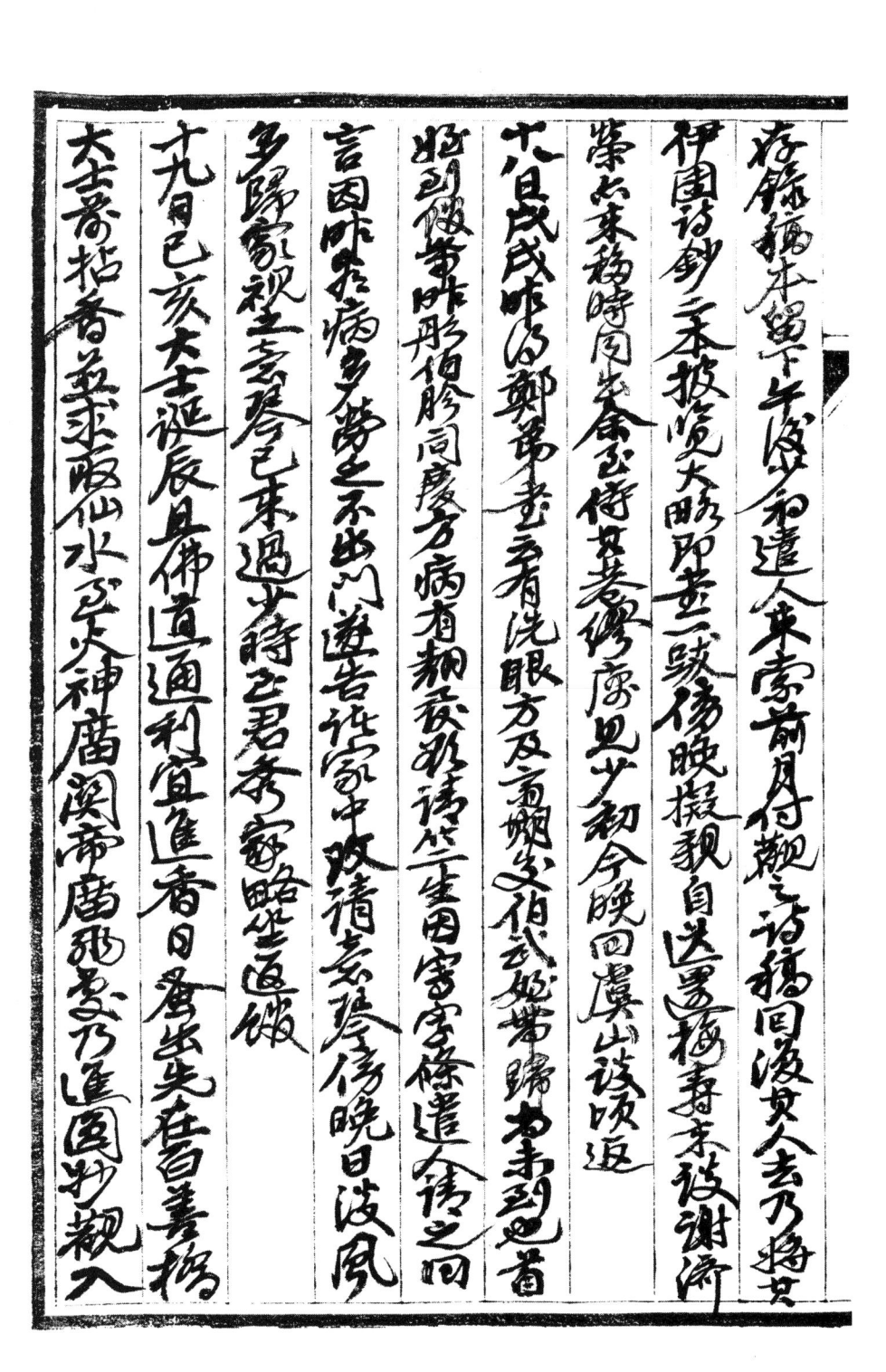

雷祖殿觀音殿東嶽殿出至廣場拈香眼目司神前跌畢至雅
敘吃茶遇君秀錢臣表之承姪諸人皆拈香來飲則笑指小坪曼
雲少屢有蘇雜諸人異亭自靖江歸亦出見是濟濟稍時先出又至
鶴文會局尋吟摩文不值悵悵返藝圃孔東為女友許香廊著霍亮
從犀洗一盃屬為對面所為書之並自為壽石刻僅存錢封面傍晚
心蘭來云今日街上有賽會盍往觀乎余早晨已知有朱司徒神會
但不知在何處始偕出至怡園對面少坐探知會在觀中方復進觀見
會方停駐後入雅敘園遇廣天碩姪同吃茶既而茶散亦至敘談稍時
日隱風狂防起雨陣遂起行又遇子振春睦諸人隨在敘談而會有

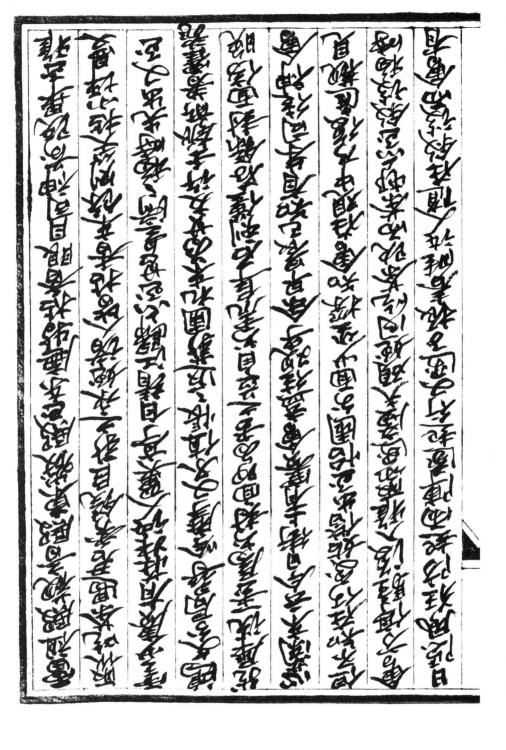

欲行〻楊趕先与恭邨同出由宮巷頗清乃一灣養竹居取碑拓兩種有
灣胡琴安家取小照以行与恭邨分路到家汗浹於衣而雨
二十日庚子晨歸家視孫孫疾情形未減出詣五君秀家路波返小鄉弟
札來知陳仲陶閱計丁內艱屬定計稿午后自錫山汪麗珊書又寄來
東林書院月課卷五百五十餘本爲非決科卷也並以童卷送請君秀
代閱自家力疾即披生卷文題在里子產潤色之詩題綠槐高處一蟬吟
得吟字晚起雨陣入夜漸解並有雷電
廿一日辛丑晨氣稍涼即披閱卷子晌午大有陣雨歷兩三刻許又
見霽日乃披出示池庫納涼夜用浣熱紗訶頗幽雋

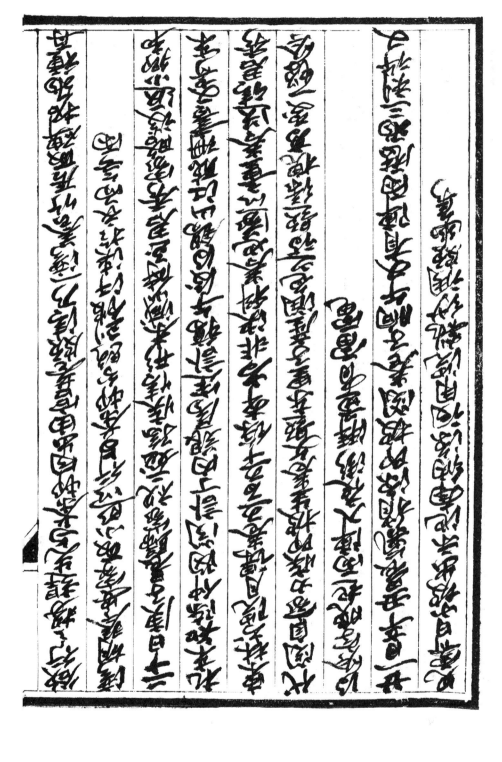

廿二日壬辰。起即伏案披閱課卷。錫侯弟來談，無風無雨，正是盛暑，竟日不出，閱卷頗多。推夜不近燈火耳。

廿三日癸巳。晴。第園來，候銅士往，而還。用其驢至嚴慎思亭弟入內宗祠，遍出見尊拜於松風蘿月軒。少日遍道窗，殊不易耐。略談即出，三弟吟摩於鴻文，為局三次，不值，返館閱卷，既編纂加圈評。源藍水來，屬為扇，以目疾辭之。甫返館，時首姪苦無同，履病情復有反覆，傍晚歸視之。

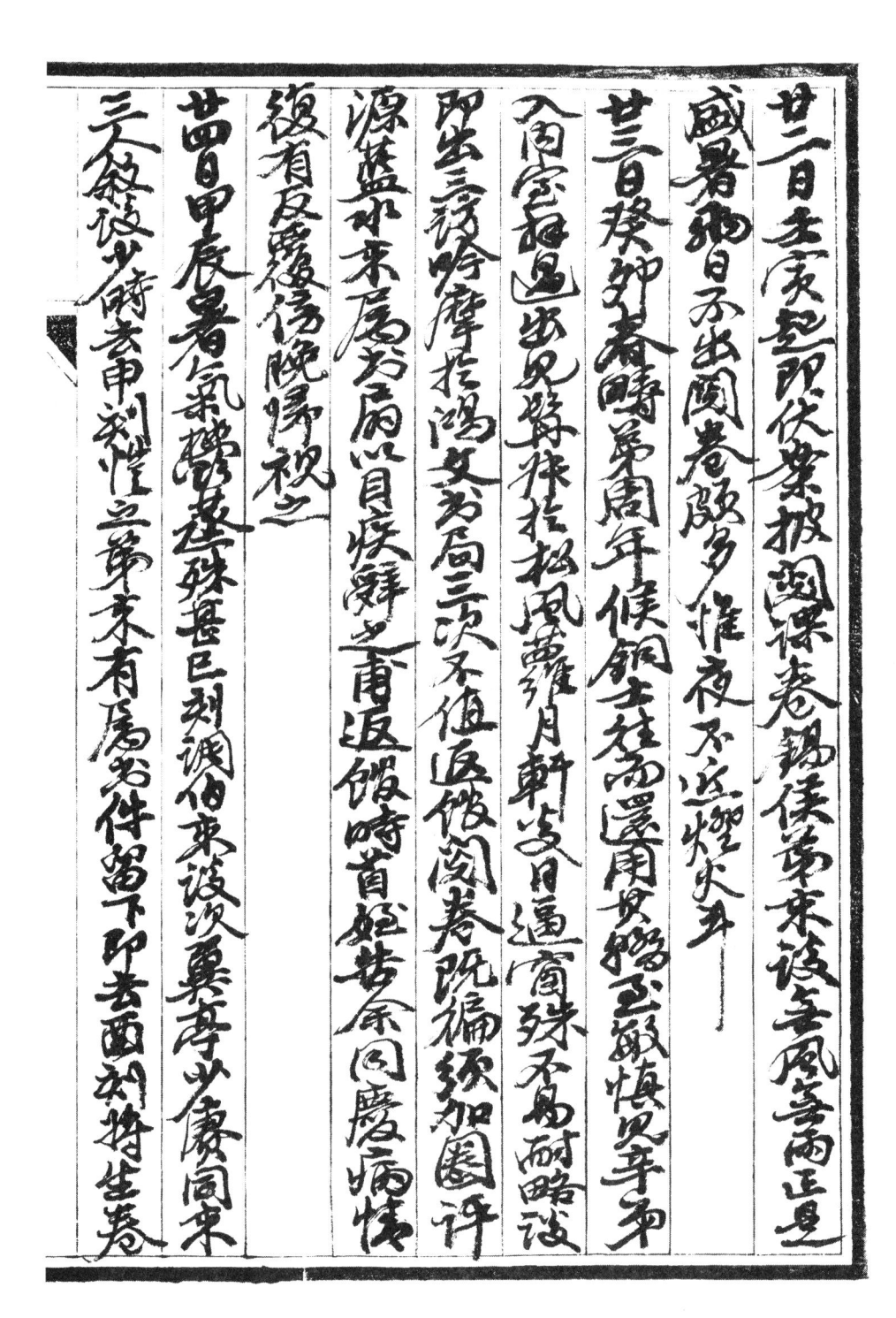

廿四日甲辰。暑氣鬱蒸殊甚。巳刻調伯來談，次冀亭，少賡同來，三人叙談少時去。申刻，惺之弟來，有屬為件，留下，即去。酉刻，將生卷

評語及排次一律告竣。晚有風，竟不雨。

廿五日乙巳。清早歸家視同慶病，情形未減。坐頃，錫弟來，出門遇余飯

返矣。余出至君表家，又值至郡，留示謝文翰刻字店，交代一言，並由護說

街返。濟緘德來見，出鄭元吉，坐頃，出到飯。知君表曾來，往儀鳳候余

往尋，已行矣。少頃，君表來談，託閱課卷。夕少頃去。傍晚，心蘭來。連日

不見，出因小病。談片時，又至東園茶話，良久散。

廿六日丙午。日光值大暑，氣候燒。為銅士改換女婿族鴻聯語。伯雲

為其伯雲峰孫郎試畔加賀喜去，改課作兩綱。餘惟閉目養息。飯後

伯武總歸自都中來，見，出鄭和與余。壺及見晚張洵夫壺岳陽樓

記拓本六幅，即作復信，遣送通恕。又接歸鄭弟寄陳篤佺字
幅等件，遂作致葛佺信，又預備寄(?)奏(?)致張珊信，接慕君秀采
廿七日丁未，晨至寶積寺拜眉川伯百齡冥誕，少待即至嶽中，雅原
欲見墨，奉侯良久不值，悵悵。出後至寶積，共飲于墓君陳儒楨、厲(?)師竹、
汪觀齡諸人。飯後留午飯，飯後至白如處，不可行，候至傍晚乃至一直堂
西至孫文翰店，至君秀家，畫卷一律閱竣，園占(?)評語排次，皆了即
携返，飯後檢點一過，乃加包封遞，斋料理，從蘭東來，余封好發寄
飯後，飯後教務時閱說藝(?)，飯後乃偕至東園，又坐稍時散
廿八日戊申，前日蔡郁(?)字來，云發肝陽舊疾，晨起稍涼，到彼問視

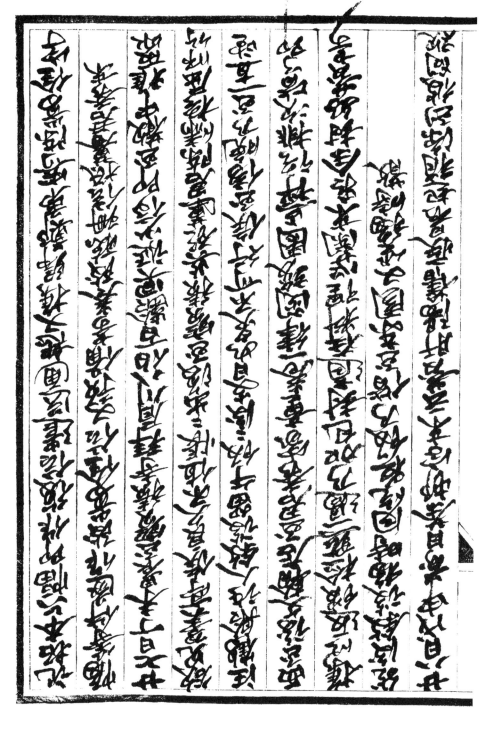

之設陝返至儀鳳既君秀之約僕若來同寓務君分東西各自到
館煦谷嘗來不值留贈治目疾之藥首單二船上所用寬心補紙寫
成三幅餘三幅須心蘭畫之傍晚至心蘭家又去
廿九日己酉至西果巷拜程明甫夫人六十壽即返遂不出前屬胡琴倉畫
小照題曰得劍圖擬自題一句未成今成六絕句午刻發風有陣雨
三十日庚戌午刻交立秋即交末伏雨斜風細雨微涼秋天氣矣午後
錫甫來說到至光福之事傍晚贈涇歸家薦晴食於　祖先
七月初一日辛亥早出城晴至敏德路生祠在祠見族中諸人談將赴鄉試事
返路至敏德子少停返館改昨課作信晚至君秀處交歸家各晚擬詩

初二日壬子　不雨不晴，有風。與心蘭遇于塗，同在儀鳳吃茶點，移時君秀來，又談移時散。申刻心蘭來，偕出往招君秀同至趙氏園觀荷，入門風香逆鼻，花開正盛，臨池要坐，啜茗對之，中有讓庵讓飲者，聽其談妙相庵觀荷風景益佳，金陵赴試之人，由良久出，途中吃晚點，又偕心蘭至鄭蘭翁養竹居，屬錢振庭往拓王元年梅花石刻，由蓮花街而歸。

初三日癸丑　晨陰，仍風。至茶肆家，偕至鳳儀春吃茶點，談移時散。午刻濮第來，伊兄小坡去。是日伯雲出門，不入塾。

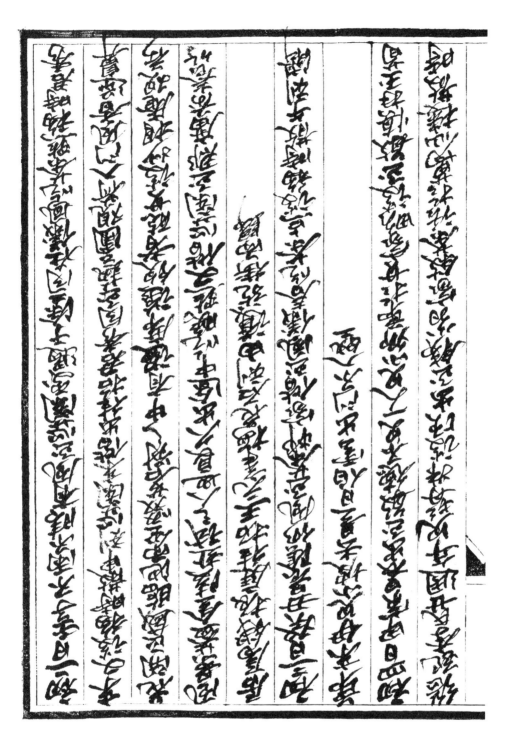

初四日甲寅　早陰，至敬德齋，又一人，見小卿弟，往其家略談，至敬慎拜玉笥總憲李氏廿週年，晤錢小坡，談頃出，至鍾小蓉家，飲茶話，往萬仙樓，散時

日出蕩街，午去，有風，傍晚調伯來，有姚𢠵翁紈扇，屬轉求心蘭畫。

初五日乙卯，晏，至竹居，以拓出梅花十幅，本欲至心蘭，而柔翁遣茶邨來，不果。同至東園茶話，移時返。饒君謀至，晚乃至心蘭寓，不值，留字留件而歸。至君秀家，談頃返。

初六日丙辰，爲昌石題葛山右闕等拓本四則，即錄稾，致書於滬上。傍晚心蘭來，談，並至東園茶敘，還，並負其談。晴。爲扇，心蘭畫就，致艾東。

初七日丁巳，晨至霞積，寄弟陳仲陶爲世兄閑書，略坐，至雁天處，贈以蕉石畫、梅花拓本幅、宜興紫砂印盒一具，談少時，知有虎阜之游，邀出由郡廟前過，娶文翰齋一停，晏至竹居一停，乃至君秀家，伊郎成伯二十生辰孫祝遊留午飯蔡邨先在座旦復又有蔣澈芸張竹鵬諸人席散候日西昃乃行譜琴弟招余往共蔡邨竹明鏡臣同出余至譜琴處乃為補祝壽麵有七巧盤具七種肴吃酒閒談至黃昏復又承以轎送余返館

初八日戊午晴卑家蔭酒之舟為虎阜觀荷之遊晨出約忍蘭余先出胥門令舟子往請姚嘯翁在順風園吃茶少候忍蘭在約淡泉淡泉珍臣闔門相敘乃先卷舟候嘯翁至即開行抵金昌渡暫泊令舟子邀伯君秀鏡臣來到去放至野芳浜口坐待淡泉船到該處過船午飯不至我舟中具鋪席五人圍坐吃之追淡泉到席已撤矣乃圍邀以夜飲匆匆去余等移

泊吉公祠前入祠觀荷開落各半占座瀹茗時〻散步有風反覺涼良久乃出返
舟又至野芳浜晷暮泊朱船西舫花香酒氣池風四散夕陽將下放回方基諸
船集焉管絃雜逞燈燭光搖移時散返至渡頭乃設席共飲飲盡三
巡浪東明起伊弟有他局且在張舟作主人焉餘人亦〻絡續撤去舟人料
理舟具移近閶門二鼓先去散回胥江稍涼風吹歇出岸二鼓進城各照承
燭翁遣僕打燈送余返館與鄭鑫甫弟都中书許漫〻山中並
己
初九日甲未晨歸家并至錫甫新居各半片刻返館君秀來遇傍晚又
來蒞到館歸館之夜也談吹之去作漫學之並
初十日庚申晨甫起心蘭來視余洗臉服丸藥畢同至東園茶話敘談

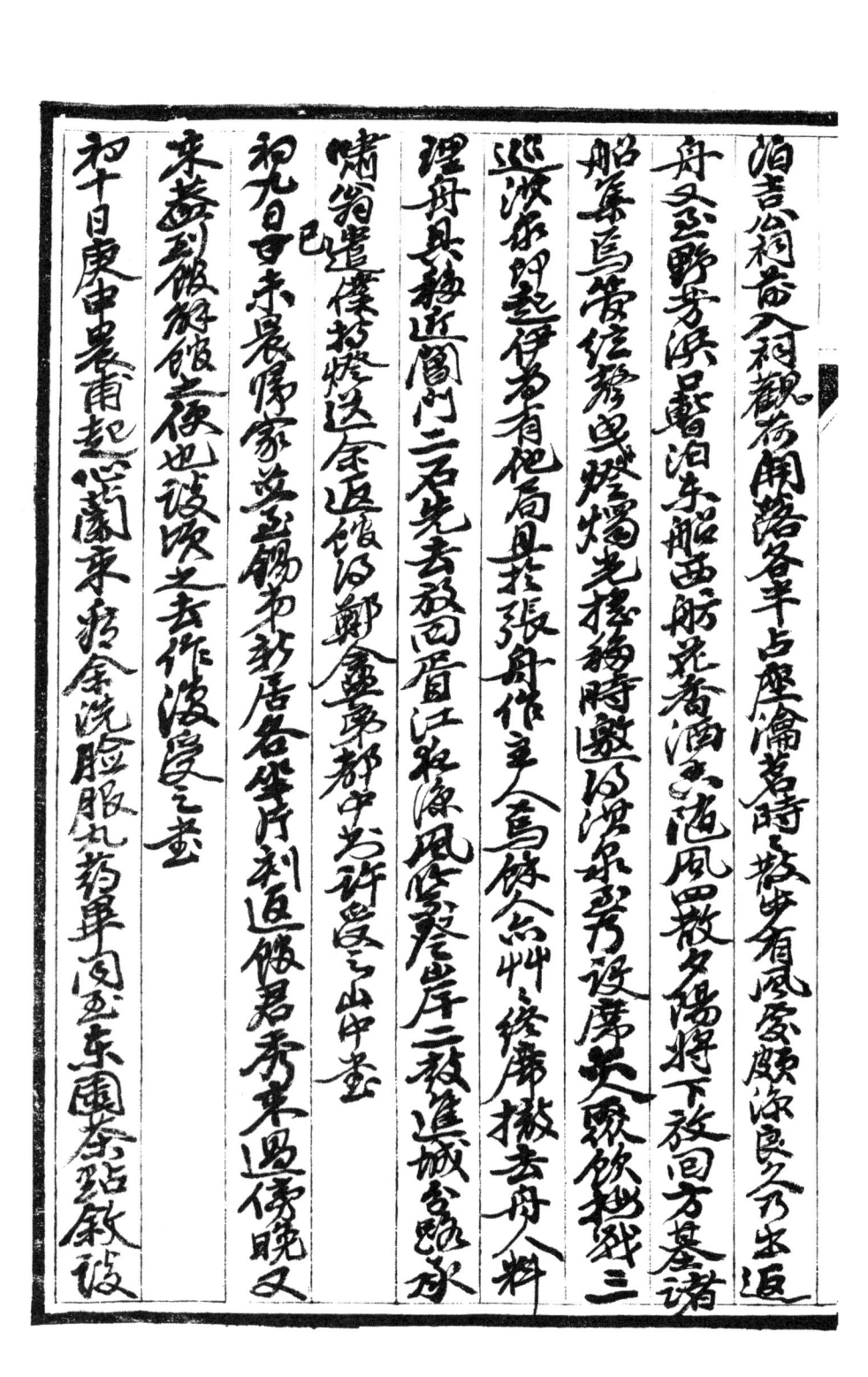

返作復鄭芷青書，傷晚伯昌石書。

十一日辛酉。前日聞辛芝弟生瘍於頸，特往視之，先過潛翁敏德不見，又遇丞敏、慎兒、辛弟已愈，見其妹以所作圖求題，遂片晌辭出，再丞敏德見，小卿弟略坐返。飯，知君秀饒自嘗來，不值。申刻心蘭來，談頃去。

十二日壬戌。晨君秀來，同吃點心，乃丞東園茶話。書房庭中布幔為風所破，不能遮日。病眼對之甚苦，無避處，擁卷閉目靜坐而已。迫暮心蘭來少坐，先往東園，余於晚飯後就之茶話。

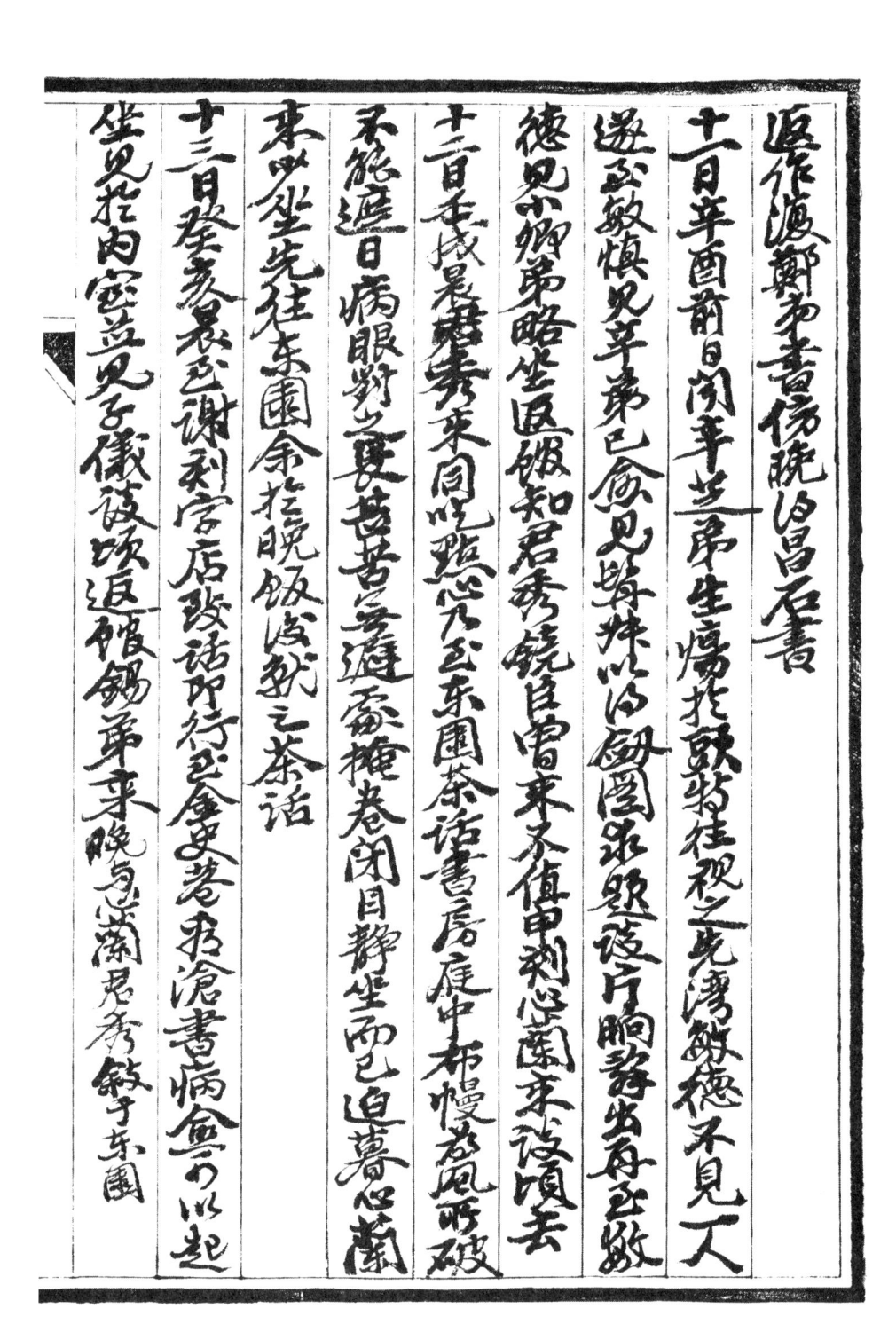

十三日癸亥。晨丞謝利宇店，談話即行。丞金史蒼水滄書，病愈，無以起坐，見於內室，並見子儀，談頃返館。錫弟來。晚與心蘭、君秀敘於東園

十四日甲子。晨作致伟兄信。晌午偕家過中元節祀先。秋暑猶甚，與兄弟草閒談。傍晚回。是日郡邑尊奉行冥赦之典，查假數十年來案卷，凡常在司府縣監獄中監故或按誅或監斃之犯，一一按名由獄中吊出，彙解於府城隍廟，陰陽官府會同按名簽差給發路憑，押至城外川壇，僧家隨從誦佛送之，焚化楮錢紙船紙馬等，一一資送幽魂各歸原籍，俾囹圄中幽靈之氣一旦廓清，蓋舊章也。

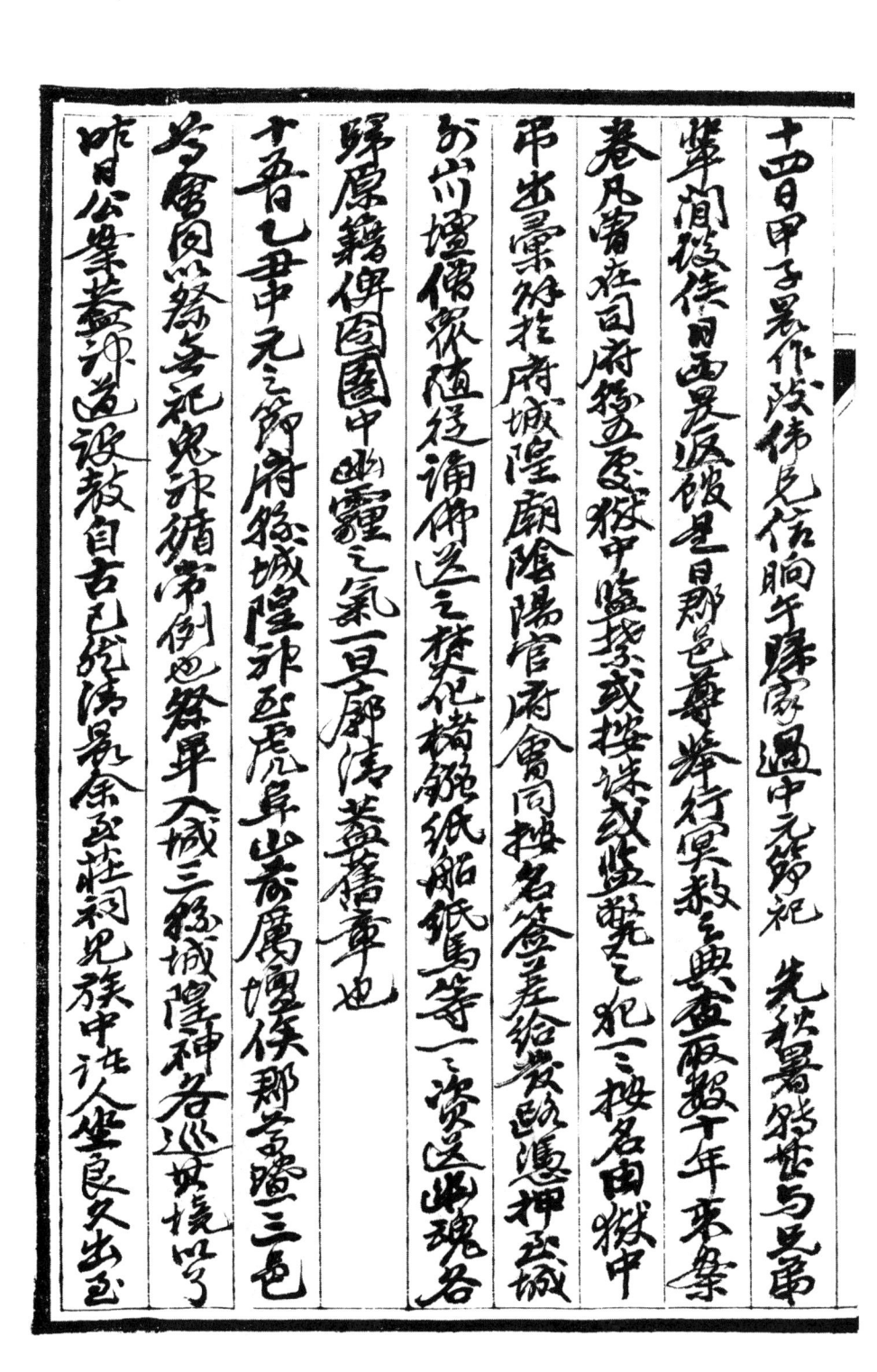

十五日乙丑。中元之節，府縣城隍神至虎丘山前厲壇，俟郡首壇三邑均齊，同以祭無祀鬼神，猶常例也。祭畢入城，三縣城隍神各巡城境以寧昨日公案，蓋亦道設赦，自古已然。清晨余至莊祠，見族中諸人坐良久出至

敏德交付予照信伊見生辰家中禮斗祝嘏備有淨素麵席余留吃之迨晚乃行過蘭家憇出茶話良久偕余返俄頃蘭有贈余畫軸懸間送來裕內余與話見贈畫桃實如斗以為祝壽之意愧不敢當

十六日丙寅鄉村皆有風雨昨程更大田禾漂淨而數官府祈禱昨已祭虔誠好雨過但嫌未優渥耳茶卿踏泥雨來茶敘於東園移時散伯雲赴文社踏泥雨出給鄭弟此月六日書傍晚歸家聞姬孫聾病並聞首丞病皆有溼濕時症之象又聞同春以吊腳痧故者不一

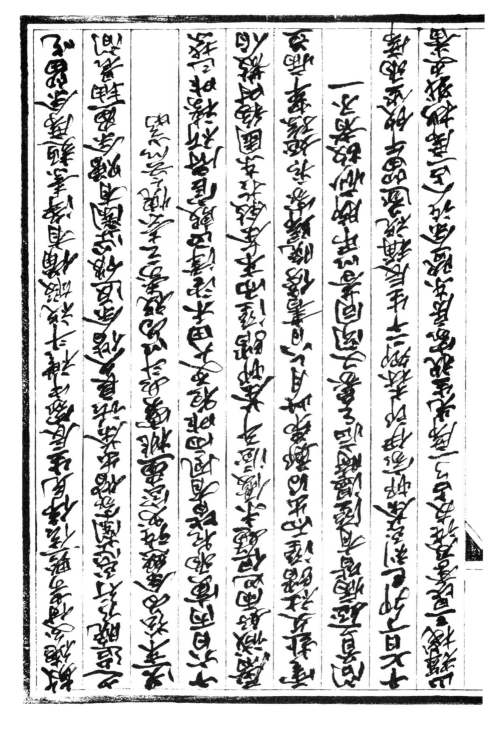

十七日丁卯巳刻至茶卿家伊郎森卿二十生辰稱祝邀留午飲坐兩席山蓉棧三兄季友汪友古乃一席先生親家房東陪余諸人占一席拇戰更番

廣敬候日西晨乃返飯後之恐蘭來茶話于東園舟子蘭林壽丞
十八日戊辰晨至金史老拜陳良甫黑嫂黃氏周年少坐返錫弟在談
飯丟知成伯嘗來留下君考自周真寄余一函索余代擬為朱修庭賀吴
清卿新授河督渡任之作稿余不能並辭之
十九日己巳刻永姪來知首姪身與未淨暑熱尚阻四姪孫女五姪孫六姪
孫息食滯澀芳來閱之即付帶歸傍晚少和來新自常熟至詢以祠堂
落成及預商進位用祭諸事談良久去傍暮花簃來
二十日庚午夜三鼓船廣明作成出去今用之晨至恐蘭家同出層
門登船在順風園少坐候茶鄭而茶鄭已早到先在船中矣邀品卓

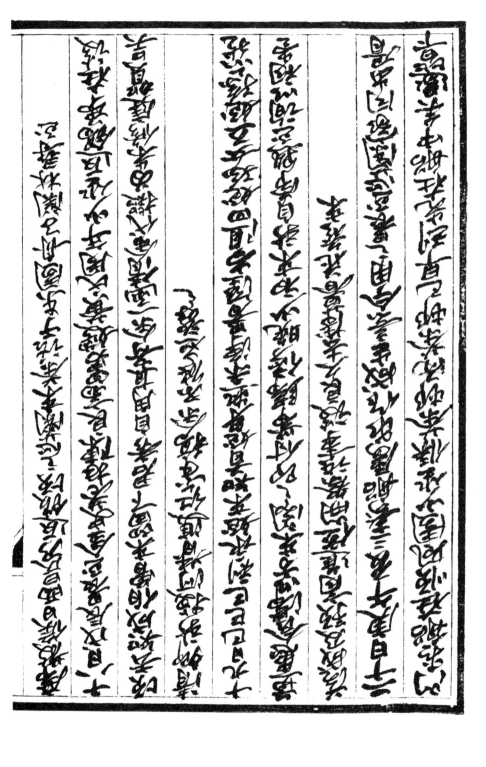

船只三人，北窗敞設，放出閶門，東家船上邀吉少、小霞坐，尋顧家船在
三擺渡、臙脂河頭盤旋訪問，不得，乃往山塘直抵張公祠前小泊，
入觀荷花，尚有始放者，蓮房亦不少，就北渡水樹蔭下啜茗，别去他
人飽飫清香而出，下船放出對岸樹陰下泊定，午飯小酌，酒量皆佳，唯
看候亦不能支。東舉船又放至吉公祠前，入觀荷花，殘矣，而晚開
者猶有一二，平臺啜茗，好風徐來，遇陳禾成同坐良久，乃出，他舟已
放回，六遂放至芥，少停，晚照斜日猶明，因就金昌渡登岸
送城，小有映照，返館，傍暮，二客分手去。
廿一日辛未，晨歸家，有諸人病，並知孫玉姬於昨日起程赴金陵鄉試，有小

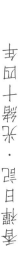

竹岩弟函至，答吳氏妹慰問

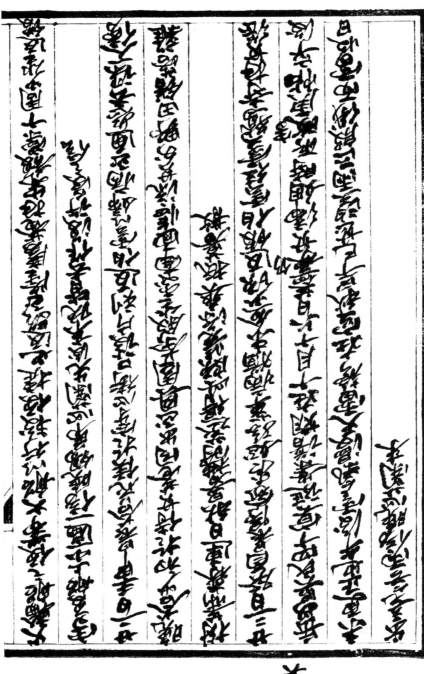

火輪船之便，董大船以行，較便捷也。返路至陸慕，泊舟報寮十周，少坐返鎮
寓，至船上小憩。傍晚錫弟、心蘭先後來，晚膳去，作復許寶之信
廿二日甲申，晨食花後，往穿心街口設片刻，返。伯雲以婦病，亟邀診去。課子傍
晚食。少頃，往侍女巷同出至興園茶敘，坐東廊面臨流，時野田錯落，雜
樹蒸森。連日秋暑猶蒸，得此頓覺涼爽。抵暮散
廿三日乙酉，晨陰。家中姪孫輩病猶未愈。少頃返飯。伯雲往虎邱鶴寺拜女佛
岳母吳氏四十冥誕，集譜姻在十月十六日，春秋仍安舖，姻時寓所張廣帖，午後
雨更正近午後雲氣漫天，雷聲在空。秋旱已甚，望雨正殷，俄而雷收日
出。竟無雨。傍晚心蘭來

廿四日甲戌。伯雲丈以病不入塾。芸落卿來，知吳淞之差將次撤，落先來蘇

覓屋，將先搬眷來也。傍晚[redacted]炯伯來。[redacted]得濩子與上海信，以蔣生沐東湖

叢記一部、汲鶴庵子集、天發神讖碑、小對一副。札中屬託余向吳憲甫中

丞乞説文古籀補一部。憲甫歸里甚忙，未便往見，此事不能報命。

廿五日乙亥。晨至德嘉坊石氏，通君秀鏡臣於昨日回城，知妹平安，已於十

九日去世，因殯殮事，後議事務，時尚潘至當甘翁家議片刻，返館甫坐

定，家中遣人來云松兒身子患病，促歸，遂歸家。松兒早間腹瀉發痧，

有似時疫，所謂冷麻瘪螺者，如家人驚，迨余見時神志已清，惟手足

冰冷，急以熱湯投蔥薑於中，用巾絞熱而溫之，又以生附子吊腳底湧

求與衛之向和桐市又送肉桂末來用飯糊爲丸吞之痧氣遂凑午後耕雨爲
身熱甚乃定矣媳婦身熱已向餘今忽又合瓣嘔發痧治之熱未退壯
松兒淸星渚急救痧氣一方先行煎服午後候彤伯來診視並及四保
五保之係後連開四箇方案而去傍晚余忽發寒返館
廿六日丙子晨後歸家看松兒退熱未淨濕痰爲阻媳婦夜得大汗熱
勢稍和胸前發痦止在逐出與疹之時又聞看媳熱未淨是處存陽而
也一稀時返館即作札遣人再請彤伯午後作致鄭吳弟信得楚梅抗信
廿七日丁丑晨至家中得楚梅信付看媳兒又冬女媒頗有言之松兒已愈媳婦尚
在中途出停出至君秀家至所失拈同出到於時田家園樓上更之談頃失起返館又

值納書小病不入塾，文卿來，小坡罵其婢，其事甚怪。此婢去年夏間余因沈文卿之言勸小坡賠出，又備價贖，身交文卿，因此女之表兄序生，向在佐雜需次浙江者，本良家，今其父母向文卿處贖取，仍向文處賣身，小坡明知其良家而再將此婢賣，係有心壓良為賤，理所不容，余爭之不得，徒為懊恨而已。傍晚沁蘭來，並以脈視病，方往出至東園，與蔡永嫗來乃歸。

廿八日戊寅，徹夜氣悶，并不寐，晨起至清和坊君秀處，臣民仲皆勸余息事寧人，不必氣惱，坐談(?)時，病生皆入塾，吳小亭甥又為首領，權儀來。汪氏是日邀尊邑尊同詣光福寺蔡清、鋼象大王來城設壇滄浪亭。

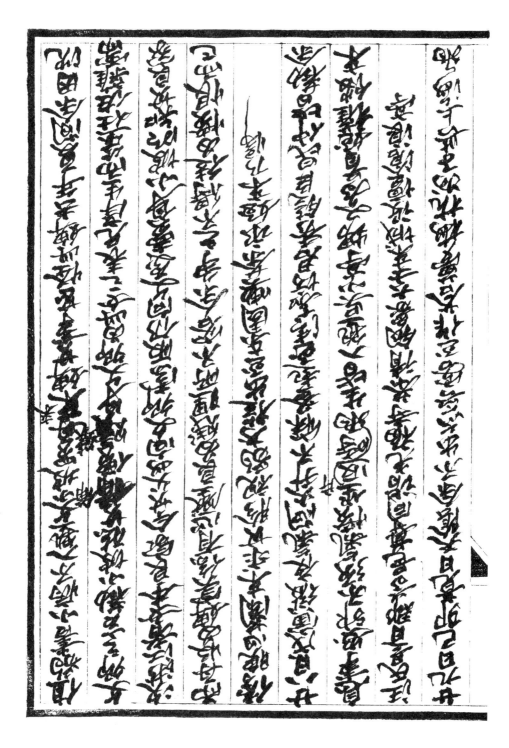

廿九日己卯，竟日天陰，余不出，寫答零至作答夢梅、杭州子貞、上海府

信。昨得殿丞、諸階信，亦即書合之。得鄭弟二十日信，作函附伊兄信。

八月初一日庚辰。早出，先至姚總戎處，附伊兄信，驗老子祥姪病故於湖州糧捕通判任所，前月二十七日事，有電報到滬也。至觀中，於邁春處見蔡邨、石山、春畦、文坐於雅聚，見五坪、嘯農等，各各談。後又至諸莊祠，已有兄至而出赭。入則草弟、永姪三四人猶在，知仰姪於昨自滬到家，得起家中病人。舜弟以呂孫郎所著《傷寒尋源》書貽余，遂攜以歸。家見仰姪於姪婦病未發，遂養。而五孫、四孫、餘郎兄未淨盡，姪亦濕暑，猶滯在家，半飯之後返。傍晚又出，知蓉卿未赴滬，將至新橋巷答之，適汲泉、正東將赴杭行省試，皆見之，快談移時，抵暮返。

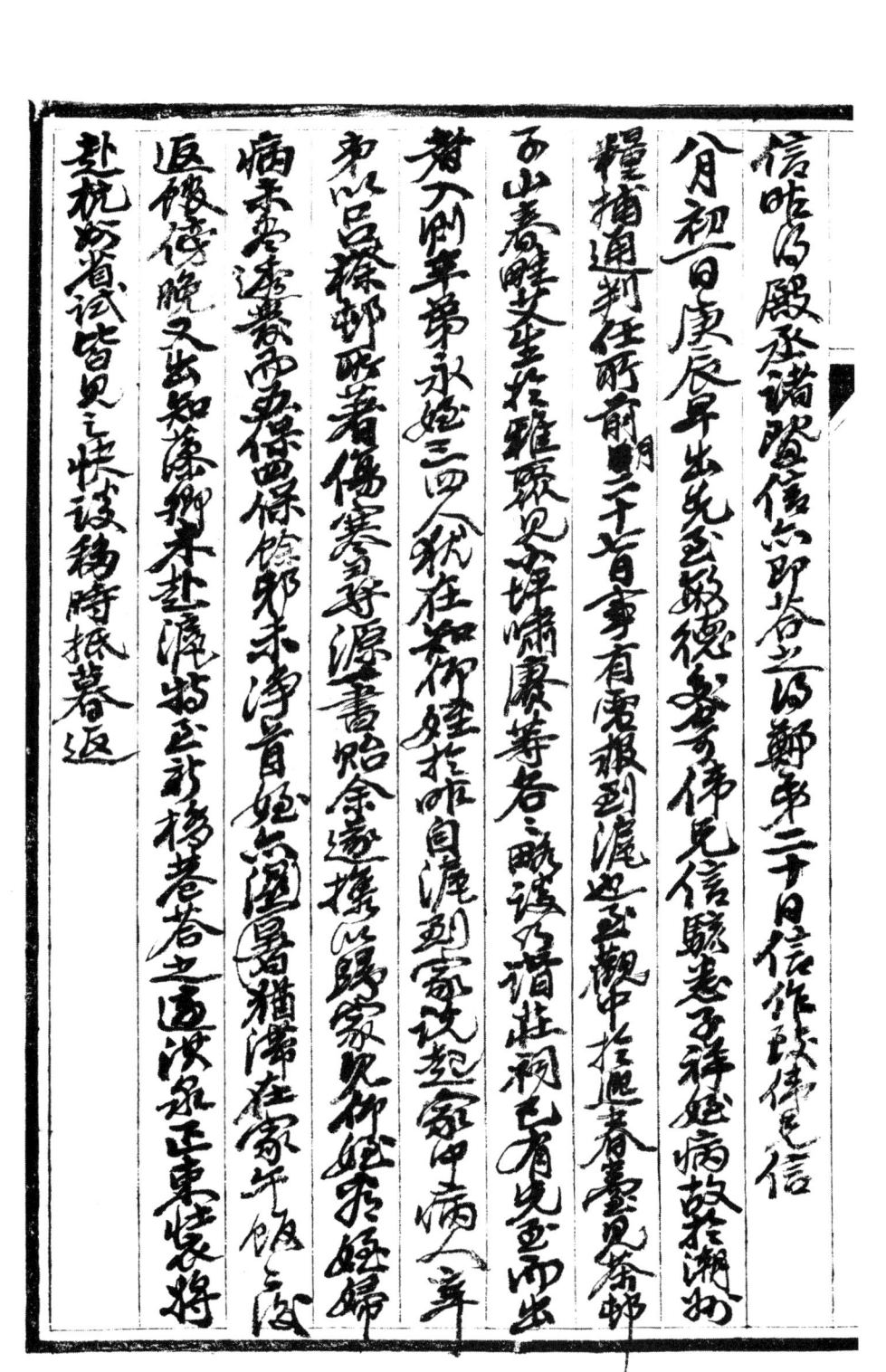

初二日辛巳 晨偕子儀、諸葛亭生東各發賻，雲陰四合，雨陣忽來，立生借笠而去，雨歇綠窗，午後又陣，申酉之間又現霽色，閱閭巷間各處多發龍燈，以迓水祥而龍鼓喧闐，則亦以逐瘟也。

初三日壬午 連日牙疼，晨起天氣頗涼而患轉劇，晌午君秀、鷺成、柏同來告余身子不適，而修庭見邀，遂知朱柏年來，晨武進可以得飯，彼時茶鄉未遂，四人同至朱園茶話，君秀即去，三人飛之良久不回，乃散。飯中已等吃飯後，君秀又來，館事已就，惟筆墨事件已有朱略，生即來稿時，心蘭來，心蘭君秀均言和一曾見，頗有值，世早晨小卿未出示，傳見音信，致余與譜琴、小卿二人代函附請 觀揭稿文，屬撰子祥銘、許稿，即為擬一格式，另

作致沈旭初札一併遣人補送
初四日癸未晨至敦德閣偕人蒼往粵東爲子祥難妻李小卿云已
函商於滬寓中少坐遂同元吉出到觀前吃點心吃茶稍將散頃聞
途遇卓庵蘇味琴爲十周忌設供在寶積寺返路一往見譜怡聊帶
略談明出返館備香燭送去申刻至和來談再以石梅祠中楹聯屬許
屬改余以石刻王元章梅花一幅贈之爲石梅補壁之具借出至滄浪亭
銅象大士將歸山燒香在難皆如前余久不遊此殊覺荒蕪景象惟池
中晚荷猶未甚褪紅衣溼風漾漾香氣清郁徘徊四周而出仍至與園
吃茶少憩乃散　爲李寅壺小令寫維摩詰經一幅廣八寸許高六寸餘

初五日甲申。清晨心蘭來，知余昨晚游滄浪亭，蓋渠亦來也。偕至東園成伯
來，年姪劉君秀命有函件，屬余遣人送朱柏年處。余歸家，知廷婦病尚
在出入關頭，年侄仰如歸來，計已五夜不眠矣。近復發寒熱。刻查蕉墩來，為
伊家謀信橋宅，將售與李瑤書，託屬余詢之。通甡傷晚，余又出，先至
旭初處，偕往拔筝寓，不我由大石頭巷至百花巷，見伯武、妙文書、鄭弟信問
賬房中，盤出甬，知售屋事與蕉墩尚不甚符合，其為公產與否，亦無由知
之。祇宜以濟翁現不在家，本須緩成，今竟致之返，致亦君秀處，竟成虛矣。
初六日乙酉。天氣稍涼，雨後晴。午後札致廿翁，以貴號我君利僅存餘一款
訂鈔票之。飯後札致少和，置邊貴搵聯數，無寄至，余亦不出。

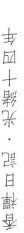

初七日丙戌。作賀譽侄秋節信並致聽樵一函，即寄無錫。晌午歸家，為
先妣唐太恭人生辰設供，在家午飯。後天氣陰。出西門，致德隱房兄、舜卿於
步霞閣，至觀西服齋，日本精造之墨晶眼鏡價洋兩元。至觀東玉樓春啜茶，稍時
散。余至春於宮巷居少停返館。
初八日丁亥。晨至茶館，宋同至東園茶敘，話文翰以修好僅存，余擬招攜來，尚須
再加修補。小坡來，將行至蘇，往上海十餘天，得夢梅杭州復書，伊內弟葉茂
才彥燧訂姻於首之之姪孫女，年七旬二十六歲，係鄭第都中廿八日去
初九日戊子。約書不入塾，得山中許叟之信，即作覆一信，傍晚交與錫
弟，予在家留下。遂歸家，以擇梅信交首姪，將函遞值員吳莊，秦聆視姪婦

病殊甚開方而出多時不見溥泉返路過貝康云他出尋於風雲臺見之乃偕來話移時散是日陰晴各半黃昏乃雨

初十日己丑雨聲似平一夜晨起濃陰狀罨細雨濛濛過午乃止牙疼連日過甚大作自晝及夜用古方細辛白芷荊芥防風温湯漱之

十一日庚寅晨過淙蘭家欲求其開方不值留字而返夜不安眠日間晉之從申刻過蘭來為余診脈立方君秀來瘧雖止而體未爽因乘轎過朱柏年處將一服後延相與敘談皆去移時溥泉來坐頃同到朱園茶話遇姚凰生又不見談次伊會了東人旋散

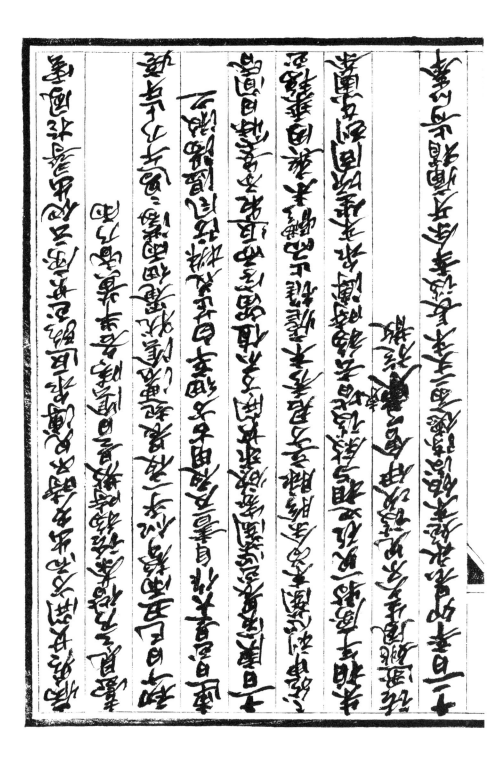

十二日辛卯晨永飽來飯後陳德甫二丈來長談幸余牙痛稍止尚以奉

陪母服藥方又服一劑

十三日壬辰晨至蔡邨家父子皆出留字与伴而行返後知錫侯弟嘗來鈞書病愈入塾子儀來嶶安蔚堂外祖世炳以家書寄見貽

十四日癸巳天气晨陰晌午雨雖不大瀟瀟到晚猶見淡月作復鄭弟信及附伻見信得江南鄉試頭場題子曰可与共學至未可与權及其廣厚三句堂高數仞至皆我所不為也賦得金風蕩蕭儀開宴以鳴字又打聽得順天頭場題是以大學始教至其極子曰齊一變一章始條理者四句楊柳後書字以書字浙江頭場題述而不作二句今天下至同文夏后氏五十而貢三句邊飛一棹殘賦得江山以送字

何嚴丞信

十五日甲午　清晨仍陰　出送徽甫至敏德齋　見人盛送其莊祠佛　移時出　有
至敏德見元吉　知小鄉弟患瘧　偕元吉再至觀齋　買小帽頂　襪對一副　買邊
至敏德　午後再出　歸家共往見康弟姪輩　諸欲候薦時食於　祖先　同
行禮　└時晚　余不能夜行　乃先一拜　出渡至君秀家略談　返館未幾暮矣　舍
夜館客例設酒餚　天色晌午漸霽　夜今晚月衛上仍有氣燈
十六日乙未　晴　茶畢舉來同步於東園　來茶話　承姪來談　起仰蓮
姪婦之病又有反復　茶罷返館坐半日　午後出　歸步初未談　移晷方行
到家　適袁琴在座閑　方問以病情　患在肝脾　邪熱陰分損傷　連日
服藥陰清泄之劑　終未復也　坐頃出　以步初事特訪君秀　偕出吃茶

遂殊明同在如意軒敍談，殊明嘗訪余館中不值也。

十七日丙申，李剃文秋分晨，宜姬來晌午，章弟來，黃鋼甫長談，邀留午飯，黃復長談，飯後，心蘭來，少時查子伊來，偕與章弟相邀子伊即爲洽信梅宅出售事，申談甚施之言也，去後乃與心蘭同出茶話，移時散歸，薄暮，永姬來云，自西路塘號家嬤上歸。

十八日丁酉，晨後起盥沐，茶娜來，拉余往遊石湖，余少停與同早點，乃行出胥門，茶娜弟一泉、茶娜兄出，有一人與之招接，余問其姓名，爲陸楚甫，同遊人也，但坐吃茶候良久，茶娜又與孫碩薑、遂生移船，至此來道邊遇船，中又有吳浩川、尤勁手兄二子，於是同舟六人放棹向石湖，時未正午，移船已集而後西絡繹而至者不可以數計。李湖面寬廣，雁行彔泊，兩兩相對而花枝花葉，擁簇眼中。泊定，舟中設午席，頗覺秋熱未淨，撤席解衣，放船搖盪其間，乃生涼爽。登樓伽塔眺湖，湖庵俱不及臨。未幾，忽見船幫解散，多向歸路，亦復隨衆徐徐而退。過五福橋，稍停，過橫塘，又一稍停，擬去市橋北排次彔泊，也多亦復稍停。迫暮稍泊第等橋南，舟中又設晚席。足上燈，稍停者衝尾而過，大都向南濠湖閶門去。晚席既撤，登岸雇轎進城，返館僅初更時，蓋以夕陽而未迎暮月也。余所謂石湖看串月者如此。是日君秀來話別，往毘陵，余不及見，歉然。

十九日戊戌　心蘭巳刻來，招余往鳳池園茶敘，逕過陸雲樵，適已晌午桐弟曾來不值，飯後子伊又來，偕晚錢翁來，迫暮少話去。

二十日己亥，晨至對門弔陳鼓甫夫人。鼓甫夫人爲方氏之喪，蓋兄弟皆

失偶。雨雨女來，姨姪如略坐，歸家視姪婦病日減，而體日瘠，少時返館改

課作。至晚，雨徒皆出，錢姪婦嫂來，余亦出，至敬德不見人，遂行過怡園姑

入訪桂小，有談，忽又雨，遂渡之，晚出同出返，路遇心蘭，敍於儀園。

廿一日庚子，晨至茶邨家，不值，見森卿略坐，遂返。晚錄三松公手鈔良方

裝稿，除其有關於醫藥者，都錄竟。

廿二日辛丑，晨錄諸書洗眼方，其藥味與洗翳各各不同，錄畢於其後

綴記數行，將附刻於眼科良方之後。偕晚遊至論文翰寓，爲文去

廿三日壬寅。昨臨睡雨作，一覺之後霽然矣。晨起仍陰。昨永姪來，知塈臣已歸自金陵，欲歸家之適心蘭來茶話，東園稍時，雨行到家，見督至，知場中果有擁擠傷人之事，其餘病者、不完卷者、犯規被貼者、一場不到者，不知凡幾，通共二萬三千餘人，除去者以數百人計焉。稍時返館。傍晚永姪來，小坡自申浦來。

廿四日癸卯。晨至通然，欲見濟弟，不值。回至清嘉坊見君饒，自略談返館，饒各醫去治眼之説，如鼓一則。午後永姪來，去後仰姪來。際晚，濟弟來，談向改所投改之話。

廿五日甲辰。與同奈邨、心蘭、饒臣、汪舟莊、埠留園訪桂三，人先後出胥門登夏三舂船放至閶門釣橋丸舟閣招沒錢臣末船放至園入浜底時甫及午始船老少先上岸至一步見園西規地築墻度之至盈土石為山墻外石級之砌旬月成也多猶未築入推起盈船中午飯既畢少停入園徑造閔犀香主亭徵有初花色香味皆淺之乃徐步至楠木廳後軒據炕啜茗小眠少時復起閒步遊入漸集余等或行或止閔一時有餘視夕陽已上樹頭樹杪緣遂偕而出則方來者絡繹而入在復求少浜裡船且泊滿數楊東行因心蘭將回城赴診甫近閶門即登岸吹在園中遇趙胥卿招其同舟至是偕心蘭去余入回至胥門馬頭登岸時尚早遂侍文甚去訪少和不值門中云至鳳池園因尋之果見焉其同茗話抵暮乃散

廿六日乙巳總起心蘭已來候余與浣卿同至東園茶點移時返館寫扇墨

債久不撥接日力既損晚習字尚自覺惡劣於寫字初所屬福[illegible]長

联一補寫師竹所屬八言楹一又覽航款摺扇一為聽珊又鍋信

廿七日丙午茶邨舟用及三壽船後進留園晨點出而夢梅來談作媒

事因先往早點散至心蘭家已出以聽珊函件留下去少和寓未起以福联

留下方出胥門與茶邨森卿高[illegible]心蘭相見登舟即放後至我舟閒下

邀汝頤笏山陸守梅丈生三人來放至花埠浜底茶邨寺因一姬一子兩

姬孫進永善堂去弔其本家緝庭觀察之妣喪我兩人在船候之迨其

出又多了蓮生於是八人從坐一艙午飯略備小碟及酒坐中能飲與不能

飲者各斗飯畢浜中赴船頭集八人同入園花香不如濃遊事宛如昔在
臨池綠蔭亭中倚檻峭岩以餅餌引魚出啖游刺之樂與金鱗之色可
觀可聽者但俛首各自散步歸時復緣四園迎繞出頭仍想於綠陰者鴉
三邊視日晷景約略已逾刻見出之則見絡繹方來者乃仍如前日返舟
步行乃徐徐轉棹行返閶門余偕少輝等諸頗進閶門登岸分路余歸家
以早間夢叔語告之首飽抵暮返飯以君秀弟進信
廿八日丁未招鵝莊相舉分秋祭集於起鳳堂禮錫詣莊以次展祭余先分
獻四變祭畢計合族共到七十六人更換衣冠者略半余不候食飯先退至
大太平巷探徐嚴翁之喪翁年七十又五以脾泄症日久不起略坐返飯就

在巳刻偕皆蘭來是日在祠奉李玉叔父神位入中楹西祠龕中得濟
之弟錦付鄭龕孟弟都中信
廿九日戊申謝文翰刻字店以所好石刻僅存錄五十五本來即分送同人
檢朱印大悲咒佛象一部使以此種送許鵬祝其廿七日三十歲生辰并送其
虎阜志八本傷晚皆蘭松余來示東園所藏閱坐看劉臨川法帖可作後武
進君秀信預作書賀新偶兄信
九月初一日己酉蚤出至皷德見小卿交寄黔信略談至莊祠坐頃至敏慎
見鞠坪有所呈以請教者并出示新得三松公畫蘭四幅并吳清卿寄
來各件因長談出至寶積寺拜辛芝弟婦何氏六十生誕坐頃返館

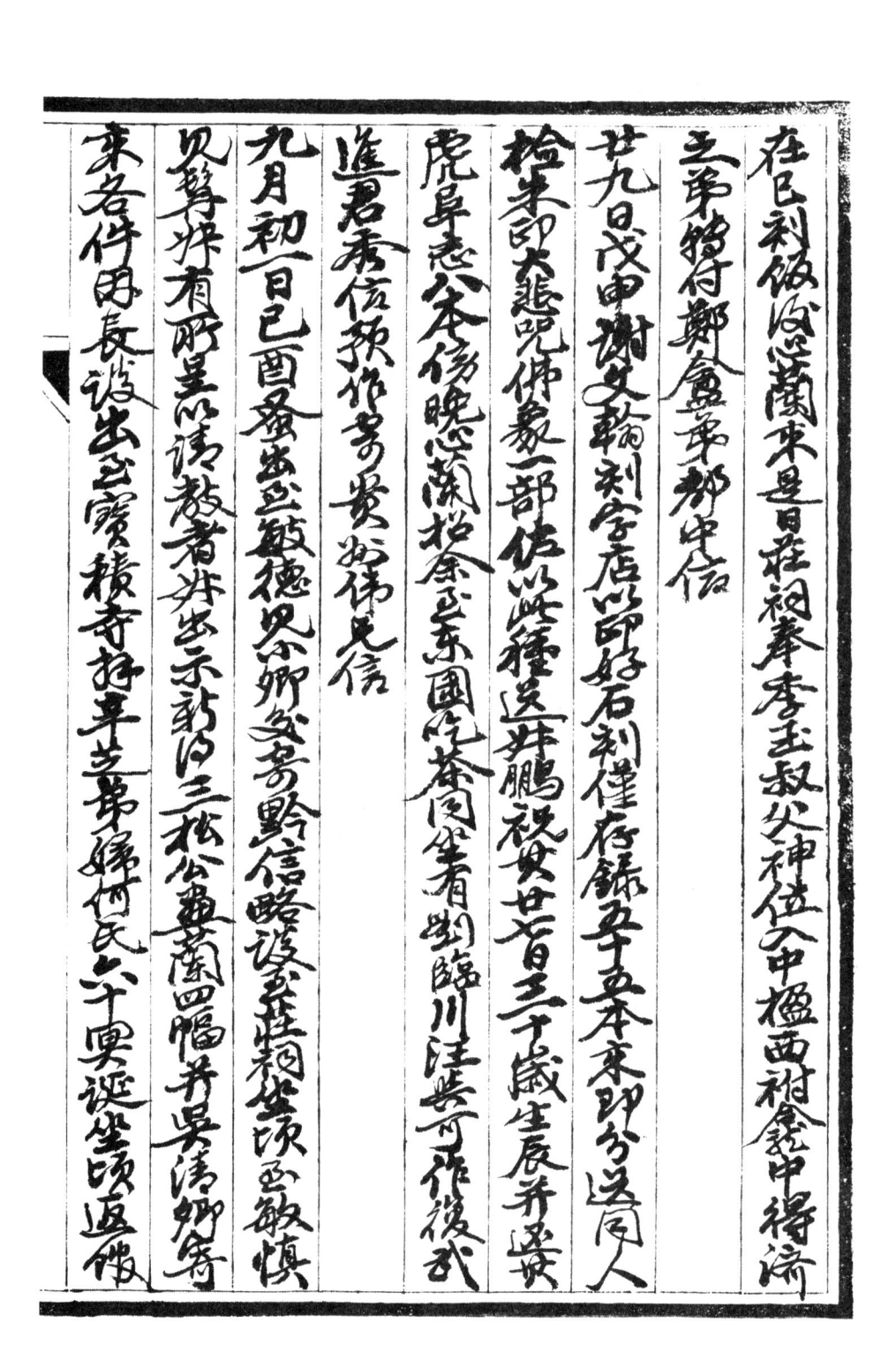

將及飯時秋熱尚未厚蒸，天氣傷暖，鏡臣、偕成伯來，遇心蘭亦至談，頃約往儀鳳。余歸家，見首之已下樓，閒以談而行，徑至儀鳳，與三人茶話，迫暮乃散。

前日劉子庚來，今日查子伊來，皆不值。

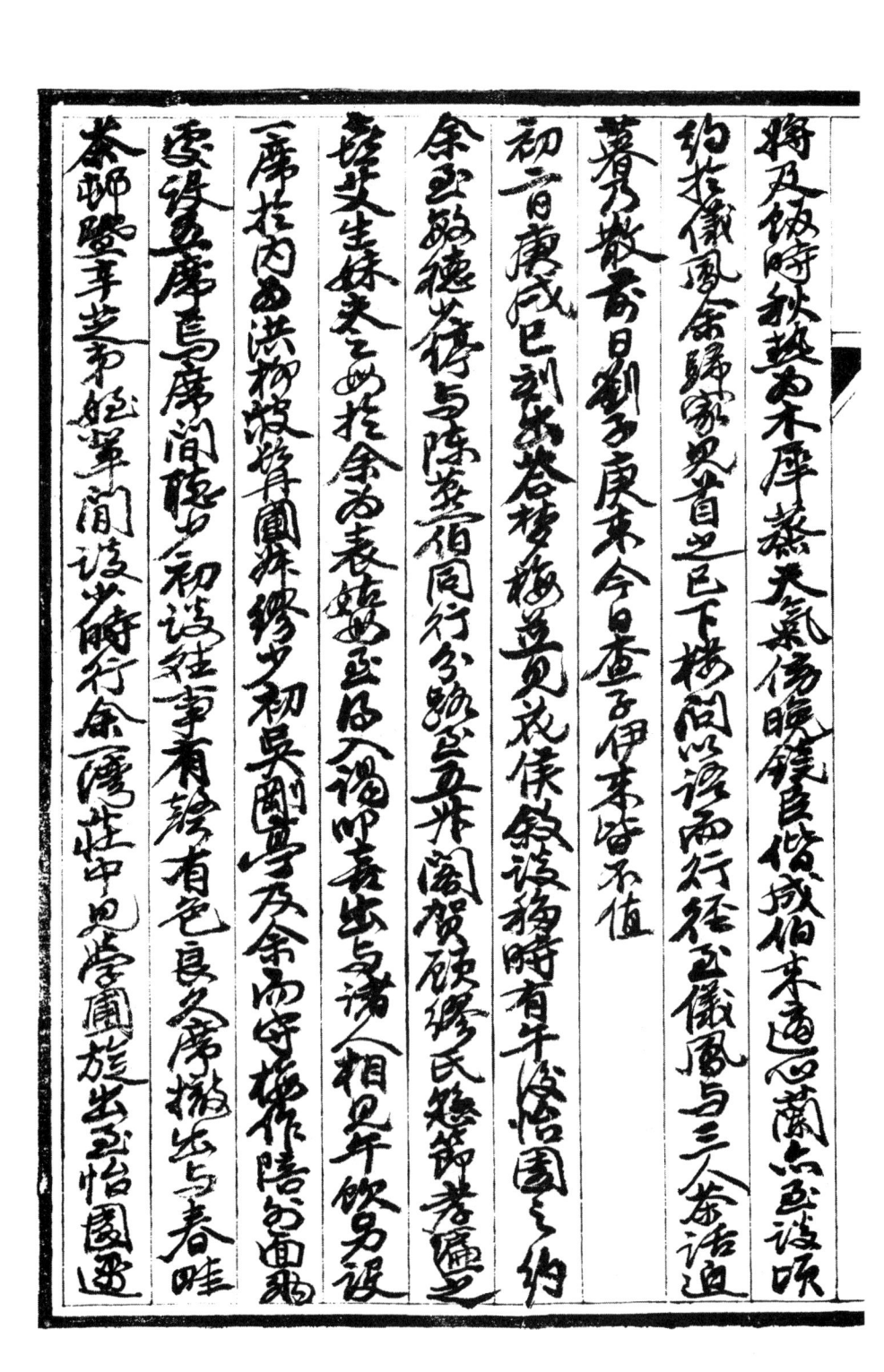

初二日庚戌。巳刻出，答楊梅蓀，見孩侯，叙談移時，有午後怡園之約。余至昭德公所，與陳莘伯同行，分路至五（井）巷，賀（陳）缪氏懸節孝匾之喜。余丈、生妹夫亦出於余，爲表姪女至，乃入謁，即（匆）出，与諸人相見，午飲，另設一席於内，爲洪柳（波）、顧（朱）缪少初、吴（劉）（惠）亭及余，而守楼作陪，爲面飛，邀設五席，馬席間，陸少初談往事有趣。有邑良久，席撤，出与春畦、茶鄉、蓮峯步而至中間，談少時，行，余（遷）往中，見學甫，旋出至怡園，遇

旭初、朗孫及球季、孺弟、仰春姪皆在顧家，曾見肖雨、周氏昆仲，不
至。天氣陰陰，有雨意，遂返館。夜竟無雨
初三日辛亥。天陰，午後乃雨，亦不大。改課作五六，作復鄭弟信。小坡
以校訂玉田詞源見示，朱書細字，竟不能辨。雨霏霏不絕
初四日壬子。子蘭往拜何山祖，坐未忍。蘭來，同入東園茶話，良久散。巳午間
又微微雨，申酉間見日。觀譚仲修復堂類集，凡四種
初五日癸丑。晨至醋庫巷子壽王少甫，卧病不出。至茶邨家，見森卿，少坐
返。作致杭郡譚仲修獻一箋，謝其寄我刻集，并索我刻稿，併近刻共十
一本，將託劉子康轉寄，並譚集係子康帶來，因余與仲修祇文字未見也。辛

芝弟來談片刻，迫晚心蘭來子伊來芝心蘭，茶飲于東園而散。
初六日甲寅。晨，楳梅來正談時，茶部來三人，略談，正快意，乃錫侯弟來，學
伊生母王氏於今晨身故，招余即往。一路趕過，救余玉錫弟處，知伊母病係老
熱驟脫，有伊姪與一汪姓先在彼，少時伊連為伊出料物件，余為開振喪目稿。
時吳恩臨來，略目閱，就即手稿遺人，指各匠及六局等在彼午飯。飯後，余
無蔽事，方歸家，与松兒夜見，首姪話移時，出玉錫德不負一人，但知子宜自抗。
劉家將偕子牧赴虞，看視返。飯則觀姪正在不壞，愛夜間飲酒喧鬧。
初七日乙卯。街坊明復，就中有三十述懷七律，山有自屬和，謹謝不能傷晚。
玉錫侯要見，入殮已畢，有吳恩臨、蔚雲、姊祖錦、山姊及吳家姪婿等談

頃雨散歸，翁以新刻畫意二百絶句見贻

初八日丙辰 晨二生昔將往掃虎阜墓，遂去。余亦出至錫侯處，又至弢
片時。將午出閶門，就釣橋飛丹閣進餐，數若蘧南來，與用約出閶，自胥
門放船，未至橋時，船撥閣下，余登之，為何魏(?)士、陳蘊甫、程新甫，又何陳兩
家小世兄二人，致至花埠濱內泊定，徐徐設席飲酒，午後旋飲者惟蘊甫
而已。席撤，他舟至者不少，相與登岸入園，見桂花盛放，倚樹以味其香。片晌
乃周覽園中，呼茶於耕木廊於西(?)罩(?)一間中，有座邀入，余等占之，他人不相
雜，而往來所見與設(?)人頗多。良久出園返舟，及降(?)其間者，狀絡繹也。暮
移至閶門，道猶停逸，遂行歸，看江向暝泊定，舟中又設粗席，又設誰務(?)

時乃雅席登岸余預備小燭於船燭以回饭
初九日丁巳洋耕蔭叔莊秋簃來皆去余出西井巷訪眼科陳琴
鄉診視目疾云是老年目損難以復常聆畢出錢翁家略談回至玉
壽出茶話出晌午余出敏德館僕持衣帽出來遂出營積寺拜石叔
平閑甲寄來珠明略談回出敏德午飯子宜子牧將於明日起程赴皖談次約
午後遊怡園先後往園中遊人甚多並盛桂花甚旺也宜牧兩人既相會呼茗
於西樓於小亭子牧有許多友人為之錢之飯設三席於牡丹廳後軒方散
欽玄公遇蘭丞出遊秋霽抱女初於門以蘭皋被拖轎復回園余出新橋巷西
蓀卿新居其眷口自吳淞來蓀卿小病與姪女談令姪孫正九話並稱其女店

洪飛山送簡并舊居四來同話返館天晚矣
初十日戊午往氏次孫娶婦女授聘于龐塈陆氏余仍衣袖似物至后街子
繆家弔春畦表嬸之喪萇谦伯茶邨亦至蓋以為今日開弔實在十四日也
坐返憩息於竣德宜收拾起身赴黔即冀送行稍時回館乃具衣
冠往賀巳回聘是去矣申刻芝蘭來適值驟雨一霎閒談少俟放止乃去約
再茶話并邀蒼臣少時又雨余不及踐所約
十一日己未晨歸家臣返館知茶邨杞侯曾來不值午刻漢泉來談頃
去杞侯復來談午後茶邨即森卿來談皆補晨間之不值也傍晚為
森卿邀出初處不值尋於鳳池園見之併見芝蘭共談至暮

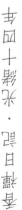

十二日庚申　松鶴莊先妣祭掃　祖塋　康早起具舖陳至眉門分候壽家
中出來共登舟，為余與桐弟、承政孫媳、承悌孫孫凡五人，前往西山。素遠
順風揚帆而進，過塘灣舟中午飯，申初即抵澗上。先到之舟惟敏慎一宅，
乃昨日來者。余舟泊定，即登岸僱轎與肩與桐弟乘之，先至歛遠愛自
大歛歐穎兄嫂墓、大伯父墓在銅井山，祖考墓大安里，先考墓出至
壬娭澗松嫂與先室墓、香雪海下壽萃姑墓，是為余家近共計六處，返至澗
上天色未暝，見族中數人，即返舟。余以目疾不復出，晚飯後共宿舟中。
十三日辛酉　冰棍至五鼓時，聞篷背雨聲，及曙即上盥洗，具衣冠偕至河
亭橋六世祖墓，族中共到四五人，而余為長，行禮甫畢，雨又驟至，共趨

避於丙舍中，大雷如霹，屋瓦浪浪。少時勢稍減，乃行，回至澗上，衣帽鞋襪皆濕。返舟，先後解維都去，惟剩五世祖支下四舟。天已開霽，日杲杲出，而樹葉蒸未散，誠天與早點。徐徐整治祭品，候山路稍乾乃復行，凡十八人，至司徒廟矣。五世祖墓奠如儀。高祖墓旋散，余等五人至三伯父墓出至舟。後諸人復集，余舟放至黃家河頭。曾祖墓及叔嫂墓祭掃畢，今日計凡六處。遂放舟，頂風甚不順，暮泊鎮上。午飯。鎮河方開浚，故往返皆由姜塘橋過。舟人橋時雨又總總，日就未隱，將抵木瀆，天氣沉沉，遂泊鎮尾。陣雨復來，時正向暝，遂宿於此。中夜大雨傾注，潇潇達旦。

十四日壬戌　晴。復解維，抵西跨塘，泊永盛於山中，帶丁孫樹芸來至是

偕乙叔岸到鮑家墳上看視並種樹若干本吉石丙往一回僅泙坟

飯舟中早點畢行至胥門舍舟進城約僅巳刻城中街道乾可

行到復二先生家歸寓甚去獨自家終得見信飯時濟之弟來大晴飯後出

至姚慎翁寓並遇彭雪樵共談片刻點稱時出至心蘭家同出茶話

十五日癸亥蚤出至敏德翁處發信出至楷孫夢家將出矣晤玉如於吾莊祠見

渠介前談片刻返飯家君寄姑幕信程松居眼科方刻成

十六日甲子晴稍寒心蘭來共茶話于東園談起趙次公來郡在太平巷吳孫家

特往訪之適巳回虞相去不多時耳返飯茶邨來談起頃間訪次公見之因

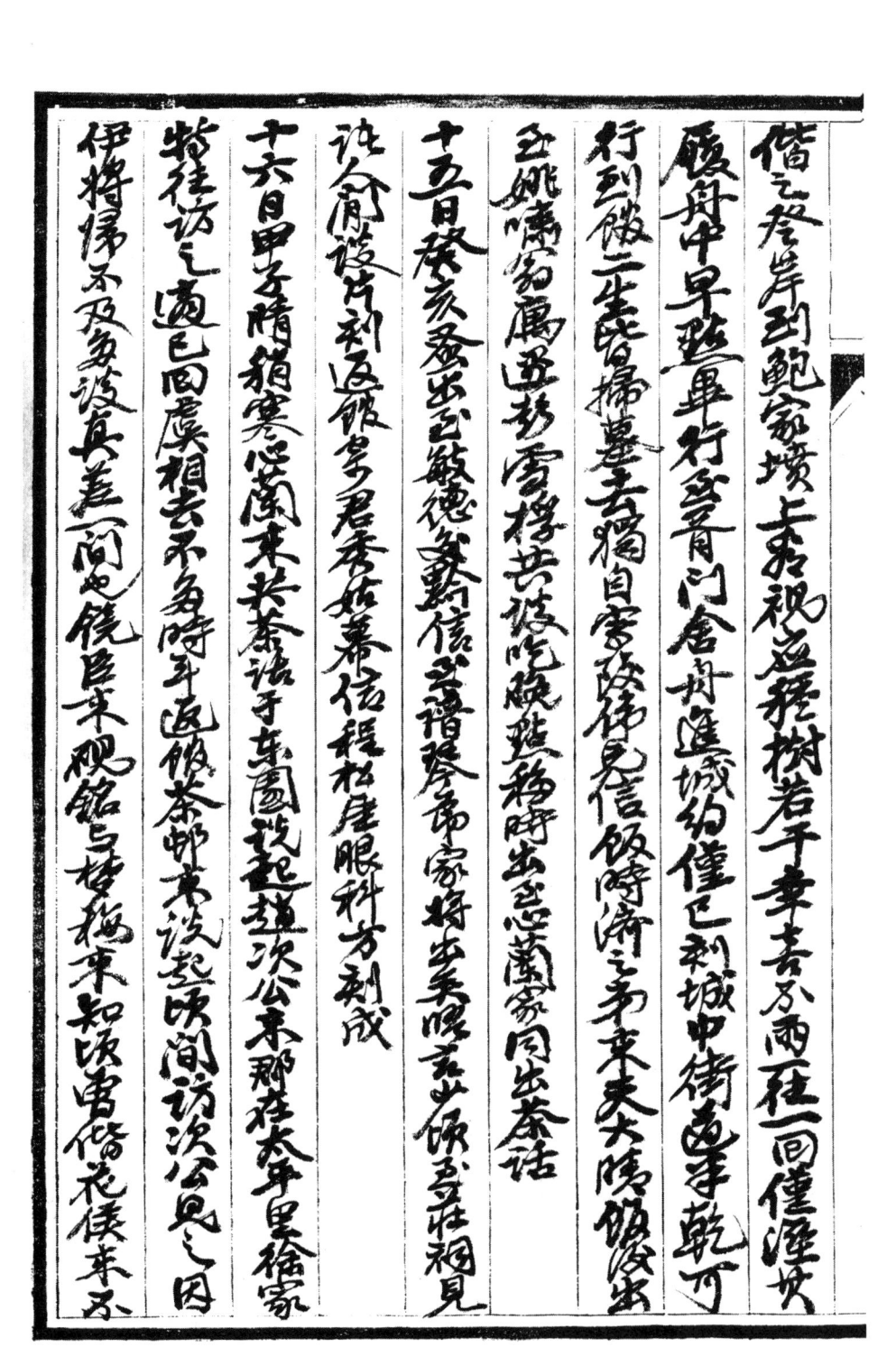

伊將歸不及多談真差一間也饒臣來觀銘與梅梅來知頃曾偕花侯來不

值花侯將赴郡坐談移晷偕訪夢堂飯後余過譯家談甚久讀是

日穎大傳荔丈靈在寺受禮懺復偕展拜少坐遂飯寶樸晚姚芝生邵伯亭

對錢來携石鼓文綴拓本煩揚徽州玩物耳

十七日乙丑晨風曠寒心蘭早來携殺合婦科神效烏金丸一瓶係四十九丸為

一料價洋銀三百五十元復同茶話于東園散時已茶時到家以姚受聯託其併寄

至壽齋處病愈段談至薄暮復話並作一跋付之屬令其寄杭返寓飯已後

過另吃為茶邨作祖墓圖今為題上短跋並為畫之又為描印丁方大費眼力

朱滌卿自杭來未見年餘矣談移時又至鳳雲茶話移時今年至母家送

以近刻設須送即轉妹札

十八日丙寅平陽嫁女先日發粧匳飾具往焉暨親友皆往賀相集午席坐
五席清之弟以鄭弟十一日書携付席散客去惟女族中猶留且俟伴而
來將祀祖也余以皆採招去安冠出先灣錢公家略談乃詣敏慎並延余
於內室話稍時出敏慎之門者云亢太翁來過此約赴女樂園余遂過兆格
尋之復相遇談少頃返路遇於敏德台回平陽祀祖禮畢矣
十九日丁卯晴日皆早起將具衣冠為放而過蘭東約於儀鳳即赴之同着
劉臨川云有晚間集飲之約返館則陸氏已來迎取娶樂與莊門吳見諸弟談
徐之侍待至巳正二刻行出閣禮一時喧闐已而歸於惟剩賬房許君午間
分坐兩席　席散余入去室與段君秀信岳事又出至敏德偕　元吉至觀

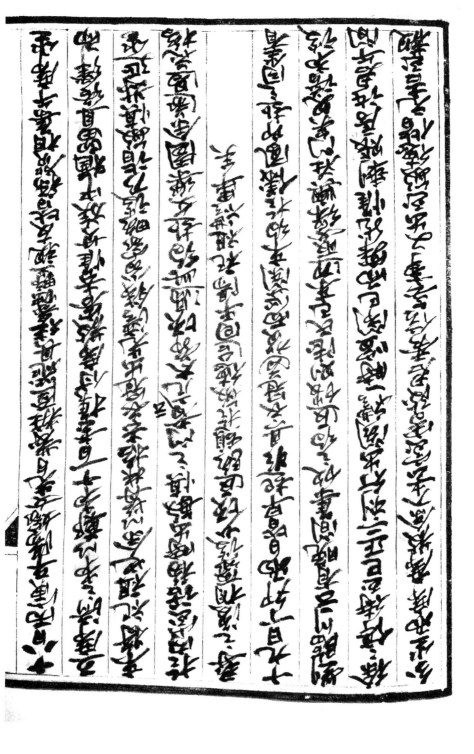

前向思義堂取古詩賞析駱部修書筆出版今補刻成者余意以為
都也並買他物乃惠安吉蘭別王子真小卿事先在內堂喫茗稿時先趁吳
丹黃屬吳康則心蘭已在內房鄒小山百花圖卷真蹟相與贊歎旋偕廬
夫盈房葬若李雲三人坐候曹賦谷陳麟華戴雲舫及臨川四人同至
入飯設飲久之乃散余与心蘭同途返得君秀十七日信
二十日戊辰　为錫弟房撰輓聯語用偉先出名　心蘭来茶話于東園永延
易來茶點並道前街客棧答漵卿偕並風處園又遇心蘭同茶敘漵卿緣
其復物之醫勸余往診焉因与偕往復則之言与前調話送之言回寓語
於漵卿題叔偉　來談留午飯　言讒茶話劉子庚於彼忠因飯中毒

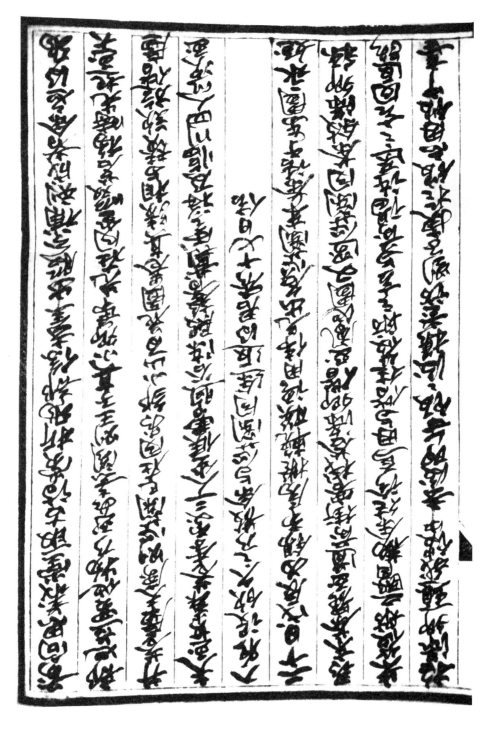

事赧渼因至甘肯處坐歸家不多時有雨意遂行〻至中途雨稍止下遊

於鎮印之張識甫處雨勢復作返館則小蘭避雨於此坐談天將暝遂去矣

則雨意也入夜大雨睡下更猛且達旦

廿一日己巳晨霽余起方盥容硯民來視問來返坐梅花來又返坐小蘭來

斗室發茶坐受乃返至東園茶敘良久未返坐園桌快談良久而散返

館偶倦皆入睡為昌硯書篆山石刻四字又為友莊琴書條屏一幅皆勉

撐眼力為之昨得舊招西洋頭值洋蚨一分審玩之頗不易也

廿二日庚午早陽接新婿長女回門清早即[illegible]轎往蘇墅余亦出至小蘭家

不值街上人稀地滑周老大面遇利日辦喜事人家甚多又有張企堂處[illegible]出柩事也

返，得謂弟小札，知君秀所謀吳興生（鏡沅）鎮洋幕，業啟席，約成議，作書武
進，信觀，送至清嘉坊見咸伯，并與託安郎事，返路欲過張安殿之榆，雨中途適遇
馬少待，不了，乃兜繞出路而返。嘉純暨儷黄猶未至，易衣冠，拜賀，並與客人敘談。
午正，儷黄乃到，照常例行禮，禮畢即設席大廳，一正四陪，歡飲，晡時乃散。申刻命僕
出至心蘭家，又不值，留字案頭返。作寄昌石信，並書扇、碑拓各件，上燈後
儷黄歸去，將至大倉口登舟。
廿三日辛未。晨，夢梅來，正談時，昌石適至，送上海食物，並云現到蘇少停，將
來晤，邀偕夢梅至東園候之，未幾果來，云已與芬卿茶話散矣。正快談，
心蘭亦至，俄而臨川來，共談。昌石欲他往，先行，餘人旋散，返而督課，午後

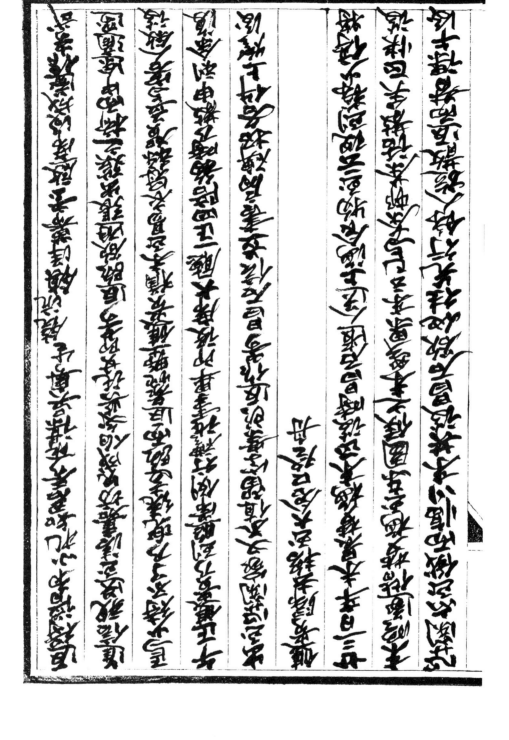

取礎箋番一副磨墨者之並取玹文古本攷一部爲兩種送陸鳳清 鳴岡 孫錫

壻作覲儀晚后饒目王少齋皆來談

廿四日壬申銅士率兩姪從舟往無錫野上會親俗所謂新親家上門婿首之來

到。飯午刻賡臣來偕晚心蘭來招余同出至時景園候舜昌石康夫臨

川余先行至包衙前德昌棧訪倪墨耕三年前余有索畫之作覓愛園

令墨耕來已數月伊既不來余亦未往仍不見其畫就付來不得不催之雖

得晤座有鄭君相與閒談後始出近畫扇冊條幅多件乃申時來意欲行至味

仙巷菴子舊巢之樓與談間四人會見雲祥與谷天將暝昌石先去

余與人設夜飯仍雲祥作東席間論畫理心蘭收的是畫學徒

徐紫珊子石先臨蔡子詩一首石史

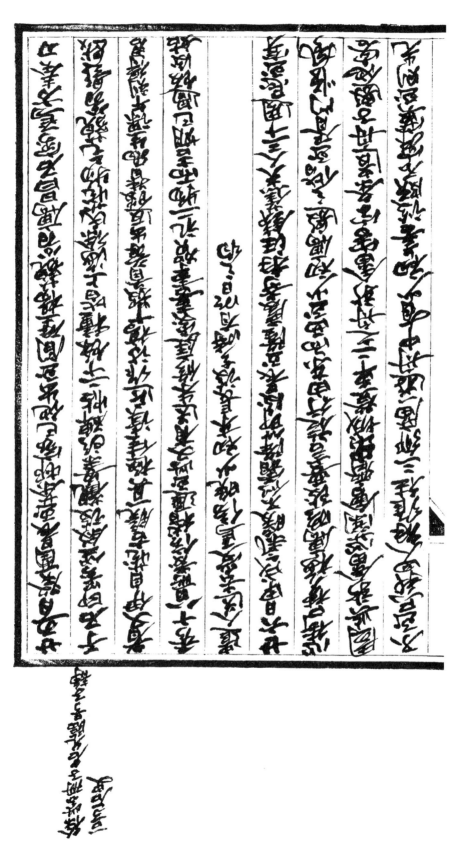

廿五日癸酉晨至茶邨家已他出至閶門楊藐翁寓昌石寓爲方奏刀
子石印譜並叙談觀其所藏碑帖二十餘種皆上海徐氏舊物也藐翁題跋
甚多伊自攜古鏡一具極佳讀近作詩稿十數首尋出近鐫諸印爲生課年刻得君
秀十八日嘉禮彼遷至此又有送朱修庭處喜事賀禮二物而吉期已過恆姑
遣人送去受寒傷晚少初來長談書時有明日之約
廿六日甲戌氣暖不似霜降節候晨至隆慶寺拜汪鉄蕉夫人三十周忌至穿
心街口穆稼蘅將於堂言旋行由東而西至少初寓邀之偕至胥門懷風
園與新會公館會齋出城登車二之舟新會客宋某遊是舟子邀往客
不至只我四人轉往三鄉館一遊舟中有少初著設賦不寐賓至則先

後家飯泊之舟有二十餘梅余舟設午席僅四人大嚼飯否飯後兩次登岸
至廟游玩有紳部散各班各自為伍處處點掛燈彩設供進香並
觀如象出會呵殿排衛及各班人衆絡繹慶蓋禮而過於戲笑紅男綠
女雜沓其間移時返舟午後、解棹晚泊唐市晚飯點畢擬岸進
城將晚未暇時為各須燈

廿日乙亥在蘭陣雨頗猛晨甫起永姪來接連以蘭茶部倉石先後皆
來同至東園永姪先去餘人暢談良久散課晚寫前作以劍圖自題六絕一卷
中又寫小幅一聯送顧識三續結句云重修眉史香奩筆永結心盟玉鏡臺
以君秀廿二日武進來信亦怪其遲

廿八日丙子中夜大雨如傾電雷交作向晨而息巳刻漸霽永歷室姪同來即往金宜巷去飯後余亦往拜陳容齋舅兄七十冥誕去時街道已乾甫坐定雨又作勝似難盈已而稍息日暝後步行踏泥返飯後心蘭曹來不值又到陳慶卿家畫冊頁兩紙余即作跋聽機信將冊頁并寄[illegible]

廿九日丁丑風發於夜殊烈晨起天陰而地燥矣得心蘭書若話于東園昨承莘耕命代撰顧玉松小傳錄稿出示張弟來據鄭萊書稱降日所發

三十日戊寅夜來又雨晨起地濕天霽雷三尺小對一副寄寄偉見信申刻心蘭來偕出閒步暝晚而返

十月初一日己卯清晨至敏德見示卯交偉信取月貼由我經手分派其只

四人矣。逕至雲客同到莊祠，坐頃，至敏慎見簡拜星垣、松少、偕鶴，坐頃，至錢翁
家又坐頃，返至敏德少憩，返館時正午。與蘭已約次來，所約便舟已到，遂至心
蘭家，則雲祥在座，同吃飯，出胥門，桐伯先在舟中，四人促坐，解維放，近山塘橋
畔泊，望摩草橋逕船漸漸放歸，一一觀之。三節賽會近此橋逕，船群集爲爭勝，觀
者着眼在此不在彼也。俄而大船上並子飛來，与雲祥昵昵話，移時始去。閶門
河中東船西舫，幾爲塞隊，在上燈火明星光交，我舟小飯，承窗觀之。已而並子
又來酒綿，再振久之，雲祥先去，餘三人仍至胥門登岸，城門將下鑰矣。
初二日庚辰，晨出至逕笑拈，昨曾來不值，乃至觀東尋茶邨，得見，同坐茗談移時，
至寶積寺具衣冠拜眉川公先祠，伯母汪氏百齡冥誕，留寺午飯，分兩坐四席，內

眷尚缺三席席散客散余至廟與人廟前談遇江士希偕至觀中稚
象茗談移時散出返飯甫坐宅君秀來自武進因新河鎮洋署告啟
一席已待武進一席眷与共弟錢臣談次又至東園茶暢談
初二日辛巳晨起茶卿來同至東園笑拈君秀皆來同飯良久返飯
老稿放客錢運禪來告司從廟弄老墳上被竊去柏樹一株竊者
鄉中有可疑之人余即擬一稟稿飯後持至敏德商量又治國發稿
來招苑小衛言啟稿屬改余稍之伊留下遂出至敏德晤元吉父老
遇陶仲平多年不見談舊少時伊所作出余處返飯遍祠弟來
告以坟樹被窃即屬伊到敏德删改稟稿恐有不妥處也余寫

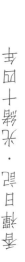

徐家祠前晚對一付寄汪氏收祖日姆徐子爲張少和心蘭同來少和先去心蘭同

至東園茶敘上燈後散

壽世有青囊境白神明不昧
登天憑白鶴名同金石長留

初四日壬午君秀有約晨至其家少坐同出至崇真宫橋陸風石家晚設片時出

又至顧家看譜琴弟家亦設片時君秀嗜道術且絢將飲集又出至調巷吳

吳亭馬史拈病家皆不值至觀西丹鳳樓吃麵代飯天氣煩煖返至君秀家

又少坐返館得桐弟家信云又珍珠隱坡客沈金瑞亦來報太常公坟上古竊

去柏樹株推供集遲辦余遂寫致殷德古之狗生皆他出余獨坐改課作

至晚沈金瑞來細問其事山中人多窮困且有好賭嗜鴉片之病

初五日癸未承邑早來送治佾樹賊呈稿已添改送恩由伊繕錄去後

余以夢梅有約，至女寓，已他出，尋於儀鳳叉路見之，遂之，乃邀過余飯

設要事去鈔書人李厚甫，去昔年曾爲鈔寫，今屢次索鈔，乃以近年

散失稿付之。晚歸家，以夢梅語告首姪，並知會姪兒家中所錄姪孫廿歲

合家喫麵，余亦與焉。返飯天暮，失御深卿之約。晚飯時，心蘭來，攜示大横幅

乃虎阜點頭石北來人題名，今春編拓所未見，余編入舊存，今俟錄中

者，此本爲道光十年上舟上人所本，拓有諸名家題詠，余特留之

初六日甲申，晨陰。晨視點頭石題名拓本，將諸家題詠鈔出，凡十家

即擬加題跋於上，天微雨。心蘭即來，言所云藏此之沈伯雲即此起程

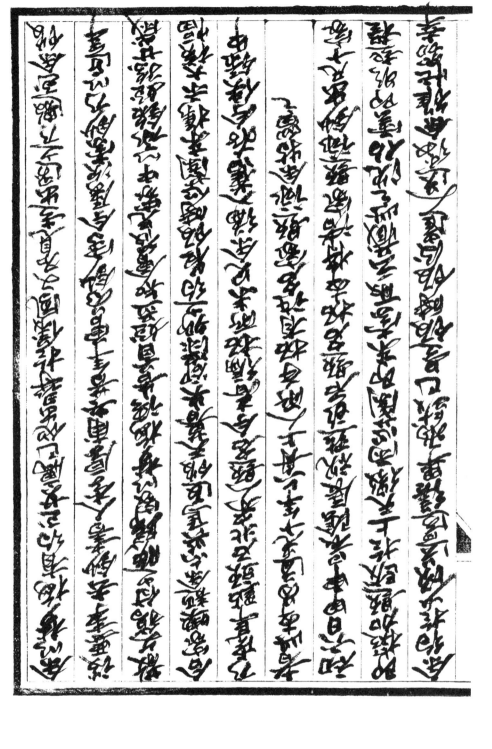

余約於出頭送之，遂繕畢，題跋已是飯時，飯後遂入送行。余雖忙留

見所未見迴雨漸密日來天暖地潮有兆矣迨夜益甚爲達旦
初七日乙酉伯雲強甥婦二十生日有函親及本家諸人來備有午席余
亦送分貲稱祝焉三有棧適擇吉開倉踴躍還租者接踵而開而
雨勢淋浪不已到處泥濘幾乎無可駐足洪泉來有話相商未及入
席余吞肴首座席散亦無可往寄寄鄭萬源附去新刻書兩種又
寄陸少蘭篆條屏四幅之一聊以報命
初八日丙戌雨勢向曙而息晨起漱罷心蘭來偕至東園還心畬
有單船小艇之約返以寄奉并邀君秀又作札以屏四扁交安波託
廿號交陸蔭宇廿號徑至胥門萬一求則心蘭心畬之函又有秋

唐時安南節度所領有陸安，以陸州得名。陸州之字與車船可稱絶对。

子衡、朱步卿、沈步棠三人皆先到，邀同登菽湄之舫，候雨君秀來，四人始開竹園以遊。心君与余素不在此，徑登上觀之。登岸間步，則西北風大，旭日雖出，不能敵其勢，返舟候竹園者撤，七人分飲，吃点心茶館，時已申刻。三人邀先歸，又偕君秀訪滌卿，尋於鳳池園見之，茶飲至晚而散。

初九日丁亥，晨君秀來，同至儀鳳，則滌卿已在坐，与心齋同話移時，返飯。伯雲往蠡墅陸家課一生。飯後偕絅甫至錢屏甚處，當中提取包內羊皮褂數襲，維面本是家常穿用，遺忘之衣，討其當本，則錢為屬後宜邀贖之。出，余又至君秀家，借出尋人，不值而返。是日沈旭初來。

初十日戊子，伯雲又出謝壽，仍課一生。心蘭來茶話於東園。午後吴子述

來服闋仍赴閩需次將發行也甘翁札來伯雲寄九月廿八日鄭州書歸
即作復書託有便送滬市託其附便寄都
十一日己丑清晨至大太平巷徐子晉翁開吊也少坐至醋庫巷蔡妙
不在家與森卿略談至西小橋北合錢益生高日益生談我不值令出
不值見冠瀛略談益生以石墨兩種見贈余以新刻書兩種報之出
投西北路順至敏德坐穗元吉列西偏之屋之皆南向與此宅相連而
昔主劉姓居之乃由大井巷北向小門出入也出至君秀家備席請客
邀余作陪季子明先到頃而朱修庭石子和至少間陸鳳石亦至乃入
席並主人而六設遙遙過半鳳石尚有接署招陪浙江兩主考之約先去

餘人終席而散余至包衙前倪墨耕處偕出步于王洗馬巷分手遂過渡歸家話移時返飯天暝矣

十二日庚寅晨心蘭來同至東園茶點移時散夢梅來談頃去頌心蘭留下去并畫冊一本皆明末 國初人所作課晚為查出四五人皆見于錫志餘則稍廣東閣墨錢冠瀛所送

十三日辛卯天暖地潮至顧家巷賀甫田弟娶次媳并至往還皆過般德知瀛之姪卒于鄉陳墓居昨午刻也屈師行以紙面閣叢書見贈凡二十本其十四種曰括地志曰兩京新記曰李嶠雜詠曰樂書要錄曰酌中志餘曰人海記曰樂府傳聲曰操縵錄譜曰律呂新義曰周官指掌曰

礼記天算弁釋日舊唐書疑義日明賢尺牘日紀事約言携回館中飯後陳顏甫來後移時去有屬書件留下傍晚君秀來同至東園茶話少時心蘭尋來快談至上燈後

十四日壬辰甫起門未開而心蘭來少坐偕出吃點心行至水溝粉橋伊招臨川余招君秀會於御仙樓有平望吳梅隱者工畫書收藏與心蘭舊識余同女名今來郡城約與相見梅隱少余四歲亦有老態飯後墨耕亦來彼此叙談後方槐君秀與余先行天氣益鬱蒸晌午自隱去午後作致偉文書

十五日癸巳早出衛大霧行至敏德不見人留字與黔書而出至觀東茶飯

光福山司徒廟弄老墳
丙舍將地議修葺事

見茶郎談春畦丈出到余少坐即行詣莊祠族中人會多坐頃返復至敏德乃見敘談返飯爲天氣淫蒸欲雨不雨申刻歸家仰翹歸復病視之情形又似前番而本原更怯可憂也稽時濤至謝文翰畢更返飯知君秀曾來

十六日甲午夜來月色甚好向曙忽雨蕭蕭疑天雨朱晴出會文獨坐斗室乃磨墨寫額聯屬匾額一又題趙小象之眉午刻日色一現申刻出聊出至君秀家閒談因偕之至時景園之樵茶敘莊午馮子山亦來四人吃茶憩雨又至偕其一陣再返後始散返飯後鄭弟信並所刻洗眼方

十七日乙未中夜猛雨曉晚已止晨起猶陰花農來歸自余山談次並至東園螺敘而起雨止云瀟瀟回飯後昨孙生會課文永姪來并後又雨

大兒長兒看心蘭，先後兩兒到家，雖風雨，彼人來

十八日丙申。飯時君秀來，留與同飯。飯後偕至心蘭家，與心蘭同出，伊今晚去看病。余等先至寶林寺東芝表公所之右，候得心蘭來同敘良久，遂至宋仙洲巷少停，乃散。時辦弟初八日自永嘉信，潘溪來，亦不值

十九日丁酉。昨今兩日頗寒，天色老晴。飯後至瑞塔寺街試院前，明日錄試正場，今日送兩生到寓，其寓在西街巷口吳姓家。余先進試院四周，乃出，見寓中人皆來，入寓，余坐探聽得之，錄文童報名共有一千五百餘人。遇茶邦華，遂生同至甫梅，後承茶室憩坐移時，再至試院前，所遇往來熟識人甚多。余再入寓，與代其進場出場契模的話，同寓為汪玉屏、伯雲兩翁，并施宋仲、侄孫章與李，凡五人，宋緝甫、顧織

三兩人送考，余不能熬夜，遂返。是日午前爲鄭君信作跋，寄淑子與昌石信。
二十日戊戌，催中合事，晨即出，至敏德，與坐至椒東茶室，見茶師見誠伯略
談，至敏慎見算姊，知昨日文添一孫，李孺弟長子也。侍坐少時，至錢翁家與坐，
至敏德吃午飯。飯後偕元吉再至觀前買物，啜茗於雅聚，候海錢翁，翁來快敘。
良久散，返至君秀家，此在時吳園尤甚，檢方與林朋共話，俄而臨川、冬蘭皆來，
敘談良久。余與冬蘭同行返，飯，吃晚飯後，進接考人去。
廿一日己亥，晨，君秀來，約至東園，逛家姬於門，乃三人偕往，知伊姬婦病情殊危，
談次，錢老李厚甫來，余返，飯。更換鈔。偕其之即偕君秀至譜聲處，已敘
家巷不值，尋至石子街見焉。譜聲移居與怡弟同宅，正在搬物，坐與略

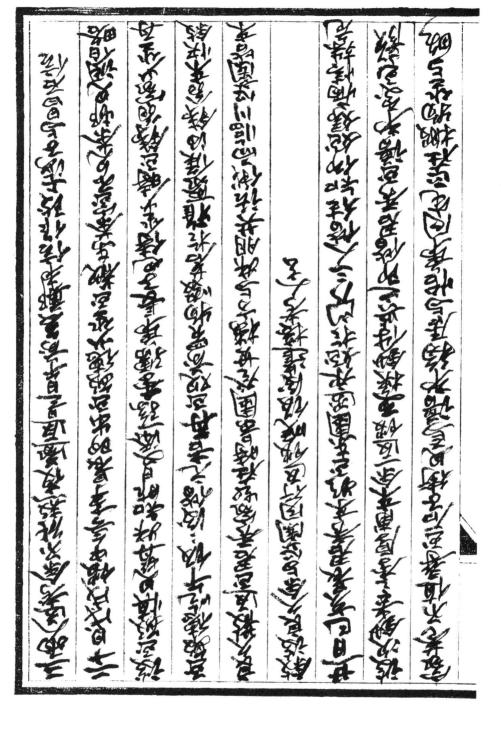

設出時已午雅款並至汪竹石家收租處有石氏弟甫毘仲在遂留午飯而
行余獨往包衙前中途遇悉庵前與君秀入林味飽醫寓憩息招何妹朋
同設同出獨入同余至墨耕堂處吾年前所取之聽風聽水作霓裳圖至
是始索得之　過訪梅石少時心蘭亦到快設片刻偕出余分路歸家看視
姪婦適李彤伯在座診脈云有陷脫之虞視其脉前非情況滯余頗慮
之因商蔡常散往上海晚何姪歸抵暮返飯
廿二日庚子甫起（永姪來書）君秀來坐頃同至東園遇心蘭到相與茶話漢水尋來偕
昭僧來有阮蘭芸之子蘭其在飯於余飯對門王公館出入同坐晚設先後起余
返飯鴻生錄考作出閱之晌午歸家為亡婦忌辰作經懺飯後過對門元氏

与薪園閒談，逕去，春壺同出，余仍到家，是日並延季彤、伯昆去珍診
姪婦病，病情甚險，先後俗議一方而去，余亦返館。
廿三日辛丑，晨，梦梅來，同至東園茶敘，至臨川，余先起至道前街德
興客棧答漢泉，至則君恭先在座，並看阮藺墓，同敘，少焉，其君
秀亦至，東園吃茶而散，返館，梭謝刻字店送來寄樣，李厚甫來
爲敏併嗜璇討字數（萬二千），晚，以涵聲五百文遣鄉字來約往
風池赴之，抵暮返，知務試發案，已出，廿五日進場。
廿四日壬寅，晨，歸家，昨知仰姪已從滬上歸，洛取予病人作書，去
閔家，叙及問之病情，未發榜時至新橋巷沈家藻卿為來未見

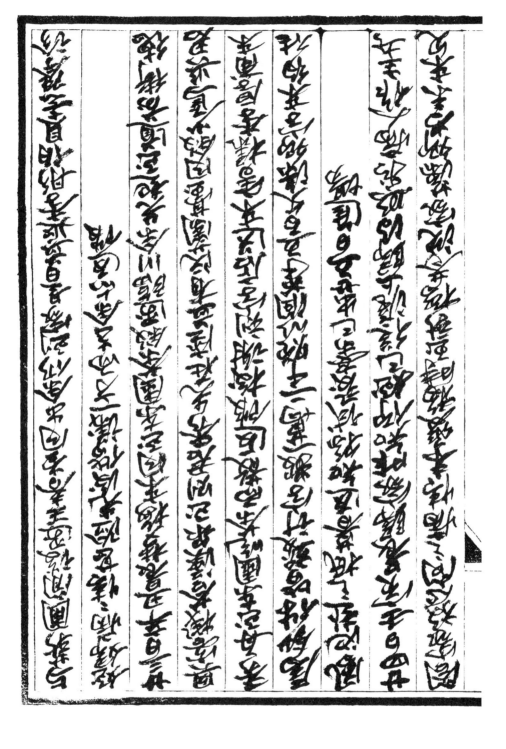

嫂長郎定九淡泉者來者見之兩度各少坐回過心蘭家謁見嫂
皆邀入見之坐片間清劉戟帆來是有午後之約返館又坐君秀曾
來飯後君秀又來余方寫小對兩付條幅墨乾与君秀分携以出
余赴心蘭之約於時景園候兩時許竟不至悵然返將暮矣
廿五日癸卯伯雲邀初發場者余出題課子稿晨陰近午雨漸
濛濛向晚遂霽寫有墨潘條幅一錫條幅未
廿六日甲辰晴起家中遣僕來接駿急仰連姪婦已於寅刻
去世遂踉詢知竟是[illegible]急須備辦身後諸事永姪爲之往
衣莊等處仰允自往板棧看板余爲擬出報喪客目交姪寫

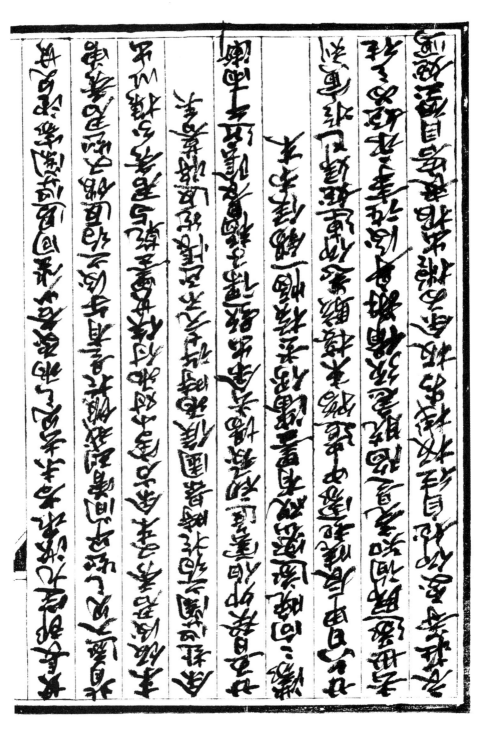

之定於廿八日成殮余又為商定停靈之所安之竟日晚返館
見伯雲詢知昨日覆試題目雅谷門外大火燒數十家
廿七日乙巳夜來發風天晴增寒昨晚代松兄擬作挽婦挽聯
晨起於之俟其乾袖之街西北風歸家又為料理明日諸事飯後出
至敬德七堂返館
廿八日丙午蚤起即歸家即運姪婦楊氏大殮余以親姪婦服大功在靈前
探喪者陪侍目睹動之喪容未多年間內外只並四房遇之午成殮事了
余即出徑由西北至東轅試院前明日府覆入場先到平陽之寓中見有
僕伺候在彼至試院門口尋見伯雲等与之返寓少坐余遂返館

廿九日丁未晨至慈悲橋北弄小案見吴翁共發二百十人我家姓潘十餘
人咸在即返課子貂人飯後作孫偉兄信附賀冬節箋
十一月初一日戊申晨出微雨持傘乃行至敬德堂寄黔信至莊祠兩
漱窗坐少時雨止乃行復至敬德路憩返飯夢梅來午後伯雲錄昨試
作出閱之傍晚吳蘭來摹吳香輪王菊蕊兩女史詩並合寫春鵲品題
去而後來又雨冒之同往東園而散茶話
初二日己酉晴晨歸家少時返飯地為潮滑知夜間猶雨也作新羅山人
百嬰圖摹本跋寫上張紅朗所藏冊後又題一女冊首曰則百斯男小娛以
新得吳得磚出示云有人獲之黃河干實屬予審定余謂此磚不甚古無

近百年之物耳。午後蘭來招余同出，至臨川及宣畫舫少坐，至蟾影樓少坐論畫，乃至燕子舊巢樓，亦相論畫，入夜臨川邀祥諸人同舉酒宴，余在座有汪安甫、乃唐、張、許三君，余不相識，漫為酬應耳。

初三日庚戌，晨，錢若來談，頃至東園吃茶，又談，起，潘卿邀同至賓廣候賓下樓相見，又同至園，過國吃茶，余先歸，與佑之姪有所(?)議，而果來話片刻去。是日縣試三覆，伯雲不在案上矣。

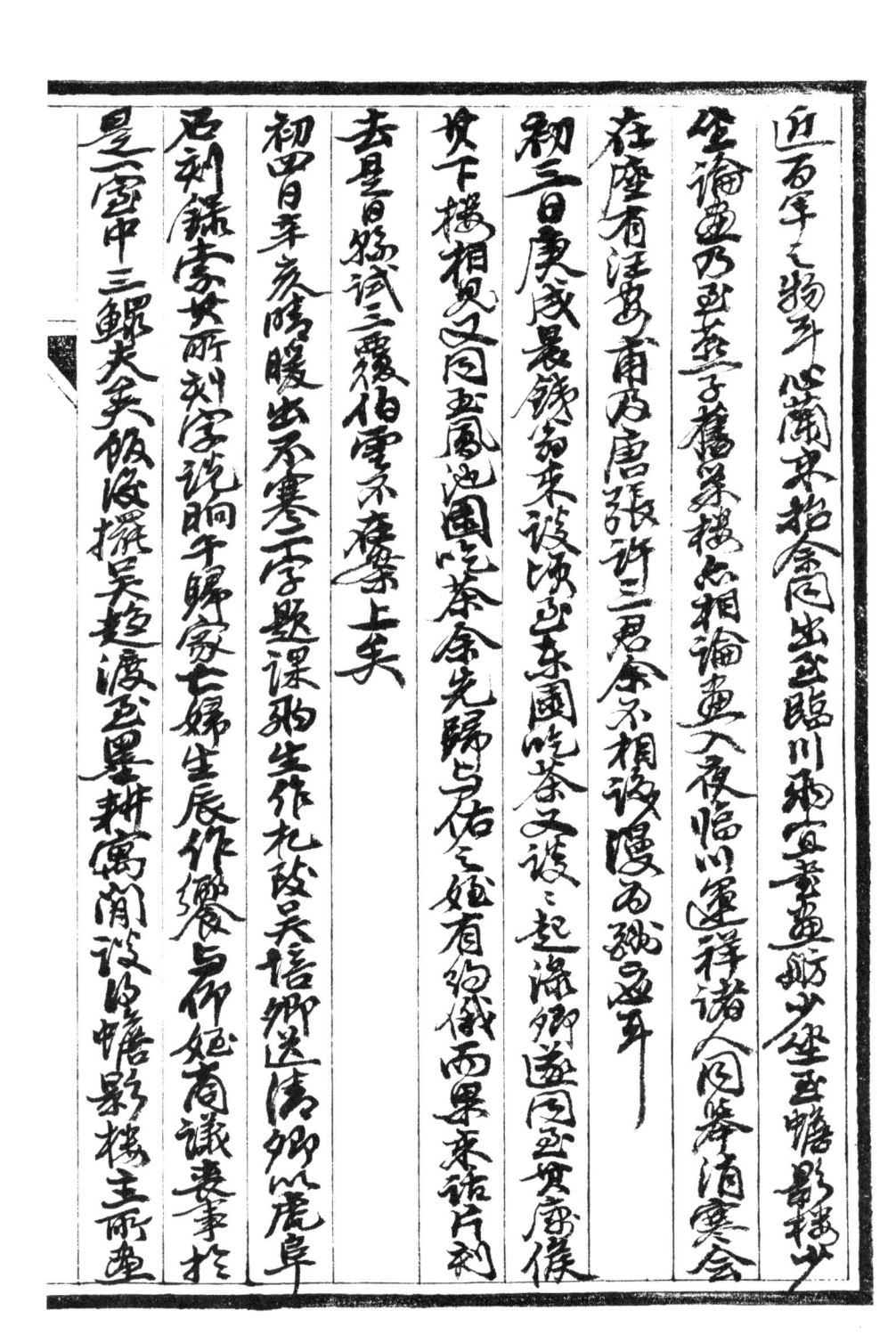

初四日辛亥，晴暖，出不寒。工字題課孫(?)生作札，段呈吳稽卿，送清卿，從虎阜石刻録寄其所刻字，說晌午歸家。七婦生辰，作饗，與仰姪商議表事於是一室中。三點夫矣，飯後攜吳趙渡至墨耕齋閒談，後至蟾影樓，主所座

蘭竹俟面談以返館訪蔣殿丞自浙來蘇覓楊見山（邵孝廉）未知屬何處
初五日壬子晨訪鳳祥春蕃茶畢笑拈唐不遇至花橋大街吊蔣沙舟夫人表嫂
之喪回至敏德見玉荀弟求其改定青芳見舜林與辛弟共談見辛弟所輯十
三經異文攷義一書手稿寫定高且盈尺字者密行又再回至錢翁家晚談
達旦近作痴婦行一篇出已晌午遂返館蔣年金鄉居丙杂敦武氏祠出妻家
九跋檢幅錄出擬附刻余金石跋尾編中也迫暮心蘭來上燈去
初六日癸丑昨得子與滬上信有淨慈寺志十二本貽余信局未併送來寄
中知照查章卿郎雜頭致送儀章卿連生五女昨得弄璋也寫大小對三
付橫幅四字一幀向暮心蘭來茗話於東園遇汪理卿劉子庚

屋師約來

初七日甲寅。夜來雨，晨陰。招藥舖友來合膏滋藥，今日宜療病也。硯銘來，梦梅、心蘭先後來。伯君秀到鎮洋第十一函書，傍晚信局送到。淨慈寺志一部。心蘭又偕臨川來，三人同至東園茶敘，至上燈後。

初八日乙卯。曉陰雨聲。晨起，以送殿丞完姻儀物遣人至閶街頭巷伊寓，作復子長、君秀信。就函時有霏微雨意。傍晚劉子庚來談，次出杭州譚仲修跋伊所函，中有道及余之語。又出伊所作槿香館詩稿。

初九日丙辰。晨，心蘭來，知臨川在東園，共赴之。茶話間梦梅亦來，同敘片時。梦梅偕余至館中，又少坐去。晚歸家，一走松兄，患腹瀉。

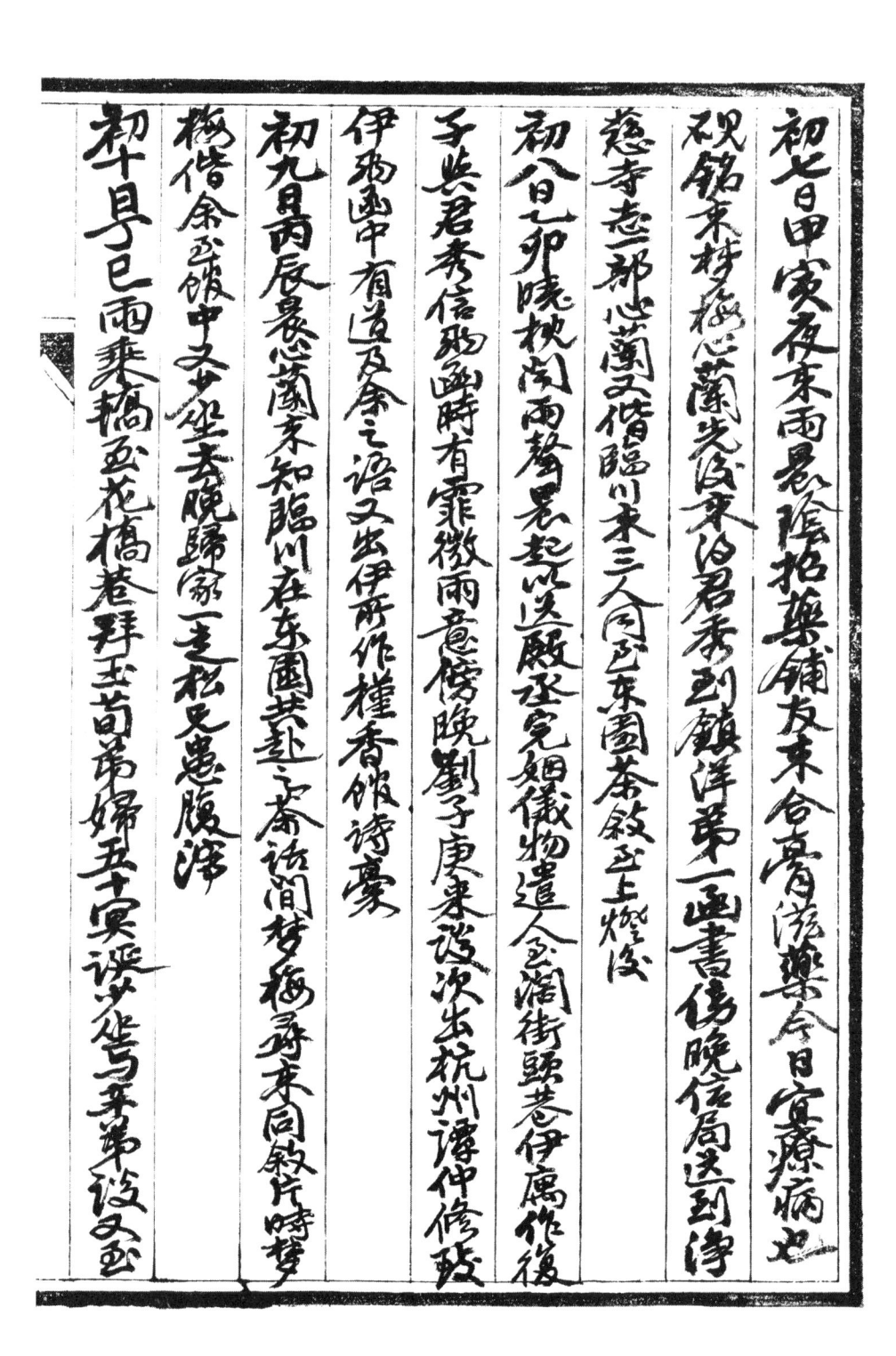

初十日丁巳。雨。乘橋至花橋巷拜玉荀弟婦五十冥誕，少坐，與平弟談，又至

懸橋巷賀汪柳門建霞昆仲中式喜，未登堂，又至闊頭衙巷賀蔣殿
臣完姻喜，與夫以路遠泥滑，自言無力，因留半席，席之凡三客，少而座寬，天
晴於各里中祀飲，殊苦觥多，因發稿近墨，而席散於新房，少坐而出。本欲
至十全街敬祝劉淞濤夫人七十壽，慈卿又代辭矣，而由此路遠，回館得
鄭弟北山信兩函。

十一日戊午。雨泥泥不已，竟日未出，錄舊作金石跋尾。

十二日己未。舊作金石跋尾，盡以付刊，刻字店謝濟棠來，付之。午後潘濟之傍晚
與心蘭錢分潘卿茶飲於東園，又白君蒼信。

十三日庚申。晨歸家，我於昆世濤後為寒病，已請吳醫服藥三天矣。返飯

知心蘭曾來約於儀鳳死見午後又來拉余同往放鶴巷王松堂所看書
畫法帖等現欲寄售伊素耽此趣與偕去論見尊妹并見弟媳等見觀各種多有
已售去者僅見十來件坐移時出返順路至韋夫處迫暮余先歸
十四日辛酉 昨作答君秀信鄭弟兩信夜未又得鄭弟信晨起又作一
函答之 心蘭潘秀濂卿遣人來邀至吳學前小茶館欲同出城赴新開興椿園
觀劇余欲俟心蘭來濂卿先行心蘭改會余又先行順路歸家看視松兒稍愈
少坐出城遂入戲園戲已開場濂卿先在心蘭後來而錢介明兩不至三人飲
之以麵代飯向晚戲尚未終場余與心蘭先行返館恰上燈時尊妹遣人送來董
思翁字冊何義門桂未谷對聯兩副開價屬為又心蘭

十五日壬戌晨至莊祠先濟翁德望文濟鳳祥春不見茶邨村至慈蔭橋巷還
之余詣祠族中先到者已多坐頃至山輝堂晤茶邨叙談少時返寓復至敦德
略憩返館已將晌午午後殿臣夢梅陸續來晚歸家松兄世其亦在
十六日癸亥晨欲作寄偉兄信茶邨來同至東園茶話返館即寫成封好送敏
德托寄追暮子庚來為余乞為傅叔揆懷祖所著灌園未定稿二本
十七日甲子不晴不雨晨心蘭來偕至鳳池園茶話傍晚又至鳳池園尋癡卿
遜之子庚亦來同敘追暮先行
十八日乙丑冬至夜不能飯為鄉生改昨課作飯後與出常熟錢岱甫宗泰來
送其郎君郡試至此後故已次出漢瓠角已製成硯後和二年也文即五方

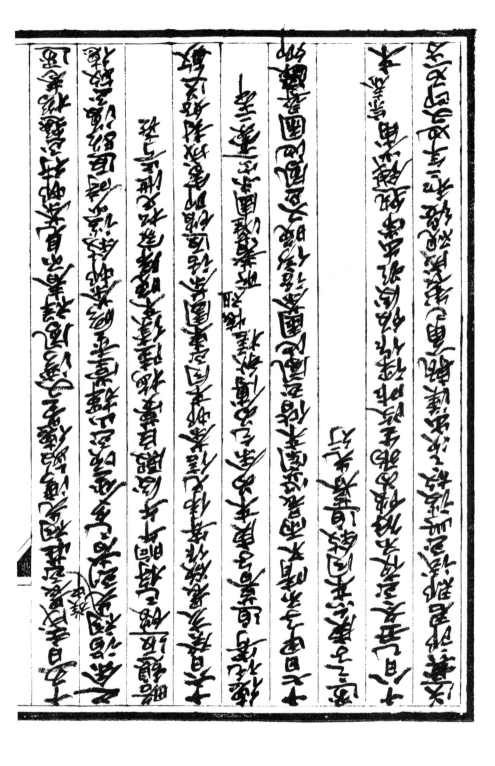

已為余刻成名印為朱君華卿所作乃出一圖卷係其母殉烈事跡屬題又書
紙兩幅屬書聯去乃歸家伺候祭 先過節於是以余不能先夜路自家
內室先行設祭余遂拜 家祠一拜即返館時已上燈
十九日丙寅 放晴且暖 清晨乘轎出至金史巷拜陳蒿佺至石君鳳坊恭賀
陳小莊郎君浙江鄉試中式但未見至莊祠參至朝拜 親並其族中人道賀出
移時至西首頤晉(?)民康氏見仲至毅慎還贊拜孟舟等三伯叔并唐介人並至
嘗真宮橋頭賀鳳石郎君完姻並俱未遇見遂歸家令轎夫去家中拜 祖
等事畢午飯之後步出至胥[illegible]德為壇構被宮事交代說話略坐即至試院前
入場中稍觀見皁僕已看擺定桌椅徘徊而出過東寺錢兆甫處余將遇心蘭

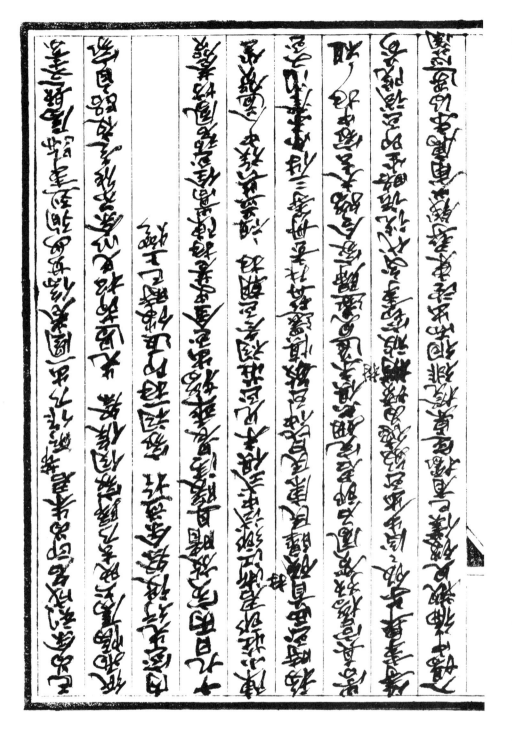

同壽伯之入見著步坐談少時偕出過試院而西轉直街過茶館乃四人同至
泌園茶樓暢啜良久散余同至西街壽伯顧織之家出飯中考客稿屬於伯
入列房在樓頭而考客皆他往遂出由多貴橋望西返飯得君秀信附到求
書楹聯云於金石得壽者相以山水為詩之心蓋撰句見贈也
二十日丁卯晨至漆鄉處談次看其新得隋唐碑拓數種皆趙惠父監賞
贈伊者余所有只其中之一耳偕出吃茶與洪蘭同敘於鳳池園有行請觀劇之
約伊因身子不適辭乃邪人至郡廟東萬象春會齊少甫臨川同至閶門外大班
戲園坐下餓而開場又於間壁酒館合備小酌及炒麵兩盆吃以代飯戲演為佳
究勝京腔觀至傍晚而起余向對門養竹居取伯屬拓之漢瓴梁瓦兩物而行

返館知花侯曾來晚飯後飯僕兩人接考去余洗足早睡

廿一日戊辰晨心蘭同吃粗粥出余敘花巷屬心蘭到大石頭巷口錦鳳

樓吃茶因彼處[illegible]昆仲皆[illegible]錦鳳與心蘭坐少頃梅閣信來共談散

時將與余略返館僕云茶[illegible]殿臣皆來過遂在儀鳳往訪殿臣存焉談亘日

午返館聞許僕人考客當未歸云天將明出場[illegible]為卧房中迎時已午飯飯後作

復君秀信寄太倉航船又作寄昌石信附致子貞一函皆[illegible]漢經和甄拓本

梁湘東來招李迎殿臣又來招余同出同往吃茶晚散

廿二日己巳心蘭以國朝初諸名家畫冊來屬審定題簽留下同出略

余至新橋巷[illegible]藻卿暗設片刻返兩生[illegible]以考作呈閱而熱夜々後睡未

是皆不入畫余爲忠蔚改出者數家十餘人小注於冊旁並題文采風流四
字於簽申刻子出已薄晚屬甘翁家各談少時又至姚味翁處談至暮
廿三日庚午爲少甫題其先世李氏五湖塘殉烈圖七言長歌一首又爲
日題吾邑石酸寒尉小象亦七古一篇皆錄稿出飯後滌卿以字來有屬書
硃件並約鳳樓茶敘余先歸家一走乃赴約談至上燈散
廿四日辛未晨至茶村家父子皆他出云在閶門楊蘋翁處往尋之則已
去方悵悵森卿自前途歸知茶村在鳳儀春與徐輪卿茶話躡之而往談打聽
府試案未出遂返午後錄殉烈詩入圖卷又寫小屏隸書一幅
廿五日壬申昨午後案出飯中三人皆列乙等皆不前景携少甫屬題圖卷出

先至郡廟前戲園定了坐處，至對門論文翰齋，又至大街徽古齋法帖店，邀

至敏德坐片刻，同行，在徽古齋取數紙，招七種，乃至萬象書屋，則滌卿、少甫皆已

到。少甫并携其子即應試者，略坐，入戲園，坐席後滿，幸吾先至，蓋有上海來

之著名旦腳周鳳林登場，故觀者多耳。鶴侍蔭蘭來，出古玉、印、衣等，余

三字，出磚招僞，玩者漢物可愛。戲演牡丹亭數齣，後乃雜折。鳳林演樓會及

挑簾做衣兩出。余等向嚴麪館取鍋麪兩鍋，同吃之。際晚，未終場而起。出

爲攤將出，在養竹居取裱成帖兩本，上縮摹石鼓一、鄭有道碑原本摹

本兩種，合裝，分路返館。此能滿翁曾來，得昌石信。

廿六日癸酉。早出至敏德，尋元吉不值，還於觀前吃羊麪，並邀作鍋麪

錢至鳳祥春尋蓉卿不值返路在敬德少坐留飯出蓉卿曾來亦不值午後

又寫小屏顧對一幅對兩副一九言一十二言仰姪來良久去

廿七日甲戌晨起即寫字俄而硯銘來付還求書便面楷法精妙略談

去返兩生入塾已寫成對三副六言七言八言又小匾額一四字作復昌石

信附去詩一首傍晚調伯來言姚味翁在鳳池園吃茶欲邀閒話遂偕調伯

往談至向暮還衙俞紫庭滌卿

廿八日乙亥晨滌卿來以屬寫併面交遂至東園吃茶稍時散返飯寫三尺長

小條屏四幅贈至臣姪來亦有索書兩件留下晚至試院前

廿九日丙子晨寫贈至姪乞書楹聯伯雲以其妹夫陸鳳清求書楹

疏來，即書之。滌卿札來，又有代人索書兩件，則不能即塗矣。傍晚，仰蘧來。西岩、汝蘭來，昨曾來不值。遂至東園茶話，至上燈時。

三十日丁丑。連日晴暖如春，夜來驟風，天陰，有釀雪意。又寫對兩副，皆八言集詞句，頗作跋。佛兒信晌午。藻卿來。酉刻吳子周來，久不見，長談而去。微雨，入夜

十二月初一日戊寅。夜來雨雪又作，晨起尚紛紛，乘轎至泰德莊祠，各有晚[illegible]，歸家。雪止，姪婦及七之姊來致禮。送客，與松見晚談，返傍兩兒皆不入學，伯雲、園將赴覆試，予稍留，雨不起。傍晚伯雲來，語將往，屬是時街路可行矣。隱甚，暮又雪，梅倉皇來借傘。

初二日己卯雪後放晴氣候增寒晌午湫泉來申刻錢翁來錢翁杖往訪湫卿約于鳳池園吃茶余亦就之共話良久散時與錢翁偕行至護龍街微古齋而別返既已暮燈下作昌石信附西茶磨新詩八絕句是日題沈伯雲松隱庵讀書圖一律

初三日庚辰中夜風狂晨氣益寒之首始到館告余松雲連夜略無疵擬請心蘭一診余遂往其家已他出留字而返和茶磨詩如其數而不次韻傍

初四日辛巳晚心蘭來偕行至家診松雲脈開方仍偕出茶話至暮

晨起嚴寒滴水見凍幸而天晴昨心蘭以伯雲松隱庵讀書圖畀冬來觀地家先題五而知余前作之太泛稍改換之又和茶磨詩亦有

刪潤麥傳，晚梅梅來談，少頃同至溥泉處，笑聽胸同至儀鳳樓喫茶

候朱少庭，不至，返。復知滌洲曾來，不值，有張昌石信，屬轉寄。

初五日壬午，晨陰，歸家，途遇雪珠、少梅，已止，至馮子安處，言以寓侍郎返鎮

俄而雪如花如片，與歸遂積，庭中百矣。饑出八綫可以作復昌石

信附寄，并與朱少庭，至滌洲寓，來知遲。目皆來，皆不值

初六日癸未，夜雪益甚，宜觀，宜可吟，擁階雪積五三寸，之同華觀，皆凍不能

作，悉惟擁爐看畫枯坐略。讀書而已

初七日甲申，早蚤起，踏凍扶杖歸家，為姪婦楊氏設奠，並舉襄，應於三道署

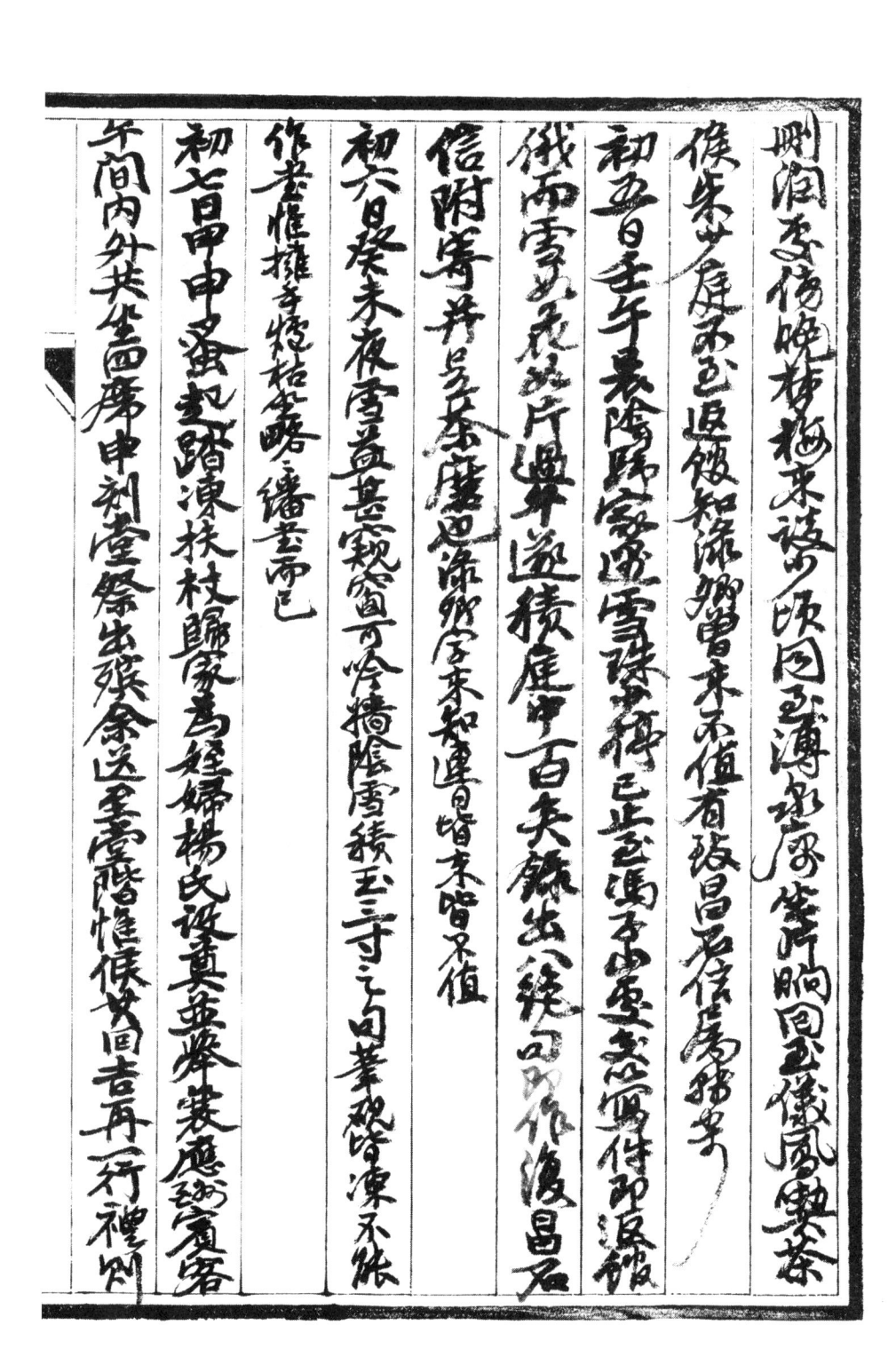

午間內外共坐四席，申刻堂祭出殯，余送至靈階，惟候其回，吉再一行禮，則

天色昏黑地又泥滑乃乘轎返館伯雲赴寓進再覆場

初八日乙酉氣稍回和晨至醋庫巷茶邨森卿皆不見留字而返雪消

地滑不可行矣淡日輕陰雪消未暢晚館中供臘八粥

初九日丙戌甫曙聞雨聲起視雨止雪融嫩日在檐微而溜漱漱下矣午後

伯雲歸昨日場作閱之較勝前場傍晚得茶邨復字

初十日丁亥晴簷際雪水猶有餘聲晌午森卿來以博塔銘拓本一

紙見贈是近時摹本之佳者同至東園吃茶返館午飯申酉間雪

盡心蘭來問女孩月痛稍瘥又同至东園吃茶

十一日戊子又雨穿屐訪伯雲談其閱入貢卷中洪東伯爲崑山

李氏家譜上屬書封面即寫女去展轉而來苦我目疾久矣天色陰黯不開又有雪意晚得君秀信由同事宋姓帶來

十三日己丑昨入夜雨聲潚颯風已而徹夜達旦乃止日間猶微雨子庚來談片刻去松兄遣人來知仰姑於昨晚赴滬矣

十四日庚寅昨黃昏見淡月夜半又聞雨聲拂曙雨息日間猶復濛濛書坊屋浦鑑庭刻字店謝濟榮先後來

十五日辛卯晨雨止殿臣來自葑門問路上乾否曰未也雨甚遠來因同至東園吃茶坐頃恐蘭來同飯午後又雨向晚漸大仰蘭遣人送來覓售之畫卷兩軸曰張南華張秀民徐蓮溪浣梧道士金雲門女史為送小坡叔之

作寄鄭和甫賀年信

十五日壬辰雨聲中夜而止晨起天色虜歡有霽意踏凍出街上大滑滑
策杖至敵德文去昨接霽云寄黔信、及黔寄來硃拓一件偉兄在彼作監
臨追憶三松曾祥祖典黔秋試時有詩遺跡也適敬山輝遣見茶邨邀入少
坐啟張乃至莊祠先後到者十五六人坐甚稱時徑往西歸家姪婦係七也与松
兄談頃反飯履織來證接之信晚又被涤卿邀至園中樓頭茶話
十六日癸巳天晴地燥早晨鵠士拜來即去歸家並至錫弟處伊生也百日立
葵潑安霧也一拜即出遇馮子山處不值回飯知心蘭夢梅皆曾來俄而石成伯
來俄而存玉姪來皆談話而去
十七日甲午茶邨來同至東園談晚殿臣偕其妻舅何姓來移桌同坐少

吃茶先去又少頃余先起返館傍晚心蘭來談片刻燈下作鄭弟信

十八日乙未晨晴心蘭來有他友属書楹聯為剧潤筆洋兩元少坐同出分路至穿心街口見梅梅觀所藏書畫軸冊數件談吃返館天寒轉陰作復鄭弟信即送濟弟處交潘藻卿札附寄復即發茶郵

十九日丙申天色沉陰至心蘭家告以梅梅處書件出至鳳池園茶敘移時返晌午天雪頗密尚晚愈大入夜聽之尚有聲

二十日丁酉晨起雪已止而未消日猶隱此遲晴昨雪甯乘未冰凍寫對兩副至星晌午磨墨書款亦不冰矣申刻心蘭來兩對即交去昨日寄信之件向小坡詢信已消去張角華山水一軸價洋五元心

蘭收之邀至東園吃茶，街道滑甚，返已迫暮。

廿日戊戌，晴，氣稍和，雪釋不能出。孜甫史以蒼崖見氏壽孫虞公之墓，乃虞愿之籍，貫官職俱合，惟仕於宋卒於鄭，而葬於吳，時代非吳之宜也，首題吳廷尉云云，不可誤認，乃作記一篇，燈下復昌石信，附詩三首。

廿一日己亥，晨至蒼首巷，見地尚滑，即返。稍時，心蘭來，談片晌去，作復昌石信即寄。石殷伯來，即去。傍晚出街，路方走，至留者刹字店，稍議，乾街購成新刻，視七方硯，溪六，三國一，為始元，為元鳳，為神爵，為建元，為永建，為建寧，為竟寧。歙人余先返，彼處即送來，付以價洋四元五角。

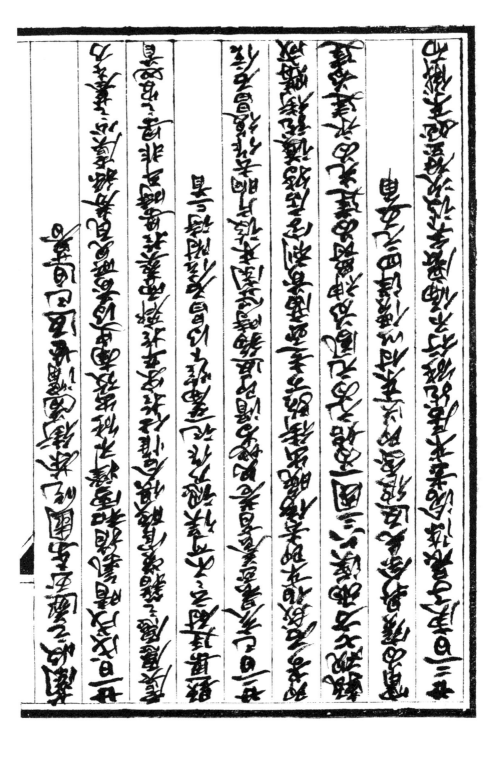

廿二日庚子，晨，陳滄吉來，居於旅行，不備，屢與談次，吾侄來，俄而

君孝來談自食山也俄而梅梅來同談滄石登臣先去遂同二
人與茶於東園少時復僕來請茶鄉送來牲燒羊肉与雜佳
作札致謝之附脂油等粗要之多人買還贈之飯後收拾鋪設於卷解餞
鋼子送指門外余手物至君秀家並至成伯与子山所閒春聯店談
頃歸家旋出至對門尤氏有用直沈寶夫（哲臣尤氏之壻）之子號指臣者欲見余有
話甫别聽字承之昆季招往淞春樓小酌座有太倉王渭漁為其
宗之同年五人敍談聽字欲招指臣不至家中遣人來請將送
灶神上天遂先歸
廿四日辛丑晨陰寫致用直庚符姪信以應指臣之屬即送

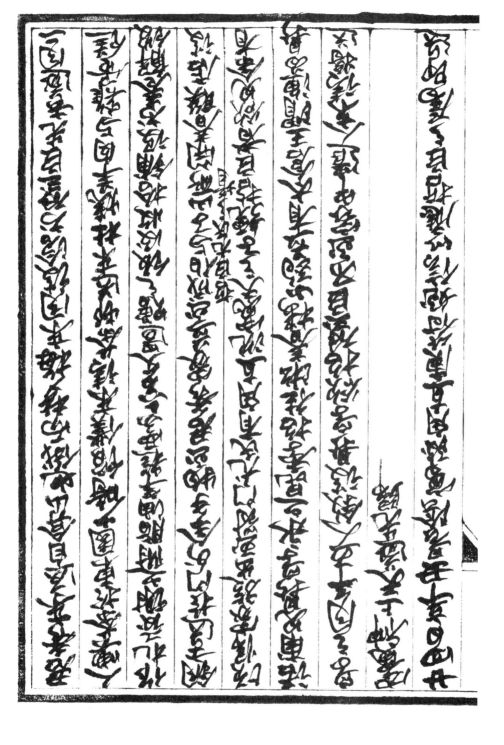

尤憂遂出至石琢春酒店晤信至謝姓利字店仍與護説衙
至敬德少卿元吉皆不值出坐至飯中磁織三四相城田卅八畝九分
有奇繳費價洋一千零廿三元八角後兄與余湊集洵之生日
成交余於中費之外又賠賬房許先生歲盤春酒之儀乃年例
也事畢出舟至敬德偶仍見並見汪閬生敏談留吃飯因余如廁
另備素餚飯後又談少時未飯已飄飄有雪意余出卻不飄遂
至太監美老義和聽會書散時向暮地滑登舟歸家入夜祀
神過年獨見老病兩姪三姪孫在宗情不堪人頗少
廿五日壬寅昨晚臨睡雪下晨起屋瓦鋪白而尚飄灑未幾遂消雪亦止

在家閒坐申刻始踏徑出邀君奢家伊非往花庭苦游偕
往千歲館四人同行至林味鮑家閒話移時還至時景園茶
樓搭馮可出同茶點晚命先歸
廿六日癸卯晨起紅日下窗未起即出街路大為開凍竟
至盛瑞彩隆興蘭中生意春有著吃點心畢遊至饌中料
理各賬畢天又陰遂歸家飯後赴君奢之約至其家話頃至義
和茂會茶往來街擇衛路稍乾不返已抵暮
廿七日甲辰嫩晴至錢公家閒談同出嘆茶於至奢偕過海秋姪會东之
約今日秦氏姪女三十〇冥誕致祭之禮備因至寶積寺持往設位之

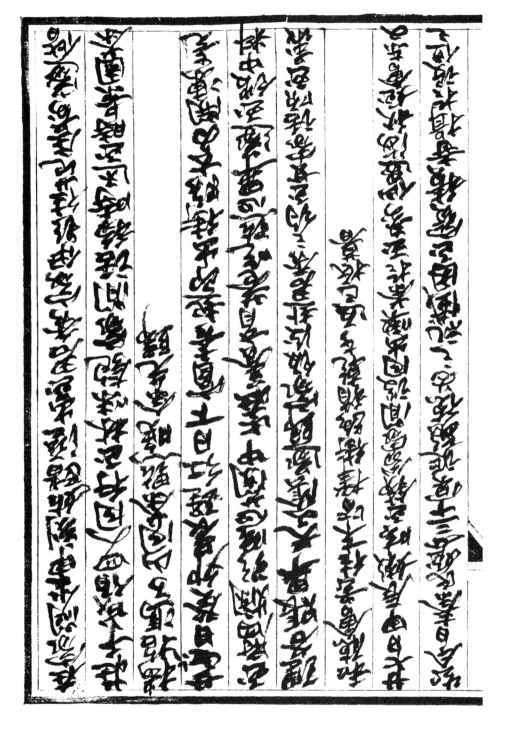

前在吴敏德人在乃出官巷口坊有陆少兰汪鹤龄诸人与师竹同
生閒談留同午飯〻後又往老義和与錢翁有約也聽書出
完場而散歸途遇君秀復出時景園談要事
廿八日乙巳晴晨滄石來連日皆來余兩見之出是伊事乃是
望臣借之往余遂出出飯中飯後算結賬少時返飯後篆文
出在馮子山春聯店閒玩移時徐步而东出郡廟前遇君秀偕
蔣寶生同回余右折轉身出春聯店寶生去要君秀復出時
景園吃茶談迫暮歸則滄石又來專訪未晤
廿九日丙午月小建乙除夕矣適將出永姑邀同出中市德和

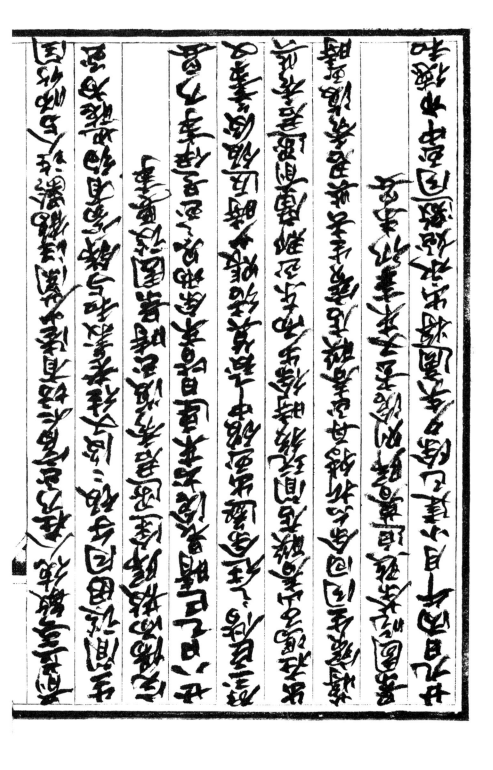

樓吃羊鍋麪歸分賬又至銀中爲滄若事取金安春房屋絶
契騰寫遞去滄若子儀同至面付訖遂行至馮春聯店略
坐君秀亦至同上時景樓吃茶雜麵莊干成伯皆至良久歸家
已午飯余另飯爲飯後料理家中事不出夜間祀 先各房
喜神分設凡四五處祀畢吃年夜飯又陪筱兄少坐睡稍晚

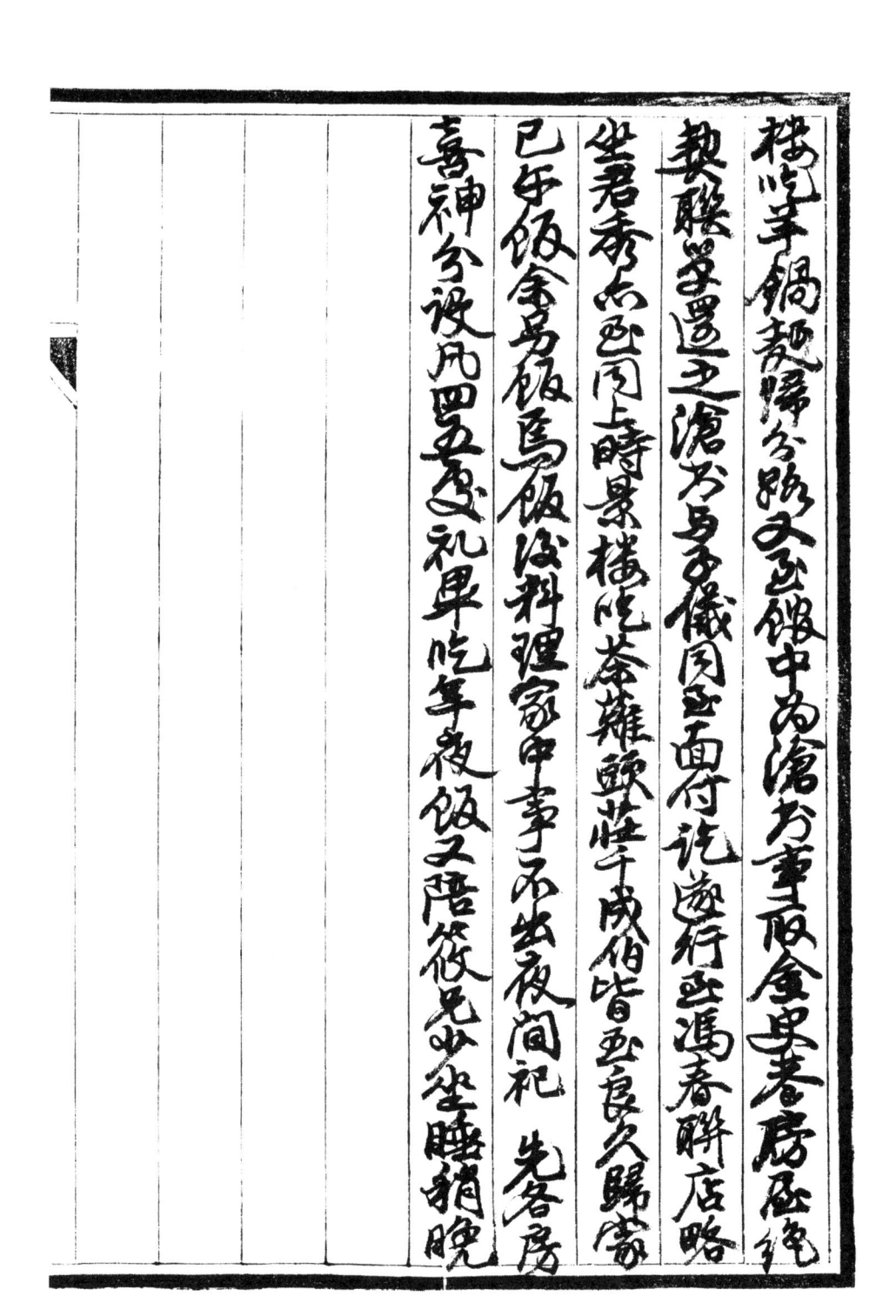

叔父大人尊前敬稟者初十日曾奉一由四牌樓寄衙下一由局來此信均申覆有五百兩之譜匯去
兩諭即悉種〻於初九日曾具寸稟交局寄呈想早接
覽來諭云欵課局事者係出於少擬將開單寄來一層極可使得成就聽諸天運氣現下看光景爲
無將舊友更動此有欵更〻人須得再緩月或兩月務照課事諸兵不必先來得有機緣再爲函致來滬
亦未謂遲也即此封詢爲存來周天魏一林亦係同鄉曾在閩廣浙帶辦船閩有船廠亦得通不稱熟
諳報告來滬即投信謁見四牌樓即回答人多不能安插惟此天在滬小住數天再定行止適有松
江軍局需調派之司事要送前總辦老太〻需柩回籍即將庫房萬少洞往松江適出一缺就將周
天補此現已進局亦是他之運氣耳汪閣出之事日前曾提及云現在病魔久纏不能即來看其情
形未必牢靠大有不敢之勢四牌樓下諸事稍有頭緒其歸家一節尚未定日期惟安頓官眷之
居尚未定見何處前總辦即會辦利下三位均租屋辦現住之居現擇定日出柩即要回籍可以出空此居似乎離辦事處稍遠
不得轟搖辦現住之居最爲聯絡未知究定何處居住也因蘭兩兄讀書一節利下雖有大哥
將就前等計去大哥出被未識他意肯此念否便求

平安如意牋

馮基
馮煦
徐燦以下閨人
金莊
賀叔卿
顧信芳
顧樹芬
李佩金
沈芳
莊盤珠
吳藻
關鍈
鄭芥仙注

邊浴禮
金泰
馮志沂
孫汝璈
湯貽汾
周星譽
周星詒
錢枚震
趙裹玉
馮焯
丁彥和
沈鍾
沈沂曾
孫準宜
史震林
劉家謀
劉襄
倪稻孫
鄭廷楨

夏璈
黃燮清
顧翰
莊縉度
汪淵
於士厓
王鳴辰
方濬頤
趙對澂
趙彥俞
李思纓綬
潘慎生
嚴繩孫
江泰鈞
左錫璇
楊琇
丁芝仙憐
董祐誠
張近郇
夏宝晉
顧錫名
劉履祿
蔣坦
吳敦羲
潘鴻
宗山
史葆樞
吳唐林
鄧嘉純
俞廷瑛

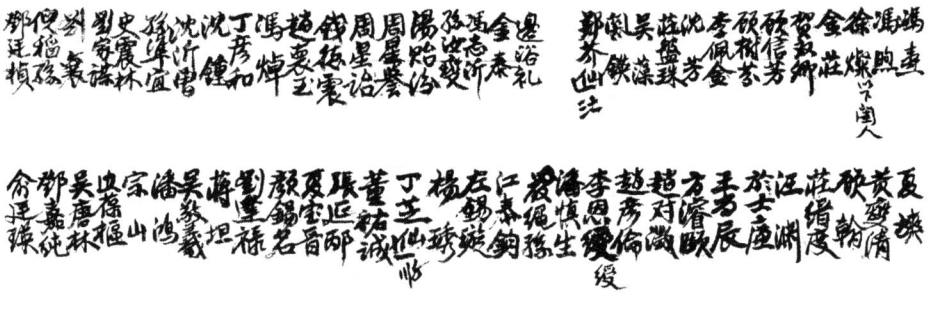

王映薇
楊錦雯
馬賡良
易佩紳以上

叩禀父親大人尊前敬禀者於初五日接得　老父一信並奉到立夏日所發
鈞諭，祗讀領悉。月朔發四件，派司工程事務，立即稟明　老父。由局寄蘇楊山早到，諒亦轉呈
台覽。前稟均大略情形也。工程一事，名目甚好，而所辦之事甚少，不過（各廠）揀漏小修各事，均須稟大員核
規。擬總庫房添造（計六間）稟公之時，本有三間與料物庫房相隔甚遠，似無此應，則山野匠估見需費七百餘金（自係合兩處木並不計五個）
開呈憲早送總辦批示，批准後再為專造。吾此經費支銷未知，添造若准，月領薪水其數不小，約洋
有二十番，其伙食均歸自己，再加銅費等用，飯菜每月開銷須四所，伙食價甚貴，每人每天須洋壹角。擬現與
四妹同吃，祇有兩人，下人倒有六人，亦係此數，擬就簡省之處，另有大府房每天分派在廉處又同廠菜肴張
廷蕃三人，也在大府房（前開呈橫單有直卿，此人實時誤寫），四妹也有說話，何如吃若菜肴錢仍舊同吃為是。擬意總須陪四妹，每月多費八角
而山外處與稟公寫送陽儀有經卷一條，各廠行走均係水路，即擬請住樓上，則四妹要亦甚難，此惟天雨頗不
便，當時有房屋均洋房，極式扶梯在屋外，必須着履而行也。高士八之仍未回蘇，日前又來局中，擬晤見娘之勸
其稍為回去，現下實無安置伊之據。初四五回城，昨日禮拜，無事，飯後至義場買須另物，順至桂太處，問及萬
吉日前到局云云，（桂太）云伊並未去，並居中房屋甚窄，（鋪墊）輒須暮設，又要另（花費）碎錢，甚不合算，何不早日回去，再作別就，
桂太大有討厭之意。章，擬昨未見面，但見後又有繞聊，實難回答耳。（問）王子方已補（十月在皖遇見一次，云已被害）新水，前日下來，大約幫辦
文案，月支八兩，亦算過甫大陳賡兄之書，由向道他云之。（擬）大半待瑞芥時回蘇一併送還也。兩兒讀書一層，擬
未動，年前曾與經弟商之，要其課若，時回絕無眠，嗣後又與他說，阿多即欲到倉，斷不能將兩兒
阿宕過去，老須老弟又算代我一度，一月以端節為期。擬又云倘驗看，稱就須往湖北，只得再如相法安排。
經弟仍並推卸，並含糊答我，似允非允之言，過其答應稍（所云附讀陳氏）緩回後定之說。擬當時亦回後對否，亦生氣也。
前諭出路，經弟提亦無用。前讀　老父諭經弟尤有後程之語，故與大哥，請大哥度其。大哥正月間
曾經有情從擬數並做。擬當言之，我將兩兒交保課，故似有應允之意，現下未識如何，使之一
詢與伊商之如何成功最好之。兩家之事，拉雜寫後，敬言叩請
福安　子擬志惠叩稟　四月初八日下午

吳偉業 熊文舉 龔鼎孳 趙進美 李雯 曹溶 宋徵璧 宋琬 宋徵輿 王庭 王士正 吳兆騫 李天馥 鄒祗謨 孔尚任 曹貞吉 董俞 江臯 陸世楷 毛先舒 沈謙 吳綺 佟世南 顧貞觀 徐倬 性德 錢芳標 彭孫遹 秦松齡 蔣平階 尤侗 高詠

毛奇齡 邱象隨 鄧漢儀 孫致彌 劉雷恒 張台柱 王岱 沈淡 姜光被 何煜 朱彝尊 陳維崧 嚴繩孫 孫枝蔚 李良年 李符 吳棠禎 錢穀 沈豐垣 沈岸登 沈季友 龔翔麟 王允持 沈崑 梁佩蘭 錢肇修 魏坤 徐瑤 杜詔 張梁 徐逢吉

厲鶚 王時翔 王倩 毛健 王嵩 陸天錫 王太岳 張四科 史承謙 吳泰來 蔣士銓 儲秘書 趙文哲 鄭燮 林蕃鍾 沈起鳳 黃景仁 沈清瑞 吳錫麒 凌廷堪 李方湛 吳蔚光 郭麐 劉嗣綰 楊夔 左輔 孫錫 蔣廣增 沈蓮生 李潤 姜安 李汝章

曹言純 孫其烜 張惠言 張琦 惲敬 錢季重 李兆洛 丁履恒 陸繼輅 金應城 金式玉 鄭善長 錢枚 周濟 董士錫 汪士進 承齡 潘德輿 宋翔鳳 任全德 周之琦 吳慈鶴 孫若霖 李堂 江湘生 尤維熊 馮登府 蕭師度 孟嘉福 趙慶熺 戈載 仲湘 吳廷鈞 王曦

江沅 朱紫貴 項鴻祚 龔鞏祚 宋綬 沈傳桂 汪垚 袁祖惠 許謹身 孫麟趾 王憲成 周傳齡 黃曾[illegible] 姚燮 張金鏞 王嘉祿 吳廷燮 吳承勳 黃增祿 王效成 許宗衡 王錫振 何兆瀛 陳元鼎 張炳堃 潘曾綬 潘曾瑋 楊傳第 薛時雨 勒方錡 杜文瀾 黃長森 喬守敬 張安保

范綬霙 吳興載 江璧 李鑾增 王英 黃瑩祥 郭夔 馬汝楫 黃錫禧 姚正鏞 曾惠 蔣春霖 丁至和 趙彥俞 楊長年 程紹袁 周作鎔 蔣敦復 宋志沂 劉履芬 孔廣牧 江順詒 王詒壽 張景祁 孫德祖 朱孝起 潘介繁 高望曾 諸可寶 樊增祥 程耀采 張鳴珂 陶方琦 曾行淦 莊棫

汪茀廟堂巷 廿五

屠大閣老爺 澄 世弟恩[illegible]頓首

前事樞臣佛[illegible]

賜墨已即擲下為荷復申再達

謝費四千圖紙請

廣伯以前先生大人道安

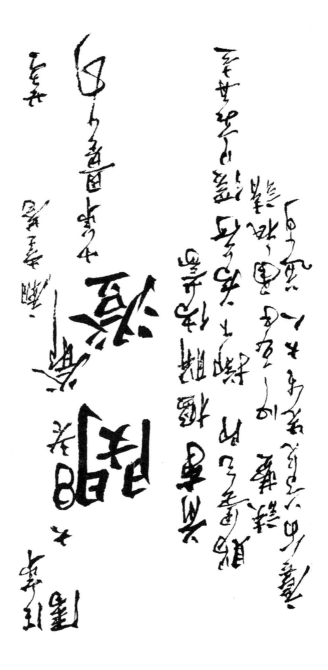

白衣庵
讀書里
焦尾池 松弦琴譜
昭明巷
清風亭
言子墓
清權祠
齊女墓
三台石

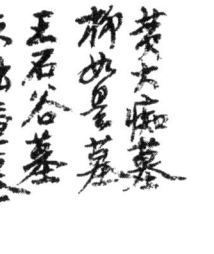

黄大痴墓
柳如是墓
王石谷墓
朱柏庵墓
馮鈍吟墓

香禪日記·光緒十五年

（清）潘鍾瑞 撰

光緒十五年

六十七歲

光緒十五年己丑香禪日記

正月初一日丁未，竣日微雲，陰晴參半。巳刻會齊合家弟姪姪孫等拜 神及 祖先，往叔家，惟松生叔、淮之兄病，竟不能同行禮，相見口賀而已。飯後與雲臣姪、士衡姪孫同出，入觀戲法於聚寶園。余自承宣橋過看正南吉神方，閒步直至吉利橋，出轉南大街，穿鳳池園，望西北歸。

初二日戊申，嫩晴，東轉出門賀禧，凡親友族中四十餘家，在甫田弟處吃飯。飯後漸漸霏雪，到東北幾家，雪來漸密，遂遊歸。途地面樹梢積白漸多，入夜不止，沍寒早睡。

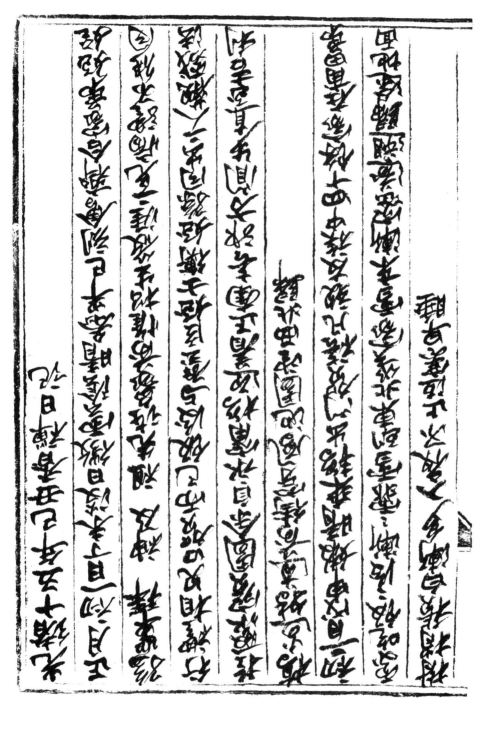

初三日己酉雪一夜積盈尺矣雨霰猶未停也既不能出亦無
客至閉坐觀書眼力又不濟事於賞奇壬禮吕所集刻燈謎合
鋟一書以貽與友朋爲燈謎之戲擇其佳妙刻以詒藏者擬塊羅睢
遣閑遂至於晚午前雪夾以雨午後雨止雪消檐溜有聲也
初四日庚戌宿雪未盡新雪又飄春朝天氣殊欠暄和晌午後日
一現終有轉機微雨沉陰又集窗昏如夜枯坐繙書觀刻燈謎
三本共凡十二家曰攸叟曰野竹庵曰知幻居曰城北航友曰二
秋生曰春蠶庵曰綠野草堂曰嬾道人曰一嘯山人曰香草洞天
曰靜軒主人又有不署名者統曰雜著夜接財郎

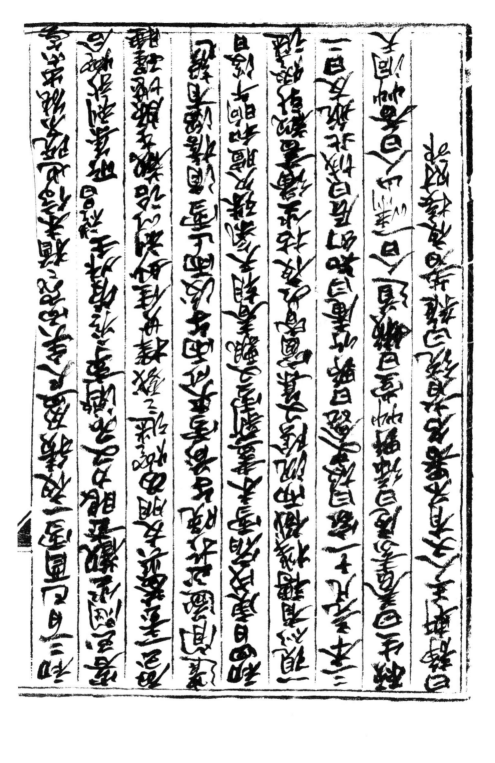

初五日辛亥晴霽是春第一天亦新歲第一好天氣也具衣冠至東西
鄰前後巷賀藤麓家衙上猶濕飯後再出則除市口皆乾燥矣
至太監美老素和聽王石泉去晚歸
初六日壬子天復陰平陽飯中頗先具東請開飯俟費翰來
遂即往首之繼至午刻鈎士置酒入席氣殊凜冽兼用暖碗飯前
頌森卿來飯後君秀訂蘭皆來若知余今日開飯者兩君去時忽又飄
雪余用伋鶴至渠樹南劉錢屏巷頌雨處又補賀積吾鶴漁談頃出
大雪如壓峯眼一白矣歸家雪下至夜
初七日癸丑天霽晨旭下窗起覺寒冷晌午南榮負曝浪浪猶若

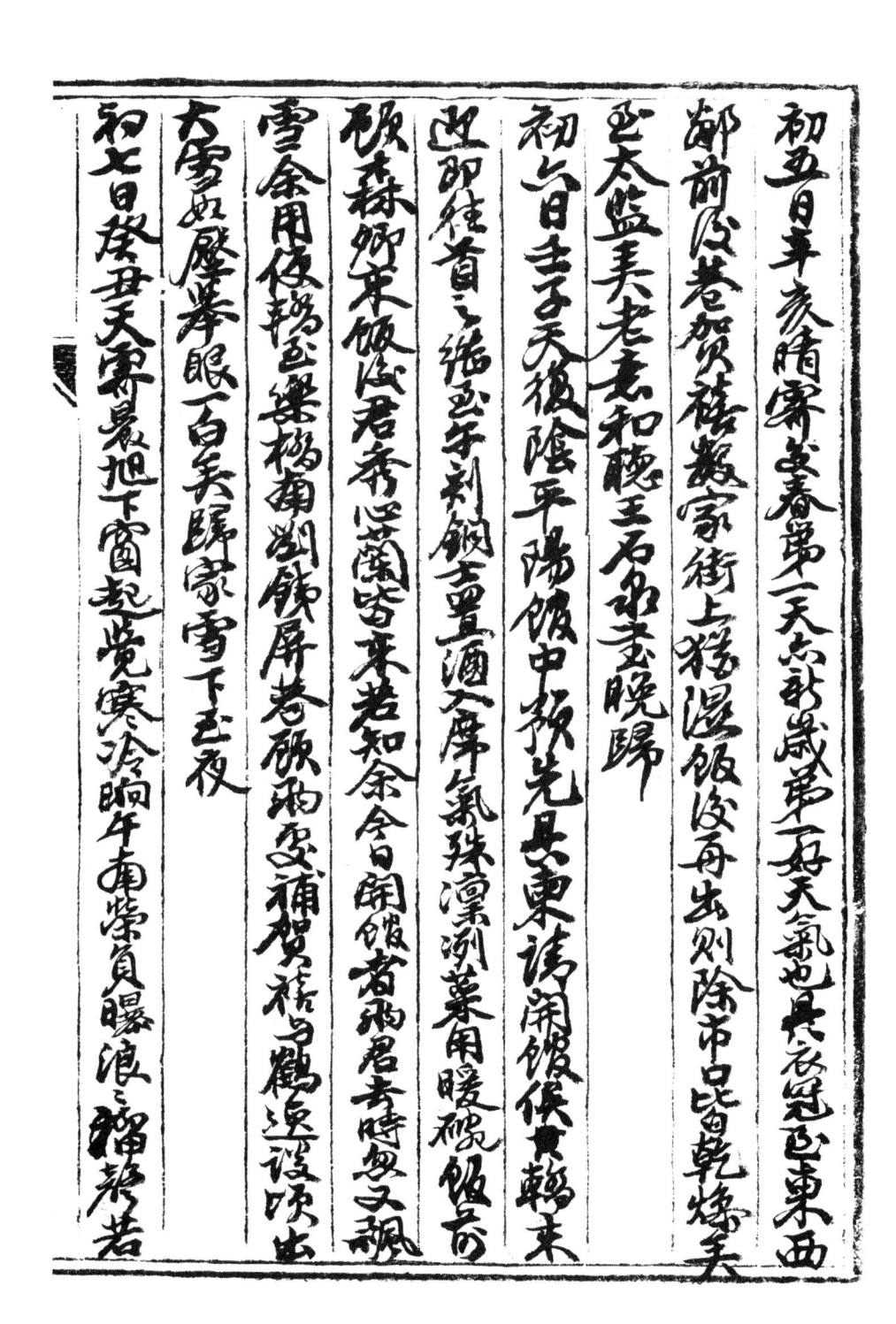

自晚雨下，偶閱黄孃餘話，載羅隱正月七日詩云：一二三四五六七，萬木
生牙是今日。陳玉田錫路謂，全用數目成句，詩中所無，余偶作奇
昌石瀧上信，附致茶磨詩兩首。是日爲大嫂蔣氏周年忌辰，請奇禮
懺到家上供，有蔣蓮卿、鮑少恩來吃飯，羅野隆、風房孫錫增來送親。
初八日甲寅，晴。晨至君秀家，便衣過賀，同出閒步街道，爲渭函張
姝朋家閒談，遂留午飯，並邀澗垣林爲三來同坐，設廠嬲飯罷，與
姝朋同出，行道至園，吵擾天氣新晴，遊人大集。君秀約友王伯
平者在迎春坊，函邀遂登樓啜茗，貓時將起而將飄茶，奇來，
成伯隨之，于是君秀爲東，姝朋及余四人至老意和晚餐，晚散。

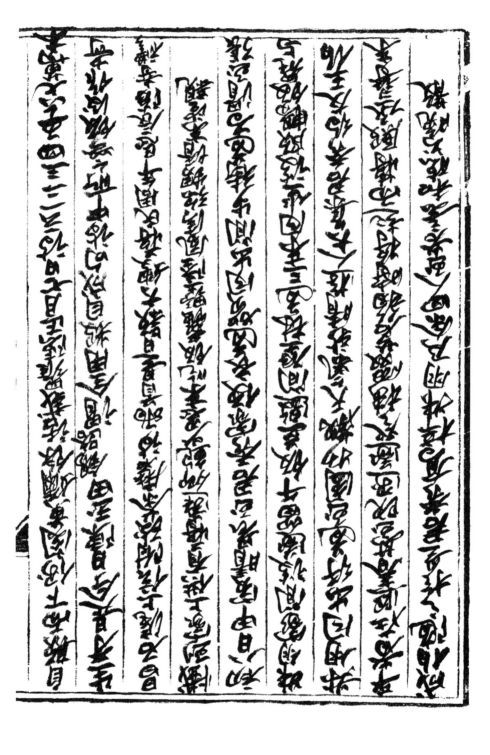

初九日乙卯 晨起偕仰姬詣各廟拈香自春申君老境而青墨
帝、火神而城隍廟府縣神而大王廟、而龍王廟以次順道乃至觀中先
在迎春臺稍坐息延就香燭等乃自西道觀音殿斗府殿而至
彌羅閣下總星及合宮本命星君仰姬及兩房天上余至東嶽
殿候之既至又自東嶽及兩廊七十二司穿出文昌閣天后殿財神
殿而畢回至迎春吃茶吃點少時起余至敦德一堂即至飯中在飯
午飯後至茶郵家同鄭毅設少時同至大石頭落日錦鳳臺聽張鴻濤
說書新月之溪坊娛中以兩方託茶郵付小舒做匣
初十日丙辰 晨晴 出至錢翁家閒談以近著詩文稿付觀樓之同出至曹湖

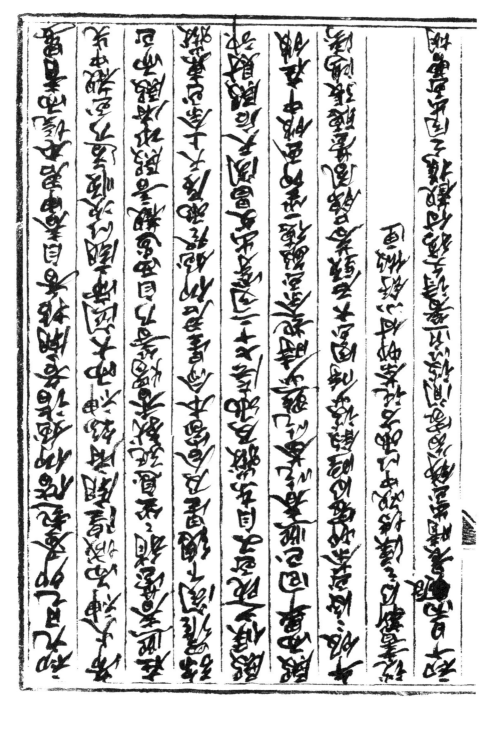

徐巷口文樂茶樓，伊先獨啜茗，余入，茶已八餅，家新歲初至，坐頃出，與錢公茶
話，午晌而散。至郭家橋，為孟美壽唐少棠，有話面勸，話稍時出，美邀茶鄉
同步至觀前，余在一陽樓晚麵代飯，乃與茶鄉茶話於觀中，與春女稍時復同
行，欲尋聽張洪濤，忽天色昏暗，大風陡起，急至館中，雨颯然下，筆墨作三札付
館僕分送，並攜傘雨行，已雨止雲開，然風雲甚急，入觀前場，狀亦上海候聽之
吳西庚說白蛇傳，並聽洋琴，雨又時又風又雨，時且驟，雪時斜日照窗矣。
歸家路猶滑，入夜落雪珠，且月出，頃而密雲亂滯。

十一日丁卯已，晴，寒。照屋上雪鋪白氣，候者實出，枝南直至郭家橋，巷底卿處
談良久，由東而北過蘭家，入晤得張英民畫者松下燕展軸，價洋蛛兩枚，攜之到

飯後午飯，飯後心蘭來，略談，同出，至君秀、臨川、雨農四人會齊，至仰仙樓茶敘
余至隆風石家，不值，返，於茶樓談良久散，復有以官之約
十二日戊午，晴。閱茶邨致來候之，不至，乃出赴心蘭、君秀、臨川之約，於時景園
皆已到，談頃之，午，與君秀至大觀樓，候味甫、蔣雅與雨農來，五人同出，時至音
安橋東興樓園，觀劇，至已開場，坐包樓上，五人恰占一間，買麵來，當飯，午後氣
暖，戲畢即出，又在正源館吃麵，小酌，進城乃散
十三日己未，陰，起，館僕以十月內上海吳昌石信來，中有致茶邨一函，持之出
到館，發寄鄭先生信，又濟弟詩至館，聽之，坐出，會茶邨於玉春樓，以昌石
函面交，談頃，本與蔡卿皆至同赴文樂園，談，廖來，彼所約錢、翁、沈、俞皆

不免添請君秀餞而以蘭君秀先後來六人席快叙良久席散人
散獨與君秀至大監弄聽王石泉書隔已抵暮
十四日庚申晴晨寒午暖至梵門橋吳殿直作與徐姓來家有修理
及移動裝摺之處一一指示之寫致仲兄第一函信托至敏德文寄
遂留午飯入師竹新移至家中徘徊具間未刻遂致至君秀家不值獨
至善卷青巷風雲甚至遇姚衡堂坐談片刻至升陽樓聽王效松說書王
如姚士李之徒姚允說水滸傳者無人矣歸時如昨
十五日辛酉早出至莊祠族中來者有少坐移時見十餘人携本房叔領
贈來綫二千餘封薪水綫之數同返由觀中前日周移梅約於三萬昌尋

之不得走出觀河邀君表與貫之事蔡佩卿往玉樓春又邀唐若甫四人同至寶善錢暖若叙談移時余先起（再至三馬路□□不見□梅□□）至敏德以懷中領扌出清爽茶下著文元書派遂歸寓接寓龍神符 祖客叙談復出往玉梅家晤問早間何以爽約乃知所以不邀之故談頃同出至歸鳳台聽張洪濤書晚散以俞曲園對託馮子山付裱又於臨川處取其友託購求鳳石書對箋歸

十六日壬戌晨起收拾物件到館即命人取來始坐定館中不欲出傍晚周瑞伯來言姚燮翁在鳳池園邀往茶話因偕往晤之談良久散

十七日癸亥改孫生年尾年頭課作已刻君表來云殿臣有約在東園因往啜茗候久不至而蔡佩甫來招遂散午刻殿臣乃來余告以在蔡處遂去申刻

花侯并用膚雨先後來始知膚雨昨曾偕錢公翁東川者溪絕之余彭甚
因復至東園啜茗四人坐圓桌已而鄂蘭至已而殿臣與君秀至皆同坐恰
得圍滿七人暢敘久之乃散是可謂新春大會也
十八日甲子晌午始歸家先至墨古齋取軸又至瑞墨堂取對聯對
送君秀補致見成伯留下乃歸茶[illegible]　祖容又為　先考忌
辰設供一一展拜在家午飯乃出至崇真宮梅侯風石未值以
臨川錢託之對箋及潤筆留下請其南行赴茶部之約于觀
中與春甚至路遠力竭既略談要事久題同行分路一澤[illegible]盈
香不見人至錦風甚至猶及聽均又坐久德畢返飯

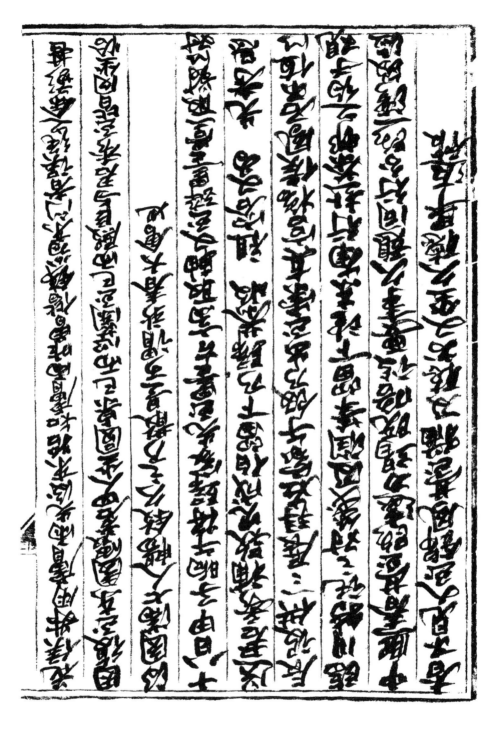

是日讀錢翁丁戊兩年近作詩文，亦可見一斑。

十九日乙丑。作致藻卿札，作寄仰如信，二通。去晌午赴馬笑拈招飲，至，先有彭雪樓、張硯銘在座，候他客久之，無來者。笑拈遣人速之，乃有張晏三者來，五人入席，設筵。進撤席散，出已四點鐘，別。余往至錦風臺聽書，恰待上場，聽畢返館。夜增寒。

二十日丙寅。曉下雪珠，俄而微雨。巳刻，君秀來，雨漸止。因至東園晤余翁，昨日有始慕之行，以茶話別。午間浦鑑庭來。午後雨又作，入夜益密。改歷次課作，積卷都清。

廿一日丁卯。夜曾雨，地尚溼濘。晨，平甫來，云自橫塘進城，稍坐去。永如來，持金仰甫所選吉期，承銘姪孫擬於二月十三日完姻，遂作札致意媒人頤

茶邨一函告信茂仰姪午後親交与養育巷信局屬須從速寄送竟以去養遣局
不使退還乃歸家遣人送閶門外寶順局則老主賬與松亭坐語片時返
館連日傷風咳嗽多痰且食勞傷走路覺少氣力
廿二日戊辰又陰雨屋廚滲漏溼我書矣首先到館來屬鴻源順祥紙鋪
包紙上招牌數字即寫付之題石書翁丈賦葉悅翁丈合書楹聯君秀還
葉至收得季貞屬志數語申刻元吉來酉刻心蘭來茶話於東園遇到
子庚共談鴉片後返永姪來即去借心蘭開濠頭方藥服之
廿三日己巳天陰雨溼令人昧嫩午刻濟弟來筆到鄭氏宅話申刻返
茶邨札一為剛甫交不克送還心蘭來余以舊存石章交翁丈對贈之恐以去看

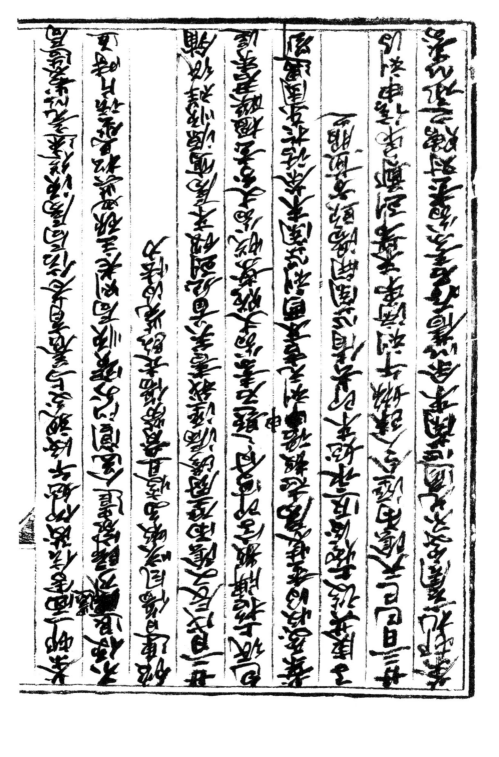

山一石為大谷既去余歸家以茶村札告松泉即作一信并寄上海聽泉
定齋返館又微雨西北風太緊也
廿四日庚午晨至茶卿家再告西甲文言稿畧而返飯后藻卿來問余昨
薦西席始得其詳細少時君余以其言至清華坊見石成伯在彼寫一
字條託其送北街天已微雨余欲買書夾板成伯引至南街前面點綴屏聯
不可街道至臨川門前入城遇之運祥共設陣雨如注者移刻許乃稍停
遂出經返館街上行潦如溝如潭幸上不需笠雨履已溼透俄而桐弟
來雨又大作雷電紛然又半時許適接仲恬信閱後即偕桐弟等
歸雨且入夜深更不斷雨水即發雷自是謂未蟄先蟄

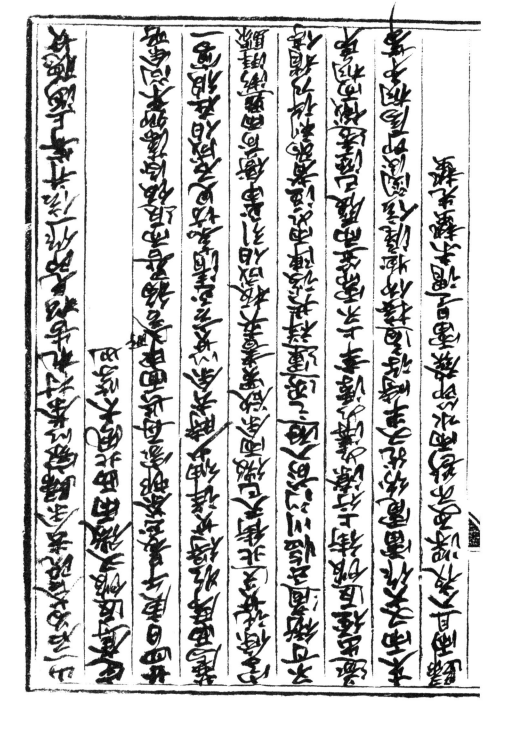

廿五日辛未　將曙雨聲息，晨天色沉陰，竟日濛濛。作復仲姪滬上信，即發。

又作復鄭弟都中信，交通懇。臨睡又雨。

廿六日壬申　夜半雨聲甚猛，聽屋中漏滴聲不一。晨起，吳子周已自北街來，延入敘談，同吃朝飯，又同吃午飯，伊又與劉吉甫長談而去。申酉之間雨又猛下，入夜枕上有鏗然之聲。復得仲姪廿四日信。

廿七日癸酉　皇上大婚吉日。晨旭微露，地漸發燥。歸家看視松兒房間，已矣深一架，稍覺舒矣。余樓上之房欲隔斷，女伴使小之，則為未與作。少時返，讀。午後寫大對，視李彤伯，隨同夫人雙壽。傍晚心蘭來坐談，同出風池園，伊先啜茗，余亦至同泰北昌門首，始入閣，朱濂卿來否適遇德孟一揖之後即約其往鳳池會孟侍其老際步初家新歲初見略坐偕出赴鳳池二人同坐啜茗而深卿來屬雨來快談移時學蘭先去餘人將行而許紫庭來以次散出上燈矣

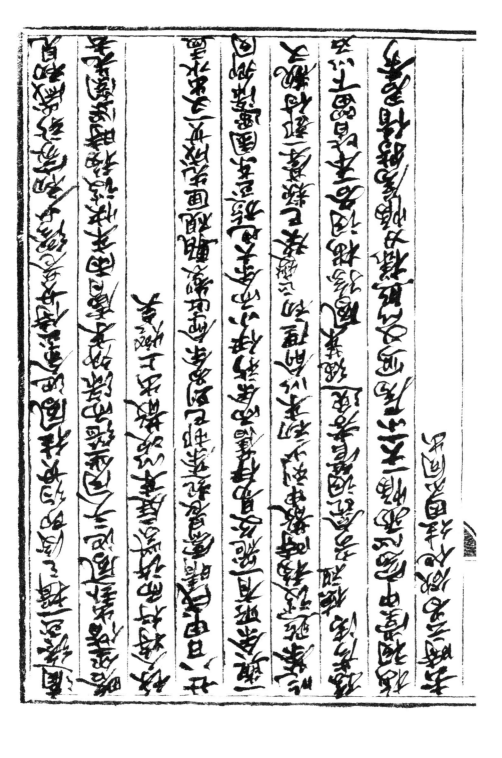

廿八日甲戌晴　霽晨起余邨已到為余命匠製甎硯匣先成其一又出水盂一與余所有一瓶交易伊舊而余新伊小而余大也　旋返東園遲深卿同吃茶點談移時散申刻步初來以俞理初正燮癸巳類稿一部付觀又孫彥清德祖寄贈詞鏧孝逸續葉風藻樓詞各一本皆留下以石梅祠堂中寫心西幅一大一小屬寫又以照樣兩幅屬轉倩君秀去時云將欲他往因不同出

廿九日乙亥晴夜及晨改雨生文四篇訖为首飯後作致仰蘧信昨信不
來也午前錫策來午後陳穀甫來傍晚孫溥泉來談頃同出余歸
家遣人送上海信硯匠王德來粗了適得金要改選吉期於四月初
二日信已寄矣恨恨至清嘉石處一蓧即赴溥泉風雲其邀約已先到
同出茶話良久天暝後散返館知伯蘭偕倪墨耕來不值留下手卷
兩件一僧六舟(?)臨(?)訪一胡三橋撫鄭亭風月圖也得仰蘧昨日信
三十日丙子仰蘧信中附致茶邨一函晨作札並告以今選吉期以頤至孟作
復仰蘧信伯蘭來知其臨川在東園先後到彼茶話返小坡處見行將赴都
李春歸家此間之屋並不退租以書十數種寄放書齋有箱者曰資治

通鑑續通鑑曰左傳並元明紀事本末凡三箱餘惟西漢板曰兩漢並
曰三國志曰國語國策曰儀礼要義曰周易引經通釋曰六書分
類曰說文通訓定聲曰吳詩集覽曰湖海樓集曰國朝金陵詩徵曰
汪子文集曰石笥山房文集曰續東華錄搬運而來斗室驟富矣
申刻歸家遣人寄上海信以昨信呈松兄閱並見錫弟永如滬信中
皆有字條知孜之少坐返館向晚十初心齋同來快談
二月初一日丁丑昧爽昏有雨移及枕上申夜雨止清晨略澄出
先到敘德又去昨孜作寄伟兄信並飯山輝堂約茶部為未正
邀詣莊翔見族中十餘人設席於舟並山輝與茶部臨行贈送吉

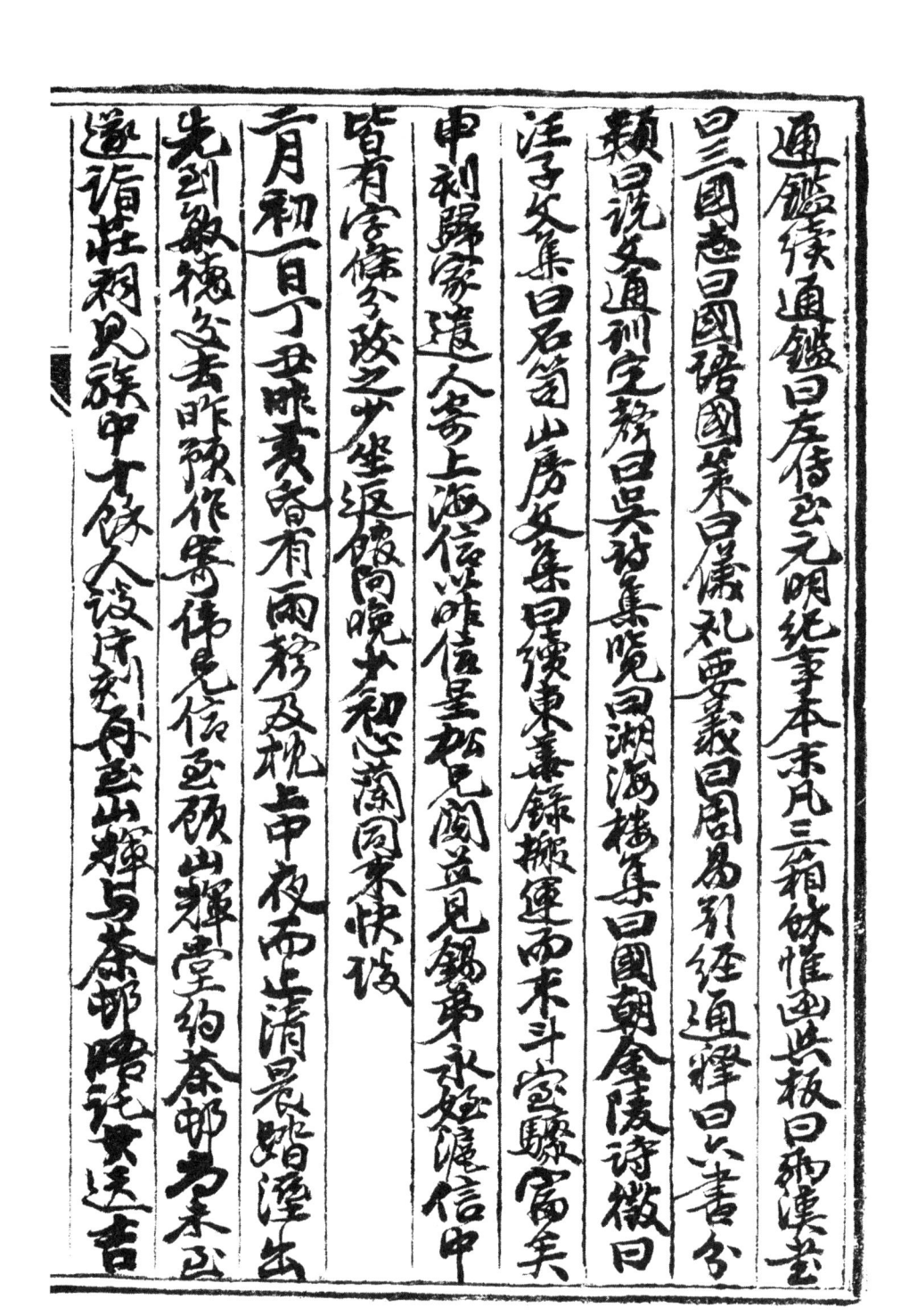

還於周氏余在平江路秋園吃茶候其回復少時復返而散
返館作寄鄭弟信附去張君民盈一軸古詩賞析一部寫
昔日所書四對上上下款有作篆隸者天自巳刻陰晴午後
昕齋偕晚至姚嘯翁公館談良久小坡又以日本精刻古逸
叢書一箱古陶瓶一具寄我書一函又贈我所輯 國朝著述
未刊書目此雖搜輯無窮而編其所知已浩如矣
初二日戊寅上午謁伯棠下午後候東長談偕晚歸家爽松兄令目延良意琴
診脈候其來陪之聽其語送其返館燈下作寄仰蘧信
初三日己卯清晨詣清嘉坊文昌閣拈香少坐返心蘭來因余邪他出即去同行

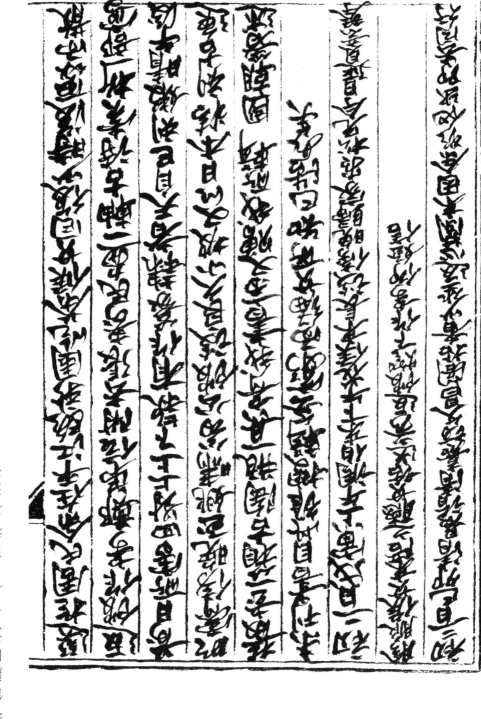

余與天壬等欲于季蕙亭八十冥誕無有壽與隆慶庵亦無有帳我而返
仰姊信中添入搬運事寄小坡東歸行云今晚登程余逆其衣冠過去送行焉
傍晚陸蓉洲來仰書心蘭來俄而君秀歸自毗陵來同出君秀就浴宴罷友
余恐蘭在鳳雲處茶俟之不與返得仰姊昨日信
初四日庚辰晨歸家問視松兄稍差略坐過吳趨坊渡與君秀家不值欲往
鳳石家余先至路愈滑遂縮歸到館作札遣人送陸君又鳳石往吳與其未來也
傍晚添卿約茶敘少焉與儀鳳獨飲良久不至之女病殆之則已出與儀
鳳乃在矣彼與振暮散
初五日辛巳清晨詣平橋節孝祠春祭行禮即與蔡子家偕行復知曰石

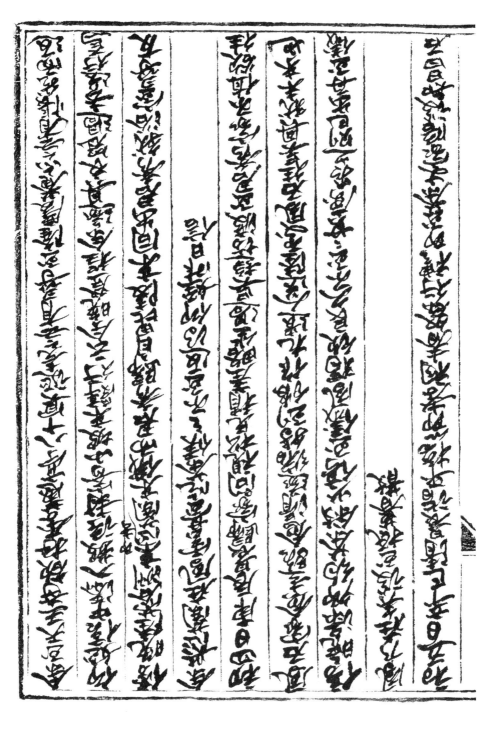

愈來不果少甫已返考葉矣出至敏德不見人遂返昨寄吾所甥任一半余添三錢行封
寄午後復出至君孝家談頃余本欲他往因天暴熱地尚滑怕雨中止遂
（偕君）権孝出分路余至莫署西訪溥泉訪膚雨皆他出訪雷甘翁少修
談頃遇程通甫敘舊余先行至風雲處則溥泉膚雨皆在且有錢翁
來少庭姚衡甫諸人俄而君孝偕石孚和至俄而雪樵春侯至余踏返
飯罷遽返錢翁近稿適心蘭來共之偕至風雲處諸人快談而散
初六日壬午作兩札一致少初一致溥泉旦少初有復云道欲過我總
午飯了少初偕心蘭來談次少初欲往汪氏耕蔭義莊游玩順風兩
心蘭有事他往余同出分途返少初於蔭棋道橋申衢於有他事歸後補

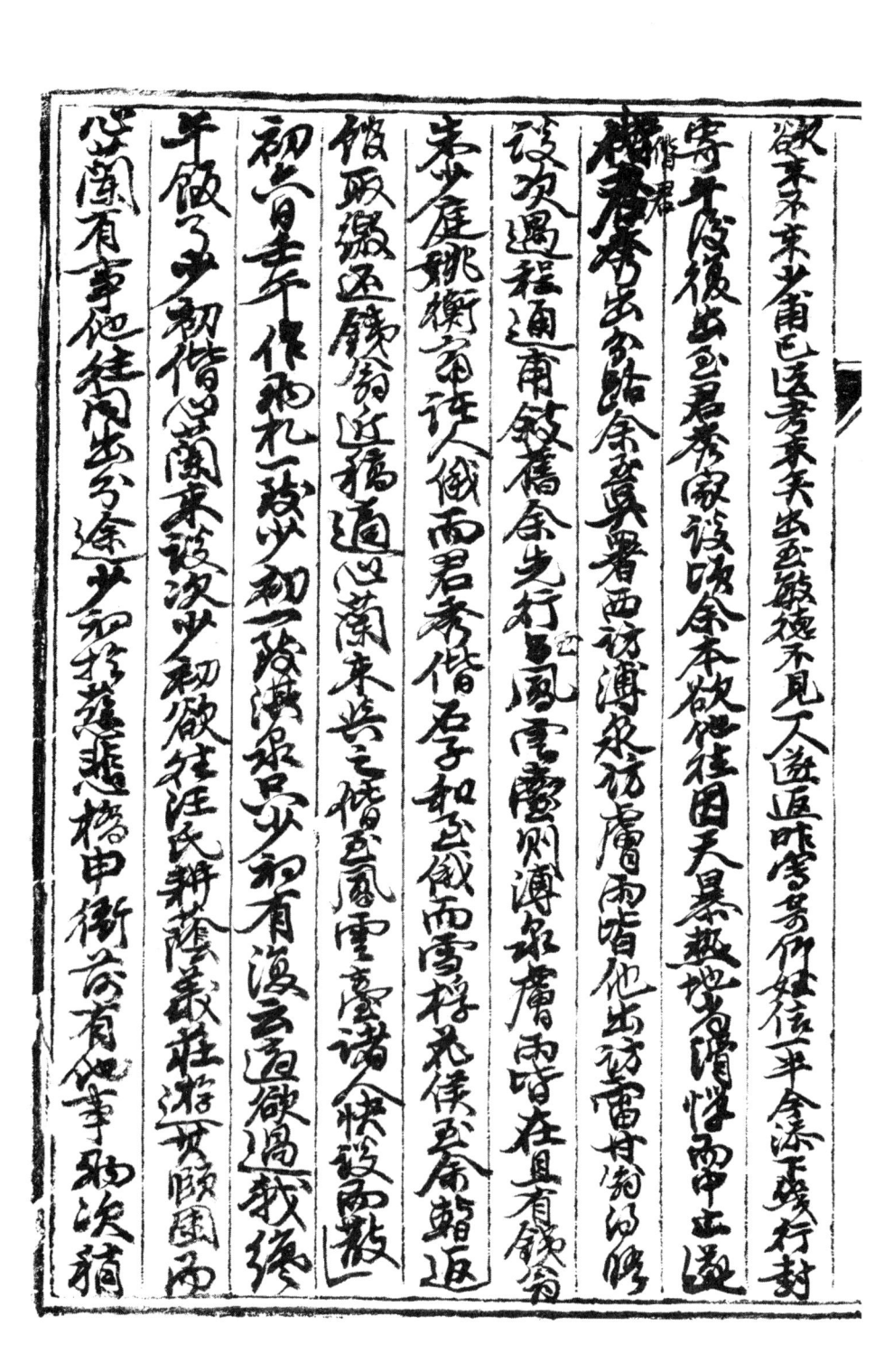

停乃入耕蔭莊見季不如昔貧故引入後園盤旋於假山中縈曲窈深往復之間在環秀山莊少憩出至前間供茶略談而出又至君眷家不值在堂中小坐拾成伯先步初孜孜未而行舟望北兜折於宋先帝巷王洗馬巷而別余歸家來視松兄恙漸好晚上乃忘卻今日是姪婦百日之期於暮返彼

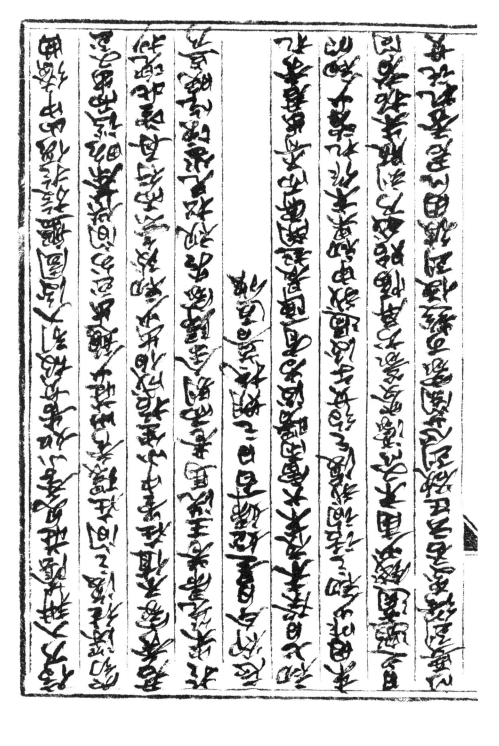

初七日癸未夜來大雷雨曉後尚有一陣晨起開霽而吾出君素札來因昨步初之話詢我後之鉤其午後過我申初果來作札請步初的日之邀適錢步甫不至以濠更為前幅始成乃刻版朱拓者同以要到綫更若云正欲到尼蘭家可整之便到彼因以君素札託其

華老人偕君秀至東園茶敘良久散得鄭丈前月十九信

初八日甲申晨陰晌午錫丈來近日來三次乃謝文翰來金石跋尾新刻又去年刻本共得五十七頁付与刻資而去飯後淇泉來拉余同至百花洲有新到無錫娃湯船上稍坐瀟瀟微雨余先行順道至心蘭家不值留字而行返館雨漸大入夜發風而雨為況

初九日乙酉夜晚雨勢不少向曙而停日晨甫起心蘭來談次乃余吃點心乃踏泥至東園茶敘移時返以昨得仰姑信送至家中飯後鳳石札來為余書扇又約其應余約許於十一日相敘申後作覆札又作札致君秀留其待邀未同敘向晚雨又作入夜益甚

初十日丙戌雨又竟夜幸晨起已停作條遣人分請諸君一面向泰昌
福定備西菜中桌各一席兩宦命筆作題胡三橋摹錢舜舉
鄭孝風月卷一跋午後即錄入卷後既而又用春光好調成詞一闋
傷晚作復仰姪信未了暮雨浪浪春寒峭峭
十一日丁亥晨陰錄兩詞入卷首姪到館芾來吉琛昨診視
朴臣方即鈔入仰姪信尾芾與予預備茶燈酒盞晌午諸客到來
為風石錢卿心蘭君秀譜琴并命六人坐席談讌良久而起
客散時又雨且雪少停偕心蘭踏泥至東園茶敘已而雨止返館上
燈後得仰姪初八日信此信較遲更昏後月吐雲際

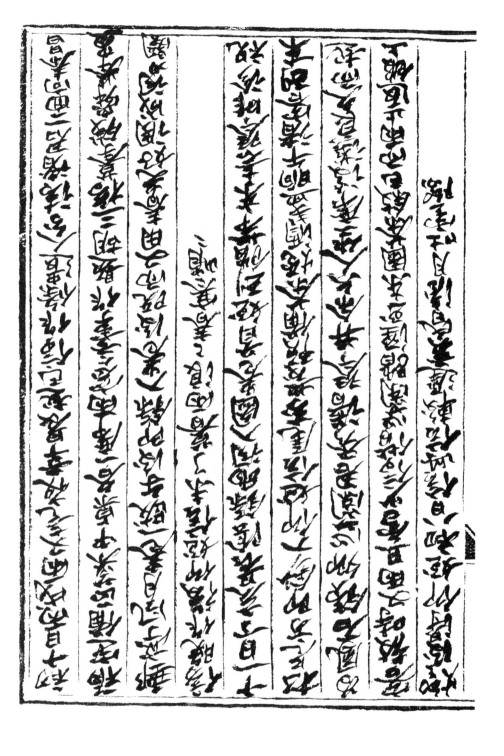

十二日戊子霽晨即歸家候視松兄比昨稍健以昨日仰姑信呈閱稍時
出至君秀家談昨仰信上言與伊家聯姻之說作爲定見周岩兮
路返館得偉兄信知如希有之珍分致吳廣庵觀察一函即以
名片交敏德來人送金太史場湯伯繁來談說文無字得龍之
由而象形之字獨不得其類何也余謂不敢而去飯後至出以仰
姑信中附致茶鄉一函親自往交至其家不值至試院前發錢
少甫處入則見其赴試之郎而少甫仍出略坐出試院西門得合回
府長兄吳四學正場題寄唐之事四句樊遲請學稼四句虎兕
出於柙三句上失其道四句經鳴鳩拂其羽詩出石何須學甚兀得山字弱放

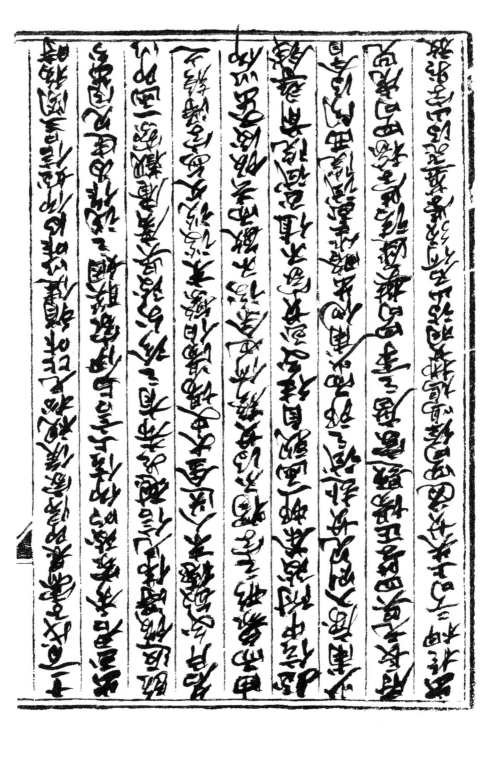

第三排歷盤人甚多茶邨亦見約陸芝庭元錦卿沁園茶敘先後並坐
頃甚閑先赴照春畦丈茶邨於酒肆細談媒人事適蓮生亦到同
返分途余與茶邨又同行分路回館是日得吳清卿所著字說一編
十三日己丑晨出過寂德不見一人至鳳翔春照春余與丈木卿有事來稍時同出至
馥家巷從茶譜老任宅錢典英辛茅弟來今與李聽秋泛随後兩住於此今日進
屋與小卿到彼皆未及言時因在內堂及厨房後周歷一遭出坐返午後天陰燈寄
卿把信傷晚沁園來椽到鍾月生處余刻石殊不見佳
十四日庚寅晨君秀來告余今晚起身赴郎山館矣略談同出余至沈旭初處不值至
周氏昆仲處僅見花僕談頃返寓復俾見鄭弟致函作致旭初札陳靜甫以食

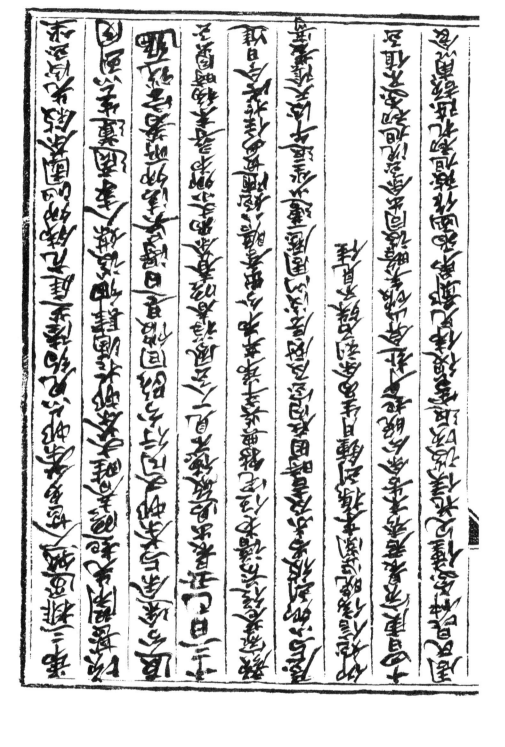

物送我以緡送君香往來皆有短札又作致田甫君信交晚函鄭廣前菴竹居錢老大函以屬石

對房女鈞出君受北鎮引過歸函仰怨信即付伊人送家中閱

十五日辛卯早出至簽德賬房晤人以吾佛見信單下即至鳳祥春與茶丈

有約晚始出姚芝生信付閱催題拜也問以前月周受之話仍未說定余昔

話總甚余丈舟往乃到莊視見諸人莊正平弟為老六房議敬一事屬余與

霞弟隨女本房支總衡甫往至塔兒巷執耕堂坐久之議仍不定

余先行歸家因約心蘭來診松兒脉歸則心蘭早到李而未去濟

聽其論病源甚其開藥味送之出又少傳返飯已後吃午飯矣吃

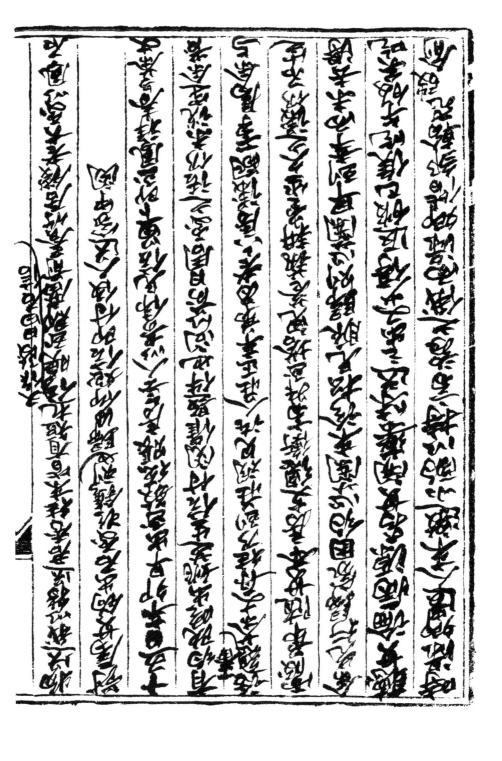

時滄州遣人來邀小酌以持育嬰之儀而滄州偕鄒翰飛殷俞

謁仰鍾瑶卿鄒鑄之字錫余本識面俞韜常熟則作介也添卿申見邀之説茶方約少頃茶叙余作覆仰姑信既發乃至東園三君綫到快叙移時返飯罷晚心蘭來為余細究松兒病情適平陽三房老姨太太亦欲請其診脈遂邀至內室看其開方陪之出又至東園茶叙上燈見燈謎會中諸人攢聚乃散

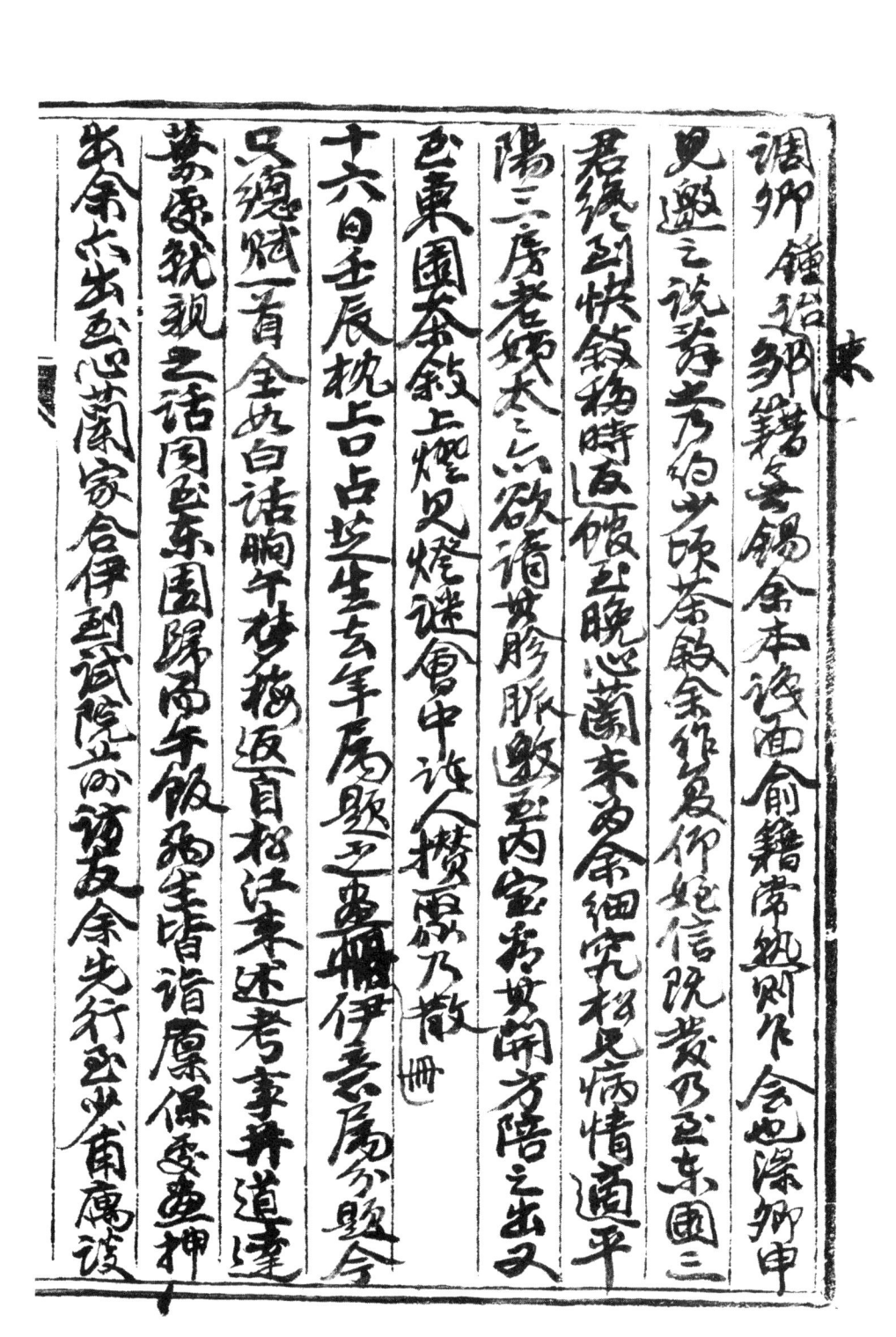

十六日壬辰　枕上口占題生去年屬題之畫冊伊意屬分題令又總賦一首全如白話晌午梅返自松江來述考事并道達葵處就親之話因至東園歸而午飯初來時諸厚保受盦抻出余亦出至心蘭家合伊到試院並訪諸友余先行至少甫處談

至胭脂橋同訪沈
公亮，宸不得值，俞
調卿來，適他出，去。

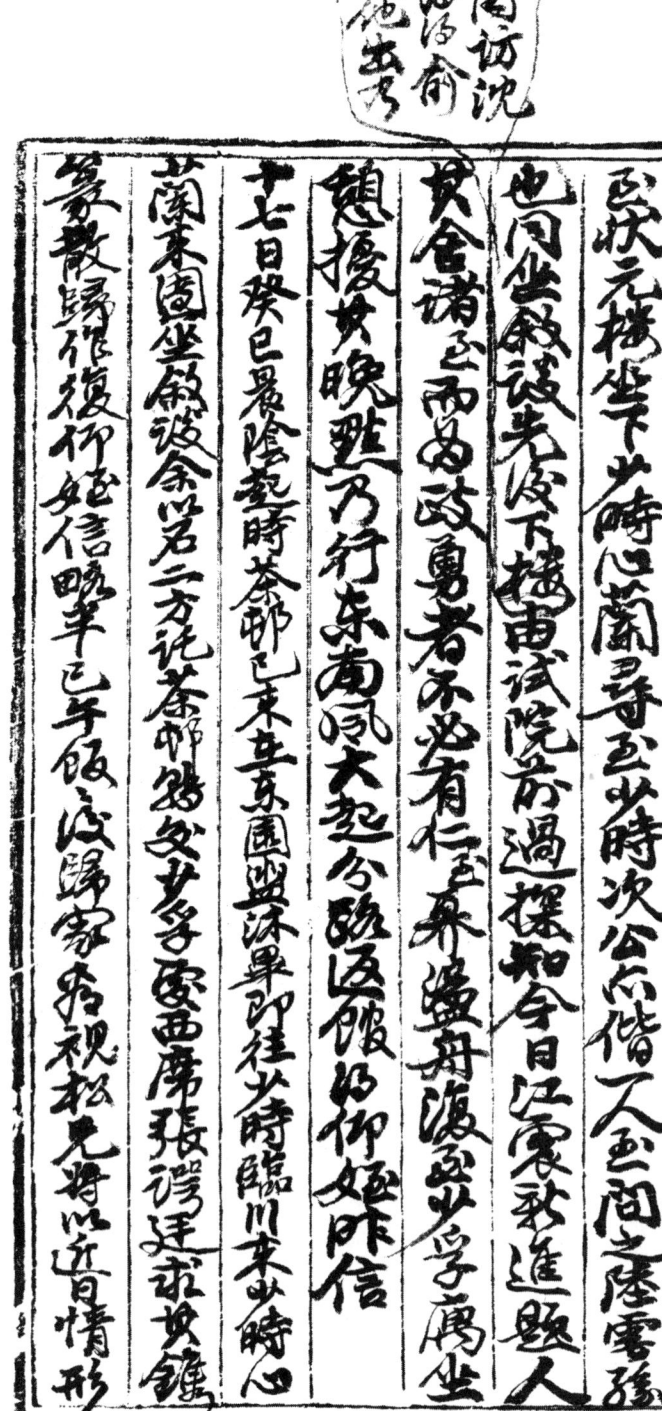

良久散，同潤生約在白蜆橋茶樓，出席散，式生甫遇友云趙次公
已來，在多貴橋張姓寓中，先往訪之，一見尊已痛，說快談片時，出
至狀元樓坐，下午少時，心蘭尋至，少時次公亦偕人至，閩之陸雲孫
也同坐敘談，先後下樓，由試院前過，探知今日江震秋進題，人
其舍諸至雨，勇者不必有仁，至界濠舟渡，至少孚寓坐
憩，擾其晚點，乃行，東南風大起，分路返館，得仰姬昨信
十七日癸巳，晨陰，熱，時茶部已來，在東園盥沐畢，即往，少時臨川來，少時心
蘭來，園坐敘談，余以石二方託茶部鐫，又少孚處西席張謂廷求其鐫
篆，散歸，作復仰姬信，晚半已午飯後歸家，省視松兄，將以近日情形

告仰虬也往還並皆冒細雨已餘續完仰信小幅封寄晚雨

十八日甲午夜亦雨前日作姚芝生屬題畫冊五古一篇修飾錄出乞心蘭携示舊玉印五方裝錦匣內兩大三小曰軍機司馬曰皓於曰吴戎曰仲山曰爾忠氏惟寀忠氏一方龜紐古趣盎然索價百金可謂也得昌石滬信爲我鐫十二漢畫硯齋一印用切玉法其筆如刀昔去三石擲還兩石不刻益見其名貴矣天陰竟日戌刻得仰虬昨發信

十九日乙未晴偕心蘭來孩有約也得君秀鎮洋到信拆閱即偕心蘭出尋臨川不值已包衛前穗昌棧尋倪墨耕見

之後二時偕出至三茅觀巷吳子芹家見其室中滿壁圖书
略談偕出由其後門至中街路茶樓與人同茶話移時子芹
邀至其家午飯復由後門入取出書畫卷冊數件略有佳品
尤以黄曉樓臨顧升山蔬果冊為最精又出其小照卷曰小
欄花韵午晴初景者屬余題詠卷如手腰題者已數
十人只空一人可題地步余未克吃飯之後子芹與之生去上
去余等又小憩而出過蘭西城袖携子芹小照卷閒步於
閶門城中凡少坐者三處又在皋橋茶樓吃茶返路至
黄鸝坊橋遂分手余歸家視松兄病勢甚增良久返邸

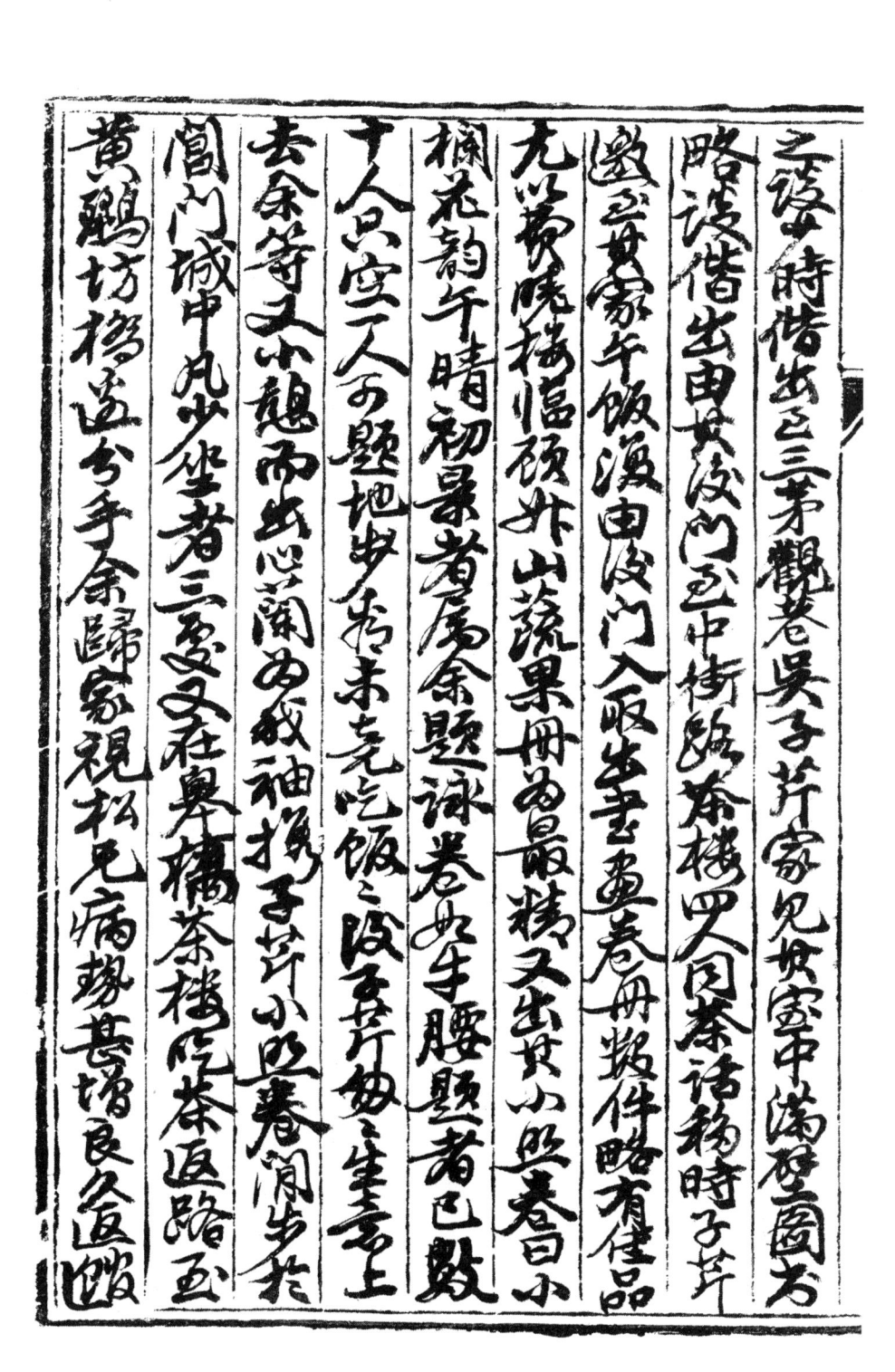

命調卿往常熟
南門西涇巷

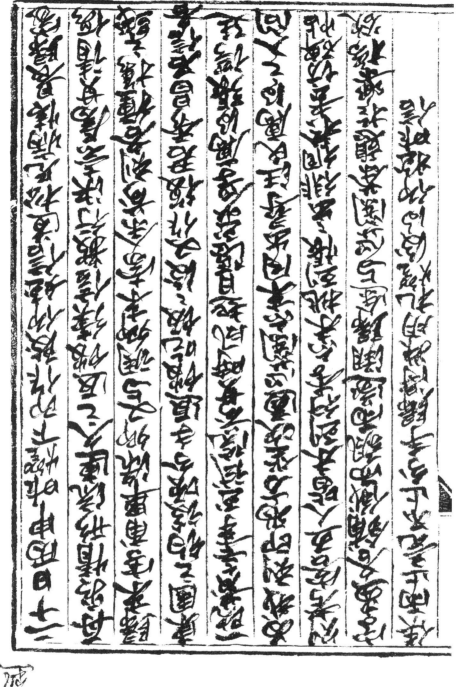

二十日丙申 昨燈下即作致仲竾信，道松兄病情，晨歸家
再錄情形，流連久之。返館，續信數行，決意屬其請假
歸來。寄甫畢，偕卿又與調卿來寓，余前刻各種擬箋
東園之約，談頃分手。返館吃飯，飯後又作復君秀昌石信，看
一院叢書。午後試院前望時風起，日隱，致孚屬問張灣廷
為我刻印，瑞方出。次道心蘭亦來，同出尋汪氏，屬問之，又問
刻考客五人，皆未到。行李亦未挑到，悵悵。出徘徊於書坊碑帖
字畫各舖，俄而飄雨，遂溯歸途，與心蘭茶憩於樂橋，欲
俟雨止，竟不止，分手歸，得洪朋札，燈後仍作昨信

廿一日丁酉。將起，心蘭已來矣。陰，地有濕。同心蘭至東園，移時梅

壽來，知其與葉碩卿議姻事，商將完姻之事，因返飯，告諸西姪，與商

此語。旋還東園，復替梅議，頃乃散。余歸寓，視松兒病情益重，

在家午飯之後，吳蔭來，診脈開方，接連心蘭亦至。吳言其所開

方大略相同，吳復送船醫去。今付姪孫輩取藥，坐定乃出，赴

心蘭之約於顧家園臨川亭，在三人同行，來寓遇戴運祥，被

留飲。余甚不欲，強挽不能行，抵暮，余先起，至半路有天光，到

謝晚飯，問知吳縣題雖不晉，以崑山題雖欲勿用，新陽題雖

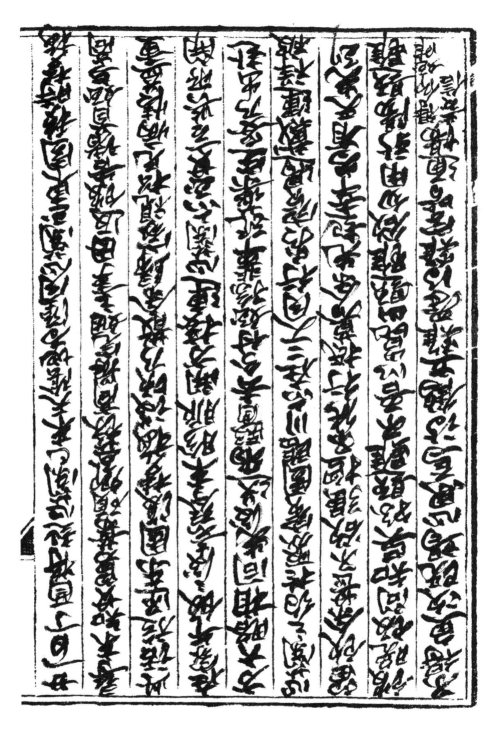

不得與次既，竭心思爲詩，甚難，登乃雖定，皆通。接得仰姪昨發信

廿二日戊戌晴晨歸家以備存高孫参備松兄用並寫其情形少信返館知忍蘭至東園往告松兄今日病情略無返始治兄為生者作作短札復仰然且催其速歸收拾鋪陳令人送向家傍晚姚嘯翁來少坐同至鳳霄堂茶叙移時返館即解飯歸宿於家

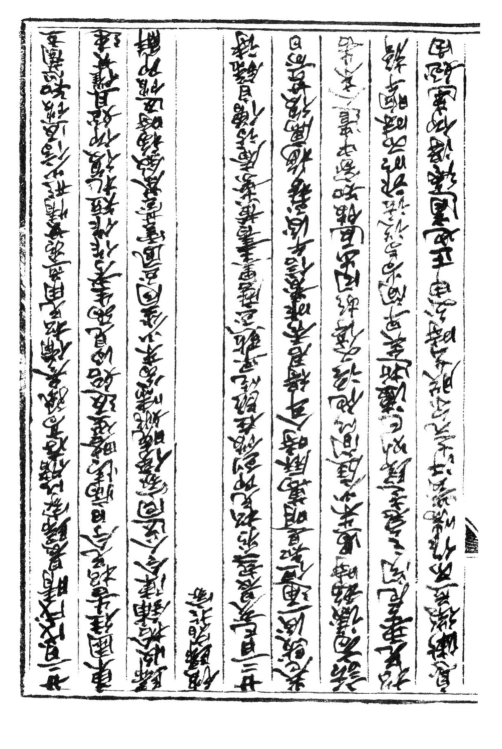

廿三日己亥晨起至松兄即到館在跟伦早點至唐墨書黃葉庵詩僧自鎔詩卷跋後一通但知是明萬曆時人耳待君秀昨寄信午後到梅庵復其前日話為議舘時遇朱少庭開以他語又偕彭同出返館知家中遣人來告松兄要危閉之急急歸則已溘逝矣早間尚與談話亦時不昧晌午轉息微微應不作喘嗳汗出而厥無時至申正也通宵繞得伊速氾由

滬動身來信，今日未能到，過午內置備身後諸事，紙料等亦已有條，皆
源豫商送命匠治棺，燈以完，夜完功，餘未點，候所長方齋
廿四日庚子，昇起之棺已完功，漆匠來動手，衣衾餘物亦漸次舒齊，晌午仰
遵先姊遺囑，一切事件乃得備辦，周至孫甥於戌刻小殮，上燈後送往巫
行殮畢，晚飯後望見寺老僧來做佛事，念往生咒，天明乃散
廿五日辛丑，松甥大殮，因今逢重日，明是 國忌，遂於廿七日舉行，余數日來
幸結對仗，第未將布幔聯料，昨所擬聯句令修飾之，一面磨墨寫字，後
書之，句云：弱歲偏零丁，我本孤兒，到於今精力衰頹，賴有兒孫左
右扶持，聯一語，暮年遭喪侍，養伊留獨子，莫辜負光陰強壯，殺

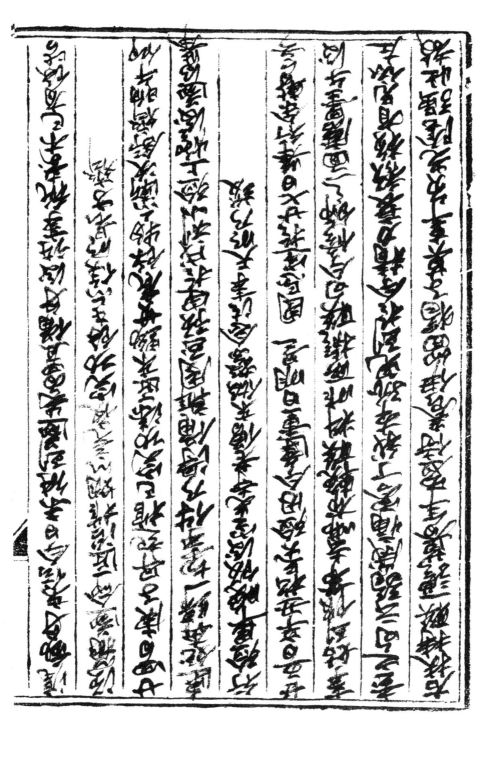

為客去別雖生死皆雙親又買黃棉賤寄獻字殊付一日壇音
飛閣一日買黃辞溫作復君秀信未竟李鐵漁倪墨耕程萬里三
君來談少時數過出茶敘余為三君先往乃留之茗飲至東園談
次至曲歸取來錢十蘭篆屏四幅屬於七隱加題携之返頗即
留飯以侍殿丞杭州信中附談君秀一緘未及即寄
廿一日壬寅晚起過蘭來略談借出伊曲中從前擊賞團余為
伊招臨川同坐余至馮子山家乃在時果茶樓尋見之以託君昔
年倩費勒庵胡琴庵所畫曲家屬其失補一幅身象詳告之
何畫法且約其返家已有客來探及送酒者作函致蔣園并移

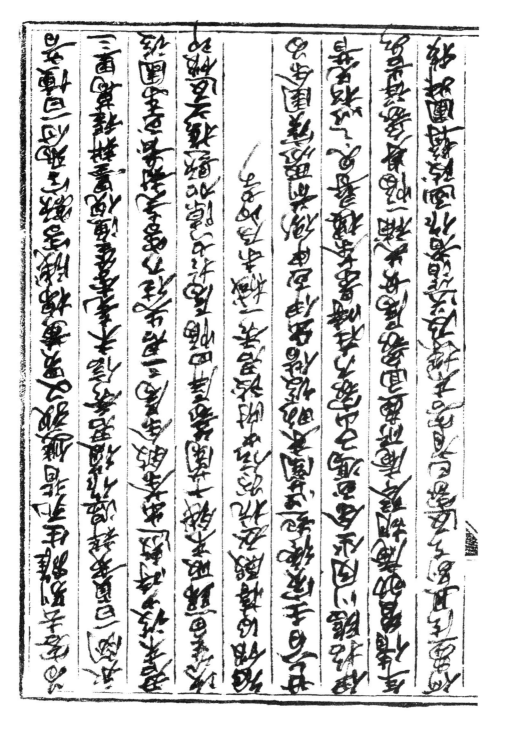

時侍女孫安培卿字即送函舍稿相時伊女後媳拜札祥侍奇苍苑家東振裒
賦表錢公葆之子彥若病故此番歲試方取經解列一等殆深稅試行將倉廩
氣而忽然溘逝不可解也鄭翰飛哥來以不能見爲之
廿七日癸卯早起即服期服衣冠在家前待客殮有殷少芳錫侯弟承之
姪三人料理賬房事首之姪陪客承姪亦照料事巳午之間客來絡繹來而
去者過半午飯客坐兩席內眷亦有兩席飯并主人不及兩席飯畢乃
行大殮禮禮成陪客到廷堂祭奠事俱竣時尚早歇息片時去素衣吉出閶
步至吾所往玉觀中迎春臺遇春畦蔡村兩丈話步如衣院同坐穩暑乃
散徐步歸家足力殊軟

廿八日甲辰。晨到館，得君秀廿六日信，得俞調卿自虞山寄贈王東溆（名奎）柳南文詩鈔四本，瞿伯韓（元錫）晚喜堂詩一本，附剡調卿兄俞汴瞻（鍾禪）紅蕉山館詩鈔，貝伯蔭（名慶孝）逸民莊忠宣公之長嗣也，詩凡兩卷，下卷乃伯蔭之妻陳蘭修（結鄰），所著夫婦唱和之作。昔課祇伯雲丈人傍晚作復君秀信，發去，乃解館歸，知今日莊祠春祭，族中共到七十九人。

廿九日乙巳。夜起風，晨陰。松兄首七之期，具服展拜。少時到館，兩生俱出，作復昨得旭初札，作跋偉兄鄭弟兩函，近午嫩晴，飯後程學圃來，傳莊氏之言，松兄文憑一缺，即屬余照前辦理，鈐記無庸繳，而以交出，晚歸。

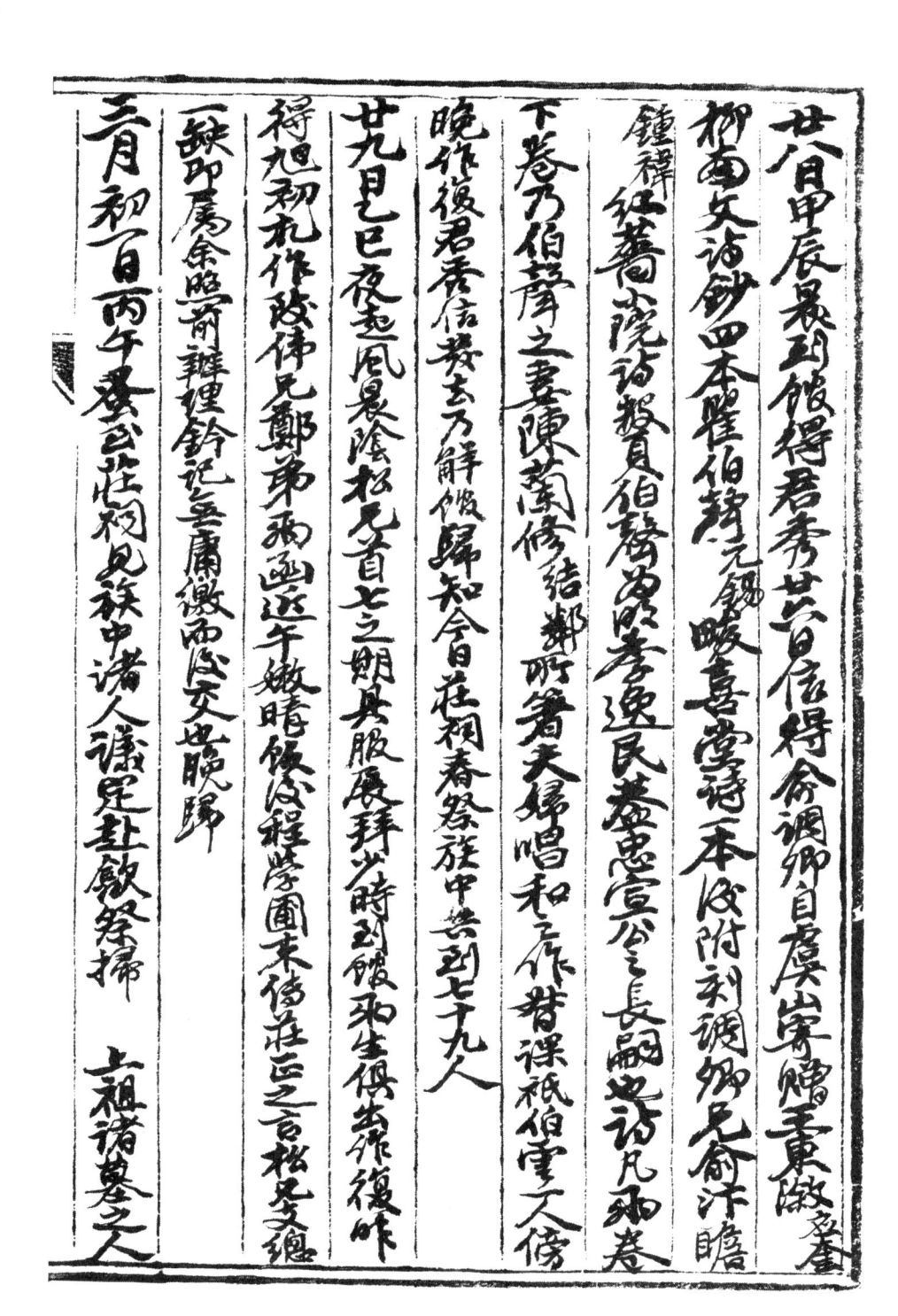

三月初一日丙午。晨至莊祠，見族中諸人議定赴歙祭掃上祖諸墓之人

出至錢宿家慰其走明之痛問其情形勸其寬懷排遣設良久欲邀其出外散步不肯余遂行瀟雨微二歸家午飯雨大下不能復出代後涯兄相生弟作挽松兄聯語云兵伯兄齊年老來病肺雖藥石無緣猶勝我雛損中壽是一家長者事竟鍾傷心奈羹湯莫奉頓教侍養恨終天又作自挽元秀若聯云廿載[illegible]兄同社相知雖泰供宴時多侍聯吟隨北郭殉左為兄家令子鳳桐升吉日儀驚焉接老痛西河雨勢傾盆滾二而下入夜不停

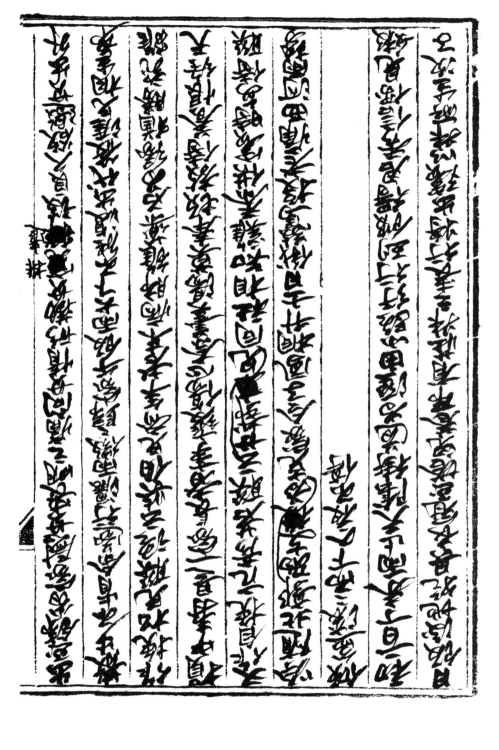

初百日丁未雨止天陰街道為濕由小路行行到飯得君秀信偕見嫩目飯後地犯其衣冠至塔兒巷席有莊拜之喪行將出殯以拜孫生次子

象之弟名則先於父殁後患咯血未幾亦卒距父没僅八十餘日実倍毁瘠而死者　旌表孝子之例相符擬為之請　旌備一呈稿致少邁群到清里鄧親族四人出結行之少信即出稿以呈馮子山處報其孫松見詠象伯之初五日可成然須返家不復出又代蔣總卿佣雲表弟作挽松見對云泉臺問我諸姑想此去肯容瞻仰中表推君最長數年來耆老凋零

初三日戊申晴到俶叔文弟偉如兄作挽松見對云從我青齋從我甌越餘鐸夜燈深情話依依衙舍七年聯雁序別君赴北別君黔南池塘春夢杳音書斷鄉關萬里感鴒原傷晚歸清風紫微晚歸丞張誠甫處不見至臨川處見其弟自治約

伊至蘇寶園傍晚天暮不來乃行到家上燈

初四日己酉晴暖書夜寫文作松兄挽聯兩付一代文孫趙子昂云小艸附孫枝廿載餘

令弟離鄉路隔四明遙魚雁更稀音問大風隕喬木七旬外病深藥淺事難三樂

備老成空溯典型一夜名君秀云原仰丈人行憐碧鸛衣寒深託葭莩誼厚相

依閭里近聽黃鸝聲苦忽驚喬木陰頹午間祀　先過節午後出門散步

至園少歇逕往芝庭茶館春臺同坐茶話看廣場游人亦甚多聊冬之余先起

溯歸途遇馮子山所畫松兄弟相一幅已成遂攜歸夜發風

初五日庚戌薄晴清明節宜出遊午后往姑蘇寶園尋見臨川問以前

日失約之故今日更有何約伊方與友朋三同茶話又招了頤培之來劇而喚

小船游虎邱，〻說在是。至吳趨坊僱一篷艇，〻舟四人坐之，發出閶門，在渡僧橋
塊登岸，入徽館。月亮桂吃酒飯，或鴨湯餅，同飽。返舟放至山塘，有去頗清閒，不
似向來三節之熱鬧。直至普濟橋西，方有雁行聯泊，皆小玻璃快，無去方棚
燈舫，蓋當道諭禁在先也。我等登岸一步，吉公祠門不啟，張公祠有郡邑尊
在內設席，皆不得入。臨門語之一路，為花園春蘭隱在豆遇留，陸續買成數叢，
東西携之返舟，令舟人放至斜趨橋西，見前又至游船，乃向棹樽湯手中流響儀。
少時解維，向西方基登文郡，議少時解維進城，登大觀樓，吃茶點，復行。錢渴既
暢，乃行，分路返家。將近上燈，得君秀初三日信。夜，風甚，遇雨。

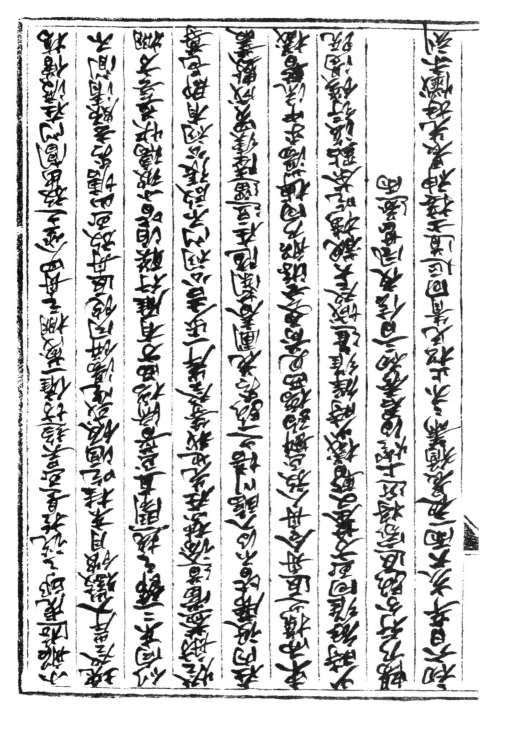

初六日辛亥。大雨一夜，晨猶蕭〻未止。松兄青回，延道士接神，晨先拜懺，未刻

備齋三牲素供等道士迎神於房中即於靈前做受籙法事法師為毛毅如
為私見厥法名曰宏琪素而此時不雨否則壇場在有天雨漏中也法事畢送神於門
外復又祭懺入夜乃畢將三牲等令道士厥去不備散老夜飯余晚時又代吳誼
卿作挽松兄聯云幕府託青雲玉友日親如嶠吳門瞻白練老人星霣江天
初七日壬子不雨坐輪到鎮連日雨多泥塗難行也到後得西石澠信為秀水
蒲作英華贈我畫竹四幅便面一頁索潤筆洋一元均已署款不能卻即
作復信并洋封寄濟之弟屬代吉壽德靜山六十極聯之語為詣不可作云
介祉之鶴觴生近準擬菩薩誕誦元上極鶴輝增南極老人星
初八日癸丑霽晨至心蘭家同出往儀鳳茶敘移時散有午後之約返

館書蔣氏昆仲挽松民聯。前日在家朱蓉卿遣人持鳳石所刻山送觀
左校士錄，今始披閱之，凡六冊，一冊觀風卷，一冊兩課卷，三冊四書
文，一冊賦及試帖。申刻復出，踐心蘭之約，與厲天偶敘談，少時心蘭
亦至，與厲天弈一局竟，同行往怡園一遊，桃花盛開，有種種顏
色，楊柳作淺黃嫩綠，尤見嫣倩，惜天陰多風，吹面峭寒，不可
久立。遊人亦甚稀，遂出，在樂橋茶敘，三人快談至暮乃散。
初九日，甲寅。夜風狂雨作，枕上聞雷聲，雨益猛，似乎向曙而止。天
氣春寒，錫嘏前日宜療病，日配前藥料，今藥店人來合造而膏
為濟東寫八尺金箋大壽對，又自挽充彥君並慰錢翁對，皆

作篆書套對上下款作隸书忽有不相識一人來自道姓字曰徐
貞甫匠庵昔在尤闕壽棧上云曾識我今在留園爲其主人之言屬
查門對三副匾額一面昭寫樣須鐫刻者又云園中同事王迪
今世先生相識屬致意也余亦未識通人但知留園有此人耳已
初十日己卯心蘭來同至東園茶敘散時余至夢梅處僅見夜
侯知夢梅赴杭矣設片晌返皈寫換聯字樣兩副付家中人
剪貼得小坡函來信睡後又雨
十一日丙辰有邀支研之想晨泥塗不能出以挽考若對送去
順路歲妹處一札得鄭弟此月初二日信申刻心蘭來有壽臨川之

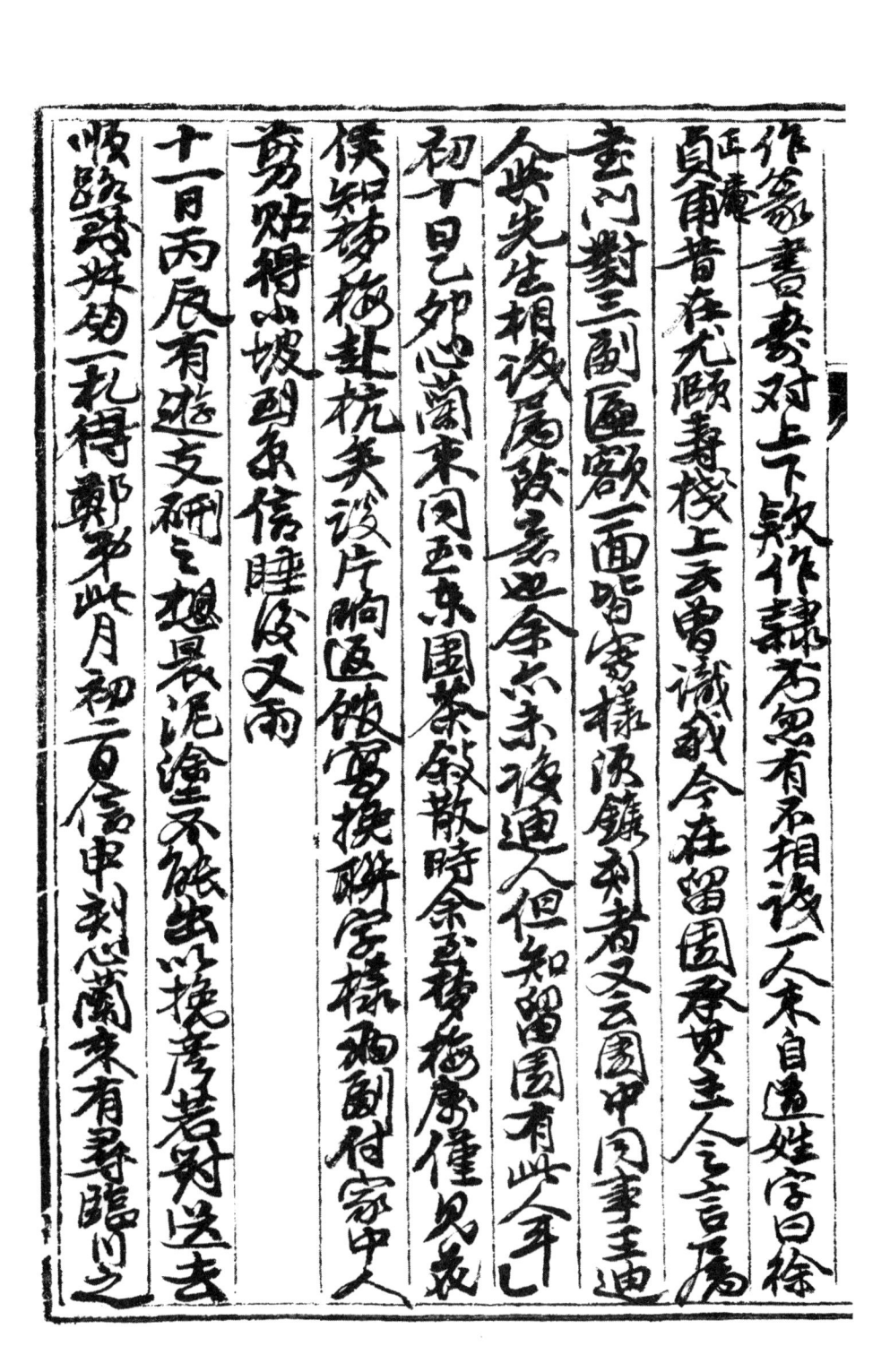

得鄭盦薦放會試總裁信，蓋此已派丙戌下科各省鄉試覆試閱卷大臣

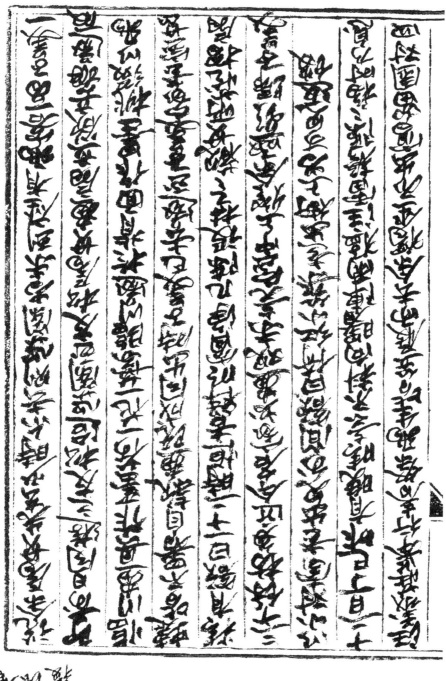

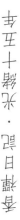

訖。余屬其先去，少時亦去，則心蘭尚未到，座有兩客，一爲子美，一
即前日同遊之友松，心蘭之友。松屬其畫扇，並欲並游遊扇
臨川畫，其作墨荷一花一葉，臨川畫於背面，作墨桃幾以爲
蟾，皆不署，自款。畫既成，同出時，子美已去，遂至書畫家某宅，甚
精，有歎曰：一十二時恒者，待明窗淨几，陳設楚楚，觀其所陳摺扇
三十餘柄，多近今名家手畫，觀未竟，宅中上燈，余遂與歸，子美
以小對索書，先見於閶歎曰：倩紅小篆書之，出街上，爲子美返饌
十二日丁巳。昨有晚晴意，不料向曙陣雨猛注，雷聲隱隱，移時乃息。
汪義莊舉行春祭，兩生皆並履而去，余獨坐不出，寫留園對四

亥五玄丑工府八玄匾額一面又自撰七言句寄貽園主人一聯又

寄子美岩玄對一副午後雨生仍入塾傷晚得夢梅杭信並寄

到洋陸拾元為伊岡萬碩卿締姻於首夏之大姓孫女也吉期選

于四月十一日帖命開來是日陳益齋七舅兄來

十三日戊午雨雨生來告掃墓去適心蘭來偕至東園臨川已到俄

而子芹到後次知人余散盤商所往余暫返飯取件適君秀來邀同

至東園五人圍坐相敘已而議去飯後他往遂返作復謝姚芝生送

松又換聯及香燭並有信信須復之因又作致俞硯卿一牋論其贈我

書也午後芳發招心蘭又來略坐同出至臨川寓略坐邀之同出至

墨耕處，余繳還智航僧詩手卷，以江建霞所使曲求其作畫，以蘭
以復曲屬其代筆弟子畫梅，意為之觀其所畫人物花卉鳥獸各種，伊丞
客來絡繹不斷，致風濤久之，余三人先出，在茶寮候，以墨耕客散而來
赴，偕至稻香村四人同至其家，弄葉畫，即便之，其弟子也。余介墨耕乞
以其親筆畫扇據之，出分途返館。是日朝暮兩得畫蘭，復曲兩
紙秋館主作兩幅蘭，其更作詩，視之佳妙。
十四日己未，陰。歸家，松兄三七之期，霽翁一拜，并觀刻出訃，據稱
出殯日期在片時，賤去素服至筱兄鄉，寶為未曾送出至君秀
家知又往，余館循途返，乙以遂伊回，行至同雲，其家茶叙，返館雨

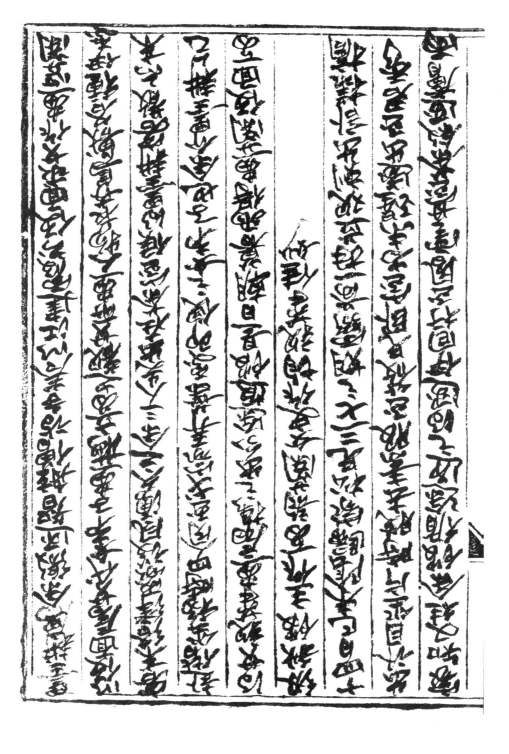

共設稿時君秀同來余館已將午飯遂同飯而去得李磨漏
上來信有事屬余詢甘翁傍晚至甘翁家叩以所詢設片時返自上
暮色漸俟來晚設去君秀倩余作署中仙殿匾聯語句余為擬
匾曰福祠神庥擬聯曰離俗昇天仙境無涯布功德梵香播
地絡宗而似求俠清蔽

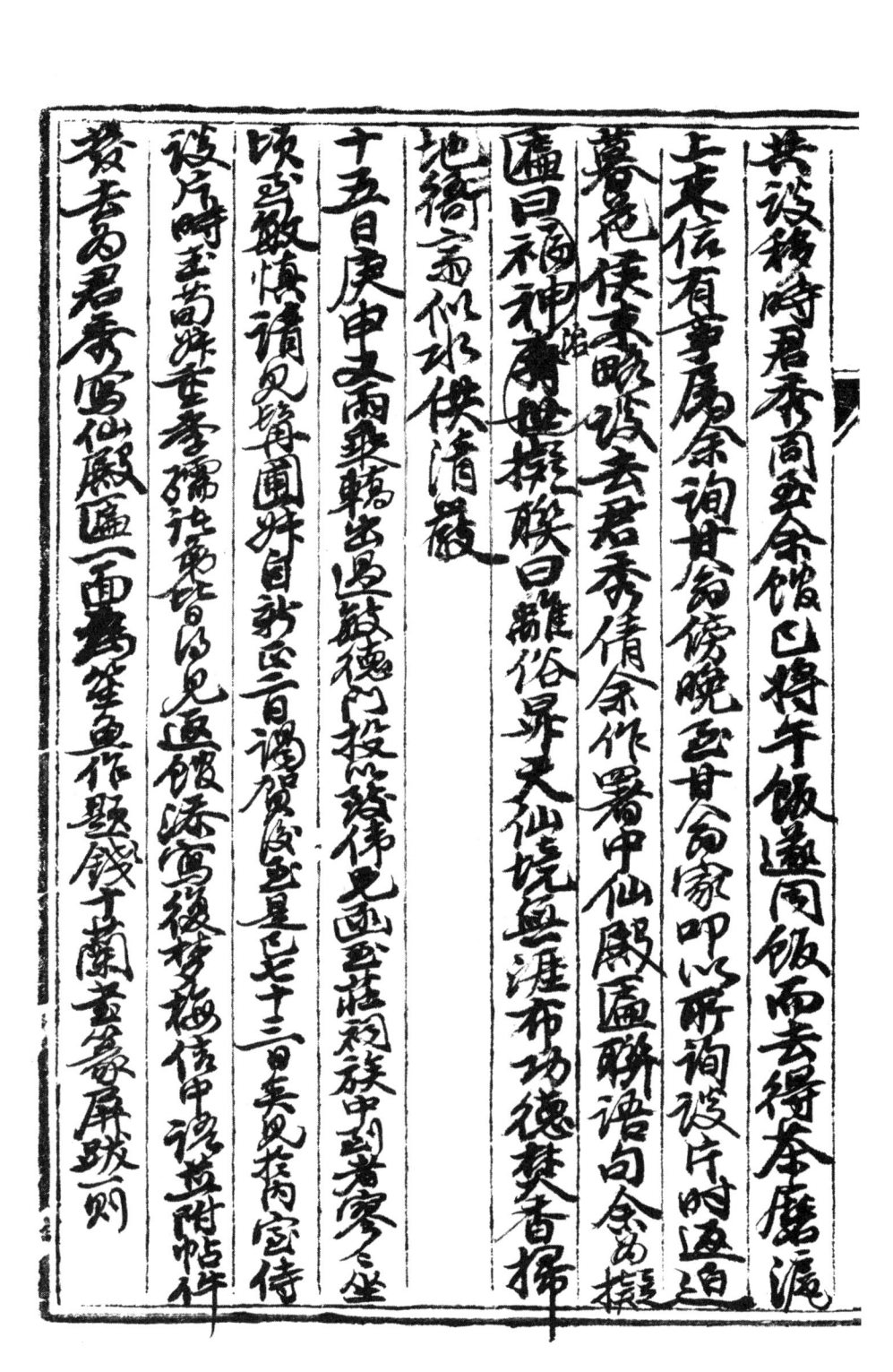

十五日庚申大雨乘轎出晨過敦德門投以諸偉兄函至莊祠族中到者寥寥坐
頃至敬慎請見皆甫園拜自新正二日謁賀後至是已七十三日矣見於內室侍
設片時至茂拜甘季孺諸弟皆得見返館添寫復梅信中諸兹附帖件
贊老為君秀寫仙殿匾一面為筆無作點錢於蘭孫篆屏跋一則

廿六日辛酉雨息雲濃氣仍陰冷心蘭來街路泥滑姑至东園迓君夯於門同入座子芹先往會了茶东心蘭云臨川有約候之不至借纸筆草覌寫字條遣跑堂者一走同來云人已他出歸當來此又候久之仍不至乃散録題跋于士閣屏幅上又西蔣滬潛寫小註及條上四方之一申刻歸家其仲姪商辦承繼姪孫定視石氏先行辦門之事擬擇十九日又至筱兄臥室身在牀上告余近日舊恙未痊加了左手不隨之患並不痠麻疼痛但持物無握摸甚不可辨耆廷琴舫方亦用附子並服再造丸云出至臨川處略坐又至君秀處復似做媒之话亦略坐遂歸得昌碩信告余汪荼磨在滬病故病僅七八日亮不起十四日事也今晨心蘭來已聞此

耗彼此皆然也友圖不驗愕詎意自到滬上三年之别不復見耶

十七日壬戌霽晨代吳誼卿寫架上紙對換松丈看少時至東園赴臨川伯己之子荐同在座又見子并會業種時散作復昌穎信謝梅石來以所鐫印成譜屬為題序凡四本三本為潭逢三十八將姓名官爵印各有小題一招出極細密本西重篆刻黄表將趙印五家余留之筆一更來索錢篆屏寫余跋寫上即送去傍晚心蘭來同出至風迥園伊留論若余至姚啸翁寓略坐設備之共調伯子到風迥相叙四人共設抵暮始散返知藻卿曾來余號不值

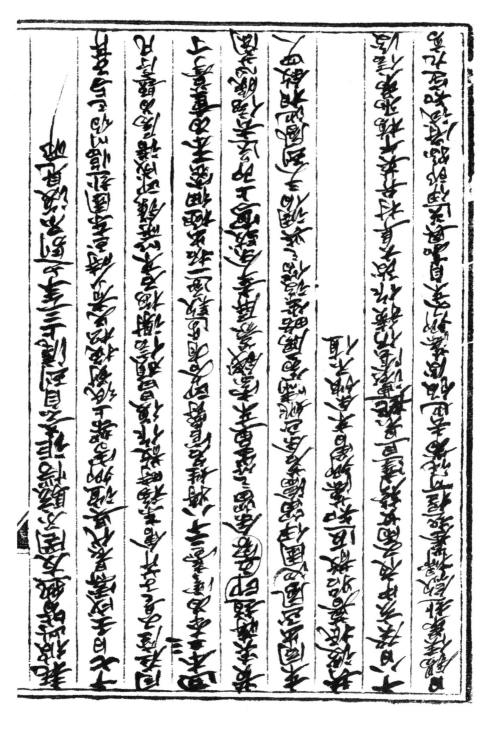

十八日癸亥中夜又雨晏起[illegible]陰仍積作改大阜村并與竹橋函弟信後日錫侯弟赴歙歸掃墓起程可託帶去也飯後藻卿又來自和興送伊郎孫府試知定九萬

刻録第九府第五設長久去

十九日甲子昨夜不聞雨聲而清早起地甚溼束裝出胥門馬頭至干萬茂船是胡河大府特差有舊毀[illegible]許然請我家掃墓事來共同候余坐候家中請人來見錫侯來招至舟中知伊到我館中不見特尋至此云將赴歙縣村路設即去催雨庚寅行水之屋臣既之四舵駁承浦翼孫五人到船即解維往大福未幾又雨或大或小未絕氣仍寒冷過木瀆後午飯申正雨暫停進下洞先特黄公祠河頭登岸又雨祭掃　曾祖墓及趙氏嫂墓雨勢愈騰油紙繖所不能禦大路積潦小路泥淖好艱返舟換去鞋襪衣之沾濡甚不如何移舟洞上本家諸房俱集余不登岸在宿舟中餘人入墓庵祭楊氏姪婦停柩前晚飯後皆宿墓庵左房

二十日乙丑蓬背雨聲潺潺入耳夜深乃止黎明起身盥沐具衣冠即偕衆詣　六世祖
墓拜奠祭雨又疎疎未站附之祭拜時記之下共到三十二人少時返舟改衣服鞋襪又往
矣吃過早點會齊近支族人詣　五世祖墓雨止開霽進詣　高祖墓晴旭乍
明兩處祭掃有十三人跂早名散遂至　三伯父　大伯父穎生兄三墓又詣　先祖
先考兩墓出路至蔣氏嫂與陳氏六小叔墓及姪青華姪墓兩處祭掃畢單山
路乾淨各半回至潤上憩息舟中少時午飯既畢衆皆而笑色尚早遂終維纜擊
出奚人顏青峯可愛川原滋潤萬綠如海李正已抵木瀆泊定吳稍令承悌往
上沙祭掃汪氏祖姑丈墓餘人候之因與承之姪訪陳戟南於臺下僅見一司事
唐姓而委員不在卞略坐又訪徐調卿於伊親柳家內暗敘談時屋巨往

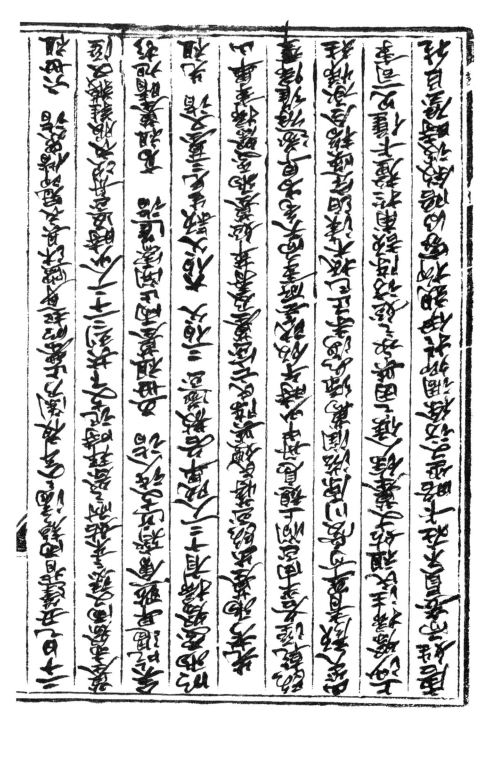

徐粹伯家，是調卿之兄，皆自城遷居此鄉者。調卿以為壺臣必來，留住我二人吃晚點，久〻不至，乃偕出，於路中萬福樓啜茗，遣人邀壺臣、粹伯同來，少頃壺臣來，會於該樓中。上燈乃行，返至泊舟處，在鹽棧中，有嶽友江恢甫在經理棧務，留余等晚飯，而調卿亦見邀，乃擺檯於棧東，併以舟中之餚一席，雜陳，六人團坐共吃晚飯。調卿先去，飯畢，余先下船，餘人留庚符在棧寄宿。余於時返舟，即睡。向晚天色又變，至夕後雨，臥下又聽篷背聲矣。

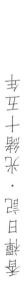

廿一日丙寅，曙色初開，天光又霽。起身，日在船頭，舟人早已移棹行抵橫塘，入朱和茂店內，買大小貓缸鉢只，壺臣買砂墨盒一個，返舟吃朝粥並乾點。移時收拾東西，行抵胥門，馬路入城，總已刻。余徑歸家，〻中人甫起，年松生見四七之姆書服

屐孫見趙氏姪女攜其一子來自甯波來蓋報與松兄之耗將赴視養於十七日抵
蘇與之敘話少時辭去復見憂問近日病情並與桐第設稿時到餘與王蔣高齊
張伯雲用陸鳳清之兄路不入執事刻余及出至心蘭家道日發吼病面毛腫減略
談出至蘧卿處不值見四姪女登於舷孫單坐移時出返館門者云適繞朱潔卿
來談西去可進也遂追及之接云吳子立次見訪矣至鳳池園及茶樓茶敘良久下樓
見姚味笛略談復坐談返館是日得夢梅十七日來信
廿二日丁卯晴日暖又陰寒首之到館商臣夢梅信中之言余遂作復即寄去
午刻秋伯來同飯說汪蓉庭昨招魂立座幸飯畢蓉姪來飯後以前
作題紉秋館主小照手卷玉闌干擬芳詞各一闋又賀新郎用迦

陵贈書畫一幅寫上圖卷分為前後兩處全卷與空隙吳文靜
了舊年詷伯來後便面一頁作篆隸各半梅石來索在維前
日之件卻贈我所鐫小印摹漢吉羊洗羊形並綴銘文兩字
於上是時露微飄雨梅石來去傍晚渴昌石去時到衙作英
書昌石畫便面一頁與前日所得作英畫昌石書便面一頁
恰好合成雙璧燈下即作復詩一函
廿三日戊辰晨至敬德還山中許遲立與衙弟敘談時至鳳祥
春與春臺兩處訪茶郵不值返至雅宜舫原定園亭臨川去不
值歸家少憩取支能高用各件出乃還臨川於燈立談返飯為子威弟

共飯莊中考費子啟葑生來告言往靜心庵訪女胞姊本生鐃峰
四年冥誕獨坐至午飯後又出往廣夫處問其患恙已愈面目清
減然遂臨川運翔六在彼遂偕之游怡園天氣新晴游人頗擁牡
丹初放緋桃未褪正在佳時花間論茗玩賞久之晚出與翔六同
步至飯門口而別兩人欲往吳園洗浴也去宅中接王侑三贈我
蕭縣食物兩種日前曾見過我家不值為未答之
廿四日己巳作札以余所刻各種書送侑三去請其茶郎約晨去候久不來已
正午矣臨川有約在蔣家爐得泉茶室遂去在先赭時臨川來言曾留圍
之小船已與矣即擬攜去與俟雲翔同行久之不至臨川又往催仍未同來

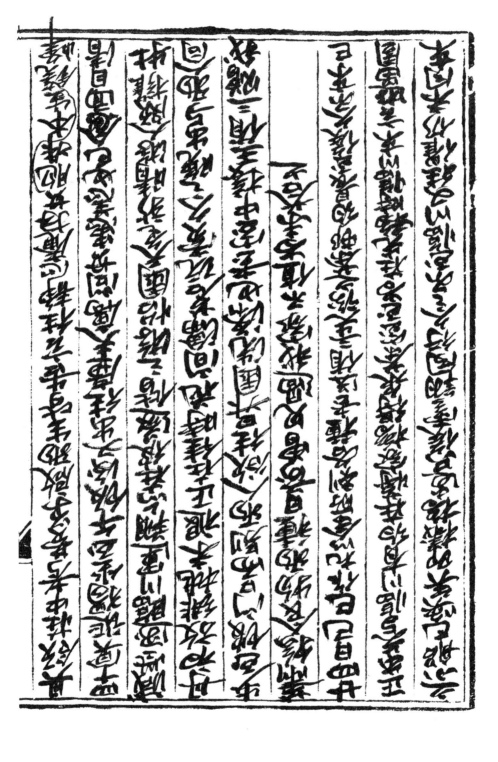

文候久之乃遣人回報有一舟能去矣乃二人下船船姓趙遂與訂定四五人價五百六十文搖出閶門泊於渡僧橋西登岸呼酒館間之有飯有麵遂坐下吃飯兩人費錢二百餘文返舟直抵花埠先入所[illegible]之留園土木繁興中有土山登之望甚遠下纍小洞一灣通於分河四圍作曲折長廊間以亭榭餘為花圃之極寬廣一兜而出乃至園門尋見徐正庵余等先入正庵未設又拾得王迪人相敘而迪人之師許秀和亦來游園同坐吃茶余以書件交去迪人以游園揚了紙贈我取其常有來也天氣陰暖游人大集牡丹試花尚未遍出園至西首承善堂庭心牡丹已開二三十朵一兜而出遂下舟有兩人登船臨川錢之梭亦錢余而余不識也趙至城門口登岸去余

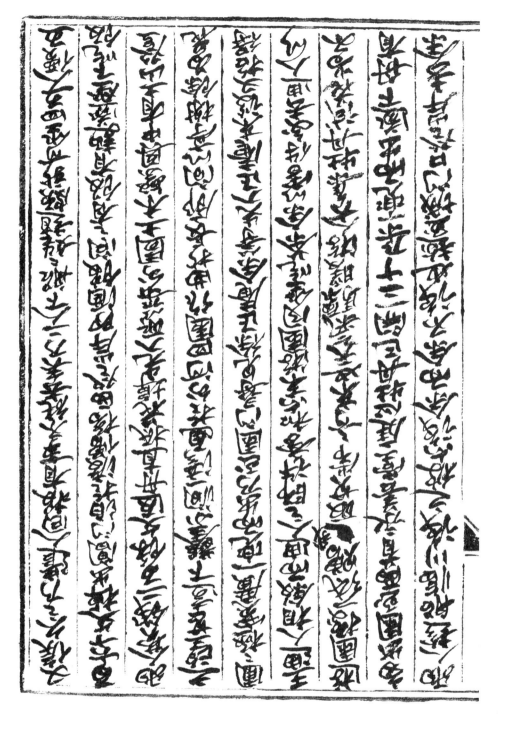

等在廟橋，晚舍舟，分賂余玉桃花鴿貝氏巷俏三處，向辰家深處，燈出不值，留名片而行。回路覓恬甫至臨川處，歇息，亦不值。少坐返館。得茶卿來札，知杏蓀還，晚胥來。

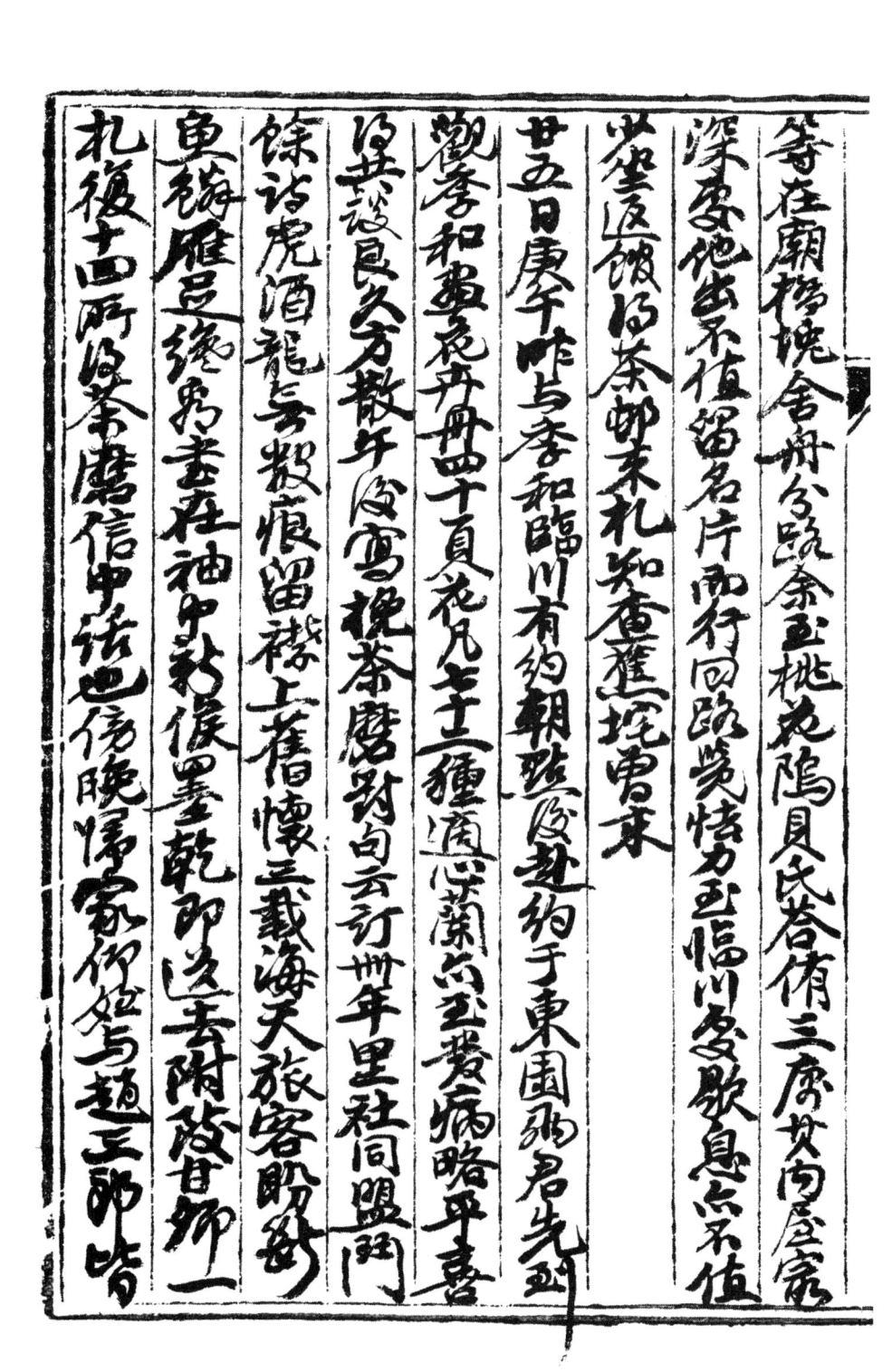

廿五日庚午。昨與季和、臨川有約，朝點後赴約于東園，雨君先到。觀季和畫花卉冊四十頁，花凡七十二種，酒邊以蘭亦至，費病略平，喜得其設色之方。散午後，寫挽茶磨對句云：訂卅年里社同盟，酒餘詩虎，酒龍，無數痕留襟上；憶舊懷三載海天旅客，盼斷魚緘雁足，幾多書在袖中。封後墨乾，即送去，附茂甘卿一札。復十四府後茶磨信，中話也。傍晚歸家，仰如與趙三郎皆

小有感冒，已全愈矣。祝花農兄精差移時返

廿六日辛未。晨，調伯來同出吃茶，伊欲邀心蘭遊至鳳池，去訪心蘭

不在家，余與之同訪心蘭，未返，留字而出。分手到傢寓對一付，八分隸課作

兩篇。申初，心蘭來達，須問之，云出。坐同游怡園，留字與調伯而出，至園之

中，游人甚眾。牡丹大開矣，薔薇繡球等亦相映襯，兩日之陽春光如

許。但座上皆滿，竟無隙處可以瀹茗，未惟憩於廊檻良久，出在檯書中許

羅鴻君處，又倒其處茶飲之，且坐移時，見無人同話，遊復遊園，憩坐夕陽

漸下，人影漸散，乃出，復至廣大廠少坐，同出茶敘，途遇臨川余一鴻敏德

坐頃出，不赴茶敘，先返。傢調伯傍晚又來尋，至怡園未值也。

長談迎福來者蓋壇
之事晏与润夫歸玉堂
者小名三壽今改壹遷
居河鄭橋故彦應
内招接在已立家亦
攪矣

廿日　晨起調甫已來略談即去弔心蘭余少緩吃點心往赴約於
東園二人已在坐頭因行欲尋臨川不值遂轉吳趨坊百花巷尋兒芬日
所生之趙舟遂登之復至留園之遊出城仍泊前日所泊處登岸即同太康酒
店仍吃飯調甫稍吃酒三人費錢三百餘文同舟放至花埠時尚早先入永善堂
堂中牡丹盛開且備各種其大紅者尤妙精神煥發如人之少壯時坐頭
乃至公園閑蕩之冰發溪頭用桔槔引官河水入園曲置以聞其聲冰之流
以手招不見之至踏殿便捷迎前至丙園門以前日執攤與樣上下於二人
遂入園中有牡丹三四盆唱白齋放惟太瘦生耳紫藤花垂垂滿架
遇敬守梅蓮生於恰航舟中同坐閑談管稱附守梅余回云東餘見擬

[illegible]

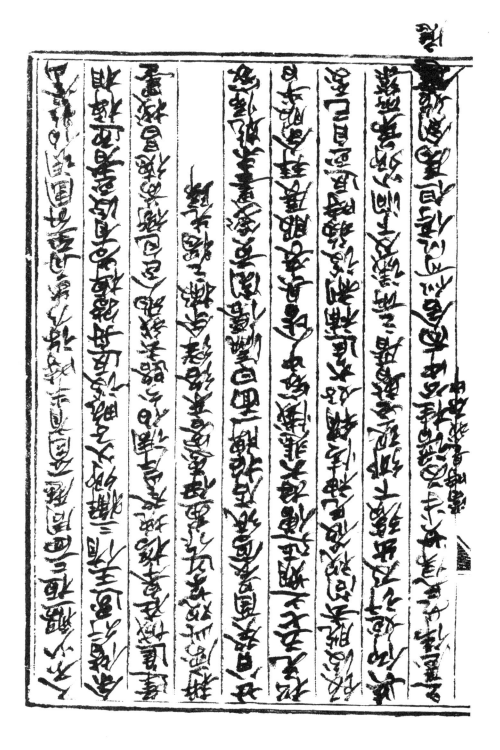

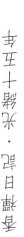

人不少盤桓三四周歷一番因有三時許乃出自至升園調伯談
余偕行過王佑三獅卿父子略談返舟贈樟當有送至者迎梓相
逢進城在泉橋坎上岸調伯分路去我與人到包衙前德昌棧要
耕原此次來此作盤伊處客來絡繹余擲之獨先歸
廿八日癸酉晨赴紙店招牌一面曰瀛譽閣貢箋墨未乾歸家
松兄五七之期延僧拜大悲懺家中人皆具孝服展拜余服半白
飯後脫去問視夜見神情頗好大延補劑後稍時返至自己處
與仰嫂計及出殯下鄉現在磨唐之所議及下洞以卿弟所葬
之墓係女兒媳其以字爲譜柱分中兩合似可以停但屬劍豬應
（當時是我存中）

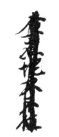

談意小卿事遂函叔德告之孰知小卿竟不答應閣元吉在園抄觀
方丈中因往告之出叔文遍遜玉葡事立談閒伊適問及因以告之
不過舒余之憤而已返飯出茶邨又來來而不值三次矣
廿九日甲戌晨至茶邨家已他出少坐攜尋之不獲武通歸之茶家
少坐同出茶敘於鳳儀春不見許久話敘多矣良久返飯飯後
偕三來長談傍晚心蘭來據有孰羅小夫袂覓得媒女小閣余
需此否便只要元余取之同飲茶于東園
三十日乙亥應茶邨屬作致程明甫信即觀文鳥西美卷宅中託
其即寄廣東返作致偉臣信蔣浚著蕃來特致周善夫屬至西

湖賓供塔下摩崖彌陀經石屋柱聯，紙極長，字大如掌，乃為
麟墨揮之。曹雨來談，移時。臨行至往訪祿卿，余約同飯，晚與
後先至穿心街日問樓，梅尚未來，乃至鳳池與二公飯談。
四月初一日丙子，晨陰，至莊祠先灣敏德堂寄點信，並取月貼四分，諸祠
已顆有雨，點見族中先後到者十餘人，託文獻送嬸月貼，至雨漸密，即
出，路已滑，至敏德堂憩，返飯，雨乃大，寫換松兄歇字四副，晴。連用白也
昨長對，上加數字，又為雲翔寫便面一頁，為吳德卿弦甥元叔
試帖上寫封面一幅，代題曰飲和堂屋並文，後加評行。
初二日丁丑，晨歸家，問仲魁預備開喪發引事，移時出，尋臨川來，值又尋於儀鳳

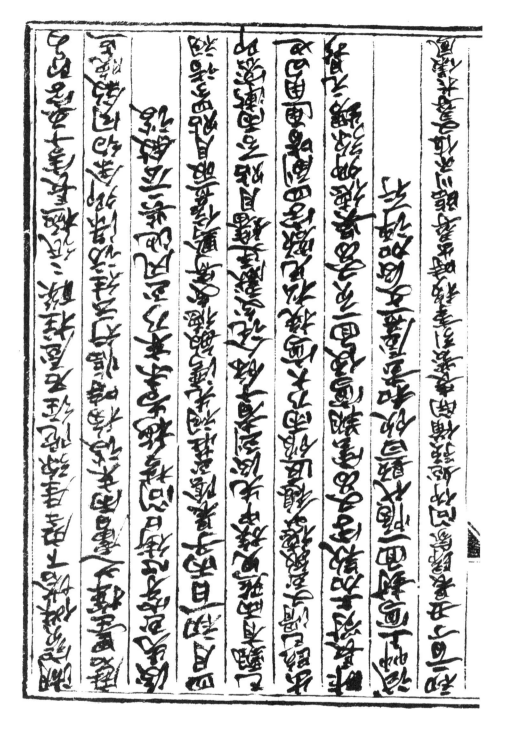

過程新侖同至小茶室，復為謝梅石作印譜序一篇。滌卿來談移時，臨去又有
鳳池之約。晚飯後赴之，滌卿未到，復還。少俟與壽田、殷定庵着棋。少
頃滌翁來，又相與對閱，敘談移時，余先行。
初三日戊寅，陰。心蘭來，偕出尋友，儀凡未有遇。風雲有季和、臨川同至余寓。
又同還張秋小坐。卷臨川云伊今晨往韓溪仙殿拈香，歸路遇黃來過談。而果
玉雲、鞠人至，又有梁小園、汪景曾諸人至，敘談至移時，指擢扇各有品評之。
去余先起到飯館，去不出。錄梅石印譜序於付來紙上，寄劉夢梅來自杭州。
[illegible]借女婿（妻）葛蓉蓀到蘇，即我家甥婿也，談去事一切，移時去。
初四日己卯，向曙大雨，飯後起視屋漏者三處，雨勢滾滾不休，氣候陰冷枯

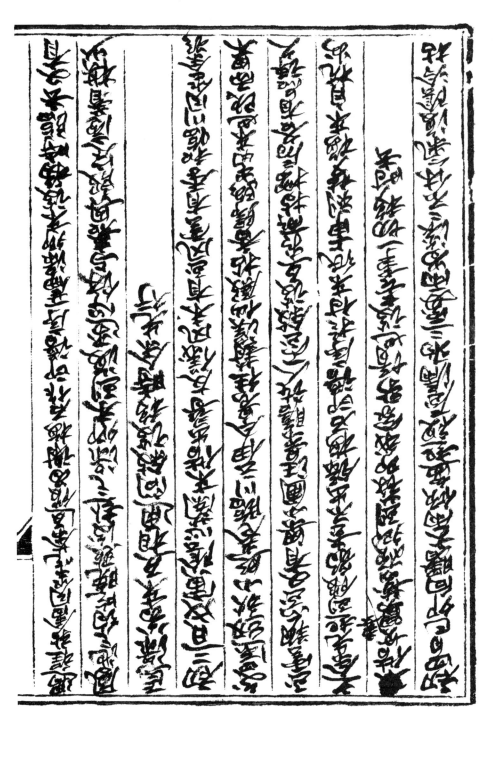

坐斗室而已。遣人送壽屏善夫件並壽燭。

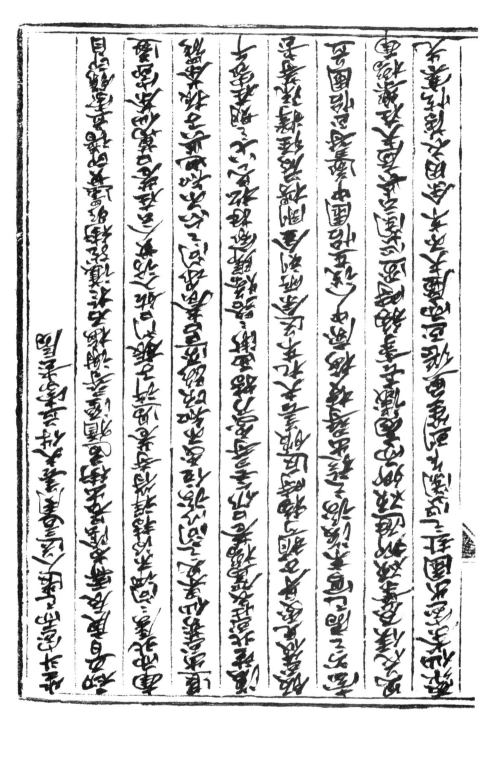

初五日庚辰。壽老陰。晨出街，過猶遲寄謝梅石於謙益街，邵□覓印譜並壽鏡即日奉而北，屢屢問訊，不得精詳。符寄巷遇許子振，門口站入訪其人，云在巷口萬仙茶寓，遂造出，夜訪仙果見之，問以路徑，亦不知頭路，過呂春泉，問之，亦不知也。與子振茶寓復往北門往蔡陽楊巷口，仍舍寄處，乃稍而衝之，路始歸家，拜松公六七之期，在家午飯。夜見愛身不稍可，移時返，飯。善夫札來，送余所刻金剛楞嚴經釋殊菁壹壹，均已寫來，復詣之。疑出寄梅梅康中人，送至怡園中，遂寄邑怡園並見，夜候及葉硯卿，遇硯卿，而歸。識去事務時，過心蘭，云其病大，在樂楊衛衆仙茶寓出，園赴之，心蘭作到，筆墨紙並而應大，不來，余因衣薄怕寒，先

行到館得虞山俞調卿書

初六日辛巳甫起心蘭來具同看雲翔來恠其何早盥沐後即同至東園少坐吃早點並余同之心蘭知梅石遷居宜多賞卷遂以昨作又往訪謝其門而梅石已出得件留下返至東園與金戴二公敘談少時檢昨心蘭以近作蓋册屬余題跋即為敘十六字於後又為軸字數字各一副傍晚携歸大廳已結綵懸軸成文矣候具時物薦之家祀為立夏也凡拜五處禮畢吃晚點返館歸時已有雨意至是漸密夜有聲

初七日壬午天陰地濕晨即歸家松見開吊一切陳設齊備余具素服伺候預來之客凡三五人以參永之料理賬房午後似有霽意乃入夜竟又大雨

初八日癸未向曙即起六局人等以次皆至唤打開喪禮前素服者七八人凡客來必作揖道謝天色頗霽日驟出午後陰晴各半客來先後四五十人午席坐中止有三席帳房一席禮前一席內眷坐了兩席午後客至客之俟及申正乃撤喪堂蔡叫看執役人等即行發引至閶門倉口下船奉街道已可行余送至舟次轎至回吉到家事畢天適暝夜飯後仰姪率承銘姪孫往宿柩船中明早放行

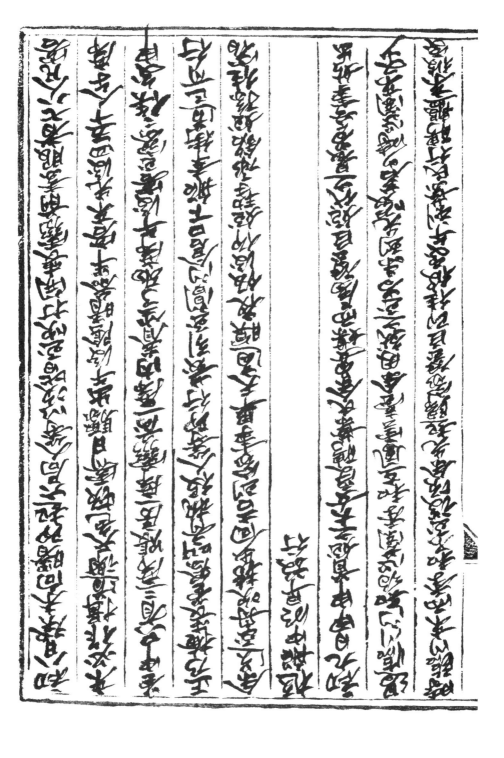

初九日甲申首姪之大女受聘葉氏余爲之媒而屬舍姪代之最爲妥善姑出過臨川知約心蘭季和至鳳雲處余因就之至爲未到先後者少時心蘭東孟步時臨川來而季和尚未至設頃余先起歸家舍姪即往彼受午刻葉氏行聘盤來彼受

嫖人夢梅亦來即喚船邀請君嫖諸公運粧脚力錢夢梅舉以贈之又索很多設
席相請也余飯後步永盛瑞檢閱盤礼帖等備又出閶步至梅石處談鐫印之話
余有三石屬鐫因覩其舊裝印譜及鐫刻碑版諸件稍時同出步至怡園同入一遊
芍藥已衰餘有綉球薔薇等花事闌珊矣啜茶小坐遊人都散天氣將晚遂出
過漢貞閣將唐仁齋新刻諸名人手迹家
初十日乙酉晨到館吃早點心蘭來邀伊畫冊據余同至鳳雲齋李和臨川先生
遂春畦文生婦夫各敘談又徵雨余先行同館寫李和屬书八言對又寫瀛
仙閣名扇五字招牌一面飯後楊恂卿來談備晚歸川恂卿之言政柯未見
家中茯備明日喜事一切俱齊

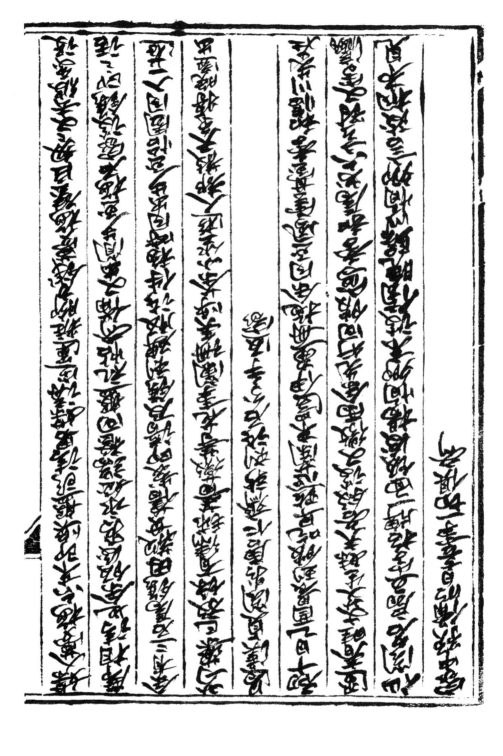

十一日丙戌首之大女贅婿來成親婿為杭州葉硯卿房侄茂才也擇於巳時
到門循例用掌禮吹手等人鏃羽登堂合巹即於廳設宴屋坐花燭筵
送入東房帳中並坐旋出傳新娘易服與新郎參見祖宗長以
及下人行禮畢堂中設席二正中新婿南面坐兩旁陪桌稍偏諸賓
敘坐移時起送入賓謝散各歸新娘梳粧易服與新郎告辭姜家
備輿儀從東迎嬡〻登輿與往大倉口船上事乃畢是日天氣暖晴
而風甚峭冷向暮亮雨入夜甚大幸辦喜事時恰好
十二日丁亥雨至下半夜稍息晨起禾齋也於兄終七之期延道士禮
懺余具服展拜坐靈前半日飯後道士到靈前侍夜鈸又謂之打鐃

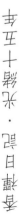

帶珠香舒適士出姿少時爺服素服甚不雨到館到後借人向家中姚物件
來夜宿館中連日多事精神告瘦矣
十三日戊子晨陰公蘭來晚余所畫墨菊桂花後面贈慕子香祥
也同出會友於鳳雲臺與季和臨川諸人遇姚鄰梅並見其所作綠萼
墨梅扇余略坐因已喚轎大醉遂返館易衣冠出至寶積寺拜汪易門
百齡冥誕至拜待寺巷界元彥君之喪至翁慎菴西園孫安道延程
筠泉診脈聽其談論於娑羅花而出至橋東大街賀蔣小宋廷璐
表姪孫入泮吉禮卿表兄出陪因談少時出回路至敏德巷子牧姪
十一日曾來吾家並見子宜遺將手飯遂坐下同飯畢即行至大倉口巷洪葉

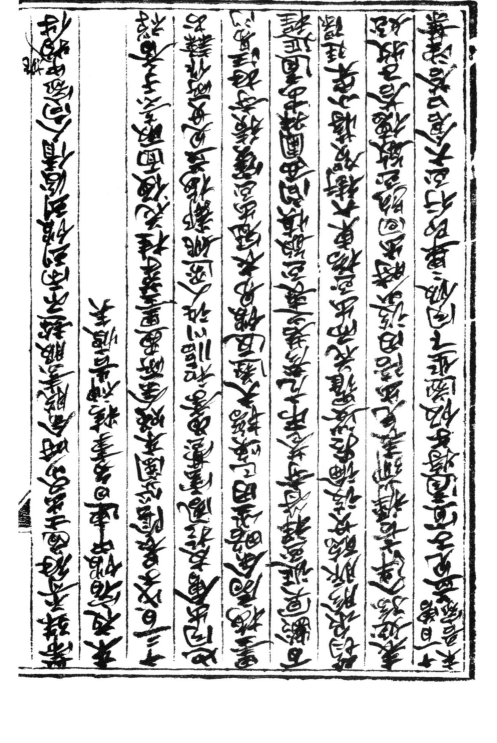

碩卿姪孫婿於舟中，姪孫女已接大歸去，艙裡有夏伯英問夢梅夫人方
午飯，稍々坐談，即起。碩卿返，我登岸返。飯未幾，子宜姪來，伊病人自愁
回里，子宜仍將赴洪子牧，又將鄉試也。問以愁事，出坐香文而作，防范翁
梅孝信，即寄錫山，論其送松兄奠儀也。

十四日己丑。晨，心蘭來，屬查唐郭子儀傳女遇織女星降一事，傳
所不載，案此事見感遇錄，亦見五色綫，此時同公風雲其家作見季
和，談君談。段余返。飯後，以甘翁札爲甘卿事，因復往，以札託心蘭轉交
閑步，至公路寫季和郎屬小對，手書一旁日白，又寫小横幅一，擬贈梅君兄一
百字條字，儀卿來談，頃約至東園茶敘，少停赴之。

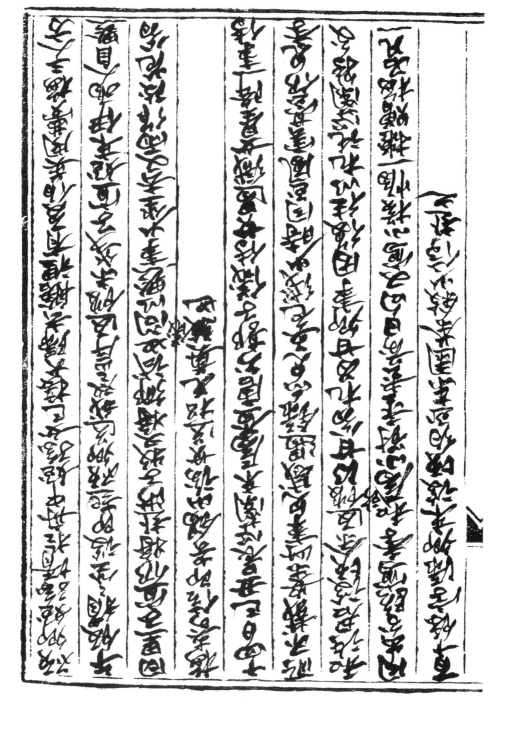

顛補

十五日庚寅清晨出先至敏德處又昨日所寫詩偈與書託寄緝甫庄
祠拜臘晚坐見本家人在此談者爲嘉卿三書不得歸館又至敏德處
息見宜庭並見師竹封西箋後而新得居中師竹書室及各師所居皆
稍於此後會試全錄有遼三邑得與人王同愈葉昌熾汪標鄭熾昌顛補
張履泰馬嘉楨少坐返飯後芸蘭來持甘卿處札付余有飯後之約
申刻出以寶楚軒硯贈扶石至彼不值乃步行至廣夫處談頃同赴
芸蘭之約於怡園余先至芸蘭在後園中與藥開至好時遊人不多
遇脩三鐵庭剛木同坐茗談移時出芸蘭去邀廣夫出同至藥稿南
家仙品茶吃點心暢談而散暮矣

十六日辛卯　夜來雨聲甚大，晨起雖止，地尚溼滑，坐著屐出赴
文社，余才發題課作，俄而梅石來，以潘氏所刻字範觀贈余，以為交
易此範，考係甘露二年八月潘氏造，梅石云此君家範也。坐頃
索觀余藏百漢碑硯拓本及錢梅溪縮臨漢碑拓本，同至鳳
雲處，則以蘭季和往人，今亡不咸在，相見快談，散歸，改定課作，飯後
復出至茶鄉家，向晚十時至平橋，換吃茶，見迎秀才，起天色大
晴，遂邀茶鄉至觀西扇鋪，以便面四配四骨子，天色又變，遂散
返至敬復齋憩息，吃晚飯，行霏微小雨，俄而發風，猶絡雨聲不歇
十七日壬辰　晨歸家，弟之仲姪方睡，携將出謝袁晚香，返飯，候云

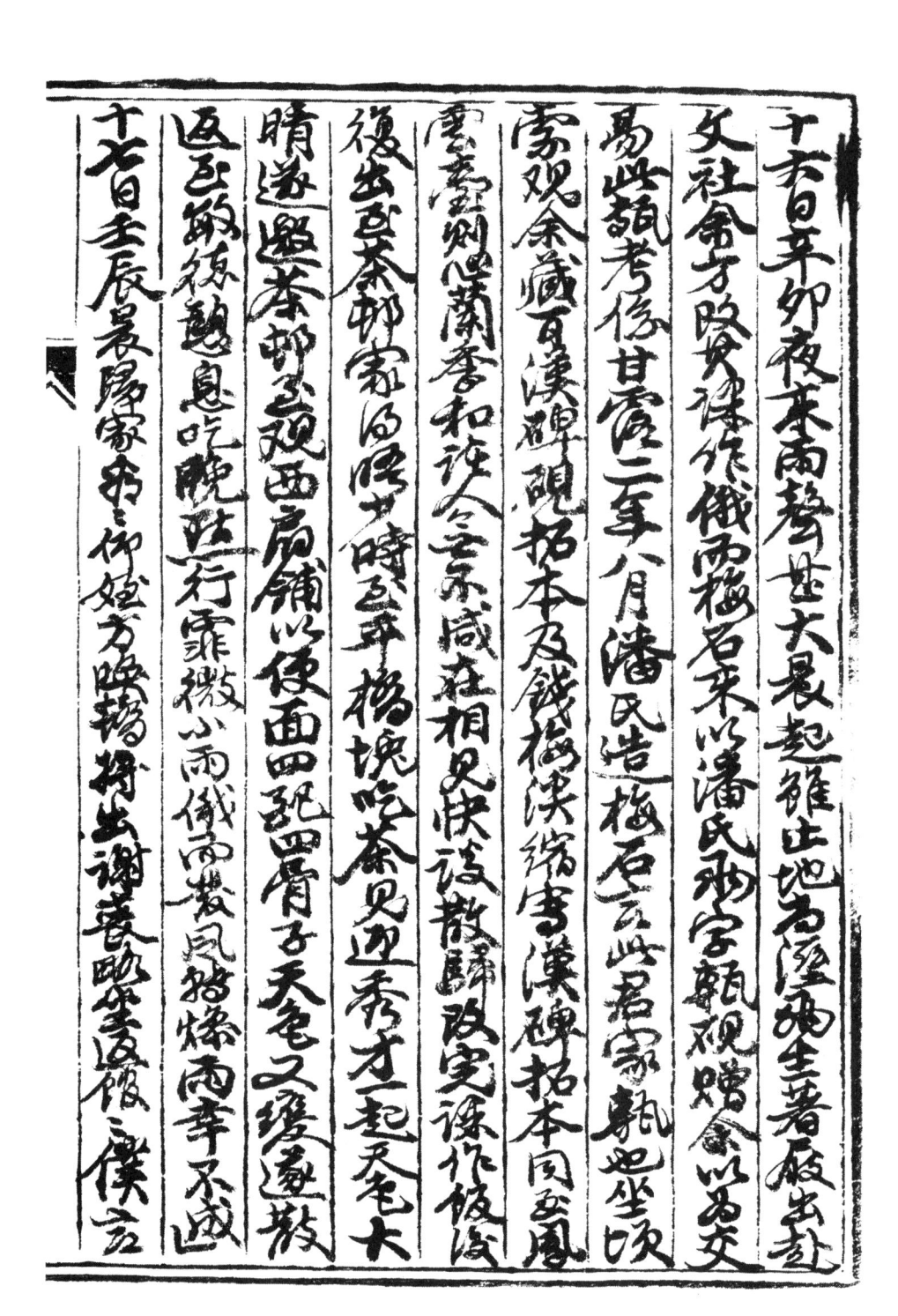

金老爺在風雲臺即掛之季和臨川畢臨席咸在並遇鄭梅慕蘇蘐
諸人談頃返孫生臉會考作出即改閱之研生雲譚仲修用後
至雨生處歡又寫小楷帖一凡五千餘字傷晚至梅石家不值辛
雨頎作字條留下至觀前扇子店則昨所買之四扇茶邨已取
之遂返往返未曾一坐也五燈錫侯弟歸自歙縣掃墓來
詢知昨日到家携并英年櫓回信各一函布鞋一雙談頃去
十八日癸巳蚤茶邨來在東園赴之并見看雨同坐茶邨延余四扇談
頃同至風雲臺昨有約者先後到者共七八人談良久約飯後為留園之遊
乃散飯後與蘭梅石來余館中邀同至吳世學場亦次孫姪之姻侯

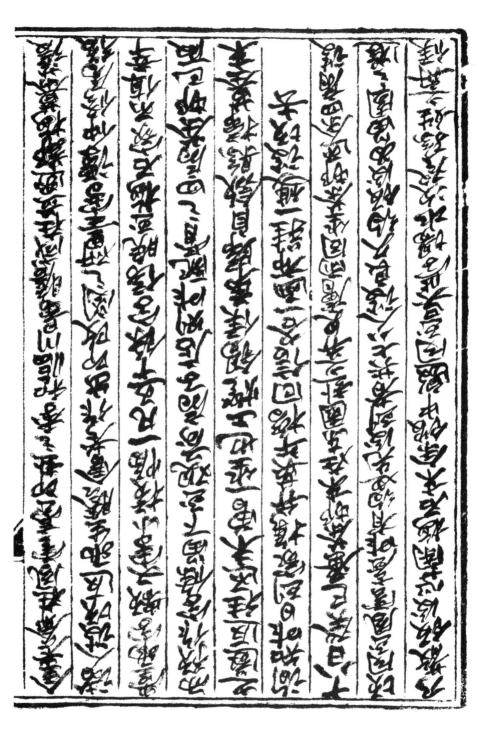

洵兩人至乃辭復兩人者一爲吳平格一爲吳四之綠侶坐敘談伊等爲太倉女妝莫善徵堂欄將東蘇停於永善堂中須預備一切並談至花塼先同入堂與司事諸人商妥乃進園中花事既過天色不晴故游人甚稀略一兜抄存待雲山房小坐並啜茗稍時起至各處賬房見王廸人徐正眉穿吳道至外園後面隙地有多工作正煩周歷較前次爲詳乃返舟轉棹入城後河隘舟滿心蘭見大觀樓石步即登之余隨後歷同行路中吃晚點由中街前至臨川處略坐勿勿行返暖藻偕小近招猴隔奉見示屬估其價

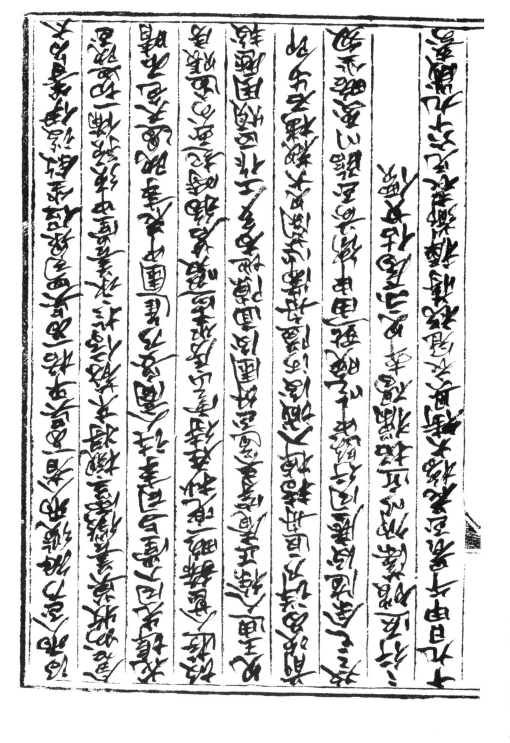

十九日甲午晨至花橋大街具衣冠祝蔣稚鄰表兄六十九歲壽

並賀廿百要孫媳婦今日產一舉動因得與穉鄉叙談片時出至錢翁家讀其先子詩直其擊之語不忍吟諷借出在萬山樓吃茶又至許子振同坐余先起大雨忽作介愈密遇敏德後青少頓息行雨漸稀到館遂止午後日出滌卿札來約往鳳池樓云曾來屢值君屢矣不得不赴至則先到桂至伊寓呼之同至鳳池之樓茶話良久聽返館夢梅適來邀入閒話良久（是日作致鄭光信寄濟弟）

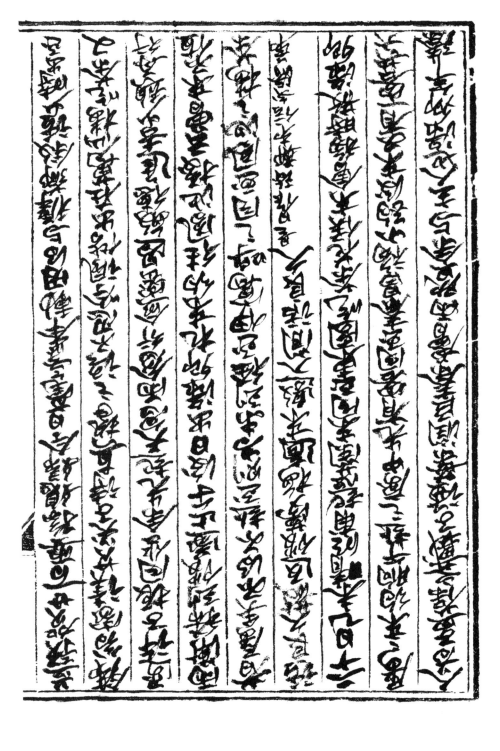

二十日乙未 晴晚雨 起蘭來同至東園吃茶花侯來會稍時敘滌卿屢之來約晌午赴之席中先有客同至春昌福小酌後來又有一客共六人為孟蓀之戚鞠子謙葉潤臣秦席南啟貝余與主人也滌卿年豫

周甲此席義是壽酒園桌兩席設良久而散余先赴亞蓀卿處
吊孫贺甘大郎父九采芹之喜歡甘秋得啇号有款設五
字漢元歎吳赤烏鞆範皆完全其欽摩篆文之欽設之
出堂東北直至怡園赴陸間之約除詹兩公四人咸在憑檻
閒觀游人鼓掌日多至信筆作而忘事了矣又還花侯移時
同出分途余与滌卿又往东園吃茶而散
廿一日丙申晴晨至寶積寺拜箱川伯(陶氏)九十冥诞旋出至留园友莊拜
之子則先弟以父喪哀毁卒女聘宝張氏聞訃矢志守貞今擇吉迎
歸俗所謂抱位做親也世作吉事孫贺少坐仍至寺中脱去衣冠又

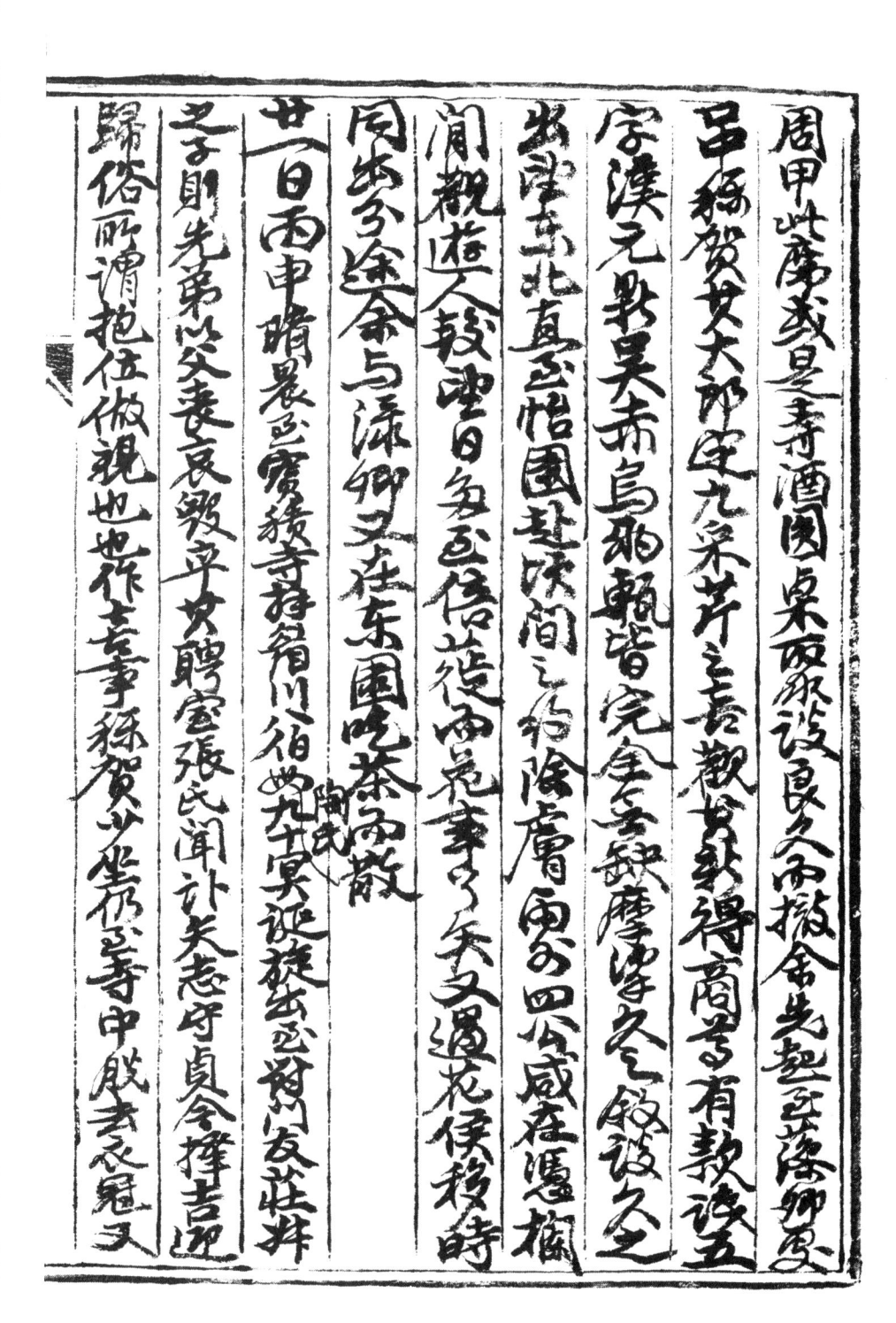

至前巷唐夫處欲倩寫扇而唐夫適歸吳江以扇交其塾弟子
而出仍至壽甲盤桓及午刻客坐盤三席自家人一席内眷兩席三
散後得見梅鉏和尚道潛引入其静室明窗淨几坐憩片時
出返館傷晚至甘叔家薄飲唐夫亦皆久不見各敘話至暮
廿二日丁酉天將曉又雨甚大起後至巷猶淅瀝也 忠蘭來以虞吳吉恭
墓志拓本作册屬題其後余本有記一首可以錄入因同至東園茶敘
散時伊往風雲余返館錄出近作輓記及朱博殘碑拓廿二年刻石
跋稿 湛泉來亦自郭與歲試回適談移時去
廿三日戊戌晴 錄虞墓志記於册并題籤册首 晌午歸家 先妣蒋太

恭人忌辰設供展拜飯後候彼兄未晤設至尉門尤氏新園館中啟設片刻返旋出至包孫蓋墨耕齋屬其爲人補小照景作一展圖設片刻出返館張仲蘧館拓本上振張於拜金石原文加跋收行

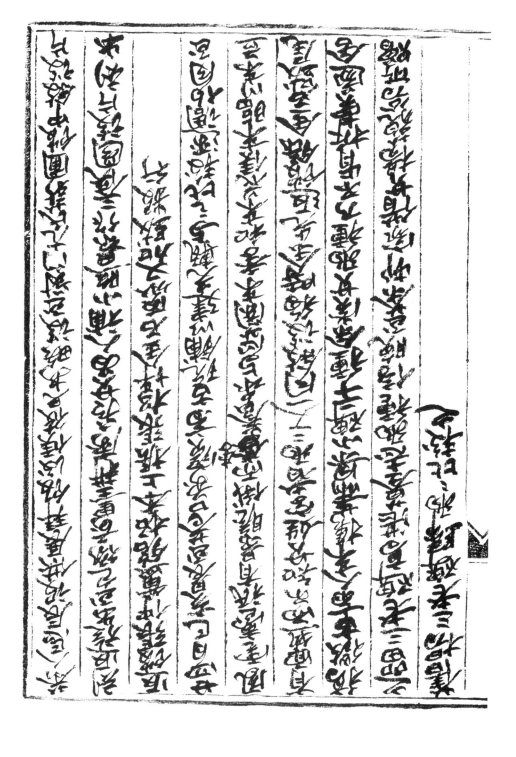

廿四日己亥晨出巷口永寶齋古玩鋪以建光甎與之比較遂謁伯同至風雪處祇有景略餓而雪暮李春來與忍菴蘭來季和來花農來臨川來豆有雨盈而不知其姓字者共三人一同敘設稿時余先返館縣金石跋尾稿微甫兩人來攜蕭梁小碑二十種余愛其兩種乃不肯拆賣遂舍之留三老碑高湛墓志兩種信晚至茶鄉家借其楊藐翁所贈舊拓三老碑歸與之比較之

廿五日庚子晨茶邨來即以三老碑申文贈我同至東園茶敘少時心蘭來同飲
返飯后寄翻赴子宜姪之邀出城徑至秦來酒館王侑三獅卿香梓已到因共坐
談候子宜久之不至時已過午乃先取點心吃之子宜暨貫子姪三人僱小舟出城河
中舟橋稽遲一到即大席之半姪孫輩三人先往大觀園閱已開場也餘四人徐
徐席亦得乃過閘登天女廂樓天氣晴暖人多益熱有赤膊者完場
時尚早與侑三香梓同步進城在大觀樓吃茶點憩息移時散而返饭
天猶未暮得鄭盦第十二日信並送松兄賻儀六番
廿六日辛丑晨茶邨來約同往梅家橋出先至心蘭家並約同行在三
多橋北吃茶點心蘭尚須一灣大太平巷晤沈伯雲余與茶邨至

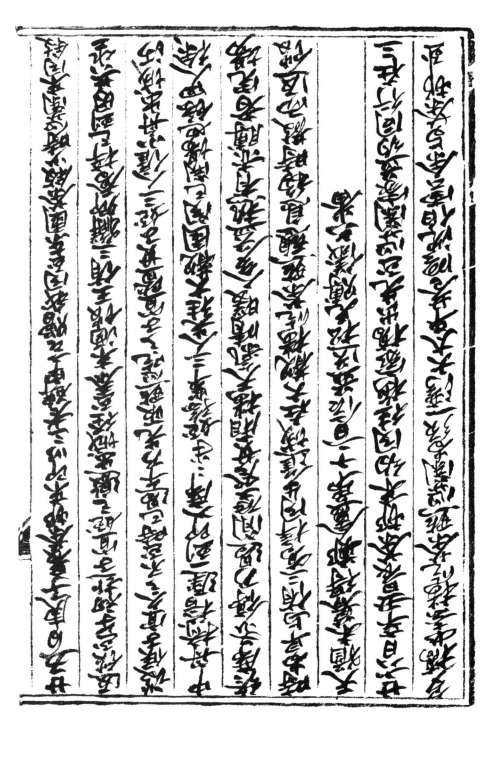

新橋巷晤汲泉，并見留伊談少時，乃往弔汪藝庭母之喪，盤桓至午
坐席，余与吳奉卿、沈蘭(?)、顧守梅、顧庭(?)姪叙一席，中飯有三席，稍時散，
仍与吳奉卿同行，至香(?)家橋西興園吃茶，沈蘭(?)汜(?)桂聆(?)病(?)，少時吳奉卿來，又
談頃返。飯後作復鄭第(?)信，並談之出年前，仰姪曾來，不值，余因歸家，
則仰姪又出，亦不值，改(?)亥(?)少坐，出又至馮子山處，送潤筆四元，苗(?)松兒
冬夜飛神象補還，送燈下得，祖初處送來常熟桐子，需郵費花邊十六(?)元。
廿七日壬寅，晨即出，田(?)沈漆匠店，論刻字店，至顧家巷辛芸(?)齊(?)新居，路有蒸(?)商(?)
談稍時出，過敦德，不見一人，返。飯後作致君秀、常熟信，作復并午(?)函弟、大兄信。
飯後仰姪又來，正談時拂(?)梅來坐，頃，欲拉余往怡園，有[illegible]，不得(?)，乃行到

園萬綠如海游者寥寥馮檻啜茗移晷而出

廿八日癸卯晨陰仰姪來以昨日滬信呈閱吃飯後出去往東大園拜壽斗楣母舅九旬壽並賀孫郎表姪皆曾入泮去開泰見日去田鉏家苍返出大郎橋巷去遊而返近步矣飯時錫華來談次同飯稍時去傍晚倘卿來引角直許壬甑起欲見余先在東園矣贈余詩稿首先讓之遂偕倘卿往談由由初敘談甚洽壬甑年六十二鬚髮頗偉現麻鎮稅局為錢胖等捐時浦泉范侯等四人寄來文陂片刻

廿九日甲辰清早小雨旋止吃早點後歸家與仰姪商議葬事下鄉之事日出天暖返餕伯雲不入塾寫七言對一副求綠蔭堂書肆

售來寰宇訪碑續錄，抵暮心蘭來談。

三十日乙巳，晨將出，心蘭來，同至鳳雲處，邀西漚、梅石，又至同坐，少時往頤鄰墓，蓋昆仲、景瞻、諸族人皆來，飯後余先行，晌午蔣廠丞來自杭，話舊片刻去。作致葉頤卿、姚穆清信，又預寫明日寄偉見信。飯後徐正庵來，又以留園扁額一面屬書曰涵碧山房，即為磨墨書之，和壬甫贈余詩韻二首湊成，即寄與之，晚飯後至顧掞司前錄佛寺，答壬甫，并呈詩，因坐談。談頃，掞卿來共談，至薄暮散。

五月初一日丙午，早出，見敏德，一人即出，至莊祠，見族中諸人，少坐，行途遇春畦、茶鄰，因至大井巷處一天鷹，略談，由敏德後門入，乃見賬房中人，並歸

竹報頃返飯後鍾進士象飯後寄朱情碑跋於蘐鋗本上藻卿
來因其長兒嫂溶生夫婦自閩中來特地從東山來會晤即欲去也
談移時隨後陸蓉湖來俄而劉子庚來各談片刻
初二日丁未晨心蘭來余出歷年所存書畫名家便面數百握
請其品評移時散因至鳳雲處与孟諸君言定茶會移時返天
氣晴暖梅若藩處矣午後二姪孫來問日下鄉事並備辦安葬
需用物即去藻卿寄条來为相叙傍晚至敍德一枝耕畹處矣所書
便面乃至道前街寓池園与藻卿敘談至暮汝君秀常欲借
初三日戊申甫曙雨起即束裝候舟子來挑即与出胥門冒雨行到船適周鄴

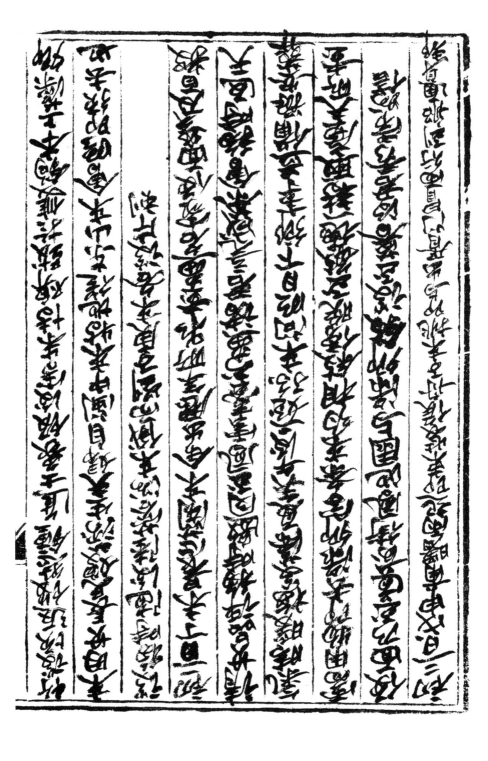

湮饌曾家中箴仲姪孫與趙秉臣分姪孫來路遠而雨大夜寒湮老甚放舟往
光福山中途尚有小雨向午漸霽申刻到山問知仲姪宿別墅内一面搬行李
余即至毛娘涧墳上照料仲姪與叔副姪孫知一切預備矣同去一看返至別墅
猶憩息少時商明日諸事人共晚飯宿一宮四榻
初四日己酉晨起陰吃好粥後獨自詣老墳上 祖考 先考兩處叉遇雨且
山路多艸艸中多湮延及衣履復作昨晨返途至毛娘涧松生兄柩適移上
山來者近鄰居之男婦老少咸來觀我赴功之人亦在其中天氣開霽
漸覺波日晒午延曾堪輿家李子為舒監二世之敏設乃舒雲峰之子
舒介甫之曾姪孫也此墳凡葬三棺適經舒姓三人之手僕交未

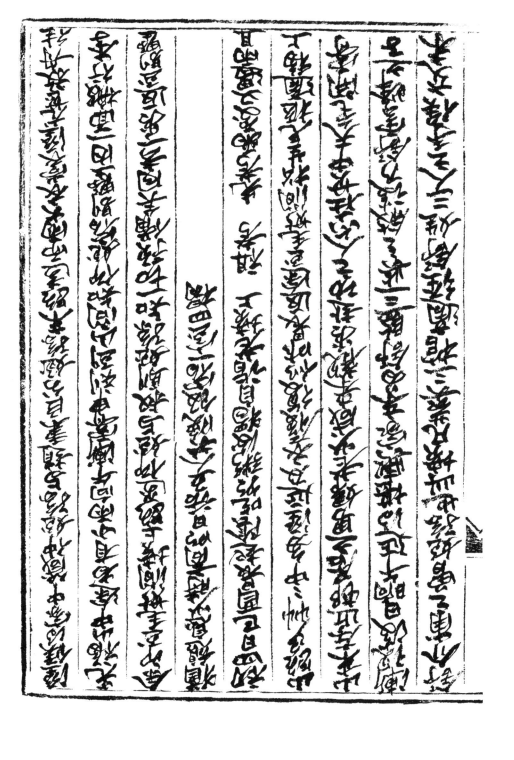

初一刻即升柩及位盖子為之殺向併三絲為一絲其傷復安設方磚
四塊作為記色即是余之壽壙蓋我嫂秋婦為左右穴松見与
余比肩為主穴也事畢出返別墅吃午飯後余亦乘其船鳴鐃出
銅井山前徧歷各塋時日炎暍暑[redacted]相或歇息圖書毛將酬於二
蹬雨班而止[redacted]祥山家比户無不蓋藤蘭縲緣者事正殷也
初五日庚戌雨宿山房較文喙文集仰挹其為吳蜞蚣所螫疼不可言皆難
安枕早起余具衣冠至松見塋次展拜藉作展墓秉臣亦隨余一拜
見蹬作已上三略出即出仍至閒吃粥余亦乘臣叔舟餘者三又
皆留視工畢舟出鎮上買物是日端午舟人亦買蒲艾蒜頭雄黃船

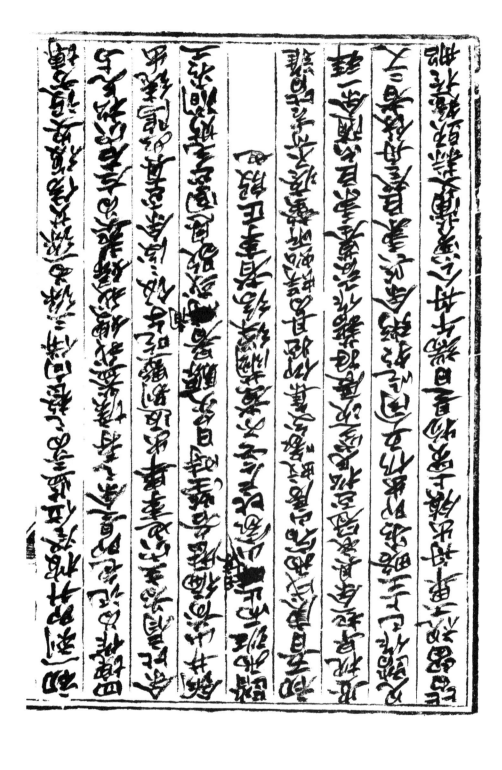

啓酒、雄黃酒於四遮，茈菘餚於中艙犒余。辛巳年詣歙展墓返，亦於舟中過端陽，今九年矣。風水皆順，天且老晴，至未讀吃午飯，而路已過半矣。至蠡墅卡暫泊，登岸訪卡員陳頤甫，入其居，變所謂半隱山房者，相見敘談移時。綏之來，和伊方午飯，遂辭出返舟。復行抵胥門，寄單因濟至少初、心蘭兩處，皆未值。回飯。舟子挑行李來，遣之去。少憩，復出尋溥泉，又晤談，頃返。

初六日辛亥。晨，心蘭來，余方欲開君節賬，遂同出，因至鳳雲樓吃茶。叔人之命遂，張殊爾快。談返，飯後請課改課作，為季良書摺扇，將以贈之。傍晚赴至少初處，仍不值。

初七日壬子。早出，至觀前尋茶肆不見。□春睦，文同坐少時，向者同春馥
內扇骨，遇元吉，吃點心，遇寶如姪，同行，取得內扇骨，邀至□人敏德少坐。回
彼秉臣來，求余去對聯三副。午後邀遇磨墨，書之。並及他人屬書者
共對五副。夢梅來談，晚後至鳳雲甚□遇，筆墨磨南石子和晚談
初八日癸丑。晨至蘭家，以秉臣屬求畫，在鳳池園，即尋去見之，同坐
有內姪孫云自□□來談。頃返，彼始仰姪曾來，並墳工完畢。昨夜
趁航自胥門至，遇飯後又來，備述墳工一切，並議家中善後事宜。良久
去。寄續甫、持手陳、傳坡自撰聯語，原十一字，為改作九言
初九日甲寅。晨陰。朝點後歸家，詢仰遠總核松兄表，葬費用收付，報目遇

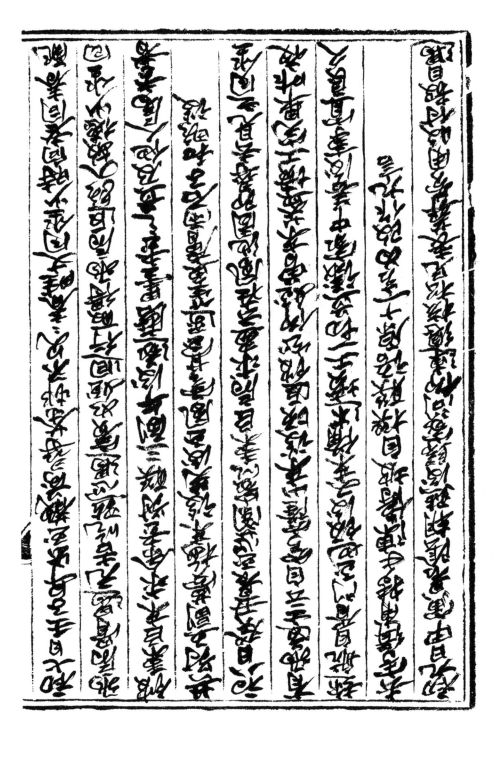

楊杏生在座，少時即出往還，皆遇微雨，俄而見日，俄霽，俄而又雨矣。張硯銘來談，飯後仰遠來爲案陳家事，酌商而去。時雨密下，濟弟以鄭弟函中來信，又來中附金石款識拓本九紙。

初十日乙卯，有晴有雨，旋止。晌午心蘭來談，忽又雨，借傘而去。飯後雨止，開霽。作復鄭弟信，傍晚歸家，與仰遠料理喪事餘尾。

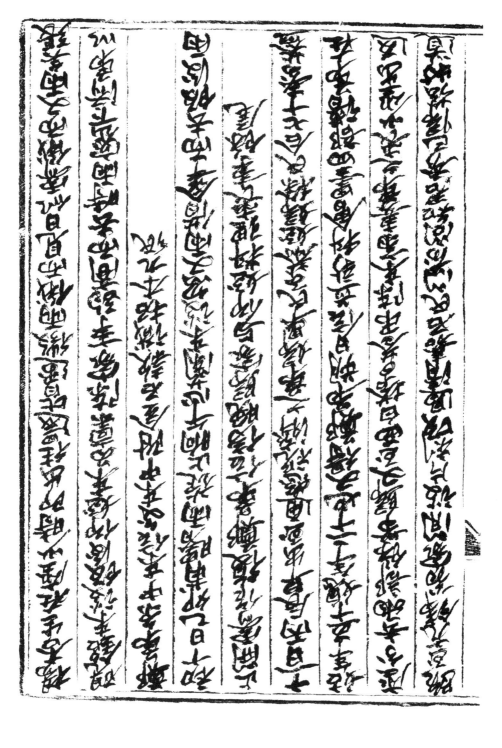

十一日丙辰，早出至通惠祠，視濟之弟婦畢氏，子恭姪婦徐氏，合七十壽，蓋姑年五十，媳年二十也。又得鄭弟朔日信，並新科會墨四部，諸弟在座，分去兩部。傍晚歸，又至西白塔寺吊陳東甫妻，郭之表也。少坐出，反路至元鎮翁家，閒談片刻。晚遇清嘉石氏，以[?]詢知君秀已歸，撥此道

出西門入間則遍往余館與成伯略談意欲循途相見竟不值尋於東
園亦不值返館飯後秉臣來告將歸四明略坐去作復鄞弟信
返熙濟弟並裝訂會墨一本少初至東園遣僕來邀遂往晤伊又
邀伯吳子和來談次夜僕來餞而仰姪來亦告將赴滬製造局即
去餘人快談而散燈後永姪來替余買得藍夾紗短褂一件
廿日丁巳晨君秀來同至東園茶敘既別後月餘話移時少初遣人來邀云
先在小舟中偕出閶門逕與君秀散同販販物即至乘騾橋下與少初相見促坐
船頭載虞山攜名扒山虎者兩株移舟出水関在灘橋上飯店吃飯一飽
返舟權至花埠永以吾堂外泊定入登見子和是日富中預敬　関聖帝君

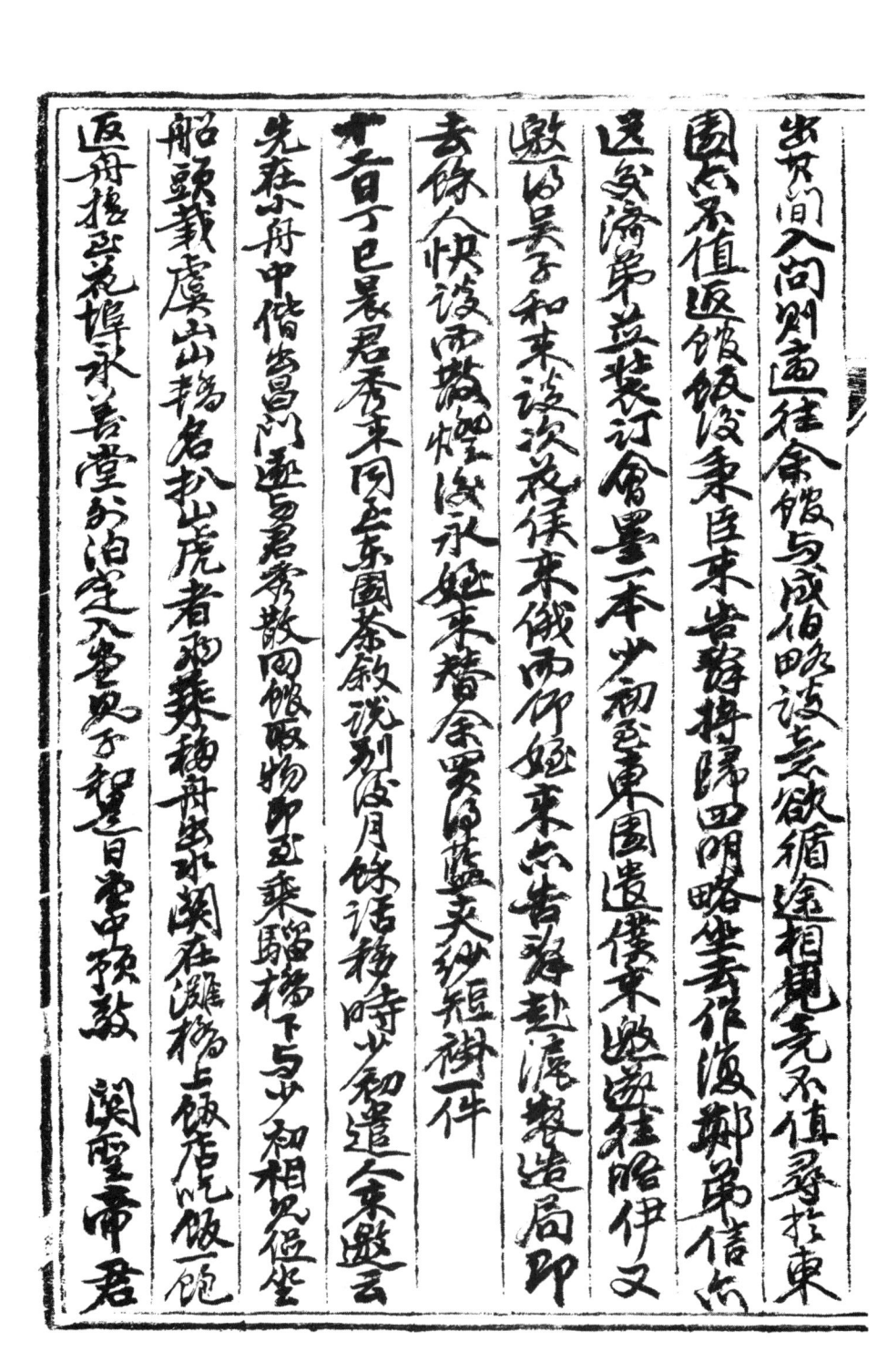

誕有樂部花廳上方設席子和要拉入同坐談談並少初徧覽各處坐於在旁盥洗書房憩坐啜茗時少初子和相約以兩人所置扒山虎併爲一出就花埠一帶試乘是郡城所未有者遂令人將扛幔一切裝起當中將喚轎夫余與少初先往留園交置酒碧山房啜茗移時因遊園中亭臺高下濃綠遍天而遊人寥寥迫人來同坐喫茶閒散並出乾點移時而出又至別園見余亦雲扁已懸起在亭廊兒傍淺抄出返至堂中子和云轎夫來說此種轎子不曾擡過不會擡皆喜始議三人坐了扒山虎到山塘一遊該院柔果乃將飛來郡仍置於船余與少初登舟轉棹放出東路繞出治坊濱後於山塘泊吉公祠前進去一游池中荷葉如錢猶未出滿榴花樹頂餘紅一

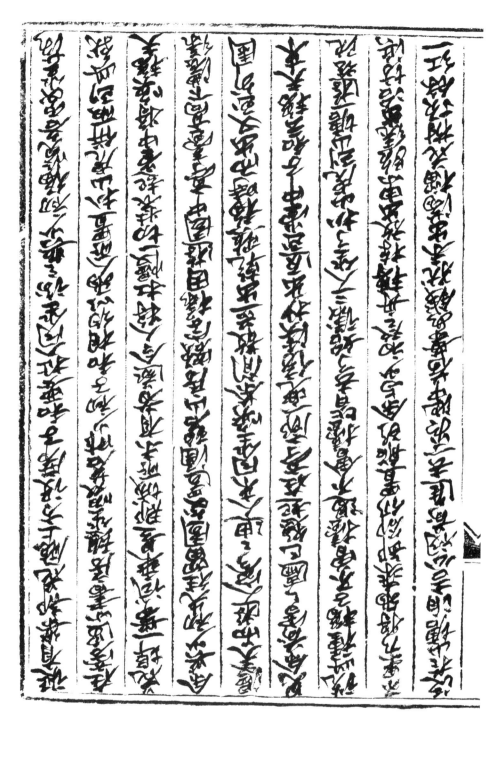

點綴則桃實纍纍而已三三兩兩稍有游人就平臺啜茗移時而起返舟轉棹
迎看夕陽而行過永閣粘琴橋仍在東斜橋先少初登岸適天暮
十三日戊午晨心蘭來以君孝梅畫紈扇又與丞風雲臺吃茶坐聽空俄
而雨勝涼萼臨川以次來互談久之散深暇磨墨寫去酒林三字小匾
昨子和屬禾善寫去房中用又寫戴用柏山水冊引首四字曰文進
宗風昨譜香送來代人臨畫題者又寫穗遲一幅欲贈茶村用錄
山靜居畫論一則
十四日己未晨起錢介來約往東園盥沐畢即赴之談頃心蘭來紈扇
已畫好芾來携回飯中馬笑拈來云代樵晥醉陳蓮溪畫六代友索

與小山皆辭不獲已，飯時起赴蔣稺卿之招，於花橋小綠天書室中
備三年來衆客皆齊，談頃至傍屋樓下入席，座凡七人，談諧歡
暢。同坐者壽丈又復快談良久，衆客皆辭出，余至鐵梅處見鐵姊
于內室，侍話片時，承以太乙神鍼一編見貽，携之至廬夫處，觀其作
畫，及所藏碑帖，適以蘭生出近作山水冊同觀之，快論畫理。
同出，過護龍街鈔書，到閶門，訪梅石於其寓略談。
十五日庚申。早出至錢德見小弟，至廬夫寓，取昨忘携之洋傘，即詣
莊祠，坐少時，出至曹胡徐巷八妹處，說家常話，移時同至觀中踐
笑指之約，伊亦先候，遂返飯，未幾鳳登來，扯往東園，有伊弟仲玉、伊

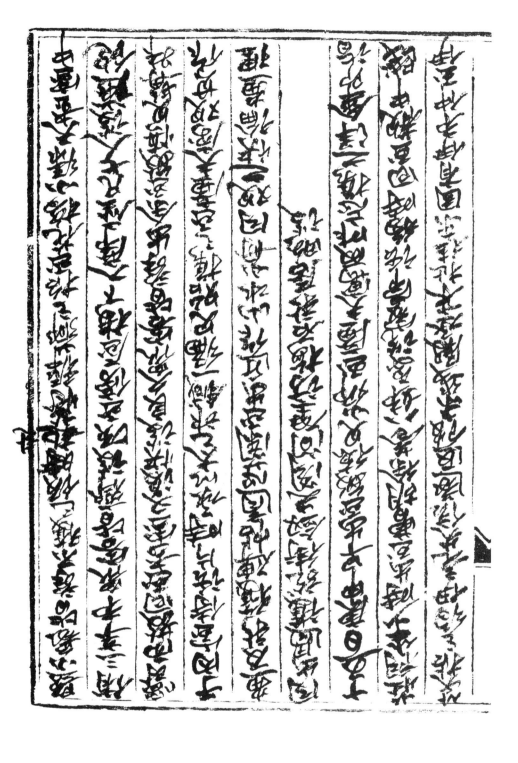

買何安甫同飲飯時發伟陸偉兄信即遣人送敏德申刻心蘭來略坐
去約五鳳雲晚點後往會有君秀臨川花侯景瞻友松諸人
十六日辛酉昨晚得仰娥信定於十四日辰刻到滬今晨歸家告諸姪女及
姪孫女輩見簡兒晤談返館晌午心蘭來出畫扇並索余紈扇畫屏少
坐去午後滇泉來談良久晚點後至二馬路金橋北境姚鄰梅家以便面求其
書畫晤談出至姚肅翁處閒談片刻返
十七日壬戌晨雨晌午暫止已而又大作寫姚肅翁所屬摺扇全面又
陳蓮溪所屬江竹庵小照上題眉一行並綴絕句一首申刻鄰梅笠庭
兩來已將紈扇畫扇揮就送來

十八日癸亥大雨竟夕向曙稍停自磨墨寫軸心一幅亦錄山靜居畫論将以贈廣夫又重寫玉筍林三字又寫永善堂中廳左右兩門額曰福門曰仁術又寫女書房中窗心四幅兩横兩直傍晚同蘭來街路已乾同至鳳雲臺吃茶

十九日甲子晨出先至君秀家有小不適略設知爲散溼氣而耗者使面已揮就後復至園林觀天醫殿將表姑母繆氏六十壽頌交出妹夫之母也在彼設醮壇与少初茶鄉諸人敘後至平設房壽看御有八集散後偕少初茶鄉過春壽梅上茶話春畦守梅皆来坐良久豫嵊芝壽少初來二人相見話甚濃余与茶鄉先起在東角門對面購鼻煙而散

至厲天府間談片刻出歸家少停返館至甘翁家閒談至暮
二十日乙丑晨陰巳刻李梅來以碩卿姪孫婿屬爲畫圓至東園
茶敘稍時雲集如幔遂散返雨作一陣已後旋止閉齋午後笑拈
來蓉屬擬輓聯擬付之少時又雨伊坐下且大作候其晚小雨去即
爲碩卿書扇傍晚椈卿來付壬戌之詩約明日小集
廿一日丙寅雨又夜晨起雖止地猶泥濘首姪來言源卿子定九入泮告
不閑賀今日伊家齋供時至至頗應其儀物余猝不及備檢得小物四
種贈椈 殊拙 詩集 字幅 送之作書仰姪信近日子簡因病不出今日子稻亦秋但
遣人呈課執夜後即爲改之 擲子雨出至周氏昆仲處不值遇心蘭約

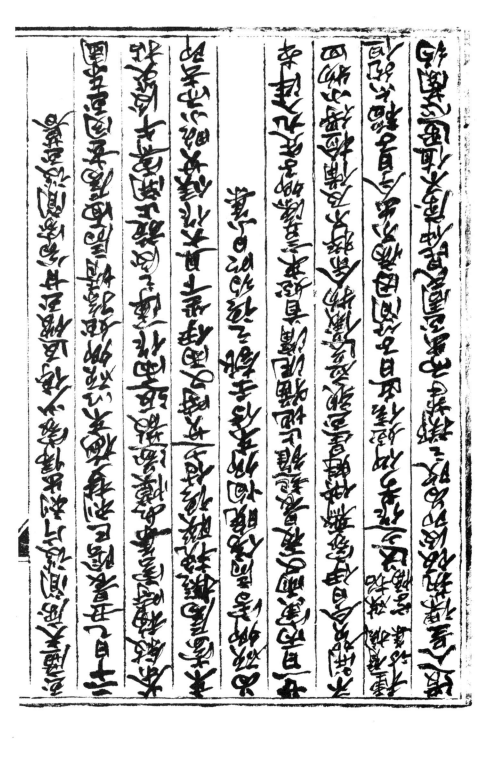

少頃相見，余過謝梅石家，適西人余鎮石坐談，片刻，步至盧夫房呈字幅，談次，心蘭來同飲，時出又至梅石處，少坐，至錫佛寺赴壬叔之約，諸人皆集，余與朱建生、許詢同、是初、叔父、壬叔與心蘭六人會也，設酒於佛殿西廊山堂，六人圍桌，首心蘭，次即余，次叔，次詢同，次建生，次詢同，次主人，而老僧靜芳亦同坐，看饌皆其自備，猜酒亦佳品，老僧亦云舉莫矣，席中戒莊戒諧，云云所不設，席散天猶未暝，余趁此天光先歸，與心蘭同行步路。

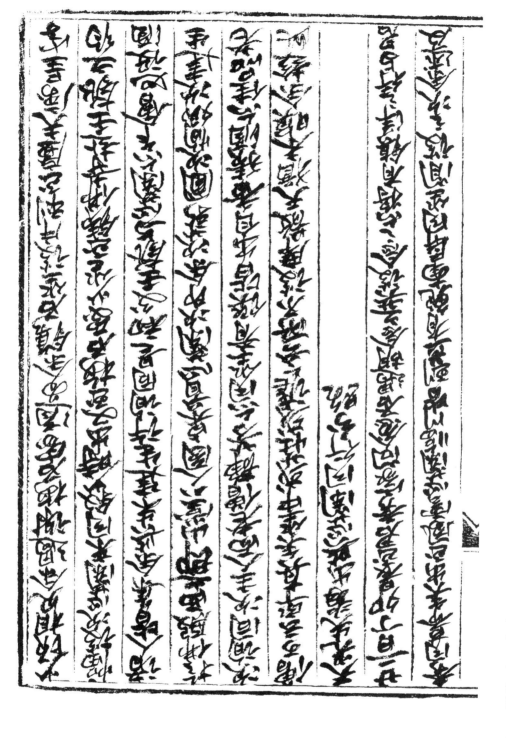

廿二日丁卯，晨至君秀家，問念吾，遇胡念之，與談，念之亦將有鎮洋之行，與君秀閒話，出至風雲、心蘭、臨川皆到，並有鮑南屏，同坐閒談，談次，余述及

𡵚初所說今日山塘之戴夫子祠中有約來知為何事心蘭因有游虎阜之興
遂起各返家約於胥門第一泉余出飯換衣服物少停後出至第一泉則
余船皆在吾船已喚定遂下船解維船風順張帆而行至閶門灘橋下泊
登岸飯店總在臨川與到恰好同吃飯一頓旋至舟放於山塘泊近戴祠上
岸戴藝甫夜青敬思等至祠中見有一席方飯一一見之為徐子春陳子誠
孫緒之吳子和戴履卿許君雲少和未到瞻仰祠中屋凡三層都係新
建額有曲壽師表石碌典禮物備子和云欲我寫楹聯子春云汲雲
於前堂匾緒之從而附和之余皆然否焉憩坐片刻出至張忠敏公祠略
一游覽出於塘上屋入花園四賢祠香州至五吉勇烈公祠又進一游於平

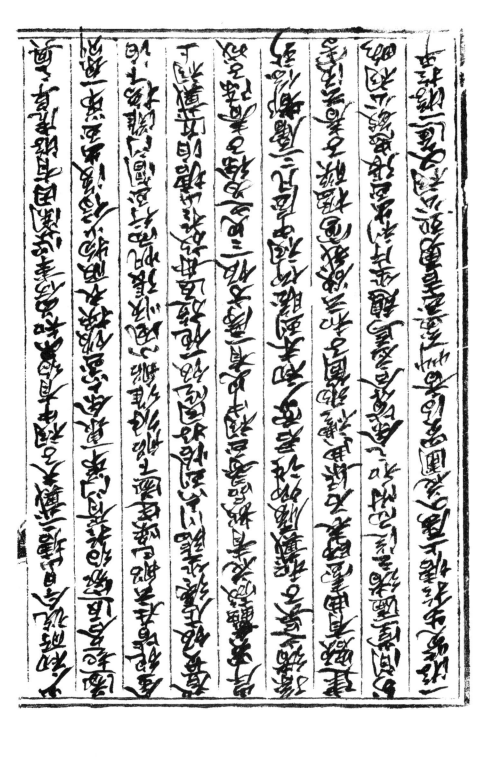

臺後君俄頃戴視中諸人皆到後黃叔謨伊蓀俊丞而先行余蓀亦行
返舟放歸即於閶門泊登岸散步吃茶抵暮乃返
廿三日戊辰夜雷有雨雨不閔榜晨起吃朝點出即至村梅伯在風雲
余至壬秋處與之出同至風雲三人同茶敘少時心蘭臨川皆至又談
三人先起面飯飯後皆入觀手間晴霽唯各成伯以顏魯公祭姪文墨帖屬為
題跋余即書之繙查古本一跋有跋焉怡賢寺僧雲閒來談晚仍仲姪
昨見信中有趙東臣歸至常州後寄奶舟一函晚雨又作入夜
廿四日己巳夜雨達旦不止於辰巳之間因魯公祭姪文帖為吾拜其本江跋
出虎阜風鑿雲根四字款題儀征阮元疑即不知本查明為吾拜劉侍御書為

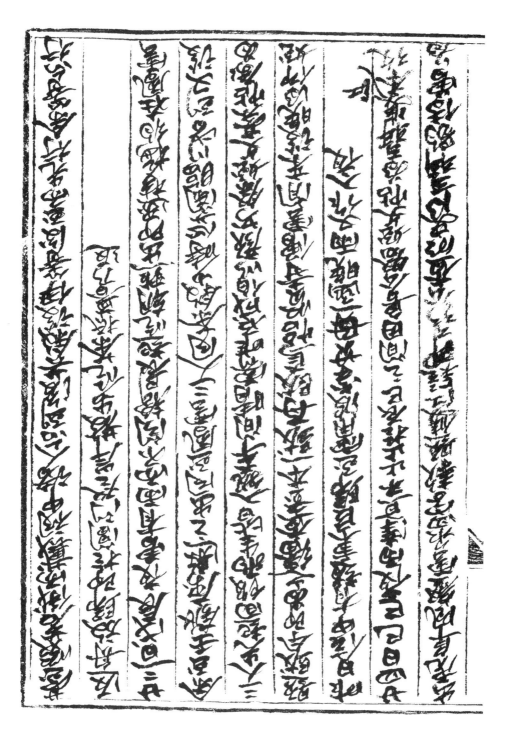

成

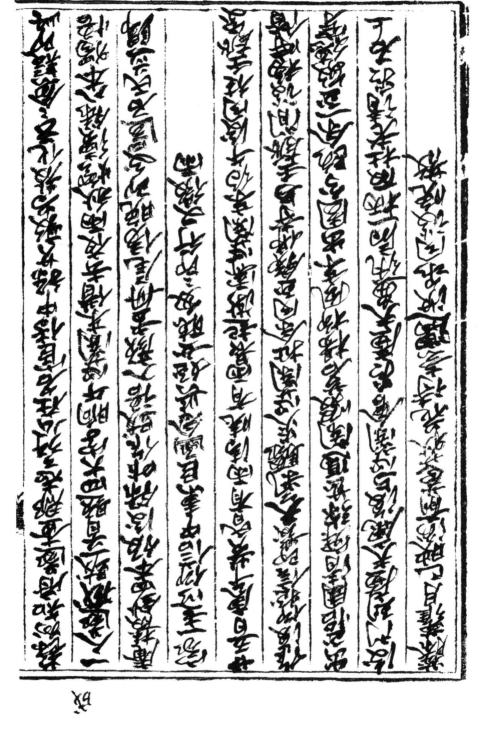

蘇州知府迻查郡志云并公在名宦傳中按其所為教化云云愈疑即此
一人也藏趾一首題四大字晌午心蘭來借去夜雨秋燈續錄八本獨悟
庵叢鈔四本服後錄昨作跋語入顧書册尾傍晚即送還石氏並歸
家一書以仰信中柬且函念其姪女聰敏云即行又微雨
廿五日庚午黃昏有雨清曉有雨晨起謝霽心蘭來約午後同往壬叔處
作復仰信即發天氣東驟炎心蘭拉余同至鐵佛寺與壬叔閒談移時偕
出至怡園清釋殊甚遇陶緩茗楊柳風來出園分路余一至敏德齋
後門到廣夫處後與心蘭會於廣夫處紙扇一柄假杜老請我君上
擬藤蘿月已映池南荷秋花詩意還波采同談晚散

倣

廿六日辛未 晨至清嘉坊吊石務之之喪 與君秀談 時出至風雲臺 晤臨川 心蘭 似琛 花侯 尋來邀余返 飯 向余借衣冠 答對門一客 去而返 返我衣冠而去 題鮑南屏石梁觀瀑圖 成七古一篇 飯後寫楹聯一百 申刻壬甫偕恂卿來 袖示新詩 談次云欲往訪心蘭 邀余同出 未至 遇於途 四人同在風池吃茶 晚散

廿七日壬申 夜有雨 黎曉止 盥沐後 寫條子三紙 冒小雨至恂卿家交去兩紙 此兩紙託交壬甫 至藝圃 鐵文交去一紙 皆約明日之格 過也 歸家少坐 雨止日出 返 飯後課作 作石刻盈玉二字跋一篇 渡孔穿東房 書貫見識 生五千小篆 六篆字楷石書 孝來約明日酒樓集飲 謝之 傷晚 偕出遇

梅石於途再三申邀因與心蘭家商量議於山塘歸時赴其招飲余
因與鳳雲無暇趕赴梅石語已不值
廿八日癸酉偕同人往山塘晨起茶鄰已來探詹碩遊昨畫冊同賞
大有青藤筆意摹之與心蘭家披觀亦甚歎賞余與茶鄰先登來
遊橋西茶般候錦峰怡卿壬毅同來晚與心蘭及其夫人偕出城登庭三壽
之船移棹閶門遂與弟子與潯月樓與荻圃來船六人促坐敘談壬毅
云六人共得三百六十歲從諸花甲齊年可謂巧矣舟行遂泊山門下
齊登岸正當日午直上擁翠山莊遠眺啜茗自抱甕軒問泉亭
而上憩於靈瀾精舍散步於透碧廊飼鶴廊觀月軒及波艇子諸

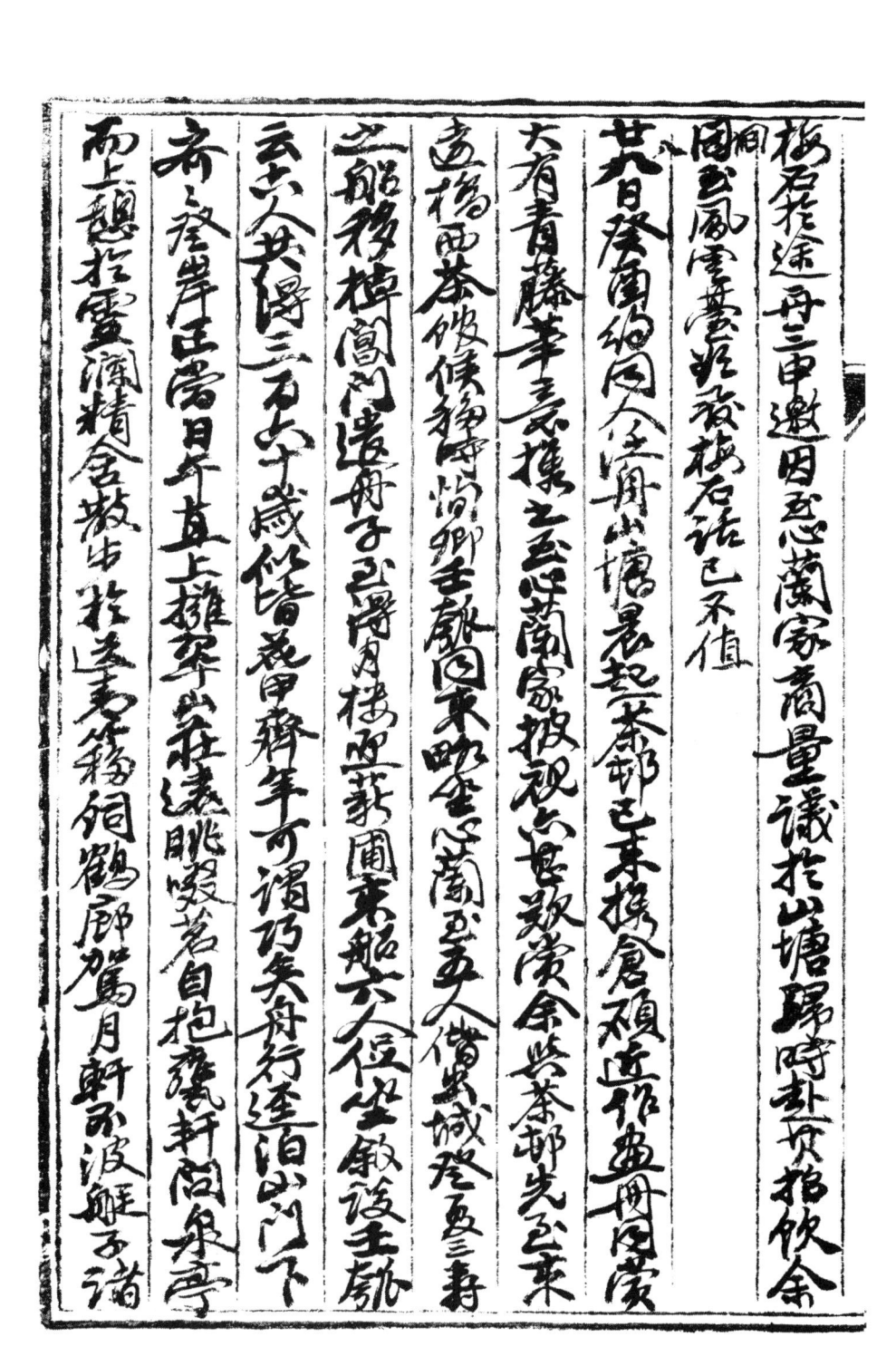

憩良久下返舟將棹樣綠樹陰中水窗小飲午飯既罷放至吉公祠進去秋平臺憩若隨長散步憩坐先後來遊者凡數十人知門前樣有六七遊船矣良久日西斜返舟同行至閶門蔣圃上蘭上岸餘人仍至胥門舟中吃晚飯乃登岸進城分路余至酒樓問梅君等已散矣回復洪叔札致鄭弟都中去

廿九日甲戌晨起庭中似微涼俄而大雨檐下寫洪叔房件作致鄭弟信午後雨止地乾錫弟來談時又有雨陣雨旁去傍晚得昨月仰繩來信知患病似瘧

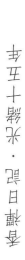

六月初一日乙亥陰早出先至敏德一轉即詣莊祠少坐諸人皆延遇雨出余

午出再至敏德所伴兒於月朔黄女所發信兒子静嶶知於廿八日到家自外洋英國歸也三年之别敘話甚長余問其臨去時所娶妻及所生子女屬其一一開出又知元吉姪孫於今早子時又生曾孫孫請余命名名之曰象閑字不喻若有卿返館即為繕具函啟郵遞以便投莊寄欲伴兒信並及來信中話午後遣人併送敏德寄夏卿姪信即發傍晚歸家一二時雨亡至益甚奴三郎出至館中心蘭在座攜徐子晉翁詩稿並孝其子翰卿屬題

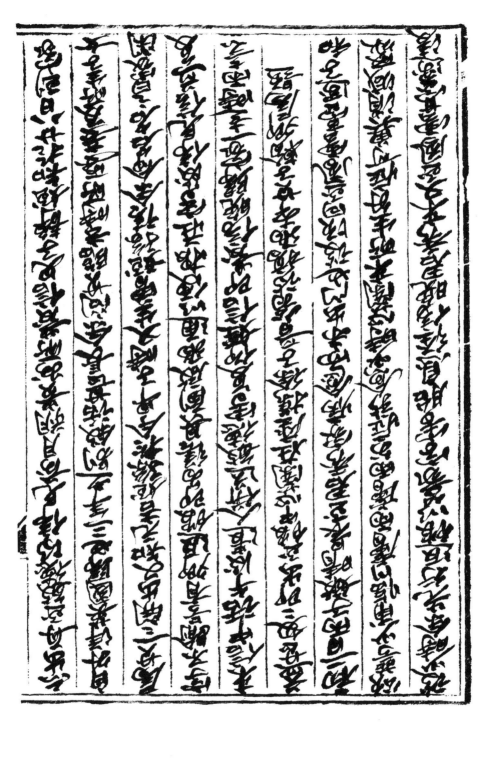

初二日丙子緞晴晨至君秀家病愈而未出門也談頃同至鳳雲處遇子和欲尋少甫臨門屬兩屬而方症我愈少時心蘭來所生牙症有與消減象談少時余先行返館以篆字寄胎息經傍晚君秀來又至鳳雲其家遂淺

晏濟民子明子約天氣午晝熱晚涼

初三日丁丑晨陰雜髮吃早點歸家中途遇雨將至驟密一陣旋

霽空黃梅天氣也松生兄百日之期不禮懺但設供而已在家午飯乃

出直至石子街譜弟家有小恙見於內室綿袍而小帽焉有事面

懇之設頌出天大晴至廟天厨設頌出由後門至敬德堂入云在後

巷元吉家因復見錢過梅石盒飯刻即云方略生至元吉家伊

四十生辰與之揖閑有盲女彈詞聆略坐又轉至君彥家因譜

弟所索詩三百一編得之遇子和（此石子和，非吳子和）設頌同出適又雨遂散歸返

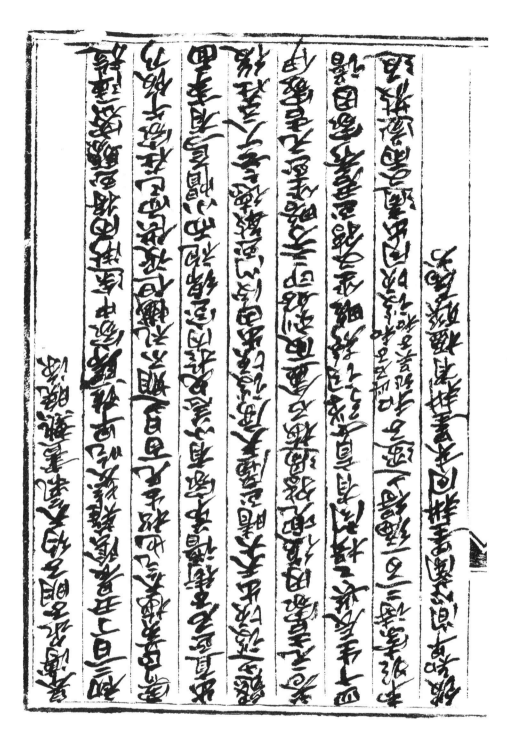

飯知早間心蘭墨耕同來墨耕有極聯屬書

初四日戊寅，晨起至田舍，墨耕書對，立加旁行跋語，濟叢來取說文古
本孜、晚翁所見詩錄、小謨觴館集三種去。心蘭來，申說昨所留字言今午
墨耕邀往吃飯，設次，謂伯來同坐，俄而同去。殿丞來，言未赴杭，云將過
此。暑天設頃，余亦欲出，遂同步至梅石廬，大雨，各步停，同至觀
東山門巷內墨耕新居，門上有貼聯，西向而屋南向，平屋兩層，窗明几
淨，東偏為臥室，西為畫室。時心蘭先到，已而梅石到，已而廣夫與屏皆至。一
室聚談，午刻六人席，余與梅石、裕齋、雨伊縱飲，少時進飯。飯畢，余亦不
能睡，惟茶可解。設世暢良久，六人同出，在觀中遂子因引涼風吃茶。又
良久起，乃分路。余至君奇處，適值其將往鎮洋幕，設頃即話別返。

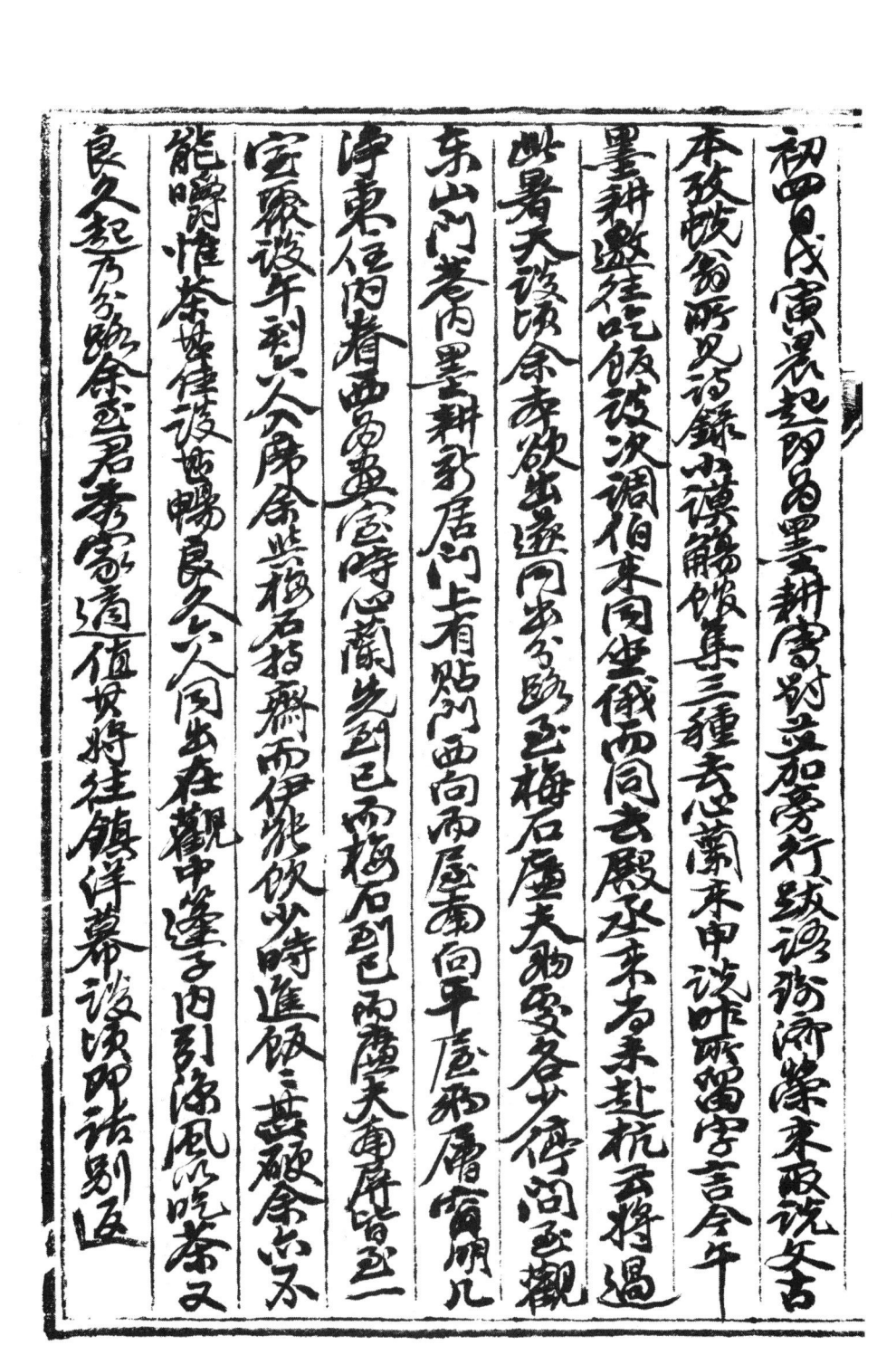

初五日己卯改課作兩篇寫胎息經二百餘字壬凱札來附廿八日山塘即事七絕二十首晚微雨兩三陣

初六日庚辰晨花侯來邀至東園茶敘遇唐蘭生筱臨川尋來告我以雲翔之約散歸晌午心蘭來已見臨川矣午後寫畢胎息經心蘭札至云背瘡作痛不能赴雲翔所約矣是日暑氣盛熾傍晚雲起黃昏陣雨滂余姑至臨川家已往閶門因尋至倉橋則雲翔亦在所約只有三人情不可卻而雨意益濃漸見閃電漸聞遠雷樓臥南北有窗風來或前或後余謂及雨北風生兩椅至近坐中又來王姓一客邀鋪席猛雨驟注楹家傾盆一霎即收狀見殘陽旋陰去雲又上席中四人余與雲翔持齋劉王則否

天陰晦雨又大作余急欲歸喚轎赴錢塘門不果乃雇載舟先送余入城
出天上見星小舟行甚速直至乘騾橋登岸返館得仰姬初四信並洋
初七日辛巳霽晨歸家得仰姬寄來洋照所開分派並致錫弟家一簽返
寓復仰姬信並代姬女給伊子秉臣信併封附去香匣一只即發訖後
篆字寫靈飛經傷晚又與雲書雷雨而未果入夜雷
初八日壬午昨二鼓後雷雨大來中夜乃息晨起庭涇儀又酒兩旋開窗
午後暑氣甚熾續成廿六虎阜即事七古一篇錄稿出餘閒寫靈
經竟日不出夜月頗明
初九日癸未早出至紱德不見人遂至元吉家明琰及瑞甫之大姪女

程氏殁已病危，內贈板在錢穆寺，因往觀之，換備供湯餅，少坐至廟吳屬
已結束將還，揚失酷熱，坐返，飯，天氣已熱，返寓換手巾，夢蘅、姊勞氏對話作噫。
函仰高、杭文、香孟承、姜堂門，敘以仁宅對福門，晚與湯小洽
初十日甲申，早至心蘭家，因其病已愈出，云往風雲，並至風雲，則心蘭未
到，僅見臨川旋來，嗇雨坐移時，余先起去，出適遇心蘭，因同步至進丹筆齋
惠背痕已愈六七，俄而頌邨、雲翔、南屏諸君來，又談移時，仍先起返，飯後諸暑
蒸甚，殊不可耐，是日卯刻交小暑節，午起陣雷雨，甚騰
十一日乙酉，清早稍涼，晨起日上仍熱，花侯來，同至東園，余往約壬敭，不出
云人茗談良久，散。晚壬敭邀同梅卿招余至東園，復茗談良久，散

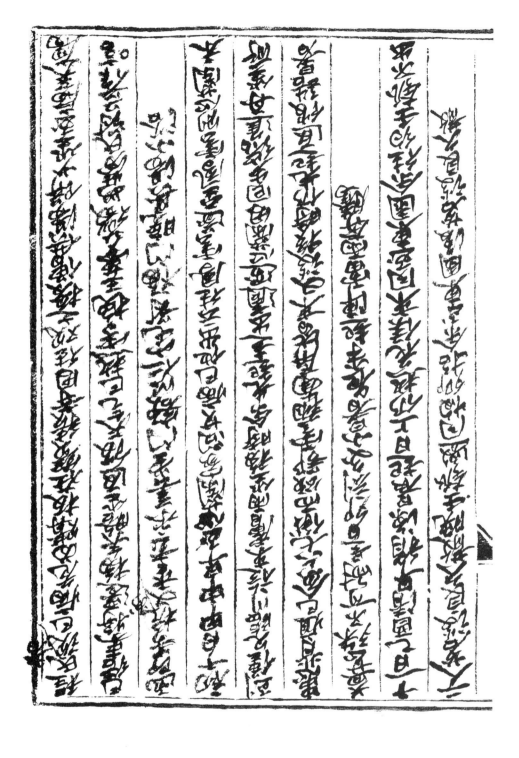

十二日丙戌巳刻歸家暑甚少停至對門允大與藝圃閒談片刻返寓 先考生

辰設供展拜畢余一個飯後不能行矣夜見祖茶閒話等到日西圓刻乃返館

得茶鄉兼札附示姚芝生信屬為極聯并為遊洞庭兩山觀奇

十三日丁亥晨心蘭來同至鳳雲書屋茶敘遂臨川返飯錫弟來是日晨陰

繼而日出暑甚灼汗流不止此吳諺所謂出河海漫熱煞老鸛也改兩生課

作六株吳類悶時時揮筆筆管中有蒲盧為巢

十四日戊子晨仍陰中晝仍熱惟有風稍爽預作明日寄偉兒信得夢

薇杭杭復信謝送吊儀得仰蘇十一日信

十五日己丑晨出天氣如昨走路頗涼爽至敏德交去信不見人遂至觀中與春臺

赴秦郵約伊與春畦拱先俊臣茗孩片刻余先起詣莊祠見霞客辛翁諸人坐
頃出又邀秦郵同至墨耕處他出不值同至敏德乃見人略談出至憩棠巷北口陸
廣夫新遷處未起亦不值返飯作復仲純信即書作致靜媛札因頃間不值也
寫石墨觀瀑詩於鮑南屏冊上晚洒雨霎三陣
十六日庚寅交初伏清曉有雨竟大涼寫靈飛經詩向午漸霽傍晚出少
刻處莊家雨有意不能出見同路至姚處見嘯翁筱良又返
十七日辛卯仍陰涼晨出欲往東邊遇蘋園壬秋於柳巷適來我處余遂邀至
東園敘談移時拔時為有年後之約返飯伯雲因有客不入塾交申初蘋壬
六公果來晚坐同出至滄浪亭之路十六日氣不灼且有風到則先入可園

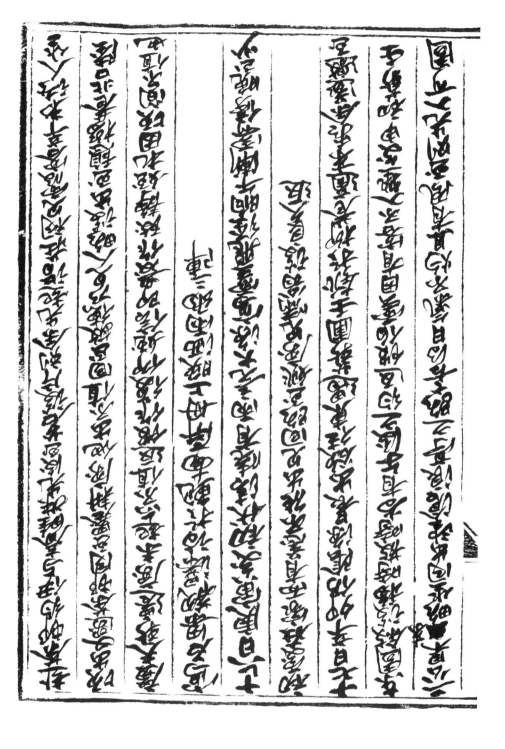

中爲黄子壽護院新建之學古堂，有觀書肄業諸生，有經理書籍之齋
長二人，住齋中，一切經之。一齋長式之時往來，邀余見邀入，今日適至觀，見者循
廊而西之廊，右爲學古堂三楹，堂西又有廊，稍北起樓屋五楹，下曰博約堂，皆藏
書。樓式之延坐敘談，盛滿君來文取自啟鎖，招上樓，樓之左右兩楹皆儲書列厨，已
滿，有堆於桌上櫥上者，亦滿，余等望洋而已。下樓，暇，若文設移對門一棹，式之
因與余等同出，見西邊一亭曰舫亭，東邊一亭曰半亭，各處皆有聯，式之開學古
堂窗，進去，一樓曰有未整之觀曰一隅亭，亦屋頂添築也。進對過之門，周覽一編，余
不甚與之矣。遂至西東軒，吃茶，憩坐水中亭，稍令亦不多，蓋花信尚早也。惟
憑檻風涼，香徑甚，上來良久，起，送式之返，可園之門而別，回行過觀鍋往藩署

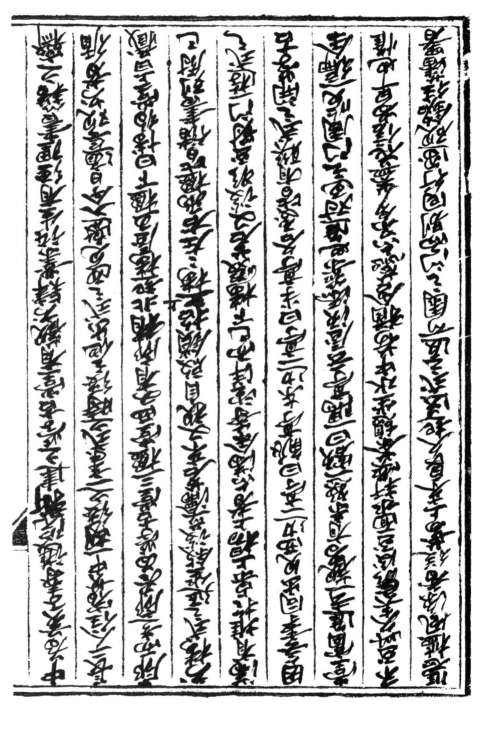

暮也同至查家園楊與文廟坐吃茶罢出晚點吃之稍時起路過心蘭之門二
公欲訪之入問在家出見未坐幾刻偕至明歸不留行遂分路散
十八日壬辰嫩晴仍涼出往東至敏德未見人至梅石處略談至錢省處去而日不
見偕出吃茶於萬仙樓遇子振稍時余先行再至敏德仍不見人返館後子靜
蓀子來寫電報聽經始食飯
十九日癸巳向曙有雨聲起時已止後日輕陰天未甚定去敬書遣人送滄
浪亭後遊飛霞至倒次貝韵和之飯時心蘭來談午後雷雨大作勢若傾
盆雨過貴人送詩與老敬晚得伊弟十七日信有補送貝壽琴詩紙
二十日甲午雨有人使札致殿臣處花侯來訪至鳳書吃茶先後遇陪

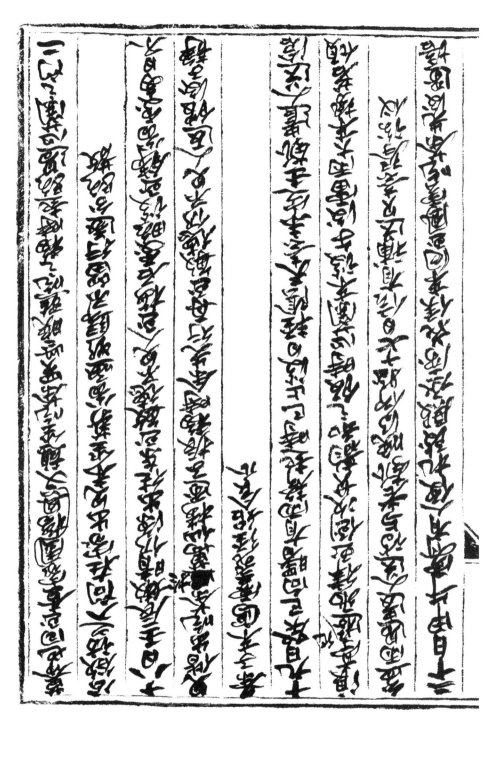

之臨川心蘭頌鄂諸人談良久余先起返飯丹次老姚韵孫首錄稿送其
挑戰之意作復仰姪信即寄以諸儀送之意琴音殷即來商曾祖考
督先生詩著出吟一編余曾有原稿鈔本將借以校正並寄函札
來有代人為壽對送閱一元是日天氣暑不爽夜大雨
廿一日乙未上半陰下午蕭雨陣來果壬姚以次韵詩來寫七言八言對各一
副八言者即擬還瀟本
廿二日丙申晨陰歸家一遭進臨川巷門閑他出矣感風雲意則臨川心蘭頌鄂
咸在談頃出小雨霏微返飯飯後雲飛經寫畢
廿三日丁酉向曉驟雨一陣即止閱知五孫聞顧家表姑母繆氏身故大殮

妝備冥錙具衣冠往彼，途由懋德進京，少坐，至錢處，天氣已熱，蠶豆
即返，飯時心蘭來，携到臨川代余買之扇，飯後即寫子駒頁，傍晚
少初來，談移時，去後出赴心蘭之約於風雲會，伊與臨川座，天色先到
又有笙魚、立凡諸人，飲談至上燈，散回，很知藻卿曾來不值
廿四戊戌，早起，過藻卿，遇談少時，伊即欲返洞庭山，緣指局姪女借行，余
贈出還，決乘於號通，自錫山歸也，返飯，少初札來，申明昨約之封門觀荷
之局，余緩片刻行，冒小雨徑至倉口船上，合人到，少初處，殘明在船等候
至雨後開棹，乃陸續而來，少初之外，為金季韶、李步青、周姪兩至人，則
錢秋訪也，放出盤門，至封門南葑塘荷花大好，穩在五子光景，方到，十分也

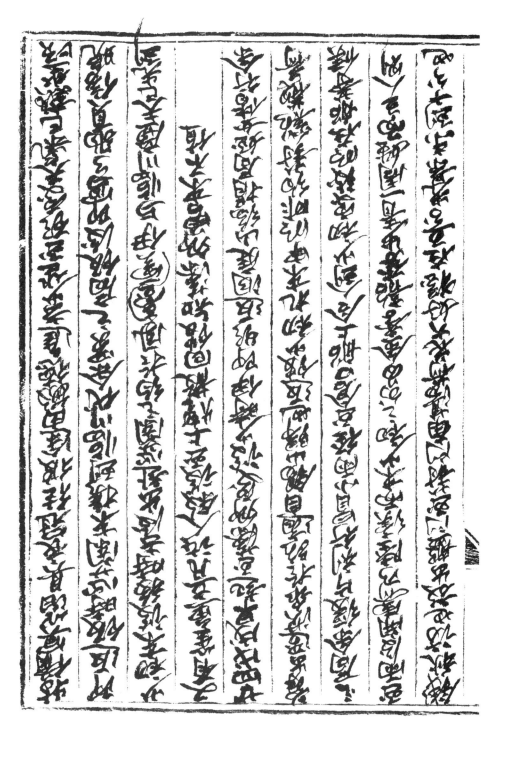

占人促坐中艙，先吃點心各品，嘗素雜陳，因余持齋耳。吃畢，向泗水小童買
蓮蓬幾許，剝而嚐之，香味並佳。旋時艤棹，天色不早，尚擬往吉公祠姑望
閶門，棹去。晚泊方基，少待，舟中設席，由文錦棹至閶門馬頭，旁撥天暝，
余先行，步至閶門，步買小燈還，女僕送余返館。
廿五日己亥。早出至心蘭家，前門深掩，繞至義仁弄，叩其後門而入，既見，乃
至前廳敘談。旋起至余卿家，方坐，復雨下。余告以昨晨藻卿之話，伊屬余
代擬挽其姪婦繆氏聯語。雨陣雖大，少頃即止。旋返館，即為擬成一聯云：
不替善人心，厥本支有蔭，衣有根，祠宇待經營，猶抱酸辛憂入地；
忘慈母訓，勵從世克勤且儉，達門高節操，豈憑仙佛擬登天。因又自

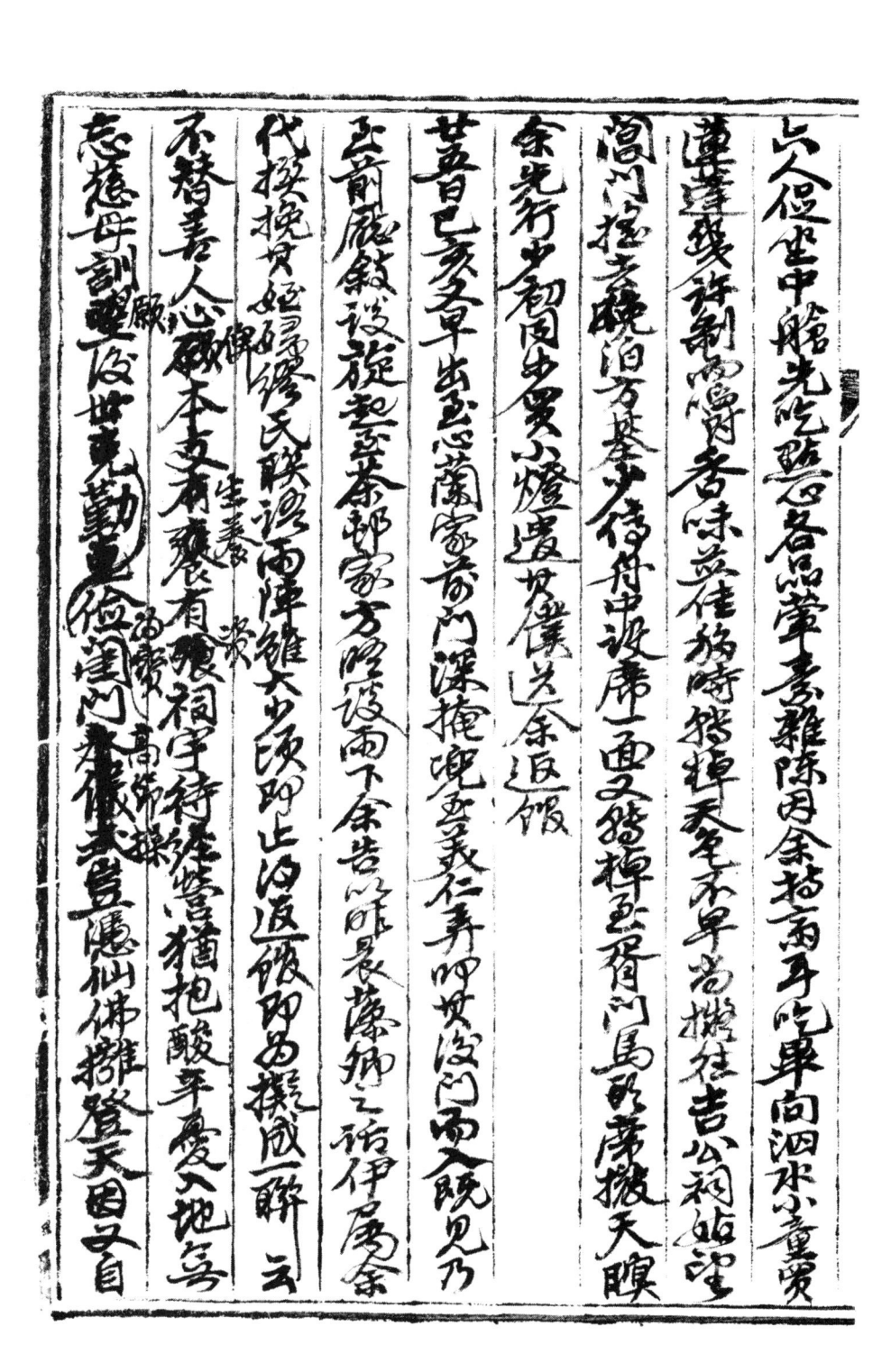

作一聯云：櫻霜露疾阤冰雪身，壽屆六旬春祈福。六月五日贈族規

垂傳家訓，澤周三黨彤管表三吳。飯後[illegible]君[illegible]倉山信，即作復

蒼去。申刻又有陣雨，頗涼。

廿六日庚子。大雨，夜晨猶不止，天氣大涼適。文臣伏疑有蛟水出，蛟諸事兩亞

晌午雨息，涕涕的零。申刻心蘭看廠來，閒談移時，又至東園茶話良久乃歸

尋來同坐，晚散。

廿七日辛丑。晨出為泛舟觀荷，幸濟邀程心餘、黃寄不值，至心蘭家，借之至

東屏家，各約會齊於鳳池園啜茗，心蘭又他往，啜茗天乙，又心蘭回寓

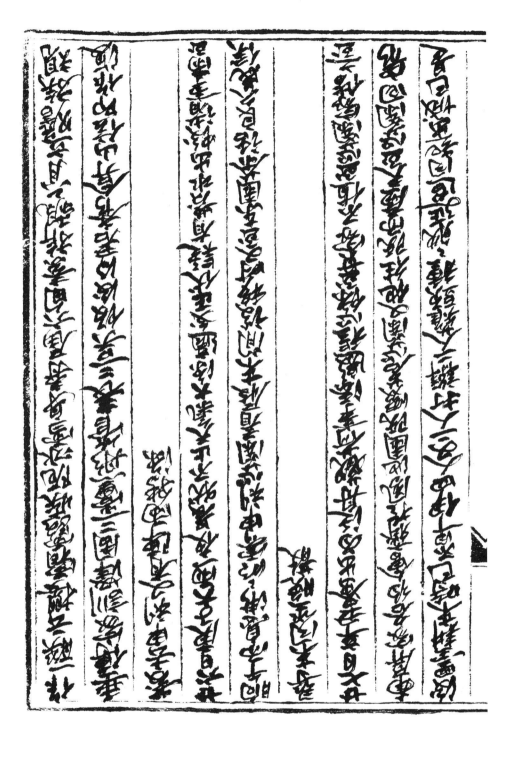

後墨耕來，時已不早，伊與人又二人打辮，二人雖頭種種，欲延道同出城，已是

午初到胥門登舟，子言南北濠水不能通，到乃祇就北馬路踏至閶門，又議
俟忽餘等人心急，墨耕創議岸上走，遂五人偕行，竟進城，飛跑奔行
愈遠，天氣早為陰涼，此時日出漸熱，乃另僱小舟，放出西門，大船則余等到
船已久，時已未刻矣，急行放棹，山塘西去綠樹陰下艤定，艙中鋪席小飲
余與茹素移時，撥席移舟而東，泊吉公祠前，入觀荷花大開，恰在好時
六人欽平、壺盧、管觀之，遊人殊不多，清談移時，返而登舟，即鼓棹歸
仍到方基頭將艤定，乃下小舟，諸人偃坐，併大船上人滿滿載進城，仍在原
處登岸，走回飯，恰恰抵暮矣。得仰姪廿五日信
廿八日壬寅，晨出詣火神廟、城隍廟、關帝廟，進園打觀，詣雷祖殿，觀音

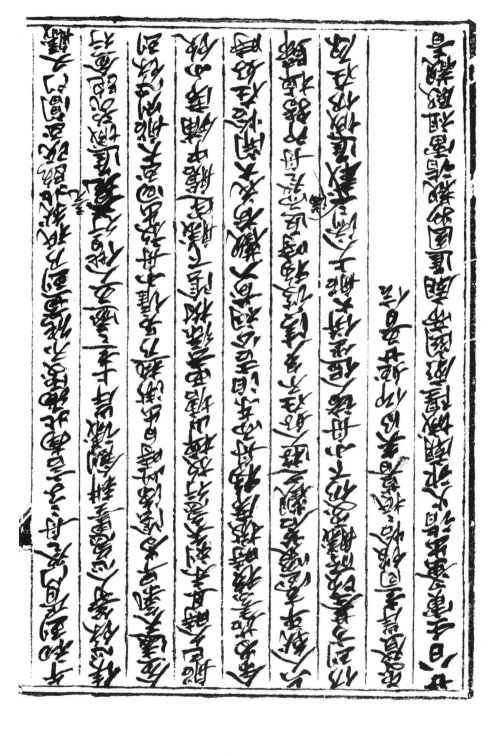

殿拈香事畢即返過敏德少憩片時即見元吉談頃返館天色堅晴又
交暑矣作家仰姪信未發黄昏後聞雷聲而未雨
廿九日癸卯昨睡下聞間壁人聲知小坡挈眷自京都回寓晨起姪來告今
科健不赴鄉試心蘭來坐頃去偕心蘭出伊光寺風雲慶會買些紙筆
乃就之茗飲移時返館天氣又酷暑
三十日甲辰早至延光寺拜秉卿叔三十週忌錫侯弟自家中備點心來同
吃之余歸家少坐与筱甫晤談返館未幾阿達來言小坡來談都中事片刻
午後遣人取寄存各書晚點後心蘭來探到臨川為我作書畫合璧便
面談頃茗飲儀鳳壓土皆滿乃至風雲還子和笙魚同談館僕來請吃

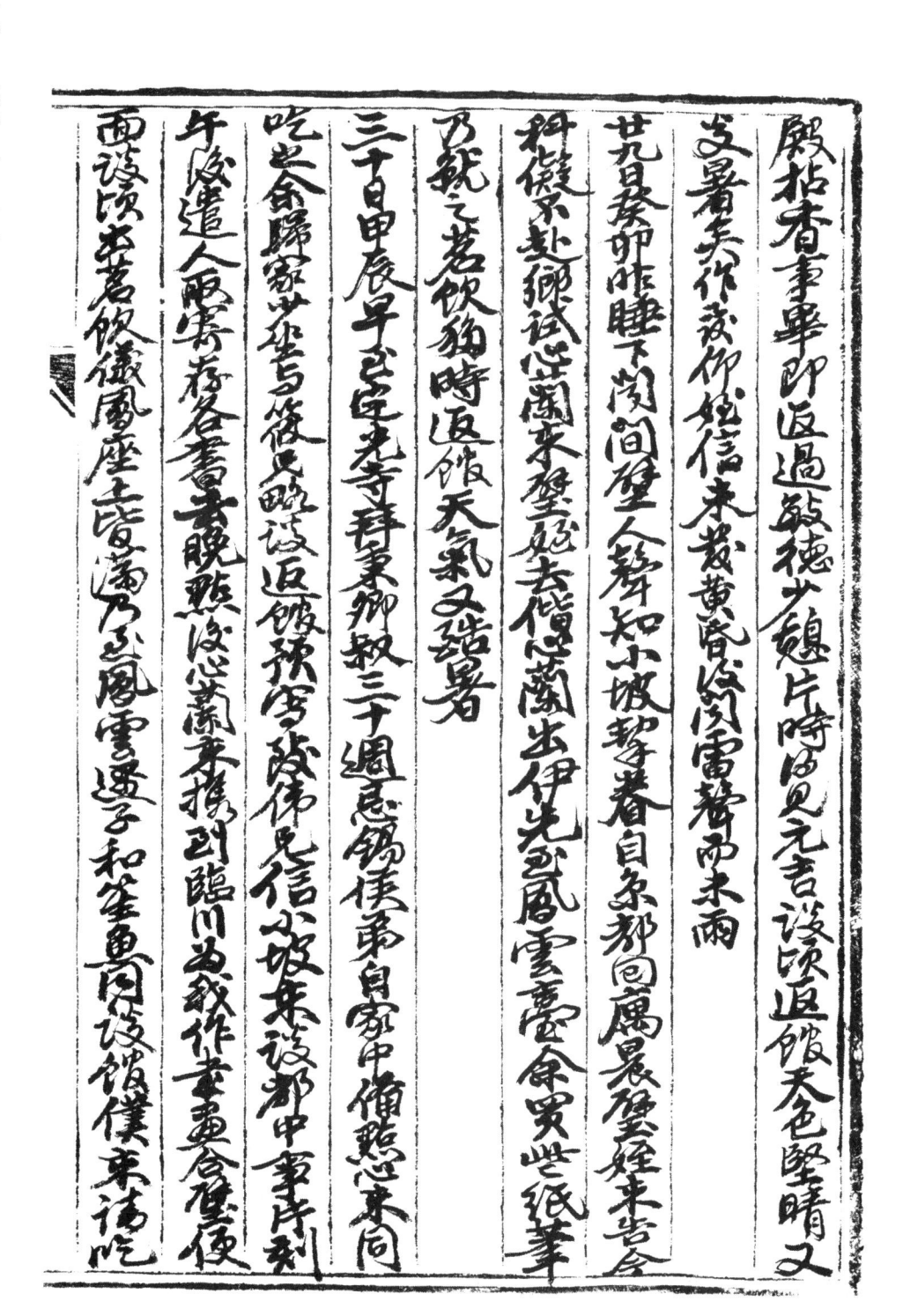

晚飯乃散是日暑氣益甚

七月初一日己巳早起即出灣繳德即至覲中遂至西山見茶郵已在迎春

同啜茗天氣已熱遂詣莊祠與族中諸人談旋出至墨耕處并臨川一

札少憩即行至敏德處時後佛見五月廿八日家信少憩即返飯近午

暑倍酷作致君秀信即發瀛甫來午後泛覽書一編餘惟嬾臥

初二日丙午早起即歸家在永熙處觀溪民發起件當曰長生之極

可觀似佳但恐是仿造也返飯已熱甚傷晚聽蘭來至談時夢梅

來同至東園余又往招壬甫並約恂卿皆至東園君談至暮

初三日丁未午後瀛甫來送來朝鮮尹溪石書到信並及所書屏

軸紈扇諸件贈我，展其函，知曾到黔陽謁見佛兒，頗有所贈，故另有
信函及屏軸紈扇等屬寄，當即報函。午前靜姪送來黔信，以見福基屆
中丙舍，傳樞已滿，俾見頗助葬費，屬余查明勸辦。余方作啟，并以君
來函附去，並代申其意焉。是日晨，梧梅來；晚，花侯來，略坐茶叙。
初四日戊申。晨至寶積寺，為禮吾婦沈氏除靈，本擬一拜即行，見靜姪及
其昨函並說一切，又告以前日濟弟之言，剌剌不休，遂被留住。余因梧梅
錢和尚閒話，從山法師來同坐，宜靜稍姪亦尋見，因話移時。午間坐
四廓路熱，廓散為不可行步，去有風，閒坐閒行良久，乃出，過梅石庵
地坐不值，過盧大府，亦他出不值，卻往衣上坐而行，返飯知伯卿壬秋處在東

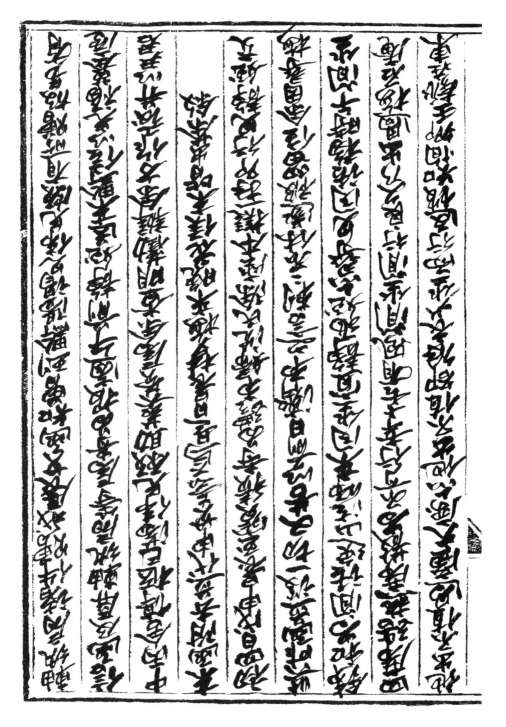

園候我少停遂往座又有程賓卿者偕卿之徒四人共談

初五日己酉早出因心蘭約泛荷蕩至其家已出蹤至蔭順風園見高閒

同游之又有三人須候齊稍時汪季友來又稍時陳辰生來尚有臨川

久候不至候良久乃來始共登舟稍緩時已晌午望葑門去風大逆

盤門塘上拉縴而前漸近南蕩波路寬廣望見有荷叢翠蓋

雜香撲鼻兩岸背萬花掩映卻是一尋尋一舟漸入深際泊定別之東船西舫

惟有郡城皆划皮艇來呼之打蓮蓬還而去打十餘筒買之又去打十餘

筒又買之五人劉家陵之味極鮮美辰生欲再多帶以歸遺細君臨川義安

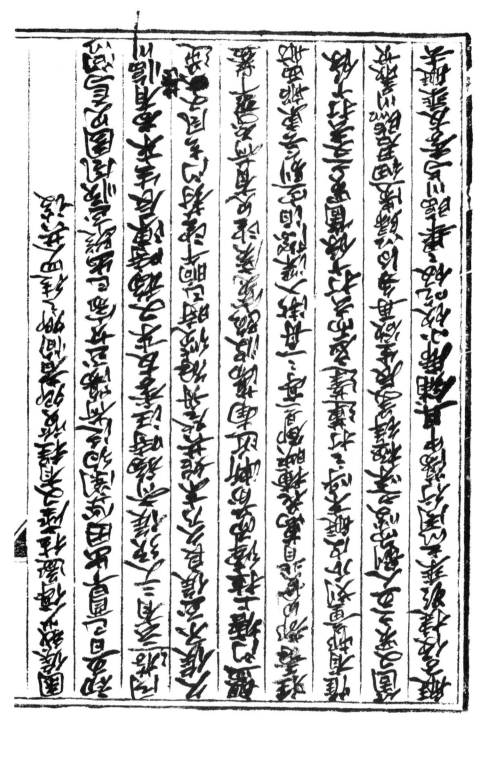

艇子便捷狀乘之以周行蕩中其舖席小飲吃飯之畢臨川與季友乘艇去

又有他艇子來吊蓮蓬三十五箇，并買之。良久，臨李二人同來，吊蓮葉蓮花錢，於滿載維時，風太涼快，暑影漸西，順風吹去，俄抵盤門。心蘭、季友、臨川登岸眺望，其以為心曠神怡。前抵胥門，余往後往他處，遂進城。與諸君分路，返館，斜日猶在窗也。

初六日庚戌。夜睡甚酣，晨起，茶邨同一人來，云將往閶門，匆匆去。已而調伯來談，頃去。已而花侯來，亦談，頃去。寫送臨川扇全面，至東坡處，正談時，心蘭來。英談，又至余處，略談，去。飯後，寫復鄭弟信，改課作，以仰抱初函信。

初七日辛亥。七下鐘館，晨出，至饒筠家，邀之至觀中，與春臺吃茶，遇熟人不少。移時，同茶邨至同春店鋪，分手，至顧家巷辛芝兄新居，不值，至鼓樓坊，訪他出，不

值返至鳳雲崖遇心蘭及前日同游諸人茶叙移時心蘭借我返假眠坐即去又有
午後至陶合福古齋寄便面兩頁申刻心蘭又來略坐即出至嵩屋夫處方畫寄
牛紫薇扇即畢也余前日見其案頭有北朝石墨數種細看之有奇異跋番
遂細談食尼而出至觀前遇胡石家殘其前月被竊古玩即石之年將復至墨林耕
寫方畫紅蘇衫中泊妓船小舟心蘭有扇與之合寫者只少設色遂題數字為
余將其作便面五頁攜出心蘭邀夫墨耕各擇其一頭之須加款仍攜以行同至
觀中雅聚吃茶遇與人又為推廣夫約定不至移時同心蘭返分手回飯錢教訪
殷少鈞留來皆不值天多係風之頭為爽
初八日壬子晨歸家見筱見屋姪話及湖北蘭亭二冊寄來因趁見楷儀及虞兩人

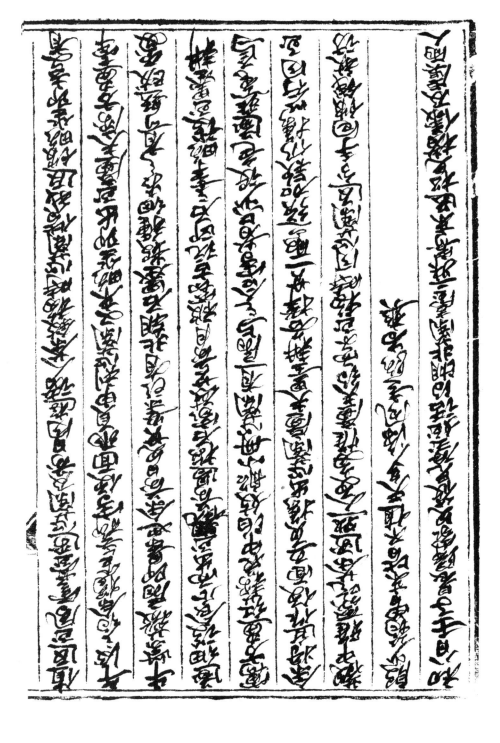

挽額題聯，余取其意信回。飯後作致仰姪信，以唁信附去。少頃又來，已是飯時，問

吃飯，天暑路遠，不耐行，談至傍晚乃去。

初九日，癸丑。晨，心蘭來談，次首姪到。飯後，徐子丹（塤盒）冬來，屬書春申

君廟中去陵所用匾聯紙樣，並換句子。丹皓昆先曾來，兄以嘉

興俞復生藝竹感秋圖題詠彙刻一編見贈，且達屬為題瑤盧之說。

時壓姪六來，略談，余偕心蘭出，向金裝池店家取所裱件，並以屬裱一紙

付之。遂至風雲臺吃茶，茂侯尋來，同飲，方將往陽義道，則良久散

返。飯後將撥款，費達玉二字名墨跡，遂入頃，取回。幅上題旁很滿。傍晚

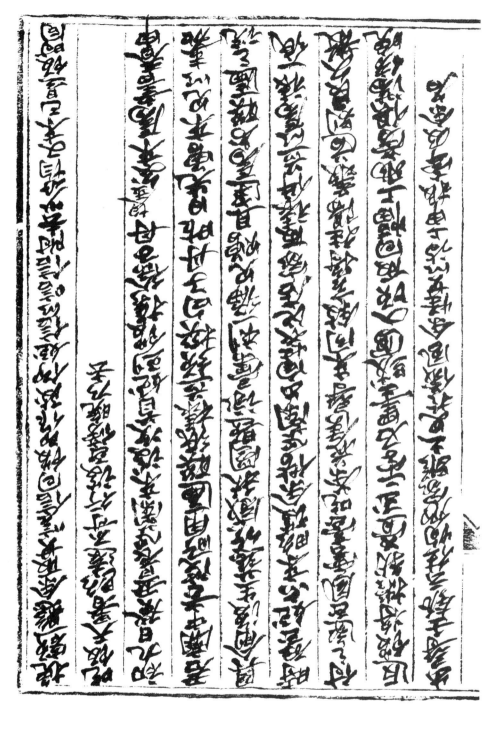

出，尋壬勛，云往蚵船家，雖出，見於儀風。余怪其以詩上申報，寄與余名

初十日甲寅。謁春申君廟，書院聯云：門將閭閻風，迺美俗洽清嘉，故里錢瓶
祠堂鐫鄉以鳳凰名，著春秋策文，更畫堂珠履，客還來。觀文逸閣，凝香小
坡，以石並詩存函冊出示，因錄其題詠。
十一日乙卯。早，謁隱世誠，訪出門，步至廣夫處，未起，留物而行。至敏德，小卿借
子轉在常元吉有小病，遂至敏慎、玉荀弟五十生辰，知笑峰勸問之，果他出矣。
兄弟數語，即去，見彝、珠數，遂至藕園，近日洒掃潔淨，可以坐談。因見書室中先
生姝精湖州人，殷談移時，日晏之，出驟熱，遂行回至敏德，少憩，回至廣夫處，見之，又
少憩，取北魏小碑拓本數種返，飯，熱極，不可復出。往歷立秋，例薦時食於
祖先，申刻歸家，展拜，吃設供之瓜果等物，日下乃出，返，飯，還至吳梅生，連到福次

秦姬邀入談，並撫蓉孫，春去，白仰姬初十信，知光有信与錫弟

十二日丙辰，早起，仍深至藥師庵拜將達卿表嫂七十冥壽，高舍侄、客与達

卿父子談片刻，返館，錫弟來，俄而惠蘭來，同談，同光錫弟往橫塘，去余乃息

蘭至鳳雲院茶，遇香友臨川談，移時，散，沈梓梅札來邀，作札与沈旭初

濟，有札來邀，作札与靜姬，又發還妹朋扇面三面，並發妹朋自游庠後所

廣登業会，為教與夏談奇，歲晚錄石芝詩，夢題詞畢

十三日丁巳，晨梓梅來，接連爽拉來同至茶敘，兩散，作復仰姬信，作致君

秀信，作致譜香札

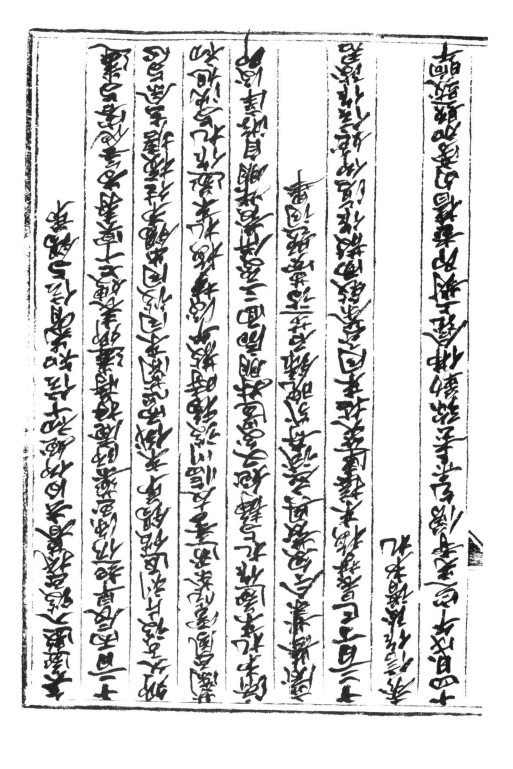

十四日戊午，定光寺僧乞示去彌勒佛龕上對，即查舊句，旁加題跋，晌午

是日至甘伯家慈竹
妻孫婦已十餘日矣

見梅石峰之

帶歸澹臨川處贈以摺扇即行到家稍息為過中元節 祖先總分祭
及各處另設供者共十一處禮畢吃飯飯後不能行候吳偉曉同飯後坐定忽
蘭來邀同出吃茶携行漱芸來并邀之至東園抵暮乃散是日得君秀
信又漱芸携來一函皆十三日發者燈下并復之
十五日己未早起有雨冒之出詣莊祠先澹臨川處贈以便面即行入謁梅
巷遇弟秀同行桂枝坐先後出至勸理迎春臺遇春畦茶都臨川母
梅森姻同坐談先後散余忘卸手巾包在莊内編豬取之見玉筍後
少坐至譜兄家略談少時至敏德今日偉兄生日設有壽堂又子靜
換言以據寫加袍領在賬房借得衣冠叩拜壽加又吉邀留午飯

後有演唱史戲者，女孩輩七八人，陸續出而場，共了四齣，遂行。至廣天齋稍談旋回，飯後得仰之十三日信，因局芳桃子來，内附趙秉臣寄伊信。

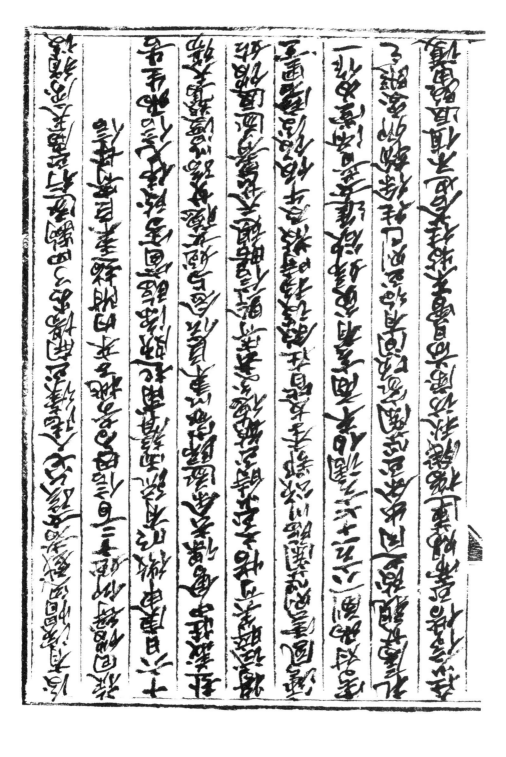

十六日庚申。微明有疏雨聲，甫起，頗涼，臨窗寫致佛見信，為生告赴蔵莊中會課去。余遂歸家，以秉臣信念与姪女聽，姪孫以漫驚天殤將試時矣，可惜。又至少時出，訪德父去，寄黔信，晤趙天如，毒送返，飯。始悉風雲則見蘭臨川、欲鄂李友皆在，叙談移時，散。及午飯，飯後磨墨寫對兩副（公五十七六五調），伯來兩，言有貧婦欲進女普濟堂，為作一札屬其親致之，因出。余出見蘭家，頃聞有約出則已往徐翰卿處，踵之在，出訪借出帚帰蓮逕，携錢秋訪廣前，日曾未裝往，会也不值，返路由護

說街隆北至錦鳳台心蘭仕邀虞夫同来茶敘並有伊及门三四人同至
设至抵暮散已晚飯時甚有涼風
十七日辛酉晨改深作豹者史勝昨會考史天氣縣热向午梅石来為余
刻戊寅揽秀望黄山之勝一字可談頃去騐並作雷俄而下雨〻後日出未
幾又布雲降雨凡三四陣頗覺秋涼寫春申君廟中十八公長對一副
吳羽美亭来久不見歸自江陰〻〻设頃去傍晚托念孫溥泉訪〻不值哥
於茶館不见而返知心蘭曾来云在茶館尋之亦不見悵〻而返仰連所奇
桃子碗並今日信局始送来即送至心蘭家不知爛何怎樣
十八日壬戌晨适伯来告前日所商一事已成心蘭来謝桃子之贈同至鳳

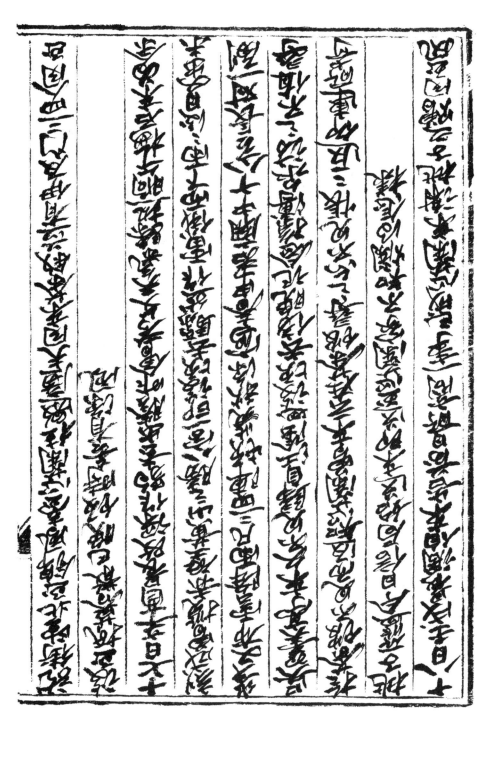

雲臺還欲鄂臨川茶話移時返改和生會考文傍晚歸家一走
秋暑猶盛予亦因之受風也作復仰姪十三日信
十九日癸亥晨起盥洗教圃來同至東園吃茶移時散秋老虎猛甚不可耐
薄暮沐浴甫畢梦梅來將近晚飯不同出發仰姪十六日信並洋十三元
二十日甲子早起以佛道通吉日詣白鶴楊大士前抽簽以仰姪書到之洋交沈
漆匠本欲他往覺已甚熱遂返既而心蘭來畫成君之詩夢圖様幅屬交
小坡邀余出吃茶辭之永姪來取仰姪會洋三元去作復仰姪信附寄西磨夫北
碑上流跋傷晚發雷有雲似須陣雨極猛相添
廿一日乙丑早起以條物往潤伯春泉谷處孚川來云為求起屬其通報約於趣中雅

邀余先往歸道調伯同至吃茶點翁時晉少康亞文翁時雪亭亞寫設少頃日下又
灼爍遂先出回至敷德見元吉少坐同出余返館仍為廉夫作碑跋事忙傷晚夢
梅來談汲借出訪溥泉得照叙談至落暮是日得鄭弟十二日信
廿三日丙寅晨訊蘭來偕至風雲齋之書場裡吃茶坐地寬敞於面有窗頗涼
快與翁時役鄭至穆時臨川至同至敘談余仍先出返館訊蘭屬寫東坡先生
笠屐圖七字置於橫幅之前紙有餘空加跋數語又於三老碑幅上加跋數
語因梅石云碑於同治朝重出土今攷得於咸豐之壬子歲為餘姚錢氏
搜獲則楊庸齋云道光季年得之者相去未幾將小誤耳梅石之言
足可信耶午後雷雨大作

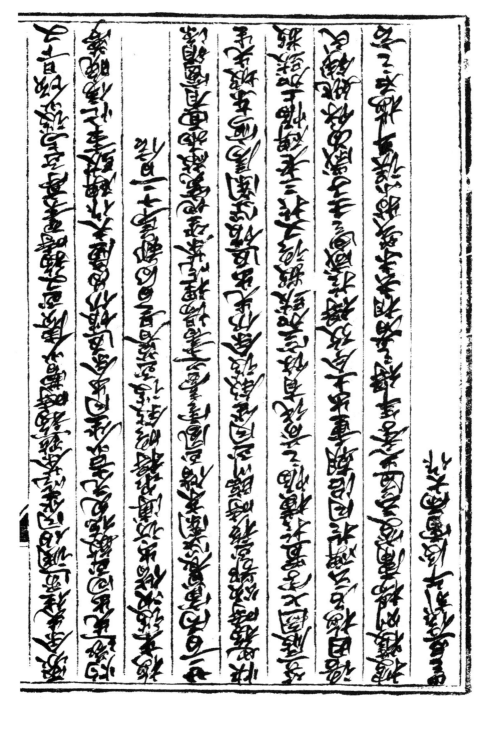

廿三日丁卯晨淥至蔡郵家談次藻卿至余知其前日來城而未晤也共談移時先後出返飯作復鄭弟信送返爰通總伯式姪因漸東送試金陵去返飯後又得陣雨陣陣先後晴有微雨傍晚又大雨適調伯來因姚甫翁屬後課題為君去來去二女子名汝琳甫翁署任時曾拔取十名今以府案首得列于庠

廿四日戊辰晨撰喘翁壽序信稿乃至風雲見板石墨耕同到同生長泉路而至蘭級部李友鏡亚園上閱臨川友擬絶句乃在他泉敘談甚快余先出返館精寫信札來猶送回青浦書院課卷十四日繳去東園詩者拆視乃有青溪珠溪兩書院之分兩處各有生童具各有詩文題通共卷子三百三十本

雨。又与諸乃有八樣飯，復作寄君秀舅山信，發去。飯後披閱卷子。下半日晒

雨數陣，雨止，日車輒復現。夜有星。夜聞大雨傾盆。西刻得仰妃信。

廿五日己巳。晨晴。街酒坐定，閱卷。巳刻，程通甫來，飯後泛泛來，雨

晴相間，又復數番。傍晚閱青溪書院生卷竣。

廿六日庚午。閱青溪童卷，共七十五本，竟日而畢。通甫又有札來。申

刻，昨諸程明甫自廣東信來，復我五月中信，並附到送松江叢分派詳

殿岳札來，告言病愈，將到淞，有以紈扇屬書留下。

廿七日辛未。晨陰，緣至本示新居，有雨花，得見吃物點。適洪栁波來，同談

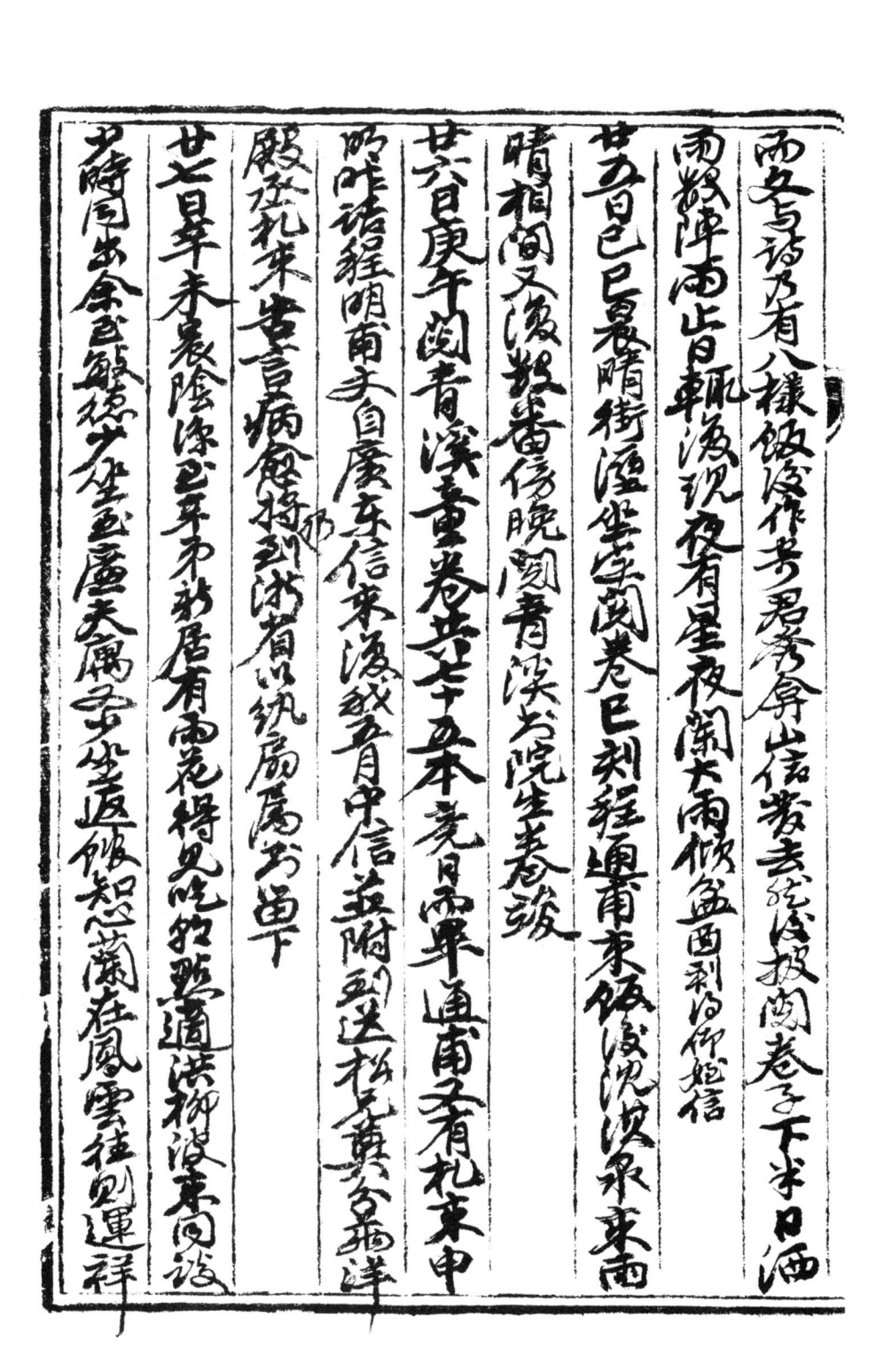

少時同出。余至敏德少坐，至厘夫處，子少坐返。飯，知恩蘭在風雲往則運祥

杏同詣少時訪心蘭以治腰痛方屬壽昌君余加短札寄叢茶邨遣
媼送札來云爲昌君患也坐定閱珠溪書院生卷午間雨愈下愈
大且兼風甚涼黃昏後閉窗坐燈聽風雨聲益狂睡下勢若傾盆
廿八日壬申大雨達旦卧室屋漏有四五處晨益涼風稍減雨仍淋浪不止
仍閱卷至晚雨漸歇薄暮天後紅有似返照
廿九日癸酉霽心蘭來同至𠫤雲吃茶臨川友松後至同坐移時余先歸
復閱珠溪生卷閱竣始披童卷預作跋佛兒書傍晚石景甫與成伯
來談次景甫有事見託時又洒雨云入城去一陣過後斜陽復出既挈
晚餐又出欲赴心蘭之約甚口即返梅石出牀觀蘭盆會伊去會自太

平橋來子至鳳雲侯之天遇遍渾象齋攜避同坐俄雨嘆傳令至美茶客
皆走我四人仍至花街巷口觀之仍同至茶室暢談而散回館則心蘭來過
八月初一日甲戌蚤出先至致德堂寄縣信張房兩令皆見旋至薛祠見族
中四五人少坐餕僕持衣冠來至五弟閬卿氏弔繆表姑母之喪以日為正今日
為司表收便一到遂坐頃出至墨耕處為余畫香祥圖成稱其害款探
謝西麻之至梅石盦借其永壽四年劉平國碑拓跋錄其題跋也又
至廣大房略談返餕閱珠溪章巷飯沒酒雨與陳洛君秀廿八
日所發信復余三次信也
初二日乙亥蚤出至平橋節孝祠秋祭行禮即出徑往西至心蘭家少坐同

出直至風雷亭吃茶，談頃而後臨川至，又少頃殷鄂至，快談。余先起返館，閱珠
溪童卷，後統加圈評。傍晚仍陰，有雨意未成。
初三日丙子。早飯後歸家一遭，旋回館。夢梅來，與首如共話。午後成伯
來。傍晚出至廣大處，還紅蘭同至梅石處，又還借件。少坐，遇翰卿，又同至
廣大處，飛香處一頁方欲出去吃茶，余以時晚，與翰卿先散。是日姚鳳
生札來，屬題又畝園圖，園在桃花塢，濮振甫先生植桑遺跡。給昌碩
濮信，贈余菊花一幅，近日畫也。款題延年稱篆字，余遂作寄仰如、濮信。
初四日丁丑。晨接昌碩信，件至風雷臺，欲為君蘭寫來，到即返。成伯來，
携碑版等件，屬題有需，議者因與借兩翰墨材。余以香禪圖及菊

季

花幅一屏付之趁便再至鳳雲仍不見也蘭返乃知皆不出無感冒也改完課作薦後出至敏德與靜姪閒談留午飯飯後屈信松來敘談移時至茶鄰家去以昌碩信問山輝近事良久同出至錢秋舫寓不值晚食壽齡談頃偕茶鄰至鳳儀春茶敘快談至晚乃散遇承姪同至飯中留晚飯而去

初五日戊寅晨至觀中與春農與茶鄰有約也暢敘而散途遇虞山姚芝生立談知與錢少孚同來寓花莊前章萬隆置籠店遂與同往並晤少孚三人敘談少時歸途遇心蘭告以姚錢二公在此邀有午後之約返飯寄後昌石信改課作至未申之間至心蘭家偕出胥門喚定吳姓

船於明日回蘇。少初廣問知在虎丘山，來邀之。彼寄范莊芳醻庫巷
西札，即遣人往訂儀，而通甫來，同至鳳雲茶話至晚。
初六日己卯，晨至百花巷通甫家，答生香，有事与商，後訪友。返則芝
生、少容已來，在儀鳳處。飲畢，之偕出胥門，則茶船已艤，蘇皆先到，相与登舟
解維。議所往，或留園，或虎阜，以留園為定。於是過閶門，吊橋，轉濟沙
西向，而泊塘停泊。時方及午，欲暑為盛。登岸先入乐善堂，啜茗，憩坐，稍
涤務時返舟。設席小飲，良久撤去，步登岸，入留園。涵碧山房前池蓮有
花，風來葉有清香。徘徊廊後，繞至花廳，名楠木廳，在後軒。坐定，喫茶，遇曹少廣，隔
座敘談。或起行遊覽，前後良久，出北入新園，問訪賬房中人，云楠木廳後部

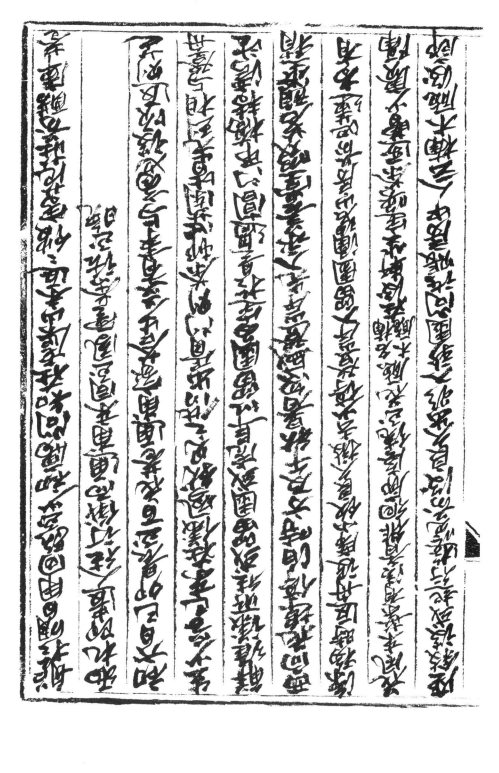

之東現已開門〻數日又一部進去即新園也乃復入安黄亭後門而進有屋兩
層本名承恩堂地在園〻西北投南為花圃排列盆花以數百計又其前有雜門
曰蓬萊島過此復登山山本土堆或云是古墓今以石級曲折而上其顛築亭〻
有額曰黄西南諸峰林巒尤美蓋遠眺靈岩諸山均在目睫如排翠山莊
之迤循路而下西南行折有一亭西北曰活潑〻地面南下臨池水則余所書
聯額皆做成匾挂矣然皆坐投東廊而出有楼聯曰名園又占西南角明月誰
分上下池塘多盆景左廊游低舟投南有亭曰破笑軒〻旁有門穿出歷隙地方
築基將建屋由此方出盆盛想分於兩園之間起造區宅將來東西隔斷故又一
部之門倒從北而南也返舟將維出官場後過有游船方向留園而進我舟一徑放回

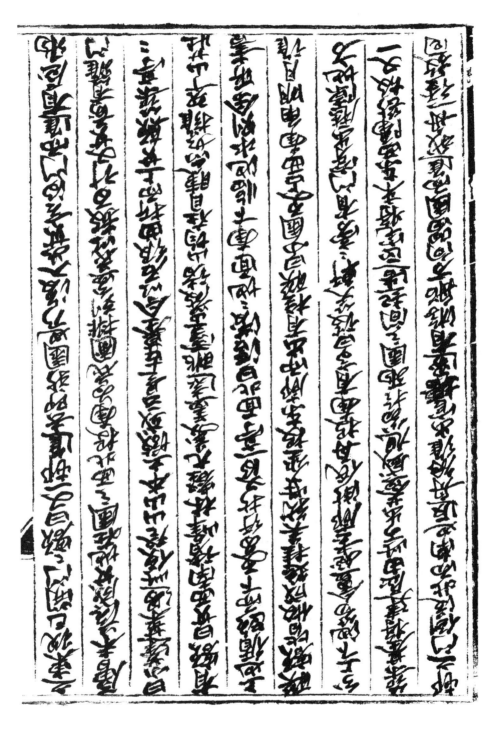

胥門覆岸進城芝生步至蝶到心蘭家因與人同往心蘭延坐少憩各分路散返

飯又得通甫札得仰先初四日信並洋五元

初七日庚辰秋暑仍盛已刻至鳳雲處尋心蘭臨川臨川將有桂北之行話移時遂別而散歸家。先太恭人生忌設供展拜晚飯。飯後時時雲陰未定之襄爺因新園招飲而余如象蓉之先因去家路近至廁人一會已則席尚未散池中白蓮猶盛開翠蓋蔭地錢等空隙余憑闌而觀伊等散席客有先去者惟主春堂俛聽松與主人留又有司事管雲如同坐新園主坐中主老以吾兒歲貼補聽松逾皆六十六歲五人共得三百三十歲老友相逢快談良久乃乞雲陰時起余先出返飯作後何姪信錫侯弟來談入夜雨甚有聲

初八日辛巳，清早大雨，起來又除矣。伯雲進盤，秉臣到，現晴，飯後雨時有。陳
雨飯後心蘭來，去其臨川詩，別去飯也，少坐即去。余其小坡消遣，返寓便面
一頁，臨孫款。
初九日壬午，晨寓春申君廟大匾一，又取紙，嚴賞歸，而畫寓一通。
巳刻心蘭來，以便面屬書，時雨生皆入塾，豬至東園茶敘，返寓臨匾之
款。飯後為心蘭寫蓀卿款扇，梅石來，亦有件見屬書，後又寫手卷上
引首七字，為臨蓀屬也。恂卿來，亦有屬書二件去，後又寫月曉風清
四字小匾，擬送其塾中圖也。振暮錫弟來，帶到仰姪初七日信。
初十日癸未，作復仰姪信。心蘭來，帶到唐天如余處辟廱訪古圖便面

一面畐石壺石鼓全文也余以此界廉夫蓋三年矣談頃偕子蘭丞鳳曆雲
吃茶遲墨耕共話移時散錄金石題跋稿作梅石居題金石小跋
十一日甲申晨歸家一遭遲返飯后廉夫為君友少懷歎八言對寄山跋
於梅石所拓金石屏幅上天氣時陰傍晚丞廉夫所繳還對聯略坐
丞梅石處強還屏幅不值遂返天未暝亦不雨
十二日乙酉微晴氣涼丞敏德見靜姪談步頃返茶部札來附到臨安護院
告示及頭場題君子有三畏節明乎郊社之禮二句天子適諸侯兩段賦得江
涵秋影雁初飛得秋字並知浙江頭場題君子之道丞區以別矣日月星辰
繫焉由孔子而來一節賦得與君約略說杭州得州字飯後亘雨兩三陣

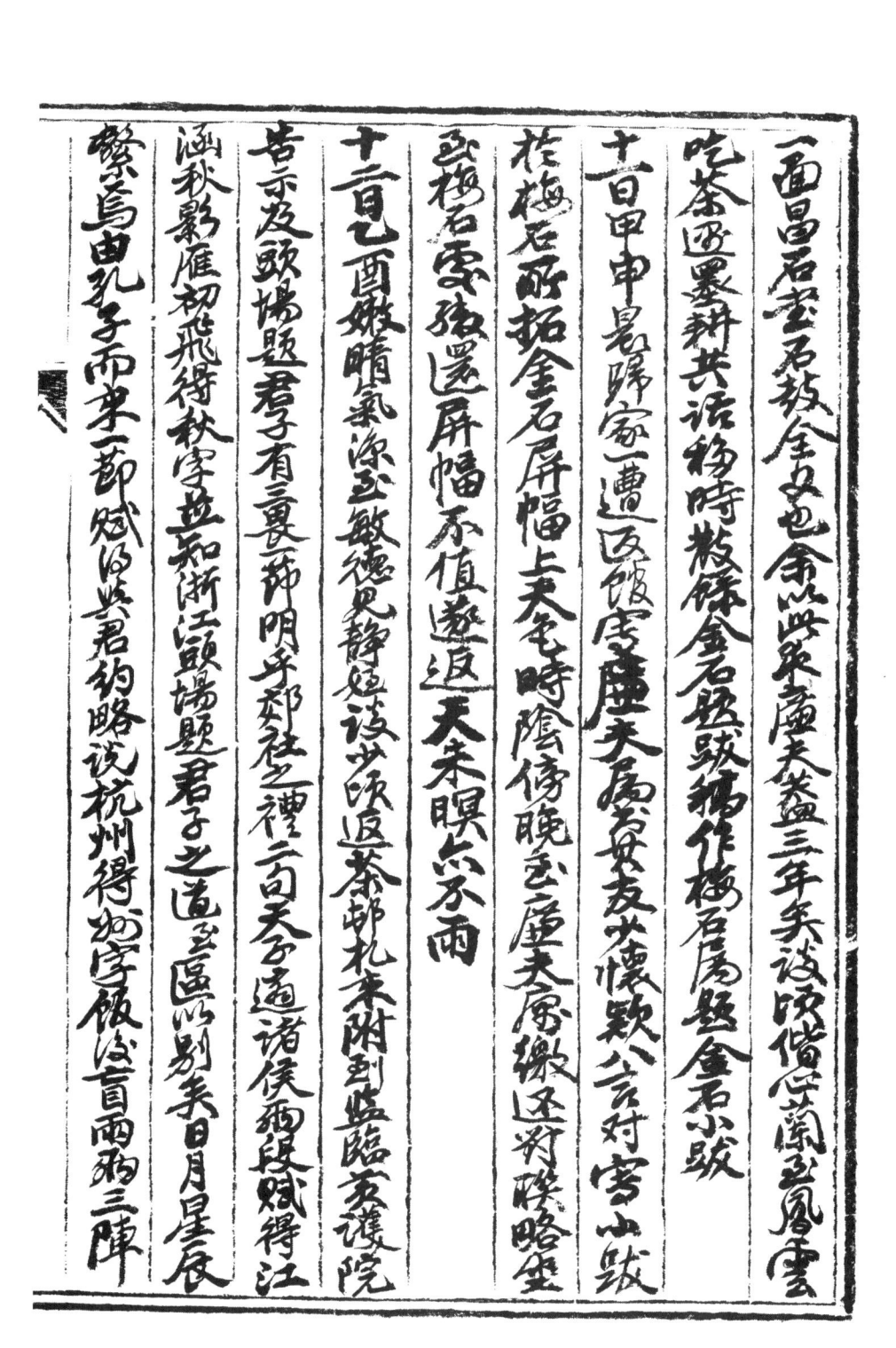

既止至心蘭家文雨少坐同出往儀鳳茶話至暮

十三日丙戌陰再至心蘭家文亟手卷扇面各一同出胥門亟初六船錢旋返到館鈔錄贈蘇孝慈碑文飯後心蘭來言運鞠約以四鐘臨時在雅聚茶話有事相商因先後赴之運鞠云神仙廟重修落成須撰碑文擬以屬手云余辭不得姑待異日稍時先與心蘭出觀回至居天屬少坐余獨自先行

十四日丁亥巳刻赴雲祥約於風雲臺不至遂返蘇孝慈碑有一千三百餘字錄完飯後還蘇賬三處攤作舊佛允信得君秀昨日信即復之並清嘉坊西公成伯託寄得仰如信並洋二十五元

十五日戊子，清晨出至敦裕，寄豐信。至晚香處，馬春畦、茶部、少文會觀馬天祥造象拓本及姚芝翁潑信。步行遍至燕祠，坐談，偕往歸家，為仲叔四過節賬，並至錫侯弟家，計共用去洋廿一元，僅存家用四元矣。在家午飯，陰雲欲雨，正擬趕早出，而雨已下，且盛，奔騰良久，俟其止，遂返館，街道猶溼也。未幾，迪蘭踏溼來談，次兒霧色，因同出小衛衕，乾至廣天家，他出，尋於近處茶室，三處乃見之。談次梅石公來，移時散。晚間館中設飲，席撤，作渡仲姪信，窗外月上矣。

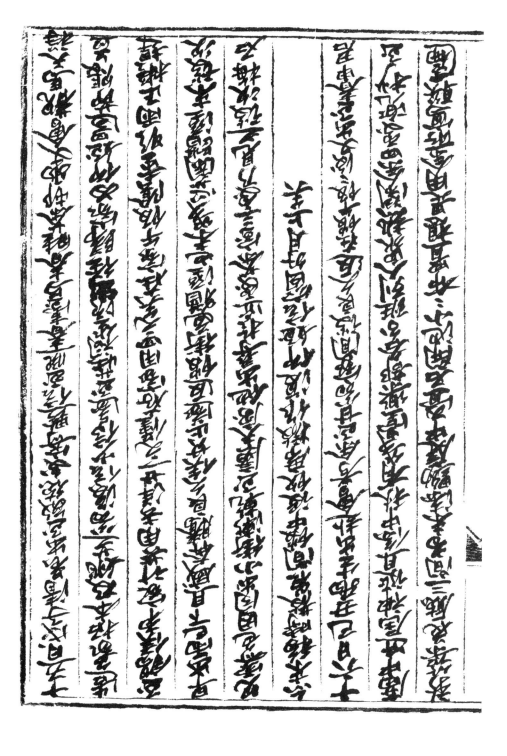

十六日己丑，兩生出赴會考，余至甘翁家，閒談良久，返在館午飯。飯後又出，至春申君廟中，進屈神誕，且係中秋，有錢業堂樂部各分班列，人衆熱鬧。余四處一兜，抄至新築花廳三間，尚未漆黝，庭中發石開池，小小布置，想是用余所寫聯（邊）

家而工作秋末也旋出歸家少坐復出途遇存之良姪士衡姪孫父子遂至怡
園路過穆君齋少停片刻觀其新供瓶花及錦灰堆一盆入園桂尚未綻遊
人無多隨便翦坐處句留良久而出返館覺傍日未偏風颼颼也
十七日庚寅 昨子靜姪贈余英吉利新刻九十六圖袖珍本出圖一頁即間一
頁圖說但係夷字無一認識者子靜存彼三年始後之另有一本則余已於
每頁圖之旁逐條表出圖名特照錄之甫竟而思蘭來為生猶未入塾因借出
至鳳園雲臺吃茶正遇甫共劉季雲陽座敘談移時散余至致德還譯姪
圖一本適他出而時已午遂留午飯飯後子靜歸談移時出至墨耕處欲
訪前日所遇善寫照之崔少山與墨耕同鄉故同寓也適他出而來一王貞

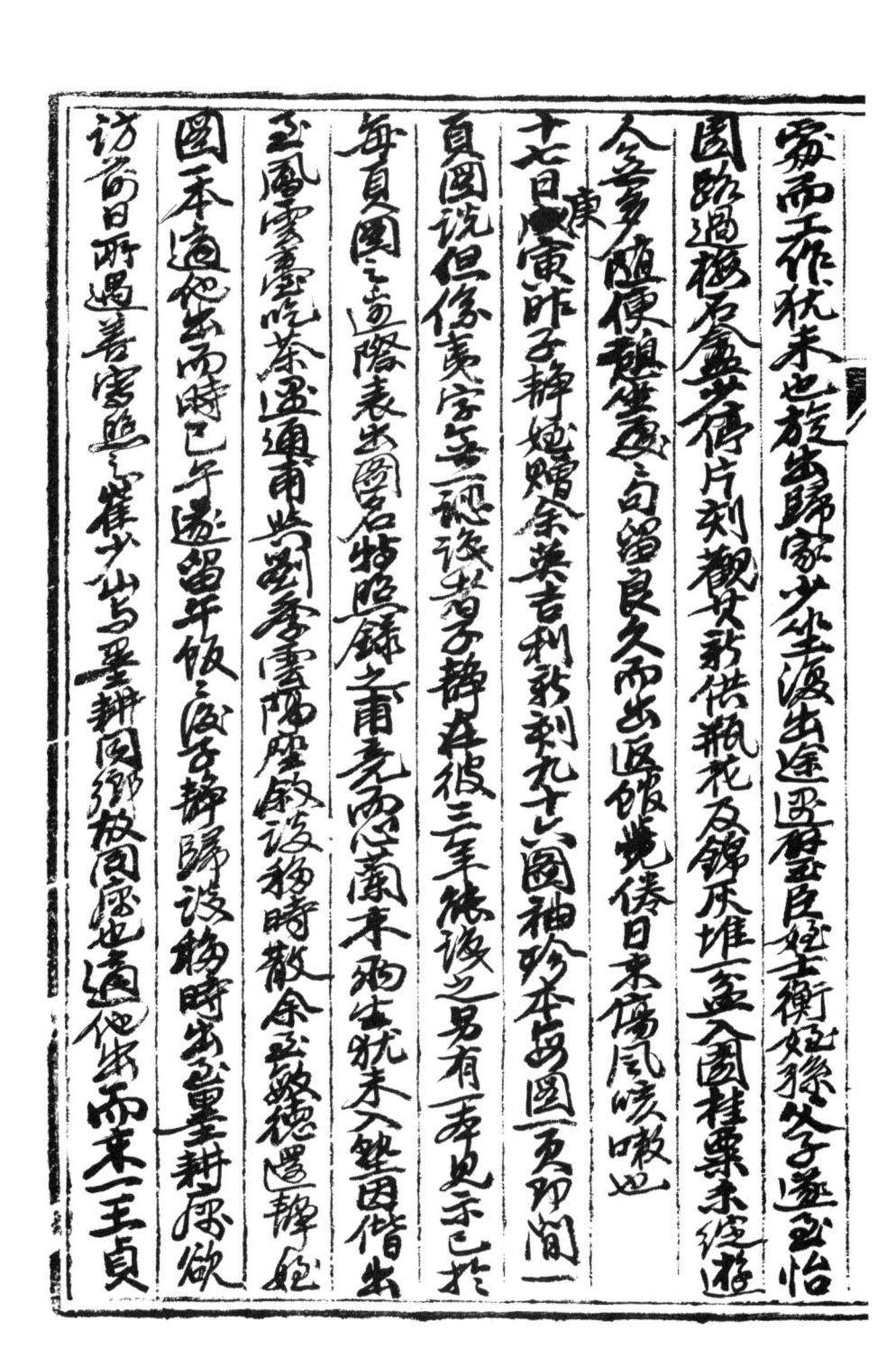

白者亦壽少山少時心蘭來共談楊君回至雅齋吃茶遇盤谿人而少雨陳鼓甫啟
甫與季朱寶甫沈旭初等九然陽屋敘談少時梅石來少時屋夫來真成雅聚吃
晚點各散返館燈下改硯生昨日會課作
十八日辛卯改硯生十四日課作晌午梅梅來并招肯堂同話而去至園中小坡又
買得一鶴現其毛色知其年歲在前鶴之上清晨互作長鳴有在陰相和之意
且共間壁吳仲英買之二鶴亦各相應也成伯來以嘯心屬書
十九日壬辰巳刻心蘭來約至九處西村來坤曰蔚卿同至東園茶敘晌午雨
散午後踏廬夫處借觀夫乙此碑
二十日癸巳未刻蔡文照雪舫殷行巳刻出赴心蘭之約至其家已出尋

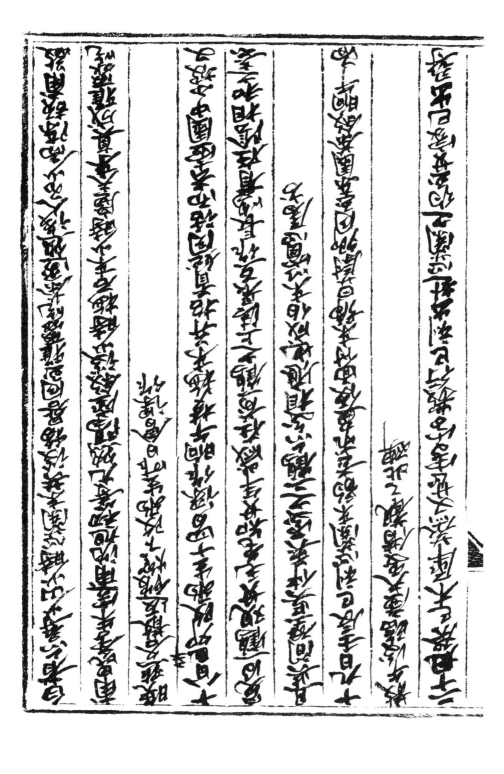

至胥門第一泊，伊與一客先在，問之為高繼卿作府署幕賓，敘談候得
後二客至，一爲吳葆卿，一爲唐仲芳，朱與高皆紹興人，唐則本地，考廣居
繼盛者五人同登春風秋月之舟，放棹留園，作第二番訪桂，時尚早
仍先入永壽堂閒坐啜茗，移時返舟，前後漸有泊舟，我舟中先具小酌
午飯，撤席，天氣頗熱，減衣入園，桂花消息猶未，而游人頗多於前次
余等既至楠木廳，徒入新園，則爲屍屋子已整理，額曰學圃，已分畦種菜
小蓬萊山亭上下盤旋潛流，仍由原路出，又一邨則園後更，乃至荷花廳中
吃茶，即余書額曰涵碧山房也，其南構架起樓三楹，舊時蕭森之樣
觀已殊，新園中來游人愈集，余等久坐候其漸闌，乃出，即解維由閶而

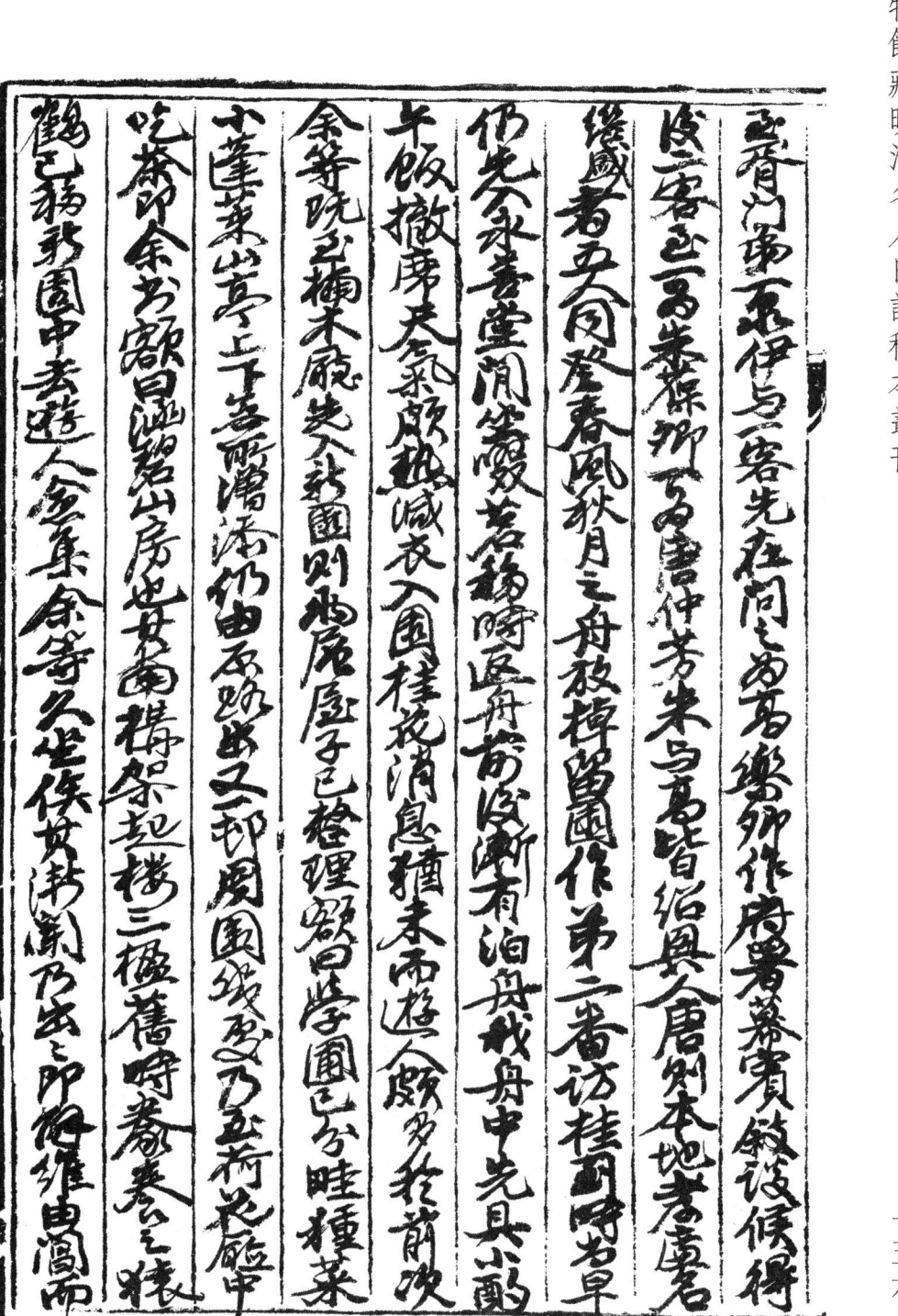

昏水風勢漸仍泊馬頭，午後進城，分路返館，得仰姑昨日信

廿日甲午，雨。起，心蘭來同至東園吃茶，遇人未久，坐散。余歸家，以仰姑信中

話與家人商議，返館作復仰姑信，即寄申。刻至吳仲英處，約往議平陽

與始平壽事也

廿一日乙未，晨。心蘭來，云墨耕約往儀風，而余為媒事，不克同赴，必望去

今日鋼士為長郎行聘於馮少渠之孫女，余為媒人，乘轎先至馮家道喜

又至蔡毅設處，事事齊備，一切物時借仲英之郎，至仲至汪家道喜。設至午

刻坐席，同坐者吳剛亭、華蒼、潘穆生、汪雪峰，皆熟人，不作客。乞良

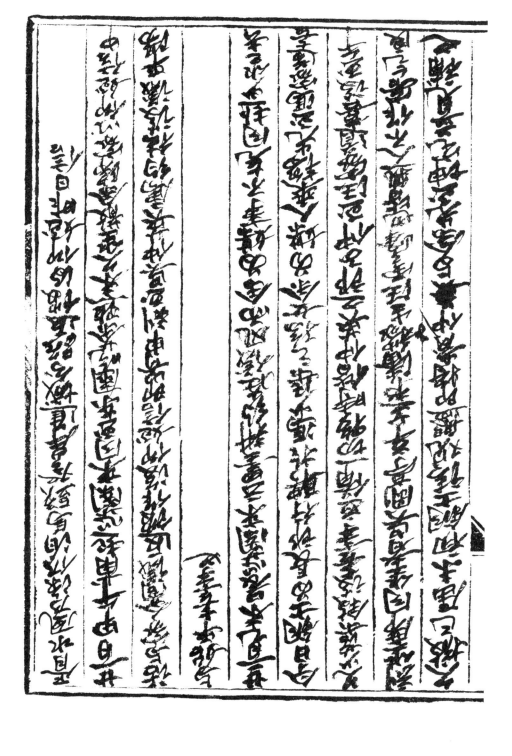

久撤，已屆未初。鋼士請觀盤，即將發，仲英與余先至坤宅道喜，補之

少蘗之學女孫貴之作義春崇陸同閶后俟移時往觀殮，飭封盒封箱，並書回牌
礼帖。又俟移時殮將面，余與子仲舟至乾宅，后坐移時乃散，脫去衣冠
李閶步至鹿夫廣閶后，抵暮
廿三日丙申，满界襆被，遣人肩之，出胥門登舟，舟中趙氏姪女暨三姪孫
四姪孫女，皆先到，解維往光福山中，天晴風順，過木瀆乃午飯，飯後至善
人橋，舟子張帆而前，既抵山中澗上，天時尚早，即催轎而來，令姪女、姪孫
女坐之，舟子挑盒籃而進，先至大安里　顯考墓祭掃，同出至毛娘澗
上松生兄新墳，奠大嫂蔣氏、亡室陳氏、姪女等，舉哀良久，返至澗上
天剛暮，入宿別墅，晚飯後就睡，山中桂樹花新，敷滿香氣

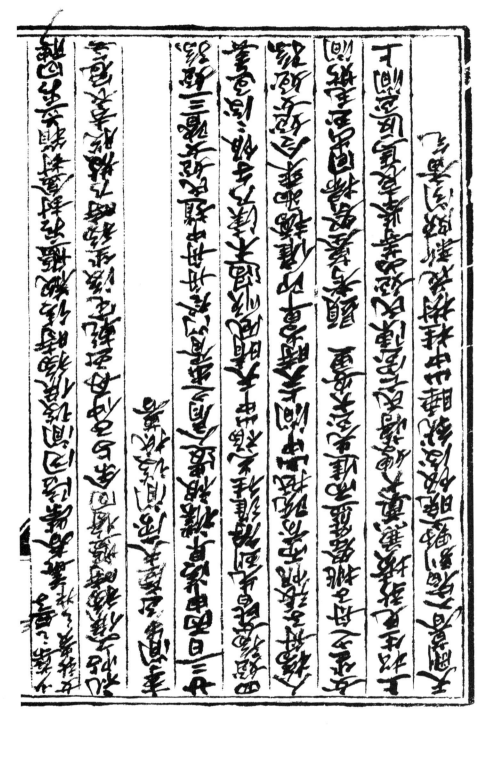

廿四日丁酉 早起周覽園亭，坍塌日甚。紅薇獨開，臨水芙蓉尚含蕊也。出門，於四山蒼翠，爽氣撲人。又令舟人備菜設祭於仰姊婦楊氏柩前。一面襆被下舟，四人小窗吃早點，即解維出山。風逆且大，過甫里後一路拉縴，過木瀆時吃飯，約略已過午矣。此後益覺吃緊，抵胥門已晚，先歸喚錫兒，雨濛濛雨。余欲俟錫來接取一女人，乃於登岸候，天色漸晚，又恐雨大，不得已舍之返。飯。入夜竟大雨。

廿五日戊戌 夜來雨稍益大，晨起雲氣猶濃。心蘭著脈來，同至耦園茶敘，適又大雨，有傾盆之勢。遇宋蘇生，問鄉試場中事，談吹牛。雨暫小即行，此後雨間斷屢作。寫對兩副、匾兩個。迫暮錫侯弟

來談移時同吃晚飯而去昨得君秀信今得仰姪靜姪兩信

廿六日己亥夜雨及晨未已札致仲英改課作晌午開霽傷晚地乾洽

香孝同吃晚點遊東園暢敘而散作復君秀信未發

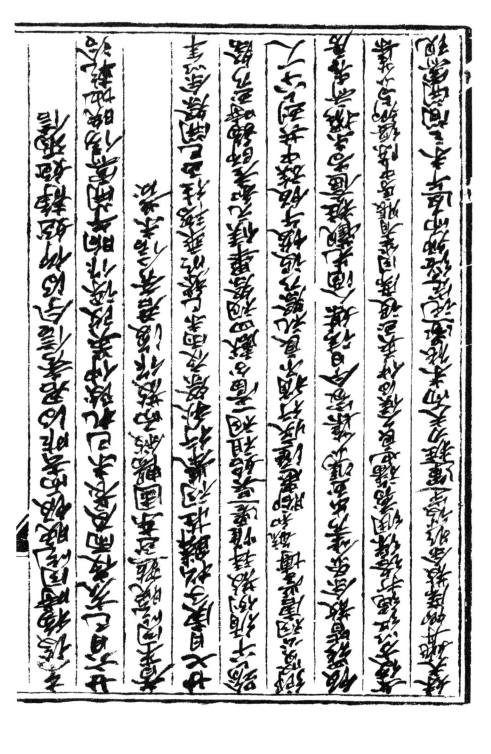

廿七日庚子松麟莊祠舉行秋祭夜雨未已黎明乘轎往西已開祭余以年踰六十循例散拜惟還吳始祖祠一番分獻四祠祭畢候元和老師錦時至乃祭鄉賢公祠唐學博毓和腳患溼疾行稍不良祀祭乃設饌午飯族中共到六十人飯罷皆散余與笙秀出至滙少蓀家今日請媒人酒先觀粧奩尚未擺齊香房各伎方以紅繩打絡保險稱謹也良久候得仲英至設席同坐有賬房中陳綬卿與少蓀妹夫姚丹卿席散余將談定運粧刀夫而未能邀近託定綬卿而返午未之間開霽現

日從而又雨時止時飄風於暮寫成俏青用窗心四幅

廿八日辛丑夜來仍有雨聲巳刻通甫來余引銅士出見之為南潯吳處基地事談頃去銅士許議未定余為之往平弟處談懇未決回至敏德適在午飯添坐下晚之復出為銅士往濟弟處絕出不值但向和甫弟說懇仍未決因順路至通甫家談頃返晚飯往返一路霏雨復言於銅士

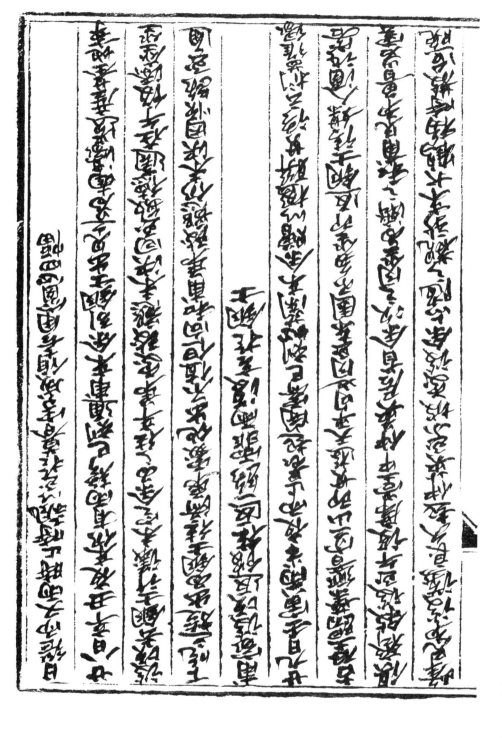

廿九日壬寅雨半夜而止晨起閱書巳刻松蘭來余贈以楹聯其語云削芥維緣古壁蹋葉響空山即其游天平句也同至東園不多坐即返銅士偕媒人酒詳容俱齋敘談至午後摩堂中仲英居首余次之同至西濟之和甫見弟曾出雲峰見弟談談良久赴仲英處小坡處談余亦隨之觀新來大鶴稍時散迨晚

歸家看其病因仰綏信尚未告知家中也上燈時回館

三十日癸卯又大雨一夜及晨未已昨晚得綏卿札知運粧力夫一項尚未談定因

乘轎到馮氏綏卿先在即屬陪盤頭來是時粧奩一切鋪滿一廳而女使撿縛裝

飾猶未了也盤頭謂見物多須另力夫費須百番綏卿還以二十番再三爭較

一面漸減一面漸加以三十二番談定余向綏卿取了運粧總目送親女使物單而返

館中陳設一切余作復仰綏信即發又預作家傳見信

九月初一日甲辰早晨乘轎出至敏德託其點信略談詣莊祠少坐至馮家今日發

粧奩甚豐廳上爲滿少時仲英亦到觀粧已畢余辭出至葉扯任宜敬留飯不飯

趕早以便發粧寬鋪已預備妥而矣余因留坐未午而入席撤即與仲英至汪家

匣粧既至排擺如式馮氏家人親呈匳目於男新人仲英又至小坡處談余俟其去亦出閒步至怡園遇楊椒與姪孫婿葉碩卿同坐嗅君廊間心蘭亦來談頃出園與心蘭至廣東府觀近作畫同出至歸鳳臺吃茶上燈余先返

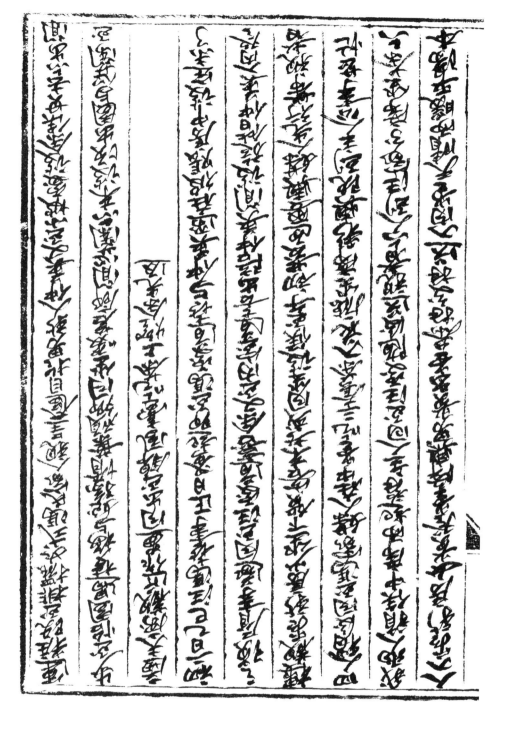

初二日己巳汪馮都事正日蚤起即至馮處道喜與仲英照應於帳房中談定求了之頃府中事遂同至汪處道喜余又至內室道喜出陪仲英閒談旋偕仲英入內見樓觀看新房少坐下賀客未至或同坐談候至午初發轎迎娶轎媒人先行帶親者四人稍後同至馮家媒人在席中吃三道茶入夜始坐席新娘既到主人公事甚忙我與人稍候中席而起辭主人回至汪處隨後送親者六人到汪家分席坐茶六人入看新房女賓笑言與男賓敬茶禮畢將送入內堂天晴而暖平陽本

家嚴集僕至西利堂中祭祖汪姓班人行禮後余与季芸濟之詳(?)帝(?)搞(?)為事畢旋
歸晚席分間犹有七桌待親人有四陪席余早就睡
初三日丙午晨至瑞蘭家与之至東園談起今日空閒挽遊留園適遇汪孝友約之
余一返易衣欲候新人見禮時尚早不及候再至東園偕金汪二公步至吳趨坊雇得
小舟一葉從閶門在太白後河泊舟登岸吃些酒菜一飽午飯乃往留園之中遊人無多
時尚早先從別有天進新園登山而北上心曠神怡之樓三面皆可眺遠樓下為吾
吾庭憩坐後由曲廊進入東齋設長久方出又一邨門裡遊老園四處訪桂略聞微香憩於
山上閒庭香軒下至涵碧山房啜茗遇彭雪樵許季和蔣蓉舟諸人北風吹面甚涼
下雨聽荷葉聲之稍時仍稍停三人會齊同出遇碩(?)梅(?)華生昆仲繼(?)裁姪孫方絕

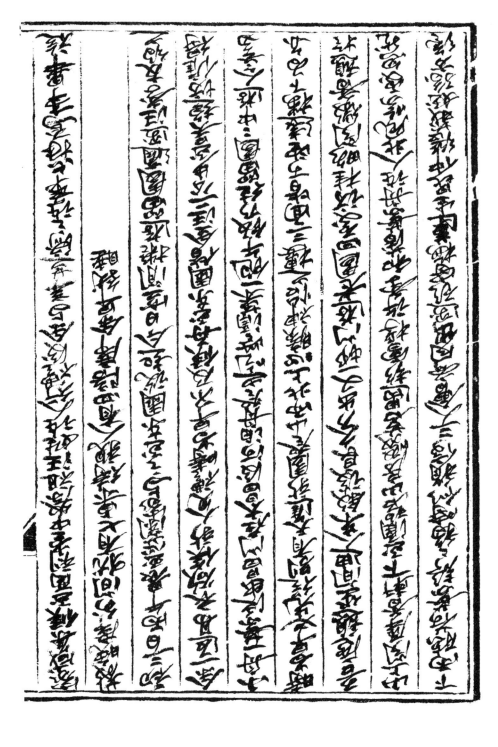

進園。我等出外，又急雨，分廊避之。已而舟人持一蓋來迎，借用以返。舟見浜中船來甚多，蓋後來者阻雨不能登岸也。我舟遂冒雨而東，進城仍檥吳趨坊。舟人以為卻喜，而我等不能行。俄延片刻，雨不止，勉強登岸，買得油紙傘，踏泥返館，鞋襪濕透，三人各散矣。濟仲午前送來伯寅弟和三百首、善文洪氏札，還我書一冊。

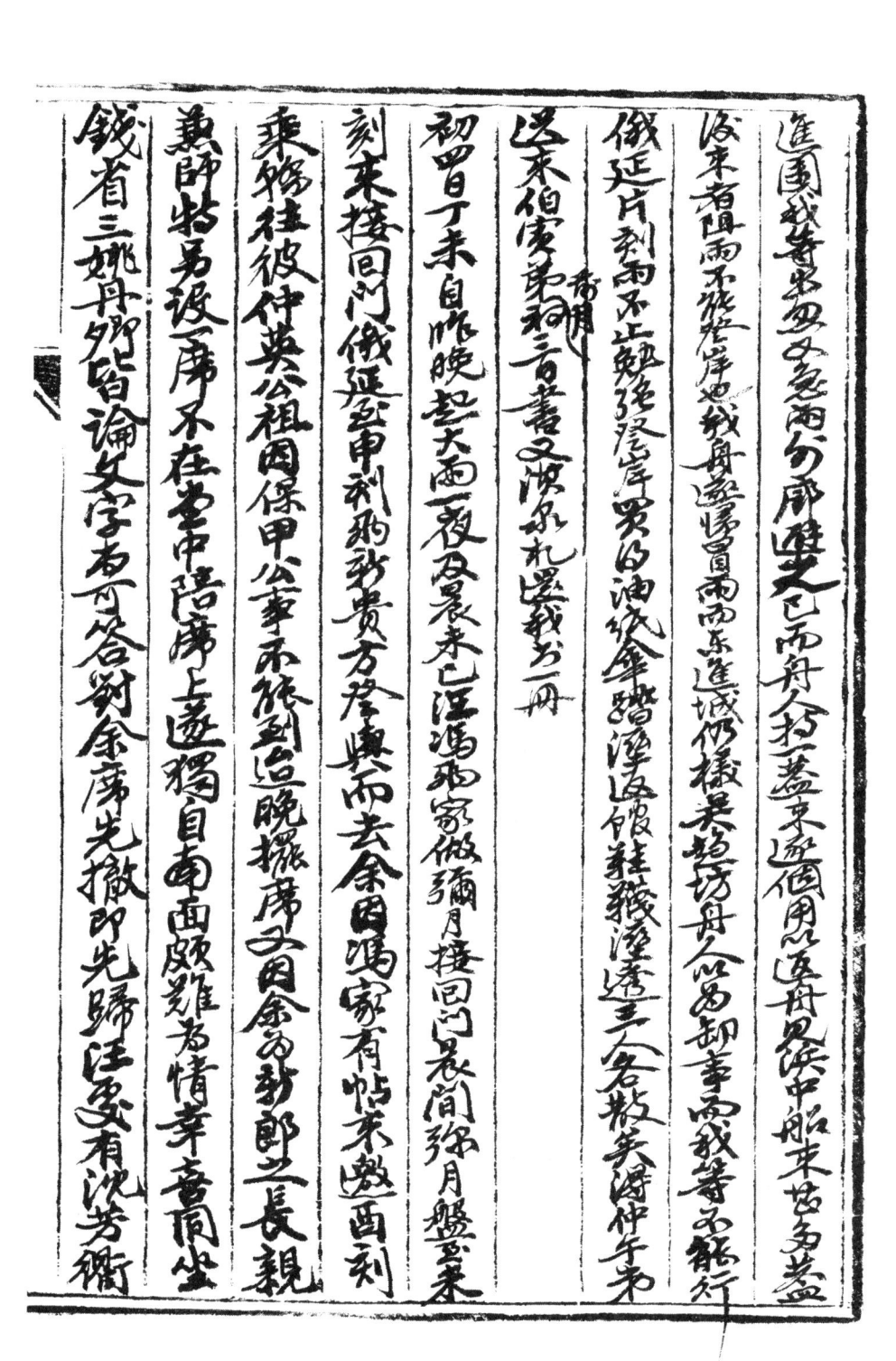

初四日丁未。自昨晚起大雨一夜，及晨未已。汪、馮兩家做彌月，接回門，晨間彌月盤並來，刻來接回門，俄延至申刻始拜見，方登輿而去。余因馮家有帖來邀，酉刻乘轎往彼。仲英公祖因保甲公事不能到，迨晚擺席，又因余為新郎之長親兼師，特另設一席，不在堂中陪席上，遂獨自南面，頗難為情。幸喜同坐錢省三、姚丹卿，皆論文字者，可答對。余席先撤，即先歸。汪處又有沈芳衢

陸風清子常姪等連張房諸友亦設㑹席芳衢亦論文散席出試作見
示且与閒談談良久㑹散人歸家觀者皆散余亦就睡雨又竟日入夜
初五日戊申夜雨又達旦不休汪馮兩家約定彼此上門晨簡銅士往彼午
後少棠祖孫三代同來此皆留茶點而已余獨坐雨窗課作得君秀太倉
朔日書得仰姪上海昨日書
初六日己酉夜雨省縣中旦霽然晨起似寒心蘭來偕至東園茶話神出近
作梅花十二紙因攜借陳世年詩集余為點乙姪應課題作多君秀仰姪兩信
晌午乍晴未刻歸家述仰姪信中言史頌卿往首姪處知自初三來此阻雨
三宿矣其時又由彼作雲遊出至敏德知師竹姪婿自都中同紫東姪自滬上歸

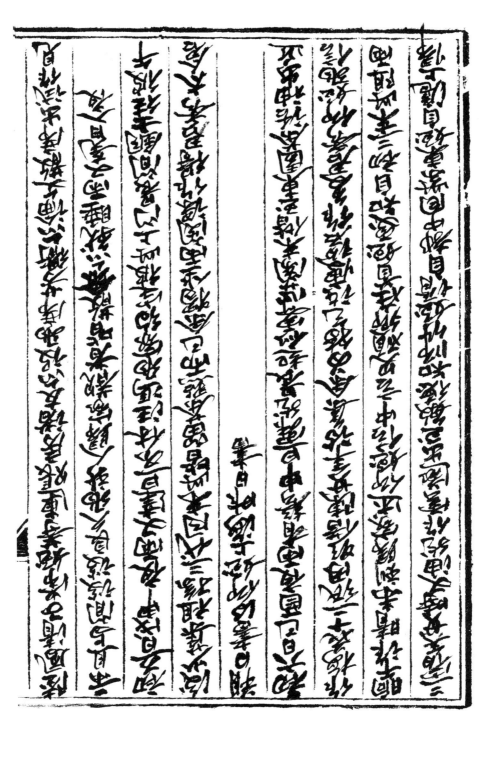

皆未見，稍坐返館，已逕洒雨，遂不復出。

初七日庚戌，積雨沉沉兼旬。往糧道署謁景月汀觀察星，尚未抵蘇，係昔日訛傳也。至敏慎、春暉弟處坐一坐，見辛玉孫弟，欲見贊卿不果。回至敏德師行，已出門，祗見紫東，談頃返。至館，適至面見少葉先生，邀入坐談，並至其孫女樓頭片時即去。坐雨無聊，作徐䆮翁神明鏡詩序一首。

初八日辛亥，悶雨自晝至夜，自夜至旦，復自旦至晚，未嘗住點，尤大時勢且傾盆。坐待不出，客又不來，獨坐臨元魏三司馬碑竟。

初九日壬子，晨起雨止，夜間勢仍未停也。重陽放塾，余猶獨自臨碑。晌午心蘭來，略坐去，時有約如不雨當舟飲。未申之際，街道稍乾，因至

夢梅寓，為碩卿已有濛濛細雨，相見敘談，雨又大來，談良久始稍減
之際遂返館。入夜雨住，忽見月。
初十日癸丑。晨起喜見霽色，早點後至甘為霖家，以孫仰曾詩序呈談，談頃返至東園，
則心蘭在焉，同坐一入內，曹星卿現在撥讀於此，初更見其所著小楷極精，談頃散館。
中伯霽出，按[illegible]伯韜入塾，覆校孫仰曾詩，標明其誤脫字於眉上。未刻梅梅與碩卿
同來，云欲往怡園看桂，於是先到之[illegible]，撤後羅後館之桂，老樹著花，鬱作金色，以一枝
貽碩卿，取折桂之[illegible]，乃同至怡園，心蘭在焉，同坐看雨，入曹星卿與徐翰卿園中桂
花樹樹盛暖及茗，少時天又沉陰，遂散，一枝雨作，鬱閉枕上。
十一日甲寅。晨起仍霽雨，天暖地潮，睛未穩也。心蘭來告余將往閶門，余黃葯

余因託女壻吳叔同出為題以所得吳伯滔山水幅付裝匠及筍盦經札以
詞稿屬穀伯補書謝客伯雲入塾錄癡翁題大同佛象語於舊莊幅上
心蘭屬書摺扇為臨金石五種晚現紅霞夜月甚好而有陣雨
十二日乙卯夜雨連綿造晚雨息晨起以夜來磨好墨寫八言對聯副心蘭
來告箔已買就設次雨又大作傍晚稍息乃取寫好之摺扇去弼生皆入
塾飯後為諸孫文字條閱查漢書西域傳欲攷龜茲國事得鄭弟
信由仲午弟送至家中由家中送來黃昏有月光
十三日丙辰中夜似雨清晓又作驟雨旋止巳刻程心餘來談頃同至東園本
有心蘭之約也心蘭與季和先在隔座相談無有李友季蘭孫鶴生諸人談半晌

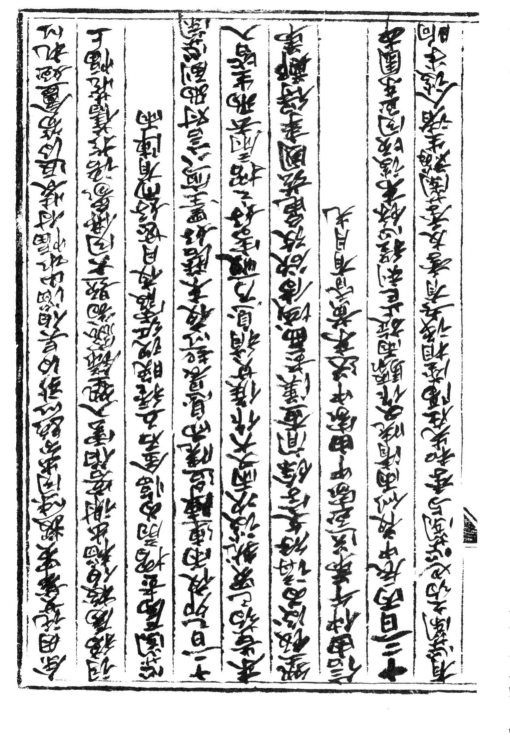

辛亥年去此二年癸丑
加款

散心蘭來沈桐畝楷書冊一本書極精妙沈公名甲字眷瑤又號松老不
知何許人但署雍正十一年書則距今已一百四十六年矣又云辛亥去此二十三順
以應安若之請又不知應安若何人也心蘭屬余審定是否以應之晨間永姪
來去後即寫信寄仰姪上燈時得姪初九日信並洋五元申刻又雨浪浪入夜
十四日丁巳雨至半夜聲始破曉又澎湃而來旋止汪氏耕蔭義莊秋祭所生
皆往與祭飯後仰姪信附入昨寫而未發函中又預作寄偉兒信及午
天青傍晚接仰信并洋歸家家中不見姪女問之云自初十往其親家俞
氏尚未返也過酉首見筱兒又發痰喘方延醫也仰兒又洒雨匆匆返館
泥塗踏步到後舊溜下猶倚窗臨北齋告遂象泥字又得仰姪十三日信

十五日戊午 夜雨不知何時止 晨起有霧色 踏溼去 出當道 方祈晴 斜層果
能雲開天爽 日吐嫩晴 過敏德 留早點 寫信 即至莊祠 取調換之現丁冊 坐
頃出 路過敏德 又進去少坐 返 飯 伯韜他出 祇課伯雲 檢覓松兄留遺現
丁冊另一分 將兩分互校如一 仍須以一分繳莊 申酉間又雨 入夜
十六日己未 晨開霽 至茶邨家 不值 見森卿 話鄉試文字 少時 至翰卿家 亦不值 繳還
伊前分詒稿 遂返 飯 西生皆赴文社 出 余少停後行 歸家去 至錫侯弟家 亦不值
至敏德 始見師竹 設形 順天全錄 蘇城只有韓章銘一人 留午飯 飯後 東行至
鐵翁家 設談 至敏慎 見其群於內室 人不待話 坐稍久 出 至畢耕處
過于門 與之約於觀中 余先行 見茶邨與春畦 文莊酒肆略談 入觀 至雅

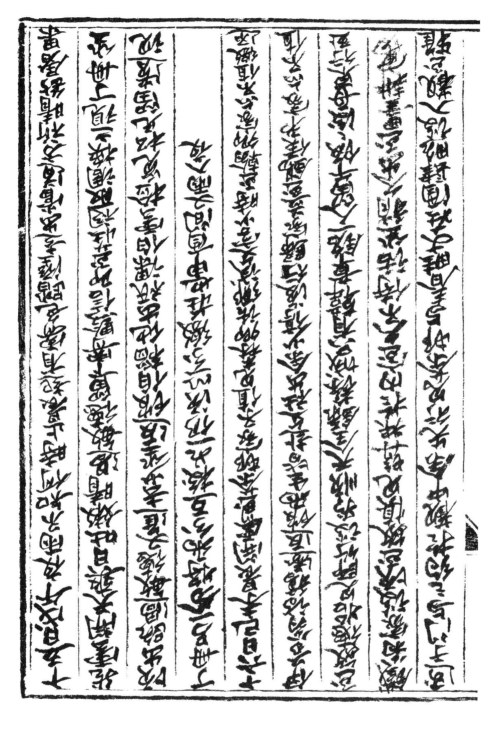

飯錢公祠先在遇溥泉衣侯梦梅硕卿等候墨耕不來，子昊子和同
坐舍舟東雲文希滄天恐雨遂出，頗路過梅石盦，不值，又路過廬
夫處，有小病在樓頭，許子振在上，邀余上去，余以恐雨辭之，出途遇夢
梅硯卿，就路旁吃點心，分路竟霏雨，辛返，飯后，吳和文大作。
十七日庚申。夜半後方曙，兩次大雨，黎明起，只好換鞋出，先至粮道
署，未見，至定光寺三伯母百齡冥誕，禮懺設供，於此相聚，至午間
先後共揆西席送役者凡五十餘錫，余侯客散亦行，知梁卿患病，雨後
泉宜氏因至新橋巷問病，坐少時，知洪人中式者，有沈雪漁、王輪良、
陳小谷諸人，溥泉在滬未歸，姑至其家投一片，道出苔，返飯，天氣加涼

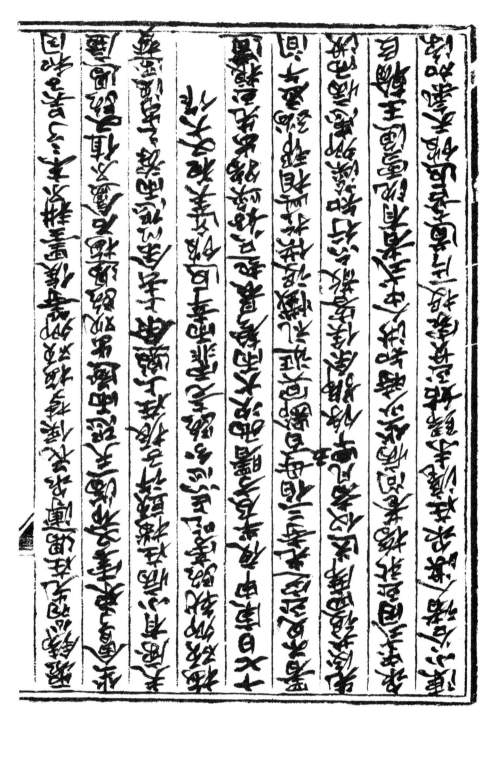

雨聲又瀟瀟矣又得仰姬十六日信

十八日辛酉夜分雨聲甚厲晨雨止茶罷偕昌石來未值因欲往花溪偕硯銘來談怨餘來同往東園途遇陸韻樵告之到園茶敘又有一周姓宜興人來與硯銘二公相識少頃韻樵來少頃心蘭來少頃昌石來皆同坐快談隔座之聽談者又四五人因坐良久散時昌石同余返館遇補之往內室出與昌石相識同至西房敘談數語去粮道署月汀星來同往作淺鄭弟都中仰姬滬上兩信分別封發午後雲起又有雨雲華陰風來吹散乃見斜陽

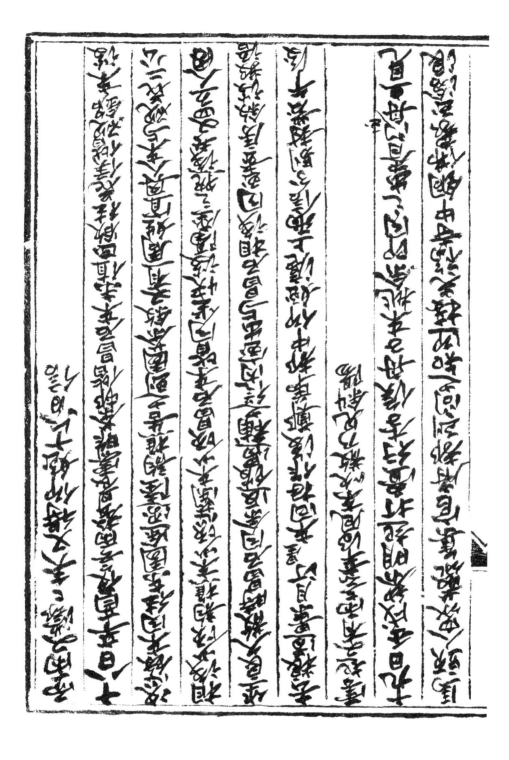

十九日壬戌黎明起打疊行李候舟子來挑余即同之出齊門舟上見馬頭人衆蘇集官府都到問之知迎接光福寺中銅佛像至滄浪

再設壇祈晴是時天陰無雨無日候紹家中胞弟永姪既姪承銘姪孫
四人到船二即解纜往光福一路順風揚帆而進路行十分之七舟中午
飯抵善人橋鎮上方洞橋我舟高大水漲幾不能過勉強過之抵
光福鎮紆繞行至善澇橋湖水更大尤不能過更加勉強過去益
艙中人皆立艄上而篷摩擦而下勉強上墳也自午雨作到山時不
甚早而雨且澎湃而來姑儀葛可觀祭掃　曾祖并墓及　王嫂
趙氏墓兩處已拖泥帶水扶掖返舟移泊洞上雨方綿密雖族中
船已運棹不及一二通問天亦旋暝晚飯後五人皆宿舟中
二十日癸亥雨竟夜篷滴聲二不歇起又黎明盥沐具衣冠上岸

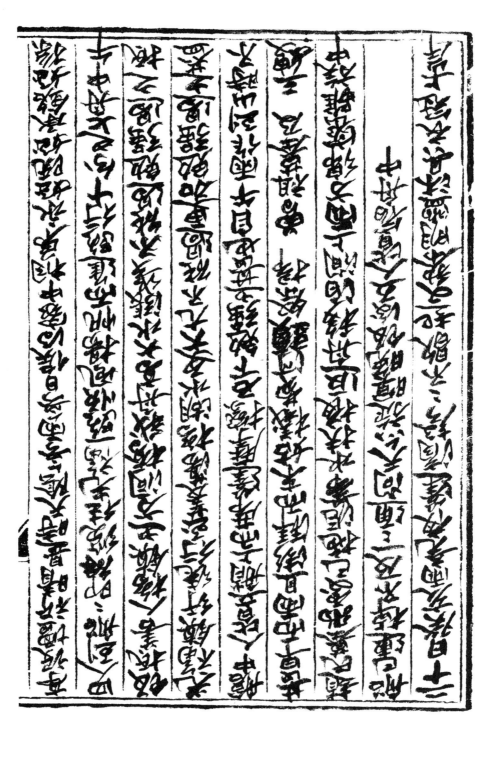

乘籃輿詣　六世祖墓河亭橋水已拍岸兩岸傾盆而下族中諸人既集莊正辛芝弟言祇就鄉饗堂屋中設案陳祭此創舉過展拜時共到三十四人，已因雨減撤矣散回泊上四房支下諸人都放舟去止剩大房本支四舟共十六人在舟吃早點乃復進山或轎或步衛曰大雨自廟弄　五世祖墓頁長如鴟　高祖墓祭後散而各分頭送祖余到　三伯父　大伯父兩墓會於　祖考墓餘人並　歸去　復二兄暨壽芝妃墓祭畢大雨淋漓通身上下內外無所不溼急返舟可脫換者換之褲子之濕者好擔被褪下用火烘乾仍復穿好舟中午飯之後解維出至鎮上見所有田岸昨有今無者都為水淹舟子以雨下如注暫泊逍遙閣下臨水人家水沒其

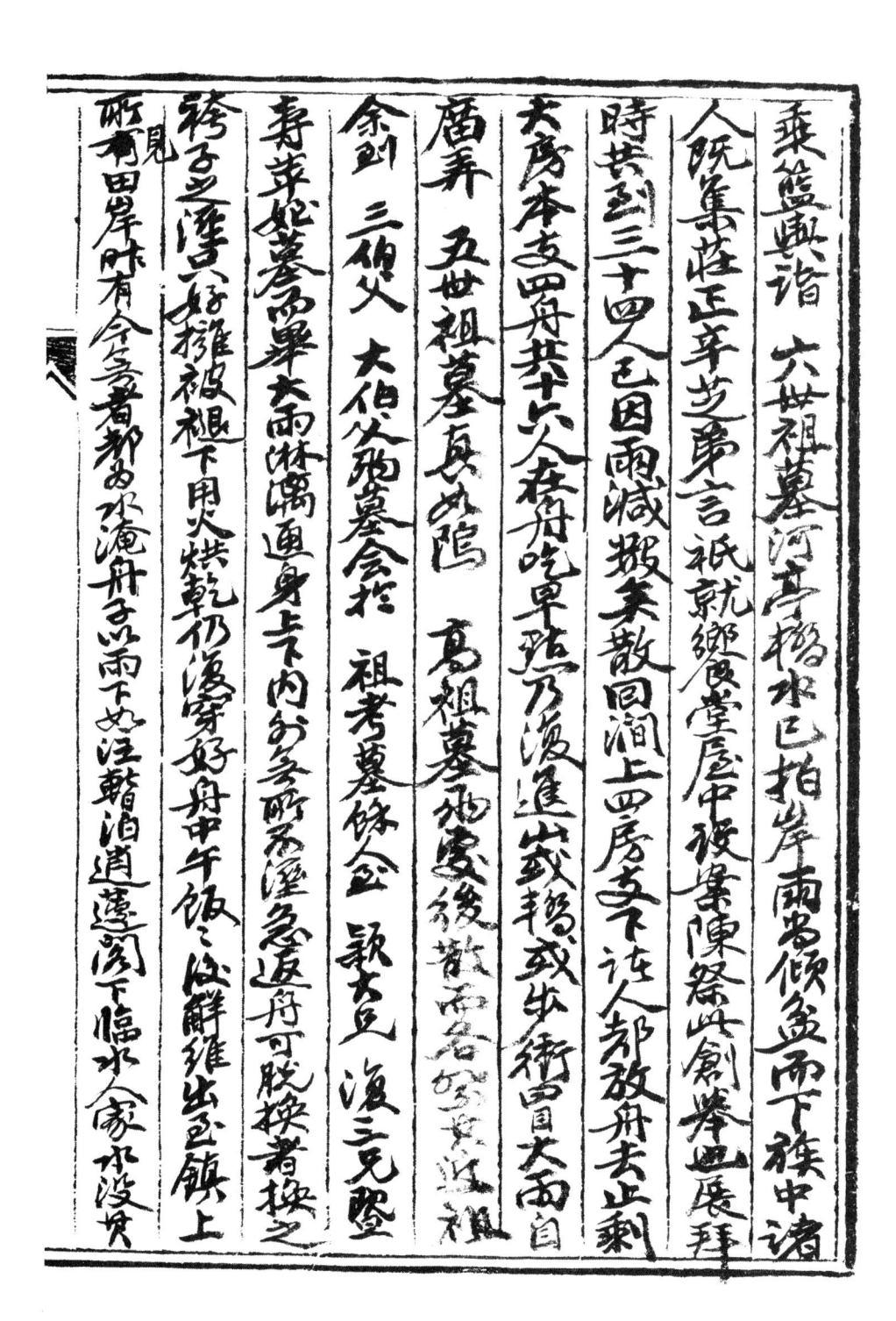

階砌，見街道亦有積潦，仰望雲氣如墨，雨意正濃，遂宿於此。篷背雨聲如撒菽，如
擂鼓，坐臥聽之，益增煩悶。今秋雨澤十二分透足，收行將刈割，乃天降霪雨，凡近湖沿
塘稻田或偃仆在水，或露穗三寸，穗頭非但米不得收，柴艸都無矣。
廿日甲子，向曙篷背無聲，臥覺放棹行，至菱蕩橋不得過，乃拆艄棚，艙中皆起，
見細雨濛濛，寒甚。未幾良久，艄棚卸盡，舟乃過橋。始而舟子見塘岸上水，欲引船越塘
繞橋而過，無如塘石礙船腹，究竟積水不盈尺，船不能浮，不可過焉。即繞過此橋，前
路橋之低者尚多，今晚拔棚，舟子皆在雨中搖櫓，行舉東去，水順，晌午抵木瀆，暫泊塩
棧岸傍。五人皆至棧中少坐，舟子搭蓋艄棚如舊，然後舟行，酉初抵胥門，進城，雨仍
濛濛，街道泥濘。張恭到，飯，洗足，更衣，始覺輕適。展君秀十九日來書

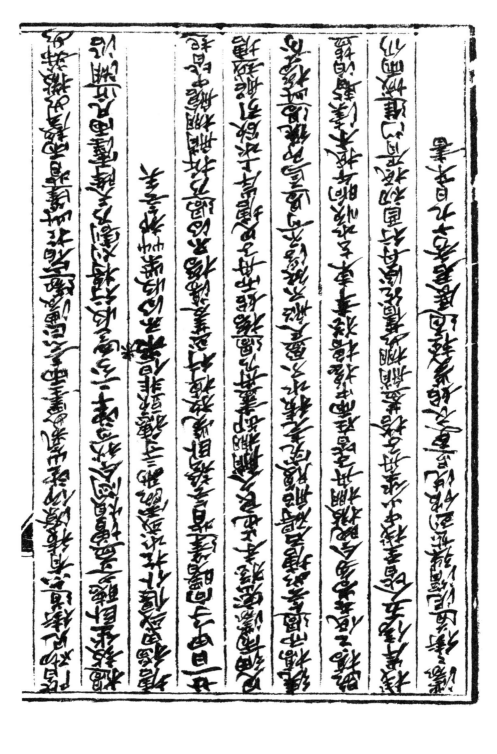

六表侍稱鶴競欲
盃光完洪行三秋悲
鼓缶那羨奉備劉
傷神

廿一日乙丑　夜甜眠，晨更晴，竟將涇衣等件晾出，雖無日且餘。侯之承銘姪孫來作跋，仰姪信。晌午日出，未刻至楊嶺翁寓，谷昌石步不值，欲至茶那家，適遇貫姬，以屬撰挽貫視家女聯語交之。遊至觀前，尋此二公已行，紆道至雅聚，雖不見，江士希、碩庭姪、姞詢同啜茶，談良久，散出過梅石廣夫，知卿皆出，停途遇笙魚立談，又少停返館，茶東姪在座，談至抵暮。

廿二日丙寅　中夜後雨滴滴達旦，上晝不出，下晝花侯來，招余往東園茶敘。花侯贈我以宣與石墨刷紙，周孝侯廟中物。甘翁遣人贈我以新刻所著今韻錢鈔，況有壺景月汀以閒聘來邀游華豐事件。

廿三日丁卯　昨睡後又聽雨，始而淅瀝，繼而淋浪，甚至奔騰，以達于晨，晨猶

滚滚也伯雲出賀者飯後歸仍入塾寫大横披一幅小七言对付餘間仍臨北碑
午後雨止近暮心蘭來談同至东園吃茶上燈後散得仲姪廿一日信洋三元
廿五日戊辰一夜不聞雨聲晨起天猶陰茶邨來詢知昌君已赴滬同至
東園遇季蘭观銘花侯諸人得汪甫樓發消息蘇垣三邑有十三個
半而不知姓名茶邨欲与季蘭同至沈氏帳房因旭初為電報局提
調也余亦隨之往先為之言及見返館知封门孫家有一人中遺人往問
為之会鈔錄午後來月汀觀察柱臨必要会面見之談片晌去余因不
雨歸家見姪女問以回甯日期在府至姪處見電錄有二千餘人大約并
蘇府統計之也又知楊葆園先生於二十日患痢中作古可駭哉穆

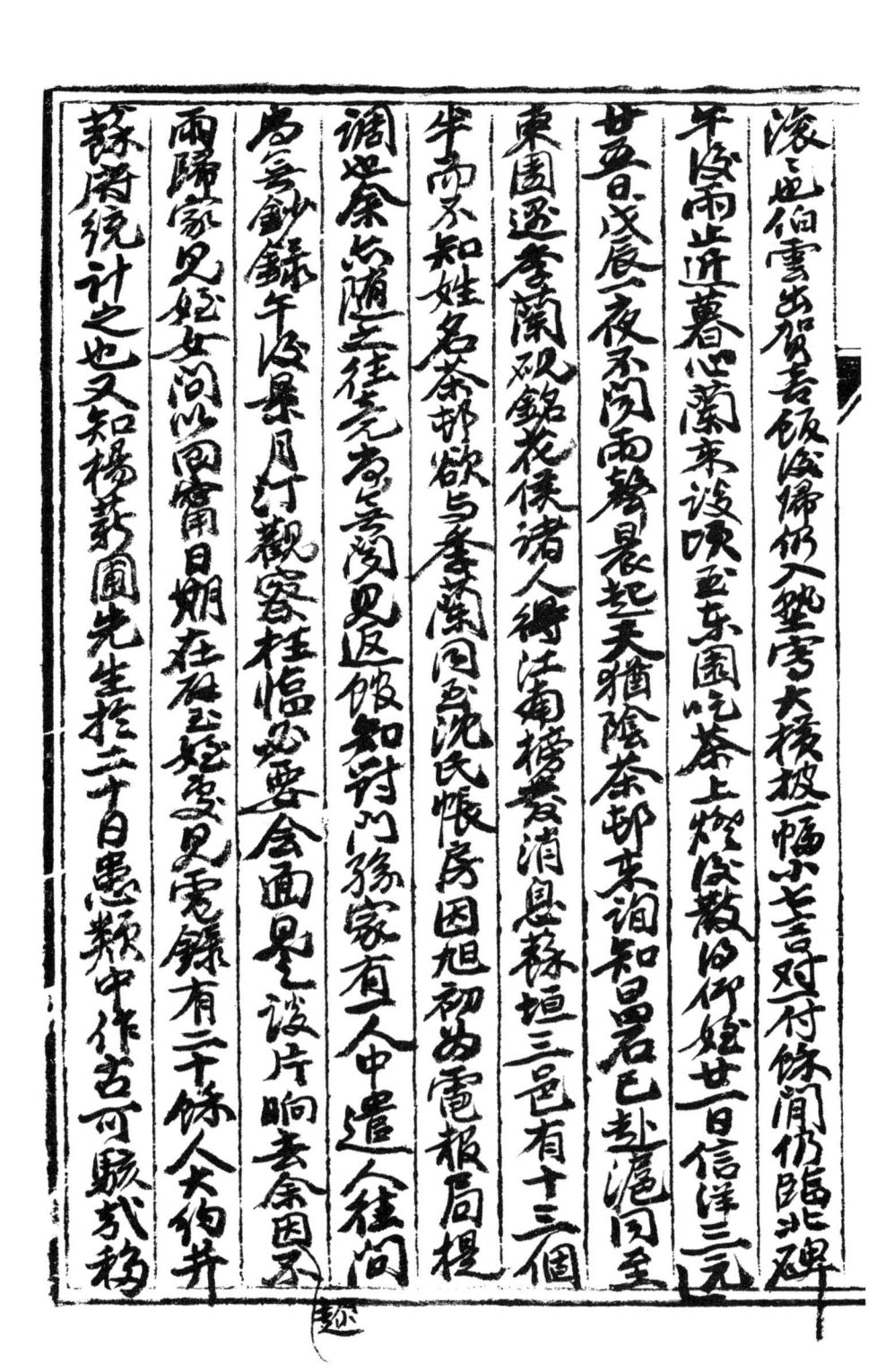

時返飯作復御姬信總以燈下乃畢不及發
廿六日己巳晴暖地上發潮坐於雨天心蘭來伯羲之婦與適陸氏孫媳女姪請
其診脈延入內室適程明甫姑丈來自廣東□差赴都自都歸也談頃去僕
心蘭診脈畢同至東園遇心餘見其同坐一人知爲新巷廣孫孟如楊保
即在汪氏對門者心餘出其中作頭篇倚現之主春秋立論也返飯天氣益
轉蒸身衣更衫已是矣午後一生他出一生有內客余俄延至申刻出閶
視病于新橋巷又至朱家園姚晴公病處談良久返遇君秀於門蓋
自鎮洋歸特來見余遂邀至東園茶敘抵暮散入夜電雷交作大
雨如傾二鼓而止風起甚狂

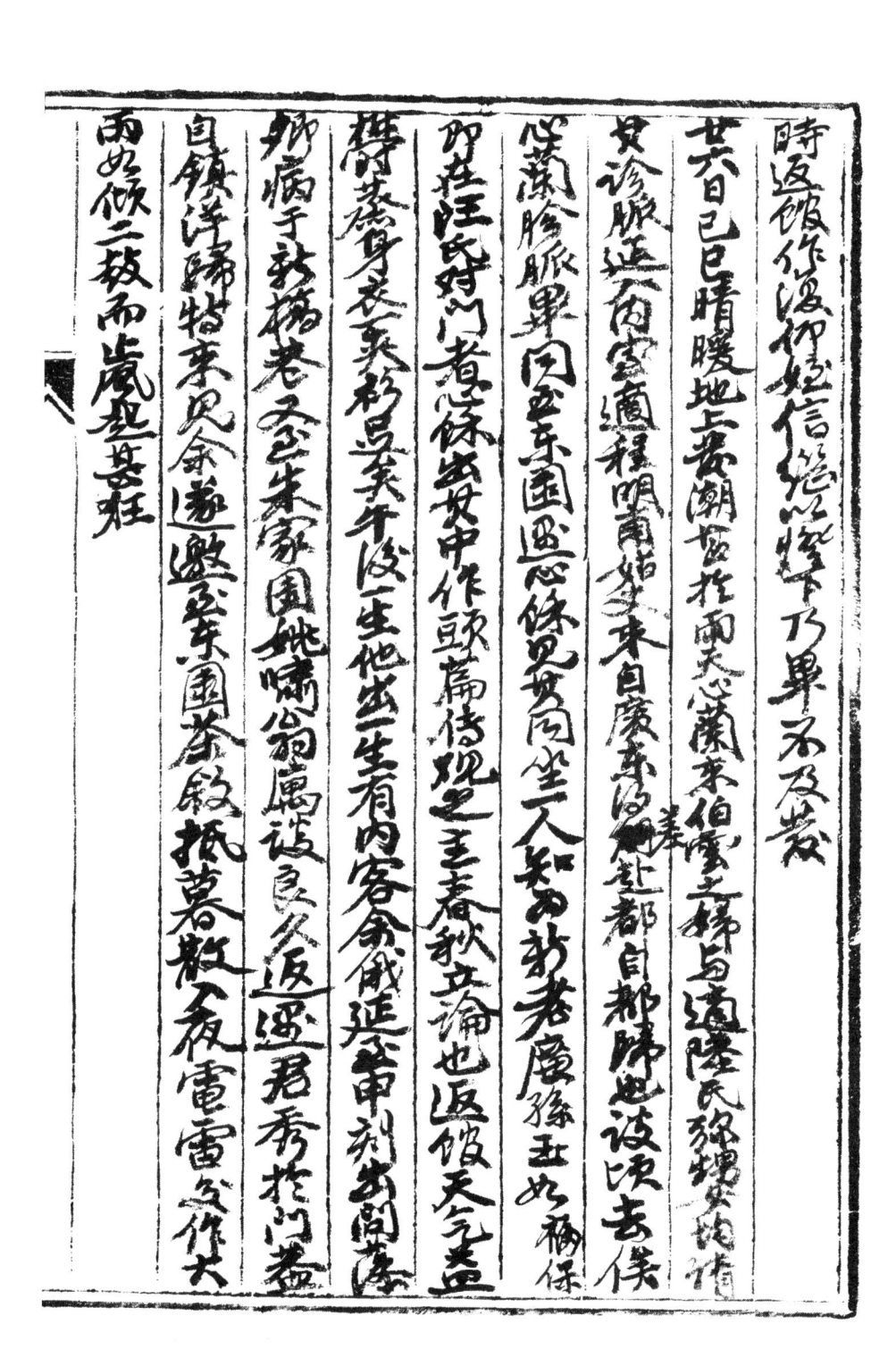

采芹錄受作壽

廿七日庚午晨寤不閉(?)起甚(?)天猶陰惟地燥矣早飯後歸家(?)又疑之雨少頃即
返館改課作雨後之光日到晚益診見鈔來三邑中式名單正十三人
孫傳鳳章鈺閔彤章孔昭晉曹寶壺(?)劉啟徽徐錫麟秦綰益
顧廷貢孫福保金文淵孫錫華葉夢熊副一人王希梅施元康又知
第三名任福森為安甫之孫調卿之子新陽籍也
廿八日辛未臨睡雨點頗覺又(?)雨從晨起天陰如昨花僕叩門來借素服
為劉蘭墅舉喪也既而來還問其後云舉事甚早已不及送矣蓋章而不
雨未幾雨復飄々午後更轟々而下閉坐無聊仍臨北碑
廿九日壬申睡下雨睡起雨不知夜中曾否停歇首(?)趨到館携來全錄共中式一百

七十五名實一百七十三名為歙縣潘驅孫仲良弟也雖係遠族究竟我家未脫科也
解元為江都方顯咸豐鄭第十三日書並順天鄉墨首題有若對曰盍徹乎次題言前
定則不窮三題人皆有所不為而義也芳紙後寫女又竟不出姑置之即作
復信交濟東弟寄又預作寄伸兄信已刻雨來滔滔汨汨以入於夜
十月初一日癸酉滔滔汨汨者竟復達旦旦起來吃藥出至糧道署謝
步並故將卷各葉菊賞不值而莊祠始停轎坐片刻回路至江建
霞家道去亦不值並致彼友點信取月貼與賬房中人談回至要其
蓉槎明甫為彼兒取花橋紅綾緞領假以將月貼結紅并化件送
家中偶晚以蘭來談吃曾小甫四遷路往東園吃茶餓而回家人來云

有客在家等候，遂散。迫暝桐弟札來，不可捉燈復答仰姪昨信
初二日甲戌。晨雲遊歸家，路雖泥滑，不暇計矣。仰姪信中言述知姪女並霞
桐弟語，拉至盛文發復三鍾，語移時出，至清和坊路更滑，至蓉君秀日出
甚好，因至時果園吃茶，並邀馮子山來，三人同座，陽光坐飽，蕙作了東，近
午天暖，余先行，返飯，已吃過飯，猶熱也。潄芳來，不值，贈余代閱青
浦玄院卷，致儀洋五元，留下去。成伯來，有新房窗心四張，欲求心
蘭畫，去後心蘭適至，遂交與。時又漸漸雨來
初三日乙亥。昨雨，臨睡而停，有曙。文來往，此後三天休，渴當道撒祈晴
壇，開屠宰禁，送銅佛象回山，差之奇女何也。余閒坐無聊，作五畝園

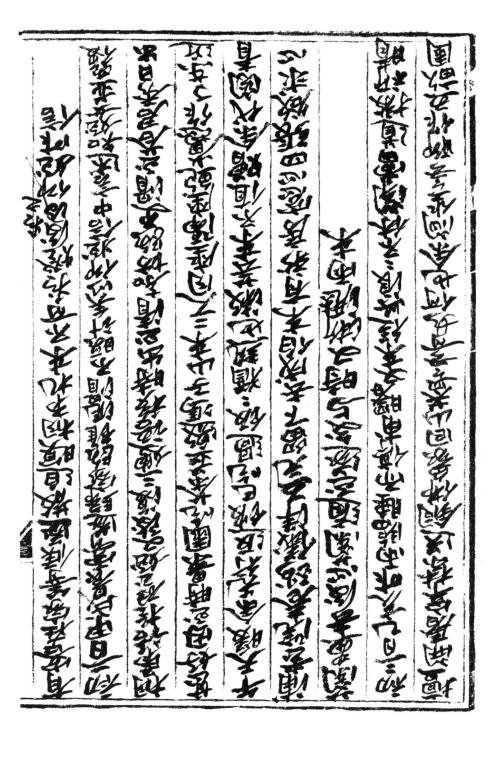

諸景小詩得十餘首燈下微吟兩務益大

初四日丙子終夜聲撼與雨聲相應五更既醒簷溜猶抛注此後鶴々

竟日雷晚攜赴園賀尤康門完姻易孚並應程紀老特屬和甫歎對

於三刻乃閒濟弟來傍晚留飯後束還君秀所在寓心四觴遊玉宋圓時

雨適停閒談至抵暮散

初五日丁丑晨起見晴霽去甚踏濕至君秀寓談頃吃早點由吳趨坊擬

渡歸家知趙氏姪女已於昨晚冒雨動身三姪孫歸來送至閶門外紅頭船

上現在姪孫女將移住渡三嫂處寄養於此余見簽兄相爭略談回館錄

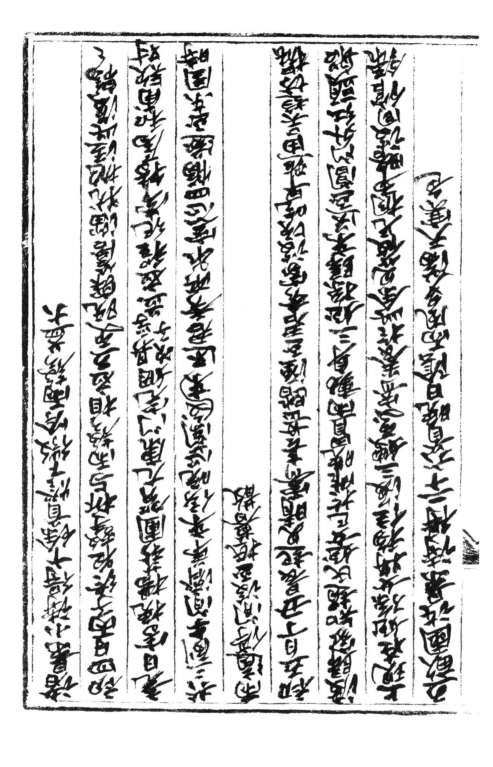

五畝園諸景詩得二十六首晚日陰雨風多滿天寒色

初六日戊寅。增寒而大晴。君秀來同往東園，心蘭尋來，俄而王敏之來。文
有法載耘者，君秀之同事也。五人同坐陽座，有李賡如與宋子厚、孫平
續見一對聯屏，張則邵小杏在彼，余就視之，則為小杏書，款曰麟生
諸公同聲曰是為君書也。余遂卷而懷之，道謝而退。伊實為宋
麟生書，共弱冠相同，而伊適不在此。日中大有墨緣，易返。飯畢，袖
墨耕為心蘭所畫人物冊頁十二幅，屬書引首也。飯後作寄仰姪信
前日姪女忘卻箱上鎖匙一枚在家，即於信中寄去。陳蓮溪來，取江
竹庵小照。前月案頭有小兒十八朝內種痘經驗神方刻本廿本，知蓮
溪送來者，談頃去。傍晚居師竹來，問余學篆之法，論篆移時。同

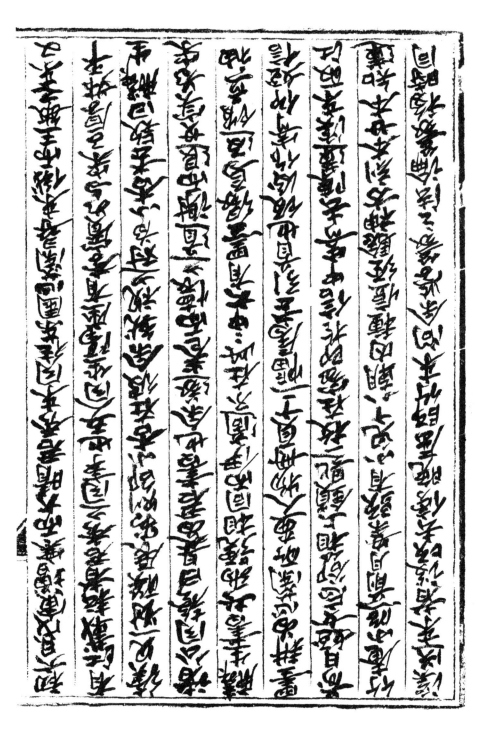

出至護龍街訪叢書碑帖，回路過虞夫廟一灣返，夜星月齊明。

初七日己卯，晴。雷滋蕃來，甘翁姪孫，以藥店隱身，板字素書。飯後錢翁來，以續集稿本屬校，擬付手民也。同至東園茶敘，快談古木蒼閣。與賓農遣人以函對索去，呼我為內弟(?)，拜祖蓋緣少年時姪孫之妹夫。昨又有齊門胡桂初以泥金小對索書，則七姪女之嗣子，尋常適負其屬，討厭。迫暮，心蘭來談及此，伊勸余必應一概收取潤筆，無潤不書方可。又至東園啜

初八日庚辰，晴。晨歸家一走，不多時即返。晌午君秀來略坐，余方自擬篆隸潤格，即與商之，無所可否。傍晚即收此稿至郡廟東文瑞堂鄭翰香刊本，回由護龍街至梅君孟生店下，鄰(?)群苦疾痛，略坐返館。

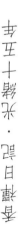

初九日辛巳晴。晨出，過毅德坐片刻，至錢炳甫家觀其新寫金剛經，因出至許子振家（在蓮村的）不值，歸於萬仙茶室遇之，以畫紙求畫紙扇冊，易紙擬題穗其檢擇，遂歸。時夏衎道至，墨耕偶不值，留字並畫紙及擬題為閣路至諸文翰處乃返。飯已，吃過飯，易吃之。知心蘭曾來，留件而去，諸刻字人來說定屬刻之件。天氣轉暖，应是小陽春也。

初十日壬午晴。屬藥鋪中人來合膏滋藥，服宜療病之日也。心蘭來邀入內，接彤伯、雲婦肝厥病，伯韜即往馮家，其婦已歸，留也。於是飛生皆不入塾，偕心蘭至東園散。已晌午，追來申之間，復步至君秀家，觀其預備去事。少間，與子山至仰仙茶樓，成伯隨往，良久散歸，藥已煮成。

十一日癸未 後日微雲 雨生仍不入塾 麗笙貞堂販紙一圭返 成詠五畝園五古十七韻 蓋總題也 飯後出過敏德 知張房無人 遂至豐耕處得晤快談 並求其動筆 同至梅石處 並求其奏刀 稍坐 後至雁天處 並求其撰 求其動筆 緣時欲行伊尹約同出 吃茶 遂至家仙快談 直至暮而起 返館 知錢秋訪來 不值 晚飯後 作仲姪初九信

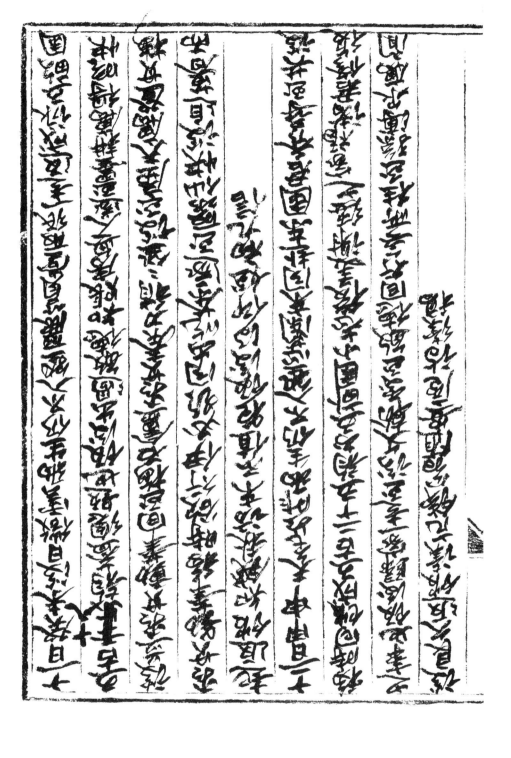

十二日甲申 天气如昨 雨生仍不入塾 心蘭來 同赴東園君秀 尋至共談移時 回館 成五古二十五韻 為五畝園小志後 美謝總之 家福諸君修複之事也 飯後歸家一走 至診文翰處 至敏德回 行至所往 至孫溥泉處 閒談良久 返館 讀元錢翁 安庵詩續稿

十三日乙酉甫起盥沐茶邨已來同吃早點至東園吃茶遇通甫子厚諸君良
久返飯天色仍陰雨坐仍不入塾敏德進人以紙索書西溪草廬飯後文歸
家三姪孫自齊門來行因患瘧歸家視之屬其倩醫服藥出至君秀家不值
往東至觀前至宮巷養竹居前見錢省之以王仙根家祠中大匾額屬書今
以余新刻潤筆定格付之取其新刻倉聖象揭本一幅時雲陰如墨急返
細雨濛濛向晚後猶讀錢翁詩稿
十四日丙戌晴伯韜入塾屬雨自上海歸來談同至東園茶敘而散午後
錢秋舫來談傍晚調伯來談作復仲姪信即發致作吟自書偶見信
樂德林來攜有其得之作硯夢齋山水册一跋

十五日丁亥晴未初三刻立冬雨天氣殊暖蚤出至敏德處寄點信至桂芳閣赴茶椰之約同行分路至莊祠霞弟傳言君秀在玉樓春等候少棠傳言譜琴邀往其家略坐遂至石子街譜弟處略於内室病新瘥也出月十一日許星臺方伯七十壽弟擬送聯屬余為之代擬略談至觀音茶樓君秀共笑拈子山咸在談頃同出分路復至敏德閒一談即行返館飯後為譜弟屬至芸蘭閣小坐對聞三等價至倉米巷隆慶寺拜宋薇堂夫人七十冥誕略坐談返館即作札致譜弟得其覆復又往芸蘭閣說定前行直至心蘭家不值返館天暮晨間知桐弟又得一孫昨日　時名曰承鞠

十六日戊子晴天暖地潮心蘭生出赴文社心蘭來同往東園遂遇楚梅

并邀ㄹ三人啜茗心蘭有家人來言有客遂先去移時返飯後作札

改譜弟妄事後出至敏德處面客人至西府廳見師竹長談留午飯

而行將歸家一灣君秀處又談少時到家則筱三嫂十周年正設供迎拜

之三姪孫病仍如舊雲陰忽合恐雨遂返飯已遇細雨到後益密昨睡遲

時聞雨聲而晨後寄翁典雨ㄹ不大也乃竟瀟ㄹ入夜

十七日己丑夜來雨挾風行風推雨去詰旦開霽增寒方沐心蘭來告以墨

耕畫冊十二頁與朱夢廬畫扇面一葉并遂秋畫冊一頁均失去相與悵ㄹ同往

東園吃茶堃稍時散翁先啥入塾錄昨會考文詩余取筱墨寫敏

德西屋清潤堂匾一王氏家祠像兄懐亂閑匾一雷容藥店功始

書草隱身板皆足觀廿大字也稍停又寫隸字三款錢省之來携唐碑數種未購之燈下改課作

十八日庚寅晴晨將昨寫各件改换幾字從蘭來茶敘於東園欣聞上諭因江蘇陡遇水災皆發帑金備賑本年漕糧着分別蠲緩着有匿災不報者查明恭處等語仰見　聖心仁愛洞照民艱力為拯救江南億萬黎庶感慶再生矣返館竟將各件一一重書之

十九日辛卯晴未晨乘轎出始穿小皮袍套戴絨冠暑硯臣翁曾孫女結婚坐至東麻觶巷吳波翁孫完婚坐至清嘉坊石君秀之完婚盤桓於此是日周堂大通利有喜事人家甚多且吉時多早余在石處用飯賠秀

要到新貴存堂合巹畢始入席一泉設五席焉席撒須俟乃辭出至
本浜敘義堂性初并嗣子完姻又西甫尤春畦次孫完姻各少坐歸寓視
三孫孫病屬其母赴醫處服藥並見筱兄略談返館脱换衣冠一一收拾訖
吃晚點後出至東園一覽會甦人邀至鹿笑園茶樓消話迫暮乃行返
二十日壬辰夜多風晨寒而晴吃早點後望蘭來偕往東園遇通甫
來同敘談不久筱翁莫良久乃散將暮佑之姪來知昨晚曾來不值係
談良久而去
廿一日癸巳晴仍多風晨至敏德不見人留字而出元吉追至並談
數語至蒼竹居以清潤堂匾字交新之返過儀風從門入和有膺

雨與雲楂同在花笑下閒談片刻搬時携詹雨形作瑶池仙夢記歸
讀之有密行小字十二頁閱兩生厭濁作一跋置之申刻梦梅來談次
心蘭來稍時同出至錦鳳臺招伯廉夫一同茶敘余見上燈先行
街上步行返館得仰姚十九日信並洋五元附趙秉良信
廿二日甲辰午風靜雲開有天意日晶瑩景象作復仰姚信長幅未竟晌
午歸家為亡婦忌辰作祭見三姪孫瘧已止可喜過在家午飯飯後濤君來
館家略談到館續完復仰姚信即發燈下改課作
廿三日乙巳未晴改完課作桐帝來將往對門邑與歌聊過汪韞甫來略談午後為
館中寫收租日期榜名碑字樣錄跋語於詹雨記之首端寺定弟札來

以刻成所作鶴泉山館詞見示即拔讓之

廿四日丙申晴晨出先過梅石盦見所得唐小碑三種云皆吴窓齋所石余取之歸訪墨耕梅石告余須尋找玉梅春之志至發館余因至彼遇徐翰卿詢之知為春來遂至墨耕處猶未起留紙而出仍至志發館翰卿為在翰去而墨耕來余以失去畫册十頁告知碩君擬重畫也談移時散歸路過敏毓昭歌元吉云即自吃飯時已正午盡飯乎遂留午飯而行返館知君采曾來傍晚心蘭來知其晨間曾來偕出余往膚雨家遂還仙梦記不值同東園吃茶還子庚仙梦記上有劉郎亦即知其曾見也子庚為友託心蘭作月樓誰伴程黄昏圖

廿五日丁酉陰。讀錢箸詩隨安廬集，午後陳長孺來貢，署款綴報
語并題七律一首。傍晚君秀來，適于紙店取到八尺大對，即以譜琴聯語
交君秀屬書，遂至東園茶敘，抵暮返館。有秋舍第同年丹陽張君之子
稀子卿者，兩次來尋，見之，意在告幫，贈以青蚨三百。
廿六日戊戌晴。仍至鎮揚氏，因年節日欲歸家，將西先東王錢箸家，未值，還其
詩集兩冊，出所藏王墨耕齋知翰卿已將王小梅畫冊送到，並贈余造象
拓本兩紙，皆吳愙齋所藏物也。墨耕自畫古妝士女，裱成立軸，懸壁間，亦
屬余題，該一併攜之。因至蕙廔館茶敘，繼有王姓二人來同坐，移時，余
先起歸家。少時吃飯，為早返館，則已吃過，遂另吃之。申刻張葭生來

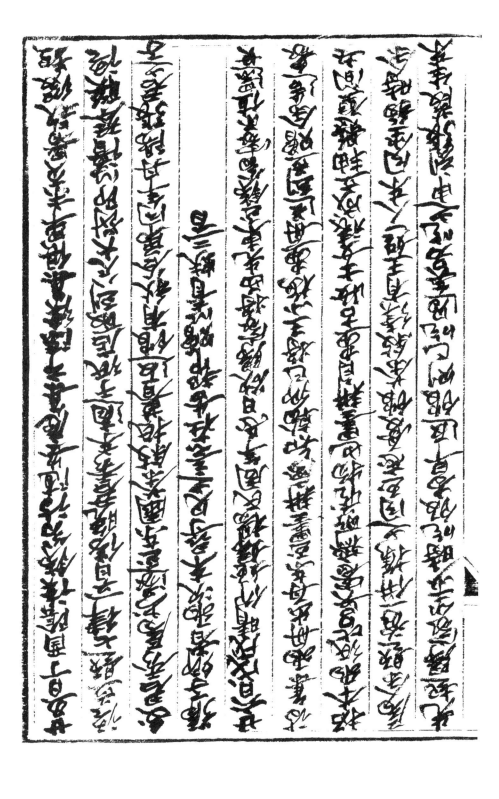

話舊臨去贈以余所刻詩詞四家中有伊翁子上刺史學為穡齋詩
在傍晚錢省之來抵暮潛鄉弟去附到東安縣稿者子占解
廿七日己亥晴程徐來方設次錢翁來同至東園吃茶少時心蘭亦至少
時君香至五人啜設良久散余至翰墨林裝潢店付裱件二返館課一
生伯韜往女婿家也作文衡山書吳文端墓志招李跋後鄉弟信
廿八日庚子晨陰仍晴巳刻梅嵌來說起張硯銘得請江錢廣餞將往因至
女婿往而返遂于途知於今晚起程遂同至儀鳳話別晌午而散課一生
則伯雲他出也錄舊作題墨耕侍御美人申刻硯伯送還至女山門巷
寓盼望設回至清嘉坊石氏寓攼皆他出路中晚飯返館

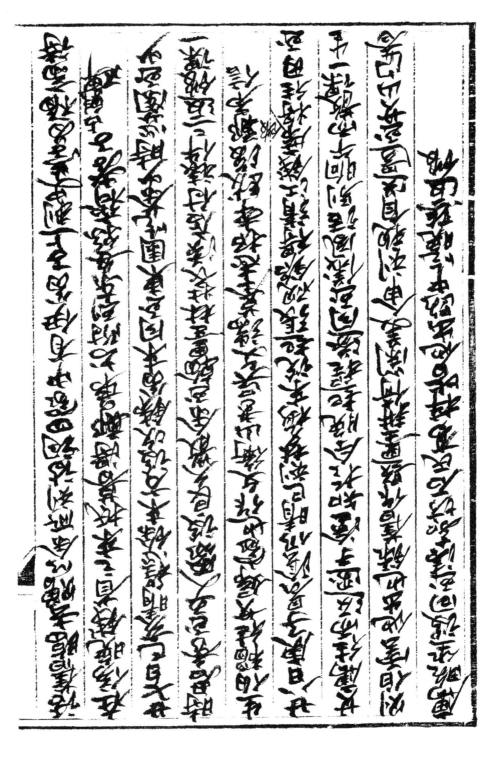

廿九日辛丑，晴。心蘭來，同至東園，遇汪李友自金陵當武闈差回，因談武闈事，知榜發中式一百四十幾名。恩科亦有廣額也。隸吳縣籍者得二人。已而君秀尋來，又談晌午而散。申刻心蘭又來，晨間君秀以紙求畫之軸，心已畫好，云適有異也。余詣既畫好，宜即送去，以覓其欲捷，因同往，君秀他出，乃與成伯出至人間步至護龍街各古玩鋪流覽一回，在梅石處少坐，至屢夫處，遇出茶敘，余乃先歸。

三十日壬寅，甫盥沐，茶邨來同吃早點，同至東園，談頃廣甫來，又少時心蘭來，四人合坐良久，散。飯後又詣茶村，茶村札致作函致偉兄信，向暝，永娒來。

十月初一日癸卯，清早出，濛濛雨，花乃重霧也。先過敏德，交寄黔信，得偉兄補贈

中秋節儀到莊少坐天陰不雨遂行地頗滑再過敏德復少坐返飯心餘來飯後翰卿來贈我寒窗翁刻古玉圖攷一套露黃之品也申刻歸家一走即返

初二日甲辰晴暖似春巳刻心蘭來東園公余叙散歸壁姪來飯爲伊補作蘇孝慈碑跋亦應夫飛物新出土隋碑也辛弟來少坐去後余出賞其藝稀卷視藻卿病雖愈而未復元尙在牀蓐間談良久公洪來寒他出未見又湘姪侍甚苍知少初自常熟來方抱病亦問視之見於內室談良久行時天暝一日人路中恍惚殊甚

初三日乙巳晚上曾閱瀞雨群照程心餘之屬書新陽朱緝甫太史墓志銘之篆蓋一通還藻卿字來索觀漢玉物件傍晚心蘭來天色昏

晴，猿同出，已小雨，先後至東園吃茶，少頃，笙魚偕蔗生、叔先生至，上燈返。

初四日丙午，夜來疏雨狂風，黄昏達旦，寒氣驟增。巳刻，心蘭來，余正欲往心餘家，同出，約於東園。至辦蓮若處，付扇面二件。先後至東園，瀟雨，会逢談久之，至錫麟、墨林、猿侍處，云一成返，飯。未多時，巳午飯，余不吃。途遇老歸家，爲松兄與亡婦甘留生辰，令起作錫衣也。沈畢，午飯。已衆出，至君秀家，但見成伯，問之已他出。過唐若舟，從自錫山來，敘舊片刻，同出。余至梅石倉，盤以印石屬刻，略坐。天色沉陰，忽飛雪散冒。已返，飯，黄昏膝寒，餓，喫即止。惟昨今兩日寒暖相懸幾有兩月之殊。

初五日丁未，晴，寒氣寒，心蘭早來，以劉子庚父來，雷子宿屬畫之潤筆，其遊

訪東園侯君秀不至乃散前日蓀卿攜觀秉先舊藏之漢玉等件今為取得申刻
觀自送去先過漢泉門首問之在家攜取所藏不見几十句矣為道中文書皆聞乃
至蓀卿處以玉件一一點交後少時返塗逕膚雨欲為余作函致子宜姪薦其
即子維為捐局司事因同飯寓館遂至東園又與益前談此間茶客甚鬧
天今泊暝遂散得仰牧初二日所發信並洋六元
初六日戊申晨陰忍蘭約至吉利橋三層樓吃早麵余行過橋對面逕之逕同上樓
適逕悅農先到一孫亦來余并會了賬返與忍蘭同在儀鳳吃茶小雨而散返讀敝
大下竟成長腳作復仰牧信即截作翰卿所贈造象跋
初七日己酉昨雨現竟日又復竟夕已止又作午後乃傳寫兩造象上眉題各

九字又寫八言對一副得鄭盦弟前月廿日出武闈後信

初八日庚戌巳刻略見日後日前後皆陰心蘭來爲余重畫石湖夜泊卅六幅送

來因至東園遇胡盈魯與心蘭徐看椒盈魯居東雖泊至此也返館改定課作飯

後寫保定造象跋於拓本上幾及四百字

初九日辛亥陰晴見日光時有雪意方將出茶邨來同至東園茶敍移時散余

至君秀家略談同出有約至爲余歸家少坐復出兩次過吳趨坊渡至伊家招

伊仙秩與君秀會齊偕至郡廟前戲園又遇胡盈魯程心餘及申仲揆三

人者早且出吃麵代飯再進園遂五人合席候至開場四齣觀者寥寥

余等自始至終觀因園而出遂游衛前 與惟心餘直同至館門前

初十日壬子晴。寄心蘭來，掭吳梅邨畫孫漢處。述禾題立軸屬題，旋即
於之同至東園茶話，返飯。伯韜往其婦家，只有伯雲坐，運少時君秀來，有明日
之約。時將午，飯遂去。飯後寫大統造象三跋於拓本上。晚湛孫來。
十一日癸丑晴。巳刻赴昨約，至皋橋西大觀樓，君秀、鄉梅、心餘三人皆先到。
略坐，同出城，往釣橋境上，先飯，欲吃飯。未煮，吃鍋麵代之，即至普安橋東
逢萊戲園觀劇四齣。包樓一間，未刻始開檯，至酉刻余先行歸
家，一灣追及，返飯已燈火，齊吃矣。
十二日甲寅晴。晨至三品樓吃羊麪，出胥門往心蘭家，邀出同至儀鳳吃茶。
往翰墨林取君秀付裱之胡三橋二喬觀兵書橫幅，坡飲移時，余

先返飯後坐汪子庭來告以心蘭在儀鳳送出則君秀來已由儀鳳
來矣略談取畫幅去傍晚心蘭又來有事見託談頃同吃晚點同出
至廣天寓少頃天將暝同出伊等為要吃茶余在錦鳳臺門分手返
十三日乙卯晴昨錄劉平國摩崖石刻拓本跋未竟晨續成之凡五百數十字
旋出至鳳雲甚鄭梅已到且敘談稍時君秀乃來談次話別返飯檢出舊寫
楹聯因君秀言加署著作鵬上款飯後作致鄭盦弟書乃以兩條子書
送濟弟聯送君秀託鶴秀与錫送也作朋將遷居以此賀之
十四日丙辰甫起得家中凶耗駭極旋滙三兄驟然以痰喘舊恙並氣虛脫根已
於今早卯刻去世驚駭欲歸因楊莘圃在錫佛寺中開弔先往一拜即之

出西家幫同枚弟料理喪務一切。傍晚返館，得鄭弟信。作寄仰姪信，告筱兄之耗，明日發。

十五日丁巳，蚤出，有霧地滑，至敬德見元吉，略談。同出，余至莊祠坐憩片時，歸家。自東而西，厥覺吃力。到時適辛芝弟來，探喪陪談。見厥屬內外鋪設一切漸次舒齊。枚弟已成輓聯，略爲参酌，託香常(?)芝之申刻返館。作致伯兄、鄭弟兩信，告以筱兄身故，告之。余亦擬挽聯云：春仲哭胞兄，冬仲哭堂兄，宗祧闕(?)[illegible]，病體(?)[illegible]，載支持，猶資樂餌；卅年來喪子，十年來喪婦，漫回首[illegible]刑曹，伴我幕[illegible]，書局[illegible]半生勞苦爲甚功名。

十六日戊午，陰。早起即歸家，曾小雨，路稍溼。筱涯兄大殮，服大功服，往霧(?)

前往候實客辰正至里固氏姪女處其郎必泰恒趕到其餘至親咸集未初始舉殮柩中一切有其內姪趙芳之同持殷若照丞之姪親自動手安穩結實乃蓋棺出祭詫事完畢已交申正余換衣出由火神廟過城隍廟往護龍街吃點晚點至梅石盦爲我鐫牒眼礪樓四字印携之到館晚矣

十七日己未晴晨至蘭末至東園茶敘余往翰墨林省裱件尚在板上返館以昨伯韜所作會考文題目暮叩人之門戶求水火詩題交友諸敬課伯實傷晚至雷甘翁家以蘭所題月樓雅伴詠黃昏圖交其令孫子留圖廣惇之去也過雪甫爾家問之他出遂返

十八日庚申早出尋小卿元吉同至觀音巖飯此羊麪元吉已先往與小卿同吃之

壽元亦在茶館，乃見之。同至斥时出，向救火館買手爐，携至敬德会館，僕携衣冠
於此伺候，服之，至錢瓶巷探稼艮庵丈之喪，即返。祖弟在館候，我出，换衣
兄表中，因用哀啓稿屬為删改，飯後磨墨書挽聯，接連成伯夢梅來
談，夢梅談尤久，乃去。成僅僅成一條，有三十字之多
十九日辛酉，晨起，續書挽聯一條。未刻，蕙泉來寓，同往東園茶敘，少時返，只有
伯雲在塾，伯韜又往馮家。草晨永絕來，巳刻桐弟來，余方為删改哀啓，另起一稿付
伯雲錄出，加挽聯上款，並以餘墨寫金縄甫款八言對一副，驗之天晚矣
二十日壬戌，昨暖和，發潮，中夜風起，聲狂於虎，晨霽矣，衡寒，出尋壽元
吉於三元，又不見，獨至丹鳳樓吃羊麪，出至衛西北風，歸家，夜涯兄首

七一拜以易揆哀啓稿与桐弟商之少停偕永姪出至耕蔭叢莊
間話同返飯後晚謝梅石來同往東園茶點一敘
廿一日癸亥風純天晴增寒又凍桐弟以君計稿樣送閱飯後遣人送益
札致姚鳳生徵五畝園詩餘惟袖手觀者害不至亦出
廿二日甲子晴氣稍和甫起聖姪來報謝即去檢出筆墨物種備送
淇泉兄嘉禮申刻携之出往南園邀心蘭家先入一見益秋稿巷視敬淇
泉物他出不值遂至西邀遂藻鄉處取寄付季之漢玉等件惟二件有贗
價者留存餘携歸俄而心蘭至自遂夫處猶在東園茶敘
廿三日乙丑致課作淇泉札來送硃卷四本鳳生札來送五畝園記石刻拓

本詒經之家禱撰鳳生去八分也申刻查蕉垞來留年不晤矣長談至暮半
刻蔣甫來略談燈下得仰蓮十九日信並洋十元
廿四日丙寅晨心蘭來見余方夏換補屋之具皆取梅花屏幅有敬子長厝
雀庵硯茶鄉及心蘭手筆伊一無所要一幅設色者余因乞其再惠我一張設次
同至東園茶敘午後馮子山來屬對聯作後仰蓮信寄去歸家一遣以仰信中
語告二嫂三嫂並分付四姪孫女晚同飯
廿五日丁卯晨說巖見孫承鈺來同出余至敏德見小卿香見元吉問以話齋
返飯伯寅也出詩藻卿孔飯後永姪來寫成伯屬去對聯副是日夜涯見
肯同余因時候在早不及歸家又作輓聯二付一付代首永孫姪出名云

亂離中痛失嚴親當年滄海歸來遂使哀鴻知所止詞氣間
愛真猶子此日家庭追念祇愁畫虎不能成一付作南皮張中丞
出名云舊雨湖苔今憶五十年前為地秋風同憩榜德星聯茂苑
悵四千里外一天朔雪賦蒿歌一付作合肥李爵相出名云先路導
王師探虎狼窟穴涉江海波濤挽劫運於東南功應居首仕途
見文學判黑白科條校丹黃典冊門讓封之種子世共傾心
廿六日戊辰天陰有釀雪意多磨墨濡毫對四副一十二言一十
言兩七言得陳子成札傍晚微雨中梅石來為余刻成三十九字
圖章一方文曰兩歲失怙八歲失恃卅歲失偶中年作難民老來

作學究四窮居其三十年不成九伊何人哉乃瘦寒余見姚彥侍
任筱沅皆有自署官階大印多至五十餘字殊可笑
廿七日己巳晴露早出尋見元吉同至丹鳳樓吃羊麵並在觀前買物
同行至梅若處晤坐乃歸家筱見之七期畫服一領並勸敘出分許客目
略有增減校本易徵李爵相出名換聯云憶當年旁午軍書箸
績獨先航海倘今日同寅情話高懷爭羨歸田亦皆用此時返
館又作段仰之信告筱見開弔事即發
廿八日庚午晴早起即出至冬至節館徑至墨莊耕蓀處中人同去往常熟
去矣端甫出至錢介為家朝課完經未畢讀古歌為補餘之作已而同出至

萬仙吃茶還子振伊處茶館中人到其家取畫來為錦卿作者四幅為我
作者四幅分饒之叙談移時散余至梅石處略談梅石則云墨耕是到
無錫去避債至敦德適在午飯遂添一碗同吃之飯後同等歸伴話少時歸
家已是傍晚候至夜間各房設祭自上祖以下各處一一展拜並有親戚
師友宅基三處亂羅吃晚飯預約館中弟輩來接同館便睡
廿九日辛未晴洗畢即出門至梅石處兩次以大郎石六方留與伊古玩
叢取中皆新坑紅壽山也晴〻以兩刻即潤筆約可值洋兩元邀偕伊
至丹鳳樓吃羊麵散時余獨往莊祠再至子振處送泥畫潤洋兩
元乃徐步歸家少坐拜神拜祖畢旋返館作段佛吳信吃飯〻後復

出至心蘭家以語同出至儀鳳吃茶遇吳星渚汪理卿敘談移時返
已將暮上燈乃仰枕昨日復信館中設席補吃矣至夜飯
十二月初一日壬申晨出先至敏德交寄點信至莊祠坐頃天陰欲雨回行
再至敏德娘孫承燮行聘安定中道喜作一字付承諫承壁孫媳孫託有
便送毛家槐孫手送行返館飯後雨意益甚趁早歸家一走匆匆即返館作
復仰姬信燈下乃畢改課作臨睡微雨淅淅
初二日癸酉夜中似有雨聲晨天陰地溼作擘窠附鳳射虎斬蛟八大字
跋兩則而合於一寫君成伯所屬小對作罗字填篆法倦晚街路乾仍不出
初三日甲戌兩生不出益作課作未完也迨午仍不出飯後伯雲始來交

巷即告方要往百花巷遂去伯韜仍杳於余遂出以寄好對聯三付馮子山送交
去復東西南北書由巷問訊張叔鵬新居入見之道賀坐談少時余別至
廑夫厲伊頤同往之陸厲甚近相與敘談撥出吃茶廑夫頤同行途
遇汪叔邕偕至聚仙樓四人茶敘又來了心蘭相與說餅暮乃散
初四日乙亥晨心蘭來厲鑒胡三橋畫冊簽條盡未見也少時提壺至東
園茗談良久散改昨課作書司馬溫公座右銘一通傍晚夢梅來談移時
同往孫溥泉處以病久不出門話未幾天暮余亦歸
初五日丙子吃早點出時尚早又以寄好對三副繳馮子山處子山將與成
伯開春聯店先為店貨者殊付褒也少時歸寄衣叟之七之朔豪服一

拜坐頃返館傍晚夢梅又來因伊兄花侯宜興幕席已脫而避之來
同寓余寓字問石鏡臣歸否並同事也夜人往東園茶敘上燈散
初六日丁丑巳刻成伯來復我昨日之諾攜欲影拓本一幅有吳康父題跋余
留視係摹刻不存遂之後赴溫公座看銘一通傍晚夢梅又來以石復
我之言復之談頃同出余至綾德堂步時閒步街頭吃晚點返
初七日戊寅昨上燈後泰子雍來告之序自杭州而伊弟膺雨又往上海矣与
蘆根伯閒話留与吃酒吃晚飯去中夜聞雨聲響晨而止曙點後心蘭來
同至東園茶敘移時天霽見日返館知銅士小郎君駿書十歲生日与首
姬合送葵公元首姬為余向家中取得拜春圖一幅張默安所畫看石

素翁貝園翁姚鳳生諸人題者傍晚携至馮子山處屬其照圖臨寫
一紙亦歲朝圖之意也燈下改課作
初八日己卯晨大霧散後地濕天暖午後心蘭來携示宋徽宗畫枉艸
千字文條宋拓本爲海鹽陳容齋舊藏惜闕佚有三處共少七十一字容
齋以泥金題明于後並有跋彼則另有署名道芬跋三行疑爲葉香士
華文立軸一爲歲寒三友圖係張子祥金保三任伯年合景物如吴
秋農所藏且云秋農現在蘇余曰可見之乎旦少停約到盧夫處余因
與同行至德寓及吾其樓略談心蘭約請拜謁余與偕行至吉由巷觀其
書畫屏幅對聯等并約即請心蘭寫小對爲付一揮而就遂同出

至聚仙樓三人吃茶點候吳陸二公不至時且上燈余不能夜行先回留
碩庭姪札與平芝弟曾來
初九日庚辰曉陰微霧茶邨森卿香梓同來道契滴同往東園遇一人招呼
即秋農也同坐敘談未幾心蘭來昨晚所約五人同吃朝點快談既而又還
蔣殿臣自杭州來久別後至晌午而散返館伯韜病不出俄而心蘭又來
借海喜二兩替於中藥書云晉目去飯後殿臣持來硯我略談去傍晚
心蘭來還於余談頃間整理書籍有西圃續集詩二卷題畫詩一
卷皆其先人著聊以贈之又往東園再一茶敘暮散
初十日辛巳晨天色如昨與茶邨有約至宮巷桂芳閣會之茲皆守梅蓮

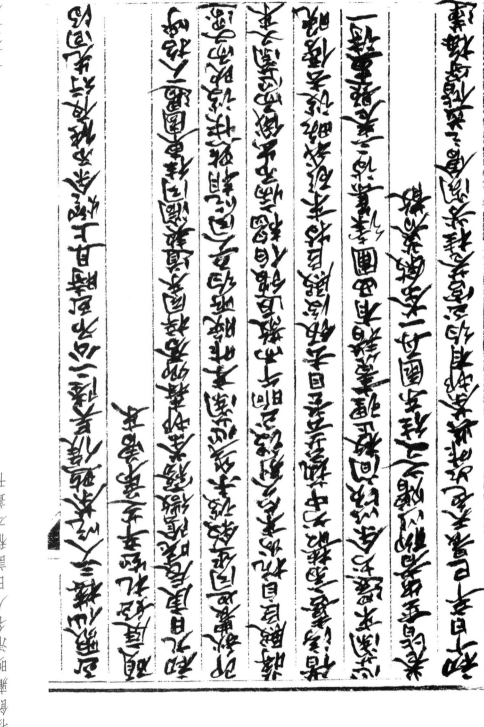

生同至丹鳳樓吃羊麵茶邨作東出余所藏悔兒舞拂以歲寒三友圖立軸呈正金秋農所屬也圖係張金二老作欲求舞拂補一幅以成三老侍坐閒談並與王首軒董研年設出宋五墨蘭頃託茶邨買首烏延壽丸向蓮峯處衍澤堂膏藥取之遂行茶邨同出分路遇微雨路滑勉力已敏德兒子宜姪歸抱嬰媳喜事設時雨止留余午飯時正午矣遂吃飯飯後又微雨遂返館雨息陰濃若有釀雪

十一日壬午天色沉陰釀雪意尤濃晨起後至吉利橋訪朱首春順客寓訪吳秋農發榜適心蘭亦在座秋農畫寒村雪屋堆積甚厚余以素紙冊求秋農畫溪路圖並以板紙求心蘭又還貞宣和御茶帖書冊三人同出至鳳池吃茶許靜拂亦尋來同坐見過

俞粟庵談良久。叔孝過，偕伯韜出，入塾。少時夢梅與朱錦生來，略談即去。得賢臣
姪字，乞代其妻舅作挽其伯兄聯語，務要貼切。余即擬之云：蘿蔦託松陰，得共
清談，每許賓筵為小友；芝蘭虛梓舍，好移玉樹，幸看宅相作雛孫。謂承
重孫承鈞姪孫，係徐粹伯之甥也。夜月光如雪。
十三日癸未，晴，寒。歸（孫女）後兄四七之期，一擬知定於廿一日請司喪，廿二日開弔出
殯。許閱已，要出選錫本並其相，東承姪暨姪詒少時出，到馮子山處，又取臨龍之醉
春圖以返。偕伯韜至斯他出。祇課伯雲改課，作兩文兩詩。陳敬甫札來，並其小
照屬為題眉。王夢薇自杭信來，以新刻說文佚字輯說一函見贈，凡四卷。
裝兩本。抵暮得鄭弟來信，前月十七日戴蓋海道過冰後也。

十三日甲申夜來西北風甚大晨起老晴乘轎出先至敏慎耕坡之孫娶適子壽賀頎庭吉少埜至敏德偉如之長孫娶子胡賀子宜喜時已往迎婦時娶到即行合巹禮是日同至通利老董事人家皆擇上午吉時也少時設午席东首花廳老席六席帳房一席之散未刻祭祖余另自展拜遂行至金太史塲吊適吳棣生姪女胗出同至卷首巷注教生之孫完姻加賀喜乃返飯換吉衣冠又出至秋農處賞貝三友園不值出遇于途胗診至屈夫處診頃不及則伊等茶會返

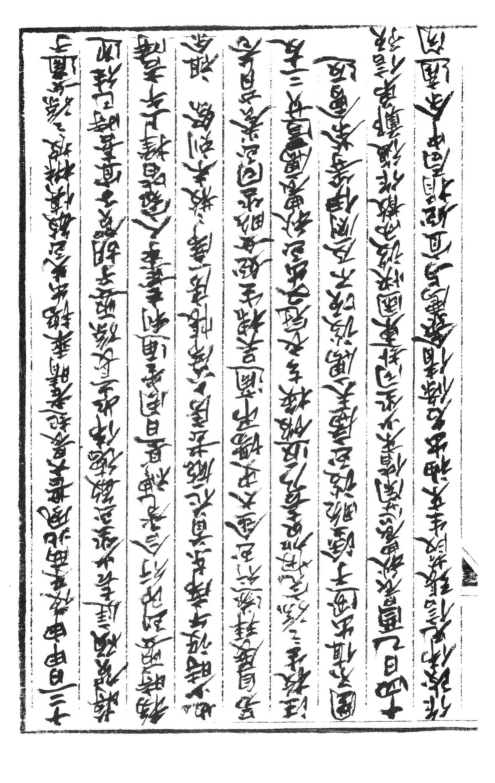

十四日乙酉晨秋農竺蘭偕來少坐同赴東園快談而散作復鄭弟信預作致偉如信張若汲生來袖出名條倩余薦與宜姪捐局中余適閱

敏德有公貸飯後邀往吳衣冠道賀乃將蔭生事告諸子宜並知寄黔信
見師竹又向其借鄭子尹珍所著說文逸字將攜歸与夢薇所著相校
也是日胡安木樓同川申正雙巖乃來伯龍夫婦暨輿武公局中邢喚帽
兒戲國刻乃來晚為伯龍夫暮矣余將邀歸被強留許以轎送回只
須留住客夜叁場已上燈飛駒後即設夜席余少坐未終席而返
十五日丙戌早出見昨頗峭冷今稍和也徑詣莊祠展拜公牛片時出往
東皆汲還茶館於途遇余至墨耕處自錫山回棹矣觀其所畫冊頁後頃同
至玉樓春吃夏飯吃茶後良久時已晌午毋之返飯正飯時矣傍晚花侯來
知我同自宣與已數日細詢宣與事因至東園茶叙上燈散

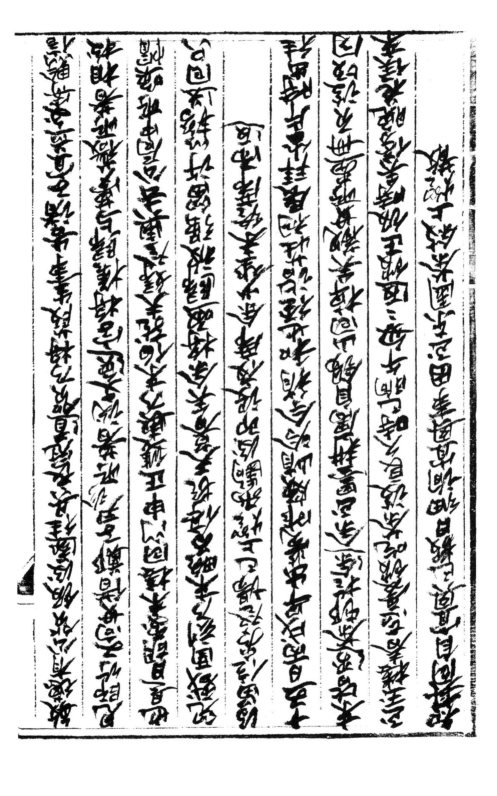

十六日丁亥，晨作復夢薇信，未了，心蘭、秋農來，携西君与廬夫合寫歲朝圖，取歲寒三友之意，見贈。秋農手中又有耕煙山水冊一本，載文節跋之語。頃同至東園茶敘，良久散。飯後與陳[illegible]甫臨上篆文九字題辞春圖上，六跋四行。有王餘良者來，欲購說文古本攷一部，與之，詢其名曰仁俊，住盤門開元寺前，現在正誼書院肄業，兼在[illegible]書院中，知為勤學之士。說起紫芝鵬熟，後而妹明恰來，餘良先去，妹因談至燈後。

十七日戊子，晨至朱家園拜悅岩，岩兄七十壽，送以錢箋雙枝為添壽之意，承其叫麵，請余之，已喫過早點，略領其情。余以前日少初來而不值，欲答之，悅兄同余穿桑園進繆家之後門，少初終起盥沐，出見又承女婿照心相請，刻第三截矣，遊長談，返館，將午寫紅箋八言對一副，飯後又寫壽紙七言對一副，皆汪氏子弟合開春聯店所用也。仰姪歸自申江，特來見，話移時，偕出，余至清嘉坊以畫扇幅託裱，即返，改課，作孟燈下。

十八日己丑，天陰，時有疏雨，見嫩晴，午刻伯說姪孫承燮來謝壽事，竣矣。茹思蘭以壽紙屬畫，并屬撰句，今寫之，云：紙畫能畫能詩，三絕風流真妙筆，有水有花有竹，一心結構即名園。飯後即寫之，又為盛歟云：瞎牛盦主人雅擅繪事，山水花卉植品清高，自題小詩，尤饒風致，女書法尔雅，飄飄欲仙，又憑思窗廣意，倩友作心園諸景，非特臥游，直

欲買身圖畫中儀并知爻有年所矣故以素紙屬爲楹聯并
索撰句爰記其概而作句象雅副雅意聊博軒渠云爾
十九日庚寅朝點後至心蘭家不值以昨寄到爻甫郎君出一經傳家
筱兄五七展拜預備開吊一切陳設甚堂種種俱齊賬房中少芸
錫侯仲永兩姪咸在余照料至午並客至因返飯恰好開飯即與
之頌悅兄來以一聯和爲之書對紙既而磨墨未濃而心蘭來談
次至東園吃茶吃點稍時同至廣天鳥談談余先返
二十日辛卯晨起寫一聯書一付四尺作大字朝點後出鳳池橋上尋心蘭秋農皆在又
有李農韶著痴游人否遇師與心蘭皆無識也少時鮑南屏來有保之秋農遇秋農遂去一餘人

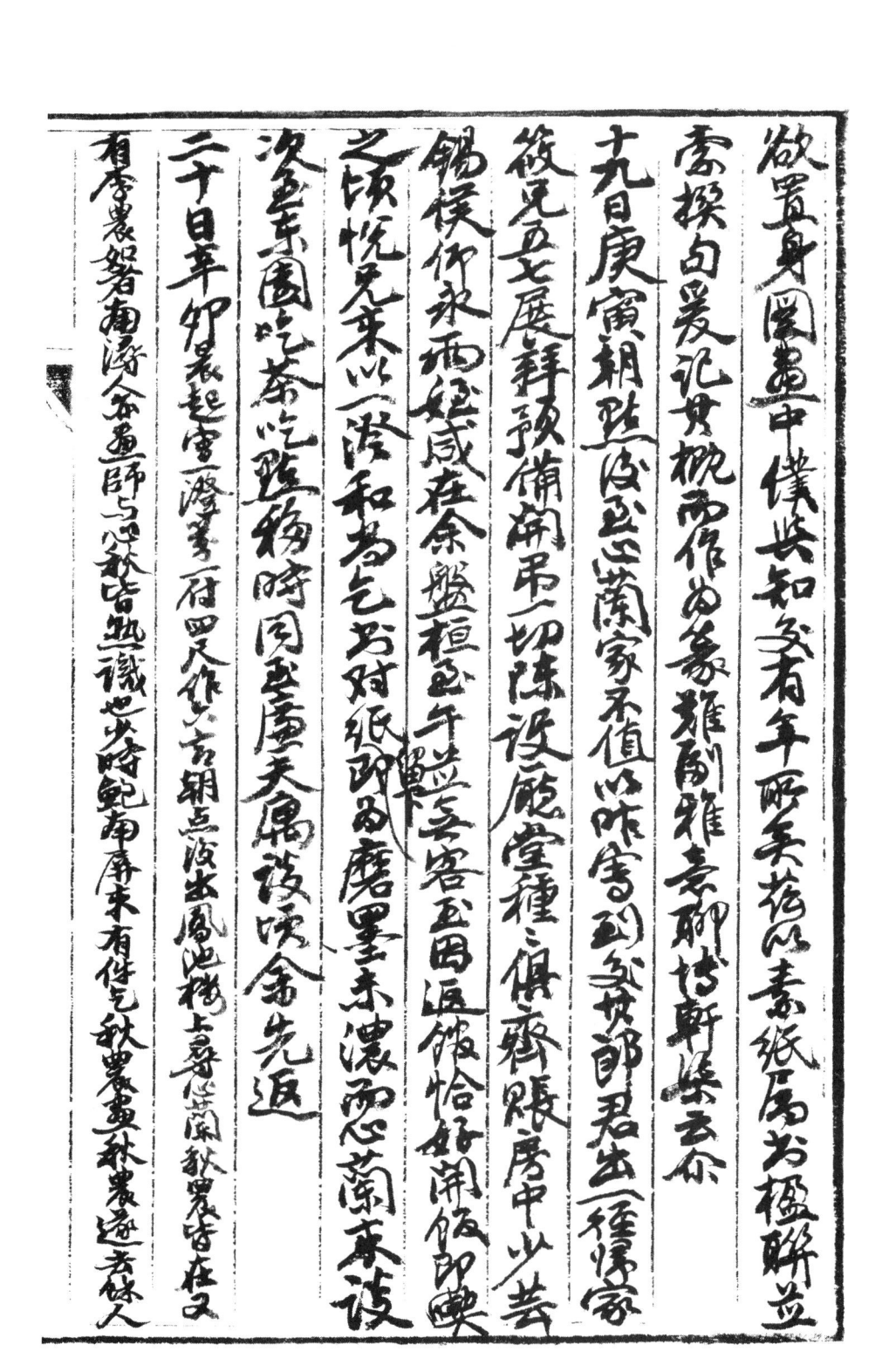

又談少時散返館收拾東西打發常歸午後復赴之預出課題申刻留午飯飲言旨酒
生表冠送出門與余灣萬石齋春聯店問知子山成伯皆往中街路懷濟店寄跡往見之
求余付錢件同歸分路到家安置卧室物件宿家中
廿一日壬辰早起筱涯先開弔孩先一日請司衆與弔娘許人具服在靈前伺候客來午
刻點主請俞蔭甫先生主點尤難得與濟之弟無還禮畢又有僧人二十一衆環集靈
前上供良久乃罷一一散去方撰午飯內外共七席一一散客亦多　散方處晚來正席
未免客少幸際晚絡繹而來直至上燈後尚有來者遂設於大廳設開席四桐[illegible]　定
席為女保娘房及靈房前內堂又三四席團聚而撤戌刻就睡
廿二日癸巳起又早筱兒開弔正月過昨天氣和暖夜來颳風晨陰稍寒晌午開霽風轉

西北來客到者頗多應接不暇午間於大廳設開席八桌餘無客於花廳坐三席又錢到客於井數高坐二席 客鄉家帳房文各一席內宅兩席頗有人滿之患席散客去其多留者少申正集人舉喪先行掩棺奠祭從容告引時已將晚余率羣從及親戚之有服者二十人為一班送至倉口觀音閣下登舟回吉時天暝到家安位一拜答客之在女易坐兩席帳房等不在其內稍時余先就睡 昨沈鄭盦寄來信附到 賜壽詩屬搨摹刊印本今日景月汀粮道惠乾脩洋四十元

廿五日甲午天陰風峭雪甚頗濃偕陳益而仰施承祖至中街路口嶽館金鳳樓吃羊麵散出余往錢翁家不值徐步而歸 瑞弟姪輩方結算喪用帳甚忙飯後又出至太監吳老爺和聚會書凡絲唱與開講各二人聽畢歸家恰恰將暝微雨且飄雪

廿四日乙未，清早元吉來，夜來未雪，晨仍小雨，永妃偕元吉出，余與同出，分途到館中，知邯
晨正蘭來候余，未見，留對紙一副，陸方石屬書者，遂一面磨墨，一面作復鄭少谷
所遣人送通如，乃寫對六尺珊瑚箋也，在館午飯，飯後對上，屬叔良寫字，条遣人送
金處，乃行，天適不雨，復至老義和晚會書，歸時大風，集霰密雨，入夜
廿五日丙申，雨住仍陰，出見街路濘滑，本欲往錢翁處，後就近至君秀家
晤見，志於前日到家，問鎮洋諸事，同至春暎店，邀莊千并邀子山共飲，少時
茶棧敘談良久，歸，及飯時，飯後路稍乾，傍晚往世翁家閒談移時
廿六日丁酉，受寒積食不化，黎明忽患泄瀉，不吃早點，先在彼兄處
一拜，屆六七也，旋出，往正蘭家，持抵其門，途遇之，同至風雲台，君秀有約

也。既則君秀已在彼，少時鄭梅亦到，君秀為鄭梅書對一條、屏四
幅。晨飯之，快談至晌午乃散。余至館中料理些節事，即行至敦德被
處午飯，食羹着粥，余因嗜粥，少啜至老義和，三次聽會去。
廿日戊戌，仍陰。晨至錢翁家，略坐，同出，在玉壽仙喫茶良久，散，各有約
余至墨耕處，方安設新年景物，廳中間擺列梅花迎春盆景瓶，中
供山茶、年柏子，看水仙一大盆、香櫞一大盆，到正殿挂古畫，旁兩旁挂
全堂。遂至同出，閒步，伊欲留余午飯，余卻拾伊至一陽樓喫起
代飯，出將赴老義和，墨耕別去，至場中人尚寥寥，候良久，翁
來同坐，一處絡續而來者約有三百餘人，四時會散，晚歸。

廿八日己亥。中夜雨聲淅淅，晨携減而未止，不能出。輝生、蘭卿、西夏紀事本末
烏程張鑑春治甫著也。飯後踏燭地至東宅，對門木橋上登容店，雞過年頭
入夜散。神過年，除去守制者，只余与桐弟暨舞臣姪之姪承高、姪孫五人送　神。祀　先
展拜者，多了看看仰連承之姪承駒、姪孫亦僅九人而已。
廿九日庚子。天陰地濕，鏡中尚有些事，撑路而往至燕山張房，諸友設放需現，逆且取賬目等
懷之。歸途過楊甸卿家，逐於門邀入，稍稍坐，設辭出，仍行路至家。晌午飯後又踏涇出至
萬石堂春聯店閑玩，偕子山至君秀家，君秀在仰仙樓邀偕成伯、桂寄之、益
有、莊千錢臣六人同叙，良久，余攜渡歸。
三十日辛丑。除夕矣。天色沉陰無雨。今日一身作僕，自包費給下人，封已刻出地

甚滑。沚亭敏德佑之姪，為予染姪鹽引事，賬有轇轕，約集諸人定議，余於公所之事未曾與聞，絕不知其中底蘊，姑聽兩姪各說各有，無所論斷，好在當初論定者有我仰泉與仲溪二人，設須仰泉已到，天有斷續雨點，余遂先託仰泉證出，到家吃飯，度了畢年事，仍將西夏紀事本末入夜與看，供於 祖先喜容前，以次展祭，凡八處，即以饌餘吃年夜飯，一室只四人同坐，稍時余先就睡，已聞遠近爆竹聲四起矣。前日黑耕屬題所畫財神，其圖乃自創，神立雲端，侍從二人，一荷擔金兩畚箕，一以畚箕金傾向人家屋上，火光熊熊，神以指示之。今夕倚枕口占律句云：歲籥更新好運開，世間多愛積錢財。肩頭此擔何時釋，指點誰家有福該。非是揮金如土賤，偶然附熱逼人來。茫茫五路歧難問，那處堪營避債臺。

十二支神

神居子　大吉丑

功曹寅　太衝卯

天罡辰　太乙巳

勝光午　小吉未

傳送申　從魁酉

河魁戌　登明亥

七言燈白字對　山村　秋香淺也

叶突口言五十

潘師希丁孩中秋墨古齋筆池

[illegible]

嗟乎人事之變遷時光之流轉[illegible]有機[illegible]大[illegible]樑[illegible]未[illegible]山[illegible]
[illegible]則[illegible]年[illegible]國拔地[illegible]
[illegible]
[illegible]人事[illegible]不[illegible]何人事[illegible]劉公而[illegible]
[illegible]近在[illegible]自其祖[illegible]先生[illegible]

[illegible]

徐癡翁每月按齋六日初八十四十五廿三廿九三十凡六日如遇小建則廿八廿九兩日仍六日也太常舊例耶翁又云趙次侯每月按八日齋依此而擬二不知在何日

[illegible]

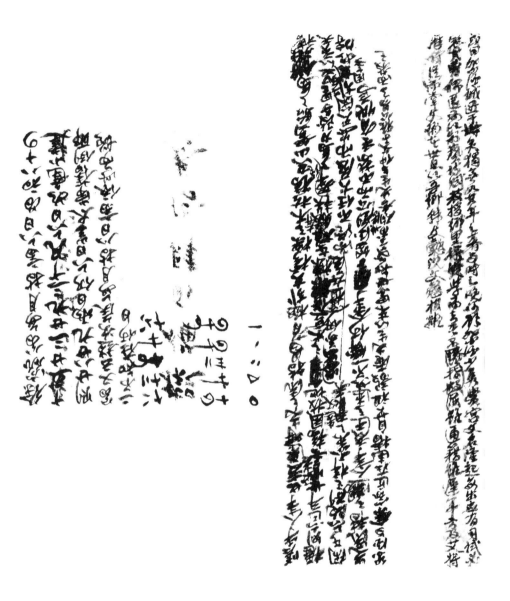

香禪日記·光緒十六年

（清）潘鍾瑞 撰

光緒十六年

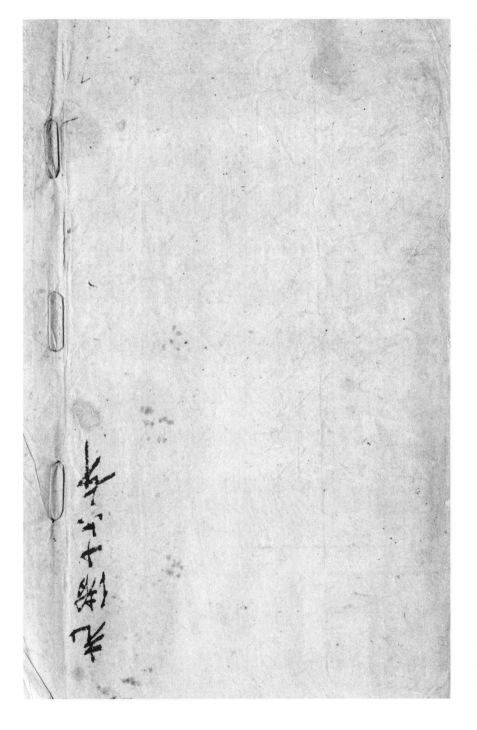

爆竹聲中靜掩門歲年
華來去了無痕自憐舊
形影猶如昨歲今
朝有兩昆 肯任兒女
絮絮成堆見我扶筇笑
口開世老冠纔見如許
幾度六十八年來

光緒十六年庚寅香禪日記

正月初一日壬寅薄陰濛雨案農家占驗謂元旦陰而大雪蓋有滋養之意也昨早眠今晨起已有客至少時承銘姪孫歸自當鋪遂合弟姪姪孫輩得十人展拜天神 祖先並各房賀禧至同居韋稼卿處道賀伊旋見答均略坐設客來甚少閒坐無聊以元旦試筆四六首粗飲屠蘇眠太早朝聽冷雨起遲遲已傳立雪入來徐經我先生以沐歸望來多被小兒笑六十八年終到時人間乞丐既絕攀緣避債臺高高在天窮鬼何妨留且住韓家并有柳車錢昨宵將雪未成雪今日欲晴猶詐晴不解天公甚情性任人猜度費聰明窗展琉璃五尺光放教月雪映書香服盆梅在殊寒瘦幾有紅桃一

炷香是夕更大家早睡

初二日癸卯晨起仍陰喚轎出門賀禧喜神在東南方先東而南歷十餘家至

敏德留住午飯未兒等候飯畢即行存南存東乃紆徊而西漸漸微雨漸大自西轉北

沐浪衝雨而歸蓋又十餘家焉雨遂入夜

初三日甲辰雨絲絲竟夕響鬧晨方止猶陰小年朝仍各處展拜筱滙兄終七素服摘纓一元棣

拜廳上做道場為張法師符表觀之年後頭日傍晚街路稍乾試步至清嘉坊君秀話人皆出問之在

仰仙樓遊躍之有君秀父子姪子祖孫三代偶子山等七八人作擲色席戲半快談移時又有錢臣

來同敘久久乃散到家輕雨送來入冬天氣和暖未增寒

初四日乙巳晴霽為新年第一好天氣偶成卧樓即事一首云平間屋子半間廂曲尺房

梳頭天時冷，拓璃窗望東旭，正形穴鳥出西牆，焚須惜青柴，火爐自温存，榴枝香峯世

漫嗟窮措大，硯田以分說奇荒。後出至心蘭家相見，作揖同至鳳池書攤略茶敘，稍時散，首有

後約，余至館中以樣好歲寒三友軸題詩書客，因留午飯，乃結算歲底之賬，適李滌卿来同坐，不

飲，飯畢先後散，余至廣大處相見一揖，向其取畫松梅一幅，以心蘭未赴約，乃解廣夫偕往園林

觀中遊人滿坐，出後我與人自東門入後門出，穿過理其遊觀矣，至墨耕處，他出，少坐息，適返，點一

揖相見，烹茶敘談，清味對佳良久，辭出，心蘭不在，往陸處同余一路行，在永甯橋分路各歸

牆有穴鳥巢之有年矣，甫曙即啾聲起，飛集檐端，結陣而去，歸時復成相招入穴者

穴甚小而鳥衆，不知其居之淺深也，感賦二首云：高不青雲峯，深非珀石樹，藏去何

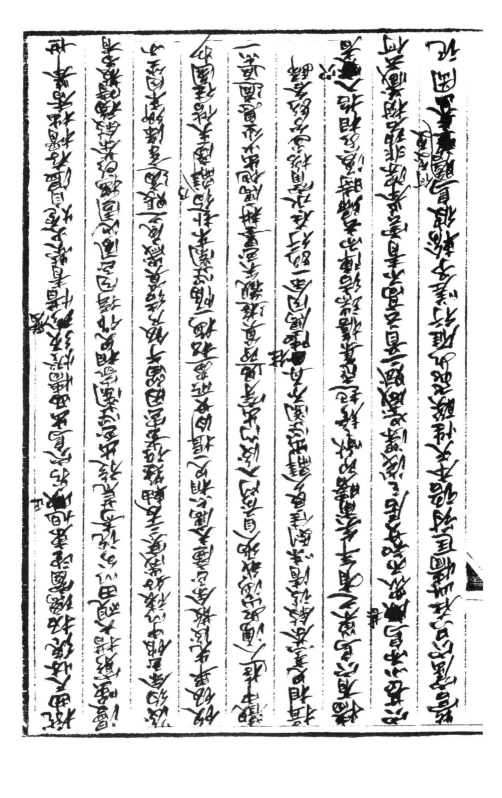

營窟穴，只在此牆匡，對語本天性，喉飛如雁行，嗟予輸彼鳥，何處夏東山國記

昔為窮鳥於今三十年漂搖靡慵戶傾覆發桑田已困契[?]計猶全飲

啄天歸東巢破後不臨思漫前　戌刻接財神四鄉爆竹聲不絕達旦

初五日丙午晨先至君秀家邀之同赴心墨之約於儀鳳酒見與設人亦已豫賀少時

心蘭來相與茶敘設久之墨耕不至余與君秀先行過廬雨于途略談至實積

寺拜敏德八伯四十週忌留午飯散席即行至曹胡徐巷汪氏六姊家賀壽並見

甥女諸家常良久返至錢卯家不值過子振家亦投一片乃歸

初六日丁未昨竟日陰清晨遂雨壽萼五姪十週忌在寶光寺孔懺設位已刻走雨

過去相弔設一延萼咸在相與閒談客至者多雨來冬亞大因留午飯一席七人不同宅者

惟錫侯弟而已雨天陰至所往遂盤桓竟日懺事畢乃散燈下得美挽句悼壽萼姪以武鐵夢如

歷寅十年十年前我來華藏，（此時）伯父泉臺藏鶯識款，眉老題落呆跟并香盦畫眉和調琴，琴瑟不多時，比肩（祗也同）歡喜，三月新生已有兒（鄭王臣次子承鈞預定嗣蔣華後），屏卻新年俗事無況，逢吳市裁泥塗，所材清趣裳華詠重寫僧廬話兩圖（余舊有此圖）。

初七日戊申，雨聲潺潺，達旦。晨起積陰猶甚，穎大嫂蔣氏之週忌，一拜几筵前。連日治暇觀西夏紀事本末，至二十四卷，飯後勉強踏泥出，擇路而行，至風雲台聽姚文卿說珍珠塔，遇姚鄭樓同坐，歸已日暮。途中得絕句云：彈出鵾絃續三聲，空中樓閣說前明（要知節義須描寫），神情笑鬼狀描摹，令我重思馬吉卿（雖應）。吉卿即馬如飛，說此書名著一時，姚其徒也。

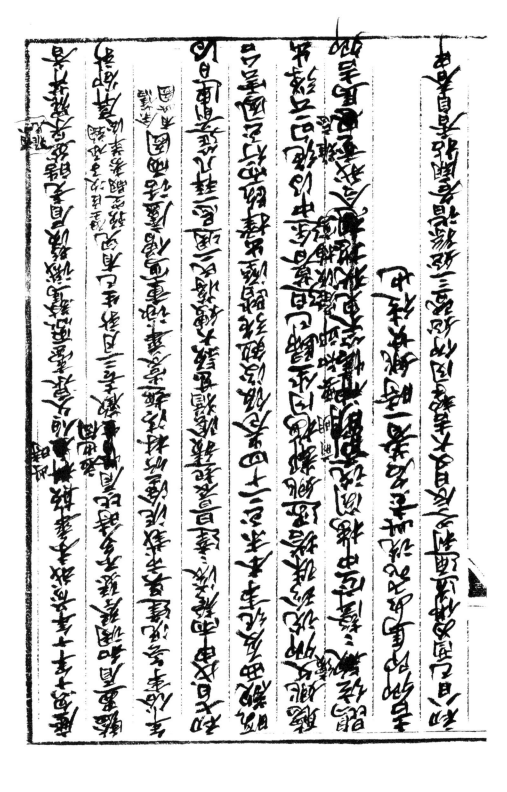

初八日己酉，為佛道通利之辰，日又大吉，軟子同仲龍登三姊孫詣各廟拈香，自春中

君堂至元都觀余不能上彌羅寶閣各處禮畢五人吃茶點於雅聚盤桓至午歸飯
一灣君秀家略坐憩乃歸午飯〻後至吳署前於雷甘杞孫溥泉秦膺甫三處各投一名片
乃赴鳳雲處邀君秀已到談頃鄰梅來共談君秀不欲聽姚書乃至吳邑城隍廟左眼目司
堂聽錢玉卿說描金鳳到時恰好情場寻地步甚小聽畢歸旅暮占一首云打盆何由締
好緣然花香上妙蓮酒懷使之描摹出一笑先生本姓錢是日光与雪花交映
初九日庚戌耗月皓然曉邊晴霽衣冠至孫道六七家賀年皆不見惟在錫第家稍坐歸
而復衣復出直至茶邨家將到遇於塗已從觀前歸也同至貴家道賀敘談出憩何
我叔昌石來書及遞作詒良久匠至敏德已飯時遂吃飯〻後至錢宙家怡照道賀坐
同至萬仙樓吃茶話移時分手余再至邑廟聽錢玉卿書遇君秀歸時同行

初十日辛亥晴江氏請開館已刻命輿來接遂往內生并見收入室
宮的王梦薇初五日杭州來信並贈余所著宮學鏡新一套午刻
循例設開塾酒席余出一期課題擬去年兩期課作以歸彼不歸
也往約君秀不值獨自聽錢玉卿書始知其子唱開片者名蔭椿
年幾十二也歸途又口占一絕云椿蔭常叨錦蔭椿童顏恰好似
初春年華尚未同爭柱花樣爭翻曲調新唱開片皆新編
十一日壬子晴較暖和已刻出門先至所往姑蘇君秀家同訪胡念之於西百花巷西
不值登仰仙樓吃茶設亞午刻歸家恰將吃飯之後作復甯波趙滋純書並見神
信昨晚得其來信也申刻又出聽錢玉卿書君秀周百成伯威在

十二日癸丑晴。巳刻赴君秀之約，在拳桂軒遇元吉、調伯同坐，少時笑拈來少時
莫亭來。余雜談既畢，而君秀不至，錢蔭樁亦赴約來坐，頃已去。又良久
君秀方來，啜茗移時，方與同往譜弟家，伊適午飯，在客廳候之，出談移時
即行。急至敍德，已在午飯未完，余即入坐，吃之飯後，步停又偕元吉至觀中買
物。啜吃茶，而怕擠，與閑從入方丈，尋道士閒談。復買隔若甚妙，移晷
出申牢，角浜從路轉西探渡而歸。過譜琴弟家閒話，即筆一首：判卻歲
華新與舊，弟兄半載始重逢。迥因扶杖卻中老，未嘗披表病後容。秦客慶
資尋古趣，劉郎進事問奇蹤。談及（如惜謎之戲與元都觀近日熱鬧）先春恰是占三日，留得梅盤好
餞冬。連旬日甚皎

十三日甲寅晴暖芸潮晨出街道滑遇亞姚鄭梅程心餘兩家各擬下午並邀余陪宴君
秀心蘭兩家皆約與觀劇迎一到館中旋出尋鄭梅於鳳雲樓亞不值遇儀鳳邀心蘭心
餘共談心蘭不樂觀劇云廣夫曾有此言盍往約之余屬其代約同行散時余再到館
中換衣即出至廣夫寓邀之伊有小事余屬其候心蘭於此乃同行遂到那廣前
尋於萬象臺不見至戲園則君秀心餘已先到戲已開場矣君秀云胡念之有觀劇
城外之約盍今日先約之因作字遣戲館人去竟不來鄭梅亦不來戲演至午廣夫乃來而
心蘭仍不赴我約四人一房看戲戲目演完場上又添演兩齣完場乃行過廣門始入我書場
方唱兩片未完邀與君秀聽之歸時較前為晚夜飯果於 先容前一二展拜
十四日乙卯陰雨沉沉向曙有轉已刻乃止忽現日光作致伟兄信今年弟

一函也又啟諸弟短札又復夢薇信半日未了申刻無事又步君
秀家同上仰仙樓吃茶遇鏡臣同坐晚歸來往皆擺渡　擬劉阿
成六首春燈競賞上元時婚座憐他好戲兒偏是鶴巢鳩欲占也教百兩賦將
之展琬清隨佛其詞一幅斐慈魔送入四禪天依稀繡戶待嬌語底事神情畏當年
旅御兵戎早訂婚不因度拷酒啼痕真情小紅袖說出[illegible]受只要高堂莫負恩
明之鞋兒細線蒲覲娘教養世間無一星燈影紅於血光我當年是藐孤
疑神疑鬼費精神衣錦歸來說放鄉萬苦千辛換鳳誥替他成就探花
郎小癡兒實未曾痴一點癡情訴向誰畢竟先生是諸葛亮不肓心受也
前先知補咗作也

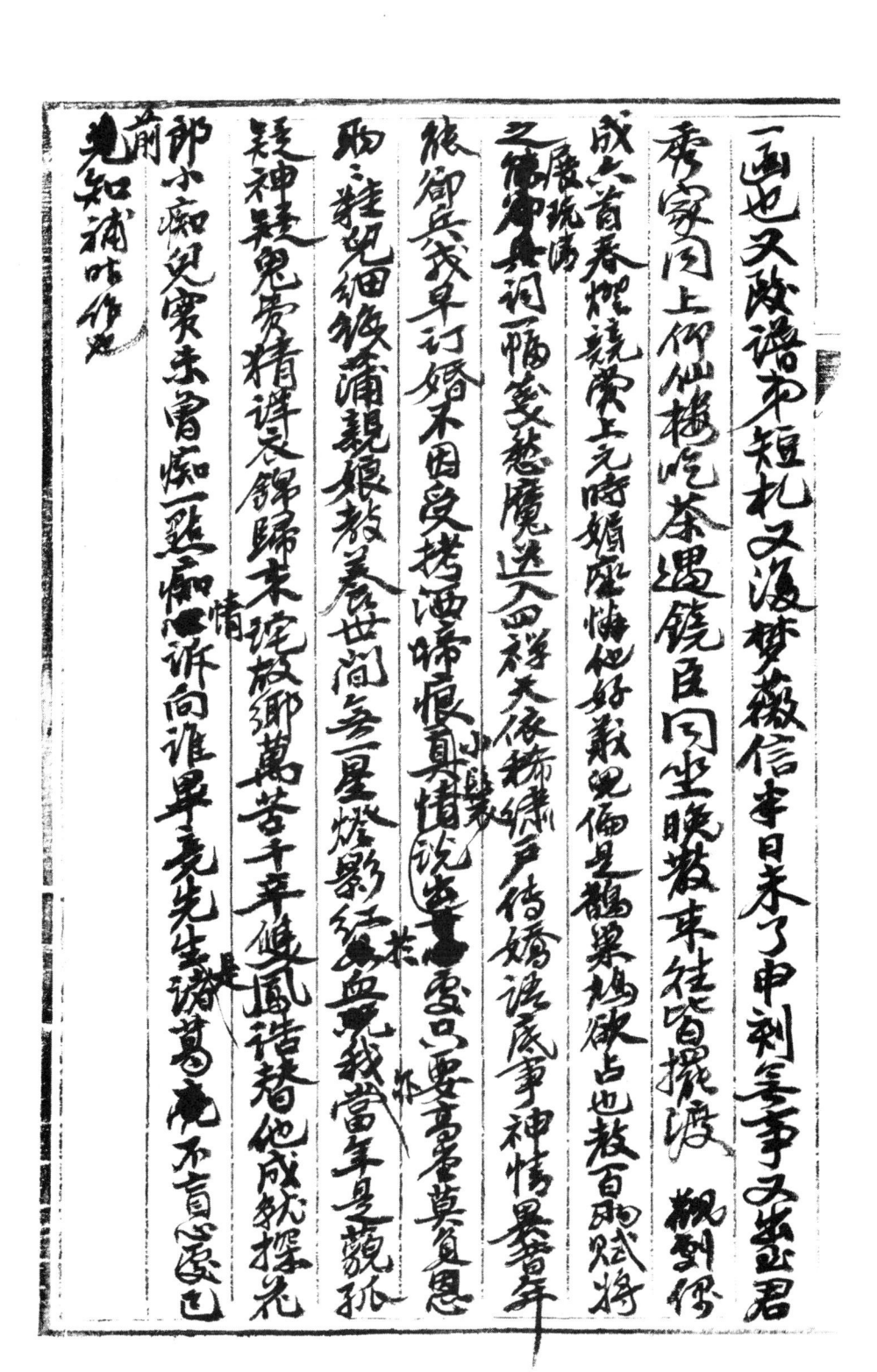

十五日丙辰，寅初立春。朝並元宵，出廠難逢，遂遍乘輿詣莊祠天齊兒族中人一一道賀，敘談少時，取本房本支下應顧贍米各授，凡二十一封。歸家恭接竈神並拜各先容前，早吃飯，復坐轎出城赴胡念芝招，往蓬萊園觀劇。至夜乃知係演，適念芝君秀出到，同步入大觀園觀之。孫館之觀者原觀於一館，加倍擁擠，余等正苦有隙地，復擠絡繹，復來之人漸多，坐處既而并無立處，人山人海，毫無縫漏。余目力不濟，坐既遠，迷離約略而已，究竟係何人數。出要乃出，乘轎返家，斜陽猶在牆角也。上元立春，春應有慶節之詩，且待補作。

十六日丁巳，晨起收拾物件，裝回館中，將到館坐定，先濤敏德又壽貽信派顧米接略坐即行至廟堂巷口遇范翁梅壽昨已知女自無錫來遂邀到館中談頃而去去而復來云君秀將來約同茶敘也談頃館中已午飯拖其坐下君秀亦到同席吃之飯後梅壽先回寓君秀與余循路至都邊馬坡巷馬家適遇又來一客遂四人同往都邊观茶敘於雅聚之右廂稍坐時閒步观中雖裝飾闊實無可观盤旋而出在丹鳳樓小飲吃麵共飽歸途以次分手到館得昨日仰如來信告已抵滬也燈後汪莘生來

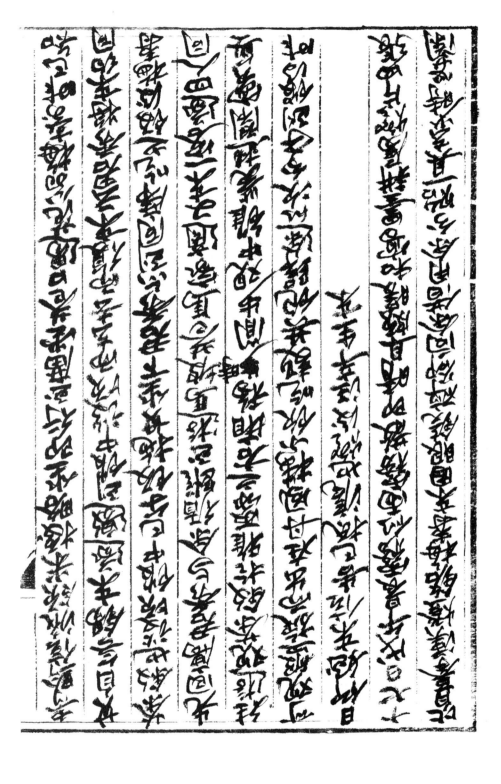

十七日戊午晨霧似雨霧散即晴且頗暖和寫墨耕屬煙片四張皆摹漢燈銘梅壽來因眼鏡碎欲向余借用余分貽一具亥時心蘭

來云在儀鳳吃茶，同往，所見熟識人甚多，談至午後返。飯時飯後往赴
君秀之招於郡廟前戲園，街前演至則衆客俱在，楊青萍朋梯生諸弟
暨孫朋之子，併余而七，坐滿一席。戲演第二齣，以次觀下去，較前日爲勝。
時寶時晤蘭來晚，坐約於間，至萬象春少飯，坐客漸散，乃出偕君秀
姓朋尋見心蘭，又茶話移時，分路散歸，恰暮。晚飯後，以本年來家知
老大房之六房支下春溪母杜氏身故，年七十七歲，爲其嗣啟報緻。
黄而大體公支，實只二人，無從議嗣，殊可憫也。
十八日己未。天晴地潮，殊非初春氣候。心膂來，以朱緝甫太史墓志銘拓
本見贈。余將書篆蓋，並稍坐，至東園吃茶。歸已晌午，往飯少傅所，同家

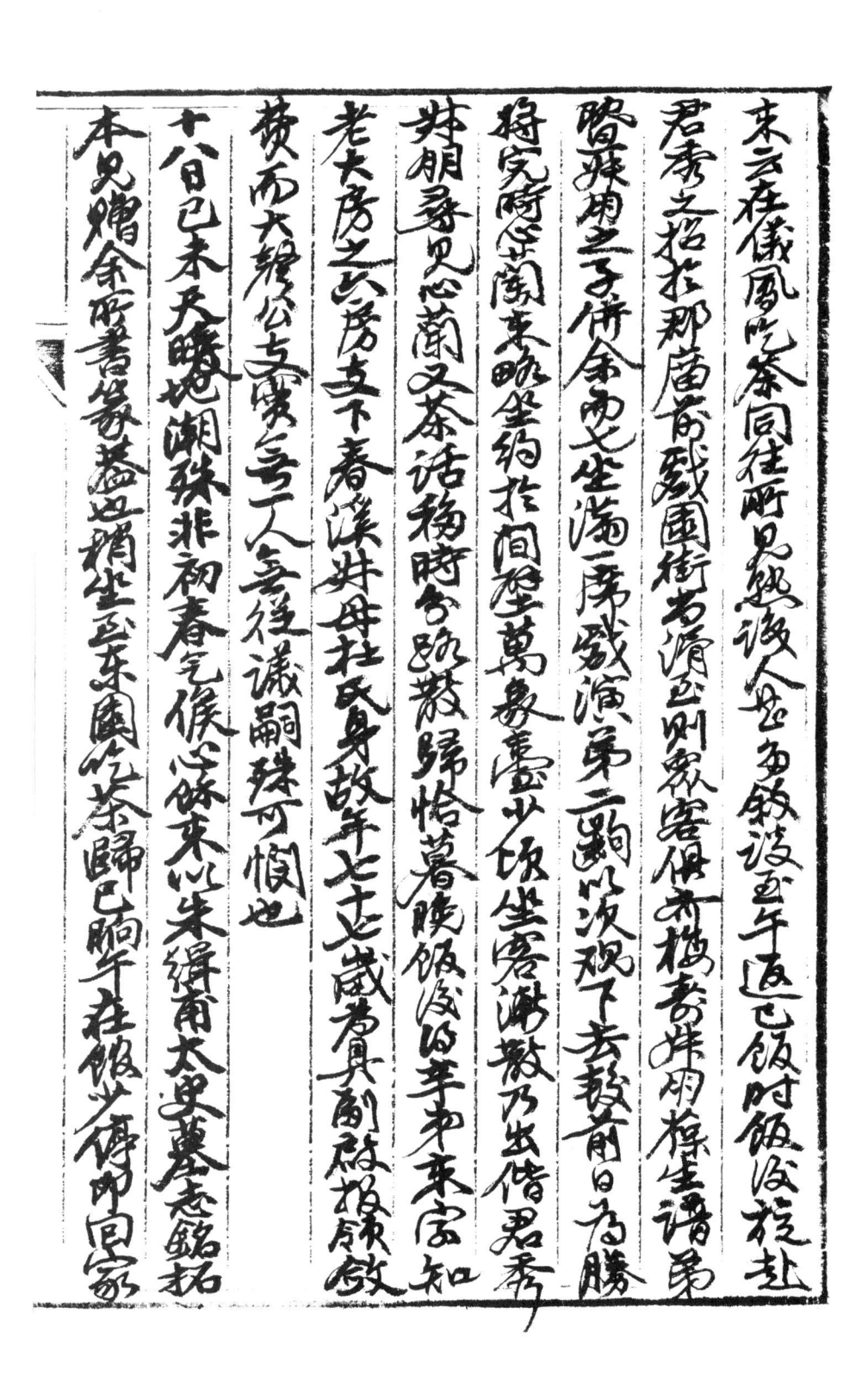

歛收　先容設供展拜又因　先考忌辰展拜李卑阮倣收藏
各軸旋出至君秀家不值返館脫換衣服少歇溥泉來新年初次
相見設務暑傷晚夢梅來設至抵暮　資杜氏嬸葬費敬
十九日庚申夜間風雨齊來晨起陰雨有風地燥而天寒矣心蘭來
偕往東園吃茶。客皆云今寒与昨暖相去懸殊務時返課雨生改雨
朔課作午後愈寒近晚風愈狂上燈後君秀來又至代譜南窗跋
太倉物收一函即去入夜氣候凜冽兩日間相去三四月矣
二十日辛酉沉陰。有雨心蘭來同出雪花飛衣蓋自向曙至今吃茶東園而返
又改課作雨生命作跋并宣爐信与前日寄好友夢薇信同發未申之交

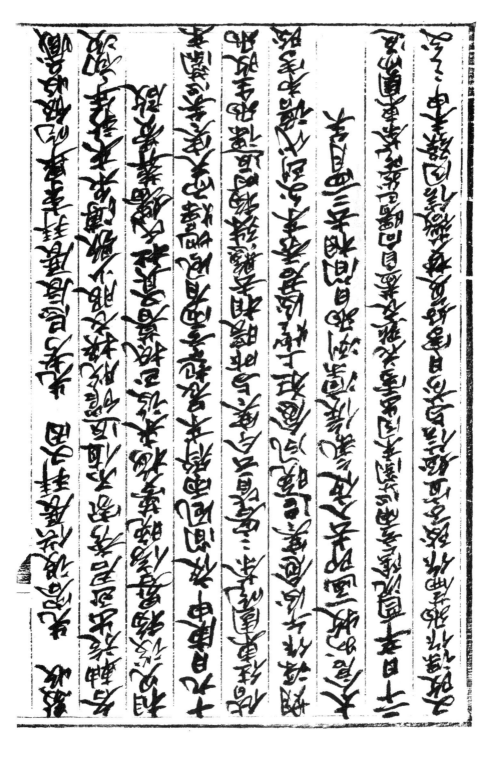

君秀偕汪理卿來又至東園吃茶理卿敘談片刻先去余與君秀復閒步
至吳廟聽錢玉卿書散場分路北風愈峭
廿一日壬寅戌夜間雨雪有聲晨起小雪霏霏夾雨故不積飯後著屐來
告至貫魯巖伯父家從學大字開筆把余手一鍵孫坐閱西夏紀事本
末二十六卷竟傍晚正思出門閒步適心蘭來見余獨在因議偕出適
薩二兄下雪珠冒之至巷口吃茶又遇理卿及汪季度曹熙谷坐移時
雪漸密街衢泥濘以油繖借與心蘭而散
廿二日癸卯未晨霽惟積陰樹杪猶白猶存耳茶卿來談少頃乃至東園
茶敘移時心蘭來復談良久返館伯稻往吳家矣偶占二十八字云半

在枝梢半在欄昨宵雪風已收殘天公也怕河寒手脚散些々三王戲
看硯墨為張宋朋所屬儀鄭盧歡綴跋于後幾及百字申刻
出赴顧金二君之約於盧夫寓皆已先到同往怡園看梅々總有
兩三分試花耳周旋其中辨出他人所無出余已敏穗不見一人留客
雪行至樂橋角茶室茶邨訪君咸在茶話移時分手同飯知君秀
在朱國家往君秀理家忽餘咸在又茶話移時分手將上燈々後
成二律探梅怡園感念主人艮盦丈云二首總試小梅花初綻園林如覺物華新紅染
山茶霜後色黃舒池柳雨餘芽有情孝鳥穿籬出不語殘陽度檻斜漫道
亡人先我到閑庭付與鶴為家看竹悠然念主人主延亭舊主虹新每擘異石

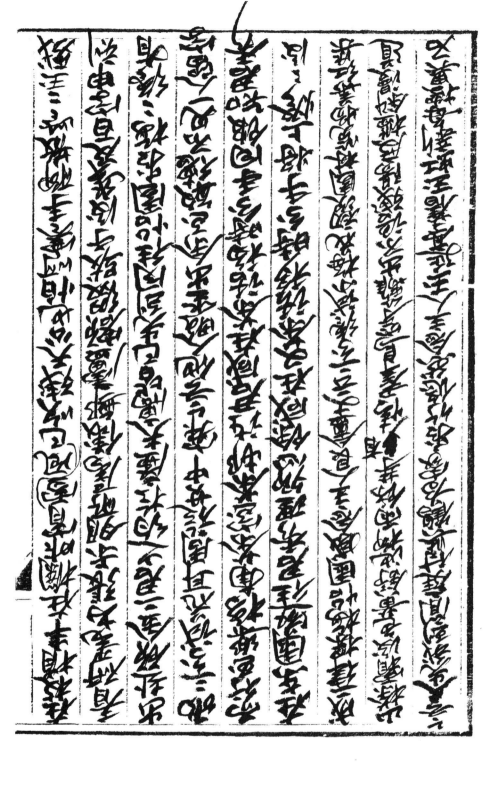

爭嬙奇麗偶種高柯翔古春見妙選極臉春集賸細吟樂府錦排鱗芸錄多眠燈雲陽篆連理韻傳

過隣笛蘆中絕過眼雲煙渺偶歷

廿三日甲辰。子晨歸家。一夫返，飯，君秀來，曾約於東園也。遂同往。心餘已在，俟良久，理卿乃至。少頃，余先起返，課兒生飯後，林秀玉來，久不相見，知其還居有日矣。談頃去。傍晚范梅孝文、任之鶴來，去馬翠山，邀往申江。今夜放棹同行也。因偕往東園茶話而別。返

廿四日乙丑。晨，心蘭來，以王蓬心山水卷屬題，並余寔見，即往東園。少時，君秀來，以蘭亭卷見示，前臨右軍書，後畫蘭亭圖，並綴四十餘人之詩於其間，蓋明永樂時益王所臨也。據本未精，即還之。返飯。伯韜不入塾，替伯雲一人課。傍晚復出，至墨耕處，繳屬書燈片四紙，伊以書畫冊頁十二幅屬余等書。心蘭談頃返，路由梅石處，過遁池，出晚坐返

廿五日丙寅。晨爲墨耕畫上寫詩首四字云"極神老微"，加款五十六字。君秀來茶話，間伊欲尋鄭梅遂至鳳雲臺，坐頃，墨耕至，同敘。被陽瘞郭琴生會了茶東去，移時墨耕相訪，偕魚同至貫廣，不值，看壁間老畫而行，偕至余館，已將吃飯，而墨耕因持畫具吃朝點未飢，不肯留飯，竟去。傍晚因君秀之言，又出至鄭梅家，致明日之約，始晤知君秀已到過，致約矣。又出訪君秀，現往來遠橋昇園浴堂洗澡，因尋見之，并有蒓孚同坐，少頃返至巷口分手。燈下欲作詩，倦而未就。

廿六日丁卯。向曙猛雨激湃，一覺睡醒，已不聞聲，起視天陰地溼，備送雷甘杞次孫完姻賀儀，不克往，因札致君秀，問所約何如。適燦蘭來，以倪畫册頁交之，遂至東園，西返心餘同坐，談至晌午返。知君秀亦云面札，而身曾來，不值，竟去。想所約不果矣。午

後作寄仰姑上海言磨墨寫珊瑚箋六尺對一副便晚心餘來前日曾有
出月初二日之約是間改於初五茲又欲改於廿九云是日伯韜未入塾
廿七日戊辰陰晨出地滑繞道至清嘉坊君民亞設間心餘亦至三人同往仰仙樓茶敘
務時先起仍繞道返館改課作札改心蘭鄰梅
廿八日己巳陰客不來余不出巳刻雨生來告今日寫字朋同赴曹岩伯家去
余遂出地甚滑至盛夫寓尚未起登女樓乃起欲洗臉水已冷乃出至嘉仙
洗臉吃茶點務時散至敬德道屆偉大娘娘誕[illegible]備有盒饌留撥之乃
行至墨耕寓尚未午飯天氣驟暖寓衣坐熱假女吃飯畢約伊往玉
樓春因須過調伯有約也伊為余先往到彼不見調伯姑坐[illegible]乃[illegible]良久

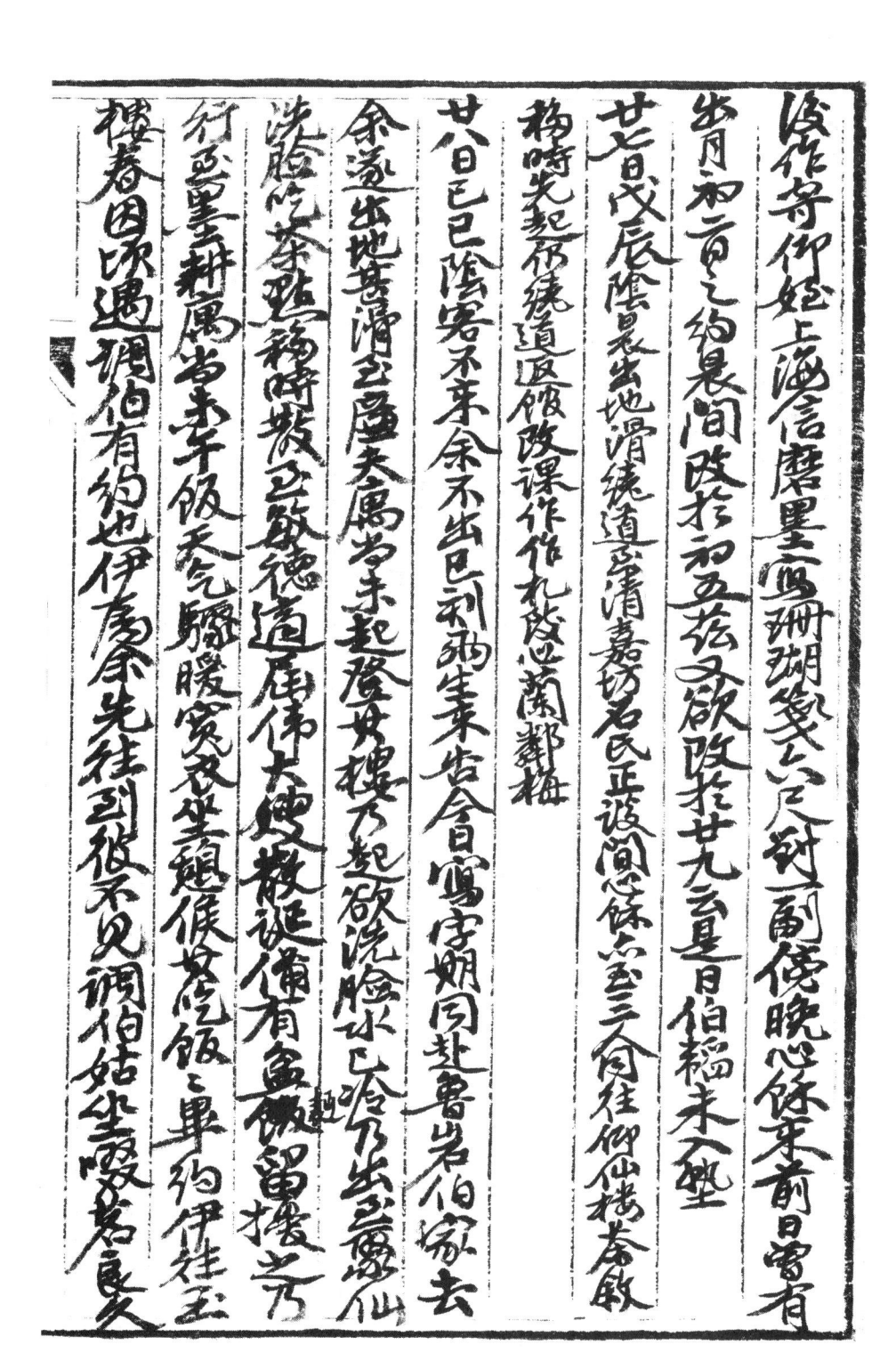

良久二人皆不至，渠眼既穿而起，遇于茶部，于酒家遇心蘭，於戴滄林兩君，各
茫茫追返。飯後已暮，知有人在東國寺候，即往，與君秀、拜周、心餘二君，時
已上燈，匆匆之敘，設余先起，飯中燈下展仰山昨日信，廿六之信未接到也。
廿九日庚午，晴，東西北風，起睡，下雨，來蕭瑟，打枇杷葉上，頗聽清脆，知是雷
殊盛，之後雨聲轉緊，向曙而息。晨起，夏船戶人來，問前途今日用船要否，余以訪人
但以不雨為約。既風緣返，乾，許伊用之，少頃心餘使來，云閣行，上苦風，舟子未遇，乃且
坐談，候拜周來，許久不至，正擬遣人催之，乃有字條至，云天寒風緊，不克踐約
遂與心餘、君秀同添換衣裳，視裝歲冷，晚會可，心蘭、衍、君秀馬以登舟
放棹，即遇西北風，冒行頂頭逆風，自君秀上遇，僅一條，施渡提了半篇，以分時辰，此已

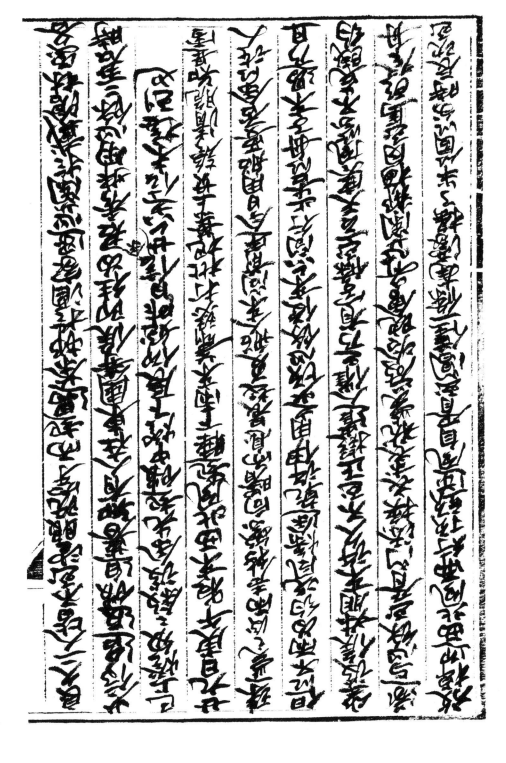

暫泊邀舟子往浮月橋接君秀竟不見蹤俟之良久時晴日當空心蘭往彼再看同船云问快茶樓中人知已到彼候船良久似尚等不及而去於是放棹至留園泊定吃午飯四人皆不能飲稍時撥去視馬登岸地暖風多不能久立乃進園亦在棲梅之開者十僅二三為寒所勒其他花木亦都在凍動中見清荷之檻四望盤旋遊人三五為侶統計不及五十人坐而啜茗亦不隱風因不呼茗而出之乃見香迪人晚後返舟即解維順風以行自閶門至胥城鸞儀頭抵馬頭仍同進城余因昨晚少初曾來不值特往答之晚後片刻回飯天暮而寒亦甚

二月初一日辛未陰又風雨仍襲寒殊劇夜深後晨起風止寒增冒以出門為李參所未有顯敏德門半樁入之無人先往莊祠所見族中人亦不多皆同何一寒至

此也坐談返舟已傍晚乃見元吉信片時回飯後作致俞見信適樓濟弟送來鄭雪花片片如滚滚庭涯英(?)儀即止

弟信即復之又弟信寫畢已是未刻映天寯雲後俾家派月貼並札致錫侯弟返路

至馮子山處訪東坡甫而行路燦晴色滿天霞現西南

初二日壬申晴晨起蘇來同至東園吃茶俟錫田久之未至鄭梅哥來云已僱定

小舟至少坐錫田至四人同到盛家浜登舟放至吳趨坊百花巷口接佑君來下東

放出閶門登岸入泰山堂晤張蓉哥留住吃午飯飯畢六人同往蓬萊戲

園觀劇坐正桌中間到怡(?)園場散至虎(?)拂(?)而起蓉哥同至河干而別回舟

進城仍擬百花巷口除鄭梅外四人同登岸在御件樓吃茶點心命先行

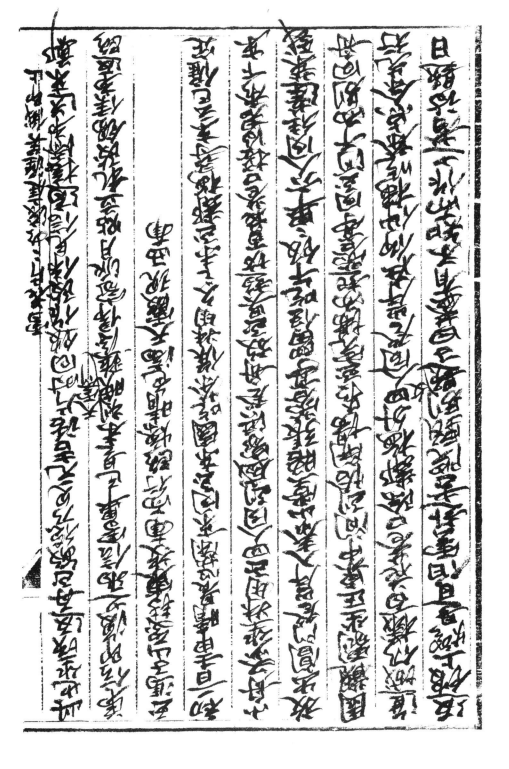

返館上燈後可伯雲赴書院甄別文題子曰蓋有不知而作之者詩題日

正山無影乃無字晚飯後作復仰姬信
初三日癸酉又陰蠶出諸青妻届文昌閣進香年例有會也者人人畧坐
并弟叔相與談片時余先行乃吃朝飯與敬德又信件欲見元吉不值同行與
王洗馬巷臨慶庵拜適汪氏三姊十周年我家裡人皆到或去或留午刻坐四
席二葷一素席散余遂出天色沉陰返館遇君秀於門同入向余借碗盞餅去
回視霏霏雨矣人甚苦仰姬信改課作一篇又踏泥與鳳書甚聽姚文卿書
合場不過三十餘人返已抵暮燈下又改課作一篇
初四日甲戌晨見晴日俄而又陰元吉來言將往西山余以筆記之遂出背門去心蘭來
同往東園與已餘共話移時先返寫輓姚芝生夫人沈氏聯云一笑竟生天回首

逋仙思眷屬百年未偕感懷莊史每謳吟又寫賀胡桂初外姪孫吉聯云

撲向花風招蛺蝶灑來楊露送麒麟蓋吉期在此月十九日值大士誕也

方在東園時錫侯弟來探到伊姪初三日信飯後作覆即發傍晚丞君秀家

不值歸而君秀丞設丞抵暮去夜飯後偕胡伯申丞巷口洗滌薛修腳余不為此

事三年矣因家裡洗腳後自己修指甲甚是吃力故倩人操刀也

初五日乙亥微雲小雨後日輕陰心蘭來招余赴君秀之約余撐衛道稍淨丞

行行而往取出葉氏舊藏扇面册凡二十八葉皆嘉道間名人手筆可

值數十番又葉香士畫八尺匹横幅山水雄厚又香士寫十二生肖小屏

十二幅有設色未了處竟作人物非其所擅長也朽單因步丞吴署前

勝泉茶室時已卓午余少坐即行回館飯已過另出看饌獨吃之君壽忽來云天色放晴擬游留園心蘭暫歸易衣去雨具矣俟余飯畢拉出至鄭梅容云有事不能同游即出至盛家浜雇前日所用周姓小舟往立以俟心蘭適見理卿扯之同入舟四人促膝坐放出閶門買點心為君壽代午飯旋抵留園風景仍如前日惟為君壽未到過新展之併園游蹤如前日兜抄睽補游客寥寥僅在闌觀金魚作陣投以餅餌益聚近前殘梅落水西與魚游相映斑斕如錦撒之物是天色漸晚出園返舟轉棹回城甚有順風順水之快進城在泰伯廟橋登岸吃晚點分路到館猶未上燈因吳倉石居附近作詩一幅

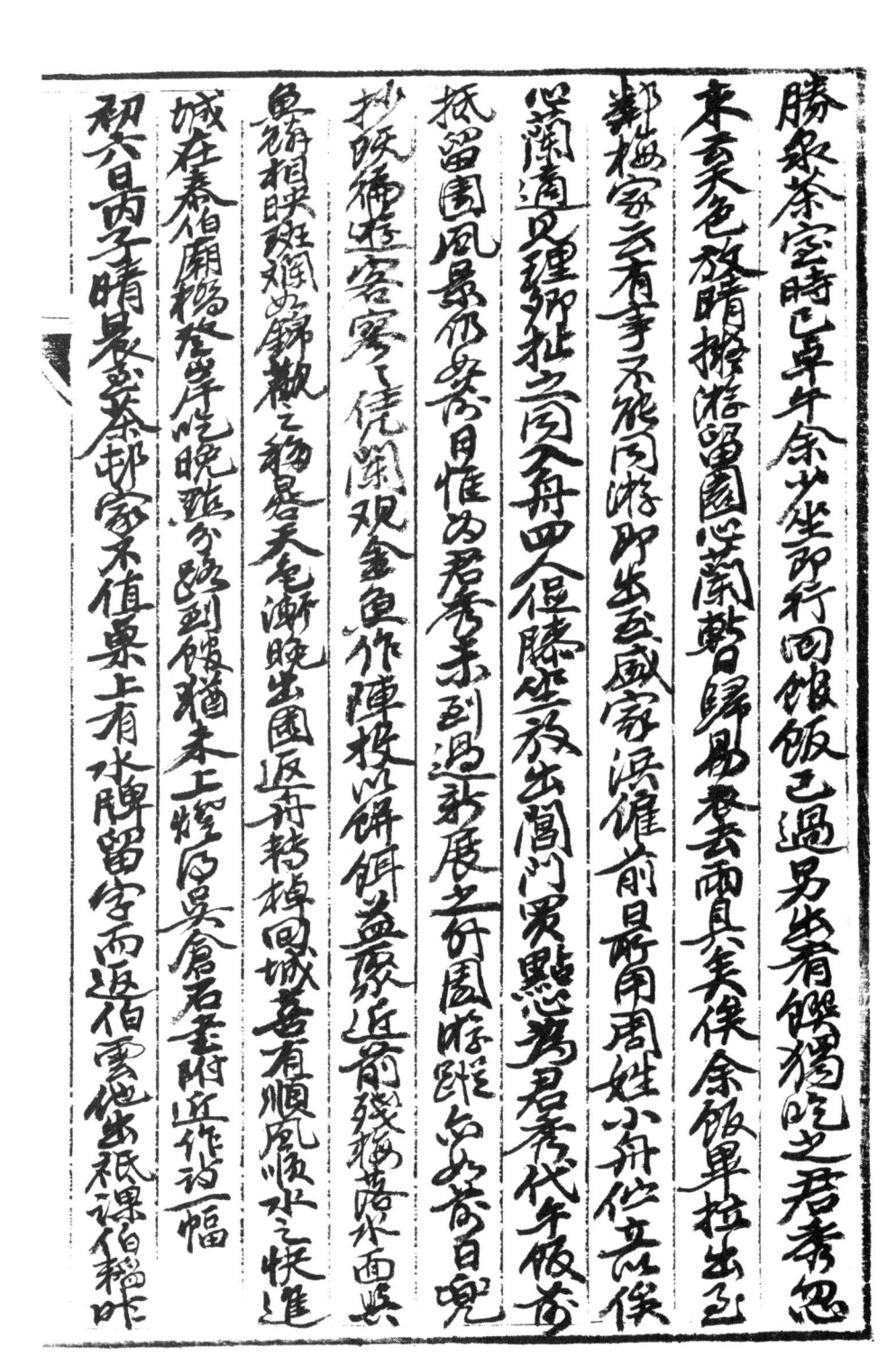

初六日丙子晴晨至茶邨家不值桌上有水牌留字而返伯雲他出祇課伯稻吟

後段自大和為唐
大家年號史亦皆
因後人誤增一点為
太遂與魏明帝趙
君相混誤人千古

在石氏借觀右內率府兵曹鄭君墓志銘鄭諱準字□道太和四年卒于蘇州華亭縣葬于義興縣震澤里今攷之當是十國時吳楊溥之年號楊氏據淮南國號吳蘇州所隸華亭義興縣皆在其境内稱太和或作太和尤非魏明帝趙石勒諸君所稱之太和彼皆在北地也傍晚蔭翁來與日不暇接次至東園暢敘晚晚點散時同行分路余至君秀家亦不值遂返

初七日丁丑天陰有風晨余赴東永延亦來同至東園永延另約一人在先老余与任竟凡談良久乃散飯後君秀來今晚動身赴太倉特話別也未久坐去和倉石信中附來詩伯雲歸自通州遂得鄭鑑初一日都中信

初八日戊寅中夜雨作向晨雨停又和倪敦勛祝雲林高年壽詩用昌石韻七古一篇

信。晚以蘭末以新畫墨色葡萄一幅携贈並有題句云三十餘年畫墨梅樣淦宜抹去以灰而今悟得青藤法無數明珠寫出來余因憶十年前犢仙以所贈我一幅題句云擔夫爭路蛇相鬥又有公孫妙舞時畫樣青藤不是無草書悟一揮之筆性正相似也因以蘭贈瓊玉東園吃茶遇理卿又邀以飯因談良久返是日濃陰黯黯細雨濛濛者竟日入夜乃大雨燈下題葡萄幅云潑於濃墨溼雲蒸此年犢仙我見曾不識東塗西抹各以詩句似青藤

初九日己卯昨睡後雨益猛聲似達旦晨起小雨未已也遂復浪浪竟日補作上元日暮春七古一首因理詩稿飯後敏德送來仰姬信件及洋十番元知由小卿帶弟歸也遂作復信由局寄滬

初十日庚辰，雨止，半夜聲息，晨起猶陰，日現午前。後傍晚料街道已乾，遂出至嚴德以筱荃處談，欵對交元吉，伊將往申江，可便交仰純也。伊等四五人正欲出去，即同步至觀前，此處地猶滑，余至慕耕寓，以紉齋畫籐四冊、石盦徽墨兩錠一匣、筆壹匣、中華兩枝贈之，以報畫冊十二頁之意，說明不敢潤也。略談，同出至如意園，共周瑧卿、小卿弟兄暨妻兩姪、永之姪、元吉、乙舟兩姪孫、會齋，凡九人，坐兩席。少時慕耕先去，飯後余獨在前徑返館，過梅石盦談，老他出，觀其近鐫印章。前行，遇梅石於途，立談數語。是日春寒猶甚。

十一日辛巳，晴。晨以蘭來坐，話東園，已而分手。歸家，談壁姪話，返館。乙舟姪孫來辭行，明日房春口起程往天津，侍靜姪處，余因作致靜姪一函。午後

養竹居徵古稱皆以搨本碑帖一一校視分別取捨先成文為首為輯招入十
紙價飛元蔣殿丞來尚未赴杭設法即去
十二日壬午蚤起晴明具衣冠至鈞玉巷顧蓮士聞弔至平橋塊節孝
祠春祭弟至蒲庫巷民晤一路出茶邨已他出見案頭有致我字條即於紙
背復之乃行行路至富仁坊以段靜庵信面交乙舟即以送行旅費行卯
弟至觀前吃點心吃茶乃返今日平江書院甄別飛生皆作之文題稷思
天下詩題撲蝶會為朝字為改閑涉一個代作以為一首拜朋字來邀
午席適見俶中將飯遂往吉由巷伊家乃候良久將及申刻始入
席為葉鞠裳黄屺懷查洽甫江筱渭孫得之陸笠余與主人而七共五

人香侍進京此餞行席也席間論文談藝旁及金石頗為甜暢良久散出路過廣夫處略談知心蘭與谷在孫(?)仙茶敘因回行寄之坐文有李侍香共談片刻方散湛泉來函次札來均未復

十三日庚未晴寒早晨茶(?)部來同至東園移時心蘭亦赴約至共坐暢談商定廉山遊事因偕茶部至侍女巷少初處始知昨晚少初曾至余處余不值且不知也訖少初未起候良久乃出見談論文長(?)壽出已午刻與茶部分路到鋪已吃過飯矣處買麵以代飯作復鄭弟信多通把錢益生來久不見云至此間對門弔汪氏喪便道蓋季友之女也(?)界間余亦往弔焉益生長談而去傍晚(?)楓(?)來談片時同出余至雷甘角家今年尚未見談至抵暮返向暮發風雨中黑雲陡起疎雨隨(?)過風仍如虎或云花朝不宜雨兹(?)後一日有雨為養花水又歲好

十四日甲申　風狂一夜，晨晴而益寒。録前作和昌石詩一大篇，乃作復伊之信，並以蘭亭贈之，求墨葡萄一幅，併封之。午後飯後作致偉兒信，適接君秀昨來信，有事屬余轉商之黔中者，即為寫入。惟君秀信中云十一日曾先有一函並還我洋兩元，竟未接收，不知何以浮沉也。當併入信。畢即作復君秀一信。錢省之以法帖石拓數種來，留下細觀。傍晚徐心甫來，云有小照屬署，坐肩略談去。

十五日乙酉　風息天晴，而氣猶寒。晨出過敏德，屏靜無人，以託寄黔信置於門隙。出過部，摩針巷即小卿門首，未起。至桂芳閣，與茶邨有約，為未到。已而始後，少時先起，詣莊祠，今日預發閏月贍米，坐移時。出在舊學前加吃點心，茶行遇春畦表弟，知茶邨已行，乃再至敏德，與小卿話

留一條子託有伎送芙裔出，中返館，遇殿臣於門，拉余共至東園與伊
觀何家穿廷同坐，少時返館，得潤齋墨飯，叔寅九言對一副，茶
都同居之王鄂韓屬文寫少初所屬虛舟硯字小匾，後題作八
分書為贊一則。筠盦姪札來，為其師許雀巢自都信來索余前
刻香稼詞，向各種全部中每部抽一本應之。
十六日丙戌，晴。心蘭偕劉臨川來，臨川返自楚北，不見數月矣，同至東園茶敘，移時
花侯來，今歲初見，談次同余返館，又談少時去。飯後作碩庭姪、筠盦詞敘一
首，婿阿君秀十一日信及洋兩元，景耀道月汀來，詒行押運入都也。傍晚
玉癡過，偕行窩與小坡，亦今歲初見，談至上燈出

十七日丁亥。陰。晨錄劉念臺詞叙稿出，忠蘭來，託其付裱之畫幅兩件，又還裝池價。盧雨手佳同到東園，少時余先行，乘轎至糧道署，得晤談，觀其近作詩稿，摹名窠壽軒談，移時道言送行而出。回館，易，自吃飯。飯後札致劉念臺，姪又綴莊，觀丁冊三本，並送鈔帖，傍晚到朱家園姚嘯翁寓，今歲初次相見，談良久，入清舞之後門，喝附說話，遂穿其東園入謝家，後門出，還登舟，小遍適，少初在，令粗起身，桂屋山正好帶去，也有微雨，遂由其前門而出，返館，雨止矣。上燈後錫侯來，來晚談去，因又小雨，已而雨且密有聲。

十八日戊子。昨睡時雨淅瀝聲，曙後醒來，聲仍淅瀝，起身時聲息，仍沉陰，竟日昨晝一便

面未竟今成之書小字不能矣飯後以昨錫侯而主言作啟仰姪信適遇接君秀昨信守邊
作復分別發去寫徐思齋小照之眉篆十字曰思齋道人四十五歲小象蓋作道裝
坐蒲團也傍晚沈藻卿來自病後出門隔半年矣
十九日己丑濃陰微雨竟日閱二改課作文兩篇信爲首伯雲於紫陽取列二等
今日院長閱竣接的卷子文題樂善不倦此天爵也詩題春城雨色動微
寒逐段作來逐段改之伯韜有殊應事他出午後歸余令其代作一詩點略
改之薄暮謄正完卷濟之弟來得鄭弟京信附到樂王孫真人
降壇方名爲京畿救疫方浙省救疫方蘇省救疫方三種蓋因地
而施也余記蘇省方用綠豆絡七个山梔吳萸地榆葛根酒炒黃芩

楷洗丹皮木瓜七味各二錢，殭蠶七枚，共炒研為丸，每服十丸，姜湯下，蓋為水災設也。又得仰姪滬信。

二十日庚寅。晨歸家，以預備松兒周年事，分付四姪孫女現瞻光甫衙前臨川廟門上鎖，不得見，至敏德賬房，無人，尋王小卿家，遇竟文，到鎮洋令吳粵生鏡沅送余閱卷乾脩洋十二元，附子宜姪信一封。步至閔小卿，到賬房，子步坐返。饒知蘭在儀鳳趾之益，有惠夫、南屏、陽生、有程、通甫、惠餘、汪少甫、理卿、春卿，錯救設移時。邀盧夫到余館中，出碑版碑帖本等請賞鑒，黃邀留午飯，又出余紀游圖諸家所畫者四千餘紙，裝池又移時而去。

傍晚，楊恂卿來，攜李蓑衣山水軸欲售，雖贗，亦佳也。夜又雨

廿一日辛卯晨陰地尚溼至保蘭家已他出留字而行回館膺甫來以前畫山水冊屬
題簽即為書之偕至東園坐頃返又小雨作致杭州宜興鎮洋君秀翁信
杭信即付局傷晚至蘭東丈偕至東園坐頃返夜復雨
廿二日壬辰雨止風多用除日延藥店人來合膏滋已剃膺甫來言有陸湘濤者
素在錢棧為友今欲薦至汪理卿處缺保人指名須余一言余以爲恐後陸不爲言
午後膺甫竟引湘濤來見余問以大略邀同出余至忍餘家尋理卿適他出見忍餘
告之託其轉致又至儀鳳回話於徐秦二公頃所約也略坐即行又至鄰蘭前診刻
字店即返天氣甚寒作致范梅再無錫信復申江呂石仰擬稿信傷晚雲花
始散不隨風飄揚方現晚晴夜星光滿天而愈寒之爲吉冬所未有

廿三日癸巳　破曉寒冽，晨起見冰。掌雨晴好，備衣冠歸家，為松兄周年忌辰。二晚
三孫姪輩皆於昨日歸矣，礼懺在鄉寺。余過去承與沁耕老和尚閒話，返而
燃憩。客人來去不及十人，送儀共二十餘。晚僧來放焰口，余擇始服而去。
再拜偈。晚同傖取徐沁甫小酌，醉風雪去場中，邂見之，與遊鄰梅
同坐聽去返，蒞瞑。是日沁蘭携屠夫畫《聽松問鶴圖》二幅來留下。
廿四日甲午　晨起大雪，屋上樹稍已積多許，為去冬所無。命轎出門，先歸
家，為從兄百日，堂中拜懺者皆靈前展拜。觀永姪取來去畫數種，有冬
心、曼生、船山諸公筆墨。少時出至鐵屏巷頤艮菴去開丧，一揖略坐返。
錢伯雲那人余轎出去，作復仰极信去，以昨日之事並摘用賬同封。飯後

改課作得梅春復信知於正月廿七日悼亡亟未赴申江迎余爲作復鄭書
信適又得廿初四十三兩信心蘭贈涇東蓋雪停即釋晌午見日午後又衛
上滑達耳袖出山水長卷欵作石田翁余不識其真贗少停同至東園啜
茗遇汪頌鄴同坐是亦新悼亡者上燈後返燈下再作復鄭書一緘
廿五日乙未微晴晨作致君秀信未完心蘭來爲其延作扇面携至東園與
心蘭同坐少時頌鄴來赴約亦出扇面索觀爲心蘭齋凡庵夫畫者已而
頌鄴下人送來砂壺兩具頌鄴新自宜興寄來以此分贈心蘭與余點移時
携壺返館座中只有伯雲間之伯稻往婦家馮氏矣寫完致君秀信
封發後適得君秀昨日信又得徐輸卿札約指明日午集

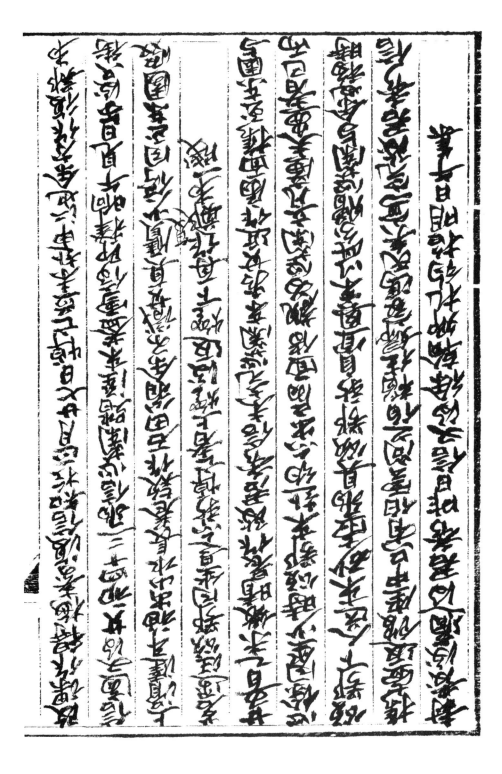

廿六日丙申晴漸暖晨雞頭乃出至謝刻字店取件尚未竣去敬德
與泉卿元吉談元吉歸自中江也少坐披東角至十梓街錢子生家晤看前
日之東談稍時至前巷大郎家徵還屬書之對略坐談同至太平巷
翰卿家先到之客已有陸雲孫王勝之沈蘭庭吳四人吳子新葺書室
額曰寻庵去諸人處觀書岳昌訪碑圖二十四頁冊羅兩峰為黃小松畫
小松每幅自敘其訪事及某處有某某碑極為詳盡題跋者葉潤十餘人
如翁覃卿諸公而下莫不精妙可謂至上之品今為費屺懷襄從日吳客齋
為翰卿向借所觀因公諸同好爲臣觀時又來黑耕八人席散談賞
看後為郡府所辦令務城事之子也良久席散退入斗庵又將訪碑

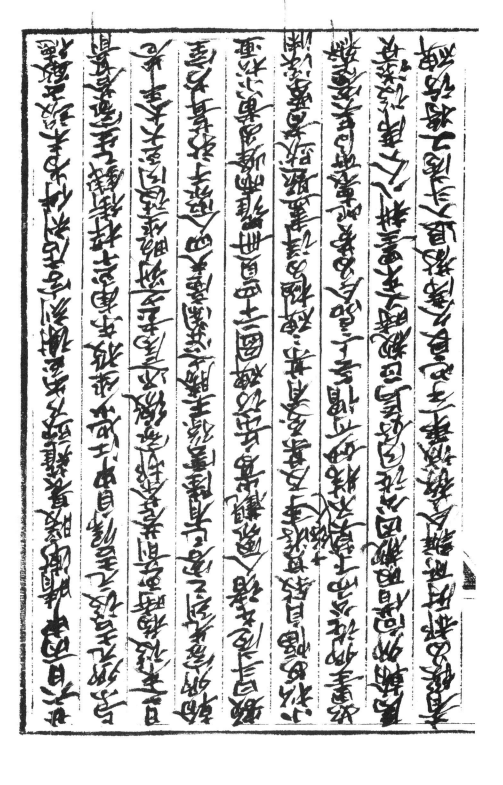

圖冊壹現一周比皆愛不肯釋者畫補筆之痕畫畫各非妙品諸人
共誇眼福少時一一散出余隨心蘭廉夫晉風過園樓頭與南屏有
約伊已先到四人快談抵暮乃散
廿七日丁酉晨曦明晨後高風多日應天仍不暖比利悦[illegible]光宗曾來
弼後至是始見後項去午後錢勞之來與晴沿西狹[illegible]瑞圖合成一副
著謝濟榮來劉成孫真人救疫方益印三百張總而心蘭來後項去是日
改課作弼文弼詩作石刻倉[illegible]跋
廿八日戊戌向曙大雨晨起蒲[illegible]未已弼生出赴字課余獨自錄[illegible]附[illegible]
新[illegible]射[illegible]跋於大幅上午後開[illegible]又[illegible]昨作跋於倉[illegible]幅上[illegible]日[illegible]

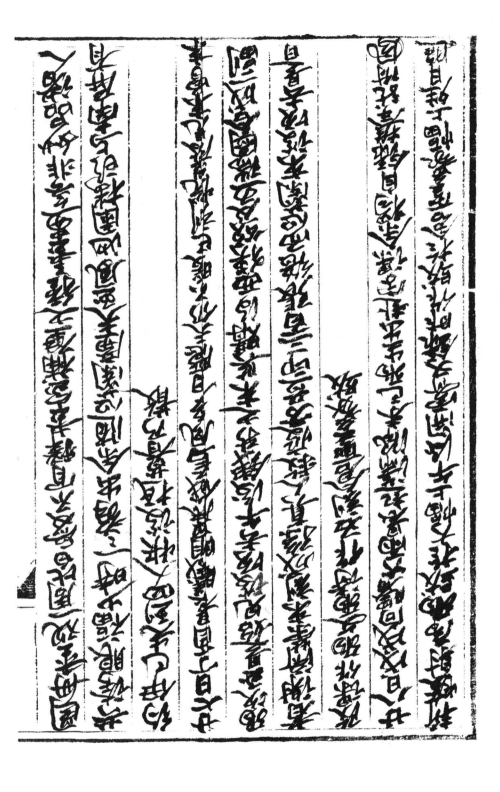

淺矣，謂街道可行矣，姑出，乃見泥濘，勉至敏德，見阿仲平、徐芷生，敍談，同吃
晚飯，先行返。飯後，理理心緒。

廿九日己亥，雨聲破曉。起，詣右民處，識昨倉聖象上，紙有餘幅，又加跋數行。課孫
生。晌午，仲蘭來，以接得日顧書，及寄贈菱、蜀茶具、橫幅見示。談次，踏泥濘至東
園，君話移時。飯僕來請午飯，乃散。檢漢書薛廣德傳，前日正誼書院以此命題作論也。
燈後，得昨仲姪滬上信，有寄波姪女寄贈四姪孫女物。

三十日庚子，天陰，雨作比前兩日尤大，午後方歇。檢後漢書蓋勳傳。昨得見貴小王印一方，色
白帶紅絲，篆工而深，是切玉刀法也。飯後，得君秀來信，即作覆，交來人去。又作致若日范
梅壽信，慰其悼亡，即寄無錫。又作乙覆昨仲姪信，即寄上海。

閏二月初一日辛丑黎明即起視庭中宿溼已乾易衣噉粥欲出忽又雨遂不出粥後詣松鱗莊祠舉行春祭合族僅到七十人年最長者衡甫叔父次即及余〃以持齋不待食餕而行至南倉橋弔吳母姊太夫人之喪於畢入幕見培卿清卿弟兄丈設便坐在花廳叙少坐行衛大雨返館時為早伯雲因姊夫未來入塾只課伯稻早間在莊祠吳園子吃不甚熱迨晚覺體中不適蓋受寒氣煮湯飲以散之

初二日壬寅雨至中夜〃來聲日晨起乃見濛〃午後渡橋下書申謝涵房小額曰家在梅花第一邨申家住光福山黃家河頭也又題四言盤幾十言小長對一副又以餘墨臨北海相景君碑早間補寫昨日例字偉見信又跋惲壽文讀琴弟稿札遣館僕分送回得惲雪園秋吟一編

嘉興人，書古盤并玉版以年刊者

初三日癸卯，昔雨光日，夕向晨益之以風。伯寒冒風雨赴書院課。余

改課作臨景君碑。午後雨止，瀟條伯雲祗暮歸，問以題，曰：故事半古之人

二句詩題：經義治事，得胡字。小坡以說文引孝說故，龔劉歸一卷見示，是

其所著凡二十七卷，今繕成此是，許書所引揚雄說者

初四日甲辰，晴。寄竹吉。朝飯後歸家，一走出過郭家，以昔見有信與前日聞

黃梅先回里，問之與夫累以借寓於此，欲出未出，因入見之，設使伊送余出，遂登

輿矣。返館，與小坡以札問答。曹稚伯來，即從叢盤熟玉，即者叙談，頗博於古

稱時去，仍臨景君碑。未申之間，陶仲平屈師，俶同來，師將往貴陽也

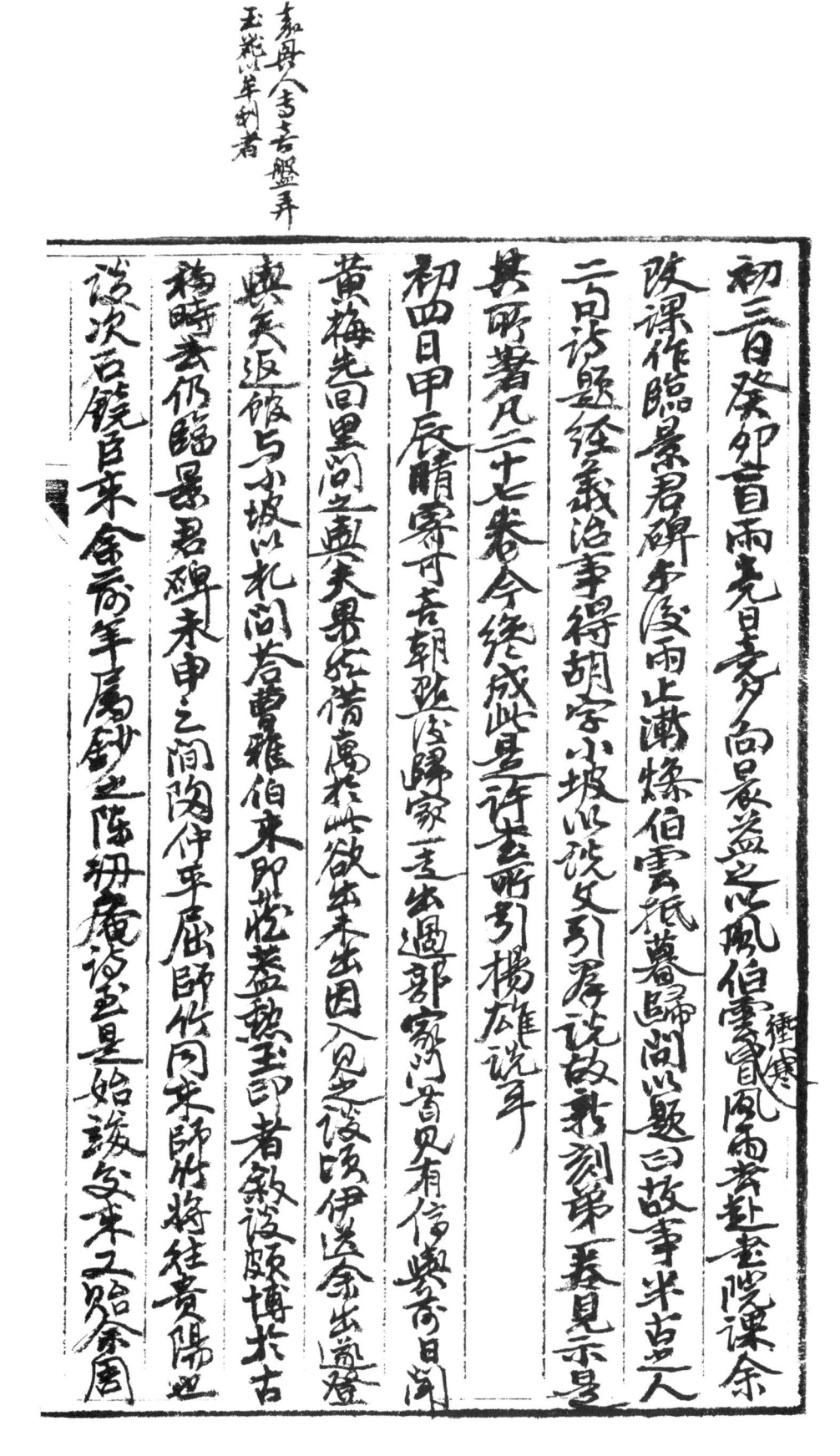

談次，石銑臣來，余前年屬鈔之陳册庵詩書是始竣，交來，又贈余周

侯廟碑拓本一張適微古齋法帖店人來留下小隋碑二種一則余已有之適頌鶴送到去年屬畫之便面一頁並以湖三橋仕女畫幅屬題坐上四客以次皆去余寫定景君碑通將出接梅壽來信閱後即行至茶邨處始見蕣卿談半時出路遇茶邨歸又獨步再入坐談少時乃返飯後暮又與小坡作札問答

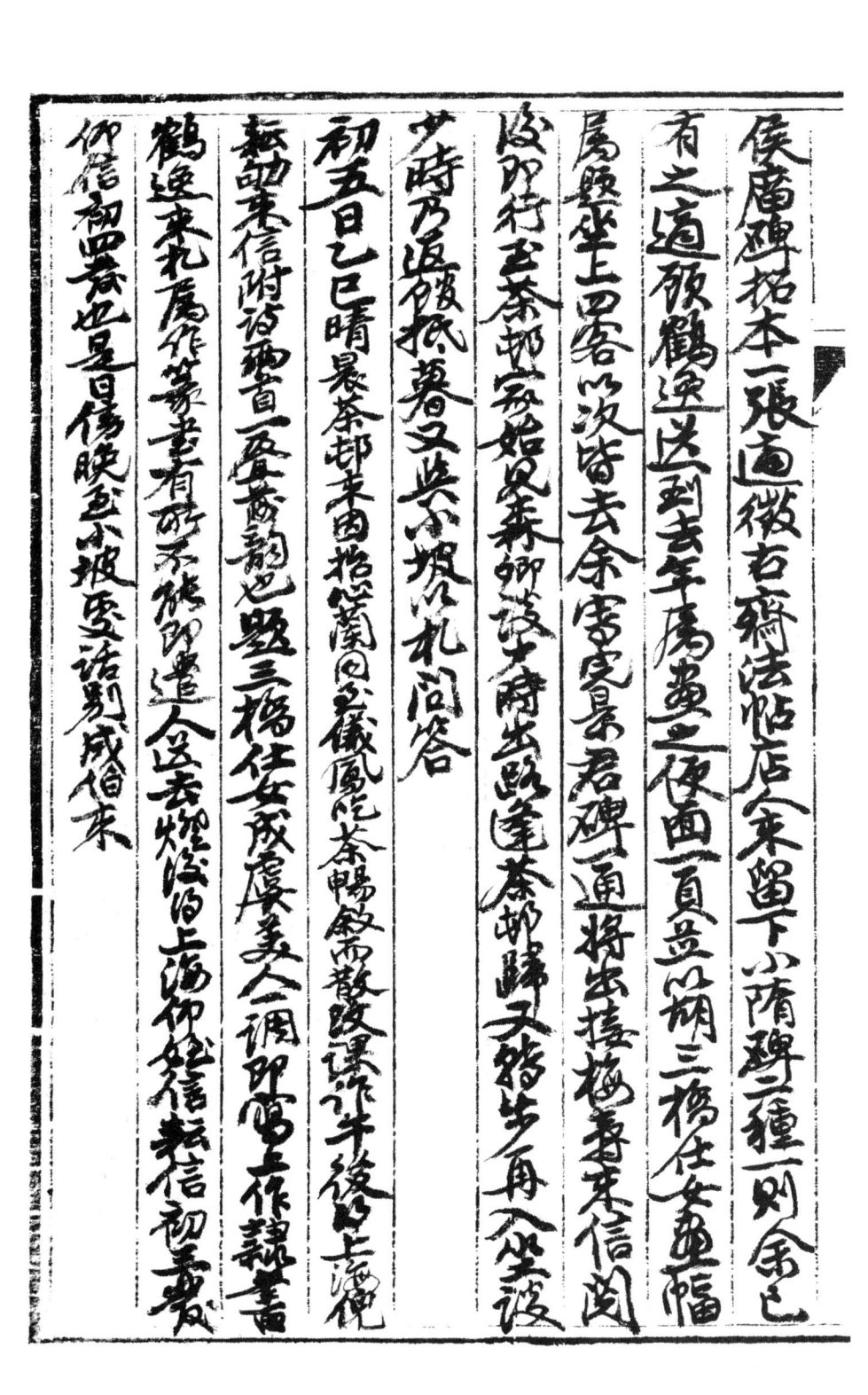

初五日乙巳晴晨茶邨來因擬以蘭因之儀屬代茶暢敘而散課後午後以上海便耘劬來信附詩稿一疊並韻也題三橋仕女成虞美人一闋即寫上作隸書鶴逸來札屬作篆書有所不能即遣人送去爕後自上海仰如信耘信初三發仰信初四發也是日傷暎並小坡處又話別咸俗來

初六日丙午。晨陰，出蕩發，德袁兩岑、仲平師竹帆，知仲平已歸，其家師竹偕小卿
兄吉諸人買棹遊靈巖矣，悵悵。行至錢偏家，方伏案寫妙法蓮花經，余至擲筆而談。
余以蘇幼儀與之訪，付觀，旋借其茶敘，久之散。往時晴，視沒日晷，時風微雨，遂飯後歸。
又臨窗，不止瀏閱詹留，殊覺悶人。錢省之來，攜濟寧州學各碑全套，凡十六
紙，余已有其小半，遂不留。有聞邊庭陳學文為先生刊本大字楷書四本
一套，為生買之，價一洋四百文。作吳君碑跋兩段。
初七日丁未。陰。早起料理襆被付舟人，即出胥門登舟，雨後泥濘，天色沉陰，依舊候得
家中承潛暨二姪、曾孫承簡、姪孫四人來舟，乃解維，逆風，行遲，午初抵木瀆，暫泊。趁不雨，特
命承簡乘轎先往祭汪氏墳，稱舟錢家瑞圃以待。見錢靜甫，招其來舟敘談，一時候

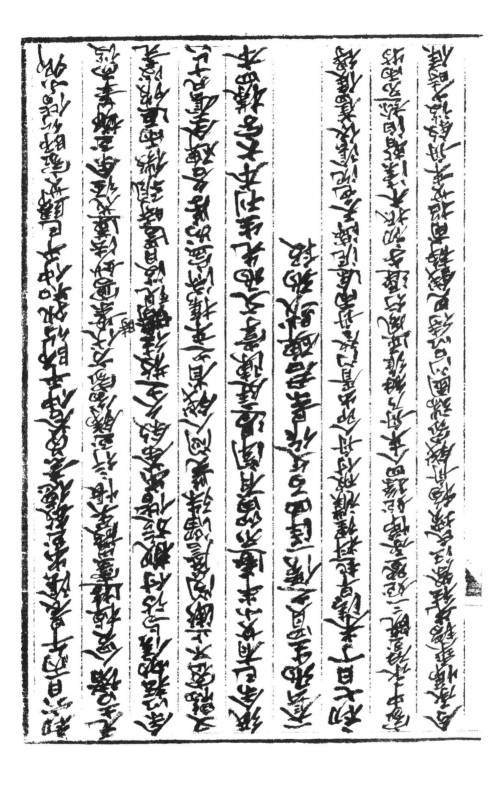

上沙回舟即發一面吃飯時已過午追面剃到此先發掃黄河頭兩墳乃移至澗上各定
停舟之處天色昏暮余不復登岸見族中人
初八日戊申夜來不知雨否舟中各起盥洗具衣冠登岸山路泥滑殊甚乘轎詣
河亭橋老墳本支共到三十九人以次展拜時已小雨回至舟次吃點心再乘轎進山
詣司徒廟弄珍珠塢本支兩老墳共有十四人追散而各祭各墳則僅有五六耳
自珍珠塢至大啟頭館井山前大安里漸出至毛塢澗香雪海返澗上又至長巷廳
一祭事乃畢返舟留日雨時久急脱濕衣換去濕鞋襪各處墳客來有話与之
說退遂一面解維一面吃飯風既又轉逆惟水勢順耳雨尚密灑至木瀆暫泊即行
時已申正平雨已止徑前行直抵胥江泊黄昏更鼓初交仍宿舟中

初九日己酉晚雨曉放晴五更冒大雨篷漏聲聲黎明早上渡閘門而住黃泥沫即登
岸入城吃早點真頭湯麵也惟街路甚滑即到館時尚早良久而弟生出作成伯見
贈雲龍風虎卅六四大字跋款曰署歎云淳祐四年趙孟德書疑是南宋時宗
室雨甚令人無可攻傷晚心蘭來承嫂姪孫萊將率新婦往黔謁見重闈也來星壽行
帶到佛見立春日所發書去後偕心蘭茶敘於東園與小坡短札往來贈余新
刻詞原斠律六本全書僅成首卷耳
初十日庚戌開霽適逢庚日吾兩出街上餘涇至敏德答訪自姪孫燕送師竹
小卿弟志悟姪將赴黔陽之行同至壬春仙茗談良久余步行路過梅石盦文談
擇其素所現成黃楊小印一方上有瓦紐即就其篆篆返館晒前日濕衣身上衣

脫換作書君壽一函今日饒洋銀試正場矣小坡來商行略設者今日僱舟明日

開行送傍晚孟孫溥泉處不值途遇楊恂卿茶敘於風雲樓

十一日辛亥晨陰漸晴心蘭來云約茶邨今日在儀鳳相會余告以昨已有字條來想不來矣

晚人仍來吃茶還心餘孝友吳子芹長談返以君奏昨日信並藍呢條料一端備送花旦者伯

雲作平江閒館券屬題其所取之者義乎詩題歲易歸為雲海堂字陸績膝稿出

節次為改之余餘閒臨景君碑燈下作寄仰熙信明日發

十二日壬子閏花朝探約茶邨翰卿藻卿四人公祝心蘭壽夫九十壽金五十陸罕僱船備酒以為

花莊花公留園巳刻至心蘭家又至藻卿寓皆先往邀客肩五人先到余獨後至登吳德福

之船解維移棹邊值對鼓北風轉而西亦不順抵彼泊定舟中小酌吃點心當午放倒用多紀食之

大飽撒去登岸入園群芳競發遊客皆來結春佳景視前兩次來時氣象迥不侔矣先進新園閒閒行徐徐步繞過舊園啜茗於楠木廳中遊來往甚熾設人不少坐頃復步步頃又坐追及申末出園見濱內游船銜尾有甫起岸者停驂片時乃解維移棹往返看汪總泊有延心蘭醫者促之去抵暮不來既上燈遂布席菁史公郎猶在因入席上菜一道添酒飛迟心蘭又至歡談終席而起余以偏盲久廢夜行賴同人手扶燭引而歸是日輪卿帶出石谷出求長卷胡芰甫趙撝叔印譜冊及小松黃洛訪碑圖冊同人於窗展玩之莫不擊節心蘭携近作山水冊藻卿出懷中漢玉件亦大家欣賞焉

十三日癸丑晨陰漸放晴日日如是心蘭預約有臨川約今晨敘于儀鳳余出時以小對一副送歐卿粮食砂壺之惠并約之之彼則和人皆先在並有汪洋庭會了蔡東去歐卿移

時至英旋片刻余先起返館伯雲作平江官課卷文題學則三代共之至明花上詩題閨
月定四時後成字看其前篇鶯梭蝶版蛙鼓律詩四首伯韜為之作五詩抵暮完卷余
一二為修飾之呈日午刻張葭生來申刻蔣緩卿來
十四日甲寅仍陰晨至宮巷養竹居錢新之處以碑數種付裱又取其金石
拓本零碎二十餘張去時冷風尖峭回時小雨飄搖到館伯韜往馮家只
課伯雲檢點拓本留十之六并檢舊拓集於一處全數可以再裝一冊石
類則輒為多約數輒拓成裝一冊也傍晚錫侯弟來
十五日乙卯晴張作夔偉見信晨歸出先過敬德堂吳即至莊祠陳雨砌三照
晚坐雨止出至祥利當因閱歲仲姪孫感冒特視之喚出五已念頭甚即行五曾

胡徐巷六姊家閒話少時歸路雨漸漸密到家簷溜下矣午刻花　先適清

以節凡拜十四號早吃飯後不雨且有霽意少停適返傻得君秀昨日信

遂即作覆是時斜陽甚好於西北風街亦乾燥因復出早間本欲西譜

琴畢耕兩處未果乃復往東譜弟因病不出見西親屬同出在馬醫科

巷口風仙樓吃茶後有古董者忽忽天暮散時上燈

十六日丙辰清明天色合此二字最出西轅翁家他出西廠慎入見贊卿今年尚未面謁

侍坐移時出再往元家則已歸同出閒步直至怡園適日已開放游人惟上年較冷寂也滿

園春色觀之不足逗良久出余至廠後午飯說起陳仲陶起後余東需次曾到我家去一

答而寓在滄浪亭中與三賢祠路甚遠元吉云不妨便去要去可隨往也余頗從與之藉

游滄浪亭，至別先入三賢祠，吾仲陶設頭搭之，同往聞歷亭，亭與舊花木爭妍，而積塵不
掃，煙景如昔。後由東水軒稍憩，而出至學古堂中，適雷甘翁到館，在彼同觀，後面新造屋
兩層，中間設沈文愨公神位，向時此地後面本有池，歸愚尚書祠即籬，適池上桃李新栽
亦從此為競秀。旋出，同至仲陶寓，後共坐。返至廣夫寓，觀其所臨蔡天崖加 四時佳景
長卷，原本臨本一一展玩。與元吉吃茶於聚仙而散。蔡石谷之門人
十七日丁巳，晴。兩僕皆往掃墓。余因出至心蘭家，方發舊病，略談。回館，取件，再出至吉由
卷，張姓同家略談稍時，至山門，茶。便至耕原，他出，不值。至鑑稿，者楊，法帖店
於古昇閣古鏡古瓶拓本數十種，同往及飯時，獨往丹鳳樓吃春菜，數代飯
至振石盦，以石一方屬鐫，共坐至敦德，又共坐，偕元吉菊生，游怡園，值游人

會集時內有遊賓之舉退出憑憩閣臨水啜茗邊觀鶴舞俛窺魚
行良久始君六弟敘談片刻同出園分路余歸家甫還至錫侯弟家看
事託之返館得鄭奐鑫弟初七日書附平安如意散方一紙

十八日戊午晴燠晨至蕙蘭家偕病少愈出先往東遠樓茶樓小憩移時出城
尋吳船家裡欲定用其船於二十日不果進城急還東姓舟子議定之道前
街徵翰齋取裱件造象兩幅返館即札發井用告以船定矣回札云
能室下午當來面談午刻張硯銘來談午後作復鄭弟信並通想
晚孫保甫來長談抵暮乃去得仰姪十六日信並詳入元

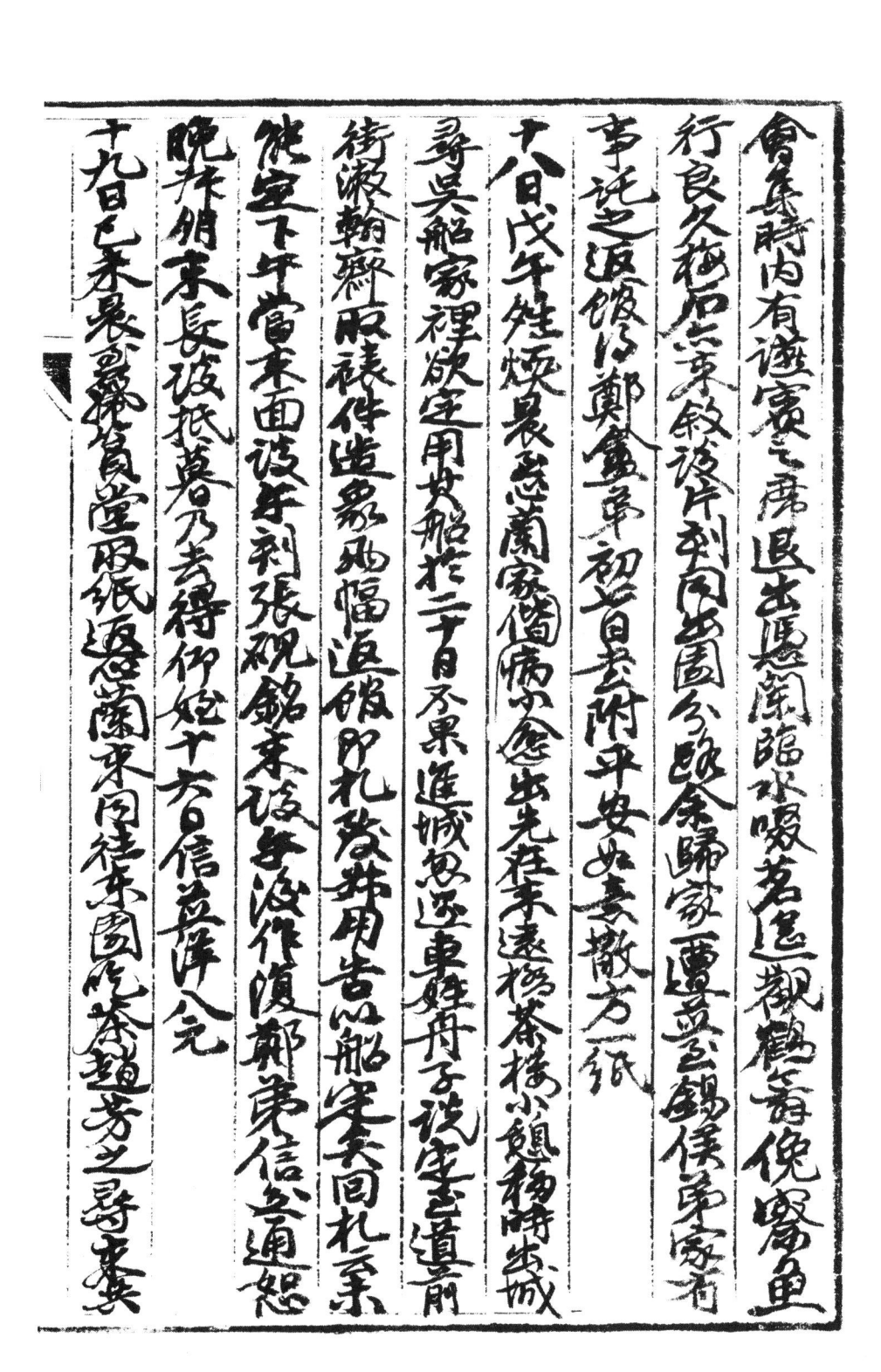

十九日己未晨至觀貨堂取紙返過蕙蘭來同往東園啜茶遇芳之壽宴

設稜暑返饋作復仰姪信附去並家養之謨陶友衡墓碑表石一本為恭照
姪孫習字楷法又孫真人殺嫂方廿張即贈去飯時朱滌卿來飯畢出陪
之設淡又同往東園吃茶並請其吃點心暢談而散作致夢薇信附去偶翁
畫一系線內一本出即發
二十日庚申晨札致杼朋乃兄歲余將出適臨川來以友人紙扇索書因偕至
東園坐頃余先起歸家以前日仰姪信中言告四保並至定光寺者匠人
治我藏戲劇之具閏月而遇四處日步頃返饋寫紙扇全面書篆半隸
又寫摺扇全面全隸書晚點後出遊心蘭於門偕往觀銘鼎為不值收一片
致明答出之意遊至國書吃茶梅石來同坐敘談抵暮散

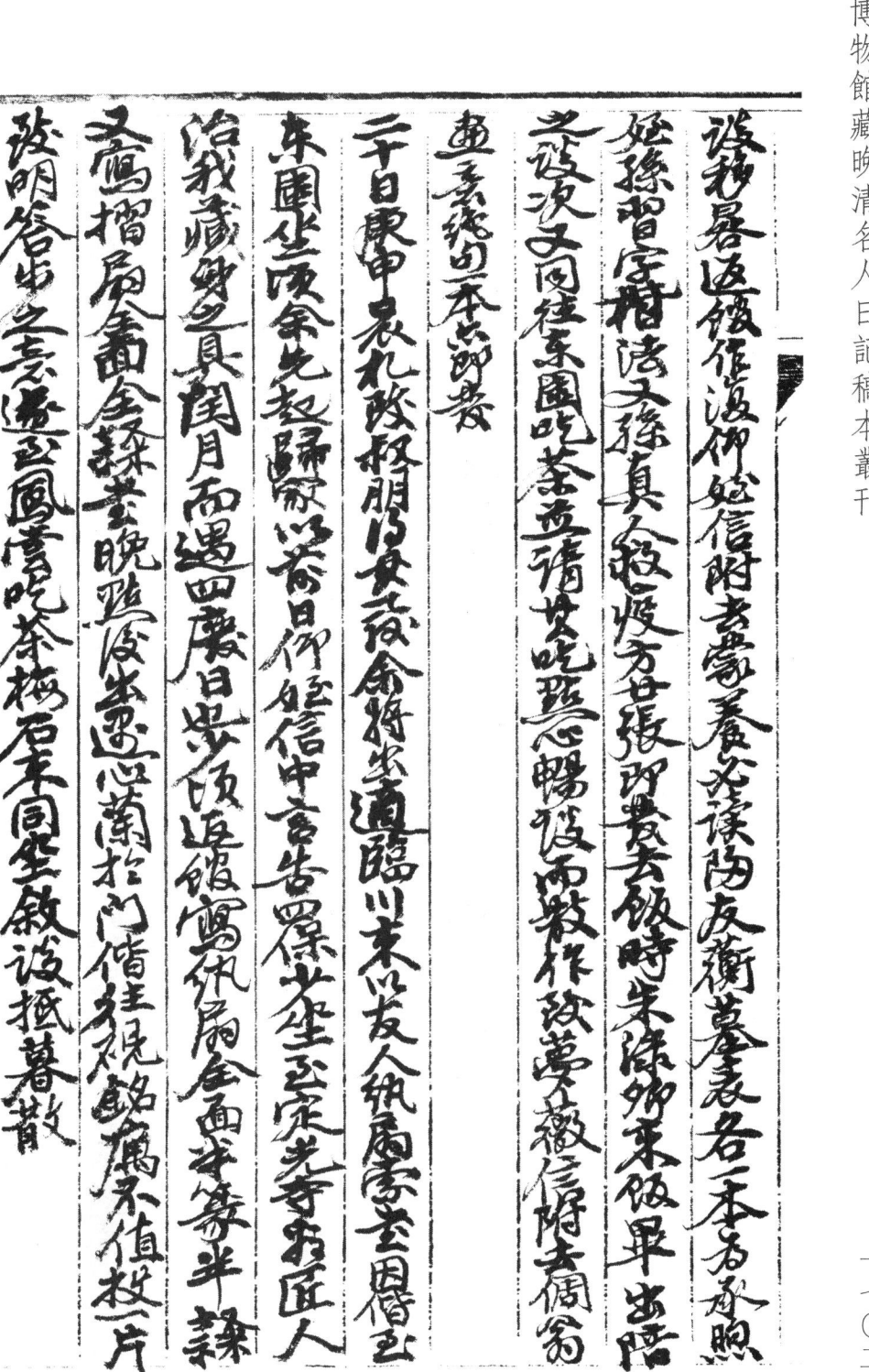

廿一日辛酉。晨，茶，邵筱卿先後來，同出東園吃茶。遇趙晉卿，因敘晉卿於去年之官
江甯，嘗今暫歸也。余方俟以蘭來，有閶門之行，迨散回，使知以蘭來過，遂踪之
先至。昨寫之扇，赴大觀樓，則以蘭、鏡臣、幾朋先在，先須候他客，候至晌午乃
出城，過金昌渡，登車姓船，費屺懷、江建霞皆辭不至，幾朋偕字条追舟子往邀
嚴子蕃，亦不至。候倪墨耕先生至，好解維。僅此四人。殺至留園，泊留園浜內，艙中鋪席
飲酒，天氣驟熱，難耐，撤席登岸，入園。園中頗熱，開路為園行，其間坐於涵碧山
房。喚茶，因憩席中，孔雀開屏，執在咸集，余等坐起無常，閒散步，遇無與人，不
少既而偕汪秦友、劉子賡來，同舟偕出，乃得六人。錢棹至閶門灘稍，去登岸，余辭諸
人，過家門，至定光寺，於匠人已畢工，遂至朱明寺前沈生泰漆匠處，屬其黝漆之

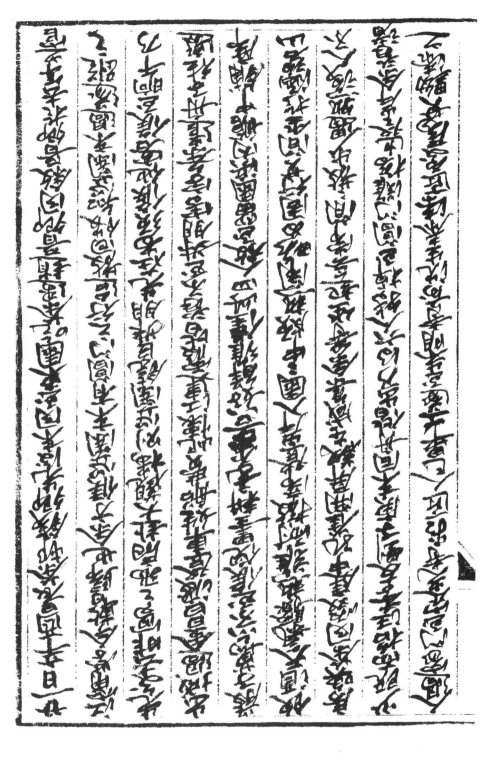

事乃返館甚覺怯乏矣得鄭弟初三日信潮生廿日所發初七日信之前

廿二日壬戌陰雨颯颯天氣回寒昨歸頭甚暈憊今日筋骨未舒静養

不出作復鄭弟信送通惠

廿三日癸亥霽晨邀出答滌卿花岡泰昌君校照設因出磨池園茶敍移時

膚雨未同至余寓先起返館想蘭在儀風居後來見之並有謝伯問坐既

雨霽良朱鴻伯去未少時余寫以蘭先起返館得君泰昨日信遂作寄信

遣人交航

廿四日甲子夜來陰即大雨以後雖或減或盛而連綿雨乃竟日又夜一箇甲子

日天氣大不佳余身子亦大不健勉強寫硤石山家衣厰匾一面追書子長先生

鐵石山房

上款又敘明高倣劉文清公所書云。傍晚元吉自山中歸，進城順道來談。

廿五日乙丑。雨聲又一夜，向曙止。還見霽色。錫侯弟來談。頃去，竹蘭來告以身不健，爲余開藥一方，同往東園吃茶，移時歸。伯雲在號，伯韜以感冒不出。寫薄緞卿表弟屏條一張、隔當四張、當一張以報之。

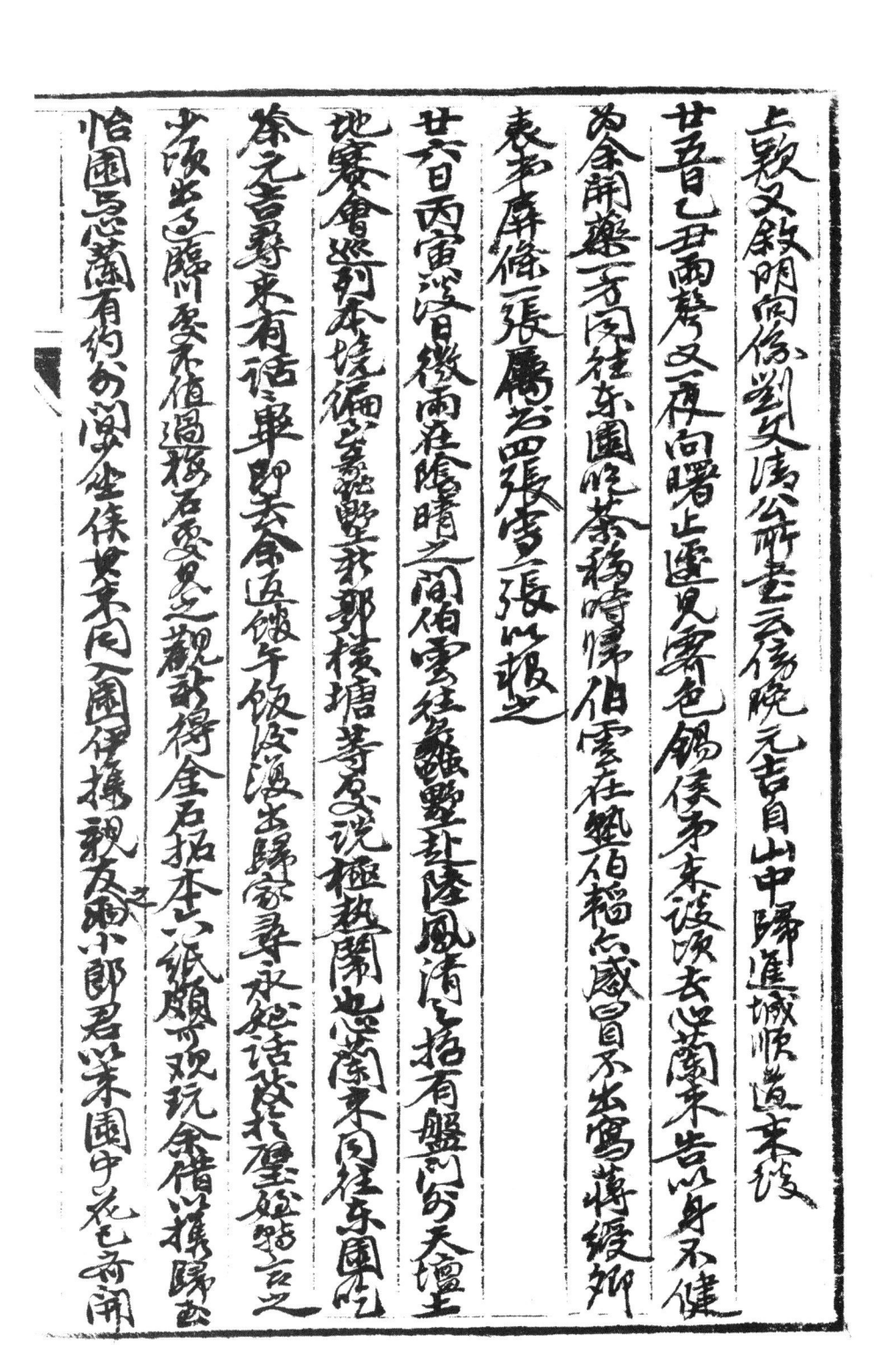

廿六日丙寅。竟日微雨，在陰晴之間。伯雲往無錫墅，赴陸鳳清之招，有盤門外天壇上地基會，巡到本境，編之嘉興墅於郡，橫塘壽石文說極熱鬧也。竹蘭來，同往東園吃茶。元吉壽來有話，畢即去。余返，飯午飯後復出，歸家尋承之話，遂於舉堂坐話之。少頃出，過臨川處，不值；過檢石處，見其一觀新得金石拓本，紙頗可觀玩，余借以攜歸去。怡園與竹蘭有約，前往少坐，侯其來，同入園。伊攜親友之兩小郎君，以采園中花也，奇開

桃花如雨惟牡丹尚早奔內廳又有姓章照相人僦居其中觀其所作而出隨從倪閑

齋同憩坐茶寮吃茶既散乃至聚仙吃茶与晚菘務時返路遇廬夫居復少歇息乃

返飯君會安歸矣余仍讀之力辭坐而已

廿七日丁卯晨心蘭來因儀鳳書院修理稍遠至鳳雲臺吃茶遇頌鄰同坐

至曾心蘭家同至儀鳳均不值也快談移時散回館飽食也未過久也改官話數大

令到省來公館程寶夢寶卷留之言午後再來作函仰懇信適家中寄到緘洋來

箇脯一合附信并去得君壽信傍晚祿卿來因遣人來招未往也正坐下

久也又來晚飯飯罷乃同祿卿去久也又復片刻去此得乃赴漱卿之約於鳳

儀園樓上茗話至上燈散

廿八日戊辰。朝陰。至茶磨家不值。至鳳儀、春余處，送下鐵石山房匾字一幅。遇
蔣家姪，去綬卿處，懸條乃歸。于鳳儀、春余、茶磨處遇翰卿，同至叙談，散歸。
半夜大解，服甲不適，元氣不住，溏泄下流，到後又阻於啟鑰開門之湯
頻而來，上馬桶二次，即用水洗臀，換去褌子，精力疲憊，略為偃息，乃生
出赴大宗課。午飯後勉為范文也寫朱紅箋字四張，令人送去。余復出，光答
周夢梅，道兩次失迎之歉，談片刻。再過茶磨，北過辛盦，叩門問之，不在。
出，過張弟家問病，聞談良久。出，經觀前、獅山門巷，里墨耕處，遇展侶
松，共談。知墨耕自虞山來，亦有小病，面目頗瘦。偶與之開藥方，爲談移
時，行回。過敵德，不見人，少坐。又行至墨憩店，嗥吃之，亦少坐。餘三度過飯

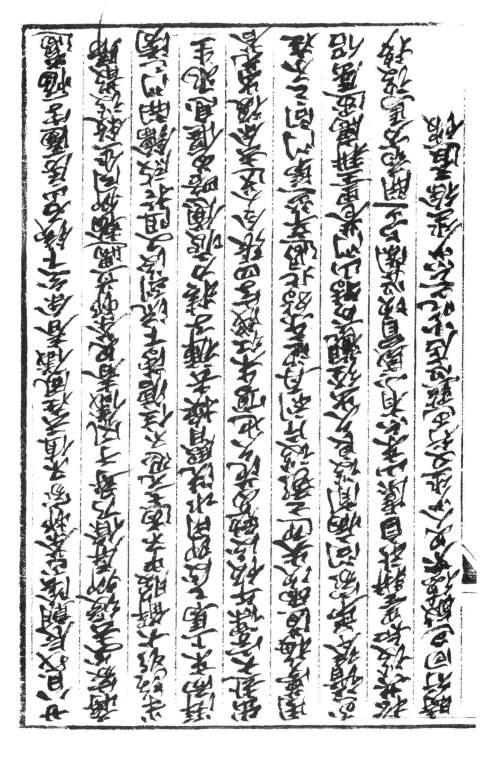

廿九日己巳。夜晚大雨，旋止。昨又乞竹朋程君房墨四錠、墨拓曹寒碧高子記跋壹，
朱拓宋茂書真錦堂記墨拓、張天瓶書岳陽樓記，贻余。余更贈宋拓一種，而
還之。寫金陰甫屬書早船區聯字，據頌件小卿弟屬書今對一副，作復
君表信，卯吾作跋，傅夫書。晌午大雨，幽涇傷。晚雨止，日出，俄而雲蔽未繞。
遊馬坡，君已屬雪舟書。晚茶，途遇悔卿，坐定久也。舜卿來，四人圍坐敘談，是時久
也。遣大仍以送還物比來，務要合受。上燈時散。
三月初一日庚午。枕上已聞大雨。晨命輿出，先謝敏德，去未獲信，略坐，去莊祠
稍坐，出書與徐君樂樓安之喪。雨止，日出，拜後少坐即起歸，路云宜自寅
君答范又也，自君西第一家以暇設，少時返飯，談中不適，腹瀉頗作，飯後扎

從心蘭處覓得陳湯摺方，並飲之，飯後惟覺神倦嗜臥。

初二日辛未。夜有雷電之陣，雨不甚而頗有風。晨起，燈下有寄意心蘭來，携度鍼編十本，索售。編内細批陳文十篇，皆寄經者編著，詳細評之，以便初學，故曰度鍼也。編輯者曰會稽沈人明觀曉嵐，乾隆時人，今有人重刻以行世耳。同至鳳雲處吃茶，雨散，飯後茶師來，携女同居王君贈我殿譜經齋莊中正堂集八本，余設換時，乃同出至廣大寓，案頭有湘蘭筏相圖冊，陳寫合變新見異品，歡飲，同出二公吃茶，余捨之歸家，路經臨川寓，晚之步，坐談天文飆雨，到家，派書月貼，適遇錫侯，同設雨微溺，旋返。傍仍服昨方藥，上燈後又作致昨日信，兩抵暮，寢，寒氣甚，傍又寒

初三日壬申夜雨晝止晨起已止心蘭來去臨川莊風雲臺昨晝約也余因地經由桂馬
坡巷晚歸去心蘭子頌郢處坐移時借之來四人同坐茗談良久散返候伯雲方作畫院巷五
號湯五號缺者伊尹也古硯徵四家墨多得多字余磨墨寫摺扇自午至申凡三葉
錫侯亦來談頃去午後放晴街頭光燦
初四日癸酉晴飯後合家掃墓虎邱去余遂出至久也鷹衙巷出門矣余行至梅
石盦稍憩存東行至敬德又稍憩存東行至仁孝里寄江府君之約及合局請大
也於水窗下敘作泛步移衣之遊談定坐頃同至敬德午飯天又晴熱飯後出至拜
朋處西廊陸季午同行向朱明借昌黎集借得先出余與拜朋談頃同出至怡園
牡丹盛開已有被雨摧損之態有深紅淺紅紫色本色四種錫款堂中新鷹之無相

者為章艳清士琥瑞伯与之敘話吾女暨三人相商出排桐澱間即於花傍白石船上啜茗罷之後放晴片雲陰忽又雨忽來俟其稍停遂出至路邊始知久旱急聞雷來留看字條錫侯弟曾來兩次皆不值雨過乃降仍現斜日

初五日甲戌夜來大雷雨俄頃即止翻來忽雨忽晴凡三五次大有黃梅天氣似矣錫侯弟來汪韞甫來范久延來皆略談去作致仲妲信復其朔日來信也飯後江建霞來長談去時尚欲赴怡園談飲天色大晴得君表初三日信即復之傍晚街有乾者余出就可行愛行過心蘭家心蘭卧病不得見留字而行

初六日乙亥晨起天色驟黑有發風象永姬來告前日山中情事雨點澎湃遂去去後雷雨交行余寫跋梅石屏損歸之兩卣二瓦跋漢瓦機跋魏梁二造象跋

初七日丙子晴風開寒氣候又寒於二月看山吳船上舟子來与說明日開之邀遊菱字条出
邀客午刻至盛家浜宋鎮甫家賀分少坐又范人也屬今日請汪蘊甫俞仲虎余為陪
者否有冬也同鄉通譜所三人及汪介石亦浙籍潘少鄂則蘇人也設席主人而八囬坐談
遊良久席散同步遊怡園并余六人進園則牡丹為昨雨所敗都萎去矣遊客猶為裊衣而
集散步既周歎花間平台啜茗少時余先行遂至懸橋巷答江建霞適他出就其對門
碑帖店取窠拓蘇碑并閱十四種尚缺其二又覲拓本四張見建霞歸延之入談以贈余伊
所手錄聊城楊氏海源閣藏書目精刻本一冊同出取對門碑墓各件以行同出至樓春
樓上吃茶約王勝之張貯朋敘話王未來而張不至余先行天向暮矣返飯燈上
初八日丁丑汪耕蔭表姪春蔡銅士以下皆往余具衣冠往賀鎮甫娶媳喜坐片刻返寓成

過宇葆懷之出，已至蘭家，入見其內寵病未全愈，不克同遊，余強出同行。已稍憩，錄家西邀同遊諾而未決，余旋出胥門，約同人取齊之於泰園，適暫停修葺，乃至舟子之家，又代說話，旋出往弟一家吃茶，坐視出城之人。候紉莊、鵬久也，已以錄遣人來告不暇，未能來。三人遂登舟，解維放至閶門，暫泊，遣舟子往大觀茶樓，迎取介石、景甫來，得五人同往留園，泊舟浜內。登岸，先至承善堂，看花，惟小書房庭中有紫白兩色牡丹，尚好。廳前廣庭之花，亦萌去矣。司事請君呼茶已，飯。見情閒坐，移時返舟，設席午飯，諸君拇戰甚閑，良久撤去，遂進園。以扇面綴去園中牡丹，以爲無花而點綴，蓋大叢之花，大半零落矣。各人隨便閒步，會於新築之亭廊，嬲茗遊人，蓋亦坐聚，多方方面隙，余等聚而散，散而聚者三五回，乃同出返舟。精棹至閶門，仍暫泊舟中，備晚膳，食之皆飽。久之，與介石、景甫仍進閶門，去舟回胥門，余與紉鵬登岸，邀安至

余館雨少坐若竟然而去案頭有稻香樓詩殆本程松軒希孟遺寄奉常親送來也

初九日戊寅晨曦甚好已而陰去歸家王廷聞首姬病少停返還過顧鄂花館门口時對门龔公館太夫人發引儀從列于道而未行晚鄂方欲之意其若早過余亦風雲喫茶遇許季和共談梅君與顧鄂返進巷適見儀從啟行遂立觀之晚過返館已將午飯飯後雨尘不出余復出至梅君處取出刻之硯印一石黄楊坐又取出金石拓本同路至塵天處借出茶話有碑帖客攜來舟至伊處取隋唐碑各種返館知拜朋曾來余取建霞書扇幅取來抵暮拜留又來又有後日留園之約談至上燈後去

初十日己卯向曙急雨一陣即止做課作未終篇拜鵑偕貝碩友來謁拜雍謝序實略並敦談閶胥門仍登吳得福船即解維望閶門仍暫泊度地捐局河頭拜朋儕懷中東洋遊相數

幅傳觀，有銀鑲衣邊可支架者。候至十一點鐘兩刻又半，建霞乘轎至，於是五人偕坐，放棹望留園。建霞攜石谷手卷一展玩之，此卷墨想筆，所謂元氣淋漓，紙猶溼者矣。未刻抵酒舖處設讌。坐中唯洋雅能飲，六拇戰數巡。飯時雨，撤時天色大晴，氣候大暖，皆減衣。登岸進園，園中遊人如潮，更甚於前日，各處亭院幾無空地可坐，惟前日啜茗之亦吾庵尚空，似留以有待者。乃坐下靜觀來往出入之人，絡繹不絕。於園之前有照相者，又前又有射箭者，觀者如堵，尤不可耐。久之人數漸散，斜陽西行，乃出返舟，轉棹仍艤泊閶溪，舟中晚點，移舟致岸，余偕拜雅步行於路，同餓遄返。燈上疲乏，趨息，稍與孫閒話，出房憩，未少坐，睡後。

十一日庚辰。中夜發風，晨起見天陰，氣寒矣。改完課作文兩、詩兩，生乃出，昨日亦往留園也。余神倦腹瀉，坐息不出。飯後周氏昆仲同來談，徵古齋法帖店人來，出新拓虎阜宋人題名

兩種皆苦年未招到者擬別招之介石來還初八日合局船菜之半價六兩設

十二日辛巳中夜雷雨大作闌夜無聲晨起陰冷五孫昨冒細雨歸家穎大嫂蔣氏除座一拜少待雨止出胥門至趨坊擺渡至百花巷探瑞卿弟之妻長弟殁于初十日午刻少坐返館腹瀉未愈又有前月廿八日之事又用水換褲遂因向藥舖取暖臍膏香砂六君子丸内服外貼治之在家閑適鮑氏二姪女亦於今日除座午後以香燭去作致仰姪信即發

十三日壬午陰陰嫩晴天仍峭冷晨至蘭家已他出回至春育堂家賀辛生之姪女出閣少坐至黃泥坊橋弄賀繪山拜祖娶媳少坐歸家与永姪話少坐出胥中衛前返臨川處又見有小恙設片刻返館首姪病後始到館同吃飯飯後余因今晚掌徒

又出舟至以蘭家又他出坐候之回來敘談偕仁ㄑ至胥門付吳船價返至鳳池園啜茶歇
息盈過姚衡齋觀其隨身佩帶漢玉件移時返館勿盦兄札來以古幣六件索售共
（古幣刀布）
討價四元又拓本象他漢專拓本總三十餘紙則贈余者因而摩挲至晚
成伯來略談去雨竟颯偕傘而去入夜雨有微聲
十四日癸未晴半雨露長微大晨未盈陰冷強作詩佛見信政課作午後以前作跋語
寫上拓本文將勿姪送來古幣八件一一手拓之雨竟竟日
十五日甲申天陰地濕丞光照繳總守黔二函一齊濟第託也途遇錢翁過宮巷桂芳閣
（余遇滌生至庭玉攜泥灘店）
彝茶邨不值至莊祠見年弟始知會試總裁及正場題之全總裁孫毓汶許應騤黃恒
沈源深正場題子貢曰夫子之文章一章 知所以治人二句霸者之民罔曰城闕泰差曉

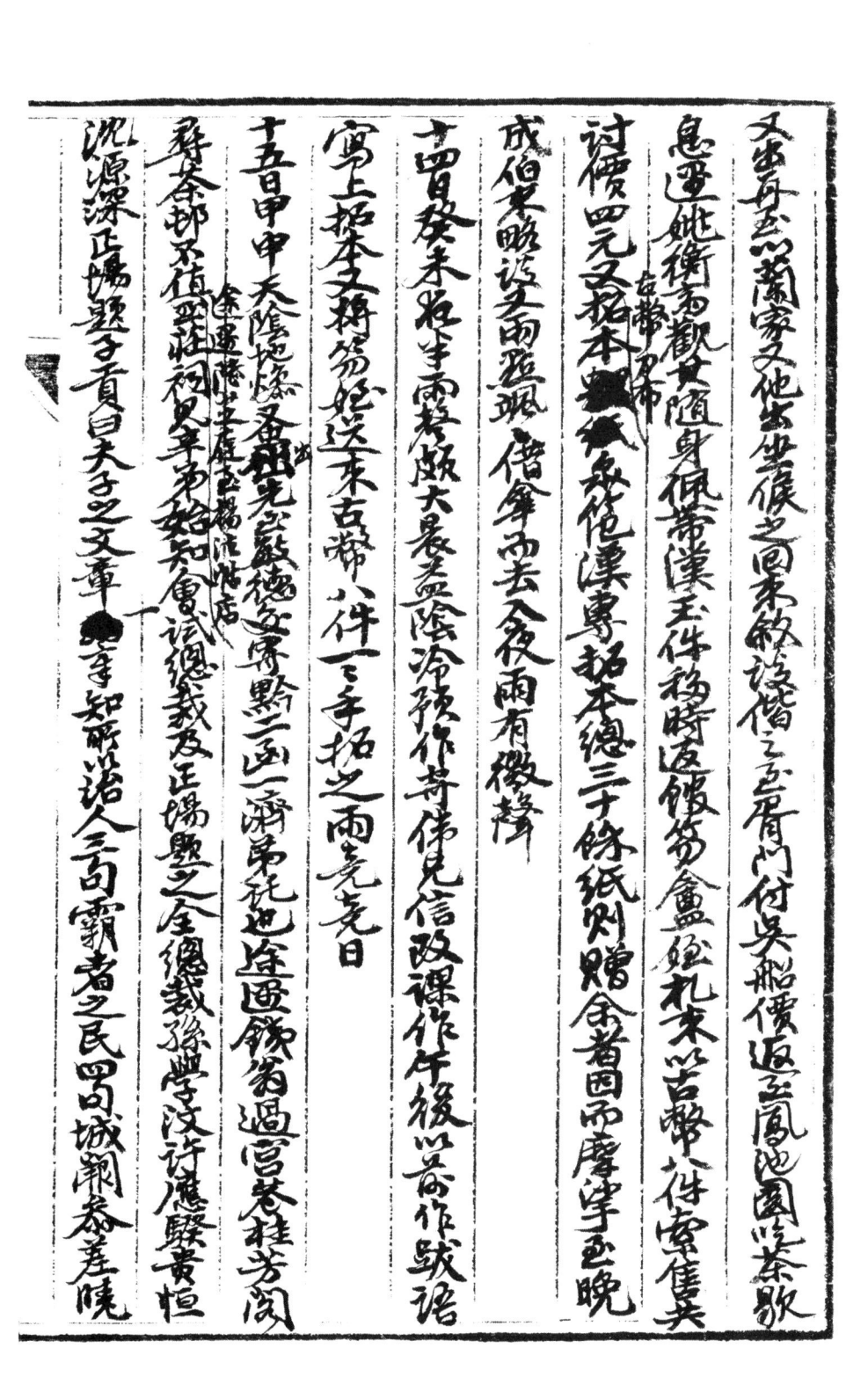

樹中

寺鐘向門守平頌出途遇春畦文久也元吉邑并用家以照以素紙對一條幅一託其裝求汪〔遇胡傒若〕

妹雛篆書跋頌同出至徵古齋法帖店向黃吉園取補拓虎阜石字普門品經後

數行又後山石窗多剔出一層拓本并朋取其所拓之壽星一幅又董書少林寺碑回路今

寺返飯所以普門品拓本審視後入僅存錄後傍晚心蘭來以畫扇求題並來轉求

之秋甫雨梅潤筆一元角爲同至鳳雲喜啜茗茶遇唐雨岑晉赤亮而吐血

十六日乙酉晨起庭澄書夜又雨備以花梅壽夫人徐氏奠儀香燭祭幛與君秀

合送之又至況帶往錫山錄跋語于拓本幅上四則兩造象兩硯繼之又作虎阜

石刻壽星象跋晌午雨後作書暗迨晚雨息夜月出

十七日丙戌陰雨午心蘭來候余雜歇卑同至鳳雲喜遇季和李友諸人觀妻

曉泉王笋香舟冊稿，時返，作致仰蘧信，附發附去李彤伯一函。飯後解館，出至隍
廟，知彥美已偕心蘭出，隨於後，見於碑帖店，以前邀爲隋唐小碑二千餘種，檢
其十一種，既後，與金陸二公先後入怡園，遊人簇聚，熟後在茶寮多手，合見李皆在
呼茶共飲，飲後，余亦不復他往，但見來往者聯肩接踵，一路迴廊爲擁擠，坐
都滿，余等三人遂出，同往北余一灣徵古齋，冬青刪日之件，即同至梅君盦，榻老
亦不病，方東手靜坐。余以所題各跋示之，仍取其四幅以爲我來携以行。過沈生
泰漆匠店，少停，於歸家，因立夏薦新於　祖先，昔英拜六編礼畢，以饅餃湯餅
暖而食之，即返館。力乏甚，艱於行，靜坐以養之神，倦欲睡。入夜館中循例爲立夏
設飲，余及賬房中朱胡盧三公、銅圭屏爲主人，共六人一席

十八日丁亥晨至久也處謂可談談即歸偕談及觀劇知今日廟前演有新戲
久也約觀之而值接署課律之期於午初進去未末出來計申酉兩時尚可
一觀因与往邀朋酒值女掃墓去退出久也急於返寓余至敏樓坐稍時先
到戲園中説定坐場並邀人往約饒臣旋返敏樓午飯飯後乃往少時開場饒
臣亦到戲過一半新戲上場而久也來直務至完場人散乃出夕陽尚早同
在如意軒啜茗快談而暮別去返館得仰姪信並洋十五元是日伯翰赴
字課伯雲作第陽師課卷題晉人有馮婦者接曆下車炮下為改之
十九日戊子晨至茶村家不值留下一字乃尋到鳳儀春晖之与翰卿同坐敘
談少時返館知兆蘭在鳳雲處晨邀館僕請之來談適元吉亦來共談同去雪

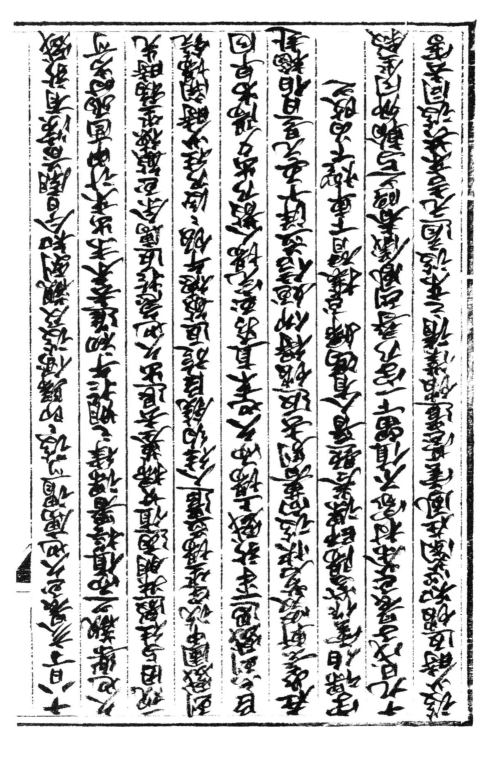

時斂之同懷詩𥳑封面字據並有款云和甫先生囑正千兆劉尉卿之二子也寄發仰蛇信午後奏去薛依昨來信中語湊成洋二千元爲仰蛇還彥彤伯之款親交金生菴兒彤伯子季嘉面交與並討還仰蛇字一紙遂出探南氏於梅巷菉卿寓問伊慈堂病情藥方並已延殷醫要之所適從病已六不能了之奈時醫朱倚少懷來奈與之敘舊並論此病良久出時少初曾來同路過鶴侍談卷後院後風云虞山風景極勸往游遂稍暮乃返燈下改前日課作復鄭盦弟信

二十日己丑陰冬至節分則正三亍鶴梅巷夫人行附有萬肖園出筆宜興留別都門諸友詩四首作致君表信午後寄去伯雲作平江師課卷題祭神具

神在已黄安娟於吳長安客旅舍執事爲安客傍晚少翔來長談至暮邀我等有

遊虞山也下晝陰寒予已向暝又雨驟悉悦巖兄於今日巳時去世具報莊副啟

廿日庚寅仍陰作復鄭盦申信並寄陶麦設片時回西風寒甚心蘭臨川李友季和心餘諸人皆

在彼頃返飯寫孫嶼芝摺扇一柄午後微雨即止傍晚欲往朱家園穿園池茶館遇姚嘯

筠衡齋稍坐適元吉亦來吃茶茶罷同至朱家園探悦巖兄之喪有吳小念薛

小雅在彼料理喪事少坐返

廿二日辛卯晴朔風甚昏飯後余正欲訪茶鄉來偕至東園舊店修理新開茶話閣心蘭

亦至約同到少初家分兩路行而適同至八界少初復次邀伊今日游留園於是心蘭往聆

汪斐庭服茶鄉與余出胥門定船吳家大小船皆不空唤得朱三慶之船回到家遂檐

慶遠樓啜茗，候少懿、蘭來，蘇即放舟，行維四人，僅膝談行，至渡僧橋西大昌酒店，沿河上岸，就其中小飲，吃湯餅代飯，旋返舟，舟行抵夜埠泊，入園遊陸鳳洁於門，園中趣後，其結構頗真，亞接不暇，大要其勢闊也，盤旋眺眺一周，在池邊平臺上啜茗，左右相顧，坐移時，起而步步，而坐，斜陽入樹，乃出，放棹回行，至閶門泊，晚飯訖，至胥門登岸，分路返館，未瞑也。

廿三日壬辰，晴。候蘭孫，蓋如約，同杨來，本日未之也。因後至東園，晤徐仲棠，知沈氏太夫人亡，在昨日，商時去，世蕃鄉丁，直交吳稿，時返館，午後，濟卿來，有沈氏孫，問啟德之語，言後有微雨，沈過，即出至啟德，傳語內堂，請所姑姑一見，乃入，見大姪女，為談理弟處，至三姪女出嫁，來擇吉，七月初十日，期近矣，并請貞字，弟婦過來同商，定吃

晚点出遊至通經復話於濟寺因偶家一走晚坐返飯抵暮花侯來

廿四日癸巳微晴早出歸詣天平遊心餘來贈至青門茶館仲森卿喬梓已到候心蘭來回

人至夏三寺船鼓棹出歸涇橋轉灣烏雲濃起偶霏細雨舟人不肯往天平勸遊留園余

心不樂雨不能強乃聽其所之雨開霽舟出塘後至蕭家暫泊遊某申司春茶心二公有姻誼某曰周守基曰

陸春生論茗數客進內遊覽接尾猶有餘春繡球已片作蝴蝶飛矣敘話稍暑出放棹

泊楓橋時尚早遊船來有先者水窗閒話徐徐復放晚飯肴饌中有蠶豆鯽魚詢係鮮美飯

罷入園六存遊人先生坐綠蔭尋雅有風乃出恰航之中啣茶閒談稍時乃各買閒步芍藥

亦有未殘每兩盆中又見煙雲復出遊人漸集不亞於昔日余等自午至申閒風時許出

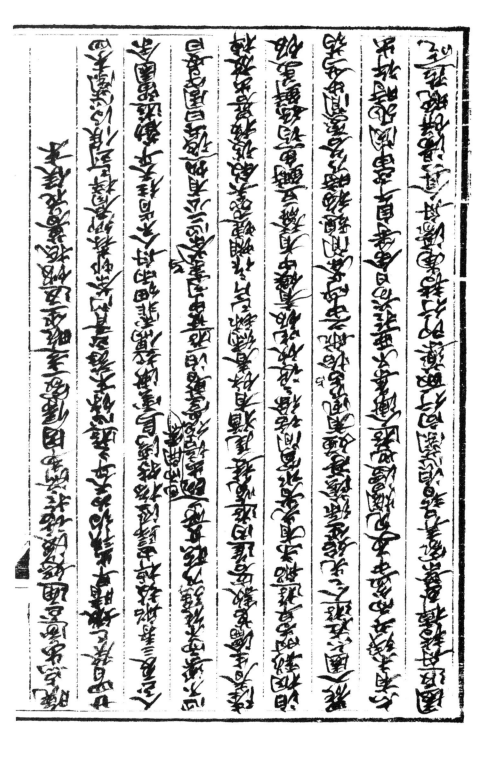

園返舟鼓棹至桑家壽且暫泊心蘭向行取藥即行鼓南濠舟人食湯餅晚遊吃

過龍據胥門進城合城余往墨古齋取裱件回館得君秀昨發信

廿五日甲午晴乘轎至錢瓶巷顧艮菴丈出殯一拜少坐即出又至新橋巷沈書森丈人唐氏親家母大殮一拜少坐即出返館寫虎阜石刻考星象跋三則於幅之上下傍晚步出至匯大寓以所刻各種日記贈之乞易所爲硬面頁伊許之時有諸暨鑑海卿上人在坐即蘭舟至弟君爲諸暨硬面合景適有閩縣墨古齋法帖店人來又取拓本多許連前日之十一種合取二十四種携之至孫朋家不值遂返則孫朋來余館亦不值

廿六日乙未晴明和暖勝似昨天伯韜出視貸岳母歡誕祇課伯寅出題與之錄焉曹石刻虎阜石窗飛跋於拓本兩幅上並用字本後之作後君秀信檢點

昨携归拓本汰去七种，傍晚柚生先生又也属知其今宿起程赴锡山，能为
未归与韫甫晚来，谈出狗皮护花街，乃途遇野朋，盈里古斋又逐去七种，亦嘱遣
象两种返，迫暮得仰姪廿四日信并洋五元
廿七日丙申。晨，甫起，蔡邨来，先往东园，余继之。吃茶，与细谈，偕徐钱翁先後来同叙，小雨
而散。作札致心兰，心兰适来，未逢，遇之，谈顷去。乃作札致群明，又札致蔡邨。饭後，熊人来
久谈。饭。今日所谈，皆为虞山旌(?)遗事也。适虞山姚芝生为采寄余象笏、萱草油两物，
分半以贻心兰。作復仰姪信。自午以後天雾。抵暮，程纪常来
廿八日丁酉。晨，磨墨展残，欲书。心兰来，同往东园吃茶，遇季和、心余诸人，谈移时
返寓，对三副。饭後，恂卿来，吴子周来，久不见，叙谈。心余移四梅花石刻拓本卷示

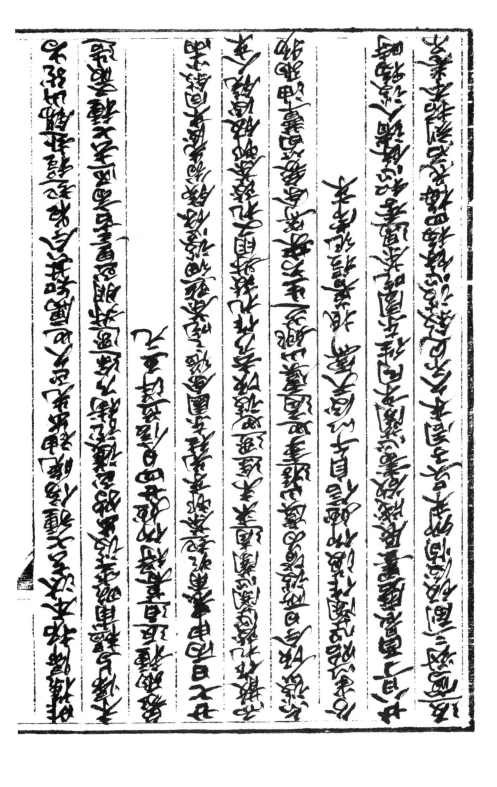

署姓名王葆吉女冊有譚君船天成無幅無訪余不知何人也問於陪客之
次文寫對四副答余鄉姑朋滴元三處字條來滴庚帶到鄭寓十五日郡中信
傷晚心餘又來候心蘭看畫攄暮不去乃去看畫留其詞
廿九日戊戌晨作致伯兄信款寫四月朔日朔通泰鄉遣人來去須昭早動身遂以原字
送妹朋閱順以錢信交敏德余至道前街西天寶取定做之棕鞋返路遇心蘭同去觀
中觀程留下之卷冊旋同往其園晚至泰盛遇心餘偕筱莘諸人稍時返作復鄭弟信交
通總收拾行裝申刻少初來約赴虞山伊須朔日行也
三十日己亥黎明起束裝並心蘭行李令一人擔之先往閶門半塘遇舟朋亦令人擔行李
出閶門至滸溪坊心園與心蘭會齊本莊學前候待朱熊和常熟船放來上行李移舟惟

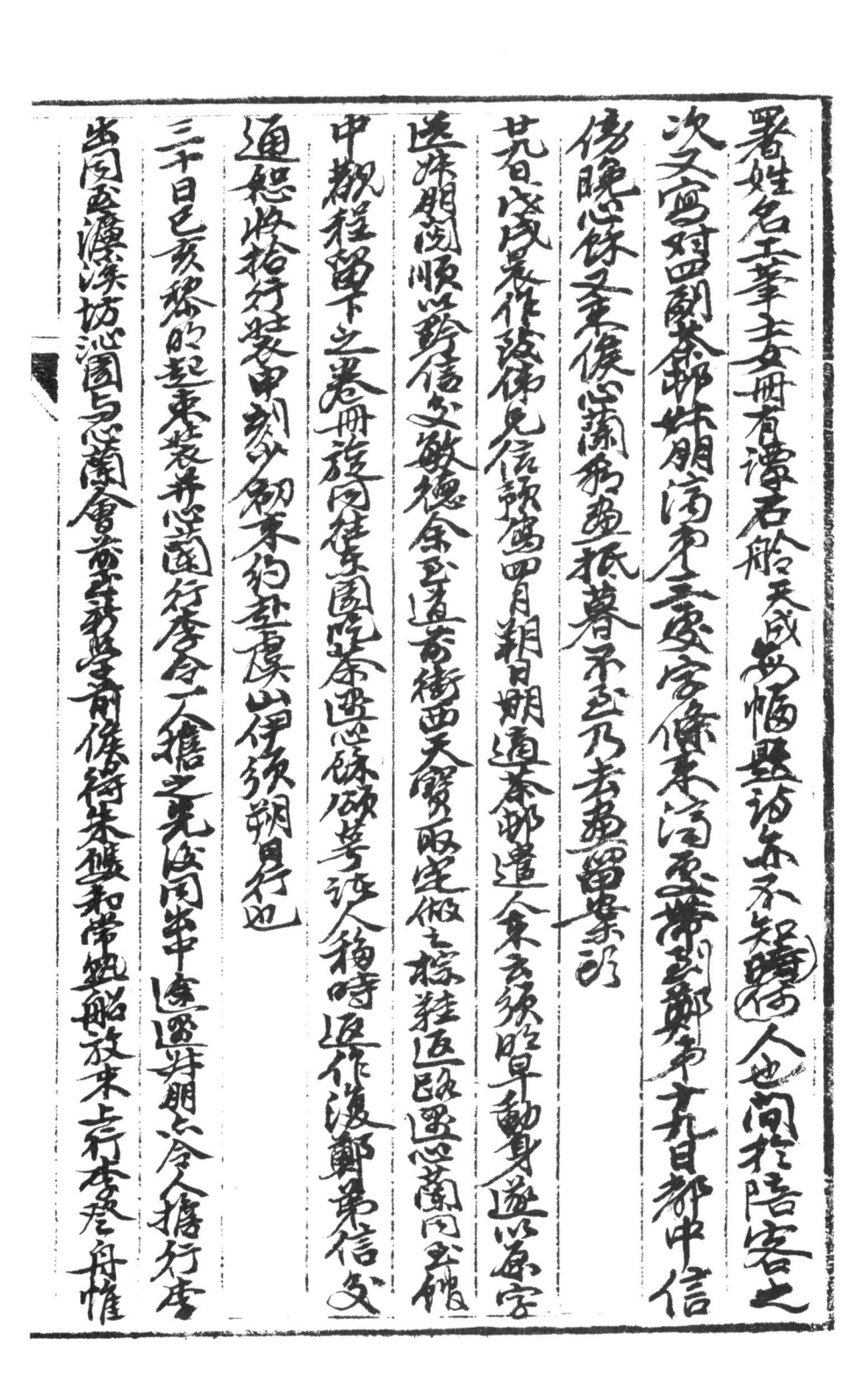

茶鄉未至，余料其在家候舟子來挑行李也，遂還。舟子往少時，令各行李同來，既登舟，即
解維由婁門出，時雖不早，喜得遇順風，張帆而前，自陸墓經長涇、蠡口，抵黃埭，由半程（吳）
舟中午飯，又進其程，酉初抵虞山，泊西門內，遂併行裝至石梅之繆太僕祠，（高士曲折亭榭行過）冬女蕨有
室兩楹，四人分設榻焉。安排既定，下至山麓抱辛處啜茗憩息，抱辛在指辛峰而言
處是我輩設枕石軒，尤寬敞，後臨池，冰若、葉田二印發天池、尾池也。坐至夕陽西下，
同由讀書臺出，（俗稱藏王弄）至寺前街飯店喫晚飯，返至石梅，燭炧光兩寸就睡。
四月初一日庚子，同人皆早起，盥沐畢，即下至枕石軒啜茗，（同理繆祠張山亭墳樹間擔若畫圖）後同至寺前街吃麵，余捎
齋吃麵，歸至城隍廟弄訪錢少甫，入其室，少甫出見，後與同至枕石軒（閑），虞山諸友知
我等將來，昨日已多至石梅問訊，今則姚芝生、程伯陽、陸雲孫皆得遇見焉。時朋與余返臥室

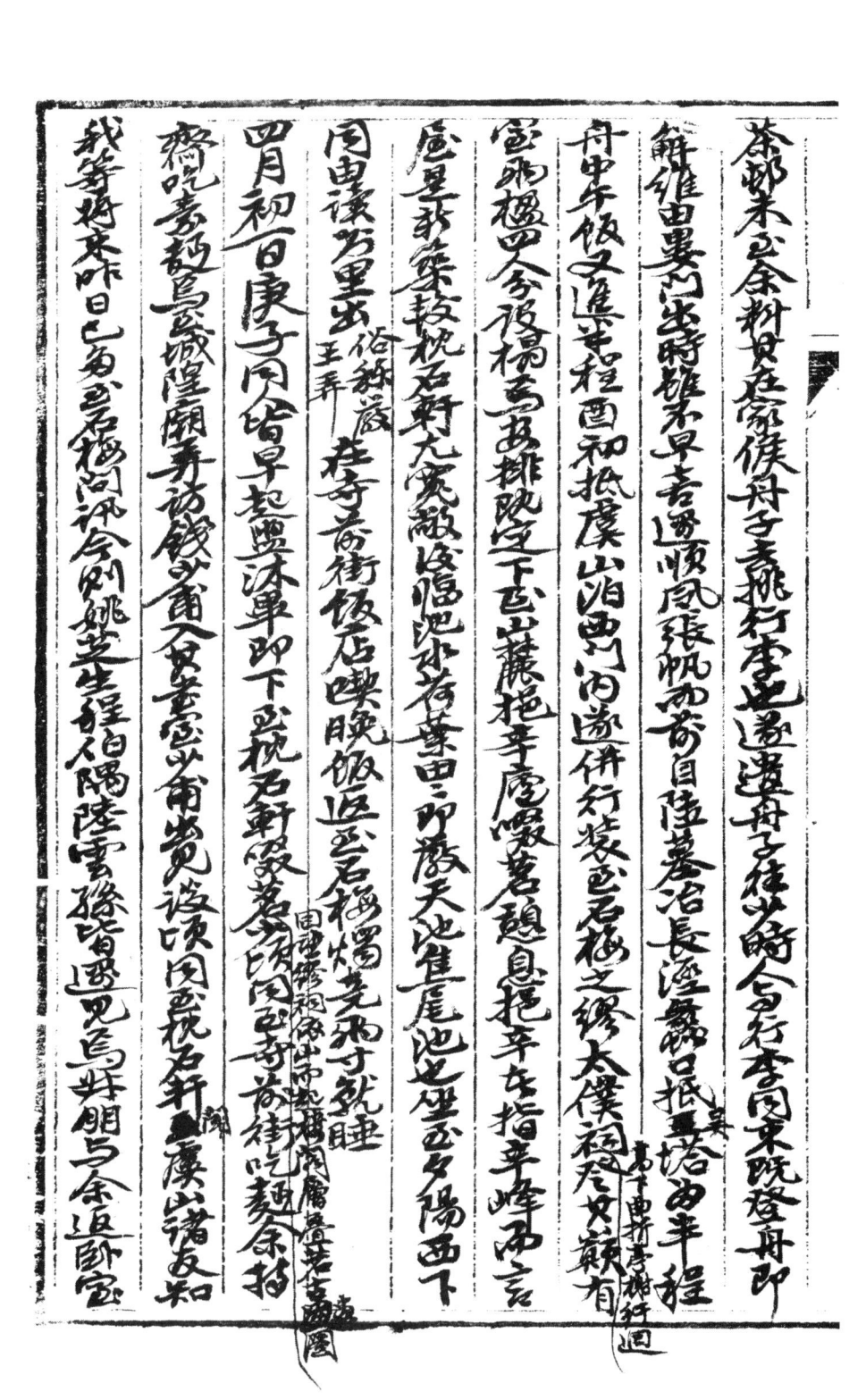

伯隅引至映雪小築本孫姓所居已三易主中有池石亭繞林亭綠樹濃陰映於九廊階前紫粟花開有紅白紫各色紛披可愛

減衣小憩諸公邀往廟若然食午飯同往入則回廊曲折有石有水綠樹環之堂甚幽
靜設席其中我等四人六翁曾芝生伯隅少甫及少甫之友六人圍坐圓桌談讌甜暢散時
芝蘭妹用倩伯隅爲導遊城隍廟余與茶卿在雪中天喫茗候良久二人自廟遊畢同
來並有芝生與其婿沈公周相與敘談茶卿由漢來不見翁仲一夜傷晚散閑少初自蘇來
邀回石板三元桃石軒少初著來向晚同返祠中留住伯隅晚飯在窗舟中文敘伯隅與
茶卿夜闌深並有儀叟西廂曹恂卿亦有蓍飯並留宿焉
初二日辛丑晨陰晚與恂卿茶卿下山在拖辛處吃茶忽有陣雨池中荷葉瑟作聲
俄而雨止斷珠的礫可玩二人同至嚴王寿日麪店吃麪恂卿仍往二人返至拖辛處則
少甫及其第三郎來會芝蘭妹用六下來未幾芝生伯隅皆至俄頃石筱良偕其弟

姓四人來，六哥昨日郡城買棹來山掃墓也，彼此叙話，時時不絕。是日西南門外湖田一帶有競
渡之戲，姚程錢許君備有一舟相邀出觀。集議將行，錢臣許人先去，餘漁少存與少初及三
君同出西門登舟。舟中先有伯陽之外孫公周之郎通與少甫之郎，三人相候，我等合有八人，共
約十三人。舟放至南門湖面，寬廣無際，時德晌午，遊舟漸已東泊，蕩漾其間亦無數纔焉。冰
窗後席六人進飲，三人別在頭艙小桌坐焉。芝生携有畫冊出示玩賞，少甫亦携吳秋
農之湖田小景卷，對景相賞，并屬相題。席間歡叙良久，分撥就舟，欲來未來，遊船
分集，小舟過往來更如梭，纖纖兩岸，樣棹雁行，相序而相望，中間又復蟻聚，波路遂為
之塞。至有擂檣者，勒各不相讓，推移發力，跌而遠之。聞金鼓聲，知龍舟來矣，則南岸小舟獨
出其間，先後衝尾凡五座。余於二十年前曾來此一觀，記有七座，其回旋戲舞之勢，彷彿在心目間，依

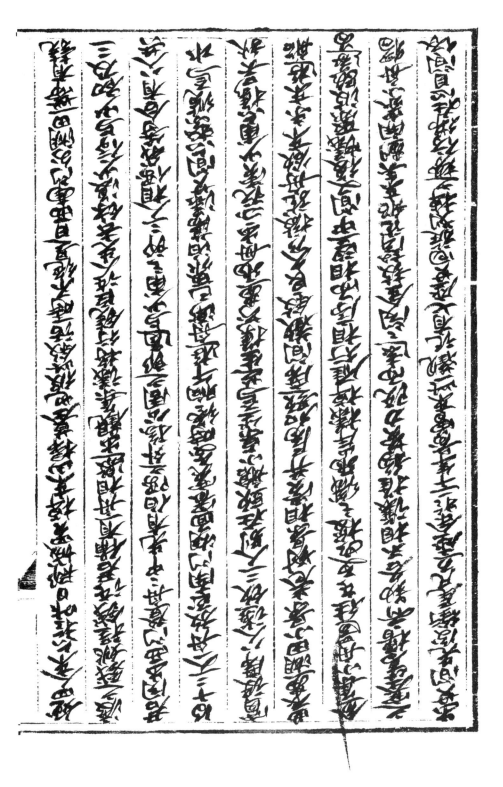

錢臣來，在錫祠，与子少初談，徧歷祠中境界，抵暮去

然如昨。因觀之顧子山丈、汪秉齋兄、潘兄之、汪家甫皆下世，即余甥汪一琴亦早逝，今惟余与爾士在耳。左舫右舫，他舟亦罕相識之人，既而錢臣等駕小舟而過，招之登我舟，略談去，悄然以櫓舟而過。良久，我舟亦行，舟擇而南，所謂小湖、四橋、大湖田者，鄉邨風景，如在畫中，蓋即秋農所圖也。天氣時陰時晴，雲氣開合，與綠樹晚煙相映，移時始而北，復過競渡之間，猶擲奏未已，掃益雲快，捨之而發，仍泊西門。余登岸進城，循虞山之麓，少初指點古廟荒壇頹垣叢莽，曰此昔之致道觀也。自麓至顛，有道院、雲房數十所，地占山之半，其中文星壇上有古檜七株，今皆廢。若其發於者，後振華峰亭之東，過下石亭，為雅集亭，乃一角園故址也。返至石梅茶室，門皆閉，遂登錫祠，偃息移時，晚飯後少待即臥。

初三日 壬寅 晴。趙次公不與於舟之會，以札相邀，於今日至其北墅一敘，余卻欲東，獨不

赴約偕三人倩緣壓紀綱偕籃輿三乘先至發王美足趣返於抱亭庵吃茶候的舁夫至余與志蘭并朋乘以出胥門天色微晴穿綠楊叢中雲日輝映徑往三峰古寺寺名清涼拾級而登歷殿宇入方丈問藥龕老和尚適往郡城踪跡相左少憩入後堂登閣恩閣觀其架上藏龍門經并明錢謙益大略先生方丈嗳乃一老僧涵成陪坐問年七十有五矣余留一字與藥龕行出寺下山過靈福寺訪問邱寺尚遠始一間步道旁有某氏家祠入觀之聯云策宗子孫時以蒸嘗風雨有基留懷惟在余是孩苦而右有樹木山石亦觀室三楹旁有憩聯集唐人詩字云古木無人通曲徑山光潭影悟深禪又有聯云池北溪千層增我草閣東風趣園林依丙舍祝君家有到雲初出後乘輿西次仙家芝生少甫已先到在古春老屋中飲設觀書畫卷册次公子世兄先德曾廉先生虛詩一作奎昌畫

次公云尚有一卷在吳
昌符入處

扇頭卷子共卷子扇一卷皆題跋已散失一卷只有翁梁平沈公周稱題次公因以屬余又
有陳眉公自書梅花絕句十二首一卷向曾有畫已失去今屬恩蘭補畫一幅亦屬余題記
少時設席看饌與蔬皆佳酒尤鮮美惜余三人皆不能飲惟佐以清談良久席撤徘徊於
庭樹之間一樹一石迥非常品次公又邀至後園梅林有梅三百餘株已花實陰陰梅頗茂當
户深閉惟舊山樓上露梳妝牕因可左右可望四深處有趙氏祖墓四面大樹成行前臨溪
水因見舊門上四字曰斜陽翠柳蓋切趙姓作歌語耳回至賓燕堂次公取閱西少歷軒吃
茶並出先祖舊五十八人所坐籃輿見西少歷軒次題少甫出行經石闕登小樓可四望頗風致
人君語稱時分道而散天時尚早進城至胡氏家祠其例户厥曰開來少之入之有國亭宇景
物舊毀舊迹惟存有家眷居住不得入向去石梅直造卧雲略憩後出與群朋偕行遊惝

卿各偕行至寺前街入慧日寺，至寺前觀玩，即出買酒食一席面，余兩三兩，妹明兩六合洋，明元錢二
百文。妹明欲購楊瀚變招本，寄至局，問逢直至縣南街，實義銀樓內問，得兩出許多一一
披議。余以時晚先行，歸已不及，徑趾直造局所，幸未曬黑，而甚苦已甚，坐侯卧稍時，妹明方歸，茶
耶已與伯陽偕送一舟，明早將歸矣。伯陽又留晚飯，與茶耶暢飲。

初四日癸卯，黎明起收拾歸裝。東甫、充陳、景元、舟子三人來挑行李，四人留守，辭別諸公，乃向
少郊道謝。道別，行三里言，少卿送至山麓，余等仍至蔴王美口，吃麵即行。至橋頭登岸，下舟啟
棹，舟子煮有粥，飯吃之。出城而南，天值順風，張帆，天如人意，而風勢愈奇，日尤好，四人促膝閒
談，更為快絕。直至奔牛口，乃午飯。茶耶略為沽飲，旁暮未抵郡城，申初櫓過滸墅，登岸，分別行
李，令舟子分挑之，各自押着行。余同平陽，飯中業頭後仰，接知十日來信，披視，知貴弟子牧姪眷

日巳刻陪東之貞學弟因途中勞苦患病頗甚張余趁時早遂往問之先至敏德堂張房

爸人收寄出後門過丙寅户公分坐良公老弟婦在此即見面問之知已向愈少坐由後門出天

井巷見良弟於内室問病係積勞受熱中有溼滯氣阻以致腹瀉神疲嗣發身熱服

藥後汗乃透現已熱退而瀉止矣因談途次情形署中事務汩汩不休首尾亦甚周至晚點

談良久乃出返館入夜假寐至殊甚疲就早睡

初五日甲辰半陰半晴在館養息披玩瑞歸之手卷仿佛後久矣某某自錫山昨日曾攜

我矣談移時去作復仰蘇信即發傍晚聞虞僧雨病於吳署西卧次見之

初六日乙巳小雨霏霏心蘭來同至東園吃茶遇花侯知將有閩中之行談頃余先返館出幂

歸之三手卷上詩句題記以存雲煙過眼之跡遇錫侯弟來談傍晚夢梅來談良久同

陶

出閶步至廣夫處遇頡鶴逸及雨田上人雨田寓積寺住持也能畫問以三峰之藥龕果在蘇城託其設法為之入去廣夫偕余等出吃茶并飲於郎君之錦鳳樓頭敘話至暮散知林鵬曾來余飲中

初七日丙午晴暖巡蘭來仍偕往東園吸茗閱今日要聞云有賽會極盛觀者舉國若狂返館得鄭庸廿五日書即渤復之濟弟午後又作致君表書寄鎮洋檢郡志查常熟古蹟家墓第宅園林諸事

初八日丁未晨至古堂謝益卿來所據之件皆無子孫余遂出西久也廣不值至寶積寺拜佛見元配陶氏嫂七十冥誕也憩至孫船家得晤知次公來郡廣翰卿處因作一札致翰卿為其欲致次公於午後也候余等往見人同

得復札云汝公今日赴縣署已約請明日爲期余還至寶積寺吃午飯遝
硯廬軍帶到鄭子尹說文逸字一書飯後携之至井朋家内約心蘭來返
候之不至姑至廬天家看其作畫少頃心蘭果到井朋即請其向去形状
叢書之脈屬余候之適益卿至滬家觀其所携余所三種爲稱時心蘭
井朋來招余同至飄鳳臺吃茶廬天借其高邑劉陌青總至陌南以新
得順陵殘碑拓招本屬余題記并携之返暝已甚晚矣
初九日戊申晨出先至茶廊家已他出未值見昨日王生來信余留字而行徑至
大太平巷徐家晤見翰卿即見汝公敘談良久形廬天井朋來至余將行翰卿
留住已而二人來翰卿知縣署將其已備酒肴余益不得行乃設明持齋將

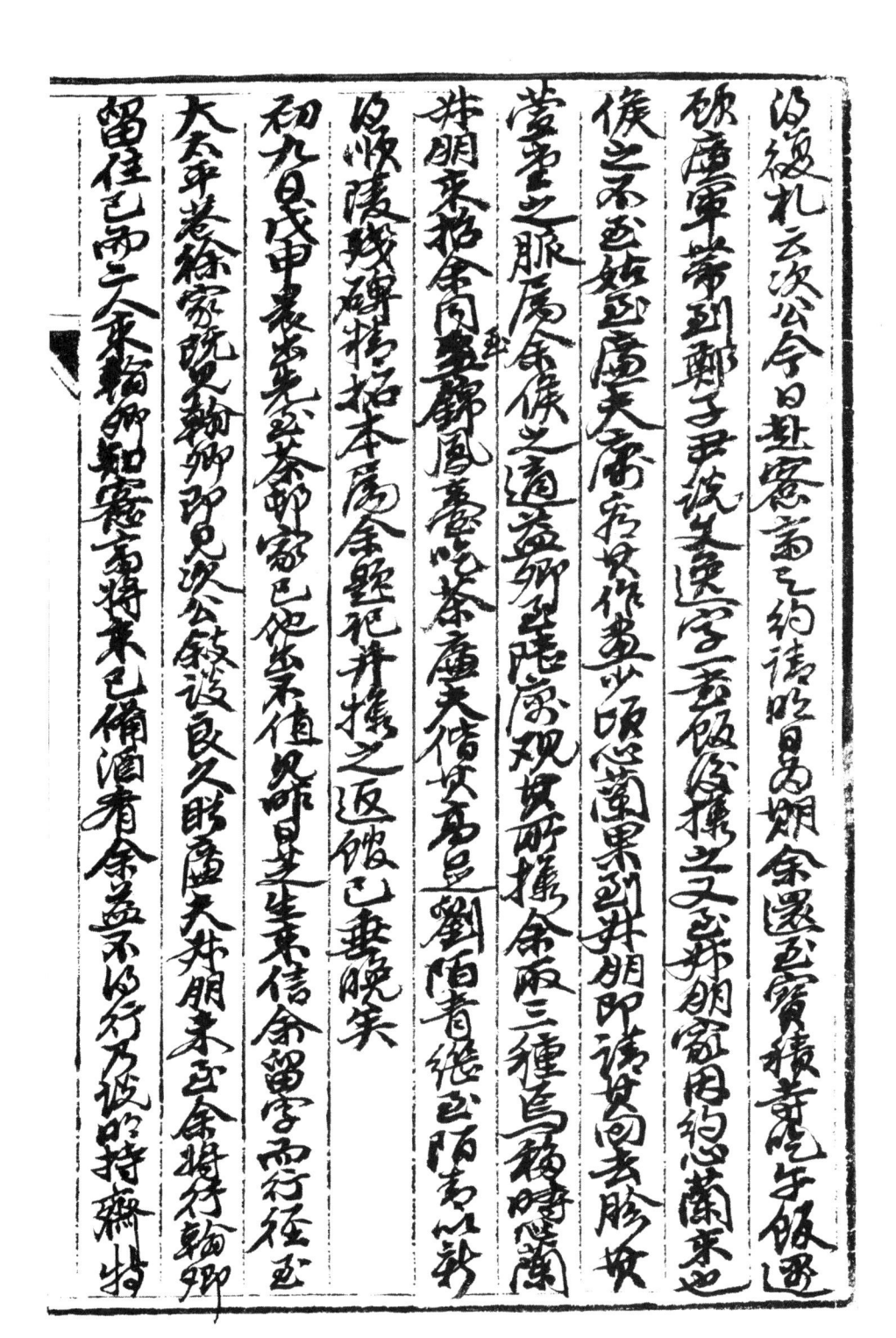

添備素肴偕丙憲亦來一同敘談至菲陸書名畫吉金樂石之論午刻小飲
諸君吃炒麪余獨吃飯席散又閒話片時汲公將往訪碩若渡憲亦將往訪
楊藐翁嗣散余與陸張二君同出訪朋欲至學古堂同往見胡綏之雷
孚甫眺覽其間出至滄浪亭盤旋閒步同出欲療渴至畫家楊西齋
園臨流眺遠憩坐移時乃散余返路過怡園家晚飯片刻己飯書擬得
順陵殘碑跋一則向暮饒臣來談
初十日己酉晴暖晨恭郎來結分遊滬之歟知余將出談頃即去芋弟來又談片刻去
乃乘轎至獅林寺看畫禪寺拜補之四姊四嬸八十冥誕略坐至東花橋巷弔徐省甫
之喪回至敵德殯盡九房五姪女出嫁儀奩贅午刻新郎馮芙初曦欽親至午未刻合

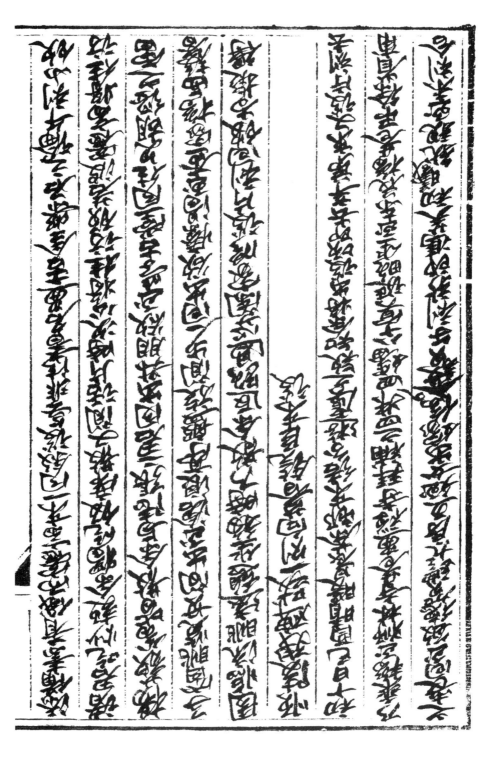

雇人舁余留飲吞酒而出返館改課作倦晚起出視亞久也感逕見僕知他出中途折而東至璞朋家談頃返

十一日庚戌晴暖有梅雯天氣云云余磨墨寫少初為其各件晌午璞朋來約余買小舟泛虎阜塘就盛家浜水次僱之移出金閶在渡僧橋上飯店吃飯昔泊後行抵怡賢寺外泊適有西山土地僻餉神會觀之是日次公蹇高若波翰卿將駕舟詣寺訪雲閒上人孫琴耕知之故根執聽琴堂若波等出寺門觀會相見共入禪房則僧有若波之郎澆等在焉而云惡蘭知其因誤傳於行也繼上蹇高若波合畫紈摺扇已竟問琴台已孫矣略坐諸公出茗點盛餚余與璞朋留此請雲閒琴西教梅花三弄兩三終閒談有雲閒之徒號頂峰者來閒話琴余尋文懿之頂峰為教冰

秦膚雨之不盡是日大雨赴于我家我彼中不知竟未往

得合楊楊曉信本城有吳蔭培汪鳳梁浙江之居蘇城者沈衛瞻捷

仙槎一函与兩王文敏稿詩意二扇擬有元琴因失修傳例編氣不能登余等一過搖
摩觀其款識若王西文紀亞正年若波又東方餘合皆返舟矣諸兩君亦同
坐作後歸設遊別雲閒並彼舟放歸令我小舟尾隨于後山塘沿岸次公返舟云來
今夜即回蘇州也西際龍橋分舍等返小舟進城西劉家浜口別林朋歸家少頃出
西申衙前臨川府設飯同座余康清嘉坊知君秀已歸自奔山旋遇他出遂與
臨川啜茗於如意軒并晚飯知君秀寄來錢前亦當來
十二日辛亥向曙閱兩卷返寓行裝試場兩作恰入場時館中並試者四人余獨
坐去寓錄唳陵殘碑一於帖後巳刻君秀來設頃往東園吃茶同敘者銑臣
名也並臣並入圍坐長談設將午飯飯後雨漸密雪汪叔邕處去使面一葉兩大下

習他作書筆隨雨滌，已而墨汁盡，遂枯坐。晚氣候稍涼，去昨遠甚。

十三日壬子，雨勢似過，移半向晨晴，霽益雨。與考客々進場，出場為候，抑亦奇矣。早點後，過蘭家問其病，若未全愈。復須至西天寶取歸定鞋，返飯後又出，至屋夫處，交還陌喬冊，至姊朋家交還恭邑扇，至敬德步坐，還寓，單夜飯，考客方歸。問其題，首雖無文王猶興，其之家次射者正己而後發，詩添得黃鶴四五聲，得聲字。未冠首題錯諸柱，其峯柱次詩同。又打聽得長沙題，伯夷拜齊其，其我未冠謂柳下惠少連，餘未知。元和首題古之人得志，次欲得不屑不潔之士而與之，詩都邑正喧收花得收字。餘未知也。未冠子夏曰可者。伯雲錄考作出閱之，文觀仲雪之作，初次觀場，未免甚見助之。伯韜被馮氏接去，未回，傷晚。其妹長補之來，君壽來

十四日癸丑預作明日答偉民信君秀札來約為留園之游遂到其家中取齋余
少停赴之已則為之畫他人候良久已是飯時君秀具飯同餐飯後乃升刺
方啟出乃有高壽君來遂同行至胡會之家孫君皆君秀同事也既
會齊偕至擺渡口僱定一舟四人坐之徑出閶門往花埠浜內停舶不多入
園遊人亦稀為胡六公皆未曾到過故園中從容稍時啜茗於六宜居
坐而行之而止三周乃出返舟搖櫓既進城泊廟橋西大觀樓下捨舟
登岸啜茗樓頭並吃晚點又多時方散返館知楊朋曾來上燈後
又來云往訪冷香歸也夜次留晚飯步月而去
十五日甲寅早起出先至敵德行交寄黔信即出至宮巷桂芳閣其茶部

不見蘇莊祠堂須出再出桂芳閣見壽畦丈邀余却未到茶館已往山輝堂
去乃此帶出之件託壽丈交之即行赴君秀約在廟前萬象台已在樓中
並有久無與爲復卿稍時散遊的非用來快談稍晷與君秀出別過養
竹居錢振庭店查利銀否八言對一兩請照價錢余即行假後硯庭姪
來論設硯去傷晚出看石盦交還鐘拓本一幅余摩挲多日疑其是
贋罷也出吳務署前候出案在已須二炊間余出甘簃家談片時返
晚飯後得案出之信
十六日乙卯晨出看小案錄中四人皆覆出府最前伯棠家後共招四百二十人
出臨川館略談出君秀家談次以付禄之件託余交手民回出鳳雲處邀許李

和少焉臨川至敍稍時余先行以君秀屬件付墨古齋返館餓而林朋來坐
未幾適館中將午飯見之遂返去飯後檢點碑帖消閒半日申刻乃出至心
蘭家問病未痊談次以自家欲裱之件託其付人務出至試院前先至
厲所陞宅樓頭見修織三孫衣聽息坐移時同至試院中見紀綱所樣之
桌撥桐伯亦在余園園閒步乃坐號中移時伯申隨考客五人至場同出
余欲歸姑至滙漢坊泌園小茶點余先行返館　為介石札致諸弟
十七日丙辰陰晴兩適孫試和復進場時晨塵墨書四行屏幅又俄延而
出天陰擬傘至敍穗少坐乃至錢公祠家談移晷同出茗敍良久散余至墨
耕厲不值回行則已返於途草草俱返坐憩伊有友人屬余書一扇一聯俄有

呼名而入者沈芳衢也余與高騤先行返至敬德午飯飯後至姊朋家不值
留字而出天時飄飄雨止且遂返至飯即將擬同騤高書一文寫一聯
雨洒不定迨酉刻乃住試吉出街雖有乾者就乾處行行至君秀
家後送返途遇久也略談
十八日丁巳晨陰氣甚茸君秀借念芝來略坐同至東園茶敘散時念芝赴弁山
諸刻焉寫錢敏肅公祠中碑叙四件又所臨論坐位帖數條一皆錢肴之來書也
飯時知非蒙試題長焉秘擊次聽德惟聰詩耕田欲雨刈欲晴得田字元貫次辟地
三句次伯氏吹壎二句詩連山松柏皆手種得山字吳則人皆掩鼻次無輕民事惟難
二句詩桃李無言得蹊字飯後伯雲歸即入塾錄考作閱之伯韜來往冯處未歸傍

晚鮑少愚來晴雨飄洒未庭阿姚以伊之語改修梅緣夢梅有笠澤之行矣遂返寓

暮久也來談同至東園茶敘上燈而散

十九日戊午晴雨一陣旭日三竿矣寓登姥芝來姚等誤款七言對一副卷所居人來又

有錢伊臣屬寫之件送余庚寅歲對各一通已列拜用借胡友陶仁伯來有迎舟之約儀

久迎來此同行頃之不至乃先出胥門俄而久也尋至遂同登舟放至閶門暫艤候舟子

請君秀介石及何新吾來姘朋之泰祝舟開向山塘泊張忠敏公祠下入桂遠之櫓衣初放荷葉如

盤殷君之間議欲夜擁翠山莊遂出祠前行余悸寸及高孝芑山方開竟登之至問

泉亭雨總祝君皆上靈巖精舍余徐步返舟往斟酌橋邊不多時諸君亦返艙中設席

飲進梅戲數番酒闌同棹泊吉身烈公祠下入柱遠之風景此張祠彌萬於平臺陣

雨驟至，憑欄俯觀，荷珠璣碎，亦殊可圖。雨旋止，有他舟二人、小孩誤墮池中，失足落水，幸即拉起，亦可笑。舟人爲煑豬餸，爲移時返棹，行至閶門暫艤舟中，晚點燈火，同人欲閶門登岸者四人，惟初借出之三人，鈞至晉門登岸，天色昏黑，雲陣合而雨勢濃，幸爲未來排[illegible]。仍同後余至飯後頃雨作，借笠提燈而去，始見伯韜等作

二十日己未。挹來，雨止回家，知厲復棨已出，伯雲與玉屏俱到，三圖伯韜在三圖共拾二百人，害錢伊自爲伴之者，又對面傍祠廳觀三面，得見梅若信人回處，又來，因雨漸漸，灑灑二午後暫止，晏暮，擬往寓所，乘轎而行，雨止大來

廿一日庚申。仍雨，且不止，不得出，孤坐書齋，令人湖湘札致君秀，以昨寓所贈之承安書局午後即寓所送來，益亦雨窗之幸事也。傍晚得鄭弟初十日信，即復

之文清本閒時成錄少宰屬題西湖春泛圖趙次公屬題吴曼華先生畫扇卷
七古各一篇振甚泐仰兹十八日信並洋十四元照信收到
廿二日辛酉夜來雨極大浪浪不停晨飯中接考之僕歸來告云天明方出場先
鈔題目來子昂求諸君子已三章煙篆賦以留煙輕颺欲成文為韵四月秀葽
詩夢學龍渡散荷盤菱鏡蒲劍秋針七律各一首想八題全作故耳做
後乘輕陽氣同三恒作文賦試帖之題也於勝於會賦而作難從詩者勝出規
之文皆好似前兩場賦後初次也甚難得又問知長洲題喜富貴亞君
子無入元和題惡在其為民父母也亞雨我公田餘不及記余又撰題陳碩
公梅花十二首吴子詩絶句五十首作復仰兹信即寄雨乃竟日入夜

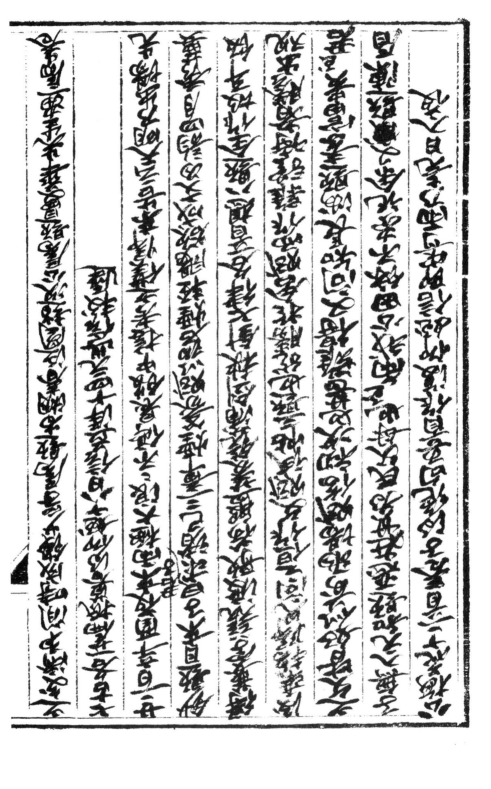

廿三日壬戌晴雨止晨起君不能出少時旭日驕明階庭漸燥出外踏
陰惠蘭家問其病稍差而未愈略談取託穗之件返繞所懇之爲觀花
梧本兩幅建霞篆書幅無而梅老來問之目錄出去飲談借出返
君希於門邀其至東園脫巳不在叙談稍暑及午梅老不能行因與
先赴令姪躡家由　先大恭人忌辰設供並藕氏嫂生忌也在家佗飯
後兩丈談至即返飯後孟旭見大明熙劉詒孫宴煙課子圖稀時庭
階仍燥因復出談梧傳見信中有續致君寄語特到清和坊不
值出訪雲易衰巷又出原太谷梅老亦不值出叙德坐移時同路遇
屋夾衡人不坐憩乃返繞知業已出王府基伯雲四十三其發九十以入衙稻朧

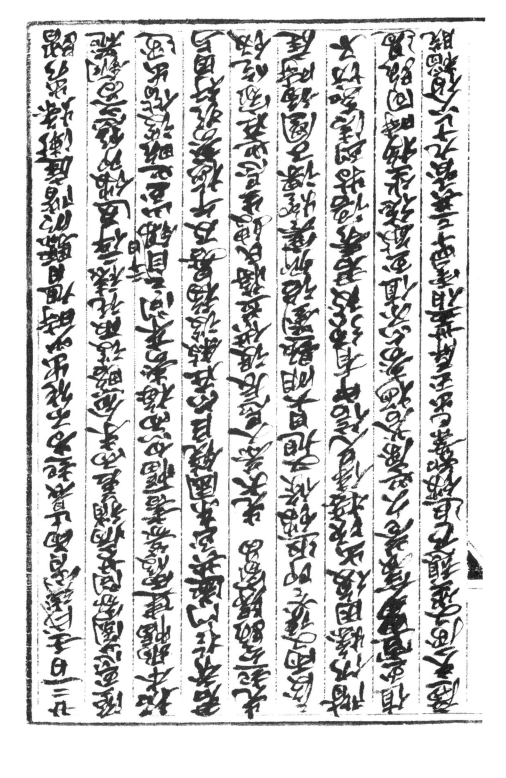

去歲日黎明招至署中聽試蓋三覆完事矣

廿四日癸亥霽晨至茶郵家不值留字而返作札致君秀同札云下午晤談甚歡

即出云范氏竹林約往儀鳳遊借桂四人倡買設色晌午散托伯申買竹布合

飯僕磨墨將前日所作挽秦慶雨聯謄寫上傍晚出至吳署知教

過題排宅門仍閑文題而吾忠之全體大用詩題業精于勤以精字立

候少時乃教二排王屏伯雲均出場余遂徐出同飯是日得臚唱佳音

知吳穎芝一甲第三名探花

廿五日甲子晨陰茶郵來設同至東園吃茶稍時返少停旋出至百花巷端

卿弟閑表盤桓少時同至君秀家談頃復卿來共談復卿去時君秀邀余

茶敍於郡廟樓東春園樓北窗可眺望頗暢坐良久散余已約范
氏竹林觀劇是君秀因到戲園太早姑至范處出則彼適午飯邀同吃
午飯後久也往貴審局有公事先邀梅壽同往戲園至適戲開場
可五齣始觀至過半久也乃未完場而起有兩細孩與三人分手余即
回館是日閱縣考又有第四覆案錄只招二千三人
廿六日乙丑夜陳大雨晨寫送沈親家母祭幛上字並款以餘墨寫橫幅二共
二百字兩窗還閱也午後得鄭弟信並閱墨一部適張蔭生來有所求
於鄭弟為效段書去後遂作復京信備晚梅壽來談云路過沈處回
儀配以香燭附寶送去順道以蔭少初名侍送去同云爲在虞山

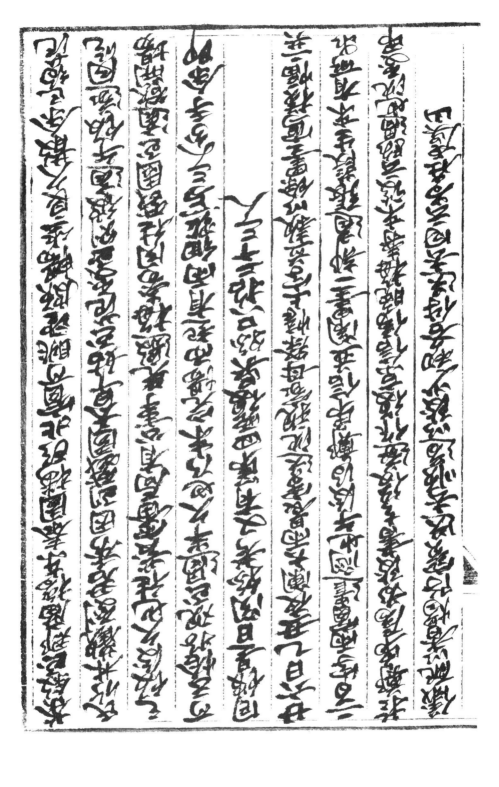

茶

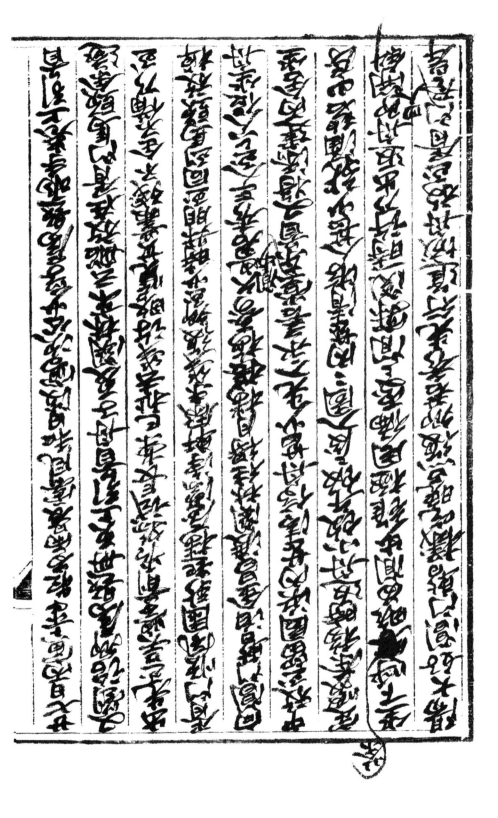

廿七日丙寅 辛程為雨晨霽風和日淡寫次谷少宰屬題手卷上引首
又劉詒卿屬題冊頁上引首舟子及劉漢林來云船放在胥門馬頭余遂
出先至吳學前觀縣試長案已扯去幾許略覽其叢殘不全不備乃至
胥門懷風園歌起樓在濠淨軒啜茶後聯至少時與朋至同到馬頭放棹
向閶門暫泊金昌渡劉漢林往留月樓接潤梅齋及晚君秀乎今至六人從坐舟
中放至留園從內甚清佇舟甚少先入承善堂茶首又將添建內舍坐
定啜茶移時返舟小飲午飯二度入園二內甚清游人甚少就涵碧山房
坐下呼□晚曲間步雖極周徧處上閒舒啜一時許乃出返舟即開斛四人
陽大好閶門暫檥吃晚點後卿君秀先行進城舟放至胥門泊岸

進城後與范氏竹林分路，余與井朋叩紫蘭家後門，入問其病，已向愈，談頃行，與井朋分路回館。

廿八日丁卯，晨寫眉公梅花詩手卷，引首奈鄒來同至東園，茶話時向墨耕索取君秀付裱件，猶歸適晤君秀于門，復至東園，適季蘭會了賬，稍付散，飯後出就字課，余又寫題梅花卷後詩五絕，又寫公孫對，夜飯後又出至彩德坐，至墨耕處談次，談及要鍾植塗手，案頭取紙為之作醉倚酒壺，氣勢鉤墨賦色，頃刻而成，稍候其乾，捲而懷之，至錢翁家，適欲往觀前，因同行，錢翁往藥鋪，約于海夏館，并赴墨耕之約也，錢翁隨後至，墨耕良久乃至，旋

散步至敏德少憩遇佑之姪略談返館天燥風甚精神稍舒
廿九日戊辰晦雨及晨勢減而未止寫題卷題冊各詩俱竟晌午雨歇地
漸乾裴漢家送[illegible]件來法帖家送碑拓來已而又酒雨梅春來云出門
時未雨也談頃同詣晚蓮冒雨至東園云久也約自他所返到此候良久
不至甫還僕人送粽糕至梅春齋之饑延而散是日預作復偉兒信
五月初一日己巳竟宵大雨勢若傾盆晨猶瀉瀉不休喚轎出先至敏德交書寄點之
信至蓬祠與族中人坐談時覺見譜弟因至其家的見偉兒來信付觀之亦有
須改語也談頃返後既讀實多實卷昨梅春云今晚回錫及晤詢知因雨不果矣亦
談頃返館閱昨門生課作後整齋廿五日信附到新刻所著西礦雪鴻四本又

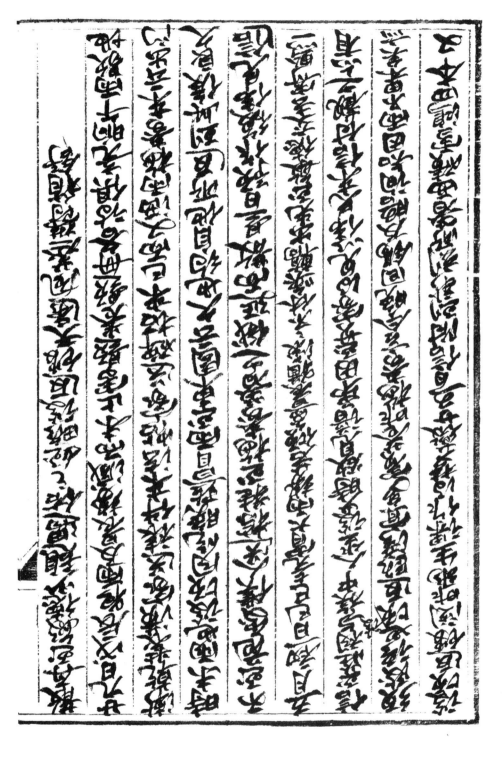

秦敷之 敬樹 小睡 足齋詩錄一本 信中知其有痼疾 殊愴然也 讀雪鴻補 乃西

磧紀游事 述及同游許君 余亦與焉 因屬分贈之於陸九芝 周雪峰也 作古姚師將 敬公東

又他往 王茀卿 葉鞠裳 均官京師 現在蘇者惟尤[illegible]翁 石君秀升

初一日庚午 昨雨 迨晚雨住 夜中又來 達旦不已 沈書森親家母在隆慶庵開弔 路

近而雨淫 敬俟雨止 午後首途 冒之而去 飯前梅梅歸自震澤 閱卷當來晤談 為

所租鮑氏房屋事 遂作札往邀少惠 稍時來 適心蘭在座 余屬那同往儀鳳

余捺不雨 往隆慶弔喪 少坐即出 余至儀鳳 與少惠談租屋事 俟心蘭

閒談 稍時赴夢梅 又有札來 約明早再說 作復夢薇信

初二日辛未 陰雨連綿 絕無客至 作揚補之四梅花石刻跋 為程心餘即寫

於拓本手卷後午後札致鮑周兩處閒寄日出信晚衛路已條邀至鮑
處不值至遂至廣東館晚飯後乃回來到陌青兩交至星野處觀前街為
渡進山門巷良泥濘少坐返由行道回後僕告云金石老弟皆未遇余
不知其存儀園已上燈後君秀又來二弟我以吳粵生來信
初四日辛申晨起不雨又至梅花拓本卷刻首四字茶郎森卿喬梓來有
送府虎阜之約舟子適來先令其預備去二弟同至滄浪亭邀之同行先在順風
樓吃茶二點登舟稍至閶門吊橋出候約顧子文生來即放至虎阜雲台忽
雨即就吉公祠前泊定雨大雨珠飛濺窗觀之水中有大珠小珠無數飛滾其
聲大者如明珠[illegible]小生忽滅以為奇觀良時漸漸止舟中設席小飲吃飯畢

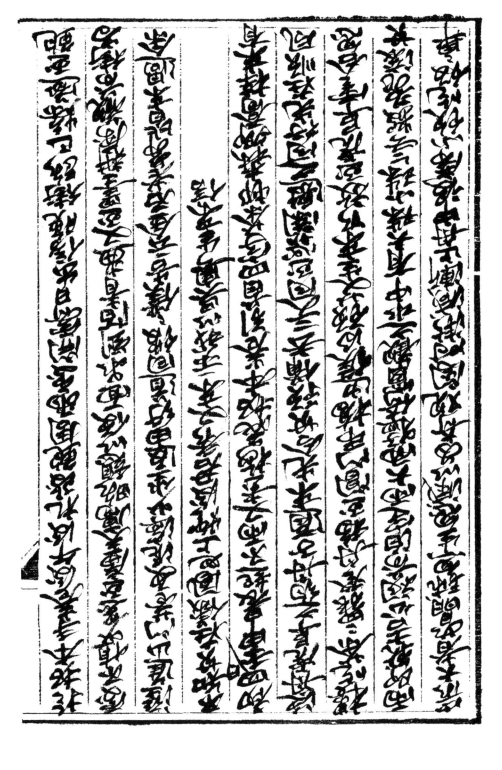

即入祠先有六七人一舟在祠中游玩見大半皆認識後余等上岸甚暇號甚
是渠閒坐後來又有老男少女等五人余等乃登船桓府許出時晴日正好
鵝棹至閶門進城在盛澤碼頭泊焉時登岸参加送交生至草木世家質頭次
兩陣雨後又晴日反覆出城後鵝棹至胥門馬頭登岸人蹤散余雨稍積
院晚星耕處鏈坨歸即錄前日所點甲表詩廿二韻於眉端寫完天暮
雨又疏疏小急來今日已第二夜後閲愛相居事书後得仲姪初二日信並
洋十六元恰好應節用也

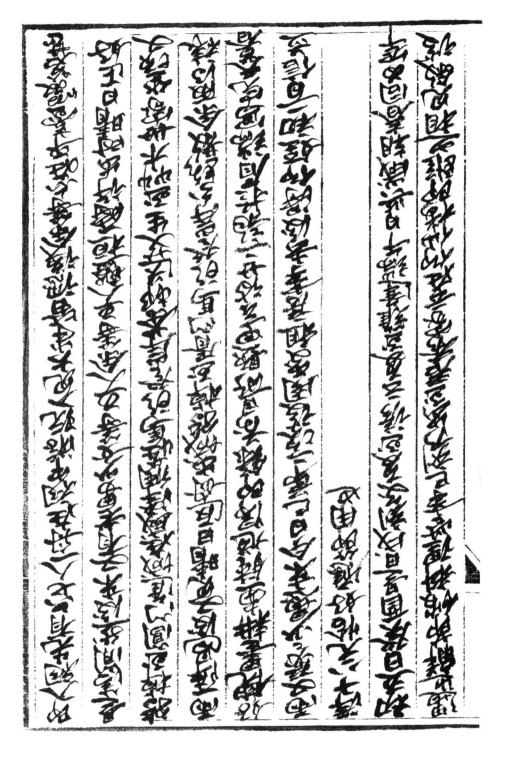

初五日癸酉是日戌刻交夏至諺云夏至難逢端午日此歲朝春同為罕
遇也辦節俗料理些事已刻乃出至君表家吾在仰山樓即雖之相見敘談

散時余歸家又料理節事傍午闔祀　先過節拜並受吃飯後旋出甲
衕至臨川會館拜觀音寺沈露臣館晤宜多處看久也前至護龍街梅君處並
吉由巷拜胡家談頃去樂橋南處天齊遇心蘭并往廣英處為心蘭畫小屏
幅一為余畫便面一天晚返館仍晨札致黃梅抵暮得復
初六日甲戌晨至東百花巷汪氏開弔拜返至君秀家談頃同出余先至
儀鳳訪心蘭在焉遇子庚恂卿詠人良久君秀方來又稍時趁心蘭恂卿至茶
館中秀手卷歸傍晚去年後為鮑家事題安保祖王少寓於端至譚巷並至
茶邨家均不值適雨急返有陳康家出岸後遣秋姬來屬代擇吉見兄弟作
挽沈蓉史對少初之姬吾凝蘭來屬書壽屏對聯晚久坐未同至

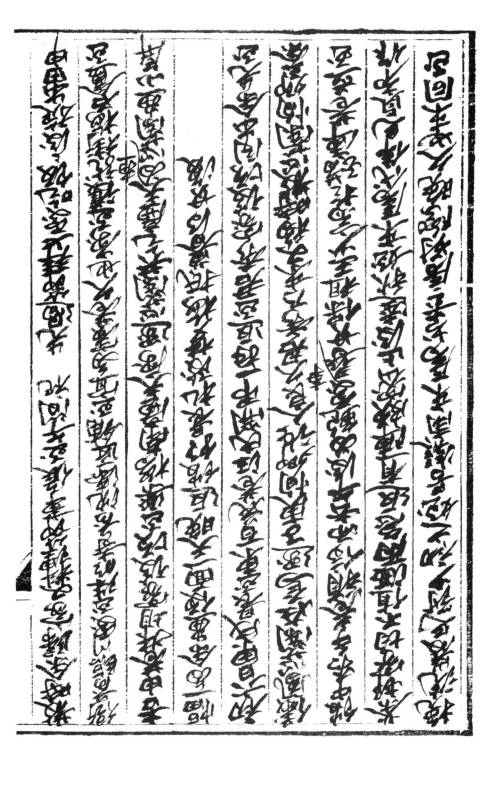

儀鳳茶上炉时散是日得间作復仰乾信即發

初七日乙亥夜半雨作淋浪不已代作換帖簽見联語即磨墨書之句云壽過七旬益見清寒松柏性路遙萬里陸驚鷺飄散棣華春那生冒雨往学中填结請憑派保畫押移時歸仍入塾雨雖有间歇终未见日

初八日丙子霽知君秀處有事先送礼去问所在静安庵因往一拜見設三位问之君秀云祖妣拜祖妣我妣三人均於庚申年避难後亭苏遭殺三十周忌也出城返地溼雨天热去仍汗流聽出其時寫壽木上貼红寿字四作真艸隷篆午後少憩來後改課作傷晚出貞弟家父還寓代寫對後頌無暮還是日得夢薇信并其待家古三多號之稿所書柳营謠

初九日丁丑晴熱柳營設者係杭州駐防滿營自 國初至今二百數十年乃事勢絕

因有首舍按閱之心蘭來同至東園喫茶余携補之梅花卷出擬面交心蘭但候久不至

乃送之其家不值遂返申刻書扇完成之暑甚赤膊作畫撲燬傷晚乃出至試

院前訪盧山錢少蘭屬久而退入明少宰被茶邨邀去係趙息白與其郎

君談後行經試院略坐乃至直街陸姓宅飯中相屬促問之若來至從

尤氏屋中坐憩良久乃見織三往還皆由其後門行至中途乃遇飯中諸

人至屋失同後天暑不能遠風見月

初十日戊寅晨晴明來坐談同出至香山枉邨梅家坐片刻晤君峻若去

余歸家旋至龍游寺和秀木活成包裹堅起事畢至君峻家他出不值至久也屋六

他出不值，至敏德知元吉到我館中去了，坐頃與菊生、霞出同吃飯。飯後香中
不能行，坐歸儀，晚元吉歸來告我，欲陪之去，乃同出往觀前，伊黃扇同入觀中
雅聚吃茶，遇元七墓山僧諾瞿，稍時至試院前存訪夢學，又不值，同至注所，廖李文
舜臧三人同至過碧鳥樓吃茶，憑闌當風，暑氣漸散，隨晚而散。是日
兩過辛弟，一在觀中始至，一在試院將歸。夜月色甚好。
十日己卯，晨至君秀家談起，後為黃興沐，稍時同出至郡廟爲養竹居觀刻
成之對計數種，同行由郡道衙至夕也，廖不值，至風雲臺路遇吳子貞，至則遇
姚鄰梅，同談良久，返館。余已知昨場中題三篇：巍巍乎，長舜禹節，无大哉節，吳
成功節。次通場多視其巍巍乎讀題，萬古文章有现(?)逢的緣迴字。飯後伯雲入塾

錄試作兩文一詩皆批閱之　心蘭來談少時偕往東園頗有好風入座

十二日庚辰晨陰頗涼異有寄函不出先到斫伯韜因場中受痧氣昨未入塾余始見試作並見伯雲弟仲雪之試作胸中自果之文字熱傷晚乃歸晉丞作雨勢明鄭弟都中信三函併函弟一函為朔日廿二晤平日寄我金石拓本又紙一匣一劍一魏碑尤妙

十三日辛巳晨初陰以爲涼也遂出至茶卿寓略坐日出又熱同出至南倉橋吳寓以扇面求寫並交書畫已抱出留下即行至拭陵春錢少峯處始得見談頃同至過驚橋茶樓敘談余先行返館知君表弟來約在風雲樓茶又出訪少高沈石年同敘坐少時散午後作復鄭弟信　心蘭來談少頃去茶卿札來即復之余札致少

孚送物兩物並得仰蘧昨日信是日熱又甚

十四日壬午晨至錢佛寺秦膚雨開吊一拜遂過鄰梅同出返飯後心蘭來

即偕至東園看屏在彼同飯稍晴少孚來將他往答已至余館矣同坐啟話

詢知昨日常熟題欲常々昭文題以貧昭々常熟本冠亦在乎熱之而已矣

昭文亦冠何以謂之文也通場次題合兩言之詁題多講戰士衛校勇俗

議學少須饒目來亦問坐已而散少孚就與莊余飯又晚坐半間署乞更熟

作復仰蘧信即若頓作明日致佛見信

十五日癸未晨起即出至殷穆安表弟處信即行拜茶郵之殖於桂芳閣茶郵 北

没至聽琖光行指莊視見稱中人談少時行至錢翁家以夢微信待付至同出

访许子振约于万仙楼二人先往少时子振来久不见后转时余们先行至通饭
森日炮增汗流如雨作程松轩 香画 福香楼陈叟州序镜出饭后竿弟来因拜客
晋沁马头回过后候日稍西步至泥涤卿来谈片后出顷去平暮君秀来略谈去
十六日甲申晨临兰来邀余同出申通至南余至临川处略坐至沈涤庭店为作坐
付我后乃至敏德与元香阁谈将午至万仙茶家来邵已同出至道士高梓及
曹先生皆到矣我同临兰至观前拜明的茶叙至午刻邀同过大乐园小
酌吃点心代价七人相叙甚畅出厅邀至怡园作避暑之游临荷池啜茗君
秀寻来临兰又招伯墨耕与一友来游人维梅参来少顷我倚卿是盛会
也片云过处骤雨一阵无日后出已而风起屋起似不能雨坐久之乃出同君秀

昨江震院覆、府試正場：江如磋者道學也，震如磨者自修也，瑟兮僩兮者恂慄也，喧兮赫者威儀也。

然用出久也。廚送携出，過趁門入，甚空疏。雨陣俄現，夕陽同出，至海宏巷

雨散，分東西、分南北各返。知晨間沈藕生蕃來謝。

十七日乙酉。夜來電雷交作，大雨數陣，迨及天明，至巳刻乃漸小漸止。晌午日

出。寫七言八分、五九言對三副。改課作。沈湛泉來謝。改稿時傍晚，君秀來，知

地已乾矣。伊先往風雲臺，余欲出，錫甫來，略談，同行，余至吳仲英寓，以

彼兩不甚來，値即至風雲，君秀已同君子和先在，敍至抵暮散。

十八日丙戌。晴，仍涼。晨歸家一走，以程松軒處還來交還香帶，問首旦痛。

旋返。彼始擬謝鳳稿，乙有以陳心餘在同敍間說起，今日郡廟前戲

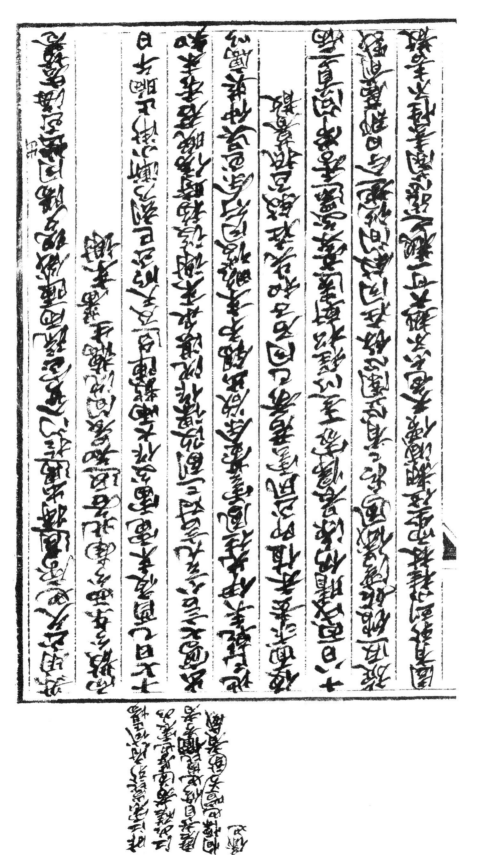

園有新到小桂枝兩班，往湖減價，天色亦不熱，大可一觀之，然蘭妻性不喜，散

時[illegible]俟同余回棧出坐同出正久也寓不值留話邀之正戲園先坐定寫字條遣人往邀并明爵不正戲方開場久出果到觀正半間忽雨一陣〻不了座滿無隙凡廣間人多移座肌膚浹侵小祥林戲演後久也先行余又兩兩趵棧僕送雨具正遂先已辭行回棧得楳徽十三日來信雨晏暮而歇

十九日丁亥微晴氣凉